RAPHAEL BURRI

Doughtys Tod

Roman

Münster Verlag

Impressum

1. Auflage September 2022

Verlag: Münster Verlag, CH-Zürich und D-Singen

Lektorat: Sibylle Liedtke
Coverdesign und Satz: Cedric Gruber

Klappentext: P.B.W. Klemann, Sibylle Liedtke
Druck und Einband: CPI Buch bücher.de GmbH
Printed in Germany

ISBN: 978-3-907301-42-5
eISBN: 978-3-907301-43-2

Verlagsanschrift:
Münster Verlag Deutschland
Werner-von-Siemens-Straße 22, D-78224 Singen
Tel: +497731-8380, muenster@unterwegs.de
www.muensterverlag.ch

Dieses Buch ist auch als E-Book erhältlich.

Der Verlag dankt für die Unterstützung:

KULTUR RAUM.SH
Kanton und Stadt Schaffhausen Kulturförderung

MIX
Papier aus verantwortungsvollen Quellen
FSC www.fsc.org
FSC® C083411

IN MEMORIAM

MACHO
2002 - 2020

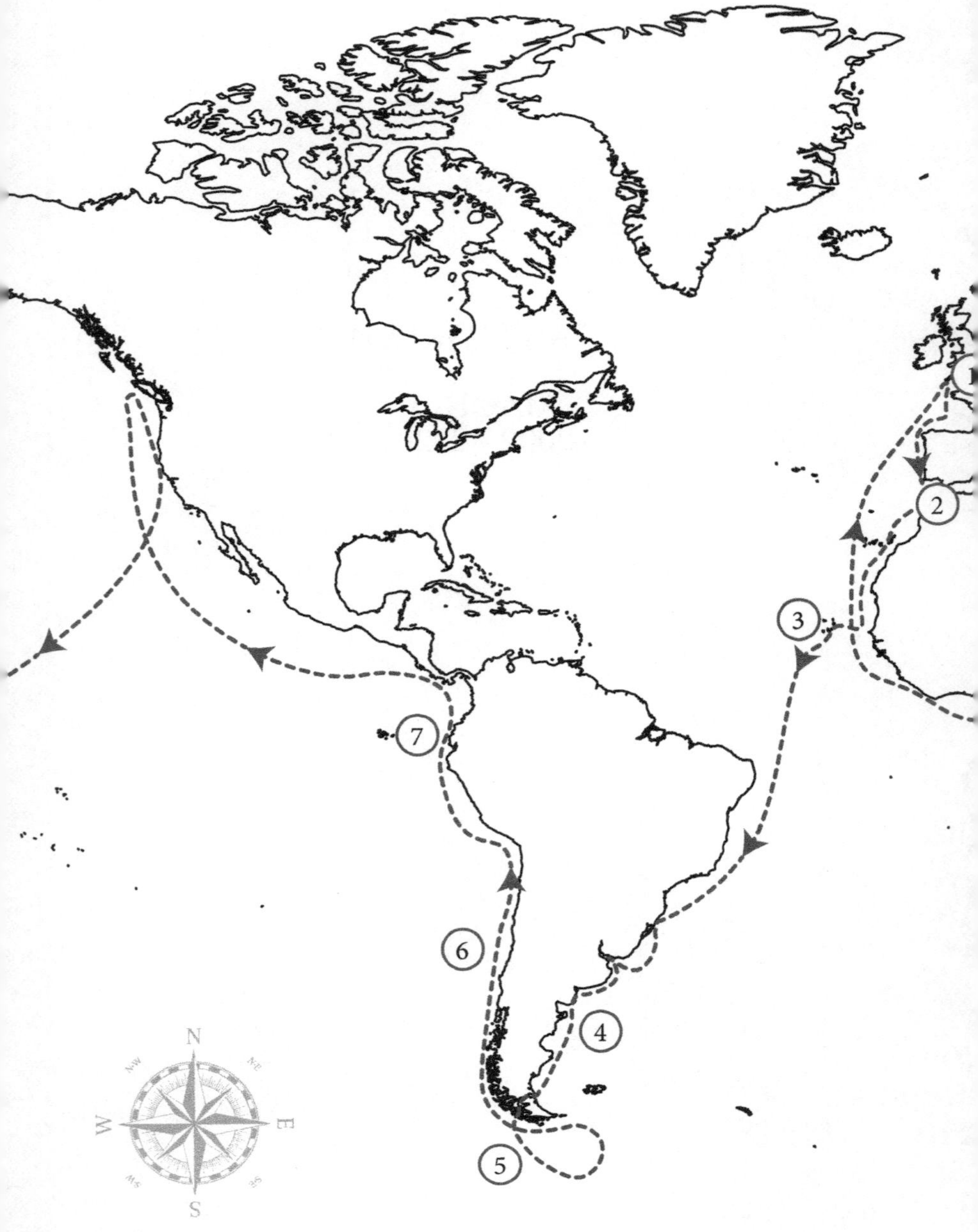
2
3
7
6
4
5
N
E
S
W

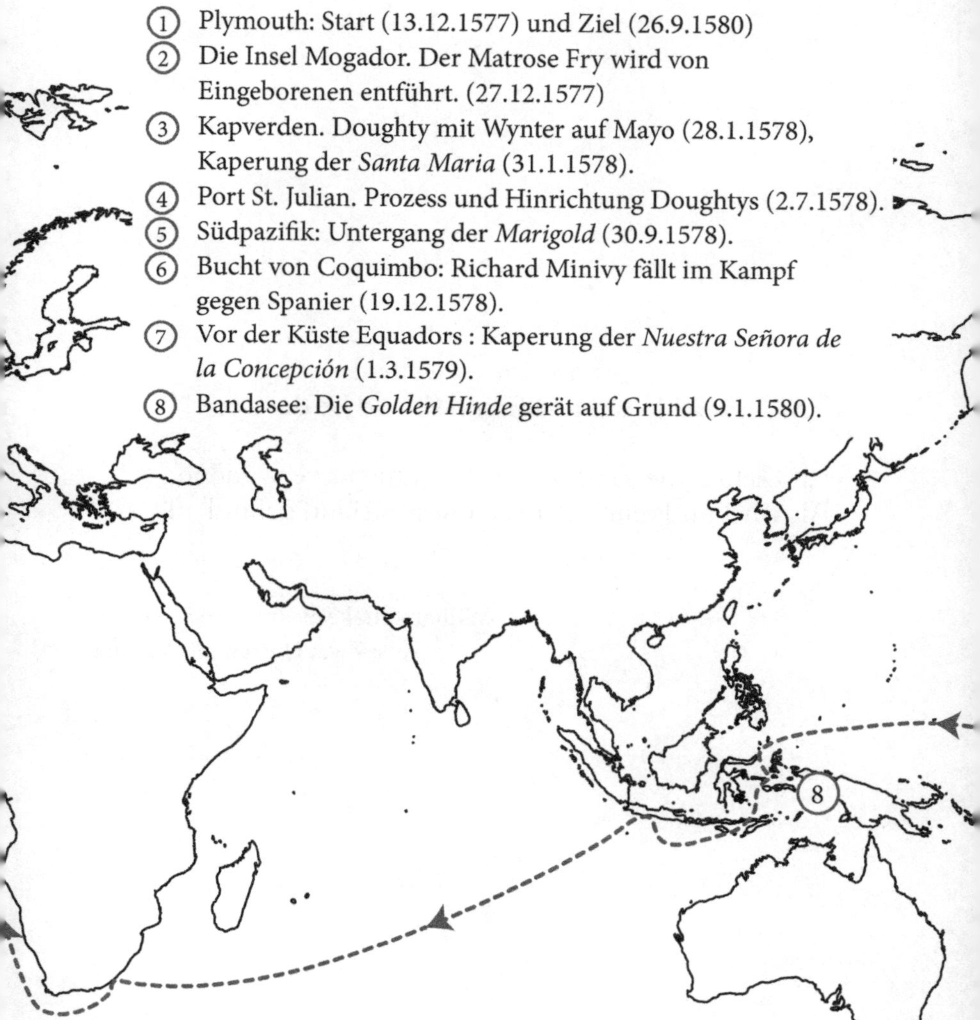
① Plymouth: Start (13.12.1577) und Ziel (26.9.1580)
② Die Insel Mogador. Der Matrose Fry wird von Eingeborenen entführt. (27.12.1577)
③ Kapverden. Doughty mit Wynter auf Mayo (28.1.1578), Kaperung der *Santa Maria* (31.1.1578).
④ Port St. Julian. Prozess und Hinrichtung Doughtys (2.7.1578).
⑤ Südpazifik: Untergang der *Marigold* (30.9.1578).
⑥ Bucht von Coquimbo: Richard Minivy fällt im Kampf gegen Spanier (19.12.1578).
⑦ Vor der Küste Equadors : Kaperung der *Nuestra Señora de la Concepción* (1.3.1579).
⑧ Bandasee: Die *Golden Hinde* gerät auf Grund (9.1.1580).
8

„O time most accurst!
'Mongst all foes that a friend should be the worst!“

„O schlimme Zeit! So tief kann nichts verwunden,
Als wird im Freund der schlimmste Feind gefunden!“

William Shakespeare (1564 - 1616),
Aus: Zwei Herren aus Verona

Prolog

Mittwoch, 2. Juli 1578
Port St. Julian
Patagonien

„Lebt wohl, ihr alle!“

Thomas Doughty stand auf dem hastig aus ein paar Planken zusammengezimmerten Schafott und liess seinen Blick über die hundertsechzig Mann der Expedition gleiten. Er musste seine Stimme erheben, um das Gekreische der Seevögel, das verhaltene Rauschen der Wellen am Strand, das Flappen der Zeltbahnen und vor allem den Wind zu übertönen.

„Gott weiss, dass ich keinem von euch etwas Schlechtes wollte!“

Gott wusste aber auch, dass er beileibe nicht alle in sein Herz geschlossen hatte. Dazu hatte er auch keinen Grund. Sarocold, der ihn erniedrigt und gepiesackt hatte; Brewer und Bright, die ihn beschimpft und verhöhnt hatten, Drake, der ihn gedemütigt hatte. Drake, der seinen Tod wollte. Drake…

Doughty durchlief ein leichtes Zittern, und er hoffte, dass die Männer es nicht bemerkten und fälschlicherweise für Furcht hielten. Er fürchtete sich nicht. Nicht mehr. Aber er fror. Es war bereits Juli, doch hier unten war es so kalt wie in Plymouth im tiefsten Winter. Und der Wind tat ein Übriges. Dieser ewige Westwind…

Ablandig, die ganze Zeit, als ob es kein Morgen gäbe. Gab es auch nicht. Nicht für Thomas Doughty. Nie hätte er sich träumen lassen, so sein Ende zu finden. Fröstelnd mitten im Sommer. Am Podex mundi, weiss Gott! Dabei hatte doch alles so gut angefangen, seine Einlage von eintausend Pfund schien eine lohnende Investition in dieses Unternehmen gewesen zu sein. Danach hätte er sich mit seinem Gewinn als wohlhabender Landedelmann schon in jungen Jahren zur Ruhe setzen können, hätte nie mehr als Soldat durch irische Marschen stolpern oder sich von Sir Christopher irgendwelche Briefe diktieren lassen müssen. Er hätte endlich Zeit gehabt für die schönen Dinge: Musik, Theater vielleicht, die Liebe… Das viele Geld hätte vielleicht auch eine politische Karriere befördert, Macht und Einfluss wären ihm sicher gewesen. Stattdessen stand er nun da, mit zweiunddreissig Jahren in seinem besten Mannesalter, und nahm Abschied von der Welt. Kurz sah er auf die Bucht hinaus und auf die vier Schiffe, die noch übrig waren. Die *Pelican*, die *Elizabeth* und die *Marigold* lagen nebeneinander und hingen mit dem Bug im Wind an ihren Ankertrossen. Etwas abseits wartete das Wrack der *Mary* darauf, an Land gesetzt und zu Brennholz zerlegt zu werden. Nur drei von ursprünglich fünf Schiffen würden durch die Magellan-Strasse in den Pazifik segeln. Wenn der Wind noch ein paar Strich mehr auf Nord drehte, hätten sie ideales Segelwetter. Raumer Wind und die Küste in Luv. Aber Drake hatte beschlossen, hier zu überwintern.

Doughtys Blick suchte den von Drake und fand ihn. Er versuchte darin etwas zu lesen, Hass, Befriedigung, Bedauern vielleicht, aber da war nichts. Drakes Miene blieb ausdruckslos, beinahe leer. Das Einzige, das Doughty erkennen konnte, war Geduld. Mühsam erzwungene und kaum beherrschte Geduld. Der Wind trieb ihm Tränen in die Augen, und Drakes gedrungene Gestalt verschwamm. Er fragte sich, ob er diesen Bauern wirklich je gemocht hatte. Er hatte ihn bewundert, ja. Er war von ihm fasziniert gewesen, sogar jetzt noch. Aber gemocht? Jedenfalls nicht so, wie er andere Männer gemocht hatte. Bevor er aufs Schafott gestiegen war, hatten sie sich umarmt. Die Intimität dieser letzten Berührung hatte ihn erschüttert, und nun kam er zu einer letzten Erkenntnis: Ganz egal, ob er Drake je geliebt oder auch nur gemocht hatte, nach seiner Mutter, die ihn geboren hatte, war Francis Drake der wichtigste Mensch in seinem Leben. Allein schon, weil er jetzt seinen Tod veranlasste. Doughty starrte auf den roten Fleck. Er blinzelte und der Fleck wurde wieder zu Drakes Bart. Dunklere Haarlocken zitterten im Wind, doch der grünäugige Blick blieb unverwandt und starr.

Dann ein kaum merkliches Nicken. Doughty straffe sich.

„Lebt wohl!“, rief er noch einmal, und vielleicht war den Männern nicht klar, ob er sie alle damit gemeint hatte oder nur ihren Anführer; er wusste es selbst nicht. Auf ein weiteres Nicken Drakes setzten die drei Trommler mit ihrem tristen Doppelschlag-Rhythmus ein. Doughty kniete sich nieder, faltete die Hände auf dem Richtblock, den jemand sich die Mühe gemacht hatte an Land zu bringen, und hob den Blick zum weiten Himmel.

„Herr, beschütze Elisabeth, unsere Majestät die Königin", betete er, „und segne und beschütze England. In Deine Hände gebe ich meine Seele. – Amen."

Dann legte er seinen Kopf auf den Richtblock.

Er war bereit.

Aus dem Augenwinkel sah er die Bewegung.

Er hatte sich irgendwann in den vergangenen Stunden gefragt, wer es tun würde. Ed Carberry vielleicht, der als Schiffsprofoss der *Pelican* amtete. Aber eigentlich war die Frage unbedeutend. Irgendeiner würde es tun. Irgendeiner der hundertsechzig Mann, die mit ihm bis hierher gesegelt waren. Irgendeiner würde es tun und sein Leben lang Stillschweigen darüber bewahren. Ein Mann, der nur seine Pflicht tat. Ein Mann, der Befehlen gehorchte. Jedenfalls würde es kaum einer der Gentlemen sein.

Wer immer es war, er tat es

jetzt.

Das Beil fuhr durch Doughtys Nacken. Sein Kopf löste sich vom Rumpf, fiel polternd auf die Planken des Schafotts, kullerte ins Geröll, blieb liegen.

Und für Thomas Doughty erstarb der Wind augenblicklich.

In alle Ewigkeit.

I. Teil

Walter Raleigh

„Amore et Virtute“

Oktober 1580
Richmond Palace
London

Alter vor Schönheit, dachte Staatssekretär Francis Walsingham mit einem Anflug von Selbstironie, als er Lordschatzmeister William Cecil Baron Burleigh den Vortritt liess. Mit achtundvierzig war er auch nicht mehr der Jüngste, und was seine Schönheit betraf, nun, die lag im Auge des Betrachters. Bis zur staatsmännischen Würde eines Burleigh, der ihm in seiner pelzverbrämten Robe und mit dem silberweissen Priesterbart voranschritt, fehlte ihm dann aber doch ein Stück.

Kaum hatten sie das Kabinett betreten, schloss der Gardist von aussen leise die Tür. Walsingham schauderte leicht, stellte verdrossen fest, dass im Kamin kein Feuer brannte und verfluchte im Stillen einmal mehr den Geiz seiner Königin. Elisabeth erwartete sie bereits.

„Francis Drake. Wir müssen über ihn reden, meine Herren", begrüsste sie ihre beiden engsten Vertrauten und lud sie mit einer Geste ein, sich zu setzen.

„Das müssen wir allerdings, Ma'am", sagte Lord Burleigh entschlossen und verneigte sich.

Nichts Gutes ahnend, erwies auch Walsingham seiner Königin die Reverenz. Seit Drakes triumphaler Rückkehr waren noch keine drei Wochen vergangen, und nun wirkte Elisabeth, als hätte er es geschafft, in dieser kurzen Zeit bei ihr in Ungnade zu fallen.

Während Burleigh umständlich Platz nahm, fragte Walsingham an niemand Besonderen gewandt: „Weiss man schon, wie hoch der Ertrag seiner Reise ausgefallen ist?" Er selbst wusste es natürlich, sogar auf den Penny genau. Er stellte die Frage auch nur, um Elisabeth daran zu erinnern, dass sie dem Mann eine gewisse Dankbarkeit schuldete.

„Man spricht von einer Rendite von eins zu siebenundvierzig, nach Abzug aller Kosten", kam Burleigh der Königin zuvor, nur um zu beweisen, wie gut er informiert war.

„Das ist allerdings exorbitant", meinte Walsingham und setzte sich ebenfalls. „Bei Eurer Einlage in das Unternehmen von eintausend Pfund bringt Euch das siebenundvierzigtausend Pfund ein, Hoheit."

Walsingham schielte schnell zu Burleigh hinüber, aber der liess sich nichts anmerken. Hängte wie stets sein Mäntelchen nach dem Wind. Drakes Erfolg aber ging ihm – zumindest politisch betrachtet – mächtig gegen den Strich.

Elisabeth verzog schnippisch den Mund. „Natürlich", sagte sie. „Streng genommen sind es sogar siebenundfünfzigtausend[1], wenn man Drakes persönliches Geschenk dazurechnet. Zuzüglich erfreut sich auch meine Staatskasse eines nicht unerheblichen Anteils an dem Gold."

„Spanisches Gold, Ma'am", gab Burleigh zu bedenken.

„Jetzt ist es mein Gold, Cecil."

„Drake sei Dank", warf Walsingham ein. Er konnte es nicht lassen, Burleigh eins auszuwischen, ausserdem hielt er Drake für einen Mann, der seine Unterstützung verdiente. „Und natürlich", fuhr er fort, „hat die Reise auch ihn zu einem reichen Mann gemacht."

„Daran ist wohl nichts Verwerfliches", konstatierte die Königin in einem Anflug von Grosszügigkeit. „Wenn es einer verdient hat, dann er. Stellen Sie sich vor, meine Herren, einmal rund um den Globus! Das hat vor ihm noch keiner geschafft!"

„Und Magellan, Ma'am?" Burleigh wieder, der alte Miesepeter.

Elisabeth konterte mit einem süffisanten Lächeln: „Der zählt nicht. Erstens hat der es nicht lebend nach Hause geschafft und zweitens war er kein Engländer. Drake aber gebührt die besondere Dankbarkeit seiner Königin."

Das geht ja leichter als erwartet, dachte Walsingham und beugte sich vor.

„Ihr solltet ihn zum Ritter schlagen, Ma'am", sagte er und lehnte sich wieder zurück, mit einem Seitenblick auf Burleigh, der sich leicht indigniert einen unsichtbaren Fussel von der Robe wischte.

„Ja", sagte die Königin und hatte nun die volle Aufmerksamkeit der beiden Männer, denn ihre ganze Koketterie war mit einem Mal wie weggewischt. Bei Walsingham läuteten die Alarmglocken. Und tatsächlich fuhr die Königin nach einer bedeutungsschweren Pause fort: „Allerdings gibt es da ein Problem. Deshalb habe ich Euch rufen lassen, meine Herren."

Burleigh seufzte: „Spanien, ich weiss."

Die Königin sah ihn nur fragend an, sodass sich Burleigh genötigt sah, hinzuzufügen: „Was für uns eine…äh…Heldentat, ist für Spanien ein reiner Akt der Piraterie. Philip wird darauf bestehen, dass Drake als Pirat verhaftet und hingerichtet und die Beute zurückerstattet wird."

Spielverderber, dachte Walsingham beinahe amüsiert. Er hatte von Anfang an mit Burleighs Widerstand gerechnet, aber er wollte noch abwarten, wie die Königin darauf reagierte, bevor er einschritt. Er war überrascht, als er sie kichern hörte.

„Das gefällt mir!" rief sie aus und klatschte in die Hände. „Drake – mein Pirat. Und was das Gold betrifft, denke ich nicht, dass wir's zurückgeben sollten, Cecil."

„Jedenfalls…", versuchte es Burleigh erneut und tastete sich mit seinen Worten vorsichtig über diplomatisches Glatteis, „wenn wir Drake zum Ritter schlagen…das wird den Spaniern nicht gefallen, Ma'am."

Doch mit jedem Wort grub sich die Zornesfalte tiefer in Elisabeths Stirn.

„Nun ist's aber genug!", fauchte sie. „Mit meinen Untertanen verfahre ich immer noch, wie es mir gefällt, ohne die Spanier um ihre Meinung, geschweige denn um ihre Erlaubnis zu fragen!"

„Selbstverständlich, Ma'am", nahm Burleigh die Zurechtweisung hin und schaffte es, dabei kein bisschen verlegen auszusehen, was ihm Walsinghams widerwillige Bewunderung eintrug.

„Unsere Politik funktioniert jedenfalls nicht schlecht", warf der Staatssekretär ein.

Diese Politik bestand im Wesentlichen darin, auf den britischen Inseln den katholischen Kräften entschlossen entgegenzutreten – unter anderem auch durch Walsinghams stetig wachsendes Agentennetz – und im Übrigen auf dem Kontinent die protestantische Sache, seien es die Geusen in den spanisch besetzten Niederlanden, seien es die verfolgten Hugenotten in Frankreich, mehr oder weniger heimlich zu unterstützen.

„Bis jetzt sind wir damit durchgekommen, ja!", schnaubte Burleigh ungehalten. „Eine offizielle Anerkennung und Würdigung von Drakes Taten aber kommt einer offenen Kriegserklärung so nahe wie es nur geht."

„Was fürchtet Ihr?", fragte die Königin ihren Lordschatzmeister.

„Ich fürchte nichts, ich gebe nur zu bedenken. Spanien hat die beste Armee der Welt, Ma'am."

„Und ich habe die besten Seeleute der Welt, und um zu uns zu gelangen, müssen die Spanier immer noch über das Meer."

„Gut gesprochen, Ma'am", mischte sich Walsingham wieder ein. „Da es wohl so oder so zum offenen Krieg mit Spanien kommen wird, kann es nicht schaden, unsere Sea Dogs[2] ein wenig zu ermuntern."

„Indem ich Drake zum Ritter schlage?"

„Nun, wenn Ihr es nicht tut, Ma'am, dann werden sich nicht nur er, sondern auch Hawkins, Frobisher, Seymour und die anderen an Eure Undankbarkeit erinnern, und zwar dann, wenn man diese Männer am dringendsten braucht."

Elisabeth stiess einen ungeduldigen Seufzer aus. „Und wenn ich es tue, kann der Schuss auch nach hinten losgehen."

Walsingham war plötzlich beunruhigt.

„Wegen Spanien?", fragte er.

„Wegen Thomas Doughty", erwiderte Elisabeth müde.

„Thomas Doughty?", fragte Burleigh und sah verwundert zu Walsingham. Doch dieser zuckte nur ratlos mit der Schulter.

„Sollten wir ihn kennen?", fragte er scheinheilig, nur um zu sehen, ob Burleigh darauf eingehen würde. Dieser öffnete auch tatsächlich den Mund, schloss ihn aber wieder, ohne etwas zu sagen.

Erwischt, mein Lieber, dachte Walsingham, du willst also nicht zugeben, Doughty zu kennen. „Moment…", sagte er und tat, als krame er in seinem Gedächtnis, „das ist doch ein Freund von Drake…"

„War", unterbrach ihn Elisabeth.

„War?"

„Er ist tot. Drake hat ihn auf seiner Reise hinrichten lassen."

Eine gedankenvolle Stille trat ein, in die Burleigh ein verhaltenes „Oh!" fallen liess. Sowohl er als auch Walsingham überlegten fieberhaft, was sich aus dieser Eröffnung für Konsequenzen ergeben mochten und wie sie diese zu ihrem jeweiligen Vorteil nutzen konnten. Walsingham sprach als erster wieder.

„Weiss man, aus welchem Grund?"

Elisabeth sah ihn an und antwortete: „Einen Grund wird es wohl gegeben haben, aber das ist im Augenblick eher zweitrangig. Wichtiger ist die Frage, ob Drake überhaupt ermächtigt war, Doughty enthaupten zu lassen."

„Ich verstehe nicht…Wenn er einen Grund hatte, dann…" Ratlos brach er ab. Doch Burleigh, ganz Wolf im Schafspelz, war schon einen Schritt weiter.

„Ich nehme an, dieser Thomas Doughty war von vornehmer Geburt, Ma'am?", fragte er beiläufig. Ein sinisteres Lächeln erschien auf Elisabeths Gesicht.

„Ihr erstaunt mich immer wieder, mein lieber Burleigh. So schnell kommt Ihr selten auf den Punkt."

„Genau", sagte Walsingham. „Dieser Thomas Doughty war doch der Privatsekretär von Sir Christopher Hatton, nicht?"

„Richtig", bestätigte Elisabeth.

Burleigh liess sich die Gelegenheit nicht entgehen: „Und Sir Christopher wiederum ist einer der Hauptinvestoren von Drakes Reise. Er wird wohl nicht sehr erbaut darüber gewesen sein, dass Drake seinem Sekretär den Kopf abschlagen liess."

Walsingham legte ihm eine Hand auf den Arm und sagte liebenswürdig: „Der Profit wird ihn milde gestimmt haben, Cecil."

Bevor Burleigh etwas erwidern konnte, sagte die Königin kalt: „Ich kann mir diese Milde nicht leisten, Walsingham. Thomas Doughty war von edler Geburt. Francis Drake ist es nicht."

Burleigh nickte zustimmend. „Das ist in der Tat alarmierend. Es kann nicht sein, dass einfache Leute über Adlige zu Gericht sitzen und diese auch noch zum Tod verurteilen."

„Es sei denn, sie haben die Befugnis", schaltete sich Walsingham wieder ein. Das Ganze würde also auf ein formaljuristisches Hickhack hinauslaufen, ein Gebiet, auf dem er dem Lordschatzmeister nicht gewachsen war. Aber er würde seine und Drakes Haut so teuer wie möglich verkaufen. „Und wie Ihr wisst hatte Drake die Befugnis, Ma'am."

„Er hatte weitreichende Vollmachten, gewiss. Aber ich muss wissen, ob er sie nicht missbraucht hat."

„Missbraucht, Ma'am? Wieso hätte er das tun sollen?"

Es war Burleigh, der antwortete.

„Es gibt Leute, die sagen, Drake hätte sich in einer Privatfehde eines missliebigen Widersachers entledigt – dreist und vor aller Augen."

„Wer sagt das?", wollte Walsingham wissen.

„Doughtys Bruder."

„War er dabei?"

„Oh, ja, das war er tatsächlich."

Eine nachdenkliche Stille schloss sich an, in welcher alle die möglichen Konsequenzen erwogen. Zunächst dachten sie alle drei dasselbe: Wenn Doughtys Bruder durch die Weltgeschichte spazierte und als Augenzeuge überall herumposaunte, Drake habe an Thomas Doughty einen schnöden Mord begangen und dafür seine Vollmachten missbraucht, dann war Drake in argen Schwierigkeiten. Walsingham dachte ohne Punkt weiter: und *dann* hatte auch die Königin ein Problem, und damit ganz England. Burleighs Gedanken umgingen das augenscheinliche Problem, um gleich auf ein anderes zu stossen. Als Einziger im Raum wusste Burleigh um John Doughtys üblen Leumund, und er hatte nicht vor, dieses Wissen frühzeitig mit seiner Königin und dem Staatssekretär zu teilen. Jedenfalls war Burleigh klar, dass die Königin ihr Problem nicht lösen konnte, indem sie Drake aufs Schafott schickte; nicht allein aufgrund von John Doughtys Aussage. Ausserdem war Drake im Volk zurzeit zu beliebt, da kam ein öffentliches Verfahren so ohne Weiteres nicht in Frage. Elisabeth dachte in etwa dasselbe, ohne allerdings John Doughty in ihre Überlegungen einzubeziehen; er war nur ein weiteres Malheur in der ganzen Angelegenheit. Obwohl sie alle drei in unterschiedlichen Richtungen überlegten, kamen sie erstaunlicherweise zum selben Ergebnis. Es war Burleigh, der damit die Stille brach.

„Das bedeutet eine Untersuchung über die Umstände von Doughtys Tod“, sagte er.

„Genau, Lord Burleigh. Ich brauche Klarheit darüber, sonst weiss ich nicht, ob ich Drake zum Ritter schlagen oder aufhängen soll.“

„Wer soll die Untersuchung leiten, Ma'am?“, erkundigte sich Burleigh und kam mit überraschendem Tempo gleich zum nächsten heiklen Punkt. Walsingham ärgerte sich darüber und argwöhnte, dass Burleigh bereits einen geeigneten Ermittler in petto hatte, der ihm sicherlich das gewünschte Untersuchungsergebnis liefern würde. Das durfte er nicht zulassen. Er erschrak, als die Königin antwortete: „Das überlasse ich ganz Euch.“

Wer war gemeint? Nur Burleigh? Oder sie beide? Walsinghams Verunsicherung dauerte nur den Bruchteil einer Sekunde, bis er sich klar wurde, dass die Königin kaum sie beide zu dieser Unterredung einbestellt hätte, wenn sie vorhatte, das Feld ausschliesslich Burleigh zu überlassen. Doch bevor er etwas sagen konnte, sprach schon wieder der Lordschatzmeister.

„Es müsste jemand sein, der in dieser Sache weder für Drake noch für Doughty Partei ergreift; jemand mit klarem Blick auch für die politischen Aspekte der Angelegenheit und mit diplomatischem Geschick; aber auch mit dem nötigen Sachverstand in militärischen und seemännischen Belangen sowie aus eigener Erfahrung vertraut mit der Situation als Kommandant in feindlichen Gewässern. Da er zahlreiche Leute, darunter Drake selbst, einer Befragung wird unterziehen müssen, sollte er über eine gewisse natürliche Autorität verfügen. Zumindest sollte er Drake ebenbürtig sein."

„Solche Leute wachsen nicht eben an Bäumen, wollt Ihr wohl sagen", brachte es Elisabeth auf den Punkt.

Und diesmal war Walsingham zur Stelle.

„Ich wüsste jemanden, der in Frage käme, Ma'am", sagte er. „Mehr noch, er wäre geradezu ideal. Er ist zwar noch recht jung, so um die dreissig, von adliger wenn auch unbegüterter Herkunft, war aber schon mit siebzehn als englischer Agent und Söldner in Frankreich, wo er für die Hugenotten kämpfte. Er hat auch seemännische Erfahrung, war vor zwei Jahren in Westindien. Zurzeit kommandiert er eine Kompanie unter Lord Deputy Grey in Irland, ist also sozusagen ein Waffenbruder von Drake, der ja auch in Irland gedient hat. Er ist gebildet, ehrgeizig, klug und ein Mann von grossem Charme."

Während sich Burleighs Miene immer mehr verfinsterte, leuchtete das der Königin geradezu auf, als hätte sie auf diese Intervention Walsinghams nur gewartet. Sie lächelte ihren Staatssekretär an und fragte: „Und wie heisst dieser von Gott derart gesegnete Wunderknabe?"

Samstag, 19. November 1580
Barn Elms

Walter Raleigh zog sich den Hut tiefer ins Gesicht und achtete sorgsam darauf, dass sein gestärkter Kragen ganz vom Mantel bedeckt war, damit er nicht nass wurde. Hinter sich hörte er die Ruderdollen knarren, ringsumher plätscherte ein aufdringlicher Regen ins Flusswasser und übertönte das schwere Atmen der beiden Männer an den Riemen, die das Mietboot gemächlich themseaufwärts trieben. Ein verhaltenes Husten des Bootssteurers, der ansonsten wie die meisten Flussschiffer ein schweigsamer Mann war. Am Morgen noch hatte sich Raleigh auf eine Bootsfahrt im Herbstnebel gefreut, doch gegen Mittag hatte es zu nieseln begonnen und vor zwei Stunden hatte es sich so richtig eingeregnet, was das Ganze nun zu einer äusserst unerquicklichen Angelegenheit machte.

„Barn Elms, backbord voraus, Sir", liess sich der Bootsteurer vernehmen. Raleigh sah hoch und konnte durch die Regenschleier und das kahle Geäst der Bäume, die das Flussufer zu seiner Linken säumten, schemenhaft ein stattliches Anwesen erkennen. Auf einer weiten Rasenfläche erhob sich im Zwielicht ein grosser zweistöckiger Ziegelbau von fast perfekter Symmetrie. Rechts und links traten am Haupttrakt zwei erkerartige Vorbauten mit drei Seiten eines Achtecks aus der Fassade; diese Ausluchten erhoben sich wie Wehrtürme in einer Festungsmauer bis zu einer weissen Balustrade, über der sich ein Walmdach mit mehreren Kaminen erhob. Der trutzige Charakter des Hauses wurde etwas gemildert durch eine Reihe aus neun hohen Fenstern, die sich auf jedem Stockwerk über Ausluchten und die Fassade dazwischen zog. Ein harmonischer Bau, in dem sich wehrhafter Stolz mit Leichtigkeit verband.[3]

Hier also wohnte einer der mächtigsten Männer Englands, wenn nicht vielleicht der mächtigste, mit nichts über sich als Gott und der Königin. Raleigh empfand leises Unwohlsein. Nicht dass er sich fürchtete, er war ein treuer Untertan der Krone wie nur sonst wer und hatte in Irland seine Pflicht erfüllt, die beileibe nicht nur angenehm gewesen war. Aber so plötzlich ins Blickfeld der allerobersten Kreise und in den Dunstkreis des Hofes zu geraten, fühlte sich merkwürdig an. Seit ein berittener Bote in sein Feldlager in Smerwick geprescht war und ihm den Brief mit der Aufforderung, sich umgehend nach London zu begeben, in die Hand gedrückt hatte, war kaum eine Woche vergangen. Froh, von Grey, Mackworth und den Scheusslichkeiten in Smerwick wegzukommen, war er der Aufforderung nur zu gerne gefolgt. Da in dem Brief aber keinerlei erhellende Begründung gestanden hatte, tat sich allerdings die Frage auf: Was wollten die am Hofe bloss von ihm?

Das Boot näherte sich nun dem Flussufer, und Raleigh bemerkte, wie vom Haus her eine Gestalt über den Rasen durch die Regenschleier hastete, auf die Stelle zu, an der ihr Boot gleich anlegen würde. Man hatte ihn also bereits bemerkt. Raleigh strich sich über den sorgfältig gestutzten, modischen Bart und zwirbelte die Spitzen seines Schnurrbarts zurecht. Die Gestalt, ein Diener in Livree, erreichte das Ufer noch vor dem Boot, das mit dem letzten Riemenschlag sanft heranglitt. Raleigh erhob sich, bezahlte den Bootsführer und liess sich von dem Diener an Land helfen, der ihm auch gleich über die Wiese und ins Haus voranging. Kaum war Raleigh durch die Tür und in der Halle, trat auch schon ein weiterer Diener heran, nahm ihm Hut und Mantel ab und verschwand mit dem klitschnassen Zeug irgendwohin, wo es vermutlich warm und trocken war.

„Bitte hier entlang, Sir."

Raleigh folgte seinem Führer die Treppe hoch in den oberen Stock, wo der Bedienstete sachte an eine Tür klopfte.

„Ja, bitte?", ertönte es von drinnen, worauf der Page antwortete: „Captain Raleigh ist hier, Sir."

Nur mit halbem Ohr registrierte Raleigh, dass ihn der Diener mit seinem militärischen Rang angekündigt hatte.

„Soll reinkommen!"

Der Page liess Raleigh eintreten und schloss die Tür hinter ihm. Ein Arbeitszimmer, konstatierte Raleigh. Volle Bücherschränke an den Wänden, überall Akten und Papiere, lose und in Stapeln, ein Ort, an dem gelesen und geschrieben wurde. Spätes Novemberlicht fiel durch ein Bleiglasfenster und kämpfte vergebens gegen den Schein eines halben Dutzends Kerzen und des munteren Feuers im Kamin, vor dem zwei gepolsterte Stühle standen.

„Walter Raleigh!", ertönte es von einem grossen überfüllten Schreibtisch her.

Raleigh stand immer noch bei der Tür, verbeugte sich und erwiderte ehrerbietig: „Sir Francis."

„Immer herein in die gute Stube. Kommen Sie, setzen Sie sich ans Feuer. Ein Glas Wein?"

„Gern."

Francis Walsingham erhob sich, schenkte aus einer Karaffe zwei Gläser Wein ein, kam damit um den Schreibtisch herum und reichte Raleigh eines davon.

„Danke ergebenst, Mylord", sagte Raleigh und setzte sich.

Die Fältchen um Walsinghams Augen verdichteten sich zu einem Schmunzeln, während er sich auf den zweiten Stuhl niederliess. „Nicht so förmlich, Raleigh. Zum Wohl."

Sie hoben ihre Gläser und tranken einen Schluck. Dann wurde der Staatssekretär ernst.

„Wie stehen die Dinge in Irland?", erkundigte er sich.

Raleighs Blick verlor sich kurz in den züngelnden Flammen des Kamins. „Smerwick war die Hölle, Sir", sagte er leise.

„Sie haben getan, was Sie tun mussten."

„Es war ein Massaker."

„Dass es Ihnen keinen Spass gemacht hat, spricht für Sie, Raleigh."

Raleigh wusste darauf nichts zu sagen. Er war froh, dass Walsingham zur Sache kam, als er fortfuhr: „Umso mehr wird es Sie vielleicht freuen, dass ich Sie für einige Zeit von Ihrem Dienst in Irland entbinde."

Raleigh sah mit einem Ruck vom Feuer auf und Walsingham direkt ins Gesicht.

„Ich soll hierher nach England zurück, Mylord?"

„Nur vorübergehend."

„Um was zu tun?"

Walsingham stellte sein Glas ab und wurde auf einmal sehr geschäftsmässig. „Sie sollen eine Untersuchung führen", sagte er und setzte nach einer kurzen Pause hinzu: „Kennen Sie Francis Drake?"

Raleigh zuckte die Schultern. „Ich bin ihm persönlich nie begegnet, falls Ihr das meint. Aber ich habe natürlich von ihm gehört. Seit seiner Weltumsegelung ist er ein Volksheld. War vorher mehrmals in Westindien und auch in Irland. Mehr weiss ich eigentlich nicht", fasste er seinen Kenntnisstand zusammen.

Doch Walsingham schien durchaus zufrieden.

„Gut", sagte er, zögerte kurz und fuhr dann fort: „Auf seiner Weltumsegelung kam es zu einem…nun ja…bedauerlichen Zwischenfall. Drake liess einen Gentleman namens Thomas Doughty hinrichten, und jetzt weiss die Königin nicht, ob sie ihn für seine Verdienste zum Ritter schlagen oder wegen Überschreitung seiner Befugnisse hängen soll. Ihre eigenen Worte. Tja, und nun ist es der Wunsch ihrer Majestät, dass die näheren Umstände, die zu Doughtys Enthauptung geführt haben, untersucht werden."

„Von mir?", fragte Raleigh mit einem überraschten Stirnrunzeln. „Aber ich war nicht dabei."

„Das macht Sie umso objektiver", erwiderte Walsingham knapp, erhob sich und ging zu seinem Schreibtisch, wo er nach einer Aktenmappe aus abgewetztem Leder griff. „Hier sind Memoranden und einige andere Dokumente die Angelegenheit betreffend sowie eine Liste mit Namen – Leute, die Sie befragen können, inklusive Drake. Teilen Sie mir Ihre Wahl der Zeugen so schnell wie möglich mit, es wird dafür gesorgt, dass sie sich zur von Ihnen gewünschten Zeit einfinden." Damit reichte er Raleigh die Mappe und bemerkte, dass Raleigh plötzlich blass geworden war.

„Ist Ihnen nicht gut?"

Raleighs Stirn glänzte feucht. In Gedanken schien er ganz woanders.

„Mr. Raleigh?"

„Wie? …Nein…es ist nur…" Raleigh grinste schief. „Enthauptet, sagtet Ihr…Ich habe mich nur gefragt, wie es sich wohl anfühlt, wenn…"

„Wenn die Axt in den Nacken fährt und sich der eigene Kopf vom Rumpf löst?", vollendete Walsingham den Satz.

Wieder zuckte Raleigh mit den Achseln. „Ja. Ich meine, in Smerwick haben wir sechshundert einen Kopf kürzer gemacht – Was dachten diese Männer in dem Augenblick? Was empfanden sie?"

War es die Beklemmung von Schuldgefühlen? War es reine wissenschaftliche Neugier? Raleigh wusste es selbst nicht. Wahrscheinlich eine Mischung aus beidem.

Walsingham schüttelte leicht den Kopf und meinte: „Ich bin mir sicher, dass Sie das nicht erfahren wollen." Und aus einer Laune heraus fügte er hinzu: „Ohne Zweifel ist das Beil des Henkers eine scharfe Medizin, aber es heilt so gut wie alle Krankheiten."

Raleigh nickte und verzog das Gesicht. „Wohl wahr. Dann scheint dieser Doughty ja ein gesunder Mann zu sein. Ein bisschen tot, aber gesund. Womit hat er sich diese…Heilung denn verdient?"

Walsingham ging nicht auf Raleighs Sarkasmus ein.

„Hochverrat. Und Hexerei. So lautete die Anklage", erklärte er knapp.

Raleigh riss die Augenbrauen hoch. „Hexerei? Drake hat ihn allen Ernstes der Hexerei bezichtigt?"

„Es scheint so. Was allerdings genau dahintersteckt, sollen Sie eben herausfinden."

Merkwürdig, dachte Raleigh, dieser Doughty musste ja ein bedeutender Mann gewesen sein, wenn die Krone eigens wegen ihm eine Untersuchung gegen den allseits bewunderten Drake anstrengte. Nur hatte er noch nie etwas von Doughty gehört. Oder war Drake etwa in Ungnade gefallen, und jetzt suchte man einen Grund, um ihn abservieren zu können? In diesem Fall aber würde er, Raleigh, als ahnungsloser Handlanger für eine Intrige benutzt werden, eine Intrige in den allerhöchsten Machtgefilden. Und das war gefährlich, sehr gefährlich. Vor allem für Raleigh selbst.

Vorsichtig fragte er: „Ist Doughty denn so wichtig?"

„An sich nicht", gab sich Walsingham ganz offen. „Aber er war von edler Geburt, während Drakes Vater nur Pastor ist…ein kleiner, unbedeutender Mann aus dem gemeinen Volk. Und wenn es Schule macht, dass Pfarrersöhne Adligen den Kopf abschlagen, dann ist der Anfang vom Ende schon sehr weit fortgeschritten, finden Sie nicht?"

Das war natürlich ein Argument.

„Andererseits hatte Drake vielleicht gute Gründe, Mylord", gab Raleigh zu bedenken.

„Finden Sie sie. Und finden Sie heraus, ob diese Gründe womöglich so schwer wogen, dass Drake gezwungen war, seine Befugnisse zu überschreiten."

Interessant, fand Raleigh. Das deutete vielmehr darauf hin, dass Walsingham Drake entlastet sehen wollte. Aber ob nun hier irgendwelche Ränke geschmiedet wurden oder nicht, er hatte jedenfalls vom Staatssekretär und Mitglied des Kronrats einen Auftrag erhalten. Seine Ausführung zu verweigern, wäre eine Majestätsbeleidigung an der Grenze zum Verrat und verbot sich von selbst.

Walsingham war wieder an den Schreibtisch getreten. „Für die Zeit, die Sie dazu benötigen, wird Ihnen ein Haus in Devon nördlich von Plymouth zur Verfügung gestellt.“ Er klaubte einen Zettel aus den Papierbergen und reichte ihn Raleigh. „Hier ist die Adresse; begeben Sie sich noch in dieser Woche dorthin. Allein.“

„Allein, Mylord?“

„Ja, allein. Ohne Dienerschaft. Sie werden dort gut versorgt sein. William Parker und seine Frau Eleanor kümmern sich um das Haus; sie haben drei kleine Kinder, Edward, George und Jane. Dann sind da noch John Babbage, der Gärtner und seine Frau Annie, die Köchin; ihr Sohn Tom ist der Stallbursche, seine Schwester Molly, das Dienstmädchen. Diese Leute werden sich gut um Sie kümmern.“

Walsingham nahm ein weiteres Schriftstück zur Hand, ein Brief dem Anschein nach, jedenfalls sauber eingeschlagen und mit Siegel versehen.

„Dieses Dokument hier gibt Ihnen alle nötigen Vollmachten, Zeugen vorzuladen und zu befragen, Dokumente einzusehen und so weiter. Wenn Sie darüber hinaus etwas benötigen, schicken Sie mir eine Nachricht. Nicht nach Whitehall, sondern an meine Adresse an der Seething Lane, das ist diskreter. Schicken Sie auch Ihre Berichte dorthin. Noch Fragen?“

„Nein, Mylord.“

Da die Besprechung offenbar zu Ende war, erhob sich Raleigh und nahm die Vollmacht entgegen.

„Nun, dann ist soweit alles gesagt“, meinte Walsingham, reichte ihm die Hand und sah ihm plötzlich sehr eindringlich in die Augen. „Ausser vielleicht… Ich persönlich würde es begrüssen, wenn diese Untersuchung zutage bringt, dass sich Drake nichts Unrühmliches hat zuschulden kommen lassen. Die Zeiten sind gefährlich; England sieht sich einer katholischen Übermacht gegenüber, und es scheint nur eine Frage der Zeit, bis es zum Krieg mit Spanien kommt. Dann brauchen wir Männer wie Drake. Wie Sie eben selbst gesagt haben: Er ist ein Volksheld. Und in Zeiten der Not sollte man Volkshelden nicht aufs Schafott schicken. In diesem Sinne: Viel Glück, Raleigh.“

Erst jetzt gab er Raleighs Hand wieder frei.

Samstag, 19. November 1580
Barn Elms

Nachdem Raleigh gegangen war, blieb Walsingham noch lange am Kamin sitzen und starrte in sein leeres Weinglas. Er dachte an Drake. Und er dachte an Raleigh. Verglich die beiden mit einander. Das dunkel gelockte Haar, der rötliche Bart, der kluge Blick. Und das waren sie auch schon, die Gemeinsamkeiten. Waren Drakes Augen grün, leuchteten Raleighs in einem hellen Graublau aus einem länglichen Gesicht mit schmaler Nase. Raleigh war unwidersprochen ein gutaussehender, schlanker junger Mann von achtundzwanzig Jahren, während Drake gut zehn Jahre älter, einen halben Kopf kleiner und von wesentlich robusterem Körperbau war, mit einer fleischigen Nase in einem gutgenährten, rechteckigen Gesicht, in das sein Seemannsleben als Stirnfalten und Krähenfüsse eingegraben war. Beiden Männern, konstatierte Walsingham, war eine gewisse Eitelkeit zu eigen, doch war Drakes Kleidungsstil so robust wie der ganze Mann, erst recht verglichen mit der modischen Extravaganz eines Raleigh. Walsingham selbst nahm sich daneben in seiner schlichten schwarzen Kleidung und der weissen Halskrause wie eine Nebelkrähe aus.

Und diese Nebelkrähe machte sich Gedanken. Walsingham fragte sich, ob er mit Raleigh eine gute Wahl getroffen hatte. Die Enthauptungen in Smerwick hatten ihn offensichtlich mitgenommen. Da war es naheliegend, dass ihn die Beschäftigung mit einer weiteren Enthauptung über Gebühr strapazierte und ihn gegen den Mann, der sie verursacht hatte, einnahm.

Andererseits war Raleigh keine Memme und intelligent genug, der Angelegenheit mit Objektivität zu begegnen.

Wie auch immer, es half nichts, das Wild war auf, das Spiel hatte begonnen.

Am selben Abend
Middle Temple
London

Aha!

Aha, aha.

Ojemine!

Walter Raleigh schlug sich die Hände vors Gesicht und seufzte. Er sass auf der Bettkante seines Zimmers im Gästehaus des Middle Temple, jener Anwaltskammer, in der er sich vor fünf Jahren eingeschrieben hatte, und starrte völlig ratlos auf die Papiere aus Walsinghams Aktenmappe, die er vor sich auf dem Boden ausgebreitet hatte. Eigentlich gab es kaum einen passenderen Ort als den Middle Temple, um sich mit Schriftstücken dieser Art zu befassen: Schriftliche Zeugenaussagen. Doch die Ironie, die darin lag, bemerkte Raleigh nicht, dazu war er viel zu befremdet durch das, was er da sah. Dutzende loser Blätter und Zettel, beschrieben in unterschiedlichen Handschriften, die in keinem logischen Zusammenhang zu stehen schienen. Raleigh nahm ein Blatt zur Hand und las:

Gewisse Reden, geführt von Thomas Doughty an Bord des Vlieboots, in Gegenwart von mir, John Sarocold, und anderen.

Erstens, bei seinem Anbordkommen erklärte er, dass er als Gefangener geschickt wurde und als einer, der verdächtigt werde, ein Zauberer und Verräter am General zu sein, wovon er sagte, er sich in England vor denen, die auf jene wetteten, die ihn anklagten, reinwaschen werde, wenn das Gesetz ihm diene, so er wisse, dass es das tue, und zu deren grosser Schande.

Zweitens, machte er ein grosses Gerede, was für eine grosse Hilfe er unserem General in London in der Förderung dieser Reise gewesen sei, sowohl mit seinem Geld als auch mit dem Aufsuchen einiger der Besten Englands, was dieser nicht so leicht zustande gebracht hätte, wenn er mit seinen Freunden nicht so eifrig gewesen wäre.

Drittens, hielt er gewisse Reden über das grosse Vertrauen, welches unserem General in Irland vom Earl of Essex entgegengebracht wurde durch die Vermittlung des genannten Thomas Doughty, an den ganzen Inhalt dieses Geredes kann ich mich nicht deutlich erinnern.

Viertens, da gab es eines Tages nach dem Essen ein gewisses Gespräch betreffend solchen, die in irgendeiner Weise Feinde oder Verräter entweder an unserem General oder an der Reise wären, worauf ich das Glück hatte zu erwidern, dass unser General gut daran täte, sie so zu behandeln, wie Magellan es getan hatte, nämlich sie aufzuhängen als Bespiel für den Rest. Worauf Mr. Doughty antwortete: Immer mit der Ruhe, seine Befugnis reicht nicht so weit wie jene Magellans; denn, sagte er, ich kenne seine Befugnisse so gut wie er selbst. Und das Hängen ist was für Hunde und nicht für Männer. Dieses und solcherart Gerede gebrauchte er an Bord des Vliebootes in meiner Gegenwart.

Durch mich, John Sarocold

Raleigh konnte damit nichts anfangen. Er las es ein zweites Mal und stellte fest, dass der gehässige Unterton auf einen Verfasser deuten liess, der Thomas Doughty nicht gerade wohlgesonnen war. Aber was konnte der eigentliche Inhalt anderes sein als blosser Tratsch? Doch es war von ernsthafter Hand zu Papier gebracht worden. Es musste also eine Bedeutung haben. Und einen Zweck.

Raleigh rief sich in Erinnerung, was er wusste, oder vielmehr was Walsingham geruht hatte, ihn wissen zu lassen. Nebst den mündlichen Ausführungen des Staatssekretärs fand sich in dessen Mappe nur ein äusserst dürftiges Memorandum:

Md., die näheren Umstände zu untersuchen, welche zur Hinrichtung des Mr. Thomas Doughty, Gentleman, in der Bucht Port S. Julian am ii. Juli im Jahre 1578 führten, und ob Mr. Francis Drakes Vollmachten und Befugnisse in dieser Sache den Anforderungen entsprachen.

Auf Francis Drakes nun vielbejubelter Weltumsegelung hatte sich ein Mann namens Thomas Doughty befunden, den Drake hatte hinrichten lassen. Wegen Verrat und Hexerei. Es gab also eine Bestrafung, und es gab eine Anklage. Wenn die Anklage zur Bestrafung geführt hatte, musste auch ein Urteil erfolgt sein. War es also möglich, dass es eine Gerichtsverhandlung gegeben hatte?

Raleigh kannte Drake nicht, konnte daher auch nicht abschätzen, wie der Mann in Krisensituationen verfuhr. Aber wenn jemand aus seiner Besatzung des Verrats bezichtigt und hingerichtet wurde, lag es nahe anzunehmen, dass vor der Exekution ein entsprechendes Urteil durch eine Art Gericht, von wessen Gnaden auch immer, ergangen sein musste. Wenn das stimmte, hatte Raleigh dann hier auf dem Fussboden seiner Kammer Zeugenaussagen liegen, die vor diesem Gericht gemacht worden waren?

Raleigh las John Sarocolds Aussage ein drittes Mal. Wer war mit *General* gemeint? Nun, Drake natürlich, der Oberkommandierende. Drake war mit nur einem Schiff zurückgekehrt, das hatte Raleigh irgendwo aufgeschnappt. Aber zu Beginn der Sache waren sicherlich mehrere Schiffe beteiligt gewesen. Darunter ein Vlieboot. Raleigh kannte den Schiffstyp niederländischen Ursprungs, ein hochseetüchtiger Dreimaster, ideal als Versorgungsschiff.

Er griff sich ein anderes Blatt, auf dem er das Wort Vlieboot erkannt hatte. Zuoberst stand dort:

Berichte und Artikel geäussert an Bord des Vlieboots von Thomas Doughty, wie folgt.

Punkt eins. Erstens, als der genannte Thomas Doughty auf dem Vlieboot, Swan genannt, war, beteuerte er, dass er der Erste war, der unseren General beim Earl of Essex zu Ansehen brachte.
Zeugen, Jhon Sorocold, Gregory Cary, Frances Flecher.

Das Vlieboot hiess also *Swan*. Einer Eingebung folgend erhob sich Raleigh, stieg über die ausgebreiteten Papiere und trat an den kleinen Tisch, auf dem Feder, Tinte und Papier bereit lagen. Dort notierte er sich:

Schiffe:

Swan, Vlieboot

Er wusste nicht, ob ihn das irgendwie weiterbringen würde, aber er hatte zumindest das Gefühl, einen Anfang gemacht zu haben. Eine vollständige Liste der beteiligten Schiffe würde insofern hilfreich sein, als dass er sich ein Bild von den Umständen machen konnte. Wenn er mit den Gegebenheiten vertraut war, konnte er auch die Ereignisse besser beurteilen.

Er betrachtete die Namen der Zeugen, Leute, die offenbar auf der *Swan* gefahren waren. Trotz der unterschiedlichen Schreibweise war Jhon Sorocold offensichtlich mit John Sarocold identisch; verbindliche Regeln gab es ja nicht, er hatte seinen eigenen Namen in den unterschiedlichsten Versionen geschrieben gesehen: Raleigh, Rawley, Ralegh oder Rawleigh.

Wer war dieser Sarocold? In welcher Funktion fuhr er an Bord der *Swan*? Hatte Walsingham nicht etwas von einer Liste mit Namen gesagt? Raleigh wandte sich wieder den Papieren auf dem Boden zu, suchte und fand zwei Bögen Papier, die ganz nach einer Liste aussahen. In zwei Spalten waren zahlreiche Namen aufgeführt, beginnend mit:

Francis Drake, Gll.	*John Wynter, Cpt.*
John Thomas, Cpt. decd.	*John Chester, Cpt.*
Thomas Moone, Crpt.	*Thomas Doughty, Cpt. decd.*
Thomas Cuttle, Mstr.	*William Markham, Mstr.*
Nicholas Anthony, Mstr. decd.	*John Sarocold, Mstr.*

Die Abkürzungen waren für Raleigh zunächst etwas kryptisch. *Cpt.* zumindest bedeutete Captain, aber es war nicht klar, ob damit Kapitän oder Hauptmann gemeint war. Als Anführer eines Trupps Soldaten war man nicht notwendigerweise auch Schiffskapitän. Das Crpt. hinter Thomas Moon mochte ein simpler Schreibfehler sein, was allerdings dem Gesamteindruck der Liste widersprach, der von einer fast besessenen Sorgfalt zeugte. Das *Gll.* hinter Drakes Namen interpretierte Raleigh als *Generall*, einer häufigen Schreibweise für General. Das *Mstr.* konnte Mister oder Master bedeuten, Raleigh entschied sich für das zweite, da es den Namen nachgestellt war und somit eher auf einen Titel als auf eine Anrede verwies. Demnach wäre Sarocold der Master der *Swan* gewesen, der Mann, dem die Schiffsführung und Navigation oblag.

Raleigh suchte die Liste nach den anderen Namen der Zeugenaussage ab und fand sie, allerdings an weit voneinander entfernten Stellen.

Gregory Cary, Gent.
Francis Fletcher, Rev.

Ein Gentleman und ein Reverend? Weil ihm dazu nichts mehr einfiel, zählte Raleigh die Liste durch und kam auf insgesamt hundertfünfundsechzig Namen, wobei hinter etlichen davon die Abkürzung *decd.* stand. Raleigh grübelte nicht näher darüber nach, viel mehr beschäftigte ihn die Frage, was er mit dieser Liste anfangen sollte.

„Eine Liste mit Namen – Leute, die Sie befragen können", hatte Walsingham gesagt. Raleigh schüttelte den Kopf. Er konnte doch unmöglich über hundertsechzig Personen einer Befragung unterziehen! Erst recht nicht, wenn die Angelegenheit so dringlich war, wie der Staatssekretär hatte durchblicken lassen. Er würde also eine Auswahl treffen müssen. Aber woher sollte er wissen, wer auf dieser Liste etwas Wesentliches zur Aufklärung beitragen konnte? Er würde sich wieder den schriftlichen Zeugenaussagen zuwenden müssen. Mit etwas Glück fand er darin Aussagen von Substanz und die Namen der Männer, die sie gemacht hatten.

Raleigh seufzte und machte sich an die Arbeit.

Zwei Stunden später hatte er sämtliche Aussagen zweimal durchgelesen und sich die Namen der Zeugen sowie ihre Häufigkeit notiert. Mit Abstand am häufigsten erschien Francis Fletcher, der nicht weniger als fünfzehn Aussagen unterschrieben hatte, die meisten zusammen mit anderen, einige aber auch als einziger.

Raleigh setzte sich an den Tisch und begann mit einer neuen Liste mit der Überschrift:

Zur Befragung im Fall Doughty aufzubietende Zeugen

Darunter setzte er als erstes den Namen:

Francis Fletcher

Er überlegte kurz, ob er auch Sarocold aufbieten sollte, entschied sich dann aber dagegen, da Sarocold wohl so ziemlich das Gleiche erzählen würde wie Fletcher. Denn Sarocold hatte nur wenige Aussagen unterschrieben, die nicht auch von Fletcher bestätigt worden waren. Die meisten Aussagen schienen sich ohnehin durch einen Mangel an Relevanz auszuzeichnen. Doughty sagte dies, Doughty sagte jenes. Tatsächlich bezogen sich die Aussagen nur darauf, was Doughty den lieben langen Tag so gesagt, und nicht darauf, was er *getan* hatte. Und im Wenigsten davon konnte Raleigh auch nur ein Körnchen von Verrat oder Aufruhr erkennen. Es gab jedoch auch durchaus interessante Aussagen. Beispielsweise eine seitenlange, wirr zusammengestoppelte Geschichte, deren Einzelheiten unbestreitbar etwas Prickelndes hatten. Leider wurde sie von keinem namentlich genannten Urheber bestätigt. Ebenso wenig wie jene andere, in welcher Fletcher als Person der Handlung auftauchte:

Diese Dinge wurden von T. D. auf der Pelican gesagt und beschlossen

Inprimis, dass Thomas Doughty, als er aufgefordert wurde, dem Kapitän mitzuteilen, dass da welche waren, die vorschlugen, ein Schiff gegen das andere zu führen und so die Pelican wegzunehmen, der genannte Thomas Doughty sich weigerte, den Kapitän davon zu unterrichten. Versichernd, dass man ihn für den Anführer hielte. Und als von Francys Fletcher gesagt wurde, dass er dem Kapitän davon berichten würde, bat ihn der genannte Thomas Doughty inständig, es nicht zu tun. Denn, sagte er, ich würde verdächtigt werden.

Doch wie alle anderen Aussagen schien sie aus einem grösseren Zusammenhang gerissen und liess eine korrekte Deutung nicht zu. Die umständlich formulierten Sätze sagten eigentlich nur, dass es Gerüchte über eine geplante Meuterei gegeben und Doughty sich geweigert hatte, Drake darüber zu informieren, aus Angst, selbst in Verdacht zu geraten. Vielleicht war Doughty einfach nur ein Feigling gewesen. Einen Beweis, dass Doughty selbst zu den Meuterern gehört hatte, stellte diese Aussage jedenfalls nicht dar. Immerhin hatte Raleigh den Namen eines zweiten Schiffes, *Pelican*, den er auf seine Schiffsliste setzte.

Wen aber sollte er noch auf seine Liste der zu befragenden Personen setzen? Er beschloss, sich noch einmal die Liste der hundertfünfundsechzig Namen anzusehen.

Thomas Blackeley, b'swain	*Thomas Brewer, Mar. decd.*
Charles Cauby, Gent.	*Thomas Flood, Mar. decd.*
Robert Wynterhay, Gent, decd.	*Edward Cliffe, Mar.*
John Brewer, Tromp.	*Edward Bright, Crpt.*
William Haynes, C'trel.	*Thomas Hord, Gent.*
John Fry, Mar.	*Leonard Vicary, Gent.*
Richard Minivy, Mar. decd.	*John Doughty, Gent.*

John Doughty? Die Namensgleichheit mochte Zufall sein. Oder auch nicht. Vielleicht ein Verwandter von Thomas Doughty? Ob das vielleicht ein geeigneter Zeuge wäre? Raleigh verwarf den Gedanken sofort wieder, denn wenn John ein Verwandter des enthaupteten Thomas war, dann war er sehr wahrscheinlich voreingenommen. Und befangene Zeugen waren der Wahrheitsfindung selten dienlich, das war Raleigh klar.

Darüber hinaus fiel ihm auf, dass hinter vielen, wenn nicht den meisten Namen die Abkürzung *Mar.* oder *Gent.* stand. Mariner, also Matrose, und Gentleman. Natürlich konnte man erwarten, dass bei einem Unternehmen zur See, an dem mehrere Schiffe beteiligt waren, die einfachen Seeleute das Gros der Mannschaften bildeten. Hinzu kamen Spezialisten wie Zimmerleute, Segelmacher, Stückmeister und so weiter; ausserdem Deckoffiziere, Offiziere, Master und Kommandanten. Da Offiziersposten fast ausschliesslich an vornehme Herren aus den oberen Schichten vergeben wurden, durfte man zwar eine Reihe von Gentlemen auf der Liste erwarten. Aber hier wurden derart viele Männer als Gentlemen ausgewiesen, dass auf rund zwei einfache Seeleute ein Offizier kam, und das erschien Raleigh dann doch sehr fragwürdig. Was hatten so viele vornehme Leute auf dieser Fahrt zu suchen gehabt? Und Doughty war einer von ihnen gewesen. Instinktiv spürte Raleigh, dass die seltsame Zusammensetzung der Mannschaft etwas mit Doughtys Fall zu tun haben musste, er konnte sich nur nicht ausmalen, was. Wenn es aber darum ging, für die Befragung Leute auszuwählen, dann konnte es nur hilfreich sein, wenn sich die Befragten aus allen Rängen zusammensetzten. Mit

Francis Fletcher hatte er weder einen Gentleman noch einen einfachen Matrosen, als Schiffskaplan konnte man ihn am ehesten als einen der Spezialisten bezeichnen. Drake war als zu Befragender natürlich gesetzt, fehlten ihm noch ein Matrose und ein Gentleman. Aber welche? Verzweifelt starrte er auf die Liste und bat seine Intuition um Hilfe.

Sie kam anders als erwartet, denn plötzlich erkannte er die Bedeutung der Abkürzung *decd.* hinter etlichen der Namen.

„Deceased", murmelte er vor sich hin, „Verstorben."

Schnell überprüfte er Doughtys Namen, der einzige Mann auf der Liste, von dem er sicher wusste, dass er tot war. Und tatsächlich: *Thomas Doughty, Cpt. decd.*

Raleigh kam das *decd.* an dieser Stelle ein wenig euphemistisch vor, denn immerhin war Doughty nicht einfach verstorben, er war hingerichtet worden. Zwar konnte er nun zahlreiche Namen streichen, aber es blieben immer noch mehr als genug zur Auswahl übrig.

Wünschenswert wären natürlich Leute gewesen, die in der Lage waren, einen anschaulichen Bericht über die Ereignisse abzuliefern. Aber aus der Liste ging natürlich nicht hervor, hinter welchem Namen sich ein Erzähltalent verbarg. Falls überhaupt ein einziges darunter war.

Mit wenig Hoffnung machte sich Raleigh daran, die übrigen Papiere zu sichten, um vielleicht auf einen Hinweis zu stossen, der ihn in dieser Frage weiterbringen würde. Er fand nur eine einzige Notiz, die sich auf ein Mitglied der Mannschaft bezog:

Md., dass der Seemann John Fry, welcher an der Barbareskenküste von Mauren entführt wurde, nicht lange danach auf Geheiss des dortigen Königs nach Hause geschickt wurde, und dass der genannte Fry auf einem englischen Handelsschiff wohlbehalten am iv. Februar im Jahr 1578 in Plymouth eintraf.

Raleigh fand tatsächlich einen John Fry auf der Liste der Hundertfünfundsechzig. Aber als Doughty enthauptet wurde, war Fry schon lange wieder in England. Viel würde der Mann also nicht erzählen können.

Als die Turmglocke von St. Clement Danes zwei Uhr Früh schlug, fühlte sich Raleigh müde und ausgelaugt. Seine Arbeit hatte ihn nicht so weit gebracht, wie er gehofft hatte, aber er sah ein, dass er Schlaf brauchte.

Also räumte er die Papiere zusammen, zog sich aus, löschte alle Kerzen und verkroch sich ins Bett und unter die kalte Decke.

Vielleicht gibt es ja jemanden, der weiss, wer als Zeuge etwas taugt, dachte Raleigh, während er durch die Dunkelheit an die Zimmerdecke starrte.

Hakluyt! schoss es ihm durch den Kopf. Natürlich! Richard Hakluyt! Raleigh hielt den Geographen für einen ausgemachten Stubenhocker, aber er dachte fortschrittlich, und das gefiel Raleigh. Was ihn aber auf Hakluyt brachte, war dessen Steckenpferd. Er las und sammelte wie ein Besessener Reiseberichte. Jeder Abenteurer, der auszog, die Nordwestpassage zu entdecken, erhielt nach seiner erfolglosen Rückkehr die Einladung, Hakluyt von seiner Reise zu berichten. Wenn Hakluyt nur rechtzeitig von Drakes Heimkehr von seiner Fahrt rund um den ganzen Globus erfahren hätte, er wäre der erste gewesen, der mit sabbernden Lefzen am Kai gestanden hätte. Drakes Rückkehr war schon zwei Monate her; Raleigh war sich sicher, dass es Leute aus der Mannschaft gab, die bereits bei Hakluyt[4] gewesen waren. Leute, die ihm der Geograph empfehlen konnte.

Und mit diesem hoffnungsvollen Gedanken drehte er sich auf die Seite, um endlich einzuschlafen.

Doch dann sah er das Gesicht.

Hohlwangig, verdreckt und schlecht rasiert; gehetzter Blick aus dunklen Augen, die erstaunlich guten Zähne gebleckt: Der elfte Mann.

Elf Tage vorher
Dienstag, 8. November 1580
Dún an Óir, Smerwick
Irland

Der Vormittag schritt voran und Raleigh freute sich aufs Töten. Nicht, dass er den eigentlichen Akt des Tötens geniessen würde. Es war keine leidenschaftliche Freude, eher eine pragmatische. Das Ergebnis war, was zählte. Tote Katholiken.

Er hasste die Papisten, weil er in einer protestantischen Familie aufgewachsen war, zu einer Zeit, da protestantische Familien um ihr Leben fürchten mussten. Weil er in diese Furcht hineingeboren und darin aufgewachsen war. Weil man hasst, was man fürchtet. Deshalb bohrte Raleigh seinen Absatz ins irische Gras auf einer Halbinsel namens Dingle und sah ungeduldig über die rauchenden Geschütze zur Festung Dún an Óir hinüber. Die eigentliche Festung lag auf einem Klippenvorsprung, der nur über einen schmalen Pfad zu erreichen war; ein paar Holzhäuser umgeben von einer niedrigen Mauer, die am Rand der Klippe um den Vorsprung herum verlief. Ein Depot, ein Aussenposten im Nirgendwo, nicht gebaut, um einer Belagerung standzuhalten. Doch davor hatte der Feind einen Graben ausgehoben und behelfsmässige Bastionen angelegt. Nicht viel mehr als eine bessere Barrikade aus hastig aufgeschütteten Erdwällen mit hölzernen Katzen und Banketten, verstärkt mit allem, was gerade zur Hand war: Fässern, Balken und improvisierten Schanzkörben. Der Bereich innerhalb des Schutzwalls mass an seiner breitesten Stelle hundertfünfzig Fuss und vom Wall bis zur Landspitze etwa dreihundert Fuss. In diesem Geviert drängten sich nach englischer Schätzung rund siebenhundert Menschen, italienische, spanische und baskische Söldner sowie eine Handvoll Iren, darunter auch einige Frauen.

Vor zwei Monaten waren die Söldner in der Bucht von Smerwick gelandet, um den Aufstand zu unterstützen, den James FitzMaurice FitzGerald[5] ein Jahr zuvor losgetreten hatte. Doch FitzMaurice hatte das ausserordentliche Pech, getötet zu werden, noch bevor die Rebellion richtig ins Rollen kam, weshalb sich die Söldner etwas ratlos in Dún an Óir eingenistet hatten.

Natürlich wäre es für die Söldner das Beste gewesen, sich so schnell wie möglich zu verdrücken, doch im Osten versperrte ihnen der Mount Brandon, einer der höchsten Berge Irlands, den Weg, und ihre paar Schiffe wurden in der Bucht von Smerwick durch Captain Binghams *Swiftsure* blockiert.

Sie sassen in der Falle.

Und von Dingle auf der anderen Seite der Halbinsel aus machte sich Lord Deputy Arthur Grey auf den Weg, die Falle zuschnappen zu lassen.

Noch vor Grey traf am 5. November Admiral William Wynter mit einem grösseren Verband ein, schaffte im Schutz der Dunkelheit acht Culverinen an Land und liess in zweihundertvierzig Yards Entfernung zum Schanzwerk der Söldner einen Graben ausheben. Dann erreichte Grey mit dreitausend Mann den Schauplatz, liess weitere Sappen im Zickzack bis auf hundertzwanzig Yards an die Bastion heranbuddeln und brachte die Geschütze in Stellung. Den Captains Raleigh und Zouch fiel die Aufgabe zu, mit ihren Männern die Gräben vor etwaigen Angriffen zu verteidigen und Feuerschutz zu geben.

Im Morgengrauen des 7. Novembers eröffneten die englischen Geschütze das Feuer. Die papistischen Söldner verfügten selbst über vierzehn leichtere Geschütze und erwiderten den Beschuss, doch die meisten ihrer Stücke waren so ungünstig ausgerichtet, dass sie nur zwei davon zum Einsatz bringen konnten. Bis zwei Uhr war das eine krepiert und das andere durch eine englische Culverinenkugel ausser Gefecht gesetzt. Mit Musketen und Arkebusen schossen die Belagerten weiter, ohne grossen Schaden anzurichten. Englische Musketiere pirschten sich im Pulverqualm durch die Sappen heran und gaben Salve um Salve zurück.

Der nächste Tag begann, wie der vorige geendet hatte. Greys Culverinen wummerten, Musketen knatterten, und in der Windstille mischte sich der Pulverqualm mit dem Nebel und legte sich schwer und beissend über Geschützstellungen und Gräben. Den ganzen Morgen über hatte Raleigh nicht viel zu tun, und gegen Mittag stand er am Graben, den die Seeleute ausgehoben hatten, und malträtierte ungeduldig und frustriert mit dem Stiefelabsatz das Gras zu seinen Füssen, als unter ihm Captain Edward Denny aus dem Qualm auftauchte.

„Du bist dran, Walter, wir sind ausgeschossen", sagte er, nahm seinen Helm ab und wischte sich übers russverschmierte Gesicht.

„Na endlich!"

„Und nimm den jungen Cheke mit, dann kann er was lernen."

Raleigh sah seinen Vetter fragend an. „Cheke?"

Denny kam aus dem Graben geklettert und zog sich die Handschuhe aus. „Kam am Sonntag in Dingle angeritten. Direkt aus Corke. Das Pferd war völlig am Ende."

„Ach so, der", sagte Raleigh und sah sich um, bis er Cheke entdeckte, der mit offenem Hosenstall neben einem Geschütz stand und pisste.

„Du liebe Güte!", seufzte Raleigh.

Denny kicherte. „Wenn er nur das Pulver nicht nass macht."

„Mr. Cheke!", rief Raleigh und winkte ihn zu sich.

Denny beugte sich nah zu Raleigh und sagte leise: „Du behältst ihn besser ihm Auge, er ist William Cecils Neffe."

„Und weiss Cecil, dass er hier ist?"

„Frag ihn", sagte Denny und deutete mit dem Kopf auf Cheke, der sich im Laufen die Hose zuknöpfte und lächelnd vor den beiden Offizieren zum Stehen kam. „Captain Raleigh, Sir?"

Raleigh musterte den blonden Mann, der etwa in seinem Alter sein mochte. Aber alle nannten ihn nur den „jungen Cheke", weil er der Sohn eines berühmten Gelehrten war.

„Weiss Lord Burleigh, dass sie hier sind, Mr. Cheke?"

„Keine Ahnung, Sir, ich hab's ihm nicht gesagt", antwortete Cheke fröhlich. „Hab mir aus seinem Stall ein Pferd geliehen und bin losgeritten."

Raleigh warf Denny einen Blick zu und sagte dann: „Wir gehen gleich nach vorn, wollen Sie mitkommen?"

Denny führte an diesem Tag das täglich wechselnde Kommando[6]; sein Vorschlag, Cheke mitzunehmen, kam daher einem Befehl gleich. Dennoch wollte Raleigh die Entscheidung Cheke überlassen und hätte nichts dagegen gehabt, wenn er Nein gesagt hätte.

„Mit Vergnügen, Sir!"

„Dann besorgen Sie sich eine Muskete. Und beeilen Sie sich!"

Raleigh band sich den Kinnriemen seines Helms fest und streifte die Handschuhe über.

„Sag mal, Ned, weisst du, wann Grey vorhat, das Dreckloch zu stürmen?"

Denny verzog das Gesicht und sah zu Grey hinüber, der aufrecht zwischen den Geschützen auf und ab marschierte. „Vielleicht will er, dass sie sich ergeben", meinte er. „Denen geht irgendwann das Trinkwasser aus und der nächste Brunnen steht anderthalb Meilen von hier. Ist also nur eine Frage der Zeit."

„Und was will er dann mit ihnen machen?"

„Du fragst Sachen!", murmelte Denny kopfschüttelnd und ging.

Raleigh liess ihn gehen, zog sein Rapier und rief seinen Männern zu: „Los geht's!"

Einer nach dem anderen sprangen sie mit klappernden Pulverkapseln und Musketen in den Graben und verteilten sich auf die Sappen, die an das Bollwerk heranführten.

Dicht gefolgt von Cheke sprang Raleigh in den Graben und lief geduckt durch eine der Sappen nach vorn, wo bereits eine muntere Schiesserei im Gange war. Raleigh kauerte sich hin und verfolgte, wie Cheke umständlich seine Muskete über den Grabenrand schob und die Lunte anblies. Kugeln pfiffen über sie hinweg oder fuhren pochend in die Grasnarbe vor dem Graben. Cheke liess sich nicht beirren, spähte über den Rand und schoss. Dann liess er sich auf den Boden des Grabens sinken und begann, die Muskete nachzuladen. Leise vor sich hin summend nahm er die Lunte ab und legte sie vor sich auf die Erde, schüttete den Inhalt einer Pulverkapsel in den Lauf, wickelte den Filzpfropfen um die Kugel und steckte sie ebenfalls in die Mündung. Er machte alles richtig, keine Frage, doch hatten Raleighs Männer bis dahin ihre Musketen dreimal nachgeladen und abgefeuert.

Cheke wusste, wie man mit einer Waffe umging, aber er war sicher nie daran gedrillt worden. Das und Chekes Unbekümmertheit sagten Raleigh, dass der Mann soeben seine Feuertaufe erlebte.

„Warum sind Sie hier?", fragte Raleigh.

Cheke zog den Ladestock aus dem Schaft und zuckte die Achsel. „Mein Vater wollte, dass ich Gelehrter werde, wie er. Und nach seinem Tod übernahm es Onkel William, dafür zu sorgen, dass sein Wusch erfüllt wurde."

Mit unnötiger Vehemenz trieb Cheke den Ladestock in den Lauf und rammte Kugel und Ladung fest. Im Takt dazu zählte er auf: „Lateinisch, Griechisch, die Rechte, Philosophie! Das ist nichts für mich."

„Nun, ein bisschen Bildung schadet ja nichts."

Eine Kugel fuhr in die Grabenwand neben Raleigh und liess Erdklumpen und Kiesel spritzen.

„Ein bisschen Bildung? Den ganzen Tag über Büchern hocken und sich den Kopf mit Dingen füllen, von denen kein Mensch weiss, wozu man's brauchen kann. Tagelang, wochenlang, jahrelang! Nein, danke."

Er steckte den Ladestock in den Schaft zurück und schüttete etwas Pulver auf die Pfanne. „Ich habe den Mief der Studierstuben nicht mehr ausgehalten. Ich musste da raus und etwas tun." Sorgsam schob er mit dem Daumen den Pfannendeckel zu. „Und wissen Sie was? Hier und jetzt fühle ich mich zum ersten Mal in meinem Leben frei." Und damit blies er die Lunte an und klemmte sie in die Serpentine.

„Haben Sie Kinder, Mr. Raleigh?", fragte er unvermittelt und sah Raleigh ins Gesicht.

Raleigh lachte auf. „Ich bin noch nicht mal verheiratet! Und mein Rang ist übrigens Captain, Mr. Cheke."

„Sollten Sie jemals Kinder haben, Captain Raleigh, lassen Sie ihnen die Freiheit, das zu kriegen, was sie wollen."

Cheke kam hoch und schob den Musketenlauf wieder über die Grabenkante.

Raleigh wandte sich ab, um nach seinen Männern zu sehen und hörte im selben Moment hinter sich ein hässliches Geräusch. Als er sich umdrehte, sah er Cheke zu Boden gehen. Die Kugel war in seine Stirn dicht über dem rechten Auge eingedrungen und hatte einen Teil des Schädels weggerissen. Cheke war auf der Stelle tot.

„Scheisse!", fluchte Raleigh und kniete sich nieder. „Das haben Sie wohl nicht bekommen wollen, Mr. Cheke", sagte er leise und schloss ihm mit behandschuhtem Daumen sanft das verbliebene Auge.

Als es Zeit für die Ablösung war und Raleigh aus dem Graben kletterte, kam Captain Wingfield daher, schlenkerte einen Helm am Kinnriemen und hielt ihn schliesslich Raleigh hin.

„Hier, für den jungen Cheke, ich hab' gesehen, dass er keinen anhat."

„Er braucht ihn jetzt nicht mehr."

Müde schob sich Raleigh an Wingfield vorbei und trottete zu seinem Zelt, während zwei Soldaten Chekes Leiche aus dem Graben hoben.

John Cheke sollte der einzige Tote auf englischer Seite bleiben.

Chekes Tod hatte eine Massierung des englischen Artilleriefeuers zur Folge, da niemand geringeres als Lord Deputy Arthur Grey gesehen haben wollte, wo der tödliche Musketenschuss abgegeben worden war. Auch Winters Schiffe feuerten eifrig Salve um Salve auf die Stelle ab, bis ein Teil der Mauer samt dem hölzernen Wehrgang in einer Lawine aus Stein, Holz und Staub über die Klippe auf den Strand donnerte. Doch in Raleigh wuchs die Frustration. Die Befestigung war schon lange sturmreif geschossen, und mit ihren dreitausend Mann hätten die Engländer das feindliche Lager einfach überrennen können, aber der Befehl dazu blieb aus. Weshalb zögerte Grey? Raleigh verstand den Lord Deputy nicht. Nicht nach Glenmalure.

In dem Tal rund fünfundzwanzig Meilen südlich von Dublin war Grey mit dreitausend Mann, darunter Raleigh, in einen irischen Hinterhalt geraten. Mehr und mehr englische Soldaten waren durch Heckenschützen gefallen, bis schliesslich alle Ordnung und Disziplin zusammengebrochen war. Als die Engländer ihr Heil in der Flucht suchten, verliessen die Iren ihre Deckung und fielen mit Schwertern, Piken und Äxten über die Flüchtenden her. Fast ein Drittel von Greys Streitmacht wurde im irischen Blutrausch bestialisch abgeschlachtet. Grey wie auch Raleigh waren dem Blutbad nur mit knapper Not entkommen.

Und nun stand Raleigh auf dieser Halbinsel vor den zerschossenen Wehranlagen des Feindes und lechzte nach Vergeltung, und obwohl in Grey dieselbe Mischung aus Scham, Hass und Wut kochen musste, tat dieser nichts, ausser bis zum Einnachten mit seinen Culverinen zu schiessen.

Am nächsten Morgen tat der Feind genau das, was Raleigh befürchtet hatte. Ein biestiger Westwind jagte tiefhängende graue Wolken von der See her ins Landesinnere. Die Geschütze hatten gerade ihre erste Salve des Tages abgefeuert, als über den Trümmern des Walls eine weisse Fahne geschwenkt wurde. Grey liess das Feuer einstellen, alles wartete.

Erstaunlicherweise war das hölzerne Tor noch einigermassen intakt geblieben, doch einige sauber gestanzte Einschusslöcher verzierten die Flügel und der Rahmen war in Schieflage geraten. Mühsam und ruckend wurde ein Flügel geöffnet, wobei der ganze Rahmen wackelte, und durch den Spalt erschien eine Handvoll Gestalten. Einfach über die Trümmer des Walls zu klettern, wäre mit weniger Aufwand verbunden gewesen, doch die Belagerten wollten offenbar noch einen letzten Rest Würde bewahren.

Grey trat ein paar Schritte vor die Geschützstellungen, begleitet von seinem Sekretär und Adjutanten Edmund Spenser, englische Offiziere kamen aus ihren Stellungen und scharten sich um ihn. Bingham von der *Swiftsure* war da, wie auch die Captains Denny, Mackworth, Zouch und Wingfield. Auch Raleigh kam bis auf Hörweite heran, neugierig, was als nächstes geschehen würde.

Die Gruppe, die durchs feuchte Gras auf sie zu marschiert kam, bestand aus etwa einem halben Dutzend Männern, vorneweg mit der weissen Fahne ein drahtiger Südländer. Er trug einen ziselierten Harnisch mit Beintaschen, Arm- und Schulterstücken, jedoch keinen Helm. Rüstung und Kleider waren verdreckt und zerschlissen, und im fahlen Gesicht des Mannes zeigten sich deutliche Spuren von Überanstrengung und Schlaflosigkeit: Tief eingegrabene Falten und dunkle Ringe unter den Augen. Immerhin hatte er sich die Mühe der Morgentoilette gemacht, wie Raleigh verwundert feststellte; sein schwarzer Bart war sauber ausrasiert und das Gesicht gewaschen. Eine Handvoll weiterer Südländer folgten ihm auf dem Fuss, hinter denen verdrossen ein kraushaariger Ire daherstapfte, als einziger einen verbeulten Morion auf dem Kopf. Als die Südländer vor Grey und seinen Männern stehen blieben, schob sich der Ire nach vorn und stellte sich als Oliver Plunkett, Gentleman und Laienprediger aus Drogheda vor.

„Und das hier", fuhr er fort und deutete auf den Mann mit der weissen Fahne, „ist Signor Sebastiano di San Giuseppe aus Bologna in Italien, Kommandant der Garnison in Dún an Óir. Und die anderen Herren hier sind seine höheren Offiziere."

Giuseppe nickte und presste einen italienischen Satz hervor.

Plunkett zuckte mit den Schultern und meinte salopp: „Tja, Leute, ich bin eigentlich nur als sein Übersetzer hier, aber ehrlich gesagt, versteh' ich knapp die Hälfte von dem, was er redet."

„Und was will er?", fragte Grey. „Sich ergeben?"

„So weit sind wir dann doch noch nicht. Und wenn's nach mir ginge, dann würden wir dort drin bis auf den letzten Mann ausharren und so viele von euch Bastarden mitnehmen, wie wir können." Plunkett warf dem Italiener einen unfreundlichen Blick zu und fuhr fort: „Signor di

San Giuseppe ist gekommen, um über die Bedingungen einer möglichen Kapitulation zu verhandeln."

Grey sah dem Italiener fest ins Gesicht. „Es gibt nichts zu verhandeln, sagen Sie ihm das!"

Doch Giuseppe kam Plunkett zuvor mit heiser vorgetragenen italienischen Paragraphen, die klangen, als lese er sie ab.

Als er fertig war, übersetzte Plunkett: „Er verlangt freien Abzug für sich und seine Männer. Ausserdem will er seine Schiffe wieder haben, um damit zurück in die Heimat zu segeln."

„Abgelehnt. Das Einzige, das ich akzeptiere, ist eine bedingungslose Kapitulation."

Plunkett nickte und wandte sich an Giuseppe. „Capitolazione senza condizioni, ich hab's dir ja gesagt."

Ein Murren ging durch die Reihen von Giuseppes Offizieren und Giuseppe selbst stiess eine schnelle Kaskade von Worten hervor, offensichtlich ein flammender Appell an den Grossmut des Lord Deputy.

Spenser schielte angewidert an seiner langen Nase entlang, und Mackworth knurrte: „Wir sollten sie alle, wie sie hier stehen, über den Haufen schiessen, wenn ihr mich fragt." Worauf Bingham meinte, das ginge nicht, sie seien schliesslich als Parlamentäre hier und stünden unter dem Schutz der weissen Fahne.

„Scheiss auf die weisse Fahne!", gab Mackworth hitzig zurück, und plötzlich riefen mehrere Engländer wild durcheinander.

„Ruhe!", brüllte Grey. Aber es nützte nicht viel. Einer von Giuseppes Offizieren begann die Engländer lauthals auf Baskisch zu verfluchen und wurde von Giuseppe zusammengestaucht.

Ein Spanier erhob seine Stimme, aber Plunkett konnte kein Spanisch und musste sich an Giuseppe wenden, der ins Italienische übersetzte.

„Er verlangt Garantien, für den Fall wir ergeben uns, dass wir gemäss den Gesetzen des Krieges freien Abzug erhalten oder zumindest alle in Kriegsgefangenschaft genommen werden."

Grey wurde rot im Gesicht und war sichtlich bemüht, nicht aus der Haut zu fahren. „Kriegsgesetze? Wir führen keinen Krieg, weder gegen Spanien noch gegen ein anderes Land. Auf wessen Geheiss sind er und seine Leute hierhergekommen? Wer gab den Auftrag für diese Expedition? Der König von Spanien? Gewiss nicht! Der Papst? Dass ich nicht lache! Nein, diese Expedition landete hier, im Herrschaftsgebiet ihrer Majestät, der Königin von England, ohne Kommission und somit ohne jegliche Berechtigung. Mr. Giuseppe und seine Leute sind nichts weiter als eine ausländische Bande von Freischärlern, die einen Aufstand in meinem Land unterstützt. Sie sind keine regulären Soldaten."

„Es ist nicht Ihr Land", knurrte Plunkett. „Es ist mein Land! Irland gehört uns Iren, und wir sind nur den Clansleuten und der Heiligen Mutter Kirche verpflichtet!"

„Genug, Mr. Plunkett! Irland untersteht nach Recht, Gesetz und Gottes Willen der englischen Krone, deren Vertreter ich bin. Ihr könnt euch mir auf Gnade oder Ungnade unterwerfen, hier und jetzt, wenn ihr wollt, aber ich werde keinerlei Bedingungen akzeptieren!"

Plunkett packte Giuseppe am Arm. „Sie wollen nicht, Sebastiano. Komm, wir gehen."

Doch Giuseppe riss sich los und fiel vor Grey auf die Knie. Mit brennendem Blick sah er hoch und seine Worte klangen flehend.

„Was will er denn noch?", fragte Grey ungehalten.

Plunkett tat sein Bestes, Guiseppes hastigen Wortschwall zu übersetzen. „Er bittet...bittet Eure Lordschaft...dass Ihr seine Männer verschont. Er..."

„Wie deutlich muss ich denn noch werden?", fuhr Grey dazwischen. „Ich mache keine Zusagen! Vielleicht lasse ich Gnade walten, vielleicht auch nicht! Wenn er's herausfinden will, muss er bedingungslos kapitulieren!"

Giuseppe erhob sich und stiess laute Verwünschungen aus, und vielleicht rettete es ihm das Leben, dass die Engländer sie nicht verstanden.

Grey hatte sein letztes Wort in der Angelegenheit gesagt, und da es nichts mehr auszurichten gab, zog sich die Parlamentärsgruppe schliesslich in die Festung zurück. Der Lord Deputy sah ihnen noch kurz hinterher und wandte sich dann an seine Offiziere.

„Meine Herren, morgen stürmen wir. Bis dahin schiessen wir noch so viel von dem Drecksnest zusammen, wie wir können." Dann stapfte er mit schepperndem Harnisch zu seinem Zelt, um zu frühstücken.

In der folgenden Nacht hielt die Aussicht auf den Kampf Raleigh noch lange wach. Endlich würden sie stürmen. Sie würden diese Papisten-

Söldner töten, die es gewagt hatten, sein Land zu betreten, um es gemeinsam mit den Aufständischen seiner Königin zu entreissen. Raleigh ergab sich ganz seinem Zorn, weil er wusste, dass der ihn morgen übers Schlachtfeld tragen würde. Doch in seinem Herzen war er kein Fanatiker, nicht so wie Greys Schosshündchen Spenser. Er mochte Spenser nicht. Der arrogante Mistkerl schrieb Gedichte, und nicht einmal schlechte, was ihn zu einem Konkurrenten Raleighs machte, der selbst eine lyrische Ader besass. Spensers Klasse in diesem Bereich würde er nie erreichen, das war ihm klar. Aber wenn es nach Spenser gegangen wäre, dann hätte man die gesamte katholische Bevölkerung Irlands ausgelöscht. Ein Gedanke, der Raleigh anwiderte. Er stand voll und ganz hinter der Politik Elisabeths, die den Katholiken in ihrem Land mit einer gewissen Toleranz begegnete. Zwar war das Zelebrieren der Messe verboten, und katholische Priester wurden auf englischem Boden nicht geduldet, aber allein wegen ihres Glaubens wurden Katholiken weder enteignet, noch inhaftiert, gefoltert oder gar hingerichtet. Sie hatten höchstens ein saftiges Bussgeld zu befürchten. Solange sie sich jedoch ruhig verhielten und den anglikanischen Protestantismus als Staatsreligion im englischen Königreich anerkannten, liess man sie in Ruhe, und alles war in bester Ordnung. Und damit es dabei blieb, wurden sie so gut es ging überwacht und bespitzelt.

Jede Rebellion aber, jedweder Angriff auf die bestehende Ordnung wurde mit eiserner Härte niedergerungen. Niemals wieder sollte England unter einer katholischen Schreckensherrschaft wie zu Königin Marias Zeiten zu leiden haben. An die brennenden Scheiterhaufen konnte sich Raleigh noch gut erinnern. Die katholischen Söldner, die sich gerade jetzt in Dún an Óir verschanzt hielten, hatten aber gerade das im Sinn – Vernichtung der Anglikanischen Kirche, Wiedereinführung der Inquisition, Foltern, Rädern, Vierteilen und Verbrennen von unschuldigen Engländern als Ketzer. Das musste um jeden Preis verhindert werden. Und deshalb schwor er sich, morgen alles zu tun, um diesen kleinen blasierten Italiener persönlich vor seine Klinge zu bekommen. Sebastiano di San Giuseppe, den Namen hatte er sich gemerkt. Er würde nach ihm Ausschau halten und ihn rufen, wenn er morgen dort rein ging.

Donnerstag, 10. November 1580
Dún an Óir, Smerwick
Irland

Donnerstag, der 10. November 1580, dämmerte mit kaltem Wind und einem zerrissenen Himmel. Raleigh liess sich gerade in seinen, wie er fand, überaus eleganten Harnisch helfen, als die erste Kanonade des Tages den Boden erzittern liess. Brustpanzer in ausgesprochen modischer Erbsenhülsenform, Rückenpanzer, Armzeug, Sturmhaube. Auf die Beintaschen verzichtete er, denn er wollte sich möglichst ungehindert bewegen können.

An den Lagerfeuern ringsum waren seine Soldaten mit letzten Vorbereitungen beschäftigt; Musketen wurden gereinigt, Pulverkapseln gefüllt, Lunten zurechtgeschnitten, Klingen geschärft. Raleigh sah seinen Lieutenant an einem der Feuer stehen und ging zu ihm hinüber.

„Lassen Sie die Männer Aufstellung nehmen, sobald sie so weit sind."

Der Mann nickte nur, aber Raleigh wusste, dass er sich auf ihn verlassen konnte. Mit zwei Shilling pro Tag wurde er auch gut bezahlt. Mit halbem Ohr nahm Raleigh wahr, dass das gegnerische Musketenfeuer zum Erliegen gekommen war.

„Wir könnten schon lange drin sein", hörte er Mackworths schnarrende Stimme hinter sich. Er drehte sich um und sagte: „Ja. Weiss der Teufel, warum uns Grey so lange hinhält."

Mackworths Augen glitzerten. „Ich geh mal und rede mit ihm."

Mackworth hatte das Kommando an diesem Tag, vielleicht nützte es was, wenn er mit Grey sprach. Doch dann packte Raleigh ihn am Arm und hielt ihn zurück.

„Da!"

Mackworths Blick folgte Raleighs ausgestrecktem Arm und hinüber zu Dún an Óir, wo über dem Tor die weisse Fahne geschwenkt wurde. Ringsum brach Jubel aus, und Mackworth sagte: „Na, da bin ich aber mal gespannt, was Grey jetzt macht." Dann rief er nach Denny, Zouch und Wingfield und befahl ihnen, vorzurücken und vor dem Tor Stellung zu beziehen.

Die Culverinen hatten ihr Feuer eingestellt, und auf einmal lag eine unnatürliche Stille über dem Schlachtfeld, während sich die Hälfte der englischen Streitmacht schweigend durch das nasse Gras auf Dún an Óir zubewegte. Raleigh schloss sich ihnen an, gespannt, wie es nun weitergehen sollte. Vor dem Tor bildeten sie einen grossen Halbkreis, um die Besatzung der Festung in Empfang zu nehmen.

Stille.

Nur der Wind, der durchs Gras raschelte und hie und da das Knirschen von Leder und das leise Klappern von Ausrüstung und Waffen in den englischen Reihen.

Aber ansonsten Stille.

Dann ein Poltern aus der Festung, als der Riegel vom Tor gelöst wurde. Die Männer hielten den Atem an. Langsam und ruckend schwangen die Torflügel auf.

Ein Ruf: „Misericordia!"

Und heraus trat Di San Giuseppe, dicht gefolgt von seinen Offizieren, die die eingerollten Fahnen trugen, und schliesslich strömten hunderte von Söldnern heraus.

„Misericordia!"

Abgerissene Gestalten in verdreckter Kleidung.

„Acqua!"

Hohlwangige, bärtige Gesichter mit stumpfem Blick.

„Misericordia, per favore!"

Mehr Stolpern und Torkeln als aufrechtes Gehen.

„Agua, por favor!"

Aber alle in voller Montur und bewaffnet.

„Misericordia!"

Lord Deputy Grey kam mit Spenser im Schlepptau angescheppert und nahm das Heft in die Hand.

„Die Leute müssen entwaffnet werden. Übernehmen Sie das, Captain Wingfield. Und dann sorgen Sie dafür, dass sie sich alle wieder in die Festung begeben, ich will sie nicht hier auf offenem Feld haben."

In sauberen Stapeln legten die Gefangenen ihre Piken, Schwerter und Musketen neben dem Tor nieder und liessen sich von Wingfields Männern widerstandslos zurück in die Festung treiben, während Di San Giuseppe seinen Offizieren voranging und mit grosser Geste dem Lord Deputy seinen Degen überreichte. Im befestigten Geviert gingen Wingfields Männer mit kalter Gründlichkeit vor; sie befahlen den Gefangenen, Helm und Panzer abzulegen und brachten das Zeug nach draussen, damit es unter den englischen Infanteristen verteilt werden konnte. Kriegsbeute. Aber nichts im Vergleich mit dem, was sonst noch in Dún an Óir lagerte.

Raleigh beobachtete mit Mackworth das Treiben und fühlte sich etwas überflüssig, weil er keine Aufgabe hatte. Auf einmal tauchte Spenser mit seinem überheblichen Froschblick bei ihnen auf. Er schenkte Raleigh ein kurzes, herablassendes Lächeln und wandte sich dann an Mackworth.

„Lord Arthur wünscht Sie zu sehen, Captain Mackworth."

Noch bevor Mackworth etwas erwidern konnte, trat Wingfield zu ihnen und sagte: „Ich komme gleich mit. Dort drin lagern Waffen, Munition und Ausrüstung für fünftausend Mann!"

Raleigh pfiff durch die Zähne. Mackworth und Wingfield machten sich zu Grey auf den Weg, und Spenser stakste in der anderen Richtung durchs feuchte Gras davon und quäkte: „Captain Zouch! Wir brauchen ein paar kräftige Männer! Sie sollen die Balken zur Westecke bringen! Und holen Sie den Schmied!"

Raleigh hörte nicht hin. Waffen und Ausrüstung. Für fünftausend Mann. Der Gedanke machte ihm Angst. Er dachte daran, was die paar hundert Heckenschützen bei Glenmalure unter Greys dreitausend Mann angerichtet hatten. Er dachte daran, dass Grey und Ormond[7] zusammen kaum so viele Männer unter Waffen hatten. Und er dachte daran, was fünftausend gut ausgerüstete, von spanischen Soldaten geschulte irische Rebellen ausrichten konnten. Eine Menge. Danach wäre Irland nicht mehr nur die Hintertür für eine spanisch-päpstliche Invasion in England. Es wäre ein sperrangelweit geöffnetes Scheunentor. Die Folge wäre ein Krieg auf englischem Boden, ein Krieg, den England wahrscheinlich nicht gewinnen würde. Nicht gegen ein spanisches Heer, nicht gegen die bestgedrillte Infanterie der Welt. Fanatiker würden die Macht übernehmen und England in einen katholischen Gottesstaat verwandeln. Raleigh sah die Scheiterhaufen wieder vor sich, brennende Männer und Frauen, zu tausenden von der Inquisition als Häretiker gefoltert und verurteilt.

Mackworth kam zurück.

„Kein Pardon, Raleigh. Wir beide gehen rein und erledigen das."

Sie setzten ihre Männer in Bewegung und auf dem Weg zum Tor fragte Raleigh: „Wie machen wir's?"

Mackworth leckte sich die Lippen und fuhr sich mit dem Daumen über die Kehle. „Rübe ab."

Und schon schoben sie sich durch das Tor ins Innere des Vorwerks. Der Platz war voller Menschen; Wingfields Männer bewachten die etwa sechshundert Gefangenen, und links vor einem freistehenden Gebäude sah Raleigh Plunkett mit zwei Männern und einer Handvoll Frauen stehen.

Mackworth bellte: „Die Frauen und alle Iren zum Tor!"

„Ich bin Engländer!", reklamierte einer der Männer.

„Und was machen Sie hier?", frage Raleigh.

Der Mann sah ihn trotzig an und erwiderte: „Mein Name ist William Walsh, und ich bin der Sekretär von Nicholas Sanders[8]."

„Und der da?"

„Pater Lawrence Moore."

„Papisten-Pack, alle miteinander!", schnarrte Mackworth. „Los, zum Tor! Beeilung!"

Plunkett trat vor, bleich und zitternd. „Zwei der Frauen sind schwanger…"

Mackworth schubste ihn weg und rief: „Bringen Sie sie raus, Captain Wingfield!"

Raleigh warf Mackworth einen dankbaren Blick zu. Was sie gleich tun würden, war kein Anblick für Frauen, wie er fand.

Mackworth zog seinen Degen. „Also, los!"

Raleigh gab seinen Männern ein Zeichen.

Es begann mit kalter, zielstrebiger Schnelligkeit. Zwei Mann packten den ersten Söldner und zwangen ihn mit einem Tritt in die Kniekehlen nieder. Ein dritter Soldat griff in seinen Haarschopf und riss seinen Kopf herunter, sodass der Nacken bloss lag. Im nächsten Augenblick hieb ihm einer von Raleighs Reitern mit seinem schweren Degen den Kopf ab.

Raleigh sah den Kopf in den Matsch plumpsen, sah das Blut in einem Schwall aus dem Halsstumpf schiessen und empfand nichts als grimmige Genugtuung.

Von draussen hallten Hammerschläge in das Vorwerk, aber Raleigh achtete nicht darauf. Der kopflose Tote wurde hinters Haus zur Mauer geschafft und erhielt dort bald Gesellschaft von anderen Unglücklichen. Überall im Hof waren jetzt Engländer mit Enthaupten beschäftigt. Die

Gefangenen hatte man in die Ecken der Bastionen gedrängt, aber natürlich bekamen sie sehr schnell mit, was geschah und was die unmittelbare Zukunft für sie bereithielt. Tumult brach aus. In Panik versuchten etliche, über die Wälle zu entkommen, wurden aber gnadenlos von Wingfields Männern zurückgestossen. Derweil griffen sich Raleighs Leute in Vierergruppen einen Gefangenen nach dem anderen, stiessen sie hin, wo gerade Platz war, zwangen sie nieder und schlugen ihnen den Kopf ab. An Raleighs grimmigen Gemütszustand änderte sich nur wenig. Er versuchte, den Überblick zu behalten, schickte Männer zur Verstärkung der Bewacher, um die Gefangenen so ruhig wie möglich zu halten und wies seinen Lieutenant an, sich um den Abtransport der Leichen zu kümmern.

Der Zweite, Dritte und Vierte, wurden vor seinen Augen hingerichtet, für Raleigh nichts weiter als die Konsequenz, die sie für ihr Eindringen ziehen mussten. Der Fünfte, der Sechste, die Schreie, der Gestank von Angst, Blut und Exkrementen drangen auf ihn ein; er verschloss sich, und ein taubes Gefühl machte sich in ihm breit, als sei er gar nicht hier, als wäre dies alles nur ein wirrer Albtraum.

Ein Junge, fast noch ein Kind, vielleicht dreizehn oder vierzehn, wurde hergezerrt. Er kreischte gellend und wehrte sich, bäumte sich auf und warf sich herum, als er niedergestossen wurde. Die Soldaten konnten ihn nicht ruhig halten, und der erste Hieb ging fehl, die Klinge grub sich tief in seine Schulter. Aus dem Kreischen wurde ein Schreien, Keuchen, Wimmern. Der Soldat musste sich mit seinem Stiefel gegen den Körper des Jungen stemmen, um die Klinge wieder frei zu bekommen. Der zweite Hieb war zu schwach und fuhr nur halb durch das Genick. Aus dem Wimmern wurde ein Röcheln, das erst mit dem dritten Schlag verstummte. Raleigh fühlte ein leichtes Unwohlsein und musste wegsehen. Als er den Blick hob, sah er weiter drüben Mackworth eigenhändig einen Mann enthaupten. Er hätte ihn dafür bewundert, dass er die Drecksarbeit nicht allein seinen Männern überliess, hätte Mackworth nicht triumphierend seinen Arm in die Höhe gestreckt und einen übermütigen spitzen Jauchzer ausgestossen.

Plötzlich musste Raleigh gegen einen Strudel ankämpfen, der ihn fortzureissen drohte. Mackworth freute sich. Mackworth hatte *Spass!* Angeekelt wandte er sich ab. Er sah den Achten, Neunten, Zehnten ihre

Köpfe verlieren und klammerte sich an seiner inneren Stumpfheit fest, um den Irrsinn nicht noch mehr an sich heran zu lassen.

Dann schleppten sie den Elften vor ihn hin. Hohlwangig, verdreckt und schlecht rasiert; das kurzgeschorene Haar schon grau durchsetzt; gehetzter Blick aus dunklen Augen, die erstaunlich guten Zähne gebleckt. Mit einer Hand schaffte er es, ein hölzernes Kruzifix zu umklammern, das ihm am Hals baumelte. Ein beständiges Murmeln in rasendem Latein, das sich zu einem panischen Crescendo steigerte, als er auf die Knie gezwungen wurde. Raleigh begriff, der Mann wollte seinen Frieden mit Gott machen. Der Kavallerist hob sein Schwert, doch Raleigh streckte die Hand aus und bedeutete ihm, zu warten. Auch der Todgeweihte hatte die Geste bemerkt und wurde augenblicklich ruhiger. Er betete zu Ende, küsste sein Kruzifix. Sagte „Amen“ und hob den Blick. Sah Raleigh direkt in die Augen. Dankbar.

Raleigh nickte, bevor der Mann von seinem inneren Frieden wieder verlassen wurde. Der Hieb trennte seinen Kopf ab, während er noch immer Raleigh in die Augen sah.

Der Kavallerist lockerte seinen Schwertarm und sagte: „Ist wie Holzhacken, Sir. Heut' Abend werden wir ordentlich müde sein.“ Und schon wurde ihm der Nächste vor die Füsse geworfen.

Knochen barst, Gewebe zerfetzte, Blut sprudelte fast eine Stunde lang. Der Boden war nur noch roter Matsch in dem sich die Haufen der geköpften Leiber stapelten. Irgendwann hatten ein paar Soldaten angefangen, die abgeschlagenen Köpfe über den Erdwall auf die Weide draussen zu werfen, wo sie ohne Plan verscharrt wurden. Die Körper wurden entkleidet, über die Steinmauer hinter dem Haus gewuchtet und die Klippe hinunter auf den Strand geworfen. Ein Massengrab für sechshundert Tote war im weichen Sand leichter zu graben, als oben im steinigen Erdreich.

Von ihrer eigenen Unmenschlichkeit erschöpft, traten Raleighs und Machkworths Männer durch das Tor, blutbespritzt und mit stumpfen, verbogenen Klingen. Raleigh sah an sich hinunter und auf das Blut an seinen Stiefeln, seinen Hosen, seinem Harnisch und dachte matt, dass er sich fühlte, wie er aussah: Besudelt.

Wenn er geglaubt hatte, draussen auf dem offenen Feld so etwas wie frische Luft atmen zu können, sah er sich getäuscht. Er wandte sich nach rechts, um zum Pfad zu gelangen, der hinunter zum Strand führte und sah den Galgen, der in der Zwischenzeit errichtet worden war. Man hatte alle Frauen gehängt. Auch die Schwangeren.

Etwas abseits lagen Plunkett, Walsh und Pater Moore im kalten Gras. Sie lebten noch. Der Schmied hatte ihnen auf Greys Befehl hin Arme und Beine gebrochen, und nun liess man sie liegen, um sie am nächsten Tag ebenfalls aufzuhängen.

Seitdem der letzte Schrei verstummt war, herrschte eine eigenartige Stille. Die meisten englischen Soldaten redeten nicht viel, und wenn, nur gedämpft. Raleigh konnte spüren, dass viele der Männer Greys Vorgehen nicht billigten. Nur Mackworth war in aufgeräumter Stimmung und grinste zufrieden, als er seinen Schwanz hervorholte und Pater Moore ins Gesicht pisste.

Unten am Strand verfolgten Grey und Spenser das Vergraben der Leichen. Greys Blick glitt über die Hunderten von kopflosen Leibern, die in grotesken Verrenkungen am Fuss der Klippe lagen, wie sie von der Mauer oben heruntergestürzt waren. Raleigh traute seinen Ohren nicht, als er Grey sagen hörte: „Hier liegen die tapfersten und vorzüglichsten Persönlichkeiten, die ich jemals gesehen habe!“

Als er auch noch eine Träne an Greys Wange herunterschleichen sah, machte er angewidert auf dem Absatz kehrt und ging zu seinen Männern.

Am nächsten Tag erschien der Bote und überbrachte Raleigh Walsinghams Brief.

Mittwoch, 23. November 1580
White Hart Inn
Exeter, Devon

Nicht übel, fand Raleigh, die hundertsechzig Meilen von London nach Exeter in anderthalb Tagen. Natürlich war das einesteils dem trockenen Wetter geschuldet, das die Strassen hinreichend passierbar belassen hatte. Dann aber auch den häufigen Pferdewechseln. Kurze Etappen mit möglichst frischen Tieren. Viele Pferde, aber nur ein Reiter. Entsprechend war Raleigh etwas mitgenommen, und er stöhnte innerlich auf, wenn er an den halben Tagesritt dachte, der noch vor ihm lag.

Er sass in der lärmigen Schankstube in wohliger Nähe zum Kamin, tröstete sich und seinen wunden Hintern mit einem grossen Krug Bier und tat ansonsten nichts als auf seinen Führer zu warten. Dieser sollte ihn die rund dreissig Meilen mitten durchs Dartmoor und zu dem abgelegenen Haus auf der anderen Seite der Moorheide geleiten.

Dass Walsingham selbst an solche Kleinigkeiten bei der Planung von Raleighs Auftrag gedacht hatte, konnte nur bedeuten, dass er die Angelegenheit überaus wichtig nahm. Tatsächlich war alles sehr gut vorbereitet, nur Raleigh nicht. Obwohl er in der kurzen Zeit getan hatte, was er konnte, empfand er ein gewisses Gefühl der Unzulänglichkeit.

Na, wird schon schiefgehen, sagte er sich und trank einen Schluck. Schliesslich war alles, was er tun musste, ein paar Fragen zu stellen. Seine Zeugenliste war komplett; den Anfang würde er mit Fletcher machen.

Raleighs Gedanken wanderten zu Hakluyt, und sofort war sein Unbehagen wieder da. Die Begegnung mit Richard erschien ihm immer noch äusserst sonderbar. Als er nämlich beschlossen hatte, den Geographen um Hilfe zu bitten, hatte er erwogen, einen Brief per Eilboten zu ihm nach Oxford zu schicken, wo Hakluyt unterrichtete. Doch im besten Fall durfte er mit einer Antwort nicht vor Ablauf von zwei Tagen rechnen, und so lange konnte er nicht warten. Er hatte das Vorhaben schon aufgeben wollen, als ein Clerk des Temple an seine Kammertür klopfte und ihm mitteilte, ein Mr. Hakluyt warte unten in der Halle. Raleigh war wie vor den Kopf geschlagen gewesen. Er war nicht abergläubisch, aber das schien nun doch nicht mit rechten Dingen zuzugehen. Das Ganze hatte sich dann allerdings als reiner Zufall herausgestellt; Hakluyt hatte, wie er sagte, ein Treffen mit dem Staatssekretär gehabt, in dessen Verlauf ihm Walsingham nebenbei vorgeschlagen habe, Raleigh einen Besuch im Temple abzustatten, da der möglicherweise seine Hilfe in einer gewissen Angelegenheit gebrauchen könne. Ein Zufall, ja. Aber ein äusserst merkwürdiger. Als habe Walsingham das alles von langer Hand geplant.

Raleigh hatte Hakluyt gefragt, ob er auch wegen Drake bei Walsingham gewesen sei, was dieser verneinte. Raleigh hatte sich damit zufriedengegeben. Immerhin gab ihm Hakluyt zwei Namen für die Liste der Zeugen: Richard Cliffe, Seemann und Francis Pretty, Bewaffneter.

Raleigh erinnerte sich, auf der Liste der Hundertfünfundsechzig hinter einigen Namen die Abkürzung *C'trel* gesehen zu haben. Custrels waren Bewaffnete in Diensten eines Gentlemans oder einfach nur Söldner, die sich verdingten, wo ihr Handwerk gerade gefragt war. Männer, wie er sie in Irland unter seinem Kommando hatte. Solche Leute heuerten auch gern für Kaperfahrten an, selbst wenn sie von der Seefahrt erst nicht viel verstanden. Aber da an Bord jede Hand gebraucht wurde, änderte sich das zumeist sehr schnell.

Nun hatte Raleigh auf seiner Zeugenliste einen Kaplan, einen Seemann und mit Pretty eben einen solchen Soldaten. Was ihm noch gefehlt hatte, war ein Vertreter aus den Reihen der Gentlemen gewesen. Der Zeitdruck hatte ihn veranlasst, nicht weiter nach einem geeigneten Mann zu forschen, sondern aufs Geratewohl einen auszuwählen. Er hatte mit geschlossenen Augen auf die Liste getippt und den Gentleman, der seinem Finger am nächsten stand, auf seine Liste geschrieben, ein Mr. John Cooke. Und zu guter Letzt vervollständigte Francis Drake die Liste. Raleigh hatte die Liste Walsingham geschickt, der dafür sorgen würde, dass die Zeugen zur festgesetzten Zeit bei Raleigh erschienen.

Raleigh wollte gerade einen weiteren Krug Bier bestellen, als er seinen Namen hörte. Die Stimme war jung, nicht mehr im Stimmbruch, aber noch nicht gesetzt, ein wenig unsauber und ein bisschen zu laut und übertönte mühelos das Stimmengewirr der anderen Gäste im Schankraum.

„Wo kann ich Mr. Raleigh finden, Meister?"

Der Wirt deutete mit dem Kopf in Raleighs Richtung. „Sitzt dort drüben am Kamin, mein Junge."

Raleighs Führer war eingetroffen.

Am selben Abend
Buckland Abbey
Devon

„Was ist das?“

Missmutig starrte John Babbage auf seine Suppenschale.

„Gemüsesuppe“, sagte seine Frau und fuhr ungerührt fort, die dampfende Brühe aus dem grossen Topf zu verteilen.

„Also ich finde, sie duftet ganz vorzüglich, Annie“, meinte Eleanor Parker, womit sie Babbage in den Rücken fiel, was dieser mit einem giftigen Seitenblick in ihre Richtung quittierte. Dann fiel sein Blick wieder auf die Schale vor ihm.

„Bisschen dünn, nicht?“, stichelte er weiter. „Hat ja nich' mal Fettaugen drauf.“

Annie stellte den Topf auf den Tisch und setzte sich. „Hör bloss auf zu maulen, John.“

„Es ist Gemüsesuppe, Mrs. Babbage. Wie soll ein ausgewachsener Mann da nicht maulen, frag ich dich?“

„Was gibt's denn daran auszusetzen? Du hast sie ja noch nicht mal probiert!“

„Probiert, probiert! Und wie soll ich davon satt werden?“

„Na, indem du sie aufisst. Sie macht dich schon nicht dümmer als du bist, John Babbage!“

Eleanor kicherte, und ihr Mann, William Parker, musste sich ein Grinsen verkneifen. Babbage war mit seinen zweiundfünfzig Jahren zwar der älteste am Tisch, aber eben nur der Gärtner, während der knapp zehn Jahre jüngere Parker als Verwalter das Regiment führte, weshalb ihm auch der Platz am Kopfende des langen Tisches in der Küche von Buckland Abbey gebührte.

Leises Schlürfen und allgemeines Löffelklappern setzten ein. Babbage seufzte und schloss sich den anderen grummelnd an.

„Köstliche Suppe, Annie“, meinte Parker anerkennend, doch Annie, dick, rothaarig und schwitzend, hob nicht einmal den Kopf, als sie trocken erwiderte: „Sag das John, mir glaubt' er's ja nicht.“

„Ach, lass gut sein, Mrs. Babbage, ja?“, grummelte ihr Mann, der keinen grösseren Gegensatz zu seiner Frau hätte bilden können: Gross, hager, selbst um diese Jahreszeit noch braungebrannt, mit einem zusseligen Haarkranz auf dem Kopf und einer riesigen Nase im glattrasierten Gesicht.

Parker dagegen war stämmig mit dunkelblondem Bart und Haar, in dem sich an den Schläfen das erste Grau zeigte. Als Verwalter oblag ihm die Buchführung und auch sonst alles Schriftliche, doch sah man ihm an, dass er die körperliche Arbeit in Haus und Umschwung nicht allein Babbage und den Pächtern überliess.

Auch Eleanor konnte zupacken, was man ihr aber auf den ersten Blick nicht zugetraut hätte. Ihr haftete etwas Damenhaftes an, das man böswillig mit Sprödheit hätte bezeichnen können, doch sie war eine durchaus hübsche und auch anziehende Frau von fünfunddreissig Jahren, der man die Geburt von drei Kindern nicht so ohne weiteres ansah. Ihre vornehme Haltung hatte bei Parker durchaus Spuren hinterlassen, die Leute seines Standes als Marotten bezeichnet hätten. Wie zum Beispiel jetzt, als er eine Serviette nahm und sich den Bart abtupfte, ehe er sagte: „Morgen erwarten wir den angekündigten Gast, Annie, und so köstlich deine Suppe auch schmeckt, so hoffe ich doch, dass du dem Gentleman keinen Grund gibst, sich über dein Essen zu beklagen."

Annie lächelte milde. „Keine Sorge, William. Tom hat zwei Moorhühner geschossen, und John wird gleich morgen früh nach den Fallen sehen."

„Ein Hase wär natürlich nicht schlecht."

„Zwei wären noch besser", grummelte Babbage und sah mit Trauermine auf seine Suppenschale. Doch niemand beachtete ihn.

„Du wolltest doch diese Woche noch nach Plymouth runter, da könntest du doch frischen Fisch besorgen", schlug Annie vor.

„Wenn er nicht zu teuer ist", gab Parker säuerlich zurück.

„Na hör mal, du hast selbst gesagt, das ist 'n Gentleman, da wird man doch wohl noch was springen lassen können."

„Spingen! Spingen!", rief die kleine Jane, mit drei Jahren das Nesthäkchen der Parkers, und hieb im Takt ihren Löffel in die Suppe, dass es spritzte. Ihre Brüder Edward und George kicherten, und Eleanor rief erschrocken: „Jane! Lass das!"

Doch Klein-Jane drosch mit wachsender Begeisterung weiter mit ihrem Löffel in die Suppe. Bis Annie plötzlich ihren Arm packte und mit eisernem Griff festhielt.

„War die Suppe böse zu dir?“, fragte sie leise.

Jane starrte sie gross an und schüttelte schliesslich den Kopf.

„Warum haust du sie dann?“

Noch immer hielt sie ihr Ärmchen gepackt, während Janes Blick eine herausfordernde Note bekam.

„Die Suppe zu hauen ist blöd, mein Schatz. Sie hat dir nichts Böses getan, im Gegenteil, die Suppe ist gut zu dir. Sie sorgt dafür, dass du gross und stark wirst, und zwar so gross und stark, dass du deine Brüder verdreschen kannst. Und die beiden haben's gewiss nötig. Und? Wirst du die Suppe nochmal schlagen?“

Jane schüttelte den Kopf und Annie liess ihren Arm wieder los. Alle am Tisch warteten gespannt, was nun passieren würde, doch Jane schob nur die Unterlippe vor und schmollte.

„Danke, Annie“, sagte Eleanor, und Parker meinte: „Was den Fisch betrifft – ich werd' mal sehen, was sich machen lässt.“

Noch während er es sagte, bahnte sich das nächste Drama an. Edward hatte seinen jüngeren Bruder heimlich unter dem Tisch ins Bein gezwickt, und zwar mit Absicht so, dass es wehtat. George revanchierte sich mit einem Knuff in den Oberarm, genau dorthin, wo es schmerzt. Edwards Konter wiederum bestand in einem heftigen Schubser, der George polternd zu Boden schickte. Doch der Junge stand sofort wieder auf den Beinen und plärrte: „Mami, Ed hat mich geschubst!“

„Weil du mich in den Arm geboxt hast!“, rechtfertigte sich Edward.

„Weil du mich gezwickt hast!“

„Petze!“

Da ihm das letzte Wort in der Angelegenheit versagt blieb, stürzte sich George wie ein Terrier auf seinen älteren Bruder und eine hitzige Rauferei begann, während Jane mit lautem Klappern erneut ihren Napf malträtierte.

„Hört auf damit!“, brüllte Parker. „Alle beide! Sofort! Und du auch, Jane!“

Annie versuchte erneut, die kleine Jane zu bändigen, Babbage und Parker erhoben sich, um die Jungen zu trennen, und Eleanor schlug sich die Hände vors Gesicht und stöhnte: „Mein Gott, diese Kinder!“

Nur eine löffelte in aller Ruhe weiter ihre Suppe: Molly Babbage. Für die achtzehnjährige Tochter von Annie und John war der Radau der

Kinder nichts Neues. Ausserdem war sie mit ihren Gedanken ganz woanders. Mit einer Mischung aus Aufregung und Beklommenheit dachte sie an die bevorstehende Ankunft des Gastes. Ihre Erfahrungen mit dem anderen Geschlecht beschränkten sich vor allem auf den alltäglichen Umgang mit den männlichen Bewohnern von Buckland Abbey, wobei der einzige einigermassen in ihrem Alter ihr Bruder Tom war. Sie kam nur selten von Buckland Abbey weg; manchmal begleitete sie ihren Vater rüber nach Tavistock, und ganz selten nahm Parker sie mit runter nach Plymouth, wobei er die Hafengegend mied mit dem Hinweis, es schicke sich nicht für eine junge Frau, sich dort aufzuhalten. Ihre Möglichkeiten, Männer kennenzulernen, waren sehr beschränkt. Nicht, dass sie gänzlich unerfahren war. Vorletzten Sommer hatte sie einen jungen Schäfer aus Yelverton unter ihre Röcke gelassen, als der seine Herde über die Weiden von Milton Combe getrieben hatte; eine Erfahrung, die ihr sehr viel Spass gemacht hatte. Allerdings hatte sie den Schäfer seither nicht wieder gesehen. Viel Besuch gab's nicht gerade auf Buckland Abbey, und auch der Hausherr, Sir Richard Grenville, erschien nur noch selten. Vor ein paar Jahren war er noch öfter hier gewesen um die Arbeiten an den Stuckdecken und der Kaminverkleidung in der grossen Halle zu beaufsichtigen. Offenbar hatte er vorgehabt, mit seiner Familie hierher zu ziehen, doch so viel Molly wusste, lebte er nun in Bideford, oben im Norden von Devon.

In letzter Zeit war überhaupt nur ein Besucher aufgetaucht, und auch das nur, um die Nachricht zu überbringen, Sir Richard gewähre auf Geheiss ihre Majestät der Königin einem Gentleman Gastrecht. Kein Wunder, war Molly ein kleines bisschen nervös.

Donnerstag, 24. November 1580
Dartmoor, Devon

Sie ritten durch dichten Nebel bergauf, entsprechend langsam kamen sie voran. Obwohl Raleigh seinem Führer mit nur wenigen Schritten Abstand folgte, war der Reiter vor ihm kaum mehr als ein blasser Schemen.

„Wie heisst du eigentlich, Junge?", wollte Raleigh wissen.

Der Junge drehte sich im Sattel halb um und wartete, bis Raleigh aufgeholt hatte.

„Ich hab mich noch gar nicht vorgestellt, was?"

„Nein, hast du nicht."

„Ich hoffe, Ihr nehmt's mir nich' übel, Sir, hab's glatt vergessen." Der Junge grinste entschuldigend und hob die Schultern, machte aber weiter keine Anstalten, sein Versäumnis nachzuholen.

Halb verärgert, halb amüsiert sagte Raleigh: „Aber du weisst, wer ich bin."

„Ja, Sir. Ihr seid Walter Raleigh, Sir."

„Richtig. Und jetzt wäre es ganz nett, wenn du mir sagst, wer du bist."

Der Junge sah ihn kurz mit grossen Augen an, rettete sich in ein charmantes Grinsen und nahm seine Mütze ab. „Ich bitte um Entschuldigung, Sir, natürlich, Sir. Ich bin Tom. Tom Babbage. Stallbursche auf Buckland Abbey, Sir."

Raleigh glaubte erst, sich verhört zu haben.

„Buckland Abbey, sagst du?"

„Aye, Sir."

„Sir Richard Grenvilles Haus?"

„Ihr kennt das Haus?"

„Nein, aber ich kenne Grenville."

Eine Weile ritten sie schweigend weiter und Raleigh dachte: Na, sieh mal einer an! Die Krone stellt mir Vetter Richards Buckland Abbey zur Verfügung. Ich hoffe nur, er weiss davon.

Raleigh sah sich um, konnte aber kaum etwas von der Landschaft erkennen. Welliges Grasland verschwand wenige Yards links und rechts des Weges im Nebel. Hin und wieder tauchten plötzlich Gestalten aus der dicken Suppe auf und standen schweigend da, während Raleigh und der junge Babbage an ihnen vorbeiritten: Menhire oder auch ganze Felsformationen, die sich wie hingeworfen aus dem Boden erhoben und bald drauf wieder im Nebel verschwanden. Raleigh fühlte sich auf einmal sehr verloren.

„Und du bist sicher, dass du den Weg kennst?", rief er Tom zu, nur um etwas zu sagen.

Der nickte bedächtig und rief zurück: „Ich denke schon, Sir!"

Du bist ein Witzbold, dachte Raleigh im Stillen, es gibt nur diesen einen Weg durchs Dartmoor, das weisst du so gut wie ich. Er schickte trotzdem ein Stossgebet zum Himmel, dass Tom den Weg auch in diesem dichten Nebel gut genug kannte, um nicht davon abzukommen. Als würde er für seine Gedanken verspottet, ertönte ganz in der Nähe das höhnische Lachen einer Aaskrähe. Weiter weg antwortete eine zweite. Auch Tom musste die Vögel gehört haben, denn er begann, ein Lied zu singen: „Drei Raben sassen auf dem Baum, Down-a-down, hey, down-a-down. In schwärzestem Gefieder Flaum…Stört es Euch, wenn ich singe, Sir?"

„Tu, was du willst. Und wenn's die Zeit vertreiben hilft, soll's mir recht sein."

Ein Wiegenlied, konstatierte Raleigh ein wenig überrascht. Zwar traf Tom durchaus die richtigen Töne, doch seine unreine Jungmännerstimme gab der süssen Melodie eine unpassend herbe Note. In dem Lied ging es weniger um die drei Raben als vielmehr um einen erschlagenen Ritter, dessen Leichnam auf einem Feld liegt und den sich die Raben zum Frühstück auserkoren haben. Doch aus der Mahlzeit wird nichts, denn der tote Ritter wird gut beschützt von seinen Hunden, die ihm zu Füssen liegen und von seinen Falken, die einen Angriff aus der Luft verhindern. Und schliesslich kommt auch noch seine als falbes Reh beschriebene hochschwangere Liebste, die seine Wunden küsst, ihn auf dem Rücken fortschafft und beerdigt, bevor sie selbst noch am gleichen Tag stirbt. Genau das Richtige, um kleine Racker in den Schlaf zu singen, dachte Raleigh bissig, enthielt sich aber jeden Kommentares. Auch er kannte ein Lied über Raben, aber das ging ganz anders.

Um die Mittagszeit herum schlug Tom vor, bei den Felsen von Crockern Tor Rast zu machen.

„Lass uns lieber bis zu den Zwei Brücken gehen", entgegnete Raleigh, „dort können wir die Pferde tränken."

Toms Verblüffung hätte nicht grösser sein können. „Ihr kennt euch hier aus?"

„Mein lieber Junge, ich bin keine dreissig Meilen von hier geboren und aufgewachsen, was glaubst du also?"

Bei den Zwei Brücken tränkten sie ihre Tiere, vertraten sich die Beine und assen Brot und Käse, während Tom freimütig von seinem Leben auf Buckland Abbey erzählte. Als sie eine Stunde später wieder aufsassen, hatte Raleigh das Gefühl, das gesamte Personal des Anwesens bereits zu kennen. Weitere anderthalb Stunden später hatten sie den letzten grösseren Anstieg bewältigt. Der Weg führte sie nun bergab, und als sich der Nebel zu lichten begann, liessen sie kurz vor Yelverton ihre Pferde traben. Die letzte Meile ritten sie im Galopp, stetig abwärts, durch von Hecken gesäumte Hohlwege und gewundene Strässchen, vorbei an einer gotischen Kirche, die viel zu gross erschien für den Weiler, der sie umgab: Buckland Monachorum. Dann verlangsamte Tom sein Pferd, bog auf einen Feldweg ein, der sacht bergab an einigen Bäumen vorbei durch eine Wiese führte. Dann wurde das Gelände steiler, und Raleigh sah in ein kleines Tal hinunter, in dem grau und trutzig Buckland Abbey vor ihnen lag. Wie der Name schon sagte, war das Anwesen einst eine Abtei gewesen, doch als vor vierzig Jahren König Heinrich VIII. mit der römischen Kirche brach und alle Klöster in seinem Reich auflöste, wurden die Zisterzienser vertrieben und Land und Gebäude gingen schliesslich in den Besitz der Grenvilles über.

Raleigh parierte sein Pferd, um besser sehen zu können. Einzelne kahle Bäume umgaben einen Haufen ineinander verschachtelter Gebäudeteile, aus deren Mitte sich ein gedrungener Turm mit flachem Dach erhob. Östlich gleich daneben machte er in der Dämmerung einen langen, schmalen Schatten aus, den er für ein Kirchenschiff hielt, und dahinter einige Gebäude und Gärten, wie es schien. Das Ganze wäre kein besonders einladender Anblick gewesen, hätte nicht hinter einigen Fenstern des Haupttraktes Licht gebrannt. Im Westen senkte sich das Tal mit Wiesen, Waldungen und einem Bach weiter abwärts. Die lockere Ansammlung von Bäumen auf der gegenüberliegenden Seite mochte ein Obstgarten sein, der jedoch mit der Schwärze des Waldes dahinter verschmolz.

Als sie die Zufahrt erreichten, kam ihnen ein Mann entgegen, seine Mütze ehrerbietig vor der Brust.

„Willkommen auf Buckland Abbey, Master Raleigh", begrüsste er den Gast. „Ich bin William Parker, der Verwalter hier."

Raleigh war angekommen.

Am selben Abend
Buckland Abbey
Devon

Molly sah Raleigh das erste Mal, als sie ihm den Hasen in Rotweinsauce brachte. Er sass in der grossen Halle an der langen Tafel, die Eleanor Parker für ihn mit dem besten Silber des Hauses gedeckt hatte. Rotwein funkelte in Kristallgläsern, Zinn schimmerte. Die mit geometrischen Linien verzierte Stuckdecke und der stuckgeschmückte Kaminsims warfen das Licht der beiden Kerzenlüster weich auf die eichenpaneelierten Wände und den Fussboden. Dieser war in weissen und umbrafarbenen Dreiecken gekachelt, sodass sich lauter Quadrate bildeten, in deren Mitte sich die Spitzen der Dreiecke trafen. Als Molly mit der Schüssel über die Fliesen an den Tisch trat, sah Raleigh auf, und sein heller Blick traf sie mitten ins Gesicht. Sie hätte untertänig die Augen niederschlagen sollen. Sie hätte vor allem endlich die Schüssel auf den Tisch stellen sollen. Sie vergass beides, als sie in dieses hellgraue Leuchten zurückstarrte. Irgendwo räusperte sich jemand, ein Signal der Ungeduld. Doch Raleigh lächelte, hob die Brauen etwas an und fragte leicht irritiert: „Was ist?"

„Hase", hauchte Molly, „in Rotweinsauce."

„Ach", sagte Raleigh und lehnte sich erwartungsvoll zurück.

Doch Molly machte noch immer keine Anstalten, die Schüssel hinzustellen. Hätte Raleigh seinen Blick aus ihrem Gesicht genommen und stattdessen auf die dampfende Schüssel gerichtet, wäre der Bann wohl gebrochen worden. Aber so schien er an dem Hasen in Rotweinsauce nicht sonderlich interessiert zu sein. Er sass nur da, sah sie an, lächelte und sagte: „Schön."

„Molly…!"

William Parkers Mahnen war ein sanfter Singsang, holte Molly aber soweit auf den Boden zurück, dass ihr die Peinlichkeit des Augenblicks bewusst wurde. Schnell stellte sie die Schüssel hin und lief mit glühenden Wangen hinaus.

„Ich muss mich für Molly entschuldigen, Sir", sagte Parker, während er Raleigh vom Hasen auflegte. „Wir haben nicht viele Gäste, wisst Ihr, sie ist das nicht gewohnt."

„Wo sind denn die anderen?", wollte Raleigh wissen.

„In der Küche. Wir essen normalerweise alle dort."

„Sie haben die Tafel nur für mich gedeckt? Nun, ich weiss das zu schätzen, Mr. Parker, aber würde es Ihnen etwas ausmachen, wenn ich die Mahlzeiten künftig mit Ihnen allen in der Küche einnähme?"

„In der Küche? An einem Tisch mit dem Gesinde?" Parker wirke weniger schockiert als besorgt. Raleigh nahm an, dass die Küche nun mal das Reich von Mrs. Babbage war und Parker, Majordomus oder nicht, dort nichts zu sagen hatte.

„Wenn es Ihnen nichts ausmacht, ja. Aber falls Sie oder Ihre Leute sich dadurch gestört fühlen sollten…" Er liess den Satz in der Schwebe.

„Natürlich nicht", beeilte sich Parker zu sagen. „Aber dort ist es laut… und da sind die Kinder…"

„Eben deswegen. Ich brauche gerade etwas Leben um mich. Ganz normales Leben mit Lachen, Schwatzen und Klönen, ein bisschen Trubel, Sie verstehen? Der Hase schmeckt übrigens ausgezeichnet."

In der Küche setzte sich Molly neben ihren Bruder Tom und schöpfte sich ein kleines Bisschen Hase auf den Teller; sie wusste, dass sie nicht viel herunterkriegen würde. Dann schielte sie zu ihrem Bruder hinüber und fragte leise: „Wie ist dieser Raleigh denn so?"

„Du warst doch eben bei ihm. Sag du es mir."

„Aber du bist mit ihm übers ganze Dartmoor geritten."

Tom brach ein Stück Brot ab, tunkte es in die Sauce und schob es in den Mund. „Er kennt die Gegend. Scheint kein übler Kerl zu sein, wenn er mal gute Laune hat, aber weiss man's?"

Er schluckte. „Was immer es ist, was er hier machen soll, er macht's nicht gern, wenn du mich fragst."

Damit konnte Molly nicht viel anfangen. Jedenfalls war Raleigh ganz anders, als sie ihn sich vorgestellt hatte. Eine kribblige Aufgeregtheit nahm Besitz von Ihr. So ähnlich, wie bei dem Schäfer damals. Nur stärker. Und noch stärker, als sie daran dachte, dass sie ihm nach dem Essen sein Zimmer zeigen sollte.

Mit sattem Bauch stieg Raleigh hinter Molly die knarrende Treppe hinauf und bewunderte die Aussicht. Es schien eine Ewigkeit her, dass er ein weibliches Wesen zu seinem Vergnügen angesehen hatte. Die glücklosen Frauen von Smerwick gehörten bestimmt nicht dazu. Sie hatten nichts gehabt, dass ihn auch nur im Entferntesten als Mann gereizt hätte. Aber mochten sie auch verdreckte irische Katholikenschlampen gewesen sein, was man ihnen angetan hatte, erfüllte Raleigh mit Abscheu. Wehrlose Menschen zu töten, war nichts weiter als blanker Mord und durch absolut nichts zu rechtfertigen. Was seine Beteiligung am Abschlachten der sechshundert gefangenen Söldner anging, empfand er keine Schuld; er hatte schliesslich auf Greys Befehl hin handeln müssen. Doch die Scham begrub ihn unter sich. Und der Ekel. Ekel vor den Menschen, im speziellen vor Lord Deputy Grey, seinem Kettenhund Mackworth und seinem Schosshündchen Spenser. Und vor sich selbst. Drei Minuten lang hatte er in seinem Hass auf die Eindringlinge nur zu gern Greys Befehl Folge geleistet, ehe ihm die Unmenschlichkeit seines Tuns bewusst geworden war. Wenn es eine Hölle gab, würden diese drei Minuten für ihn darin zu einer Ewigkeit werden.

Umso mehr genoss er jetzt den Anblick Mollys, die vor ihm die Treppe hinaufstieg und nichts von seinen Chimären wusste. In der einen Hand trug sie die Nachtkerze, in der anderen eine heisse Bettpfanne mit langem Stiel, und ihre Röcke schwangen mit jedem Schritt die Stufen hoch hin und her. Raleigh schwelgte in der Anmut ihres Gangs und sehnte sich plötzlich sehr nach ein wenig Zärtlichkeit, während Tom mit dem Gepäck hinter ihnen her trampelte.

Im zweiten Stock war es empfindlich kühl. Molly führte sie durch einen Gang in einen anderen Flügel und zu einer Tür, lehnte die Bettpfanne an die Wand und öffnete.

„In diesem Raum könnt Ihr Eure...Gäste...?"

„Zeugen", half Raleigh.

„Eure Zeugen empfangen, Sir."

Raleigh warf einen Blick in das Zimmer. Viel gab es nicht zu sehen. Getäfelte Wände, Stuckdecke, ein Fenster, ein Kamin. Das Mobiliar bestand aus wenig mehr als einem Tisch, ein paar Stühlen, einer Anrichte und einem offenbar leeren Bücherschrank. Das Zimmer wirkte unbenutzt, aber sauber.

Molly ging ein paar Türen weiter.

„Eure Schlafkammer, Sir."

Die gleiche Täfelung, anderer Stuck. Ein Bett, dessen gedrechselte Säulen einen hölzernen Himmel trugen, ein kleiner Tisch mit zwei Stühlen, eine Kommode, ein Schrank.

Tom legte die Satteltaschen auf die Kommode, bedankte sich artig für den Penny, den ihm Raleigh zusteckte und verliess die Kammer. Derweil hatte Molly eine weitere Kerze angezündet und schob nun die mit heisser Kohle gefüllte Bettpfanne unter die Decke. Raleigh sah ihr dabei zu, wie sie die Pfanne an ihrem langen Stiel im Bett herumfuhrwerkte, in jede Ecke schob und sich dabei tiefer bückte, als für die Arbeit erforderlich gewesen wäre. Schnaufend zog sie das schwere Ding unter der Bettdecke wieder hervor und strich sich eine rotgoldene Strähne aus dem Gesicht.

„So, jetzt habt Ihr's da drin kuschelig warm, Sir."

Raleigh merkte, dass er hundemüde war und nickte. „Vielen Dank, Molly, ein warmes Bett kann ich jetzt gut gebrauchen."

„Sonst noch was, Sir?"

„Wie?"

„Soll ich Euch beim Auskleiden helfen? Oder möchtet Ihr lieber, dass Tom…?"

„Nein, nein, ich komme schon zurecht, danke."

„Na, dann…"

„Na, dann."

In der Tür drehte sie sich noch einmal um und knickste. Tiefer als nötig. Aber Raleigh beschwerte sich nicht.

Vor dem Einschlafen versuchte Raleigh, nicht an Molly zu denken. Auch das Bild der sechshundert kopflosen Leichen am Strand von Smerwick musste er gewaltsam verdrängen. Beides raubte ihm die Ruhe, wenn auch auf völlig unterschiedliche Art. Stattdessen zwang er seinen Geist dazu, sich mit Thomas Doughty zu beschäftigen. Welch ein Irrwitz! In Smerwick hatte er so viele Enthauptete wie noch nie zuvor auf einem Haufen gesehen. Buchstäblich. Was kümmerte ihn da ein Einzelner? Abgesehen davon, dass Doughty von vornehmer Herkunft war, was machte ihn so besonders? Nichts. Es ging auch gar nicht um Doughty, es ging um Francis Drake, der Doughtys Tod veranlasst hatte. Die Königin wollte die Wahrheit wissen. Walsingham wollte Drake entlastet sehen. Und Burleigh? Der wollte vermutlich das Gegenteil von dem, was Walsingham wollte. Wie meistens. Den königlichen Auftrag erfüllen hiess, die Wahrheit herauszufinden; Walsinghams Wunsch zu entsprechen hiess, Drake vom Vorwurf der Amtsanmassung und des Mordes zu entlasten. Was nicht notwendigerweise dasselbe sein musste. Aber das würde Raleigh erst wissen, wenn er die Wahrheit kannte. Morgen würde der erste Zeuge zur Vernehmung eintreffen. Und obwohl ihm Doughtys Schicksal persönlich völlig gleichgültig war, war er gespannt, was ihm Francis Fletcher erzählen würde. Vielleicht weil es weniger um die Toten als um die noch Lebenden ging.

II. Teil

Francis Fletcher

„Quid est veritas?“

Freitag, 25. November 1580
Buckland Abbey
Devon

Raleigh kroch auf den Knien in einer Ecke des Zimmers herum, als er das Knarren der angelehnten Tür hörte. Aber das Jagdfieber hatte ihn gepackt, und er fluchte leise, weil seine Beute offenbar entkommen war.

Von der Tür her hörte er ein schüchternes „Hallo?"

„Hier bin ich!", rief er und erhob sich. Er klopfte sich den Staub von der Kleidung und trat hinter dem Tisch hervor. In der Tür stand ein junger Mann in unscheinbarer graubrauner Kleidung. Kurze, braune Haare, grosse, haselnussbraune Augen. Die etwas zu grosse Nase bog sich über einem zu kleinen Mund und einem fliehenden, bartlosen Kinn. Der Böse Zauberer, der daran gewesen war, diesen Menschen in einen Vogel zu verwandeln, musste mitten in der Arbeit unterbrochen worden sein, dachte Raleigh. Dann bemerkte er den verwirrten Ausdruck des Mannes und musste lächeln.

„Ich dachte, ich hätte eine Maus gesehen", erklärte er. „Aber entweder war sie zu schnell für mich oder ich habe mich geirrt. Sie sind Francis Fletcher, richtig?"

Der Mann verneigte sich linkisch und drehte mit nervösen Händen seine Mütze vor der Brust.

„Zu Diensten, Sir. Ich erhielt diese Vorladung, mich hier einzufinden, aber ich weiss nicht…"

„Das hat schon seine Richtigkeit", unterbrach ihn Raleigh. „Bitte setzen Sie sich – Nein! Nicht auf diesen Stuhl! Der wackelt. Nehmen Sie den hier, der ist besser."

Raleigh stellte besagten Stuhl vor den Tisch und nahm selbst dahinter Platz, während sich Fletcher vorsichtig setzte, die Beine eng übereinanderschlug und die Mütze auf sein Knie legte.

„Nun – worum geht es, Sir?", fragte er. Halb ängstlich, halb erwartungsvoll.

Raleigh legte sich Papier, Tinte und Feder zurecht und sagte: „Sie waren auf Drakes Weltumsegelung dabei, Mister Fletcher."

„Jawohl, Sir."

„In welcher Eigenschaft?“

Fletchers Gesicht nahm einen beflissenen Ausdruck an. „In meiner Eigenschaft als Geistlicher, Sir. Ich war Schiffskaplan und für das Seelenheil von Seeleuten und Gentlemen zuständig.“

Raleigh stützte die Ellbogen auf dem Tisch auf und verschränkte die Finger. „Erzählen Sie mir von der Reise, Reverend.“

„Welchen Teil davon, Sir?“

„Alles.“

„Alles? Aber das wird einige Zeit in Anspruch nehmen, Sir.“

Raleigh lächelte. „Wir haben Zeit.“

Fletchers Blick irrte im Raum umher als suche er etwas. „Nun…wo soll ich beginnen…?“

Das wird nicht leicht, dachte Raleigh. Aus Walsinghams Mappe zog er eines der Memoranden hervor und sagte: „Hier steht, die Expedition ging am Freitag, dem dreizehnten Dezember fünfzehnhundertsiebenundsiebzig von Plymouth aus in See. Das war ja fast auf den Tag genau vor drei Jahren.“

„Eigentlich schon einen Monat vorher“, korrigierte Fletcher. „Am fünfzehnten November um fünf Uhr nachmittags, sowas merkt man sich irgendwie, keine Ahnung, wieso. Na, jedenfalls, weit kamen wir nicht. Widriger Wind zwang uns zu einem Zwischenhalt in Falmouth. Dort gerieten wir in einen Sturm, der an den Schiffen zahlreiche Schäden verursachte. Die *Pelican* drohte zu kentern; wir mussten den Grossmast kappen und über Bord gehen lassen. Das alles zwang uns, nach Plymouth zurückzukehren und dort die Schiffe wieder instand zu setzen. Drake war sehr verärgert.“

„Verärgert.“

Kaum ausgelaufen, musste das Unternehmen abgebrochen werden. Welcher Befehlshaber würde da schon Jubellieder singen? Weshalb also erwähnte Fletcher Drakes Verstimmung überhaupt?

Fletcher nickte. „Ja, Sir. Er entliess unseren Proviantmeister Mr. Sydae.“

„Aus welchem Grund?“

„Mr. Sydae war auch für den Ballast und die Trimmung verantwortlich. Drake gab ihm die Schuld, dass die *Pelican* wegen falscher Trimmung fast gekentert wäre.“

Fletcher lavierte, wollte sich nicht festlegen, ob er Drakes Vorgehen richtig fand. Immerhin schien es der erste kritische Moment des Unternehmens gewesen zu sein, das erste Anzeichen für Ärger unter den Beteiligten. Raleigh beschloss, nachzufragen.

„War diese Schuldzuweisung, Ihrer Meinung nach, gerechtfertigt?"

Fletcher zuckte mit den Schultern. „Ich nehme es an. Nachher hatten wir mit der Trimmung jedenfalls keine Probleme mehr."

Er behielt sein Hintertürchen offen. Der Erfolg schien Drake Recht zu geben, mehr wollte er dazu nicht sagen. Weshalb so vorsichtig, Mr. Fletcher?

„Und am dreizehnten Dezember lief die Flotte dann endgültig aus", stellte Raleigh fest und fügte aus einer Eingebung hinzu: „Wussten Sie, wohin die Reise geht?"

Fletchers Antwort überraschte ihn: „Nun, wir dachten alle, es gehe nach Ägypten, Sir."

„Ägypten?"

„Alexandria, um genau zu sein. Das wurde uns zumindest gesagt."

Dann war das eigentliche Ziel also geheim gehalten worden. Raleigh wollte wissen, wann es bekannt gegeben worden war.

„Erst auf See", antwortete Fletcher. „Und auch nur stückchenweise. Zum einen durch den Kurs, den Drake steuern liess, aber auch durch die Bekanntgabe eines Treffpunktes, falls die Flotte auseinandergetrieben würde. Dieser Treffpunkt war die Insel Mogador, und die befindet sich im Atlantik weit südlich der Strasse von Gibraltar."

„Wer wusste vor dem Auslaufen über das wahre Ziel des Unternehmens Bescheid?"

„Drake natürlich…" Fletcher sah zur Decke, überlegte. „…dann die Mitglieder des Konsortiums, das die Reise finanziert hat, die Kapitäne und Steuermänner der Schiffe und einige der Gentlemen, die mitreisten."

Raleigh notierte sich die Namen und sah dann Fletcher an.

„Thomas Doughty auch?"

Bis hierhin hatte Fletcher keine Ahnung gehabt, dass es bei der Befragung um Thomas Doughty ging. Wenn ihn seine Erwähnung überraschte, liess er sich jedenfalls nichts anmerken.

„Nun, er soll ja in Irland den Plan zusammen mit Drake ausgeheckt haben. Ausserdem war er der Privatsekretär von Sir Christopher Hatton, und Sir Christopher war Mitglied des Konsortiums."

Das Konsortium. Egal ob man eine Handels-, Kaper-, oder Entdeckungsfahrt plante, Jede Unternehmung kostete zunächst einmal Geld. Schiffe mussten beschafft und ausgerüstet, Männer angeheuert werden. Das nötige Geld beschaffte man sich bei Investoren, die sich ad hoc zu Konsortien zusammenschlossen, sofern das Unternehmen einen ordentlichen Gewinn abzuwerfen versprach. Im Falle Martin Frobishers hatte man sogar eine Aktiengesellschaft, die Company of Cathay, gegründet, nachdem Frobisher von einer Fahrt zur Entdeckung der Nordwestpassage zurückgekehrt war. Mit der Nordwestpassage erhoffte sich England eine vergleichsweise kurze Route nach Cathay, das reiche und für den Handel interessante China. Der einzige bekannte Seeweg dorthin, um Afrika herum, wurde von den Portugiesen kontrolliert, und durch die Magellanstrasse hatte sich seit Magellan keiner mehr getraut. Frobisher hatte zwar nicht die Nordwestpassage entdeckt, aber er brachte Proben eines schwärzlichen Gesteins mit, das auf reiche Goldvorkommen deutete. Natürlich hatte er damit keine Probleme, seine nächste Expedition durch die Company of Cathay finanzieren zu lassen. Wobei der Seeweg nach China etwas in den Hintergrund des Interesses gerückt war. Gold war immerhin Gold. Mit drei Schiffen machte er sich auf den Weg und kehrte vor drei Jahren mit zweihundert Tonnen Gold zurück. Jetzt gab es für die Aktionäre kein Halten mehr. Fünfzehn Schiffe wurden ausgerüstet und Frobisher erneut losgeschickt, um an den nördlichsten Gestaden des amerikanischen Kontinents eine Kolonie zu gründen und Bergbau zu betreiben. Dumm nur, dass sich in der Zwischenzeit das mitgebrachte Gold als Katzengold erwies. Praktisch wertloser Pyrit, gerade gut genug, um damit Feuersteine für Radschloss-Pistolen herzustellen.

Risiken gab es für Investoren zuhauf. Schiffe konnten auf mindestens dreiundzwanzig Arten verlorengehen. Und doch fanden sich immer wieder reiche und einflussreiche Leute, die ein waghalsiges und daher unsicheres Vorhaben unterstützten. So wie Sir Christopher Hatton, Doughtys Dienstherr.

„Wer gehörte sonst noch dem Konsortium an?", wollte Raleigh wissen.

Fletcher senkte ehrfürchtig die Stimme.

„Lauter edle Leute, Sir. Die Leitung hatte, soweit ich weiss, Sir Thomas Gresham. Dann Admiral Clinton, der jetzt Botschafter in Frankreich ist.

Admiral William Wynter sowie sein Bruder George, Robert Dudley Earl of Leicester. Walsingham. Und die...d-die Königin auch, Sir."

Raleigh hatte wieder mitgeschrieben und stiess nun durch die Zähne einen andächtigen Pfiff aus.

„In der Tat ein erlauchter Kreis."

Thomas Gresham stammte aus einer reichen und einflussreichen Kaufmannsfamilie aus Norfolk, die ihr Geld vor allem mit Tuchhandel gemacht hatte. Gresham erwies sich als Finanzgenie und brachte es so zum Berater Heinrichs VIII., Edwards VI. und schliesslich Elisabeths I. Allerdings lebte er nicht lange genug, um die Früchte seiner Beteiligung an Drakes Reise zu geniessen; er starb fast auf den Tag genau vor einem Jahr.

Admiral Edward Clinton hatte sich seit der Regentschaft Heinrichs VIII. in der Royal Navy verdient gemacht, amtete als Lord High Admiral, vertrat aber seit acht Jahren die englische Krone als Botschafter in Frankreich.

Die Gebrüder William und George Wynter stammten ursprünglich aus Wales, doch schon ihr Vater John hatte es in London unter König Heinrich zum Schatzmeister der Navy gebracht. Williams Karriere fusste nicht nur auf familiärer Protektion, sondern auch auf einem ereignisreichen Leben auf See, das ihm einen Erfolg nach dem anderen bescherte, zuletzt bei der Belagerung von Dún an Óir in Smerwick.

Robert Dudley Earl of Leicester gehörte als Favorit der Königin wahrscheinlich zu den vier mächtigsten Menschen des Königreiches, auch wenn es ihm Elisabeth übelnahm, dass er die Witwe des Earl of Essex geheiratet hatte.

Christopher Hatton schliesslich: Ein Höfling wie er im Buche stand. Während eines Maskenballs war er der Königin als begnadeter Tänzer aufgefallen. Ihre Gunst verschaffte ihm bald einen Posten in der Leibwache; er wurde Captain of the Yeomen of the Guard und vor drei Jahren schliesslich Vize-Kammerherr des Königlichen Haushalts. Elisabeth überschüttete ihn förmlich mit Vergünstigungen, darunter das Haus des Bischofs von Ely in Holborn, ungeachtet der energischen Proteste des Besitzers, versteht sich. Was Wunder, dass Gerüchte kursierten, Hatton sei der Liebhaber der Königin. Ob das nun zutraf oder nicht, der Mann würde es noch weit bringen.

Staatssekretär Walsingham und Königin Elisabeth selbst vervollständigten das Konsortium zur Finanzierung von Drakes Reise, und Raleigh wurde etwas mulmig, als ihm klar wurde, weshalb Walsingham so bedacht darauf war, Drake von möglichen Anschuldigungen reingewaschen zu sehen. Das Konsortium hatte dank Drake den grossen Reibach gemacht; sollte Raleigh mit seiner Untersuchung ein todeswürdiges Vergehen Drakes aufdecken, hatte er die Crème de la Crème des englischen Königreiches gegen sich.

„Leute, die wissen, wie man ein Geheimnis bewahrt", fuhr Raleigh fort. „Ich frage mich nur, wozu diese Geheimniskrämerei? Es war ja beileibe nicht die erste englische Kaperfahrt."

Die Kappe lag immer noch auf Fletchers Knie. Der Reverend betrachtete sie lange nachdenklich und sagte dann: „Sicher, damit die Spanier nicht Wind von der Sache bekommen. Aber…

„Ja?"

„Man sagt, Lord Burleigh, der Lordschatzmeister, hätte nichts davon erfahren dürfen, Sir."

„William Cecil? Aus welchem Grund?"

„Er wäre dagegen gewesen, hätte er davon gewusst. Und er hätte wohl alles getan, um die Reise zu verhindern."

„Sehr zum Ärger der Königin, nehme ich an."

Damit war Fletcher wohl etwas überfordert. Er blickte sich hilfesuchend um und murmelte: „Äh…wahrscheinlich, ja."

Es brachte nichts, weiter mit Fletcher über die Verstrickungen der Reichen und Mächtigen zu diskutieren, darüber würde er von dem Mann nicht mehr viel erfahren. Er beschloss daher, die eigentliche Fahrt Drakes in Augenschein zu nehmen.

Er holte aus seinen Unterlagen die begonnene Liste der Schiffe hervor.

Schiffe:

Swan, Vlieboot
Pelican

Es schadete sicher nicht, sich ein Bild von Drakes Geschwader zu machen, also musste er Fletcher danach fragen.

„Ich habe hier eine Aufstellung der Schiffe…“, begann er. Dass diese Aufstellung noch sehr unvollständig war, brauchte Fletcher nicht zu wissen. „Aber es wäre vielleicht anschaulicher, wenn Sie mir die Flotte beschreiben könnten, Mister Fletcher.“

Man konnte Fletchers Erleichterung fast riechen, nun, da sich die Befragung auf unverfängliches Territorium verlagert hatte. Eifrig nickte er und sagte: „Jawohl, Sir. Wir waren insgesamt, von Generalkapitän Drake bis zum letzten Schiffsjungen, hundertvierundsechzig Mann, verteilt auf fünf Schiffe. Die *Pelican*, eine Dreimastgaleone, war das Flaggschiff unter dem Kommando von Drake selbst. Es war mit hundert Tonnen auch das grösste. Die *Elizabeth*, unser zweites Flaggschiff, ebenfalls eine Galeone, aber etwas kleiner, so um die achtzig Tonnen. Kapitän war John Wynter, ein Verwandter von Admiral Wynter.“

Raleigh schrieb eifrig mit, während Fletcher fortfuhr: „Dann hatten wir die *Marigold*, eine Bark von dreissig Tonnen mit John Thomas als Kapitän, das war einer von Sir Christopher Hatton's Leuten.“

„Wie viele von Hatton's Leuten waren denn dabei?“, unterbrach Raleigh.

„Ausser Doughty und Thomas nur noch sein Trompeter, John Brewer, Sir. Und Doughty's jüngerer Halbbruder John war auch dabei. Aber der stand nicht in Hatton's Diensten, Sir.“

Raleigh nickte. Damit war schon mal die Person von *John Doughty, Gent.* auf der Namensliste geklärt. „Gut. Und die übrigen Schiffe?“

„Die *Swan* war ein Vlieboot; fünfzig Tonnen. Sie fuhr unter Captain John Chester als Proviantschiff mit. Und die *Benedict* war bloss eine Pinasse von fünfzehn Tonnen, geführt von Schiffszimmermann Thomas Moon. Allerdings hatten wir auf den grossen Schiffen noch einige Pinassen mit, die in ihre Einzelteile zerlegt waren und bei Bedarf zusammengebaut werden konnten.“

Raleighs Feder kratzte über das Papier, als er die Liste vervollständigte. Beiläufig sagte er: „Sie wissen gut über Schiffe Bescheid. Für einen Vikar, meine ich.“

„Ich habe an Bord auch Matrosenarbeit verrichtet, wie alle anderen auch. Drake wollte nur Männer dabeihaben, die auch zupacken können.“

Man konnte Fletcher ansehen, dass er nicht gerne an diese Zeit zurückdachte, und er verriet Raleigh damit mehr, als er sich womöglich bewusst war.

Behutsam fragte Raleigh: „Was hat Sie denn bewogen, an dieser Reise teilzunehmen?"

Schulterzucken. Dann: „Abenteuerlust, denke ich. Etwas über Gottes grosse Schöpfung lernen."

„Die Kirche in Ihrer Gemeinde brauchte nicht zufällig ein neues Dach?"

Raleighs Sarkasmus kam bei dem jungen Geistlichen nicht an.

„Wieso, Sir?"

Doch dann begriff Fletcher den Kern der Frage. „Ach so! Nein. Am Profit war ich nicht interessiert. Ich dachte ja, es gehe nur nach Alexandria."

„Mhm..." Raleigh traute der Aussage nicht ganz, liess es aber dabei bewenden. „Und als dann das Geschwader endlich ausgelaufen war – wie ging es dann weiter?"

„Wir machten gute Fahrt" begann Fletcher. „Und alles lief gut soweit, abgesehen von einem Schiffsjungen der *Benedict*, der in der Bucht von Portugal über Bord fiel und ertrank; das war unser erster Verlust. Am Weihnachtstag erreichten wir dann Mogador; die Insel liegt etwa eine Meile vom afrikanischen Festland entfernt. Dort gönnten wir uns einige Ruhetage und bauten in der Zeit eine der zerlegten Pinassen zusammen. Allerdings verloren wir dort, fürchte ich, auch einen zweiten Mann. John Fry. Er wurde auf dem Festland von Eingeborenen entführt. Drake landete zwar in der Pinasse alle Mann bis auf die Ankerwachen, um Fry zu suchen und herauszuhauen, aber weder von den Mohren noch von Fry eine Spur. Wir nahmen noch Brennholz auf, setzten Segel und fuhren ohne Fry davon."

„Um Fry brauchen Sie sich keine Sorgen zu machen", warf Raleigh ein. „Ich habe hier ein Memorandum, in dem steht, dass er offenbar kurze Zeit danach mit einem englischen Handelsschiff wohlbehalten nach England zurückgekehrt ist."

„Dann sollten wir Gott für seine glückliche Heimkehr danken", sagte Fletcher ergriffen, faltete die Hände und senkte den Kopf in stillem Gebet.

Raleigh, dem gerade nicht ums Beten war, sagte kalt: „Gewiss. Aber fahren Sie fort."

Fletcher nickte ergeben und nahm seinen Bericht wieder auf. „Von Mogador segelten wir zunächst an der Afrikanischen Küste entlang südwärts bis zum Kap Blanco. Unterwegs kaperten wir mit unserer neuen Pinasse drei spanische Fischerboote und zwei Karavellen. Mitte Januar erreichten wir Kap Blanco, wo wir eine dritte Karavelle nahmen, die dort vor Anker lag und bis auf zwei Mann Ankerwache verlassen war. Wir blieben eine Weile dort, nahmen Wasser und Proviant auf und wuschen und trimmten unsere Schiffe. Danach entliessen wir alle unsere Prisen bis auf eine der Fischerschmacken, die wir *Christopher* tauften. Dafür überliessen wir dem Besitzer unsere *Benedict*. Nach einer Woche oder so setzten wir unsere Reise fort und..."

„Moment!" unterbrach Raleigh, hellhörig geworden. „Sie sagen, Drake entschädigte den spanischen Fischer für den Verlust seines Schiffes?"

„Jawohl, Sir."

„Und er liess alle Spanier im Grossen und Ganzen unbehelligt ziehen?"

„Ja, Sir."

„Ist das nicht merkwürdig? Ich meine, die Spanier sind seine erklärten Feinde. Wie kommt er dazu, sich ihnen gegenüber so grosszügig zu zeigen?"

Offenbar hatte Fletcher darüber noch gar nicht nachgedacht. Er tat es jetzt und missbrauchte seine Kappe als Gegenstand der Kontemplation, indem er sie auf seinem Knie im Kreis drehte. Zögernd meinte er schliesslich: „Ich denke, Drake nährt einen starken Hass auf Spanien. Auf die spanische Staatsmacht. Aber die spanischen Fischer und Kauffahrer gingen ja nur ihren privaten Geschäften nach und hatten uns nichts zuleide getan. Wozu sie also für etwas büssen lassen, wofür sie gar nicht verantwortlich waren?"

„Soso, die Staatsmacht Spanien muss Drake also für etwas büssen. Haben Sie eine Ahnung, wofür?"

„Tut mir wirklich leid, aber das weiss ich nicht. Vielleicht hat es etwas mit einer seiner früheren Fahrten nach Westindien zu tun, Sir."

„Etwas persönliches, meinen Sie? Eine Privatfehde zwischen Drake und Spanien?"

„Bei allem Respekt, Ihr vergesst, dass Spanien Englands Feind ist, Sir." Fletchers Empörung war deutlich herauszuhören, weshalb Raleigh der Ironie seiner folgenden Worte einen warnenden Unterton verlieh.

„Ich kann mich nicht erinnern, dass eine Seite der anderen den Krieg erklärt hätte, Reverend."

Fletchers Reaktion war unvermutet heftig.

„Die Papisten haben allen wahren Christen den Krieg erklärt, Sir! Was wäre Drakes Fahrt sonst anderes gewesen als der Raubzug eines gewöhnlichen Piraten?"

War es denn etwas anderes gewesen? Das kam wohl ganz auf den Standpunkt an, dachte Raleigh. Er wollte den aufgebrachten Reverend besänftigen, doch es klang dann eher süffisant, als er sagte: „So kann man es natürlich auch sehen. Na gut. Drake entliess also alle Prisen bis auf das Fischerboot, das er gegen die *Benedict* eintauschte."

Fletcher war beleidigt, da änderte auch der Themenwechsel nichts. Weil er aber irgendetwas sagen musste, fuhr er zugeknöpft in seinem Bericht fort.

„Eine der Karavellen begleitete uns noch auf der Weiterfahrt zu den Kapverden, da sie ohnehin nach Santiago bestimmt war, um dort Salz zu laden."

„Und was war Drakes Grund, die Kapverden anzulaufen?"

„Wasser und Proviant. In möglichst grossen Mengen, da wir auf der Atlantiküberquerung lange ohne Landkontakt sein würden."

Zu Raleighs Erstaunen griff sich Fletcher unter die Jacke und holte ein Büchlein mit speckigem Einband hervor. Umständlich löste er den Lederriemen, der es zusammenhielt, schlug es auf und blätterte darin. Als er fand, wonach er suchte, fuhr er fort: „Am siebenundzwanzigsten Januar, nach sechs Tagen Überfahrt, kam die Insel Bonavista in Sicht, einen Tag später Mayo.[9] Dort ankerten wir, und ein Trupp ging an Land, um mit den Einwohnern ein Geschäft über unsere Verproviantierung abzuschliessen, aber wir fanden nur eine verlassene und halb verfallene Siedlung vor."

„Und das steht in Ihrem kleinen Buch da?", erkundigte sich Raleigh skeptisch.

„Aye", nickte Fletcher. „Da stehen meine Notizen drin, die ich während der Fahrt gemacht habe." Und stolz fügte er hinzu: „Ich schreibe nämlich einen Bericht über die Reise, wisst Ihr."[10]

Innerlich beglückwünschte sich Raleigh zu dem Zeugen, der sich nicht bloss auf sein Gedächtnis zu verlassen brauchte.

„Fein", sagte er. „Aber fahren Sie doch fort, bitte."

„Wo war ich?"

„Auf einer Insel namens Mayo", half Raleigh nach. „Die Siedlung war verlassen."

„Ja, die Einwohner mussten sich wohl aus Angst vor Piraten in die höher gelegenen Regionen der Insel zurückgezogen haben. Wir fanden zwar gutes Süsswasser, aber es war zu abgelegen, als dass wir es in grösseren Mengen hätten zu den Schiffen bringen können. Es gab auch Ziegen ohne Ende, aber auch mit denen hatten wir kein Glück. Jedenfalls beschlossen wir nach drei Tagen, die Reise fortzusetzen."

„Ohne ausreichenden Proviant", konstatierte Raleigh.

„Ja, Sir. Aber dann kamen wir südlich an der Hauptinsel Santiago vorbei."

Donnerstag, 30. Januar 1578
an Bord der Swan
eine Seemeile südlich der Insel Santiago
14°53'52"N 23°36'40"W

Die Flottille segelte mit Steuerbordhalsen über Backbordbug auf Westkurs, die Insel Santiago in Luv. Einige Männer an Bord der *Swan* enterten in die Luvwanten auf, um einen besseren Blick auf das Städtchen zu erhaschen. Es lag auf einer felsigen Landzunge am östlichen Rand einer geräumigen Bucht, und darüber thronte auf einer Anhöhe etwas landeinwärts eine Festung. Für Drake wohl Grund genug, den Hafen nicht anzulaufen, wie Fletcher annahm. Andererseits konnten sie unmöglich den Atlantik überqueren, ohne vorher ihre Vorräte ergänzt zu haben. Ihre letzte Hoffnung bestand aus der Vulkaninsel Fogo, fünfunddreissig Seemeilen westlich von Santiago. Angeblich war sie unbewohnt, aber vielleicht fanden sie mit etwas Glück Süsswasser, jagdbares Wild und Früchte.

„Deck!", rief der Ausguck, der hoch oben mit lässig baumelnden Beinen auf der Bramsaling des Grossmastes sass. „Segel an Steuerbord! Zwei Schiffe verlassen den Hafen!"

Fletcher konnte sie sehen, das kleinere folgte dem grösseren mit einigen Kabellängen Abstand. Der Schiffskaplan stieg den Niedergang zum Quarterdeck hinauf und traf dort auf Captain John Chester und den Master John Sarocold, die ebenfalls zu den beiden Segeln hinübersahen.

Sarocold zupfte sich am Ohrläppchen und meinte zu niemand im Besonderen: „Karavellen. Wahrscheinlich portugiesische."

„Deck! Die *Pelican* nimmt Segel weg!"

Der Mann im Grosstop war wirklich aufmerksam, fand Fletcher. Manch anderer hätte seinen Blick nicht von den beiden Portugiesen gelassen und dabei Drakes Manöver übersehen.

„Mr. Sarocold…", begann Captain Chester, doch der Master beachtete ihn nicht. Er warf sich an die Querballustrade zur Kuhl und brülle: „Alle Mann zum Segelbergen! Gei auf Grossegel, Fock und Fockmarssegel! An die Schoten und Geitaue, Männer! Los, Beeilung! Mr. Fuller, in den Vortopp mit Ihnen, behalten Sie die *Pelican* im Auge!" Er wirbelte herum und rief zum Ruderhaus: „Rudergänger, zwei Strich anluven!"

Der Rudergänger stand ein Deck tiefer auf einem Podest am Kolderstock, nur sein Kopf ragte über das Deck hinaus, vor Wind und Wetter geschützt durch das gewölbte Dach des Ruderhauses. Er wirkte darin wie ein Theatersouffleur in seinem Kasten.

„Aye, Sir, zwei Strich anluven", bestätigte er und legte Ruder, während sein Blick zwischen den Segeln über ihm und dem Kompass vor ihm hin und her huschte. Die *Swan* ging höher an den Wind und glitt aus dem Kielwasser der *Pelican*, wobei sie kaum merklich langsamer wurde.

Fletcher war etwas peinlich berührt, als er bemerkte, wie der Captain Sarocolds Rücken mit einem mehr als unfreundlichen Blick bedachte. Ganz offensichtlich waren sich die beiden nicht grün; in der kurzen Zeit, in der Fletcher seit der Exkursion auf die Insel Mayo auf der *Swan* fuhr, hatte er schon mehrmals mitbekommen, wie Sarocold Chesters Befehlsgewalt untergrub. Was Navigation und Schiffsführung anging, hatte die alte Teerjacke Sarocold natürlich die Nase vorn und liess sich von dem Sohn eines einstigen Bürgermeisters von London nichts vormachen, auch wenn der, wie sein Vater und Sarocold selbst, Tuchhändler war. Aber seine Respektlosigkeit gegenüber seinem Kapitän übertraf jedes entschuldbare Mass bei weitem, fand Fletcher.

Chester grunzte und kniff die Augen zu zwei schmalen Schlitzen unter den dichten Brauen zusammen.

„Ich frage mich, was Drake vorhat", brummte er und spähte zur *Pelican* hinüber. Dort war die Pinasse, die sie auf Mogador zusammengebaut hatten, längsseits gegangen, löste sich jedoch in diesem Moment wieder vom Flaggschiff und hielt auf die Portugiesen zu.

Es dauerte nicht lange, bis sie die erste der beiden Karavellen erreicht hatte. Mehrere Minuten war nicht klar, was dort vor sich ging. Dann ging auf einmal auf dem Portugiesen die Flagge nieder, und die Männer an Bord der *Swan* jubelten.

Die Karavelle änderte den Kurs und hielt brav auf die englischen Schiffe zu, während die Pinasse Jagd auf den zweiten Portugiesen machte. Doch da pufften plötzlich auf der Festung weisse Wölkchen hoch, wurden vom Wind seewärts gerissen und zerfaserten. Sekunden später hörten sie das dumpfe Wummern des Geschützdonners, fast zeitgleich mit dem Einschlag der Kugeln, die allesamt hohe Fontänen aus dem Wasser rissen.

„Zu kurz“, kommentierte Sarocold. „Den einen rettet das nicht, wir haben ihn.“

„Der andere wendet“, stellte Chester fest. „Der will in den Hafen zurück.“

Tatsächlich ging die zweite Karavelle über Stag und suchte ihr Heil in der Flucht. Die Pinasse brach sofort die Verfolgung ab, heftete sich an die Fersen des gekaperten Schiffes und trieb es wie der Hirtenhund das verirrte Schaf auf die Herde zu.

Freitag, 25. November 1580
Buckland Abbey
Devon

„Immerhin hatten wir den einen ohne Verluste in unsere Hand gebracht", fuhr Fletcher fort. „Er hatte zur Hauptsache Wein geladen, aber auch Leinen- und Wollkleider, Samt und Seide und vieles andere, das uns gut zustattenkam. *Santa Maria* hiess das Schiff, doch Drake taufte sie um auf den Namen *Mary*. Zu Ehren seiner Frau."

Raleigh erhob sich und trat zum Kamin, um Holz nachzulegen.

„Und wie verfuhr Drake mit der Mannschaft des gekaperten Schiffes?", fragte er, während er sich die Hände von Holzstaub und Sägemehl freiklatschte und das Aufzüngeln der Flammen beobachtete.

Fletcher stellte das übergeschlagene Bein auf den Boden und atmete tief durch.

„Zunächst setzte er Thomas Doughty als dessen Kapitän ein. Das war wohl der Anfang vom Ende für den armen Kerl. Die Portugiesen liess Drake dann später mit der Pinasse und dem nötigen Proviant ziehen. Ihren Master allerdings behielten wir bei uns. Sylvester hiess der Mann, und er war ganz begierig, mit uns zu kommen, als er erfuhr, dass es in die Südsee ging."

Etwas liess Raleigh aufhorchen. Er trat an den Tisch zurück, doch statt sich zu setzen, blieb er hinter dem Stuhl stehen, legte die Hände auf die Lehne und sah den Reverend mit zusammengezogenen Brauen an.

„Sie sagten eben, die Bestallung zum Prisenkapitän sei der Anfang vom Ende für Doughty gewesen – wie meinten Sie das?"

„Nun ja…", Fletcher wand sich auf seinem Stuhl; offensichtlich war ihm die Erinnerung nicht besonders angenehm. „Er war noch nicht lange in sein Amt eingesetzt, da erhoben John Brewer, Edward Bright und einige ihrer Freunde schwere Vorwürfe gegenüber Doughty."

„Brewer war Hattons Trompeter. Und Bright?"

„Ned Bright war Schiffszimmermann der *Pelican*, Sir."

„Und was für Vorwürfe waren das, Reverend?", fragte Raleigh und setzte sich.

Mit leiser Bitterkeit sagte Fletcher: „Sie behaupteten, Doughty habe lange Finger gemacht und sich an der Beute vergriffen. Das sei Betrug an der Reise, sagten Brewer und Bright, und deshalb dürfe man ihm nicht länger vertrauen. Sie machten geltend, er wolle sich womöglich die Beute des gesamten Unternehmens unter den Nagel reissen und so die Mannschaft um ihren Anteil und ihre Majestät und die anderen Investoren um ihren Gewinn bringen."

„Wieso sollte er das tun wollen?"

„Na, um sich selbst zu bereichern und das Kommando an sich zu reissen. Sagten Brewer und Bright, Sir."

Raleigh machte sich Notizen. Dass Fletcher nichts mit den Anschuldigungen zu tun haben wollte, hatte er klar gemacht. Fast, als hielte er sie für pure Verleumdung. Aber offen sagte er das nicht. Überhaupt tat sich der Zeuge schwer, Stellung zu beziehen. Raleigh begann, sich zu ärgern. Über den Federkiel hinweg fixierte er Fletcher und sagte: „Eine schwerwiegende Anklage, die aber in meinen Augen ein wenig der Logik mangelt."

„Nicht wahr? Als Drake davon hörte, liess er sich umgehend von der *Pelican* zur *Mary* übersetzen, um der Sache auf den Grund zu gehen."

Fletcher hielt sich weiterhin an Fakten, die ihn nicht zu einer persönlichen Meinung nötigten.

„Und was genau hatte nun Doughty gestohlen?"

„Ein Paar portugiesische Handschuhe, einige wenige fremdartige Geldmünzen und einen kleinen Ring; und er hatte die Sachen auch gar nicht gestohlen; einer der Portugiesen gab sie ihm offen und vor aller Augen aus seiner Kiste, in der Hoffnung auf gute Behandlung. Das Ganze war kaum der Rede wert."

„Die Sache war damit also erledigt?"

„Zunächst schien es so. Drake schickte, umsichtig wie er ist, Doughty an seiner statt auf die *Pelican* zurück, erhob seinen eigenen Bruder Thomas Drake zum neuen Prisenkommandanten und blieb selber an Bord der *Mary*, bis die Portugiesen entlassen wurden."

Irgendetwas war hier merkwürdig, fand Raleigh. Irgendwas stimmte nicht. Drake ernannte Doughty zum Prisenkapitän. Bright und Brewer beschuldigten Doughty des Diebstahls, was sich aber als unwahr herausstellte. Und dennoch enthob Drake Doughty wieder des Kommandos und schickte ihn auf die *Pelican* zurück. Das war mehr als seltsam.

„Verstehe ich das richtig: Drake vertraute Doughty das Kommando über das Flaggschiff an?“

„Nur für die Dauer seiner Abwesenheit“, sagte Fletcher und rieb sich den Oberschenkel. Weshalb war er nervös?

„Und seinen eigenen Bruder machte Drake zum Prisenkapitän der *Mary*?“

„Äh…ja, Sir.“ Fletcher leckte sich über die Lippen. „Aber es geht noch weiter: An Bord des Flaggschiffs hielt man Doughty für zu herrisch. Einige fanden, er überschreite seine Machtbefugnisse…er eigne sich zu viel Kommandogewalt an. Die Leute, die ihn nicht mochten, nahmen das zum Anlass, sich erneut über ihn zu beschweren. Drake versorgte Doughty daraufhin äusserst ungnädig auf der *Swan*, Sir. Als Gefangenen Sir.“

Zeit, den Reverend ein bisschen in die Zange zu nehmen.

„Aber dann muss an den Vorwürfen was dran gewesen sein.“

Doch Fletcher hielt sich von dieser Leeküste fern.

„Das weiss ich nicht, aber Drake nahm sie für bare Münze und handelte entsprechend. Mehr kann ich dazu nicht sagen, Sir.“

Februar 1578
an Bord der Swan
Atlantik nördlich des Äquators

Die Segel hingen schlaff und bewegungslos von ihren Spieren, noch immer regte sich kein Windhauch. Fletcher beendete die Messe, die er so kurz wie möglich gehalten hatte, da die Hitze den Männern – und auch ihm selbst – zusetzte. Das Wasser war bereits rationiert worden, weshalb er sich mit einem halben Becher Wein im Schatten des Achterkastells ans Schanzkleid stellte und zum Flaggschiff hinübersah. Die *Pelican* dümpelte keine zwei Kabellängen entfernt wie die anderen Schiffe in der Windstille. Ein Boot legte dort gerade ab, was nichts Ungewöhnliches war. In den letzten Tagen hatte es immer wieder zwischen den Schiffen Bootsverkehr gegeben. Fletcher erinnerte sich, gesehen zu haben, wie dieses Boot von der Prise *Mary* zur *Pelican* gepullt worden war, eine ganze Weile bevor er mit dem Gottesdienst begonnen hatte. Jetzt schien es auf dem Rückweg zu sein. Gelangweilt verfolgte er, wie sich die Riemen hoben und senkten und verschwendete nur einen kurzen Gedanken daran, dass die Männer an den Riemen wohl froh waren, wenn sie wieder in den Schatten kamen.

Auf dem Quarterdeck über ihm unterhielt sich Captain Chester leise mit Gregory Cary, einem der Gentlemen an Bord. Von Sarocold war nichts zu sehen. Lag wahrscheinlich in seiner Kabine und döste.

Das Boot hatte die *Mary* jetzt fast erreicht, gleich würde es anlegen.

Nein, doch nicht.

Jemand stand dort am Schanzkleid der Prise und rief etwas zum Boot hinunter, das ein paar Yards von der Bordwand entfernt angehalten hatte. Im Boot erhob sich jemand und schien zurückzurufen. Hören konnte Fletcher nichts, dazu waren sie zu weit entfernt.

Der Wortwechsel dauerte nur kurz, doch der Mann im Boot rief immer noch, als sich das Boot bereits wieder in Bewegung setzte. Mit wachsender Neugier verfolgte Fletcher, wie es auf die *Swan* zuhielt.

Als es etwa die halbe Strecke hinter sich gebracht hatte, hörte Fletcher den Wachhabenden müde rufen: „Boot nähert sich, Sir!"

Das Gespräch über ihm verstummte. Füsscharren, als Cary und Chester ans Schanzkleid traten.

In der Achterplicht des Bootes sass jemand neben dem Bootssteurer, doch Fletcher konnte nicht erkennen, wer es war. Nur so viel, dass der Mann eine offene Jacke und einen hohen Hut mit schmaler Krempe trug. Drake war es schon mal nicht, denn den hätte er auch auf diese Distanz an seinem roten Barett erkannt.

Das Boot glitt näher, und der Bugmann machte sich mit seinem Bootshaken bereit.

Und dann erkannte Fletcher den Mann im Heck.

„Mr. Doughty!"

Doughty erhob sich mit einem Bündel in der Hand und sah wortlos herüber. Die Rudergasten stellten die Riemen senkrecht, der Bootssteurer legte Ruder und liess das Boot mit auslaufender Fahrt längsseits gleiten, und der Bugmann hakte in den Rüsten fest. Von oben rief Chester: „Was verschafft mir die Ehre Ihres Besuchs, Sir?"

Von unten rief Doughty zurück: „Keine Ehre, Mr. Chester. Ich komme als Gefangener. Ich werde des Verrats an Drake verdächtigt. Wahrscheinlich beschuldigt man mich auch noch der Zauberei, sollte mich nicht wundern. Aber sobald wir wieder in England sind, werde ich mich vor denen, die darauf wetten, dass ich schuldig bin, zu ihrer grossen Schande reinwaschen, wenn das Recht auf meiner Seite ist, und ich weiss, dass es das ist."

Als Gefangener? Fletcher verstand kein Wort. Verwirrt half er einem Seemann, die Jakobsleiter auszubringen. Doughty warf sein Bündel über die Bordwand und kam hinterher an Bord gestiegen.

Freitag, 25. November 1580
Buckland Abbey
Devon

Schiffe:

Swan, Vlieboot	*Kapitän: John Chester*
	Master: John Sarocold
Pelican, Flaggschiff	*Kapitän: Francis Drake*
Elizabeth	*Kapitän: John Wynter*
Marigold	*Kapitän: John Thomas*
Mary, Prise	*Kapitän: Thomas Drake*
Christopher, Prise	
~~*Benedict, Pinasse*~~	*Kapitän: Thomas Moon*

Mit Genugtuung sah Raleigh auf die Liste, die immer vollständiger wurde, und stellte sich die sechs unterschiedlichen Schiffe vor, wie sie verloren in den Weiten des Atlantiks unter wolkenlosem Himmel durch die Kalme dümpelten.

„Nun gut", sagte er schliesslich und zwirbelte seinen Schnurrbart. Irgendwie hatte er das Gefühl, in Fletchers Bericht die Orientierung zu verlieren. Gern hätte er jetzt eine Pause eingelegt, um seine Gedanken zu ordnen und den Geschehnissen, die der Reverend schilderte, einen Sinn zu verleihen. Aber das ging natürlich nicht. In der Geschichte waren sie nun an einem interessanten Punkt angelangt: Doughty war kein freier Mann mehr. Aber wie genau es dazu kommen konnte, blieb ein Rätsel. Raleigh beschloss, den Fokus von Doughty etwas wegzunehmen; vielleicht wurde Fletcher ja unvorsichtig und verriet unbeabsichtigt etwas, das er eigentlich für sich behalten wollte. Das setzte allerdings voraus, dass Fletcher etwas zu verbergen hatte. Raleigh musste über sich selbst den Kopf schütteln.

„Nun gut", wiederholte er. „Zu diesem Zeitpunkt bestand die Flotte aus sechs Schiffen und einer Mannschaft von insgesamt hundertzweiundsechzig Mann, richtig?"

„Richtig, wenn man Sylvester nicht mitzählt. Der portugiesische Lotse, Ihr wisst schon."

„Mich wundert, dass die Vorräte einer einzigen Karavelle für alle gereicht haben sollen", bemerkte Raleigh und tippte sich mit der Feder an die Nase.

Fletcher verschränkte seine Hände ums übergeschlagene Knie. Ihm war jetzt wieder sichtlich wohler.

„Wir hatten dank Gottes Vorsehung doch noch Gelegenheit gehabt, auf der Vulkaninsel Fogo westlich von Santiago unsere Vorräte zu ergänzen. Hier gab es Frischwasser in Fülle. Und hier war es, wo wir die portugiesische Mannschaft entliessen; bis Santiago hatten sie's ja nicht weit. Wir selbst hatten am selben Tag, am ersten Februar, Anker gelichtet und die Überquerung des Atlantiks begonnen. Da war Doughty noch an Bord der *Pelican*. Wir gerieten in Kalmen, hatten dann aber auch etliche kurze Unwetter abzureiten, doch durch sie schickte der Allmächtige weiteres Frischwasser vom Himmel herab. Ja, wir haben alle gelitten, aber keiner so, wie Doughty."

„Ihr wart bei ihm?"

„Ja, ich war seit den Kapverden an Bord der *Swan*. Also auch, als Doughty während einer Kalme zu uns an Bord kam. Zunächst behandelte Captain Chester Doughty wie einen Gefangenen."

Februar 1578
an Bord der Swan
Atlantik, nördlich des Äquators

Holzverbände und Rigg der *Swan* knarrten und quietschten, als würde das Schiff selbst um Wind betteln. Doch soweit das Auge reichte, kräuselte keine Bö das Wasser, das am Rumpf nur leise gluckste und schmatzte. Ein ekelhaftes Geräusch, wenn man Durst hatte und die Wasservorräte rationiert waren.

Fletcher döste auf dem Vorschiff im Schatten der Fock, als ihn plötzlich Stimmen weckten, die leise von der Kuhl zu ihm heraufdrangen.

„Mr. Doughty."

„Mr. Smythe."

Hugh Smythe war ein junger Toppgast und dem Grossmast zugeteilt. Schnell und kräftig. Allerdings leicht reizbar und von dumpfem Geist, Fletchers Meinung nach. Aber dennoch irgendwie ein liebenswerter Kerl.

Fletcher tat so, als schlafe er immer noch, schielte aber unter halb geschlossenen Lidern durch die Pfosten der Querreling zu den beiden Männern in der Kuhl hinunter.

Smythe sah kurz zum Achterdeck und sagte dann: „Captain Chester behandelt Euch nicht gerade wie einen Gentleman, Mr. Doughty, Sir."

Doughty lächelte. Das konnte er gut.

„Nenn mich Thomas."

„Oh, äh, vielen Dank, Sir, äh, Thomas." Linkisch grinste der Bursche zurück und fügte hinzu: „Äh…Hugh."

Sie reichten sich die Hände und schüttelten sie.

Fletcher war gerührt von der Intimität, die da zwischen diesen beiden unterschiedlichen Männern entstand. Er sah nichts Unschickliches darin, selbst dann nicht, als Doughty dem Matrosen die Hand auf die Schulter legte.

„Du magst den Captain nicht besonders, was?"

„Ich kann den Mistkerl nicht ausstehen!"

„Er tut seine Pflicht, Hugh. Ich bin schliesslich nicht als Gentleman hier, sondern als Gefangener. Noch. Denk dran, was ich dir auf der *Pelican* versprochen habe. Ich habe es nicht vergessen, Hugh."

„Wann, Thomas?"

Doughty legte den Kopf schief, betrachtete Smythe eine Weile und meinte dann: „Du solltest was mit deinen Haaren machen, Hugh. Hier, nimm meine Bürste."

„Oh…äh…Danke."

„Behalte sie ruhig. Ist ein Geschenk von mir."

„He, Smythe!"

Chester war auf die beiden aufmerksam geworden und kam den Niedergang vom Quarterdeck herunter. Sein Gesichtsausdruck verhiess nichts Gutes.

Smythe fuhr herum. „Ja, Sir?" Es klang aufsässig.

Chester kam mit rotem Kopf heran.

„Ich verbiete jedwede Unterhaltung mit dem Gefangenen! Und erst recht, dass Sie Dinge aus seiner Hand entgegennehmen. Also, geben Sie ihm die Bürste zurück!"

Chester war vor Smythe stehen geblieben, Doughty betrachtete seine Fingernägel und Smythe trat einen Schritt zurück und ballte die Fäuste.

„Ich rede mit ihm, wenn's mir passt – Sir. Und schon gar nicht werde ich irgendetwas aus der Hand eines so guten Freundes zurückweisen, wo mir Thomas etwas viel grösseres versprochen hat, als diese Bürste hier, und ich hoffe, dass es zur Schande meiner Feinde bald vonstattengeht."

Freitag, 25. November 1580
Buckland Abbey
Devon

Raleigh sah Fletcher mit grossen Augen an. Das war ja ein Ding! Wenn es stimmte, was der Kaplan da über Doughty und Smythe erzählte, dann war am Vorwurf des Verrats tatsächlich etwas dran. Dann hatte Doughty also wirklich eine Meuterei geplant. Zumindest hatte es nun den Anschein, und Raleigh wollte schon nachhaken, aber Fletcher kam ihm zuvor: „Hugh Smythe war ein Rüpel. Gehörte ursprünglich zur Besatzung der *Pelican*, kam dann aber irgendwann auf die *Swan*. Schon damals, kaum dass er seinen Fuss aufs Deck des Vlieboots gesetzt hatte, stänkerte er rum. Sagte, auch wenn Mr. Chester sein Feind sei, dem er niemals vergeben würde, hätte er doch Freunde, die für ihn arbeiteten und gearbeitet hätten; und dass ihm versprochen worden sei, Master auf einem anderen, besseren Schiff zu werden."

„Was hatte Smythe denn mit Captain Chester zu schaffen gehabt?"

„Das weiss ich nicht."

„Und Chester liess es einfach so zu, dass sich ihm der Kerl ganz offen widersetzte?"

„Tja, Captain Chester hatte an Bord der *Swan* wahrlich nicht viel zu bestellen. Die meisten Leute nahmen sowieso nur Befehle vom Master, John Sarocold, entgegen. Und da Sarocold unverhohlene Verachtung sowohl gegenüber Doughty wie auch gegenüber Chester an den Tag legte, war es wohl nur natürlich, dass sich das Verhältnis zwischen Doughty und dem Kapitän etwas entspannte. Immerhin gestattete Chester dem Gefangenen an seiner Tafel zu speisen, Sir. Sehr zum Missfallen Sarocolds, muss ich sagen."

Februar 1578
an Bord der Swan
südlicher Atlantik

Die Offiziersmesse der *Swan* war ein ausgesprochen beengter Ort. Am schmalen Tisch fanden sechs Leute Platz, wenn sie sich dünn machten. Auch das ein Grund, warum der Kajütsteward, der den Tisch abräumte, ein schmächtiges Kerlchen von zwölf Jahren war. Dass draussen ruppiges Wetter herrschte, spürte man auch hier drinnen. Die Männer hielten ihre Becher fest, auch dann, wenn sie nicht tranken. In dem fensterlosen Raum pendelte eine Laterne von einem Deckbalken und funzelte mit wechselndem Schattenspiel in die Gesichter der Männer.

Nah bei der Tür der mürrische Sarocold, das schüttere Haar, das schon wesentliche Teile des Schädels freigegeben hatte, nach hinten gestrichen.

Die Gentlemen Gregory Cary und Emanuell Wattkyns, die als erster und zweiter Offizier Dienst taten.

Fletcher, der trübsinnig dem eben gegessenen Fisch nachschmeckte und immer noch Hunger hatte.

Doughty, von dem wie immer eine geheimnisvolle Kraft auszugehen schien, auch wenn er als einziger völlig entspannt in seiner Stuhllehne hing und nachdenklich seinen halbvollen Weinbecher betrachtete.

Captain Chester, bleich und sorgenvoll am Kopfende der Tafel, strich mit den Fingerkuppen über das Holz der Tischplatte und sagte in die Stille hinein: „Die Unzufriedenheit einiger Männer in unserer Flotte gibt mir zu denken. Ich frage mich manchmal, wie weit sie gehen würden."

Doughty drehte weiterhin den Becher in seiner Hand und sagte ohne den Blick zu heben: „Meuterei? Ich weiss nicht."

Fletcher strich sich durch die Haare und meinte: „Na ja, gewisse Anzeichen gab es schon."

„Zugegeben", lenkte Doughty ein. „Ich kenne einige, die nicht gut auf Drake zu sprechen sind und sicher zum Verrat fähig wären."

Der Master schnaubte und beugte sich angriffslustig vor.

„Meiner Meinung nach täte Drake gut daran, sie so zu behandeln, wie Magellan es getan hat. Nämlich sie aufzuhängen als abschreckendes

Beispiel für den Rest!“ Zur Bekräftigung schlug Sarocold mit der flachen Hand auf den Tisch.

Gelassen trank Doughty einen Schluck und stellte den Becher auf den Tisch, ohne ihn loszulassen.

„Immer mit der Ruhe, Master Sarocold“, sagte er mit einem nachsichtigen Lächeln. „Drakes Befugnis reicht nicht so weit wie jene Magellans. Ich weiss das, denn ich kenne seine Befugnisse so gut wie er selbst. Und das Hängen ist was für Hunde und nicht für Männer.“

Freitag, 25. November 1580
Buckland Abbey
Devon

„Meuterei?“, fragte Raleigh. „Es gab Gerede über Meuterei, Mr. Fletcher? Warum haben Sie mir das nicht gesagt?“

„Ihr habt mich nicht danach gefragt, Sir.“

Raleigh sah den Kaplan fest an und legte eine ungemütliche Schärfe in seine Stimme.

„Dann frage ich Sie jetzt.“

Er konnte sehen, wie Fletcher wieder unruhig wurde. Der Kaplan rutschte auf seinem Stuhl hin und her und überlegte kurz, ehe er sagte: „Einige Leute waren unzufrieden. Als vor Afrika bekannt wurde, wohin die Reise wirklich ging, hat das einen ziemlichen Wirbel ausgelöst. Aber Mr. Doughty und Mr. Drake hatten soweit alles im Griff, Sir.“

„Aber es herrschte nicht gerade eitel Freude Sonnenschein.“

„Ach, wisst Ihr“, seufzte Fletcher. „Die vielen unterschiedlichen Leute, die engen Verhältnisse auf den Schiffen...da kam es schon gelegentlich zu Reibereien.“

„Wie mit diesem Sarocold. Oder gab es einen besonderen Grund für dessen Animositäten?“

„Nun, sowohl Doughty als auch Chester waren Gentlemen, Sir. Chesters Vater war Sir William Chester, ehemaliger Bürgermeister von London. Und Sarocold war nur Tuchhändler gewesen. – Wie auch immer, nach fast zwei Monaten ohne Landkontakt erreichten wir Anfang April[11] die Küste Brasiliens.“

Interessanter Themenwechsel, dachte Raleigh gallig, doch er unterbrach Fletcher nicht, aus dem es jetzt förmlich hervorsprudelte.

„Es war auch höchste Zeit, wir mussten dringend unsere Schiffe waschen und trimmen. Die drohten nämlich unter unseren Füssen zu verrotten. Aber vorerst kam es nicht dazu. Ein Sturm folgte auf den anderen, und was die Sache noch schlimmer machte: Wir standen vor einer Leeküste und drohten zu zerschellen. Und wäre der portugiesische Lotse nicht von Gott berufen worden, uns Gutes zu tun, wir wären alle draufgegangen. Er kannte die Küste und schrie, wir sollten so schnell wie möglich wenden, sonst drohe uns der Tod. Eines unserer Schiffe geriet dann doch noch zwischen die Untiefen, und nur Gottes Vorsehung ist es zu verdanken, dass es wieder freikam."

Es war auffallend, wie Fletcher ins Reden kam, wenn es um die äusseren – gottgegebenen – Bedingungen während der Reise ging. Wollte man aber etwas über die Verhältnisse unter den Männern erfahren, musste man ihm die Würmer einzeln aus der Nase ziehen. Als hätte er etwas zu verbergen. Nur: Wovor hatte er Angst? Raleigh schätzte ihn nicht so ein, dass er zu irgendeinem Zeitpunkt eine tragende Rolle gespielt hatte. Vorerst beschloss er, das Spiel mitzuspielen.

„Aber die Flotte blieb die ganze Zeit zusammen?", fragte er und zwirbelte die erhobene Feder zwischen den Fingern, als wäre es eine Frage von grösster Wichtigkeit.

„Nein", sagte Fletcher. „Wir hatten starken Südwind und mussten mühsam gegenankreuzen, Schlag für Schlag mal aufs offene Meer, dann wieder auf die Küste zu, aber immer so gut es ging Richtung Süden. Dabei verlor uns die portugiesische Fischerschmacke."

„Die *Christopher*."

„Die *Christopher*, ja. Mitte April erreichten wir die Mündung des Silberflusses, die Drake zum Treffpunkt bestimmt hatte."

„Die Spanier nennen den Fluss Rio de la Plata."

„Das ist richtig, Sir. Zwei Tage später traf dann auch die *Christopher* ein, weshalb Drake das Kap, vor dem wir ankerten, Kap der Freude taufte. Wir segelten mehrere Tage flussaufwärts, kehrten jedoch um ohne zu ankern, und als wir wieder auf offenes Wasser kamen, verloren wir die anderen."

Raleigh verlor die Geduld und ging ungehalten dazwischen.

„Wer ist wir? Wer sind die anderen?"

„Die *Swan*, Sir. Irgendwann waren wir ganz allein unterwegs, von den anderen Schiffen keine Spur."

„Stimmt, Ihr wart ja an Bord der *Swan*. Auf der sich immer noch Doughty befand."

Womit er wieder den Bogen zum eigentlichen Gegenstand der Untersuchung geschlagen hätte. Leider liess sich Fletcher nicht beirren.

„Ja, Sir. Wie ich später erfuhr, kam der Flotte auch noch die *Christopher* ein zweites Mal abhanden, Sir. Das schlechte Wetter zwang die übrig gebliebenen Schiffe, unter Land Schutz zu suchen. Sie entdeckten eine Bucht, die guten Ankergrund versprach, aber Felsen versperrten ihnen den Weg. Deshalb liess sich Drake im Boot der *Pelican* in die Bucht rudern, um eine Route zwischen den Felsen hindurch auszukundschaften. Doch urplötzlich zog dichter Nebel auf und raubte den Sichtkontakt zu den Schiffen, und wäre nicht Captain Thomas das Wagnis eingegangen, mit der *Marigold* bei diesen miserablen Verhältnissen in die Bucht vorzudringen, hätten wir Drake wohl verloren. Oder er wäre zumindest in allergrösster Gefahr gewesen. Aber die *Marigold* gelangte unbeschadet in die Bucht und konnte Drake und das Boot an Bord nehmen. Nur verschlechterte sich das Wetter immer mehr und zwang die *Marigold,* in der Bucht vor Anker zu gehen, während die Schiffe draussen auf Reede zu ihrer eigenen Sicherheit ankerauf gehen mussten. Das war besonders hart für die *Christopher*, die kurz vorher wieder eingetroffen war; kaum hatte sie geankert, musste sie wieder auf See. Das war kein guter Tag, dieser dreizehnte Mai."

„Ein Freitag?", Raleigh wusste, dass es falsch war, sich in Ironie zu flüchten; es würde bei Fletcher nichts ausrichten.

Und tatsächlich: Fletcher blätterte kurz in seinem Büchlein und schüttelte den Kopf. „Nein, ich denke, es war ein Montag. Aber schlimm war's trotzdem. Der Sturm wurde immer heftiger; kein Wunder, dass wieder ein Schiff vom Verband getrennt wurde. Diesmal war es die *Mary.*"

„Die Portugiesische Prise", warf Raleigh schicksalsergeben ein, und nur um zu beweisen, dass er auf der Höhe war und zugehört hatte.

„Ja, Sir."

Doch Raleigh durchfuhr plötzlich ein Schreck. Was, wenn alles, was Fletcher über Stürme, die Schiffe und so weiter erzählte, eben doch von Wichtigkeit war. Wenn sich Doughtys Schicksal dem Verständnis nur erschloss, wenn man sämtliche Umstände kannte? Hatte er, Raleigh, sich nicht selbst ein Bild machen wollen, als er mit der Liste der Schiffe begonnen hatte? Eifrig füllte er einen halben Bogen mit Notizen, ehe er fragte: „War da immer noch Drakes Bruder Prisenkommandant?"

„Ja, Sir. Zwei Tage später verliess dann auch die *Marigold* mit Drake ihren Ankerplatz und lief mit so wenig Tuch wie möglich südwärts, um mit ihrer langsamen Fahrt den anderen Schiffen die Möglichkeit zum Aufholen zu geben. Nach zwei weiteren Tagen ankerten die *Marigold*, die *Pelican* und die *Elizabeth* in einer geeigneten Bucht. Von der *Mary* fehlte jede Spur und auch wir auf der *Swan* hatten jeden Sichtkontakt zu den anderen verloren."

„Drake muss sich Sorgen gemacht haben", bemerkte Raleigh.

„Und wie, Sir! Wie wir später erfuhren, schickte er die *Elizabeth* nach Süden und fuhr selbst auf der *Pelican* nach Norden, um nach den vermissten Schiffen zu suchen. Währenddessen sollten die *Marigold* und die *Christopher* die Küste nach einem besseren Ankerplatz absuchen." Fletcher zog wieder sein Büchlein zu Rate und schloss dann: „Am neunzehnten Mai schliesslich fand uns das Flaggschiff, die *Pelican*."

Raleigh rechnete kurz nach.

„Demnach war die *Swan* rund zwanzig Tage vom Verband getrennt."

Zwanzig Tage ohne Sichtkontakt zu einem der anderen Schiffe. Zwanzig Tage ganz auf sich allein gestellt. Ein schwacher Kapitän und ein aufsässiger Master. Enge Verhältnisse, in denen man sich kaum aus dem Weg gehen konnte. Und Fletcher mittendrin. „Was tat Doughty in dieser Zeit?"

Fletcher zuckte die Schultern und meinte: „Da gab es nicht viel, das er tun konnte. Er knüpfte die eine oder andere Freundschaft. Dem Stückmeister Henry Spindelay, zum Beispiel, versprach er, vierzig Pfund zu leihen, wenn sie wieder in England wären."

„Vierzig Pfund!", rief Raleigh erstaunt aus. „Das ist ja mehr als das Jahresgehalt eines Masters!"

Fletcher sah ihn aus grossen Augen an und sagte, als spreche er aus, was offensichtlich sei: „Doughty war ein sehr grosszügiger Mensch." Dann senkte er den Blick und murmelte: „Friede seiner Seele."

Schon über zwei Stunden sass Fletcher nun auf seinem Stuhl vor Raleigh und hatte sich seit seinem Eintreten noch kein bisschen gelockert. Immer, wenn die Sprache auf Doughty kam, zog er sich zurück oder wechselte das Thema. Dabei hatte sich Raleigh so viel von dem Zeugen versprochen. Es irritierte Raleigh, dass er zwar viel über den beschwerlichen Verlauf der Reise vom Ankerlichten in Plymouth bis an die Küste Südamerikas weit südlich des Äquators erfahren hatte. Aber ein hochrangiger Offizier war bei seinem Oberkommandierenden in Ungnade gefallen. Und er wusste immer noch nicht, weshalb. Er hielt es für unwahrscheinlich, dass ihm der Kaplan nicht darüber Auskunft geben konnte. Nicht als einer von nur hundertzweiundsechzig Mann. Diese

Gemeinschaft war zu klein, als dass man, selbst als blosser Zuschauer, nicht mitbekam, was los war. Wenn Fletcher aber bewusst Informationen unterschlug – wen wollte er damit schützen? Drake? Dann hätte er sich Mühe gegeben, ihn in besonders positivem Licht darzustellen, aber das hatte er bislang nicht getan. Doughty? Doughty war tot, und angesichts der Untersuchung musste Fletcher klar sein, dass es keinen Zweck hatte, das Andenken an den Gentleman zu schützen. Oder war Fletchers Andenken an Doughty privater Natur? Statt ihn direkt danach zu fragen, entschloss sich Raleigh, den eingeschlagenen Kurs vorerst beizubehalten.

„Nun gut", sagte er. „Die *Swan* war also von der *Pelican* wieder gefunden worden. Und dann?"

„In der Zwischenzeit hatten die *Marigold* und die *Christopher* eine geeignete Bucht entdeckt. Dort gingen wir dann alle vor Anker."

„Die *Mary* auch?"

Fletcher schüttelte den Kopf.

„Nein, die *Elizabeth* hatte bei ihrer Suche keinen Erfolg. Die *Swan* wiederum war in einem so schlechten Zustand, dass Drake beschloss, sie aufzugeben. Alle Vorräte und was man sonst noch brauchen konnte wurde auf die *Pelican* umgeladen, die *Swan* anschliessend auf den Strand gesetzt und verbrannt."

„Wieso verbrannt?", wollte Raleigh wissen, doch er konnte sich die Antwort denken.

„So war es am einfachsten, an ihre Eisenteile zu kommen, Sir."

„Und Doughty?"

„Doughty?", echote Fletcher verständnislos. War der Kaplan wirklich so schwer von Begriff?

„Er wird die *Swan* ja wohl verlassen haben, bevor sie angezündet wurde."

„Natürlich", erwiderte Fletcher humorlos. „Er kam auf die kleine *Christopher*."

„Aber er war immer noch ein Gefangener?"

„Das war er und das blieb er, Sir. Bis zum Ende seiner Tage. Wir warteten etwa zwei Wochen in der Bucht auf die *Mary* – aber sie kam nicht. Die Bucht tauften wir Robbenbucht, weil es dort von Robben wimmelte, die leicht zu jagen waren. Tja, der Herr liess uns wahrlich nicht Hunger leiden. An Land trafen wir auch auf Eingeborene. Es waren Riesen."

Was war das jetzt? Wollte der Kaplan seinen Bericht nun wirklich ins Reich der Märchen verlegen?

„Riesen?", fragte Raleigh und sah dem Gottesmann skeptisch ins Gesicht.

Ruhig sagte Fletcher, als wäre es ein Leichtes, die Existenz von Riesen zu akzeptieren, wenn man sie erst einmal gesehen hatte: „Ja. Schon am Silberfluss hatten wir im weichen Boden Fussabdrücke von ihnen gesehen, die so breit waren, wie der Fuss eines unserer Leute lang war. Aber die Riesen waren alle sehr friedlich. Obwohl… einer von ihnen klaute Drake die Mütze vom Kopf. Doch Drake lachte nur."

Es schien die allererste Erinnerung an die Reise zu sein, die Fletcher amüsierte, denn er lächelte.

„Wird wohl nicht viel wert gewesen sein", meinte Raleigh.

„Na ja, es war ein hübsches rotes Barett mit Goldband. Drake trug es täglich, da sollte man meinen, dass er daran hing, nicht wahr?"

Mit solchen Kinkerlitzchen mochte sich Raleigh nicht weiter abgeben.

„Nun, die vermisste *Mary* wird ihm mehr Kummer gemacht haben, denke ich", lenkte er das Gespräch weg von Riesen und Mützen und wieder zurück in relevantere Gefilde.

Fletcher nickte eifrig. „Allerdings! Als sie nach zwei Wochen immer noch nicht zu uns gestossen war, beschloss Drake, Anfang Juni die Reise fortzusetzen. Kaum auf See, verloren wir einmal mehr die *Christopher*." Blick in die Notizen. „Am zwölften gingen wir deshalb in einer Bucht vor Anker, um auf sie zu warten. Sie traf dann auch bald ein, aber da sich gezeigt hatte, dass sie sich schwertat, mit dem Verband mitzuhalten, gaben wir sie am nächsten Tag auf."

„Und für Doughty hiess das, dass er einmal mehr das Quartier wechseln musste."

„Er kam auf die *Elizabeth*."

Anzunehmen, dass ein solches Unternehmen ohne nennenswerte Verluste vonstattenging, wäre reichlich naiv gewesen, selbst mit einem Drake an der Spitze. Interessant aber war, dass es jedes Mal das Fahrzeug traf, auf dem sich Doughty befunden hatte. Hatte er einfach Pech gehabt? Oder hatte er vielmehr das Unglück mit an Bord gebracht? Fast schien es so.

„Die Flotte bestand zu dem Zeitpunkt also nur noch aus vier Schiffen", fasste Raleigh den Stand der Dinge zusammen. „Der *Pelican*, der *Elizabeth*, der *Marigold* und der vermissten *Mary*."

„Genau."

„Na Gottseidank, dann wird Ihre Erzählung nun hoffentlich etwas übersichtlicher."

Raleigh sagte es nicht unfreundlich, aber Fletcher war dennoch ein bisschen beleidigt.

„Ich tue mein Bestes, Sir. Also: Wir fuhren zwei Tage lang weiter, immer südwärts, der Küste entlang bis zu einer Bucht auf fünfzig Grad, zwanzig Minuten südlicher Breite; bis zur Einfahrt der Magellanstrasse fehlte uns also nur noch wenig mehr als ein Breitengrad. Doch Drake wollte unter keinen Umständen ohne die *Mary* durch die Strasse segeln. Deshalb beschloss er, schon am nächsten Tag wieder auszulaufen und auf nördlichem Kurs zurückzusegeln, in der Hoffnung, so die *Mary* wiederzufinden. Und siehe da! Am folgenden Tag sichteten wir sie endlich, wofür wir Gott von Herzen dankten. Einunddreissig Tage lang war sie von uns getrennt gewesen. Aber die Reise und das stürmische Wetter hatten sie übel mitgenommen; sie war leck und kaum mehr seetüchtig. Ganz in der Nähe lag eine geräumige, aber sehr geschützte Bucht, die auf der Karte als Port St. Julian ausgewiesen ist. Am zwanzigsten Juni gingen wir dort vor Anker."

Fletchers Stimme war immer leiser geworden. Nun verstummte er ganz und sah hinüber zum Fenster und durch die dicken bleigefassten Scheiben hinaus in den grauen Spätherbst. Seine Züge veränderten sich; ein Ausdruck von Verzweiflung trat in seine Augen und Bitterkeit legte sich um seinen Mund. Ganz offensichtlich war er den Tränen nahe. Lange sass er so, rührte sich nicht und schwieg.

Sonntag, 22. Juni 1578
Port St. Julian
Patagonien

Im Boot der *Pelican* sassen John Brewer, Robert Winterhay, Diego und Drakes Bruder Tom an den Riemen, während Drake selbst an der Pinne sass und auf den Strand zuhielt. John Thomas, Kapitän der *Marigold*, und Thomas Hood, Master der *Pelican*, trotzten in ihre Wollmäntel gehüllt dem Nieselregen und spähten zur Küste, über der gerade ein paar Vögel aufstiegen. Jagdbares Geflügel, wie sie hofften. Im Bug kauerte der Stückmeister der *Pelican*, ein lustiger Niederländer, den alle nur Oliver nannten, und streichelte in Vorfreude seine Vogelbüchse.

„Da!", rief Hood leise und deutete landeinwärts, wo zwischen dem niederen Gestrüpp aus roten Krähenfüssen und Berberitzen plötzlich Gestalten auftauchten. Zwei Eingeborene, Männer, in einfache Felltuniken gekleidet, die nackten Arme und Beine braun gebrannt, die Gesichter wettergegerbt.

Mit einem sanften Ruck lief das Boot auf dem Kiesstrand auf, und Oliver sprang an Land, dicht gefolgt von Hood und Thomas. Die Patagonier winkten. Doch die Geste wirkte unfreundlich; ein scheuchendes Wedeln der Hände, begleitet von gebellten Worten, die keiner der Bootscrew verstand, deren Sinn aber unmissverständlich war: Haut ab!

Nach und nach kletterten Drake und seine Männer aus dem Boot. Hood, Brewer und Tom mit grossen Rundschilden, und Winterhay hatte sich ein paar Pfeile in den Gürtel gesteckt und seinen Langbogen mitgenommen.

Drake musterte die zwei Fellträger. Auch einer von ihnen hielt einen Bogen in der Hand.

„Diego!", rief er. „Das Brot und den Wein!"

Langsam schoben sich die Eingeborenen näher. Drake nahm von seinem Diener einen Brotlaib entgegen und hielt ihn hoch. Gut sichtbar. Dann brach er ein Stück davon ab und steckte es sich in den Mund. Den Rest des Brotes legte er auf einen Stein und Diego stellte den Weinkrug daneben. Dann zogen sie sich zum Boot zurück.

Die beiden Patagonier näherten sich vorsichtig dem Stein, untersuchten das Brot und brachen sich ebenfalls ein Stück ab. Nachdem sie es gegessen hatten, schnupperten sie am Weinkrug. Tranken einen Schluck und verzogen das Gesicht. Dann sahen sie Diego, bekamen grosse Augen und begannen, miteinander zu tuscheln.

Tom berührte seinen Bruder am Arm und sagte leise: „Da sind noch mehr."

Drake nickte, er hatte sie bereits gesehen: Zwei weitere Fellträger, ebenfalls mit Bogen bewaffnet. Einer von ihnen rief etwas, und die beiden, die zum Strand gekommen waren, liefen zu ihnen zurück. Drake und seine Männer folgten ihnen. Winterhay schloss zu Drake auf und sagte: „Haben Sie ihre Bogen gesehen, Sir?"

„Ja."

„Kinderspielzeug."

Die Patagonier hatten sich weiter landeinwärts zurückgezogen, blieben aber etwa hundert Schritt vom Ufer entfernt stehen. Abwartend, feindselig.

Drake hob seine leeren Hände und blieb ebenfalls stehen. Winterhay strich über sein Bärtchen und sagte: „Ich dachte, ich könnte ihnen mal zeigen, was ein englischer Langbogen so draufhat, Sir."

„Gut, aber seien Sie vorsichtig."

Langsam ging Winterhay weitere vier, fünf Schritte auf die Eingeborenen zu. Er verneigte sich leicht und präsentierte seinen Bogen auf den flachen Händen. Von den Patagoniern misstrauisch beäugt, wandte er sich etwas ab, zog langsam einen Pfeil aus dem Gürtel und legte ihn ein.

Freitag, 25. November 1580
Buckland Abbey
Devon

Raleigh wartete eine geraume Weile, ehe er fast sanft den Reverend wieder in die Gegenwart zurückholte. „Ja? Und weiter?"

Fletcher schüttelte den Kopf und rieb sich mit Daumen und Zeigefinger über die Augen.

„Ich bitte um Verzeihung, Sir, aber ich habe nur die grässlichsten Erinnerungen an diese Bucht." Fletcher wirkte richtig mitgenommen, wie er da kläglich auf seinem Stuhl sass.

„Ein Glas Wein?", bot Raleigh an.

Dankbar nickte Fletcher. „Ja, bitte."

Raleigh legte die Feder nieder, erhob sich und war mit zwei Schritten bei der Anrichte, wo er aus einem Weinkrug zwei Gläser füllte. Bevor er sich wieder setzte, stellte er eines vor Fletcher hin, der mit zitternder Hand danach griff und einen gierigen Schluck nahm. Mit einem tiefen Atemzug und einem Blick zur Decke sammelte er sich und sagte: „Unwirtlich und kalt war es dort. Wir waren, wenn ich so sagen darf, am Arsch der Welt angekommen. Und das Erste, das wir zu sehen bekamen, war ein Galgen."

„Ein Galgen?"

„Ganz recht, ein Galgen." Ein zweiter Schluck und das Glas war leer. „Oder vielmehr die Überreste davon."

Raleigh schenkte nach.

„Und wie soll der da hingekommen sein?"

„Fünfzig Jahre vor uns war Magellan hier vorbeigekommen", erklärte Fletcher. „Einige seiner Leute meuterten, er schlug die Meuterei nieder und knüpfte die Rädelsführer an dem eigens errichteten Galgen auf.[12] Später stellten wir fest, dass das Holz noch in gutem Zustand war; unser Küfer machte daraus ein paar Kannen oder Krüge für diejenigen unserer Mannschaft, die daraus trinken mochten. Ich für meinen Teil fand keinen Gefallen daran und ich sah auch keinen Grund dazu. Kann ich noch etwas Wein haben, bitte?"

Der Kaplan hatte einen Zug drauf, der so gar nicht zu seiner vogelhaften Erscheinung passen wollte. Raleigh war versucht, selbst einen

Schluck zu trinken, beherrschte sich aber. Fletcher trank nicht aus Durst, er trank, um sich zu beruhigen. Sich betäuben traf es besser, korrigierte Raleigh. Das Grauen zurück unter die Oberfläche spülen. Aha, wir kommen also ans Eingemachte, dachte Raleigh und füllte Fletchers Glas nach.

„Danke", japste der Vogel und soff. Sein Blick wurde bereits etwas verschwommen, und die Zunge lockerte sich.

„Der Zufall, oder vielleicht auch Gottes Vorsehung, wollte es, dass wir fünfzig Jahre nach Magellan hier unsere eigene Tragödie erleiden sollten. Zwei Tragödien, eigentlich; die erste kurz nach unserem Einlaufen in die Bucht. Wir hatten Anker geworfen, und Drake gab den Mannschaften ausreichend Zeit, sich zu erfrischen. Dann gingen er und eine Handvoll Leute an Land, um auszukundschaften, was die Gegend zu bieten hatte, falls wir hier länger bleiben sollten. Kaum gelandet, begegneten ihnen zwei junge Riesen. Wie alle Eingeborenen vor ihnen, zeigten sie sich freundlich, insofern sie nichts von dem zurückwiesen, was ihnen angeboten wurde. Am meisten jedoch ergötzten sie sich, als ein Gentleman namens Robert Winterhay Pfeile von seinem mitgebrachten Langbogen abschoss, die mehr als doppelt so weit trugen wie ihre eigenen. Doch plötzlich erschienen zwei weitere Riesen, alte, grimmige und wettergegerbte Schurken. Winterhay wollte auch ihnen seine Schiesskünste zeigen und spannte den Bogen. Da riss die Sehne. Die Riesen sahen das, und in der Annahme, es gäbe auf der Welt kein anderes Kriegsgerät als Pfeil und Bogen – weil sie ja nichts anderes kannten – nutzten sie die Gelegenheit, als Winterhay eine neue Sehne aufziehen wollte und schossen ihm einen Pfeil durch die Lunge."

Sonntag, 22. Juni 1578
Port St. Julian
Patagonien

Winterhay brach mit einem Keuchen zusammen. Sofort waren Captain Thomas und John Brewer bei ihm. In derselben Sekunde hob Oliver seine Vogelbüchse, zielte auf die fellbedeckte Brust des patagonischen Bogenschützen und drückte ab. Doch statt eines Knalls war nur das enttäuschende Ratschen des Rades zu hören; in dem beständigen Nieselregen war das Pulver unbrauchbar geworden.

Die Patagonier schüttelten ihre Bogen und bellten unverständliche Worte zu ihnen herüber. Der eine, der auf Winterhay geschossen hatte, legte bereits einen neuen Pfeil auf die Sehne.

Mit fliegenden Fingern drückte Oliver den Hahn hoch. Blies das verdorbene Pulver aus der Pfanne. Biss den Stöpsel aus der Pulverflasche. Der Pfeil traf ihn mit solcher Wucht in die Brust, dass er im Rücken über einen Fuss weit austrat. Ohne einen Laut liess Oliver die Büchse fallen und ging mit brechendem Blick zu Boden.

„Schildwall!", rief Drake, riss dem toten Oliver den Spannhebel vom Gurt und schnappte sich die Büchse. Sofort warfen sich Hood, Brewer und Tom zwischen ihre Kameraden und die Eingeborenen. Mit ihren drei Rundschilden war ihr Schildwall natürlich eine ausgesprochen mickrige Angelegenheit, verglichen mit dem, was die achttausend Angelsachsen fünfhundert Jahre zuvor auf der Anhöhe bei Hastings hingekriegt hatten. Aber er erfüllte seinen Zweck. Die nächsten Pfeile der Patagonier blieben in den Schilden stecken. Dahinter zog Drake mit Olivers Spannhebel den Mechanismus des Radschlosses auf, gab Pulver auf die Pfanne und senkte den Hahn. Er richtete sich auf, visierte kurz zwischen den Köpfen von Hood und Brewer hindurch auf den Anführer, der den ersten Pfeil abgeschossen hatte, und drückte ab.

Diesmal knallte es.

Die Kugel fuhr durch das Fell und riss dem Mann die Bauchdecke auf. Einen Moment lang geschah gar nichts. Der Patagone schwankte leicht, aber er fiel nicht. Dann sahen er und seine drei Begleiter verdutzt auf das Gedärm, das unter dem Fell auf den Boden rutschte. Er liess seinen Bogen fallen, presste sich beide Hände auf den Bauch und sank mit einem vernehmlichen Seufzer zusammen.

„Zum Boot!“, hauchte Drake.

Langsam zogen sie sich zurück, wobei Thomas und Diego den röchelnden Winterhay mitschleiften. Olivers Leichnam liessen sie zurück.

Die übrig gebliebenen Fellträger lösten sich aus ihrer Erstarrung, einer hob den Bogen des Gefallenen auf, und zu dritt deckten sie die retirierenden Engländer mit Pfeilen ein.

„Zerbrecht die Pfeile, die nicht in den Schilden stecken bleiben!“, rief Drake und half dann Diego und Thomas so gut es ging, Winterhay zurück zum Boot zu schaffen, gedeckt von Brewer, Hood und Thomas Drake mit ihren Schilden.

Die hundert Schritt bis zum Boot erschienen ihnen wie eine Meile. Geduckt zerrten und schoben sie den Blut spuckenden Winterhay Fuss für Fuss über die steinige Erde, brachen jeden Pfeil entzwei, der ihnen in die Finger kam und rutschten mehr als sie gingen in Richtung Strand.

Dann ging den Eingeborenen die Munition aus, und der Pfeilbeschuss hörte auf.

Freitag, 25. November 1580
Buckland Abbey
Devon

„Der Rückzug zum Boot verlief nun rasch, obwohl sie Winterhay mitschleppten. Da lebte er noch, aber er starb dann innerhalb weniger Stunden an Bord der *Pelican*."

Fletcher hielt inne und trank einen weiteren Schluck, bevor er fortfuhr: „Schnell wurde das Boot mit einer starken Besatzung zum Ufer zurückgeschickt, um den Leichnam von Oliver zu bergen. Als sie ihn fanden, hatten ihm die Wilden einen Pfeil so tief sie konnten in ein Auge getrieben und ihm seine Mütze, einen Strumpf und einen Schuh weggenommen und ihn so liegen lassen." Fletcher schniefte und stiess einen Lacher aus, der wie ein Schluchzen klang. „Ich meine, wer braucht schon nur einen Strumpf und einen einzelnen Schuh?"

Nach dem nächsten Schluck starrte Fletcher auf den Boden des leeren Glases, als könne er dort die Gestade von Port St. Julian ausmachen.

Raleigh wartete und schwieg.

„Vor dem Festland lag eine Insel; auf die brachten wir die beiden Toten am nächsten Tag, wo wir sie feierlich in einem gemeinsamen Grab beisetzten."

Das traurige Nicken, mit dem der Kaplan seine eigenen Worte zu bestätigen schien, wirkte wie ein letzter Gruss an die Gefallenen. Fletcher seufzte und hob die Schultern.

„Tja…und dann kam die Sache mit Thomas Doughty."

Abrupt stellte er das Glas auf den Tisch und schob es Raleigh zu.

„Bitte."

Schweigend schenkte dieser nach und wartete.

Fletcher nahm das Glas, sagte „Danke" und trank.

„Die Sache mit Doughty", bohrte Raleigh nach.

„Thomas Doughty…ja. – Dass ihn einige nicht mochten, habe ich ja schon gesagt…der Vorfall auf der *Mary* vor den Kapverden…und weshalb Drake ihn gefangensetzte. Doch jetzt wurde weit schwerwiegendere Anklage gegen ihn erhoben, und das von denselben Leuten. Es ging um Dinge, die er ihnen gegenüber gesagt haben soll, und zwar noch in

England, in Drakes Garten in Plymouth, lange vor unserem Aufbruch. Meiner Ansicht nach wäre es die Pflicht seiner Ankläger gewesen, die Sache schon damals in Plymouth aufzudecken und nicht damit bis zu diesem unpassenden Ort und Zeitpunkt zuzuwarten. Wie auch immer, das war es jedenfalls, was sie ihm unter was weiss ich für Eiden zur Last legten. Doch er bestritt bei seinem Seelenheil alles aufs Heftigste. Als er das Sakrament von Leib und Blut Christi empfing, wie auch zur Stunde und im Augenblick seines Todes. Er versicherte, dass er all der Dinge unschuldig sei, deren er angeklagt und verurteilt worden sei und derentwegen er nun den Tod erleiden müsse."

„Sie sprechen in Rätseln, Reverend. Was für Dinge waren das?"

„So genau weiss ich das nicht mehr. Das ist ja jetzt auch schon zweieinhalb Jahre her."

„Aber an die Todesumstände von Winterhay und Oliver können Sie sich bis ins kleinste Detail erinnern."

Fletcher wand sich und presste dann hervor: „Doughty soll gesagt haben, dass der Kronrat, ja selbst ihre Majestät die Königin…bestechlich seien. Solche Sachen."

„Wem gesagt?" Raleighs Stimme wurde hart.

„Dem Schiffszimmermann der *Pelican*, Sir. Edward Bright. Und zwar noch bevor wir England verliessen."

Sofort kam Raleigh eine der schriftlichen Zeugenaussagen in den Sinn, ein bestimmtes, seitenlanges Dokument, aus dem er nicht schlau geworden war. Er griff in die Mappe und hielt es nach kurzem Suchen in der Hand. Das Schriftstück begann mit den Worten:

Die folgenden Worte sprach Thomas Doughty zu mir in Plymouth, in eines Kapitäns Garten, wie auch an Bord der Pelican *und anderen Orten.*

„In Drakes Garten in Plymouth", sagte er.

„Jawohl, Sir."

Raleigh legte das Dokument weg und sah den Reverend an.

„Aber da war noch mehr. Nicht wahr, Master Fletcher?"

„Vieles, was Doughty gesagt haben soll, wurde ihm zur Last gelegt, Sir."

Raleigh spürte ganz deutlich, wie sein Geduldsfaden riss. Scharf fragte er: „Gesagt haben soll? Hat er oder hat er nicht?"

„Woher soll ich das wissen?" Fletchers Antwort klang beinahe verzweifelt.

„Reverend Fletcher", fuhr Raleigh den jungen Geistlichen an und wedelte mit einem Bündel Papiere. „Ich habe hier eine ganze Reihe schriftlicher Zeugenaussagen darüber, was Doughty gesagt haben soll. Unter etlichen steht *Ihr Name*, Sir!"

Fletcher zog angesichts von Raleighs Furor den Kopf ein und sagte kleinlaut: „Das kann sein."

„Nun?"

„Doughty hat einiges gesagt…das er, im Nachhinein betrachtet, vielleicht besser nicht gesagt hätte."

„Ja, doch. Aber was?"

März 1578
an Bord der Swan
südlicher Atlantik

Der Wind hatte nachgelassen, und die *Swan* rollte sanft mit lustlos flappenden Segeln in der Dünung. Obwohl die Vormittagswache erst zur Hälfte um war, litten die Männer an Deck unter der Hitze und taten so wenig wie möglich. Wer konnte, suchte sich ein schattiges Plätzchen, spleisste einen Blockstropp, oder schärfte ein Beil am Schleifstein und hoffte auf Wind, Wolken und vor allem Regen.

Der Bordkaplan hatte sich mit Doughty in die Messe geflüchtet und unterhielt sich dort mit ihm zum Scherz auf Latein, als der Master mit Gregory Cary den schmalen Raum betrat, um Angelegenheiten der Bordroutine zu besprechen.

Das Boot der *Swan* musste mit Seewasser gefüllt werden, damit die Planken nicht austrockneten und die Fugen undicht wurden; eine Pardune des Fockmasts war schadhaft, und die Frage war, ob man sie ausbessern oder bei dem schwachen Wind gleich ganz ersetzen sollte; der Stückmeister Henry Spindelay hatte Munition für ein Übungsschiessen erbeten, und nun musste entschieden werden, für wie viel Schuss die kostbaren Pulvervorräte geschmälert werden sollten.

Die Besprechung verlief ruhig, sachlich und schnell. Sarocold, der die vornehmen Gentlemen sonst gern mit Zynismus und Verachtung strafte, machte bei Cary eine Ausnahme, was daran lag, dass Cary ein tieferes Verständnis für die Belange von Schiff und Mannschaft entwickelt hatte und natürlich, dass er dem Master unterstellt war, ohne sich darüber zu beklagen.

Da sie es nicht eilig hatten, wieder hinaus in die brüllende Hitze zu gehen, unterhielten sie sich noch über die anderen Schiffe des Verbands und kamen schliesslich auf den Oberkommandierenden zu sprechen. Irgendwann äusserte Cary, es müsse für einen Mann wie Drake eine grosse Ehre sein, ein Unternehmen wie dieses zu befehligen.

„Was heisst denn hier Ehre?", entgegnete Sarocold. „Der Mann hat es sich verdient."

„Schon", stimmte Cary zu, „aber das haben andere sicher auch. Männer, denen es wesentlich leichter gefallen sein dürfte, die Gunst der Königin zu erlangen."

„Wie meinst du das?"

„Männer wie Hawkins, Frobisher, Seymore, Grenville – hab ich einen vergessen? – Männer mit Familie. Drake dagegen... War sein Vater nicht Pastor?"

„Laienprediger", warf Fletcher ein.

„Sie müssen es ja wissen, Reverend. Ein einfacher Mann, jedenfalls."

„Aus einer rechtschaffenen Bauernfamilie aus Devon."

„Das meine ich ja! Durch das Wohlwollen vornehmer Leute wird ihm eine grosse Ehre zuteil."

„Dieses Wohlwollen", warf Sarocold ein, „ist ihm ja nicht einfach so zugeflogen. Er hat was getan dafür, hat mit seinen Erfolgen auf sich aufmerksam gemacht. Erst unter Hawkins, später in Irland unter Lord Essex."

Doughty liess das nicht gelten.

„Mal ehrlich", sagte er. „Wo wäre Drake, wenn ich nicht gewesen wäre? Hm? In Irland war ich es, der ihn dem Earl of Essex vorgestellt hat."

Bislang hatte Sarocold keine Notiz von Doughty genommen, der selbst in seinem verschwitzten Hemd noch elegant aussah. Aber jetzt beugte er sich angriffslustig vor.

„Dann ist Drake also auch noch undankbar, dass er dich ausgestossen und hierher an Bord der *Swan* verfrachtet hat?"

Doughty blieb gelassen.

„Er hat mich nicht ausgestossen, Master Sarocold. Ich weiss das. Er kann mich als Gleichberechtigten gar nicht ausstossen, weil ich ein Gentleman und ihm gleichgestellt bin, damals zu Hause und in Irland wie auch jetzt zur See. Schon allein, weil's mit seiner Beförderung ohne meine spezielle Hilfe gar nicht geklappt hätte."

Freitag, 25. November 1580
Buckland Abbey
Devon

„Wohl kaum eine Aussage, die einen Mann vor Gericht, geschweige denn aufs Schafott bringt", resümierte Raleigh und sah Fletcher eindringlich an, der leicht zu schwanken begonnen hatte. „Er *war* ja gleichberechtigt und hatte wohl das Gefühl, dass ihm von daher nichts zustossen würde. Ansonsten hat er einfach ein bisschen geprahlt."

Fletcher spielte wieder mit seiner Mütze auf dem Knie. Er zupfte daran herum und meinte kleinlaut: „Er sprach sehr viel davon, dass er für Drake eine grosse Hilfe war, muss ich zugeben."

Konnte Doughtys alberner Tratsch tatsächlich eine so zersetzende Wirkung gehabt haben, dass es ihn den Kopf kostete? Natürlich würde kein Befehlshaber solchem Gerede über sich begeistert applaudieren, ob es nun stimmte oder nicht. Aber dafür gleich den Kopf abschlagen? Und Doughty war sicher nicht der Einzige, der sich kritisch, wenn nicht gar abschätzig über Drake geäussert haben dürfte. Üble Nachrede war noch keine Meuterei. Das Einzige, das bislang auf ein Komplott hindeutete, waren Doughtys Versprechungen gegenüber dem Toppgast Smythe.

Womit also hatte sich Doughty buchstäblich um Kopf und Kragen geredet?

April 1578
an Bord der Swan
Rio de la Plata

„Ohne mich würde dieses Unternehmen gar nicht stattfinden, meine Herren."

Die Messe war gerammelt voll muffig riechender Leute in feuchten Klamotten. Irgendjemand stöhnte verhalten, und selbst Fletcher ging es allmählich auf die Nerven, wie Doughty es schaffte, immer wieder das Gespräch an sich zu reissen und über Drake vom Leder zu ziehen. Er machte das clever; nie sagte er etwas wirklich Schlechtes über den Befehlshaber, sondern setzte ihn herab, indem er seine eigenen Verdienste hervorhob. Immer wieder. Wie gerade jetzt.

„Francis und ich haben diese Reise in Irland beschlossen, und ich habe einen Anteil von eintausend Pfund[13] reingesteckt."

Sarocold war nicht der Mann, der sich die Gelegenheit zu einer Kränkung entgehen liess.

„Und deshalb soll dich Drake wohl auf Händen tragen, was?", rief er höhnisch aus. „Du kannst mir erzählen, was du willst, ich glaube kaum, dass deine tausend Pfund deine Treulosigkeit aufwiegen."

Vehement schüttelte Doughty den Kopf.

„Ich war zu keiner Zeit treulos, im Gegenteil. Francis war derjenige, der unsere Vereinbarung brechen wollte."

„Welche Vereinbarung, Mr. Doughty?", fragte Fletcher verwundert.

„Na, dass ich tausend Pfund beisteuere." Doughty legte Fletcher die Hand auf die Schulter und sah dann jedem einzelnen der Reihe nach ins Gesicht. „Das war so abgemacht, aber als er unseren Plan dem Kronrat vorlegte, wollte er nichts mehr davon wissen. Und dabei war ich der erste, der ihn dort eingeführt hat."

Chester legte den Kopf schief und fragte skeptisch: „Drake wollte auf Ihre finanzielle Beteiligung verzichten?"

„Nein, er wollte, dass sie nicht so hoch war."

„Hast du nun tausend Pfund drin oder nicht?", wollte Sarocold wissen.

„Das hab' ich", erwiderte Doughty. „Und ich kann mir auch denken, wieso Francis schliesslich doch eingewilligt hat."

„Ach", sagte Sarocold höhnisch und verschränkte die Arme vor der Brust. Die Genugtuung, nachzufragen, gönnte er dem Gentleman nicht. Auch die anderen hielten sich bedeckt und warteten erst einmal ab, ob noch etwas kommen würde. Bis es Fletcher nicht mehr aushielt.

„Und wieso?"

Doughty beugte sich nach vorn, senkte die Lider und lächelte. Wölfisch, wie es Fletcher vorkam.

„Ich kenne gewisse Geheimnisse Drakes", sagte er sehr leise. „Und es wäre ihm sehr unangenehm, wenn nicht sogar peinlich, wenn sie öffentlich bekannt würden."

Sarocold knallte die flache Hand auf den Tisch, zeigte mit dem Finger auf Doughty und rief: „Du hast ihn erpresst! Na, dann brauchst du dich nicht zu wundern, dass er dich hier festgesetzt hat."

Wieder schüttelte Doughty den Kopf, beleidigt jetzt.

„Nein, dazu hatte er keinen Grund. Ich würde seine Geheimnisse nie preisgeben, auch wenn er mich noch so hart behandelt. – Er sollte sich wirklich schämen, so wie er mit mir umspringt."

Freitag, 25. November 1580
Buckland Abbey
Devon

„Wissen Sie, was das für Geheimnisse sein könnten, Reverend?"

„Wohl kaum. Sonst wären es ja keine Geheimnisse, nicht wahr, Sir?" Mit gerunzelter Stirn schielte der Kaplan über den Rand seines Glases, dachte nach und murmelte dann: „Oder vielleicht doch!"

Februar 1578
an Bord der Swan
Atlantik, Höhe Äquator

Fletcher gähnte. Noch gut zwei Glasen, also über eine Stunde noch, bis zum Wachwechsel, und Doughty klagte über sein Schicksal.

Nicht, dass Fletcher kein Verständnis für Doughtys Lage gehabt hätte, aber er war müde und in Gedanken schon in der Hängematte. Doughty hielt sich an einem Want des Grossmastes fest, und sein Blick verlor sich in den silbernen Tupfern, mit denen der Mond auf den Wellen spielte.

„Ich habe ihn förmlich aus der Gosse gehoben. Wer war es denn, der ihn in den Sold der Königin gebracht hat? Ich!"

„Aber er hatte doch eine erfolgreiche Kaperfahrt nach Westindien gemacht." wandte Fletcher ein, um das Gespräch am Laufen zu halten. So ging wenigstens die Zeit vorbei.

Doughty sah ihn mit einem freudlosen Lächeln an.

„Genützt hat es ihm nichts, im Gegenteil, er musste untertauchen. Ist nach Irland geflohen, weil er es nicht gewagt hat, in England zu bleiben. Ich weiss das, er hat es mir in Irland selbst erzählt."

Freitag, 25. November 1580
Buckland Abbey
Devon

Seufzend sah Raleigh den Kaplan an und sagte: „Dieses Gerede schmeichelt Drake zwar nicht, aber dass es Doughty gleich den Kopf gekostet haben soll? Na, ich weiss nicht, Reverend."

„Kann ich noch etwas Wein haben, Sir?"

„Natürlich." Und da er es satthatte, für Fletcher den Mundschenk zu machen, fügte Raleigh hinzu: „Bedienen Sie sich."

Während sich Fletcher nachschenkte, nahm Raleigh das Bündel schriftlicher Aussagen aus der Mappe und hielt es hoch. Fletcher nahm einen Schluck und fixierte die Papiere in Raleighs Hand mit etwas glasigem Blick. Langsam und leise sagte Raleigh: „Doughty's Worte sind hier fein säuberlich niedergeschrieben, per Unterschrift bezeugt von John Chester, John Sarocold, Gregory Cary, Emanuell Wattkyns und Ihnen, Reverend Fletcher."

„Ja", hauchte Fletcher. Raleigh sah in scharf an.

„Davon drei bezeugte Aussagen, unter denen jeweils allein Ihr Name steht, Sir!"

Verzweiflung machte sich auf Fletchers Gesicht breit.

„Wie konnte ich ahnen, dass er aufgrund solcher Aussagen zum Tod verurteilt werden würde!", brach es laut aus ihm heraus.

Raleigh nickte. „Da muss ich Ihnen allerdings Recht geben", lenkte er ein. „Ich kann darin eine gewisse Gehässigkeit sehen – aber nichts, was ein Todesurteil rechtfertigte. Ehrlich gesagt, finde ich ziemlich rätselhaft, was da steht. Vielleicht müssen wir Punkt für Punkt durchgehen."

Fletcher schniefte leise und liess den Kopf hängen. „Dazu weiss ich zu wenig von den Hintergründen, fürchte ich."

„Sie haben viel Zeit mit Doughty verbracht, nicht?"

„Ich unterhielt ich mich öfter mit ihm."

„Was war Doughty für ein Mensch?"

Gute Frage. Raleigh wunderte sich, dass er sie nicht schon viel früher gestellt hatte. Doughtys Persönlichkeit war ganz sicher einer der Schlüssel zum Verständnis der Ereignisse, das wusste er. Fletcher wusste es auch und dachte eine Weile nach, bevor er sprach.

„Er war gottesfürchtig. Liebte die Bibel. War stets bestrebt, andere zu erbauen und seinen eigenen Glauben an Christus zu festigen."

„Ihnen als Pastor muss das gefallen haben", bemerkte Raleigh maliziös.

„Natürlich", gab Fletcher eingeschnappt zurück. „Doughty besass Qualitäten, die selten sind, und für sein Alter waren seine Begabungen ausserordentlich. Er war ein wunderbarer Erzähler, ein geistreicher Philosoph, hatte eine grosse Begabung für das Griechische und angemessene Kenntnisse in Hebräisch, ausserdem war er ein kampferprobter Soldat, und er stand nicht vielen in den Studien der Gesetze nach. Aber mehr als alles war er ein guter Christ, er erfreute sich am Studium, am Hören und Praktizieren von Gottes Wort, indem er sich täglich mit Lesen und Meditieren, durch Gespräche mit anderen und der Belehrung der Unwissenden darin übte, gerade so, als wäre er ein Geistlicher."

Dabei sah er Raleigh herausfordernd an, als sei es in Stein gemeisselt, dass dieser dem grossen Doughty nicht das Wasser reichen konnte. In hundert Jahren nicht. Raleigh nahm Fletchers Blick zur Kenntnis und sagte unbeeindruckt: „Scheint ja ein wahrer Wunderknabe gewesen zu sein."

Fletcher explodierte.

„Versündigt Euch nicht am Andenken eines Toten, Sir!"

Fehlte nur noch, dass er die schmale Faust auf den Tisch donnerte. Speichel glitzerte im Mundwinkel, die Unterlippe zuckte. Der Reverend war zornig. Aber auch sehr angetrunken.

Raleigh konnte der Versuchung nicht widerstehen. Er lächelte schief und sagte: „De mortuis nil nisi bene[14], was?"

Statt eines erneuten Ausbruchs verlegte sich Fletcher aufs Schmollen. „Ich sage jetzt nichts mehr", grunzte er und schenkte sich Wein nach.

Hast du ja prima hingekriegt, dachte Raleigh. Tatsächlich war er sehr zufrieden mit sich. Ohne Zweifel war Fletcher an Doughtys Tod emotional stark beteiligt, und Raleigh wollte wissen, warum. Alles, was Doughty belastete – *wirklich* belastete – gab Fletcher nur widerwillig preis, und das war wenig genug. So wie er von Doughty sprach, konnte er unmöglich mit dessen Hinrichtung einverstanden gewesen sein, was ihn gegen Drake eingenommen haben müsste. Aber mit keinem Wort kritisierte er Drakes Vorgehen.

Nun, der wackere Reverend hatte sich also vorgenommen, fortan zu schweigen. Doch Raleigh erkannte in ihm den willenlosen Hanswurst, der er war. Bald war er weich gekocht, und der Wein tat das Übrige.

Raleigh lehnte sich zurück und verschränkte die Arme.

„Verzeihen Sie, Reverend, ich wundere mich nur, dass dieser in allen Belangen so vortreffliche Mensch Anlass gegeben haben soll, ihn aufs Schafott zu schicken."

„Da seid Ihr nicht der Einzige."

„War er beliebt?"

„Ich mochte ihn."

„Ja, ja! Aber da waren noch hundertsechzig andere Männer. Und dieser Schiffszimmermann..."

„Ned Bright."

„Also dieser Ned Bright mochte ihn mit Bestimmtheit nicht. Ich habe auch seine Zeugenaussage hier, und sie ist die längste und ausführlichste von allen."

Raleigh wedelte mit Brights Aussage, doch ohne aufzusehen nuschelte Fletcher nur undeutlich: „Ich weiss."

Raleigh wartete noch einen Moment, ob Fletcher noch etwas Erhellendes beisteuern würde. Da das nicht der Fall war, fuhr er fort: „Bright spart nicht mit Anschuldigungen. Darunter, dass Doughty eine Meuterei im Schilde führte. Doughty soll ihn nicht nur vor dem Auslaufen in diesem ominösen Garten in Plymouth angesprochen haben, sondern auch unterwegs auf der Insel Man."

Das war allerdings merkwürdig. Die Insel Man lag in der Irischen See, weitab vom Kurs des Geschwaders. Ein Widerspruch, der den Reverend zur Korrektur veranlasste: „Er meint vermutlich die Insel Mayo von den Kapverden, Sir."

„Ja, scheint so. Und zuletzt jedenfalls bezichtigt Bright die Gebrüder Doughty der Hexerei und der Giftmischerei. – Nein, das sieht mir nicht so aus, als ob dieser Ned Bright Doughty besonders gemocht hätte. Das wirkt eher, als hätte er Doughty etwas anhängen wollen."

Fletcher sah ihn von unten an wie ein Welpe.

„Ich bin froh, dass Ihr das auch so seht, Sir."

„Mit diesem Ned Bright würde ich mich ja gerne mal unterhalten."

„Das dürfte schwierig sein, der Mann ist tot."

„Ach."

„Ja."

Die Versuchung war zu gross, diesen Sachverhalt anhand der Liste zu überprüfen. Raleigh suchte Bright und fand ihn:

Edward Bright, Crpt. decd.

Derweil hatte der Kaplan seine schleppende Zunge wieder in Gang gebracht.

„Ja. Nachdem wir durch die Magellanstrasse in den Stillen Ozean gelangt waren, gerieten wir dort in einen fürchterlichen Sturm, der uns fast zwei Monate lang nicht zur Ruhe kommen liess. Am letzten Tag im September während der zweiten Nachtwache wurde die *Marigold*, auf der Ned Bright als Kapitän eingesetzt worden war, mit allen neunundzwanzig Mann an Bord von den Wellenbergen buchstäblich verschluckt. John Brewer, unser Trompeter, und ich hatten gerade Wache auf der *Golden Hinde*, als es passierte. Wir hörten ihre Schreie, als sich Gottes Hand auf sie legte. Wenn Ihr mich fragt, Sir, dann war das die Strafe des Herrn für Brights falsches Zeugnis."

„Was für eine *Golden Hinde*?"

„Die *Pelican*. Nach Doughty's Hinrichtung gab Drake ihr den neuen Namen zu Ehren Sir Christopher Hatton's, der die goldene Hirschkuh im Wappen führt."

„Und Sie sagen, Bright sei Kapitän der *Marigold* gewesen? Was war mit John Thomas?"

Fletcher rutschte näher, damit er mit dem Ellbogen auf den Tisch kam und den schwer gewordenen Kopf auf die Hand stützen konnte. Vorsichtshalber stellte Raleigh den Weinkrug weg. Fletchers Blick glitt haltlos über die Papiere auf dem Tisch.

„In Port St. Julian hatte Drake sämtliche Kapitäne ihrer Posten enthoben, Sir", sagte er.

„Trotzdem – ein bemerkenswert steiler Aufstieg vom Schiffszimmermann zum Kapitän."

„Thomas Moon war auch Zimmermann und Kapitän der *Benedict*."

„Ja, aber die *Benedict* war nur eine kleine Pinasse. Das hier sieht eher so aus, als habe Drake Ned Bright belohnt. – Für eine Zeugenaussage, die Doughty aufs Schafott bringt?"

„Es war ein Meineid, Sir. Deshalb hat Gott auch seine Strafe an ihm vollzogen. Und Brewer hätte es fast auch erwischt." Fletcher kicherte freudlos. „Das war wirklich eigenartig, Sir. Als der Sturm vorüber war, erreichten wir eine Insel, wo wir ankerten. Brewer stand achtern oben auf der Poop und spielte Trompete. Die See war nun spiegelglatt, kein Lüftchen regte sich, das auch nur einen Seidenfaden bewegt hätte. Doch plötzlich kam ein Tauende herangeschossen. Das Tau erwischte Brewer mit solcher Wucht, dass er fast zwanzig Yards vom Schiff entfernt ins Wasser fiel. Buchstäblich in letzter Sekunde wurde er noch gerettet. Aber es war ein Wink des Herrn, da bin ich sicher."

„Eine Strafe?"

Fletchers Glas war wieder leer.

„Der Vorfall lässt sich nicht anders erklären, Sir."

Da er nicht mehr an den Weinkrug herankam, trank er der Einfachheit halber aus Raleighs Glas, das dieser noch nicht angerührt hatte. Raleigh liess es durchgehen.

„Aber wofür?", fragte er. „Brewer hat am Prozess nicht gegen Doughty ausgesagt."

„Das nicht, aber Brewer hat Doughty gehasst. Hat ihn beschimpft und soll sich sogar mit ihm geprügelt haben. Und er gehörte zusammen mit Bright zu denen, die Doughty an Bord der Prise des Diebstahls bezichtigten."

Langes Schweigen schloss sich an. In der Stille war das Knistern der Glut im Kamin zu hören. Draussen riefen Krähen. Raleigh dachte nach. Dann räusperte er sich und sagte: „Sie halten Thomas Doughty für unschuldig."

Fletcher nickte betrunken.

„Oh ja, das tue ich." Er rülpste leise und fuhr mit schwerer Zunge fort: „Seine Hinrichtung war nicht gottgefällig. Und deshalb verfolgte uns der Herr mit zahlreichen Heimsuchungen im weiteren Verlauf der Reise. Wie, zum Beispiel, als wir mit der *Golden Hinde* in der Bandasee auf ein Riff liefen, und nur unseren Gebeten war es zu verdanken, dass wir wieder freikamen und aus allerhöchster Not gerettet wurden."

Raleigh erhob sich, ging zum Kamin und legte Holz nach.

„Das interessiert mich jetzt alles nicht, Mr. Fletcher. Ihre Ansichten über Gottes Willen in Ehren, aber was mich interessiert sind Fakten. Und zwar die Fakten, die zu Doughty's Tod geführt haben." Er trat ans Fenster und sah hinaus. Der Nebel hatte sich aufgelöst, der Krähenschwarm verschwand in Richtung Wald, über dem sich schwarze Wolken türmten.

„Da draussen braut sich was zusammen; es wird Regen geben", meinte Raleigh versunken. Er dachte an Doughty. Ein monatelanges Dasein als Gefangener ohne Anklage. Umgeben von Leuten, die ihn mochten, wie Fletcher, Smythe und vielleicht auch Chester. Aber auch von solchen wie Sarocold, Bright und Brewer. Und Drake?

„Jedenfalls", sagte er, „wie es aussieht, musste er sterben wegen nichts als ein paar Angebereien und aufgrund von Zeugenaussagen, die im besten Fall schwammig oder dann nicht sehr glaubwürdig sind. Wie kann es also sein, dass Doughty ohne Beweise, die diese Bezeichnung verdienen, wegen Verrat zum Tod verurteilt wurde, in Gegenwart von hundertsechzig Männern, die bei klarem Verstand sind? Können Sie mir das erklären, Mr. Fletcher?"

Die Antwort war ein leises Schnarchen. Raleigh drehte sich zu Fletcher um, der am Tisch sass und in unbequemer Stellung den Kopf auf die Arme gelegt hatte und schlief.

„Mr. Fletcher?"

Keine Reaktion.

Dann ein Geräusch, irgendwo bei der Anrichte. Raleigh fuhr herum, sah es und rief: „Da!"

Laut genug, dass Fletcher hochschreckte und verwirrt um sich blickte.

„...Hm?...Was?"

Triumphierend stand Raleigh da und deutete in die Ecke.

„Die Maus! Wusste ich's doch!"

Freitag, 25. November 1580
Buckland Abbey
Devon

Annie Babbage und Walter Raleigh erschraken beide, als er die Küche betrat. Sie über Raleigh, er über die Küche. Der Raum war etwa achtzehn Fuss breit, über dreissig Fuss lang und zwei Stockwerke hoch! In der Nordostwand eine stattliche Rundbogentür nach draussen, rechts daneben ein dreiteiliges Fenster. Zwei weitere grosse Fenster *darüber*! Gegenüber ein langer gemauerter Herd und eine riesige offene Feuerstelle mit Backöfen. Ein zweiter Kamin an der südöstlichen Stirnwand. Und mitten im Raum ein langer Tisch, in der Mitte mit Mehl bestäubt, in dem einige kopfgrosse Kugeln aus weissgelbem Teig lagen. Davor, mit Mehl bis zu den Ellbogen, die kräftigen Fäuste in einen Teigklumpen gekrallt, Annie, die ihn mit grossen Augen anstarrte.

„Um Himmels Willen, Sir! Was tut Ihr denn hier?“, keuchte sie, und ihr Busen wogte mit ihrem Doppelkinn um die Wette.

Raleigh verneigte sich leicht – eine Geste, die zeigen sollte, dass er ihren Herrschaftsbereich durchaus respektierte – und lächelte sie reumütig an.

„Verzeihen Sie, ich hätte klopfen sollen. Ich habe Mr. Parker gebeten, die Mahlzeiten mit Ihnen allen zusammen in der Küche einnehmen zu dürfen, und da dachte ich…“

„In der Küche? Ein Gentleman wie Ihr, Sir?“

„Nur, wenn es Ihnen nichts ausmacht, natürlich.“

„Am selben Tisch wie die Dienerschaft?“

„Ihr seid die Diener eures Herrn, wie ich der des meinigen“, sagte Raleigh nonchalant. „Wir tun alle nur unsere Arbeit, der Unterschied ist letztlich unbedeutend.“

„Wenn Ihr meint, Sir“, sagte Annie unsicher und wich ein wenig vor ihm zurück, als er einen Schritt nähertrat. „Wie…wie ist denn Euer Verhör gelaufen?“

Im selben Moment schien sie ihre Frage zu bereuen. Sie biss sich auf die Lippe und grub ihre Fäuste tiefer in den Teig, als wolle sie sich daran festhalten. Da begriff Raleigh, dass sie sich vor ihm fürchtete. Sie war alt genug, um sich an eine Zeit zu erinnern, in der man Verhöre mit Hilfe spezieller Werkzeuge führte.

„Kein Verhör, Mrs. Babbage", versuchte er sie zu beruhigen, „vielmehr eine Befragung zu einer Angelegenheit, in der Mr. Fletcher Zeuge war."

„Und wo ist der Reverend jetzt?", fragte Annie, immer noch misstrauisch.

„Oben. Schläft seinen Rausch aus."

„Ihr habt ihn betrunken gemacht?"

Unglauben und Empörung schwangen in ihrer Stimme mit, aber dass sie nun wieder den Teig zu kneten begann, nahm Raleigh als gutes Zeichen. Er lachte ein leises, selbstironisches Lachen und sagte: „Ich hielt es für eine fabelhafte Idee, um ihn zum Sprechen zu bringen, nachdem er mir alles Mögliche erzählt hatte, nur nicht das, was ich wissen wollte. Zum Schluss hat er gesoffen wie ein Matrose auf Landgang."

Ein unwillkürliches Kichern entwich aus Annies Kehle und versetzte ihre Weichteile wieder in Bewegung. Die Vorstellung, wie sich der schmächtige Reverend auf leeren Magen einen Vollrausch antrank, schien sie zu amüsieren.

Einer Eingebung folgend setzte sich Raleigh unaufgefordert an das Kopfende des Küchentisches und sagte: „Sie haben doch sicher von Drakes Weltumsegelung gehört, Mrs. Babbage."

„Wer hätte das nicht, Sir."

„Drake war mit einem gewissen Mr. Doughty befreundet, den er auf die Reise mitnahm. Wenn nicht als gleichberechtigter Partner, so doch als seine rechte Hand. Allerdings kam es dann zu einem Zerwürfnis der beiden, woraufhin Doughty mehrere Monate als Gefangener zubrachte, mehr oder weniger, und schliesslich an einem einsamen Strand am Ende der Welt hingerichtet wurde."

Annie formte aus dem Teigklumpen eine Kugel und legte sie mit den anderen auf ein mehlbestäubtes Brett.

„Was hat er denn angestellt?" Es klang, als hätte sie Doughty in Verdacht, den warmen Kuchen vom Fensterbrett stibitzt zu haben.

„Verrat", sagte Raleigh. „So heisst es wenigstens. Nur konnte ich bis jetzt kaum etwas finden, das diese Anklage stützt. Und ich muss gestehen, Reverend Fletcher war mir keine grosse Hilfe."

Annie war zum Herd gegangen, um sich dort in einer Schüssel Hände und Arme zu säubern. Nun schwang sie zu Raleigh herum wie eine Galeone, die über Stag geht, und sah ihn erstaunt an.

„Glaubt Ihr, Drake hat den Mann grundlos hinrichten lassen?"

„Wohl kaum. Einen Grund muss Drake gehabt haben, aber ich beginne daran zu zweifeln, dass es Verrat war. Und was die ganze Sache noch schwieriger macht, ist die Frage, ob Drake überhaupt berechtigt war, Doughty hinrichten zu lassen, wenn er schuldig war. Doughty war von vornehmer Geburt, Drake ist es nicht."

Annie sah ihn ernst an und sagte: „Aber Mr. Drake hatte doch das Kommando, nicht?"

„Stimmt. Immerhin hat ihn niemand Geringeres als die Königin zum Oberbefehlshaber des Geschwaders bestimmt."

„Dann musste doch der Edelmann dem Bauern gehorchen. Nun, wenn sich jemand auf so was Verdrehtes einlässt, dann sollte er auch dabei bleiben, sonst kommt nur'n Kuddelmuddel dabei raus."

Raleigh sah die Köchin lange nachdenklich an. Annie war vielleicht nicht besonders gebildet, aber blöd war sie offenbar auch nicht. Ja, Drake war der Befehlshaber gewesen, und Doughty, ob nun Gentleman oder nicht, ihm gegenüber zu Gehorsam verpflichtet.

„Mr. Drake", fuhr Annie im Brustton der Überzeugung fort, „wird diesen Mr. Doughty sicher nicht ohne Beweise verurteilt haben, Sir."

Niedergeschlagenheit machte sich in Raleigh breit. Er nickte schwer und sagte: „Beweise, ja. Nur weiss ich nicht, ob die Beweise, die ich bisher kenne, für ein Todesurteil ausreichten."

„Kein Wunder, dass Ihr nichts wisst, Sir, Ihr wart ja nicht dabei."

„Oh, ich weiss schon so einiges", widersprach Raleigh und gab sich einen Ruck. „Die Fahrt stand von Anfang an unter keinem guten Stern. In einem Sturm wurden zwei Schiffe schwer beschädigt, was das endgültige Auslaufen verzögerte. Der Proviantmeister wurde entlassen. Aber dann segeln die fünf Schiffe nach Süden, bis nach Afrika, wo sie einige spanische Schiffe kapern. Die Beute ist nichts Grossartiges, was man halt so zum Leben braucht. Drake hat sich dabei den Spaniern gegenüber äusserst grossmütig verhalten und sie zum Teil sogar für ihre Verluste entschädigt. Der Verband läuft dann die Kapverden an, um vor der Atlantiküberquerung die Vorräte zu ergänzen. Hier erobert Drake eine portugiesische Karavelle, nimmt sie als Prise in sein Geschwader auf und übergibt das Prisenkommando an Doughty. Und genau hier geht der ganze Ärger los. Doughty bedient sich an der Beute, was Drake von zwei

Männern der Crew gemeldet wird. Drake kommt an Bord der Prise, enthebt Doughty des Kommandos wieder und schickt ihn an seiner statt auf das Flaggschiff, während er selbst auf der Prise bleibt, das Kommando aber an seinen Bruder Thomas übergibt. Während der Überquerung des Atlantiks macht sich Doughty an Bord des Flaggschiffs offenbar unbeliebt; jedenfalls beschweren sich einige Leute bei Drake, als sie eine Gelegenheit dazu haben. Dieser lässt ihn vom Flaggschiff unter Arrest auf das Proviantschiff *Swan* schaffen und kehrt danach selbst aufs Flaggschiff zurück. Auch auf der *Swan* macht sich Doughty Feinde, allen voran Mr. Sarocold, den Master des Schiffes. Aber er hat hier auch Freunde, einen zumindest hat er sich mit einer Haarbürste erkauft. Ansonsten fällt er vor allem durch sein Gerede auf, in dem er sich selbst über den grünen Klee lobt, seine Leistungen preist und Drake damit gleichzeitig herabsetzt. Monate später muss die *Swan* aufgegeben werden, und Doughty kommt auf die *Christopher*, ein kleines Fischerboot, das man den Spaniern weggenommen hat. Doch lange macht es das Fischerboot auch nicht mehr, und nun wird Doughty auf die *Elizabeth* verfrachtet. Insgesamt ist Doughty rund vier Monate ein Gefangener, als das Geschwader die Bucht von St. Julian erreicht. Hier wird Doughty der Prozess gemacht. Und hier wird er hingerichtet. Unter anderen hat ihn Reverend Fletcher mit mehreren unterzeichneten Aussagen belastet, tut heute aber so, als hielte er ihn für unschuldig. Entweder hat er damals gelogen, oder er lügt heute. Oder aber er hat mir die Wahrheit gesagt und seine Aussagen damals zu Papier gebracht in der Annahme, dass sie nichts enthielten, was Doughty belasten würde, die dann jedoch trotzdem – durch geschickte Manipulation vielleicht – gegen ihn verwendet wurden."

„Oh, ich denke, ihm könnt ihr sicher glauben, Sir, er ist ein Gottesmann."

Raleigh fuhr herum. Er wusste nicht, wie lange Molly schon in der Tür gestanden und zugehört hatte, einen Korb mit Lauch und Blumenkohl im Arm. Jetzt aber trat sie ein und lächelte ihn an.

„Weshalb sollte er lügen? Ausserdem ist lügen eine Sünde – erst recht für einen geistlichen Herrn."

Raleigh bemerkte, dass ihre Eckzähne leicht schief standen und stellte wohlig irritiert fest, dass dies keinesfalls ein Makel war. Nur, dass der freche Zug, den diese Zähne ihrem Mund verliehen, irgendwie im Widerspruch zu ihrer naiven Ansicht zu Fletcher stand. Er ertappte sich bei dem Wunsch, diesen Mund zu küssen, riss sich aber mit einem Kopfschütteln zusammen und erwiderte: „Dass er ein Geistlicher ist, befreit ihn noch keineswegs von Angst und Eitelkeit – zwei starke Kräfte, die einen Mann dazu bringen, die Wahrheit zurechtzubiegen, Molly."

Molly stellte den Korb auf den Tisch und stand nun direkt neben Raleigh. Sie sah auf ihn nieder und sagte: „Der Reverend ist nicht eitel, Sir. Und wenn er Angst hat, dann solltet Ihr herausfinden, wovor er sich fürchtet."

Raleigh legte seinen Kopf in den Nacken, weil er den Blick nicht von ihrem Mund mit den schiefen Eckzähnchen nehmen wollte, und sagte nachdenklich: „Das sollte ich, ja. Aber dazu fehlt die Zeit. Morgen schon kommt der nächste Zeuge."

Kurz sah er sich nach Mollys Mutter um, aber Annie war auf einmal nicht mehr da.

„Und wenn er sich vor Drake fürchtet?"

Sofort sah Raleigh wieder hoch und liess sich von ihren Augen gefangen nehmen.

„Oder vor Doughty", murmelte er.

„Doughty ist tot."

„Manchmal fürchtet man die Toten mehr als alles Lebendige."

Lange schwiegen sie beide mit verschränktem Blick. Ihm war, als gingen ihre Augen auf Entdeckungsfahrt in sein Innerstes, als sei sie daran, seine Seele zu kartographieren. Dann legte sie plötzlich ihre Hand auf seine und sagte leise: „Ihr seid einsam, nicht wahr?"

Wozu darauf antworten? Er war viel zu sehr damit beschäftigt, ihren Duft in sich aufzunehmen. Apfelblüten und Jasmin mit einem Hauch Pfirsich. Doch dann sagte er: „Jetzt nicht mehr."

„So!"

Annie kam mit einem grossen Krug in die Küche gekeucht. „Zeit für ein Bier! Das vertreibt die Gespenster."

Gleichzeitig mit Molly brach Raleigh in Lachen aus.

Ein Hauch Wärme von Mollys Bettpfanne war noch zu spüren, als sich Raleigh unter die Decken legte, und er bedauerte, nicht die Gelegenheit gehabt zu haben, ihr wieder beim Bettwärmen zuzusehen. Da hatte er gerade mitgeholfen, den angeschlagenen Reverend in Parkers Wagen zu verfrachten. Der Majordomus würde Fletcher trotz der früh einsetzenden Dunkelheit die acht Meilen nach Plymouth fahren, dort übernachten und morgen mit frischem Fisch und Edward Cliffe zurückkehren. Dem nächsten Zeugen. Raleigh seufzte.

Und dann dachte er an Molly.

Und seufzte erneut. Diesmal mit einem Lächeln.

III. Teil

Edward Cliffe

„Caelum, non animum mutant, qui trans mare currunt."

Samstag, 26. November 1580
Buckland Abbey
Devon

Es hatte die ganze Nacht durchgeregnet, und es regnete noch immer, als Walter Raleigh in den Raum trat, in dem ihm gestern der Reverend gegenübergesessen, sich gewunden und sich betrunken hatte. Der Alkoholmief war verflogen, also musste irgendjemand gelüftet haben, und im Kamin brannte ein Feuer. Raleigh nahm an, dass Molly so aufmerksam gewesen war. Jedenfalls hoffte er es.

Während draussen der Regen rauschte und ab und zu in Fahnen trommelnd gegen die Fensterscheiben geweht wurde, trat Raleigh an den Tisch und ordnete seine Papiere. Auf eine Seite legte er die Zeugenaussagen und Listen, auf die andere seine Notizen. In die Mitte kamen sauber auf Kante gebündelt frische Papierbogen, dahinter Tintenfass, Feder und Löschsand. Eine kurze Weile betrachtete er unentschlossen das Arrangement und schnappte sich dann die Zeugenaussagen. Er wollte nachsehen, ob eine oder mehrere von Edward Cliffe unterschrieben worden waren, als er neben sich plötzlich ein leises, dumpfes Patschen vernahm. Sofort sah er den nassen Fleck, der die Tinte auf der obersten Notiz aufzuweichen begann. Im ersten Reflex versuchte er, die nasse Stelle mit seinem Handballen zu trocknen, als bereits der nächste Tropfen auf seinen Handrücken fiel. Er sah zur Decke, und tatsächlich – direkt über dem Tisch hatte sich im weissen Stuck ein dunkelweisses Feuchtgebiet entwickelt, in dessen Mitte bereits ein nächster Tropfen heranwuchs. Mit einem Ausruf der Empörung packte Raleigh den Tisch an beiden Schmalseiten und stellte ihn samt Papieren und Schreibgerät näher zum Kamin. Fluchend holte er die Schüssel von der Anrichte und platzierte sie auf dem Boden genau unter dem Tropfen, der sich just in dem Moment löste. Das Geräusch seines Auftreffens ging allerdings in dem Klopfen unter, das von der Tür kam.

Raleigh rief „Herein!", und ein nasser Mann betrat den Raum.

„Walter Raleigh?"

„Ja, das bin ich. Und Sie sind…?"

„Edward Cliffe, Sir."

„Sehr schön. Bitte setzen Sie sich."

Cliffe riss sich die Wollmütze vom Schädel, nahm seinen klitschnassen Mantel ab und legte beides über die Lehne eines Stuhls neben der Tür. Mit zwei Schritten war er bei dem anderen Stuhl, auf dem gestern Fletcher gesessen hatte, setzte sich artig hin und musterte amüsiert das Schauspiel, mit dem ein weiterer Tropfen in die Schüssel vor ihm fiel. Er rieb sich die Hände und meinte: „Was für ein Wetter draussen! Noch regnet's, aber bald kommt Schnee, Sir. Man kann's riechen."

„Rücken Sie ruhig ans Feuer, wenn Ihnen danach ist", sagte Raleigh und nahm hinter dem Tisch Platz.

„Danke, Sir." Der Seemann rutschte zum Kamin und hielt die ausgestreckten Hände übers Feuer.

Cliffe war um die dreissig, eher klein und von mittlerer Statur, aber ein zäher Hund, das sah Raleigh auf den ersten Blick. Er hatte seine Sonnenbräune noch nicht verloren, seine für Seeleute typischen Krähenfüsse schimmerten weiss. Seine blonden Haare lockten sich in von der Feuchtigkeit abgedunkelten Strähnen und im sauber gestutzten Bart glitzerten noch einzelne Tropfen. Als er sein Gesicht zu einem schüchternen Grinsen verzog, sah Raleigh, dass er schlechte Zähne hatte.

„Ich muss Ihnen ein paar Fragen stellen in Bezug auf den Tod von Thomas Doughty, Mr. Cliffe", eröffnete Raleigh das Gespräch.

Mit offenem Blick gab Cliffe zurück: „Dazu kann ich nicht viel sagen, Sir, ich bin nur ein einfacher Seemann, Sir."

„Von welchem Schiff?"

„Ich war auf der *Elizabeth*, Sir."

„Captain Wynters Schiff."

„Aye, Sir."

Raleigh wusste, dass Drake zwar mit fünf Schiffen Plymouth verlassen hatte, aber mit nur einem zurückgekehrt war, der *Pelican* oder *Golden Hinde*, wie sie neuerdings hiess. Die *Swan*, die *Christopher* und die Prise *Mary* waren an der südamerikanischen Atlantikküste aufgegeben worden, und die *Marigold* war im Pazifik gesunken.

„Wie kam eigentlich die *Elizabeth* nach England zurück?"

Es war, als fiele ein Schatten auf Cliffes Gesicht. Er kaute kurz auf den Zähnen, und sein Blick wurde hart. Offenbar hatte nicht nur Fletcher schlechte Erinnerungen an das Unternehmen.

Cliffe holte Luft und sagte: „Nach dem Untergang der *Marigold* verloren wir den Kontakt zu Drakes Schiff, der *Golden Hinde*. Das schwere Wetter zwang uns, unter Land Schutz zu suchen, und so segelten wir zurück in die Magellan-Strasse. Dort ankerten wir zunächst zwei Tage lang in einer offenen Bucht und machten grosse Feuer an der Küste, damit Drake uns fände, sollte er ebenfalls in die Strasse segeln. Danach verholten wir in einen Sund und warteten dort weitere drei Wochen. Etliche unserer Leute litten an Skorbut, aber Gott sei Dank erholten sie sich hier in kurzer Zeit. Am ersten November liefen wir dann aus und gaben auf Druck von Mr. Wynter die Reise auf."

„Wynter übte Druck aus? Inwiefern?"

Cliffe hob die Brauen und seufzte. „Er behauptete, es bestünde keine Hoffnung mehr, weder auf günstigen Wind für die Fahrt nach Peru, noch für Mr. Drakes Sicherheit. Wir Seeleute waren anderer Ansicht, was ihn mächtig geärgert hat. Natürlich hat er sich durchgesetzt, schliesslich war er der Kapitän."

Es war Cliffe anzusehen, dass er bedauerte, nicht zu den rund fünfzig Mann gehört zu haben, die mit Drake die Weltumsegelung vollendeten. Raleigh verstand ihn nur zu gut.

„Und daran", fragte er, „dass es der erste November war, an dem Sie die Rückreise antraten, können Sie sich einfach so erinnern?"

Cliffe neigte den Kopf. „Nicht ohne Weiteres, Sir. Viele von uns schrieben ein privates Logbuch. Kaplan Fletcher, zum Beispiel, oder der portugiesische Lotse. Und die wichtigen Daten prägen sich halt ein, nicht wahr?"

„Hm", machte Raleigh und sagte dann in sachlichem Ton: „Dann kehrte die *Elizabeth* um, segelte durch die Strasse zurück in den Atlantik und schliesslich nach England."

Cliffe grinste schief. „Aye, Sir. Am zweiten Juni 1579 erreichten wir Ilfordcombe in Devon."

„Die Stimmung war wohl nicht die beste an Bord, wie?"

Damit wollte Raleigh eigentlich nur seine Anteilnahme ausdrücken, aber Cliffes Antwort überraschte ihn dann doch.

„Die Stimmung in der ganzen Flotte war nicht besonders gut, Sir. Und auf der *Elizabeth* hat sich das während der Heimfahrt nicht geändert. Den Skorbut hatten wir zwar überwunden, aber es gab Unfälle und zwei Mann desertierten und liefen zu den Portugiesen über."

Cliffe sprach in völligem Gleichmut, und Raleigh brauchte ihn nur anzusehen, um zu wissen, dass er untertrieb. Er hätte genauso gut über das Wetter reden können. Natürlich lag es auf der Hand, dass man sein Tagwerk nicht mit Singen und Lachen in Angriff nahm, nachdem man zugesehen hatte, wie einer aus den eigenen Reihen einen Kopf kürzer gemacht worden war. Eine Hinrichtung war Gift für die Atmosphäre in einer Gemeinschaft. Aber nicht lange. Andere Probleme waren zu bewältigen; man verdrängte so gut es ging und machte weiter, als wäre nichts gewesen. Niemand wusste das besser als Raleigh.

„Haben Sie eine Erklärung für das miserable Klima in der Flotte?", fragte er.

Cliffe brauchte nicht lange nachzudenken.

„Das nahm schon in Afrika seinen Anfang, Sir. Zahlreiche Leute waren unzufrieden, als sie vom wahren Ziel der Reise erfuhren. Sie sagten, für eine solche Reise hätten sie nicht angeheuert; den einen war die Reise zu lang und zu gefährlich, die anderen hatten nichts mit einer Kaperfahrt am Hut."

„Englische Matrosen maulen gern, wenn ihnen etwas nicht in den Kram passt, Mr. Cliffe, und sie haben immer was zu stänkern, das ist weiss Gott nichts Neues."

„Mag sein, Euer Gnaden, aber, mit Verlaub, diesmal ging es mehr von den Gentlemen aus."

Die Gentlemen.

Raleigh erinnerte sich, wie ihm aufgefallen war, dass erstaunlich viele Gentlemen die Reihen von Drakes Crew füllten. Jetzt wird es interessant, dachte er und versuchte möglichst harmlos auszusehen, als er fragte: „Was für Gentlemen?"

„Ausser uns einfachen Matrosen und Spezialisten fuhr auch eine ganze Reihe vornehmer Herren mit. Wohl so als eine Art Offiziere. Viele von denen mochten Drake nicht. Sie hielten ihn für tyrannisch und zu hart."

„War er das nicht?"

Cliffe richtete sich kerzengerade auf, sah Raleigh ins Gesicht und sagte mit schlichtem Ernst: „Bin nie unter einem besseren Kommandanten gesegelt, Sir, bei meiner Ehre! Der weiss, wie man mit den Leuten umzugehen hat. Natürlich griff er hart durch, wenn einer was verbockt hat. Aber er selbst ging immer voran, war sich auch für die niedrigsten

Arbeiten nicht zu schade. Der hat eigenhändig Wasserfässer geschleppt, während die vornehmen Herren am Schanzkleid lehnten und sich die Fingernägel schnitten. Und das war Drake ein Dorn im Auge. Er wollte, dass alle, ohne Unterschied nach Rang und Namen, am selben Strick ziehen. Offen gestanden war er, obwohl er unser aller Anführer war, eher einer von uns Männern vor dem Mast. Rau, aber fair. Wir Matrosen sind ja ruppigen Umgang gewohnt, aber für die zarthäutigen Herrensöhnchen muss es wohl die Hölle gewesen sein."

„Und Thomas Doughty?"

Cliffe kratzte sich hinter dem Ohr.

„Nun...was soll ich sagen, Sir? – Er war ein Gentleman."

„Ein Herrensöhnchen, meinen Sie."

Die Provokation nahm Cliffe mit einem Schulterzucken hin und erwiderte: „Ich hab' mit dem Mann kaum was zu tun gehabt, Sir. Ausser auf den Kapverden, als wir auf der Insel Mayo nach Wasser und Proviant suchten. Ein bisschen prahlerisch kam er mir vor. Aber immerhin schien er ein tüchtiger Soldat zu sein, soweit ich das beurteilen kann, Sir."

„Sie waren mit auf der Insel?"

„Aye, Sir."

„Und Doughty hatte das Kommando?"

„Drake hatte ihn und Wynter gemeinsam damit betraut Sir."

„Ein geteiltes Kommando...über wie viel Mann?"

„Siebzig, Sir."

Das war fast die Hälfte der gesamten Mannschaften aller Schiffe. Reichlich viele Leute, um mit den Einwohnern einen Handel abzuschliessen, wie Fletcher behauptet hatte. Und mit Doughty war einer der Anführer ein kampferprobter Soldat gewesen. Ausserdem hatte Fletcher erzählt, die Einwohner hätten sich aus Angst vor Piraten in die Berge geflüchtet. Wahrscheinlich war es vielmehr der Anblick von siebzig bewaffneten Engländern gewesen, vor denen sie sich fürchteten. Wohl zu recht.

„Waren Kampfhandlungen geplant?"

„Kann man so nicht sagen, Sir. Wenn es möglich gewesen wäre, mit den Einwohnern um Wasser und Proviant zu handeln, hätten wir es getan, aber der Handel mit Engländern war ihnen per königlichem Edikt verboten. Das jedenfalls erklärten uns die Portugiesen, die uns mit ihrer

Karavelle von Afrika bis zu den Kapverden begleitet hatten. Wir rechneten einfach damit, etwas nachhelfen zu müssen."

„Aber dazu kam es nicht."

„Nein. Wir waren im Westen der Insel vor Anker gegangen und hatten den Auftrag, auf die Ostseite zu marschieren. Aber die Leute hatten sich in den Bergen versteckt. Wir marschierten etwa drei Meilen weit in die Hügel landeinwärts, fanden aber nichts und niemanden, bis wir kurz vor Tagesanbruch auf ein verlassenes Haus mit einem Garten stiessen. Dort wuchsen mitten im Winter die tollsten Früchte. Saftige süsse Trauben und kopfgrosse Nüsse. Wenn man sie aufschlug, klebte innen an der Schale eine weisse Substanz, die sehr lecker war."

Raleigh hörte nur mit halbem Ohr zu. Er fragte sich, wie lange man brauchte, um sich durch drei Meilen Inselvegetation zu kämpfen, sofern die Männer nicht einem bestehenden Pfad gefolgt waren. Bei optimalen Bedingungen legte man diese Strecke in weniger als einer Stunde zurück. Wenn man berücksichtigte, dass sich der Trupp erst orientieren musste und sich sicher auch Zeit zum Rumstöbern genommen hatte, brauchten sie dafür wohl etwa vier, fünf Stunden.

„Wissen Sie noch", fragte er, „wann Sonnenaufgang war?"

Cliffe sah ihn etwas schräg an, meinte dann aber nach kurzem Nachdenken: „Ich denke, so um sechs Glasen der zweiten Morgenwache, Sir."

Um sieben Uhr also. Dann war der Trupp mitten in der Nacht auf der Insel gelandet. Eine merkwürdige Zeit, um mit den Einwohnern Handel zu treiben. Ein Nachtmarsch quer über die Insel, durch unbekanntes, möglicherweise feindliches Terrain? Nun ja. Letztlich war es wohl egal, soweit es Doughty betraf.

„Sie kehrten danach unverrichteter Dinge auf die Schiffe zurück."

„Aye, Sir. Da war nichts zu machen. Wir sahen zwar viele Ziegen, aber sie waren zu weit weg, um sie zu jagen. Das gedörrte Ziegenfleisch, das die Einwohner zurückgelassen hatten, war gammlig. Ausserdem hatten sie alle Brunnen in Küstennähe mit Salz verdorben. Das Ganze war ein völliger Reinfall."

Raleigh unterdrückte einen Frustseufzer, denn als Zeuge schien auch Edward Cliffe ein völliger Reinfall zu sein. Seine Verehrung für Drake hatte er deutlich gemacht, und zu Doughty würde er wohl nicht mehr viel sagen können. Dennoch beschloss Raleigh, weiterzumachen.

„Sie sagten, Doughty wäre Ihnen auf Mayo prahlerisch vorgekommen. Können Sie das näher erläutern, Mr. Cliffe?"

„Ich fürchte, nein, Sir. Es war mehr sein Gebaren."

„Haben Sie gehört, dass er etwas gesagt hat?"

„Nein. Wie alle Männer von der *Elizabeth* war ich in Wynters Gruppe."

„Und später, nachdem das portugiesische Schiff gekapert war, ist Ihnen da irgendetwas aufgefallen?"

Raleigh nahm an, dass Cliffe zu diesem Zeitpunkt auf der *Elizabeth* war. Nicht auf der *Mary*, und nicht auf der *Pelican*. Er würde also schwerlich etwas zur Erhellung beitragen können.

Cliffe zuckte die Achseln.

„Es gab ein merkwürdiges Hin und Her zwischen der *Pelican* und der Prise; irgendetwas schien dort im Busch zu sein, und später gab es natürlich Gerede, Drake hätte sich Doughty zur Brust genommen und als Gefangenen auf die *Swan* geschickt, aber mehr weiss ich nicht, Sir."

So wenig es war, es widersprach immerhin nicht Fletchers Darstellung. Raleighs Optimismus schwand immer mehr, doch er gab nicht auf.

„Haben Sie je gehört oder gesehen, dass Doughty etwas sagte oder tat, das die ganze Unternehmung gefährdet hätte?"

„Ich nicht, Sir, aber andere. Ich bin ihm ja auch kaum über den Weg gelaufen."

„Aber Sie wissen, was ihm zur Last gelegt wurde?"

Cliffe legte einen Arm über die Lehne und sagte in aller Gelassenheit: „Er hat versucht, eine Meuterei anzuzetteln, Sir. Das wurde bei seiner Verhandlung in Port St. Julian von vielen Männern bezeugt. Am letzten Tag im Juni wurde er dort vor Gericht gestellt, angeklagt, für schuldig befunden und von Mr. Drake verurteilt. Am zweiten Juli 1578 wurde er enthauptet und auf der Insel dort in der Nähe zweier unserer Leute beerdigt, die im Kampf mit Eingeborenen gefallen waren."

Punktum.

Raleigh nickte und murmelte: „Ja, das tragische Missverständnis mit der gerissenen Bogensehne."

Mit einem Stirnrunzeln beugte Cliffe sich vor. „Missverständnis, Sir?"

„War es das nicht?"

„Nicht, dass ich wüsste."

„Wie ist es dann passiert?"

Cliffe lehnte sich zurück, nahm den Arm von der Lehne und unterstrich seine Erzählung mit entsprechenden Gesten.

„Zwei Tage nachdem wir in Port St. Julian eingelaufen waren, ging Drake mit sieben oder acht Mann an Land und traf dort auf drei mit Bogen bewaffnete Patagonen, die sich ihnen näherten und ihnen mit Zeichen zu verstehen gaben, sie sollten verschwinden. Darauf hob ein Gentleman, der mit Drake dort war, seinen eigenen Bogen und wollte einen Warnschuss abgeben, um die Schusskraft unserer Bogen zu demonstrieren, wobei jedoch die Sehne brach. Da wagten es die Patagonen anzugreifen und schossen mit ihren Pfeilen erst auf unseren Stückmeister. Der legte zwar noch mit seiner Arkebuse auf sie an, aber das Ding ging nicht los. Ein Pfeil traf ihn in die Brust und trat am Rücken wieder heraus, er fiel und war auf der Stelle tot. Auch der Gentleman mit dem Bogen wurde getroffen und so schwer verwundet, dass er zwei Tage später ebenfalls starb. Unsere Leute liessen den gefallenen Stückmeister an Land zurück bis es Nacht war und holten ihn dann mit einem Boot. In der Zwischenzeit hatten ihm die Patagonen sämtliche Kleider ausgezogen und ihm unter den Kopf gelegt und ihn so unberührt liegenlassen, ausser, dass sie ihm den englischen Pfeil ins linke Auge gerammt hatten."

„Mit Patagonen meinen Sie die Riesen."

„Riesen, Sir?"

„Kaplan Fletcher berichtete von ebendiesen Eingeborenen als Riesen."

Cliffe lachte höhnisch auf und sagte: „Dann erzählt er denselben Blödsinn wie die Spanier – mit Verlaub, Sir. Die Wilden waren etwa so gross wie wir; ich habe in England Männer gesehen, die grösser waren. Aber vielleicht dachten die Spanier nicht, dass so bald schon Engländer bis hierher kämen und diese und andere ihrer notorischen Lügen widerlegen würden, weswegen sie es wohl umso dreister wagten, die Welt zu täuschen. Und was Mr. Fletcher betrifft, Sir, der redet viel, wenn der Tag lang ist. Und er sagt dabei offenbar nicht immer die Wahrheit."

„Ja…"

Raleigh hielt kurz inne, denn er glaubte, vor der Tür plötzlich ein Geräusch gehört zu haben. Er erhob sich und ging zur Tür, während er fortfuhr: „Zumindest in diesem Punkt scheint der Reverend wohl ein bisschen geflunkert haben."

Er riss die Tür auf und spähte hinaus. Doch bis auf einen Korb mit Brennholz war der Flur leer.

Samstag, 26. November 1580
Buckland Abbey
Devon

Molly hatte nicht die Absicht, zu lauschen. Jedenfalls nicht so richtig. Sie hatte den Holznachschub für Raleigh die Treppe hoch und bis vor sein Vernehmungszimmer geschleppt, sich aber nicht getraut, anzuklopfen, aus Angst zu stören. Von drinnen konnte sie Stimmen hören; Raleighs warmer Bariton und die etwas hellere Stimme des Seemanns, die ein wenig kratzig und belegt war.

Vorsichtig stellte sie den Korb ab und drückte ihr Ohr an die Tür. Nicht, um zu horchen, natürlich. Sie wartete auf eine geeignete Pause für ihre Störung. Aber insgeheim hoffte sie, dass es bis dahin noch etwas dauerte.

„Molly?"

Sie fuhr zusammen und konnte gerade noch einen Aufschrei unterdrücken. Bei der Treppe stand ihr Bruder und sah mit einem eigentümlichen Grinsen zu ihr herüber. Molly bedeutete ihm, still zu sein und huschte auf Zehenspitzen zu ihm hin.

„Du horchst doch nicht etwa an der Tür, Molly?", flüsterte er und grinste immer noch.

Ohne ein Wort zog sie ihn mit sich die Treppe hinunter und ausser Sicht, gerade als sich die Tür des Vernehmungszimmers öffnete. Molly hielt die Luft an und bohrte ihre Finger in Toms Arm, damit der sich ja nicht rührte.

Dann wurde die Tür wieder geschlossen, und als sie wieder gedämpfte Stimmen aus dem Zimmer hörte, atmete sie erleichtert auf.

„Na, sieh mal einer an!", feixte Tom leise. „An Türen lauschen macht man aber nicht, Schwesterherz. Das ist nicht fein, weisst du."

„Ich wollte nur nicht stören", gab Molly zurück, „und habe bloss auf eine Gelegenheit gewartet, um anzuklopfen, du Idiot."

Tom verschränkte die Arme und sah sie an, während sein Grinsen immer breiter wurde.

„Und wieso versteckst du dich dann, hm?"

„Das geht dich nichts an!", fauchte Molly und boxte ihn gegen die Schulter. Tom nahm es mit brüderlichem Grossmut hin. Aber dann wurden seine Augen schmal.

„Was läufst du eigentlich dauernd hinter diesem Raleigh her? Sag mal, bist du etwa verknallt in den?“

„Was weisst du schon?“, schnappte Molly, raffte ihre Röcke und rauschte die Treppe hinunter.

Samstag, 26. November 1580
Buckland Abbey
Devon

„Riesen – dass ich nicht lache!"

Edward Cliffe schien sich prächtig über Fletcher zu amüsieren. „Aber man muss dazu sagen, dass nur die Eingeborenen in Port St. Julian feindselig waren. Überall sonst hatten wir's recht lustig mit ihnen. Besonders unsere Musikinstrumente hatten es ihnen angetan, sie waren ganz hingerissen von den Klängen unserer Fiedeln und John Brewers Trompete. Mr. Wynter hat sogar mit ihnen getanzt."

Die Vorstellung von einer Horde halbnackter hüpfender Eingeborener und mittendrin, in Wams, Kürbishosen und Strümpfen, Captain Wynter, der eifrig mithopste, fand Raleigh reichlich absurd.

„Captain John Wynter hat mit ihnen – *getanzt*?"

Cliffe lachte bei der Erinnerung daran. „Aye, Sir, das war lustig."

Der Seemann war wirklich bester Laune. Und mit den Eingeborenen schien er sich, wie Wynter, ausnehmend gut verstanden zu haben.

„Aber einer von Ihnen hat doch Drakes Kappe gestohlen", wandte Raleigh ein. „Oder hat mir da Fletcher auch etwas Falsches erzählt, Mr. Cliffe?"

Immer noch schmunzelnd sah der Seemann Raleigh freimütig an.

„Nun ja, sie waren zwar ein heiteres Völkchen und immer zum Feiern aufgelegt, aber auch recht verschlagen und bereit, alles in ihrer Reichweite zu mopsen. So zum Beispiel Drakes rote Kappe, als der sich gerade bückte."

Als Fletcher von der Begebenheit erzählt hatte, war Raleigh nicht sonderlich interessiert gewesen. Jetzt aber war er neugierig.

„Wie hat Drake reagiert?"

„Drake scheint zwar an dem Stück gehangen zu haben, dennoch liess er es nicht zu, dass sich seine Männer an den Wilden vergriffen. Ich glaube, er nahm ihnen den Streich nicht übel."

Eine Antwort, die ebenso viel über Drake aussagte wie über Cliffe selbst. Drakes offenkundig nachsichtige Haltung den Eingeborenen gegenüber provozierte Raleigh zu seiner nächsten Frage: „Und nach dem Angriff in Port St. Julian fand keine Strafexpedition statt?"

Cliffe sah ihn erstaunt an.

„Wozu, Sir?“

Musste er das wirklich erklären? Raleigh fand das albern und konterte mit Sarkasmus: „Äh … um die Wilden für den Tod von Winterhay und Oliver zu … bestrafen? Deshalb nennt man das so. Strafexpedition.“

„Das hätte die beiden auch nicht mehr lebendig gemacht“, gab Cliffe ungerührt zurück. „Und wir wurden dann ja auch nicht weiter von ihnen behelligt.“

Das gab Raleigh zu denken. Was war dieser Drake nur für ein Mensch? Raleigh hatte schon gehört, dass er Gefangene ausgesprochen zuvorkommend behandelte. Drake entschädigte die Besatzungen der von ihm gekaperten Schiffe. Er liess den Eingeborenen Diebstahl und tödliche Angriffe durchgehen. Aber Thomas Doughty, seine rechte Hand, seinen Busenfreund schickte er aufs Schafott. Kurz: Er übte Grossmut und Milde gegenüber seinen Feinden, kannte aber keine Gnade gegenüber seinen Freunden.

„Sehr kurios“, murmelte Raleigh und tippte sich mit der Feder gegen die Lippe.

Cliffe sah ihn mit schiefem Kopf an. „Sir?“

„Wie? – Ach, nichts.“

Auf einmal fiel Raleigh auf, wie still es geworden war. Einzig der stete Tropfen von der Decke fiel mit leisem Platschen in die Schüssel am Boden. Aber das Feuer war heruntergebrannt und das Rauschen des Regens verstummt. Unwillkürlich drehte sich Raleigh zum Fenster um und sah hinaus.

„Oh – es hat aufgehört zu regnen“, stellte er überrascht fest.

„Aye“, sagte Cliffe trocken und zog die Nase hoch. „Jetzt schneit es.“

Samstag, 26. November 1580
Buckland Abbey
Devon

Nachdem der Seemann seine Wollmütze wieder auf den blonden Schopf gezogen hatte und gegangen war, legte Raleigh Holz nach und blies das Feuer wieder an, setzte sich an das Tischchen und brütete über seinen Notizen. Und über das, was Cliffe gesagt hatte.

Molly hatte sich geirrt. Der Gottesmann hatte nicht die Wahrheit gesagt. Als Winterhay seinen Bogen spannte, war das nicht spielerisches Prahlen gewesen, wie Fletcher erzählt hatte; die Patagonen hatten es als das genommen, was es war: Eine Drohung. Aber der eigentliche Knackpunkt waren die Riesen. Cliffe widersprach in diesem Punkt Fletcher klar. Was für einen Grund mochte der junge Reverend gehabt haben, die Patagonen anders darzustellen, als sie waren?

Um sich interessant zu machen.

Um von anderen, heikleren Sachverhalten abzulenken.

Und angenommen, die Patagonen wären so riesenhaft gewesen, wie Fletcher gesagt hatte, was für Gründe könnte Cliffe gehabt haben, diesen Fakt zu leugnen?

Keinen.

Raleigh konnte so lange darüber nachgrübeln, wie er wollte, es würde ihm keiner einfallen. Alles in allem war das Wenige, das Cliffe gesagt hatte, glaubhaft. Einzig der Nachtmarsch über die Kapverden-Insel Mayo kam ihm etwas seltsam vor, aber man konnte auch nicht davon ausgehen, dass der Matrose Cliffe über die genauen Pläne des Flottenkommandanten informiert war. Vielleicht hatte Drake ja vorgehabt, die Einwohner nächtens zu überfallen und auszurauben, um sie dann hinterher zu entschädigen, wie er es mit den Fischern und der Besatzung der *Mary* getan hatte, dachte Raleigh gallig. Aus Drake wurde er nicht schlau. Für wen hielt der Mann sich eigentlich? Für einen Robin Hood der Meere? Oder war das alles nur Kalkül? Wie das Wasserschleppen, mit dem er sich möglicherweise nur bei den einfachen Matrosen anbiedern wollte. Wenn dem so war, dann hatte der Trick jedenfalls funktioniert. Raleigh war durchaus bereit, zu akzeptieren, dass man einen solchen Mann nur entweder lieben oder hassen konnte. Und wenn Gentlemen dazu degradiert wurden, harte Matrosenarbeit zu verrichten, dann mochten diese Herren ihn ganz bestimmt nicht. Erst recht nicht, wenn man ihnen sagte: „Hört mal her, Leute, das mit Alexandria war nicht ganz die Wahrheit, wir fahren stattdessen kurz mal zum andern Ende der Welt, um Spanier auseinanderzunehmen."

Aber welche Position hatte Doughty in diesem Spiel eingenommen? Er war ein Gentleman. Und er war Drakes rechte Hand. Hatte er einen Spagat vollführen müssen, der ihn letztendlich entzwei gerissen hatte?

Erstaunlich, wie wenig Cliffe zu Doughty zu sagen gehabt hatte. Man sollte doch annehmen, dass hundertsechzig Mann Anteil daran nehmen, wenn einer aus ihren Reihen hingerichtet wird. Aber Cliffes Äusserungen hierzu klangen, als wäre er gar nicht dabei gewesen.

Raleigh blätterte in seinen Notizen.

Am dreizehnten Juni war die *Christopher* aufgegeben und Doughty auf die *Elizabeth* verlegt worden, das Schiff, auf dem Cliffe fuhr. Am zwanzigsten hatten sie Port St. Julian erreicht. Am zweiten Juli war Doughty hingerichtet worden. Doughty hatte also einen halben Monat an Bord der *Elizabeth* verbracht. Raleigh konnte sich nicht vorstellen, dass Cliffe ihm in dieser Zeit nicht über den Weg gelaufen war. Nicht auf einem Schiff, dessen Hauptdeck kaum dreissig Schritt in der Länge mass.

Weshalb also hielten sich sowohl Fletcher als auch Cliffe derart zurück, sobald es um Thomas Doughty ging? Cliffe hatte freimütig erklärt, Drake zu verehren. Konnte es sein, dass er dennoch mit Drakes Handeln an Doughty nicht einverstanden war?

Raleigh fuhr sich mit dem Finger unter den Kragen und merkte im selben Moment, dass da etwas nicht richtig war. Der Kragen schmiegte sich nicht mehr, wie er sollte, um den Nacken, um sich dann unter den Ohren nach aussen zu spreizen, sodass es aussah, als ruhe der Kopf in einer weissen Blüte aus schaumiger Spitze. Stattdessen hing das Teil lustlos und schlampig auf der Schulter, und die kostbare flämische Spitze wirkte stumpf und abgegriffen. Raleigh hasste das. Missmutig zog er seine Jacke aus und nestelte den Kragen ab. Tatsächlich, dort, wo sich der Falz gebildet hatte, sah er einen ockerfarbenen Speckstreifen. Entschlossen verliess er die Kammer, um etwas gegen den Zerfall der Sitten und des guten Geschmacks zu unternehmen.

In der grossen Halle traf er glücklicherweise auf Eleanor Parker. Sie sass am grossen Tisch, auf dem einige Flanelltücher ausgebreitet waren, und reinigte das Tafelsilber. Höflich erkundigte er sich, ob es ihr möglich wäre, den mitgenommenen Kragen zu waschen und zu stärken.

„Gebt ihn mir nur, Sir, Ihr bekommt ihn morgen Abend gewaschen und gestärkt zurück", sagte Eleanor und hielt die Hand hin, um das verschmutzte Stück entgegenzunehmen.

In London hatte Raleigh Gelegenheit gehabt, zwei neue Hemden zu erstehen, aber für einen Kragen hatte das Geld nicht gereicht. Ansonsten verfügte er nur gerade über die Kleidung, die er am Leibe trug; alle seine übrigen Sachen waren in Smerwick geblieben, darunter auch alle seine Kragen. Davon einer voller Blutflecken.

Nun, dann würde er morgen Francis Pretty eben im kragenlosen Hemd gegenübersitzen, was vielleicht gar nicht so schlecht war. Als Soldat zu Soldat, sozusagen. Hauptsache, er war wieder anständig angezogen, wenn der Gentleman John Cooke da war und erst recht Francis Drake.

„Kommt Ihr voran?", wollte Eleanor wissen.

„In kleinen Schritten, Mrs. Parker, in ganz kleinen Schritten."

„Das klingt, als liefe es nicht so gut, Sir."

Raleigh zuckte die Schultern. „Der Kaplan war nicht ganz ehrlich, wie ich heute erfahren habe."

Eleanor hob einen Löffel aus einer flachen Schüssel mit Natronessig und begann, ihn mit einem Lappen zu trocknen.

„Es würde mich auch wundern", meinte sie, „wenn der Matrose alle seine Aussagen bestätigt hätte."

„Weshalb?"

„Wie soll ich sagen? Weil ich glaube, dass zwei so verschiedene Menschen wie ein Pastor und ein Seemann die Welt auch mit verschiedenen Augen sehen."

„Nun, in einigen unwesentlichen Dingen hat er ihm widersprochen, das stimmt", gab Raleigh zu, ein wenig kleinlaut, wie er fand. „Und was die wesentlichen Dinge betrifft, so war Mr. Cliffe leider nicht sehr hilfreich, muss ich sagen. Zu Fragen über Doughty meinte er, er sei ihm kaum begegnet und wisse nicht mehr, als allgemein bekannt ist."

Eleanor legte den Löffel sorgsam auf ein Flanelltuch und schenke Raleigh ein Lächeln warmer Anteilnahme.

„Habt Ihr Kinder, Mr. Raleigh?"

Eleanor hatte so unvermutet das Thema gewechselt, dass er Mühe hatte, mitzukommen.

Wenn, dann weiss ich nichts von ihnen, war er versucht zu sagen, verkniff es sich aber gerade noch rechtzeitig, da Eleanors ganze damenhafte Erscheinung solch ungehobelte Albernheiten verbot. Ein schlichtes und ehrliches „Nein" genügte vollkommen.

„Weshalb fragen Sie?"

„Wenn eines meiner Kinder etwas angestellt hat, ist es mitunter schwierig, herauszufinden, welcher der Racker nun der Übeltäter war. Meist bezichtigen Sie sich in solchen Fällen gegenseitig, und wenn man sie nicht in flagranti erwischt hat, ist es schwierig, den wahren Schuldigen zu bestrafen."

Sie sah ihn an, als erwarte sie einen Kommentar dazu, und so fragte er: „Und was tun Sie in solchen Fällen?"

„Ich höre auf meine Intuition. Sie ist vielleicht kein Allheilmittel, aber manchmal hilft sie, Mr. Raleigh."

Samstag, 26. November 1580
Buckland Abbey
Devon

In der frühen Dämmerung stapfte Raleigh durch den Schnee, der in dichten Flocken vom Himmel fiel. Er wollte nach seinem Pferd sehen, und hatte sich von Tom den Weg zu den Stallungen zeigen lassen. Nun stand er vor dem Gebäude, das er bei seiner Ankunft für ein Kirchenschiff gehalten hatte und musste erkennen, dass es sich vielmehr um eine riesige Scheune handelte. Die Scheune war länger als alle Flügel des Haupthauses und wies in der Mitte eine Vierung mit kurzen Querschiffen auf, sodass man sie tatsächlich mit einer Kirche verwechseln konnte. Östlich davon erhob sich in schiefem Winkel von ihr weg ein langgestrecktes, zweistöckiges Gebäude. Oben lagerte das Heu für die Tiere, die unten festgebunden waren. Raleigh sah nach seinem Pferd, fand es wohl versorgt und gesund und machte sich dann auf einen Spaziergang durch das Schneetreiben rund um das Anwesen. Sein Weg führte ihn an der grossen Scheune entlang und auf einem gewundenen Pfad zu den Küchengärten. Und dort sah er plötzlich eine Gestalt auf sich zukommen. Er blieb stehen und wartete.

„Mr. Raleigh, seid Ihr das?"

Mollys Stimme. Und dann stand sie im Schneegestöber auch schon vor ihm, schwer atmend mit einem Korb voll Möhren, Lauch und Kohlrabi im Arm.

„Bei diesem Schneefall sieht man ja die Hand vor Augen kaum, nicht wahr?"

„Ja", erwiderte Raleigh. „Ich habe dich erst für ein Gespenst gehalten."

„Ach, deshalb seid Ihr so blass! Oder liegt es daran, dass auch der Seemann nichts von einem Verrat dieses Mr. Doughty wusste?"

Raleigh war viel zu hingerissen, um überrascht zu sein.

„Mr. Cliffe hat dazu wirklich nicht viel sagen können. Aber – und es tut mir leid, dir das sagen zu müssen – er hat Reverend Fletcher als Lügner entlarvt."

Molly trat noch einen Schritt näher, sodass sie zu Raleigh aufsehen musste. „Inwiefern?"

„Insofern, dass Fletcher von Riesen sprach, die es gar nicht gab. Cliffe widersprach ihm auch in anderen Punkten und war dabei sehr überzeugend."

„Oh."

Sie stand jetzt so dicht vor ihm, dass er sie riechen konnte. Ihre Hauchwölkchen verfingen sich in seinem Bart. „Aber in Bezug auf Mr. Doughty beweist das gar nichts."

Raleigh sagte nichts. Er lächelte nur blöde und schwelgte in ihrem Duft, während die Welt um sie herum immer weisser und stiller wurde.

„Wie kalt es geworden ist", sagte Molly leise.

„Kalt?"

„Ja, ich werde nachher Euer Bett vorwärmen..."

Raleighs Lächeln wurde noch eine Spur blöder und verschwand dann, als Molly hinzufügte: „...mit der Bettpfanne, natürlich."

„...natürlich..."

Und dann nahmen die letzten Reste Vernunft Reissaus, und Raleigh hörte nur noch auf seine Intuition. Er hob die Hand und berührte sacht Mollys Wange. Dann beugte er sich vor, um sie zu küssen. Doch sie legte ihm ihre freie Hand auf die Brust und hielt ihn zurück, sein Gesicht dicht vor ihrem.

„Das wäre vielleicht keine so gute Idee, Mr. Raleigh."

„Nicht?"

„Mutter wäre bestimmt dagegen."

„...Mutter..."

Einen kurzen Moment hing das Wort zwischen ihnen wie ein unüberwindliches Bollwerk. Doch dann war es, als würden beide zusehen, wie es sich mit seiner Hauchwolke einfach auflöste.

Sie küssten sich. Nicht lange oder leidenschaftlich. Ihre Lippen berührten sich ganz sacht, doch ihre Zunge zuckte kurz in seinen Mund, fand die seine und zog sich ebenso schnell wieder zurück, und dann stand er da und sah Molly nach, wie sie im Schneetreiben Richtung Küche verschwand.

IV. Teil

Francis Pretty

„Semper fidelis.“

Sonntag, 27. November 1580,
Buckland Abbey
Devon

Als Raleigh aufwachte, war es schon hell. Das Rufen der Parker-Kinder, die draussen im Schnee herumtollten, hatte ihn geweckt. Er trat ans Fenster und sah auf eine weisse Wattewelt. Der Winter war nach Devon gekommen.

Ein halbe Stunde später sass er an seinem Tisch im Vernehmungszimmer und versuchte, sich auf seine Notizen zu Cliffes und Fletchers Aussagen zu konzentrieren. Das war gar nicht so einfach, denn immer wieder schob sich Mollys Zungenspitze in seine Gedanken. Er fragte sich gerade, was er tun könne, um seiner zeitlich etwas unpassend aufkeimenden Erregung Herr zu werden, als er von der Treppe her ein Poltern vernahm, und gleich darauf tauchte ein baumlanger Kerl in der offenen Kammertür auf. Raleigh, mit seinen sechs Fuss selbst von stattlicher Grösse, schätzte, dass der Mann ihn noch um einen halben Kopf überragte. Der Hüne trug blau. Aus den Stiefelschäften quollen blaue Kürbishosen, das kurze blaue Cape war unter der rechten Achsel durch geschnürt und das blaue Wams trug über dem Herzen die Tudorrose mit den Initialen E.R. aufgestickt.[15]

„Mr. Pretty?"

„Zu Diensten, Sir", antwortete der Blaue und trat ein.

„Vor allem zu Diensten der Krone, will mir scheinen", meinte Raleigh. Pretty bemerkte seinen Blick auf die Tudorrose.

„Ach, das. Sir Christopher Hatton war so freundlich, mir einen Posten in der Palastwache zu verschaffen, Sir." Mit grosser Geste breitete er die Arme aus und verneigte sich in einer spöttischen Verbeugung. „Francis Pretty, Gentleman-at-arms, sozusagen."

Raleigh wusste nicht, ob Pretty einen Hang zur Selbstironie besass oder einfach nur anmassend war. Die Palastwache war eine Sache, die Gentlemen-at-arms eine ganz andere. Die Leibwache der Königin setzte sich, wie ihr Name schon sagte, ausnahmslos aus Adligen zusammen, und Pretty war ein Custrel, ein Bewaffneter, der sich in den Dienst eines zahlenden Gentlemans stellte. Solche Leute stammten nicht aus vornehmen Familien. Ein Blick auf Prettys Gesicht genügte völlig, um Bescheid zu wissen. Buschige Augenbrauen. Das schwarze Haar und der Bart waren so kurz gestutzt, dass es aussah, als wären sie aufgemalt. Die gebrochene Nase wirkte in dem kantigen Gesicht merkwürdig platt. Und Raleigh stellte wie bei Cliffe fest, dass der Mann schlechte Zähne hatte und sein Grinsen von einer Zahnlücke verunstaltet wurde. Aber Prettys Blick war nicht dumm. Ganz und gar nicht.

Raleigh beschloss, gleich zu Anfang für klare Verhältnisse zu sorgen, und sagte trocken: „Walter Raleigh, *Captain* Walter Raleigh. Und jetzt setzen Sie sich hin."

„Jawohl, Sir!" Pretty klappte auf den Stuhl, als habe man irgendeinen verborgenen Splint gezogen.

Nun, da die Positionen geklärt waren, sprach nichts gegen ein bisschen höfliche Konversation.

„Wie war die Reise, Mr. Pretty?"

Pretty streckte die Füsse zum Feuer hin aus und sagte: „Von Plymouth bis zum Roborough Down ging's ganz leidlich, Sir, aber die letzte Meile war die Strasse zugeschneit und mein Pferd musste sich mühsam seinen Weg suchen. Und als ich schliesslich aufs Anwesen kam, wurde ich beschossen."

„Beschossen?" Raleigh nahm an, dass vielleicht Tom mit Grenvilles Vogelbüchse den Bestand an Moorhühnern dezimierte. Aber er hatte keinen Schuss gehört.

„Schneebälle, Sir. Sind das Eure Racker da draussen?"

„Ach so! Nein, die gehören zur Dienerschaft. – Francis Pretty… vor Ihrem Dienstantritt in der Palastwache waren Sie auf Drakes Weltumsegelung dabei, nicht wahr?"

„Ja, Sir."

„Auf welchem Schiff?"

„Auf der *Golden Hinde*, Sir. Oder der *Pelican*, wie sie früher hiess."

Soweit die Formalitäten. Mit seiner ersten richtigen Frage wollte Raleigh testen, was Cliffes Aussagen wert waren, und er stellte sie ganz beiläufig: „Wie ist Drake so? Als Kommandant?"

Pretty hob das Kinn. „Er war…wie soll ich sagen…"

„Schwierig?"

„Wir haben ihn geliebt, Sir."

Ein Blick in Prettys Augen genügte Raleigh, um zu sehen, dass er die Wahrheit sagte. Prettys ganze Grossspurigkeit war verflogen, und gerade die Schlichtheit, mit der er diesen einen Satz gesagt hatte, entwickelte ein eigentümliches Pathos, das Raleigh die Nackenhaare aufrichtete.

„Als wir noch im Atlantik waren, war das noch nicht so", fuhr der Soldat fort. „Da gab es durchaus einige Leute, die ihn nicht ausstehen konnten. Aber dann, in der Südsee, als wir nur noch die *Golden Hinde* hatten, da haben wir ihn alle regelrecht vergöttert."

„Alle?"

Mit einem schiefen Grinsen zeigte Pretty seine Zahnlücke.

„Nun ja, der kleine John Doughty wohl nicht so, der hat ihn wegen der Hinrichtung seines Bruders richtig gehasst. Aber er hat sich still verhalten und keinen Mucks gesagt. Und der Pfaffe, der hätte sich wohl auch nicht gerade für ihn hängen lassen."

„Fletcher?"

„Wir hatten ja nur den einen. Leider."

„Aber alle anderen verehrten ihn."

Raleigh fragte sich, ob auch Doughty Drake verehrt hatte. Geliebt, vielleicht? Vergöttert? Was hatte der arme Teufel nur getan, um sich den Hass dieses allseits beliebten Mannes zuzuziehen?

„Wir wären mit ihm durch die Hölle, wenn er das gewollt hätte, Sir."

„Warum?"

Pretty musste nicht lange überlegen.

„Er hat es verstanden, uns zusammenzuschmieden. Er hat von keinem etwas gefordert, das er nicht selbst zu tun bereit war. Er ging Wache wie alle anderen auch, und mehr als einmal habe ich gesehen, wie er, in voller Kleidung und beschuht, bis zum Hals ins Wasser sprang und Wasserfässer schleppte. Standesunterschiede gab es bei ihm nicht. Jeder galt ihm gleich viel, egal ob Gentleman oder einfache Deckshand."

Drake, der die natürliche Ordnung missachtete? Der gemeine Mann war nun mal dem Gentleman Untertan. Nur, dass der Oberkommandierende in diesem Fall selbst ein Gemeiner war, was alles irgendwie auf den Kopf stellte. Ein Kuddelmuddel, wie Annie Babbage es genannt hatte.

„Da scheinen ja laxe Sitten geherrscht zu haben", stellte Raleigh fest. „Hat das nicht die Disziplin gefährdet?"

Pretty schüttelte entschieden den Kopf.

„Nein, das waren keine laxen Sitten, mit Verlaub, Sir. Drake machte die Regeln, und die wurden eingehalten. Auch sonst herrschte gute Ordnung an Bord der Schiffe. So mussten wir regelmässig unsere Waffen reinigen und instand halten. An der Afrikanischen Küste führte er eine Musterung durch und liess alle Mann zum Drill an Musketen und Arkebusen antreten."

Na ja, wenn sie auf Raubzug gegen ganz Spanisch-Amerika gehen wollten, dachte Raleigh, war das ja wohl das Mindeste.

„Ich nehme an, Sie haben ausgiebig Gebrauch davon gemacht", sagte er mit einem Lächeln.

Doch Pretty verstand die Ironie nicht und schüttelte den Kopf.

„Kaum, Sir. Meist reichte es aus, zu drohen. Scharf geschossen wurde nur ganz selten."

Sonntag, 1. März 1579
an Bord der Golden Hinde
vor der Küste des Vizekönigreichs Peru
0°11'41"N 80°18'10"W

„Deck!“

Wer die helle Stimme John Drakes hörte, riss den Kopf in den Nacken und sah hoch zum Grosstopp, wo der Sechzehnjährige rittlings auf dem Eselshaupt sass. Mit einer Hand hielt er sich am Flaggentopp fest, beugte sich herunter und rief mit der freien gewölbten Hand um seinen Mund: „Segel, backbord voraus!“

Neunzig Fuss unter ihm nahm sein Cousin und Kapitän die Goldkette, die er um den Hals trug, ab und schwenkte sie grinsend Richtung John.

„Ihr glaubt, sie ist es?“

Hood war neben ihn getreten, sah aber nicht ihn, sondern die Kette an. Ein vielsagender Blick.

„Es würde mich wundern, wenn sie es nicht wäre, Mr. Hood.“

Hood verschränkte die Hände hinter dem Rücken und sah dorthin, wo das gemeldete Segel hinter der Kimm stehen musste.

„Nun“, sagte er trocken. „Wenn sie es ist, hat sich der Junge die Kette mehr als verdient, Sir.“

Drake grinste schief und legte sich die Kette wieder um. „Versprochen ist versprochen, nicht wahr?“

Es ging gegen Mittag, und die *Golden Hinde* rauschte unter Vollzeug bei ablandigem Wind unter der Küste rechtweisend nordwärts. In Luv und etwas nach achtern versetzt hielt die Pinasse mit ihr Schritt. Das zweimastige Boot hatten sie über den Jahreswechsel an der Küste Chiles aus den mitgebrachten Einzelteilen zusammengebaut und war ihnen schon etliche Male von Nutzen gewesen.

Als einige Zeit später das fremde Segel auch von Deck aus zu sehen war, sagte Drake: „Wir sind zu schnell.“

Hood und Blackeley sahen ihn verständnislos an. Der Bootsmann setzte zu einer Frage an, doch Drake kam ihm zuvor: „Ich will nicht, dass die dort drüben denken, wir verfolgten sie.“

„Soll ich Segel wegnehmen lassen, Sir?“, erkundigte sich der Master.

„Nein, Mr. Hood. Wenn sie das sehen, werden sie annehmen, wir wollten uns bewusst von ihnen fernhalten, und das würde bei ihnen den Verdacht wecken, wir hätten etwas zu verbergen. Und wenn sie zu früh Verdacht schöpfen, werden sie vorbereitet sein, wenn wir über sie herfallen."

„Tja, dann weiss ich auch nicht…"

„Lassen Sie ein halbes Dutzend volle Wasserfässer an Trossen über Bord gehen. Wir schleppen sie als Treibanker nach, das wird Fahrt aus dem Schiff nehmen. Und signalisieren sie der Pinasse, sie soll unbedingt ihre gegenwärtige Position zwischen uns und dem Land einhalten. Sie darf von dem Schiff dort nicht gesehen werden."

Sonntag, 1. März 1579
Neustra Señora de la Concepción
vor der Küste des Vizekönigreichs Peru

Das Schiff dort war, wie sich bald herausstellen sollte, tatsächlich Drakes seit Wochen verfolgte Beute mit dem Namen *Nuestra Señora de la Concepción* und war etwa von derselben Grösse wie sein Jäger. Ihr Kapitän und Besitzer nannte sich San Juan de Anton. Mit fünfunddreissig Jahren ein Mann von Ehre, Tapferkeit und dennoch hoher Intelligenz. Seine wechselvolle Biographie hatte ihn von seinem Geburtsort in der nordspanischen Provinz Viscaya über Southampton in England bis hierher in die Südsee geführt. Bislang war er völlig unbehelligt seinen Geschäften nachgegangen, die darin bestanden, auf eigene Rechnung Ladungen zwischen Chile und Panama zu transportieren; da man seine Zuverlässigkeit schätzte, vorwiegend Silber aus den Minen Perus.

Als sein Ausguck kurz nach Mittag ein Segel achterlich in Luv meldete, machte er sich noch keine Sorgen. Weshalb sollte er auch? Ausser spanischen Schiffen und Eingeborenen-Kanus gab es in diesem Erdteil nichts, dem er auf See begegnen konnte. Noch hielt er das Segel, das sich noch viel näher an der Küste hielt als er, für ein Schiff aus Guayaquil auf dem Weg nach Panama, und da er dasselbe Ziel hatte, gab er dem Rudergänger Befehl, ein paar Strich anzuluven, um sich dem fremden Schiff zu nähern und gemeinsam mit ihm die Reise fortzusetzen.

Am späten Nachmittag hatte sich die *Nuestra Señora* zwar merklich der Küste genähert, aber obwohl es raumeren Wind und Vollzeug gesetzt hatte, war das andere Schiff kein bisschen aufgekommen. Immer noch lag es weit achterlich. San Juan de Anton überlegte kurz, ob er Segel wegnehmen sollte, um auf das Schiff zu warten, liess es dann aber bleiben.

Sonntag, 1. März 1579
an Bord der Golden Hinde
vor der Küste des Vizekönigreichs Peru

Der Abend senkte sich herab mit dem atemberaubenden Schauspiel der Sonne, die mit viel Gold und Rot hinter den unendlichen Weiten des Pazifiks versank und für Minuten ein paar lachsfarbene Wolkenstreifen vor einem türkisen Himmel hinterliess. Im Osten war der Himmel schon von dunklem Blau, die ersten Sterne zeigten sich, und das Land war kaum mehr zu erkennen.

An Bord der *Golden Hinde* hatte man aber gerade wenig Sinn für die Schönheiten der Natur. Die mitgeschleppten Fässer wurden wieder eingeholt, Waffen an Deck bereitgelegt und in die Marsen gebracht und allgemein klar Schiff zum Gefecht gemacht.

Ohne die Last der Treibanker stürmte die *Golden Hinde* vorwärts auf die *Neustra Señora* zu, die sich schwarz vor dem leuchtenden Horizont abzeichnete, während sie selbst vor der dunklen Küste kaum auszumachen war.

Francis Pretty nahm sich einen Langbogen und einen Köcher mit Pfeilen und kauerte sich hinter das Schanzkleid des Halbdecks. Er sah, wie Drake, in Helm und Harnisch, dem Bootsmann zuwinkte. Kurz darauf erschien Blackeley mit einem der spanischen Gefangenen auf dem Halbdeck. Und in dem Moment wurden sie von dem spanischen Schiff angepreit. Pretty war ganz erstaunt, dass sie schon auf Rufweite heran waren. In der Dunkelheit hörte er Drake fragen: „Wie spät ist es, Mr. Hood?"

„Müsste gleich das erste Glas der Abendwache voll sein, Sir."

„Gut. Mr. Gregory, fürs Logbuch: Feindkontakt halb neun Uhr abends. Drehen sie das Glas, aber ohne die Glocke, ja?"

Von drüben wurde wieder gerufen, drängender diesmal. Offenbar wollte man wissen, wer sie seien. Drake schubste den Gefangenen zum Schanzkleid, worauf dieser auf Spanisch hinüberrief: „Miguel Angels Schiff!"

Diesmal von drüben ein längerer Satz, metallisch verzerrt durch das Messing einer Flüstertüte. Eine Stimme im Dunkeln übersetzte leise: „Er sagt, das könne nicht sein, er habe Angels Schiff in Callao verlassen, als es leer war."

Drake griff sich ebenfalls ein Sprachrohr und rief hinüber: „Streicht die Segel, im Namen der Königin von England!“

Eine andere Stimme – Pretty glaubte, Moon zu hören – brüllte auf Spanisch: „Streich die Segel, Mr. Juan de Anton! Falls nicht, sei auf der Hut, denn dann wirst du auf den Grund geschickt!“

Zur Überraschung aller kam die Antwort des Spaniers auf Englisch zurück: „England? Was für ein England soll das sein, das mir befiehlt, die Segel zu streichen. Kommt an Bord und streicht sie selbst!“

„Kann er haben“, knurrte Drake. „Mr. Blackeley!“

Ohne Zögern hob der Bootsmann seine Pfeife an die Lippen zu einem schrillen Signal, das gleich darauf von Brewers Trompete beantwortet wurde. Und im selben Moment erhoben sich Dutzende von Männern hinter dem Schanzkleid und richteten Pistolen, Arkebusen, Musketen und Langbogen auf das spanische Schiff. Keinen Atemzug später entluden sich die Waffen mit ohrenbetäubendem Geknatter. Mündungsfeuer erhellte zuckend die Bordwand der *Nuestra Señora*, die unter den laut pochenden Einschlägen erbebte. Die Projektile rissen handspannenlange Splitter heraus oder fauchten als Abpraller jaulend in die späte Dämmerung hinaus. Rauch wölkte auf und trieb zwischen den Schiffen, und in das Knallen der Handfeuerwaffen mischte sich mit überlautem, kaltem Wummern eines der Geschütze in der Kuhl. Es spuckte Feuer, Rauch und eine Kettenkugel, die mit einem hässlich heiseren Zirpen die kurze Distanz überwand, krachend auf den Besanmast traf und sich in irrem Tanz darum wickelte. Den Rest besorgte der Wind.

Auch Pretty hob seine Waffe, legte einen Pfeil ein und spannte den Bogen. Er schoss mehr oder weniger aufs Geratewohl, denn aus dieser kurzen Distanz dürfte die Bordwand eines Hundertzwanzigtonnenschiffs kaum zu verfehlen sein. Und auf die Bordwand schoss man, weil Drake ausdrücklich darauf bestanden hatte, Menschenleben zu schonen. Doch Prettys Schuss ging fehl. Er riss einen Splitter aus dem Handlauf des Schanzkleids, geriet aus der Bahn und senkte sich mit leicht verminderter Treibkraft, fuhr durch de Antons Ärmel und klatschte schliesslich mit blutiger Spitze aufs Deck, während sich hinter de Anton der Besanmast mit Knirschen und Ächzen neigte und schliesslich mit lautem Krachen über Bord ging. Noch einmal donnerte ein Geschütz der *Golden Hinde*, jetzt aus nächster Nähe, und dann hörte die Schiesserei auf einmal auf. In die kurze Stille hinein rief Drake noch einmal: „Streicht die Segel!“

Von allen unbemerkt ging währenddessen die Pinasse in Lee der *Nuestra Señora* an deren Backbordseite längsseits.

An Steuerbord flogen von der *Golden Hinde* Enterhaken und krallten sich in Wanten und Schanzkleid des Spaniers, während es auf ihren Rüsten schon von bewaffneten Engländern wimmelte. Pretty kletterte über das Schanzkleid und liess sich auf die Grossrüste hinab. Mit einer Hand hielt er sich am Taljereep der Jungfernzurring fest und zog mit der anderen sein Rapier. Über ihm wartete Moon mit einem Beil in der Faust auf den Absprung. Unter ihnen wurde der Wasserstreifen zwischen den Schiffen immer schmaler.

Mit dumpfem Rumpeln legte sich die *Golden Hinde* längsseits und machte am Rumpf der *Nuestra Señora* fest. Moon sprang über Pretty hinweg und landete auf dem Halbdeck des Spaniers. Vor Pretty erhob sich dunkel und mächtig die Bordwand der *Nuestra Señora*. Er wartete den richtigen Moment ab, und als sich die *Golden Hinde* in der Dünung etwas hob, sprang er auf die Grossrüste des anderen Schiffes hinüber und enterte über die Wanten an Deck. Und während sich die Engländer von den Rüsten und Wanten der *Golden Hinde* auf das Deck des Spaniers fallenliessen, wurde er auf der anderen Seite von der Pinasse aus geentert. In Windeseile wimmelte es an Bord von bewaffneten Engländern. An Widerstand war nicht zu denken. San Juan de Antons Mannschaft war den Engländern zahlenmässig weit unterlegen. Und die *Nuestra Señora de la Concepción* war praktisch unbewaffnet.

Tom Moone trat an San Juan de Anton heran und fragte ihn auf Spanisch, wo der Kapitän sei. Doch de Anton, ganz der spanische Grande, hielt sich nur hoch erhobenen Hauptes den verletzten Arm und schwieg.

Blackeley kam aufs Halbdeck, warf einen Blick auf de Anton und sagte gelangweilt: „Bringt ihn rüber.“

Pretty deutete ironisch eine Verbeugung an und zusammen mit Moon geleitete er de Anton hinunter in die Kuhl und über das Schanzkleid hinüber auf die *Golden Hinde*, wo Drake gerade die Sturmhaube abnahm und sich aus seinem Harnisch helfen liess. Als er de Anton erblickte, lief er mit ausgebreiteten Armen auf ihn zu und umarmte ihn herzlich. Er drückte ihn wie einen alten Freund an sich, hielt ihn dann auf Armeslänge von sich, sah ihm lächelnd ins Gesicht und nickte zufrieden. De Anton stand noch ganz verdattert da, als sich Drake an Moon und Pretty wandte.

„Sperren Sie ihn in den Kartenraum und bleiben Sie bei ihm. Mr. Gregory, Mr. Elyot, Sie beide gehen mit." Und mit einer demütigen Verneigung richtete er die tröstenden Worte an den Gefangenen: „Habt Geduld, Mr. De Anton. So ist halt der Kriegsbrauch."

Als Moon und Pretty den Spanier abführten, rief Drake noch in die Runde: „Ach, und jemand soll sich um seinen verletzten Arm kümmern!"

Sonntag, 27. November 1580
Buckland Abbey
Devon

Pretty lächelte vergnügt und sagte: „Tja, war wirklich eine hübsche Ballerei. Und die Spanier waren gebührend beeindruckt, darf ich sagen. De Antons Bursche meinte sogar, unsere *Golden Hinde* müsste eigentlich Feuerspucker heissen."

Raleigh konnte es sich vorstellen. „Späte Abenddämmerung, es ist fast dunkel, und auf einmal Mündungsfeuer aus Dutzenden Arkebusen, Musketen und Geschützen; es muss wahrlich ein spektakulärer und furchteinflössender Anblick gewesen sein."

„Präzision ist das Zauberwort, Mr. Raleigh, Sir", bemerkte Pretty voller Stolz. „Von dem Augenblick, als wir sie zum Segelstreichen aufforderten, bis wir auf deren Deck standen, vergingen keine fünf Minuten. Das war hervorragende Seemannschaft gepaart mit gut geübtem Soldatenhandwerk. Selbst unser portugiesischer Gefangener bemerkte, wir wären gedrillt wie erfahrene italienische Söldner."

„Welcher portugiesische Gefangene?"

„Nuño da Silva hiess der Mann. War Kapitän der Prise, die wir bei den Kapverden gemacht hatten."

Das musste der Mann sein, den Fletcher Sylvester nannte.

„Fletcher sagte mir, der wäre freiwillig mitgegangen."

„Na ja, ein bisschen mussten wir schon nachhelfen, wenn Ihr versteht, was ich meine, Sir. Nicht, dass Drake oder einer unserer Männer ihn schlecht behandelt hätten. Aber freiwillig? Nee."

„Da ging es ihm eigentlich nicht viel anders als den meisten Engländern, die ja ursprünglich für eine Fahrt nach Alexandria angeheuert hatten. Edward Cliffe hat mir gesagt, dass viele nicht gerade begeistert von der Aussicht waren, rund um den Erdball zu segeln, namentlich die vornehmen Gentlemen. Sie sollen Drake für einen Tyrannen gehalten haben."

„Drake konnte schon fuchsteufelswild werden, wenn ihm was zuwider lief. Dann gab's ein zünftiges Donnerwetter. Und beim geringsten Vergehen hat er nicht lange gefackelt, da war er gnadenlos."

Gnadenlos. Aber sicher. Andernfalls wäre Doughty vermutlich mit dem Leben davongekommen, dachte Raleigh.

„Aber auch phantasievoll, muss ich sagen", fuhr Pretty fort. „Was er mit dem Pfaffen gemacht hat, war richtig lustig."

„Er hat Fletcher bestraft? Wofür?"

Pretty überlegte kurz und meinte dann: „Tut mir leid, so genau weiss ich das nicht mehr, Sir. Aber er hat ihn an die Gräting auf dem Vorkastell ketten lassen."

Sonntag, 11. Januar 1580
an Bord der Golden Hinde
Bandasee

Nur unter Marssegeln schob sich die *Golden Hinde* auf Südwest-Kurs durch die sanften Wellen der Bandasee südlich der Insel Celebes, obwohl Wind und Wetter ideal gewesen wären, unter Vollzeug zu segeln. Aber noch steckte den Männern der Schreck in den Knochen; gestern Nachmittag hatten sie noch auf diesem Riff festgesessen, hilflos und ohne Aussicht auf Rettung. Doch Drake hatte dem verzweifelten Gejammer ein Ende gesetzt und die Männer angetrieben, alles Entbehrliche über Bord zu werfen, um das Schiff zu erleichtern. Fassweise verschwanden Mehl und Bohnen im Wasser, darunter auch drei Fässer mit kostbaren Gewürznelken, und als das immer noch nicht gereicht hatte, waren acht Geschütze dem Ladegut gefolgt. Und dann, als hätte Gott ein Einsehen gehabt, war der Wind von Nordost auf Südost umgesprungen, hatte nun von backbord geweht und die *Golden Hinde* buchstäblich mit Ach und Krach vom Riff geschoben.

Aus Angst vor weiteren Riffen hatte man nur wenig Segel gesetzt und fuhr mit doppelt besetztem Ausguck. Trotz der Vorsicht, mit der sich die *Golden Hinde* durch die Bandasee bewegte, war man bester Laune. Es war die Erleichterung, dem Teufel noch mal von der Schippe gesprungen zu sein. Nur einer blies Trübsal. Mit hochrotem Kopf hockte Kaplan Fletcher auf der Back am Fuss des Fockmastes, während Drake eigenhändig den Schlüssel im Schloss umdrehte. Es sicherte die Kette, die Fletchers Bein an die Gräting fesselte.

„Pfeifen sie alle Mann an Deck, Mr. Blackeley“, befahl Drake dem Bootsmann, der sofort seine Pfeife an die Lippen hob und über das Schiff gellen liess. Von überall her strömten die Männer herbei, sammelten sich in der Kuhl oder enterten in die Wanten auf, um dem nun folgenden Schauspiel beizuwohnen.

Drake setzte sich überaus würdevoll im Schneidersitz auf eine Kiste, in der Hand, wie eine Insignie, ein Paar Pantoffeln. Er liess die Sohlen mit einem Schütteln gegeneinander klappern, bis das Murmeln und Kichern ringsum verstummte. Mit einem sardonischen Blick musterte er die klägliche Gestalt des Schiffskaplans und rief dann laut und deutlich in die Stille hinein: „Francis Fletcher, hiermit exkommuniziere ich dich aus der Kirche Gottes sowie aus all ihren Vorzügen und ihrer Gnade und überantworte dich dem Teufel und seinen Engeln! Amen."

Mit weit aufgerissenen Augen starrte Fletcher ihn an. Ein Raunen ging durch die Mannschaft, und Drake musste seine Stimme noch lauter erheben, als er fortfuhr: „Des Weiteren hast du unter Androhung der Todesstrafe auf diesem Schiff vor dem Mast zu bleiben! Wenn ich dich auch nur einmal achtern vom Grossmast sehe, dann, schwöre ich, wirst du gehängt! – Mr. Blackeley, das Schildchen mit dem Spruch! Bindet es ihm ans Handgelenk! Und wenn er es abnimmt, bevor ich es gestatte, baumelt er!"

Sonntag, 27. November 1580
Buckland Abbey
Devon

„Was war das für ein Spruch auf dem Schildchen?", fragte Raleigh.

Pretty grinste. „Francis Fletcher, der falscheste Schuft, den es gibt."

Raleigh machte eine Notiz dazu. Auch wenn sich diese Episode lange nach Doughtys Hinrichtung ereignet und nichts damit zu tun hatte, erklärte sie doch Fletchers windiges Verhalten während Raleighs Befragung. Sicherheitshalber fragte Raleigh nach: „War das der Grund, weswegen Fletcher Drake nicht mochte?"

Schulterzuckend meinte Pretty: „Es hat seine Zuneigung zu ihm sicher nicht gefördert. Aber Fletcher war immer schon ein wenig eifersüchtig, denke ich, weil Drake oft selber die Gottesdienste hielt. Und die Sache mit Doughty fand er auch nicht richtig. Immer, wenn danach etwas schief lief, hat er hämisch was von Strafe Gottes gefaselt. Bigottes Arschloch."

„Mässigen Sie sich, Mr. Pretty!"

„Bitte um Verzeihung, Sir. Aber er ist uns manchmal ganz schön auf die Nerven gegangen, der Gute."

Ein bisschen wie beim Tennis, dachte Raleigh. Bälle, die so sauber übers Netz geschlagen wurden, musste man einfach annehmen.

„Wie Thomas Doughty?", fragte er und setzte sarkastisch nach: „Ist der euch auch manchmal…auf die Nerven gegangen?"

Doch Pretty starrte nur mit zusammengekniffenen Lippen ins Feuer und schwieg.

War es nicht seltsam, wie wortkarg plötzlich alle wurden, kaum kam die Sprache auf Doughty? Raleigh betrachtete den hünenhaften Gardisten und dachte: Wo immer er jetzt gerade ist, hier jedenfalls nicht.

„Mr. Pretty?"

Schliesslich öffnete Pretty den Mund und sagte leise und nachdenklich: „Doughty war anders. Fletcher war unser Kaplan, aber er hat mit angepackt, ist seine Wachen gegangen wie wir anderen auch. Er war einer von uns. Ich meine, er war zwar für unser Seelenheil zuständig, wie man so sagt, aber sonst hatte er ja nichts zu sagen. Ein Mann ohne Freunde, aber auch ohne Feinde."

„Und Doughty hatte Feinde?"

„Mehr als Freunde, das ist mal sicher, Sir. Aber das hatte er sich selbst zuzuschreiben."

„Weswegen?"

Wieder zögerte Pretty, und als er schliesslich sprach, klang es, als müsse er jedes einzelne Wort mühsam herauspressen.

„Er hatte so eine Art…Der Mann war…unheimlich, Sir."

Raleigh wartete, dass er dem noch etwas hinzufügte, aber Pretty schwieg und sah sich wieder die Flammen des Kaminfeuers an.

„Unheimlich", wiederholte Raleigh, damit sein Gegenüber nicht den Faden verlor.

Pretty nickte schwer.

„Ja, Sir. Irgendwie nicht geheuer. Ein leutseliger Gockel zwar, aber er hatte ohne Zweifel auch etwas Sinisteres, Falsches an sich. Schwer zu beschreiben. Der Mann war einfach nicht ganz sauber. Und ja, er ist vielen von uns auf die Nerven gegangen."

Wenn man Pretty so zuhörte, mochte der Vorwurf der Hexerei nicht ganz unbegründet erscheinen. Zumindest aus Drakes Sicht. Wenn ein Mann mit seltsamer Aura durch die Gegend stiefelte, konnte man sich leicht bedroht fühlen. Andererseits kannte auch Raleigh solche Gesellen. Leute, zum Beispiel, die den natürlichen Abstand zu einer anderen Person nicht einhielten und ihr im wahrsten Sinn des Wortes zu nahe traten.

„Aber das kann ja wohl nicht der Grund gewesen sein, dass man ihm den Prozess gemacht hat".

Pretty sah zur Decke hoch und deklamierte, als hätte er es auswendig gelernt: „In Port St. Julian leitete Drake eine sorgfältige Untersuchung über die Handlungen Thomas Doughty's ein, und die waren, wie dabei herauskam, nicht so, wie Drake erwartet hatte. Sie neigten vielmehr zu Zwietracht oder Meuterei oder sonstigem Aufruhr, der den Erfolg der Reise ernsthaft gefährdet haben würde, hätte man ihnen nicht Einhalt geboten, Sir."

Dann sah er Raleigh direkt an und fuhr fort: „Die gesamte Mannschaft wurde an Land zusammengerufen und mit den Einzelheiten des Falles vertraut gemacht. Die einzelnen Punkte wurden teilweise durch Doughty's eigenes Geständnis, teilweise durch die vorliegenden Beweise als wahr erachtet."

„Was waren das für Beweise?“

„Die Zeugenaussagen, Sir. Es ging um Dinge, die Doughty gesagt hatte.“

„Dinge, die er nicht hätte sagen dürfen.“

Pretty versteifte sich vor Empörung.

„Er hat versucht, Drakes Autorität zu untergraben, Sir.“

„Waren Sie selbst Zeuge, als Doughty so etwas gesagt hat?“

„Mehr als einmal, Sir.“

Na, endlich! Raleigh witterte Morgenluft und lehnte sich erwartungsvoll zurück.

„Das fing schon früh an, irgendwo zwischen Afrika und den Kapverden“, sagte Pretty. „Der Unmut etlicher Gentlemen über das Ziel der Reise und über Drake als unseren Befehlshaber gärte, und es schien sich etwas zusammenzubrauen.“

Januar 1578
an Bord der Pelican
Nordatlantik

Francis Pretty fuhr noch nicht lange zur See. Genau genommen, war dies seine erste Fahrt, und er wusste selbst, dass ihm seit Plymouth noch keine Seebeine gewachsen waren. Eigentlich, dachte er säuerlich, war so ein Schiff die falsche Umgebung für einen Kerl seiner Körpergrösse. Unter Deck konnte er sich nur tief gebückt bewegen, und ständig stiess er den Kopf an die niederen Deckbalken. Als Toppgast fühlte er sich fehl am Platz, denn trotz seines athletischen Körperbaus fehlte ihm die Flinkheit, mit der sich die Matrosen hoch über Deck im Rigg bewegten; beim Aufentern war er immer einer der letzten. Dennoch war er bereit zu lernen, und so hatte er dankbar das Angebot von John Deane angenommen, ihm das Spleissen beizubringen.

Da er gerade Freiwache und nichts Besonderes zu tun hatte, sass er auf dem Süll der Gräting im Schatten des Bootes, und versuchte sich an einem Langspleiss, als er unter sich plötzlich die leise, aber eindringliche Stimme des Bootsmanns hörte.

„Ihr müsst es ihm sagen, Mr. Doughty."

Was Pretty aufhorchen liess, war die Besorgnis, mit der Blackeley sprach. Er versuchte durch die Gräting nach unten zu spähen, aber dort unten, ein Deck tiefer, war alles dunkel, und Blackeley schien auch nicht direkt unter der Luke zu stehen.

Es war Doughtys Stimme, die ihm antwortete, leise, aber mit überheblicher Gelassenheit.

„Was denn, Bootsmann?"

„Na eben, dass einige Männer Pläne schmieden. Ich hab's doch selber gehört, Sir. Sie wollen sich der *Pelican* bemächtigen und mit ihr die anderen Schiffe angreifen. Ihr müsst Drake davon unterrichten, Sir."

Das wunderte Pretty nicht. Unzufriedene Männer gab es haufenweise an Bord.

„Kommt nicht in Frage, Blackeley", erwiderte Doughty. „Drake würde mich für den Anführer halten."

„Ich könnte es ihm mitteilen, Sir."

Das war die Stimme des Kaplans. Doch Doughty wies Fletchers Angebot heftig zurück: „Ich bitte Sie inständig, das nicht zu tun, Mr. Fletcher. Er würde mich verdächtigen. Ganz sicher."

Füsse scharrten, die Männer unter ihm entfernten sich, und Pretty konnte den Rest nicht mehr verstehen. Beunruhigt sass er da und fragte sich, ob er mit dem eben Gehörten zu Drake gehen sollte. Die Dinge standen offenbar wirklich schlecht. Und sein Langspleiss war auch gründlich in die Hose gegangen.

Sonntag, 27. November 1580
Buckland Abbey
Devon

Sofort erinnerte sich Raleigh an die schriftliche Zeugenaussage. Anonym. Entweder war Pretty ihr Urheber, oder das Gespräch im Unterdeck war noch von jemand anderem belauscht worden. Einen kurzen Moment fragte er sich, weshalb Fletcher nichts davon erwähnt hatte, er war ja schliesslich an dem Gespräch beteiligt gewesen. Jedenfalls warf die Sache kein gutes Licht auf Doughty. Doughty war Drakes Freund gewesen, und er hatte ihn hier eindeutig hintergangen. Aber etwas störte das Bild.

„Weshalb sollte Drake Doughty verdächtigen?"

Pretty nickte und sagte: „Zu diesem Zeitpunkt war uns das auch rätselhaft. Mir zumindest."

„Aber da muss doch schon vorher etwas vorgefallen sein, das Drake gegen Doughty eingenommen hat."

„Die Stimmung war allgemein nicht die beste, Sir. Mag sein, dass Doughty mit Drake aneinander geraten war. Aber wenn, dann habe ich es nicht mitbekommen."

„Aber später, auf den Kapverden, stand Doughty immer noch in Drakes Achtung. Immerhin schickte er ihn als Anführer des Landekommandos auf die Insel Mayo."

„Ja, aber mit Captain Wynter an seiner Seite. Vielleicht hat er ihm da schon nicht mehr getraut, Sir."

„Wenn das der Fall gewesen wäre, hätte er ihm kurz darauf nicht das Kommando über die Prise gegeben."

„Das er aber nicht lange behalten hat, wie ich mich erinnere. Und spätestens als er abgelöst wurde, hat Doughty sein wahres Gesicht gezeigt."

„Inwiefern?"

Es störte Raleigh ein wenig, dass sich Pretty derart bitten liess. Andererseits war er erfreut, dass der Soldat durchaus bereit schien, auszusagen. Anders als der verstockte Fletcher, der nichts sagen wollte. Und auch anders als Cliffe, der nichts sagen konnte, weil er kaum etwas mitbekommen hatte.

Pretty reckte das Kinn und sagte: „Er hat versucht, Drakes Autorität zu untergraben, Sir."

„Ach."

Interessiert beugte sich Raleigh vor. Pretty nickte eifrig.

„Ja, Sir. An Bord der *Pelican*. Nachdem also Drake Doughty als Prisenkommandanten abgesetzt hatte, übernahm er dort selbst das Kommando und schickte Doughty zurück auf die *Pelican*. Kaum an Bord, liess er die Besatzung des Flaggschiffs antreten."

Samstag, 1. Februar 1578
an Bord der Pelican
Kapverden

Thomas Doughty stand breitbeinig auf dem Quarterdeck, die Hände auf die Querbalustrade gestützt, und sah auf die Männer, die sich in der Kuhl unter ihm, auf der Back und in den Wanten drängten. Sein kompakter Körper strahlte förmlich vor Energie. Er warf einen kurzen Blick über die Schulter zu Thomas Cuttil, der mit ausdruckslosem Gesicht hinter ihm stand. Als Master führte er während Drakes Abwesenheit das Schiff, doch im Augenblick war klar, dass Doughty das Sagen hatte.

„Meine Herren", begann er laut und deutlich, „der Grund, weshalb ich euch zusammenrufe, ist, dass ich euch von Drake etwas mitzuteilen habe."

Die Mannschaft schwieg gespannt. Pretty hielt den Atem an. Irgendetwas war im Busch, und gleich würde auch bekannt, was.

„Die Sache ist die", fuhr Doughty fort, „da es unter euch immer wieder heftigen Zoff, Ausfälligkeiten und Streit gegeben hat, und da jeder von euch unsicher gewesen ist, wem er gehorchen soll – denn viele von euch haben sich als Herren benommen, der eine befiehlt einem dies, der andere verbietet es ihm, wieder ein anderer wird herumkommandiert – deshalb hat Drake voll Weisheit und Umsicht den Befehl ausgegeben, dass alles besser in Frieden und Ruhe ausgeführt werden soll. Dieses Schiff hier liegt ihm besonders am Herzen – es ist sein Flaggschiff und tatsächlich seine Schatzkammer für die gesamte Flotte."

Pretty wurde das Gefühl nicht los, dass Doughty seinen Auftritt regelrecht genoss. Er redete zwar, als sei er nur Drakes Sprachrohr, seine Pose sagte allerdings etwas anderes. Mit jeder Faser verkündete Doughtys Körper: Ich bin ein Anführer! Was immer er vorhatte, er war klug genug, nicht über sich, sondern über Drake zu sprechen.

„Er hat ausreichend Männer dazu bestimmt, die anderen Schiffe zu befehligen und auf ihnen die Disziplin aufrecht zu erhalten, und er selbst muss sich unbedingt um die Prise kümmern, die mit ihren Vorräten für uns alle wichtig ist. Und da er nicht an zwei Orten gleichzeitig sein kann, hat er mich als seinen Freund, dem er vertraut, hierher an Bord der *Pelican* geschickt, um das Kommando zu übernehmen, mit dem speziellen Auftrag, euch mitzuteilen, dass alle Angelegenheiten der Vergangenheit vergeben und vergessen sind, unter der Voraussetzung, dass wir künftig von euren üblen Scherereien verschont bleiben."

Aha, dachte Pretty, daher weht also der Wind.

„Und damit das besser erreicht wird, soll ich euch sagen, dass ihr während Drakes Abwesenheit nur einem Master gehorchen sollt, der euch leiten wird, soweit es die Schiffsführung betrifft. Es ist dies Mr. Cuttil, von dem ihr wisst, dass er dazu der geeignete Mann ist."

Er nickte Cuttil zu, der darauf zu ihm an die Balustrade trat. Folgsam, wie es Pretty schien.

„Und was das andere angeht, so hat Drake eine Befehlsgewalt von ihrer Hoheit der Königin und ihrem Rat erhalten, wie sie zurzeit noch kaum irgendeinem anderen Untertanen anvertraut worden ist: Nach seinem Ermessen Übeltäter mit dem Tod oder sonst wie zu bestrafen. Er hat dieselbe Befehlsgewalt an mich übertragen, um sie während seiner Abwesenheit an allfälligen Missetätern anzuwenden. Und darin werde ich seine Erwartungen und sein Vertrauen, die er in mich setzt, nicht enttäuschen, und zwar ohne Rücksicht auf die Person. Wer sich eines Verstosses schuldig macht, bei Gott, der soll's zu spüren bekommen. Seid ihr anständig, bei Gott und beim Glauben eines ehrlichen Mannes, liebe ich euch und meine es gut mit euch. Und ich hoffe, dass eine grossartige Mannschaft von mir annimmt, dass ich lieber ihr Freund als ihr Feind sein will. Deshalb wünsche ich mir, als ehrenhafter Gentleman, dass ihr mir mit eurem Verhalten keinen Anlass gebt, euch zu bestrafen, wozu ich die Macht habe. Ich wünsche mir sehr, dass ihr mir Grund gebt, gut von euch zu denken."

Er sah noch einmal in die Runde und schloss mit den Worten: „Ich bin fertig."

Ohne die Mannschaft noch eines weiteren Blickes zu würdigen, stieg Doughty den Niedergang zum Hauptdeck hinab und verschwand im Achterkastell. Pretty fiel auf, wie still es blieb. Kein Raunen, kein Nichts. Die Männer sahen sich nur betreten an und wussten nicht, was sie von der Sache halten sollten.

„Das war's", liess sich Cuttil vernehmen. „An die Arbeit, Leute!"

Sonntag, 27. November 1580,
Buckland Abbey
Devon

Nachdem Pretty geendet hatte, sass Raleigh nachdenklich da und zwirbelte die Feder zwischen den Fingern, einmal rechtsrum, einmal linksrum. Er versuchte, den Kern von Doughtys Ansprache zu erfassen. Doughty hatte in Drakes Namen zu Ruhe und Ordnung aufgerufen, was offenbar nötig gewesen war, da innerhalb der Mannschaft böses Blut geherrscht hatte. Dann bemerkte Raleigh Prettys herausfordernden Blick, als erwarte dieser, dass er die richtigen Schlüsse zog.

„Eine bemerkenswerte Rede", meinte er schliesslich. „Nur kann ich darin keinerlei Meuterei seitens Doughtys erkennen. Eher im Gegenteil, er hat Drakes Position als Befehlshaber gestärkt und die Männer zur Ordnung gerufen."

„Ja, es hatte Meinungsverschiedenheiten gegeben, und gelegentlich eine daraus resultierende Rauferei", bestätigte Pretty, überliess das Feld der Schlussfolgerungen aber nach wie vor Raleigh.

„So, wie Doughty zu den Leuten gesprochen hat, klingt das fast, als wäre Drake nicht selbst damit fertig geworden."

Prettys Augen leuchteten auf.

„Genau das ist es ja!", rief er aus. „Als wäre Drake nicht selbst damit fertig geworden! Als hätte er einen Doughty gebraucht, um die Kerle wieder an die Kandare zu nehmen. Nur war es so, dass Drake Doughty gar nicht mit so weitreichenden Befugnissen ausgestattet hatte. Er hatte ihn auf die *Pelican* geschickt, weil er auf der Prise schon genug für Ärger gesorgt hatte."

Dann wurde sein Ton plötzlich verschwörerisch und eindringlich, als zaubere er etwas Bedeutungsvolles aus der Schachtel. „Der eigentliche Punkt ist aber die Sache mit Cuttil."

Raleigh begriff nicht.

„Inwiefern?", fragte er.

„Er hat Cuttil den Rücken gestärkt und ihm Macht verliehen."

Ein leiser Triumph schwang da mit, als habe er die Katze aus dem Sack gelassen. Doch ist das jetzt wirklich das grosse Ta-taah!?, fragte sich Raleigh und schüttelte verwirrt den Kopf.

„War denn Cuttil nicht vorher schon Master der *Pelican*?"

„Doch, schon. Aber solange Drake an Bord war, hat Cuttil nur rumgewurstelt und die Leute mehr oder weniger machen lassen. Jetzt aber war er faktisch der Kapitän an Bord – Kapitän von Doughty's Gnaden und mit Doughty in seinem Rücken."

Raleigh wusste um die komplizierten Hierarchiestrukturen auf See. Der Höchste auf einem Schiff war der Kapitän. Doch der brauchte nicht unbedingt etwas von Seemannschaft und Navigation zu verstehen, er befahl nur, wohin das Schiff zu segeln hatte. Die eigentliche Arbeit erledigte der Master. Er kommandierte die Mannschaft bei Segelmanövern und allem, das mit dem Schiff zu tun hatte, besorgte die Navigation und war verantwortlich für das Schiff; Rumpf und Spieren, laufendes und stehendes Gut inklusive. Es gab Master, die zugleich auch Schiffseigner und somit de facto auch Kapitän waren. Wenn sie aber ihr Schiff in fremde Dienste stellten, konnte es gut sein, dass ihnen ein Kapitän vor die Nase gesetzt wurde.

Im Fall der *Pelican* war es so, dass Drake der Kapitän war und Cuttil der Master. Und das war dieser auch geblieben, als Drake die *Pelican* verlassen hatte und Doughty an Bord gekommen war. Letztlich hatte Doughty in seiner Rede den Männern nur klargemacht, dass er nun der neue Kapitän war. Fletcher hatte gesagt, Drake habe Doughty *an seiner statt* von der Prise aufs Flaggschiff zurückgeschickt. Wenn das stimmte, war daran nichts Unehrenhaftes.

Wenn aber nicht…

…dann hatte Doughty hier wohl den Fehler seines Lebens begangen.

„Dann war zu diesem Zeitpunkt Cuttil faktisch der Master und Doughty der Kapitän, der den Männern klargemacht hatte, was sie erwartete, wenn sie nicht parierten", fasste Raleigh die Situation zusammen.

„Genauso ist es, Sir. Und wer weiss, was die beiden alles ausgeheckt haben."

„Das ist Spekulation, Mr. Pretty."

„Mag sein, Sir. Aber fest steht, dass Cuttil einer von Doughtys Freunden war. Und die beiden haben sich immer wieder heimlichtuerisch in Cuttils Kabine zurückgezogen. Bei einer Gelegenheit habe ich einiges von dem aufgeschnappt, was dort gesprochen wurde."

Raleigh hob die Brauen.

„Sie haben gelauscht?"

Es hätte ein kaum verhüllter Tadel gewesen sein können, war jedoch nichts anderes als pure Hoffnung. Was Pretty entging, denn ein wenig eingeschnappt gab er zurück: „Ich war mit einem Auftrag zu Cuttil unterwegs, Sir, aber als ich Stimmen aus seiner Kabine hörte, hab ich an der Tür gewartet."

Februar 1578
an Bord der Pelican
Nordatlantik

Vor einigen Tagen hatte Drakes Flotte die Kapverden mit südlichem Kurs verlassen. Jetzt trieb sie verstreut bei Windstille auf einer langen Dünung irgendwo im Atlantik und der Äquator war nicht mehr fern. Francis Pretty sehnte den Wachwechsel herbei. Die erste Hundewache war fast vorüber, etwa zwanzig Minuten noch, schätzte er. Auf seinem Rundgang durch die Kuhl kontrollierte er, ob Schoten und Halsen ordentlich an ihren Kreuzhölzern belegt waren, einfach, weil es nichts anderes zu tun gab. Über ihm auf dem Quarterdeck stand der wachhabende Offizier, ein Gentleman namens Thomas Hood. Pretty mochte Hood. Ein freundlicher Mann, der nicht viele Worte machte und sich nach Möglichkeit aus allen Querelen heraushielt. Unter den zahlreichen Gentlemen war er einer der wenigen, die etwas von Schiffen verstanden. Wenn der Master mittags sein Besteck nahm, war auch Hood mit seinem Jakobsstab zugange und verglich seine Ergebnisse mit denen Cuttils.

Pretty bemerkte den Bootsmann Blackeley, der von der Back herunterkam, die Kuhl durchquerte und zu Hood aufs Quarterdeck stieg. Er tippte zum Gruss mit den Knöcheln seiner Faust an die Stirn und deutete mit dem Daumen über die Schulter.

„Dort vorne kommt was auf uns zu, Sir."

Hood kniff die Augen zusammen und spähte durch das Gewirr des Riggs nach vorn.

„Ich sehe es. Wann, denken Sie, ist es hier?"

„Eine Stunde. Anderthalb vielleicht."

Pretty lehnte sich über das Schanzkleid, um zu sehen, worüber die beiden sich unterhielten. Steuerbord voraus der *Pelican* sah er eine dunkle Wolkenwand über den Horizont wachsen. Nach der Hitze des Tages würde das eine willkommene Abwechslung werden.

Hood auf dem Quarterdeck verzog sein Fuchsgesicht zu einem Grinsen.

„Das kommt gelegen, Mr. Blackeley. Ein paar Mann sollen schon mal damit beginnen, das Boot leerzuschöpfen."

Damit die Planken sich in der Sonne nicht durch Austrocknung zusammenzogen und undicht wurden, hatte man das Boot der *Pelican* mit Meerwasser gefüllt.

„Aye, Sir."

„Stellen Sie Pützen auf und halten Sie eine Persenning bereit. Wir wollen so viel Regenwasser wie möglich auffangen."

„Aye, aye, Sir. Sollten wir nicht den Master unterrichten, Sir?"

Hood sah Blackeley an und meinte ruhig: „Ja, ist vielleicht besser, wenn er Bescheid weiss."

Dann sah er sich um, und sein Blick fiel auf Pretty.

„Ah, Mr. Pretty! Meine besten Empfehlungen an Mr. Cuttil, und bitte teilen Sie ihm mit, dass wir in Kürze ein Unwetter erwarten."

„Aye, aye, Sir", sagte Pretty, wie er es von den gestandenen Seeleuten gelernt hatte und ging mit eingezogenem Kopf unter das Quarterdeck und durch das Schott ins Achterkastell. Wie überall auf dem Schiff war es hier sehr beengt. Gleich hinter dem Schott stand der Besanmast mit seinem Fuss im Mastschuh und quietschte leise. Nur wenige Fuss nach achtern ragte der Kolderstock durch seinen Werbel aus dem Koldergatt. Der Rudergänger stand zwar auf dem Podest gleich dahinter, doch Pretty konnte nur Bauch und Beine von ihm sehen. Mit Kopf und Schultern ragte er über das darüberliegende Quarterdeck hinaus und hatte seine Arme müssig auf das Deck gelegt. Da die *Pelican* in der Flaute keine Fahrt machte, gab es auch nichts zu steuern, und der Kolderstock blieb ungenutzt.

Cuttils Kabine lag an Steuerbord. Pretty wollte gerade anklopfen, als er Stimmen aus der Kabine hörte. Das wunderte ihn, da die Kabinen so eng waren, dass sich kaum mehr als eine Person darin aufhalten konnte. Erst dachte er, Cuttil führe Selbstgespräche, doch dann erkannte er Doughtys Stimme und glaubte zu hören wie dieser sagte: „Du bist ein viel zu guter Seemann, um hier unter Drakes Fuchtel zu versauern, Cuttil."

Dann Cuttils Stimme: „Ja schon, aber Drake hat nun mal das Kommando, Doughty."

Pretty, die Hand immer noch zum Anklopfen erhoben, sah zum Rudergänger. Er hätte nur den Arm auszustrecken brauchen, um ihn zu berühren. Doch mit dem Kopf ein Deck höher, bekam der nichts von der leisen Unterhaltung hinter der Kabinentür mit.

„Was hieltest du davon, dein eigenes Schiff zu haben?“, sagte Doughty, und Cuttil antwortete: „Das wäre natürlich was. Aber das kostet Geld, und die Heuer für diese Fahrt hier wird dafür kaum reichen.“

„Wenn wir wieder in England sind, komm zu mir. Ich könnte dich mit Geld versorgen. Sagen wir mal, mit hundert Pfund? Zuzüglich zu deiner Heuer. Damit kaufst du dir ein schönes Schiff, rüstest es aus, fährst damit zur See und tust dort, was immer dir geeignet erscheint, uns einen finanziellen Gewinn zu verschaffen.“

Kurzes Schweigen schloss sich an, dann sagte Cuttil: „Das ist gefährlich, Doughty.“

„Mach dir keine Sorgen, Cuttil.“ Doughty sprach sehr leise, Pretty konnte ihn fast nicht verstehen. „Ich werde dich decken. Ich könnte dich zum Beispiel im Temple in London vor dem Admiral und allen Offizieren verstecken. Du kannst dort kommen und gehen, wie's dir gerade passt.“

Der Rudergänger brauchte nur nach unten zu sehen, um Pretty als heimlichen Lauscher zu entlarven, und Hood würde sich gewiss schon fragen, wo er so lange abblieb. Also klopfte er energisch an die Kabinentür und rief: „Die besten Empfehlungen von Mr. Hood, Sir, und er lässt Euch wissen, dass ein Gewitter im Anzug ist.“

Sonntag, 27. November 1580
Buckland Abbey
Devon

Pretty sah Raleigh erwartungsvoll an. Doch in Raleighs kritischem Geist regte sich Widerspruch. Er seufzte und sagte: „Doughty bot Cuttil eine Beteiligung an einer zukünftigen Kaperfahrt an. Na und?“

„Meiner Ansicht nach hat er ihn damit bestochen“, erwiderte Pretty fest. Doch Raleigh blieb skeptisch.

„Er hatte ja schon Cuttil's Position als Master gestärkt, wozu ihn noch bestechen?“

„Ja, wozu, Sir?“, fragte Pretty listig. „Und dass er Cuttil im Anwaltsbezirk in London zu verstecken gedachte, lässt die Sache auch nicht sauber aussehen.“

Für Raleigh war klar: Pretty mochte Cuttil nicht. Und Doughty mochte er auch nicht. Was immer er also an dieser Kabinentür gehört zu haben glaubte, er hatte es sich irgendwie so zusammengereimt, dass es gegen den Master und Doughty verwendet werden konnte.

„So aus dem Zusammenhang heraus lässt sich das schwer beurteilen, Mr. Pretty. Sie haben schliesslich nicht das ganze Gespräch belauscht.“

„Nein, aber fest steht, dass Cuttil Doughty aus der Hand gefressen hat. Und dass die beiden faktisch die *Pelican* unter ihre Kontrolle gebracht haben.“

Raleigh musste an den einen Satz Fletchers denken, der ihm aus irgendeinem Grund wichtig erschien: *Drake schickte, umsichtig wie er ist, Doughty an seiner statt auf die Pelican zurück.* Er kaute in Gedanken an diesem Satz herum, ohne zu einem Ergebnis zu gelangen. Denn wenn es zutraf, dass Drake Doughty als seinen Stellvertreter auf die *Pelican* geschickt hatte, dann waren Prettys Vorwürfe nichtig und obsolet. Wenn es aber nicht zutraf und Pretty recht hatte, was könnte Fletcher veranlasst haben, es so darzustellen?

„Und Sie glauben“, fragte er, „dass die Machtballung an Bord der *Pelican* mit Doughty und Cuttil nicht in Drakes Absicht gelegen hat?“

Pretty schnaubte empört. „Das hat es wohl kaum, Sir!“

„Aber was hätte Doughty tun können? Sich die *Pelican* unter den Nagel reissen? Wozu?“

Und im selben Moment kannte Raleigh die Antwort, noch bevor Pretty sie äusserte.

„Ich glaube, dass er langfristig die ganze Flotte auf seine Seite ziehen und Drake schliesslich absetzen wollte, Sir. Um die Reise selbst durchzuführen, ohne Drake."

Das hielt nun Raleigh doch für gar abenteuerlich und sagte das auch. Pretty wich aus.

„Jedenfalls hielten wir nicht viel von Doughtys Anmassungen", sagte er, „aber natürlich wagten wir nicht, offen dagegen zu protestieren; es wollte ja keiner von uns an der Rah baumeln. Auch wussten wir erst nicht recht, was wir von alldem halten sollten, denn Doughty war ja ein enger Freund von Drake. Aber als Drake dann davon erfuhr, hat er ihn ja schleunigst unter Arrest auf die *Swan* geschickt."

„Wie erfuhr er davon? Er war doch auf der *Mary*."

Pretty lächelte. Herablassend, wie Raleigh fand. Als müsse er etwas erklären, das doch offensichtlich war.

„Mitten im Atlantik hatten wir oft Windstille. In solchen Kalmen fuhren Boote zwischen den Schiffen hin und her, um Nachrichten auszutauschen, Vorräte zu verteilen oder Männer von der Prisenbesatzung abzulösen. Dabei hat wohl einer von der *Pelican* den Mut gehabt, Drake auf der *Mary* darüber anzusprechen."

„Und als Drake Doughty auf die *Swan* schaffen liess, war er plötzlich nicht mehr sein Freund", bemerkte Raleigh bissig.

„Doch", widersprach Pretty und schien selbst ein wenig verwundert über diesen Umstand. „Und in Port St. Julian hat Drake sichtlich mit sich gerungen. Obwohl seine persönliche Zuneigung zu Doughty, die er in Gegenwart von uns allen beteuerte, gross war, trug er eben doch die Verantwortung für das ganze Unternehmen. Da waren die Erwartungen ihrer Majestät und die Ehre seines Landes, was ihn – wie es das auch sollte, wenn Ihr mich fragt – mehr berührte als die private Rücksichtnahme auf einen einzelnen Mann. Also wurde der Fall eingehend angehört, alles ganz ordentlich und so nah wie möglich nach den Regeln unserer Gesetze in England. Tja, und dann wurde beschlossen, dass Doughty die Strafe empfangen sollte, die der Schwere seines Vergehens angemessen war."

Und damit verschränkte Pretty die Arme vor der Brust, als hätte er gesagt, was es zu sagen gab.

„Was geschah dann?“, wollte Raleigh wissen.

„Doughty bat darum, vor seinem Tod die Kommunion empfangen zu dürfen.“

Mittwoch, 2. Juli 1578
Port St. Julian
Patagonien

„Erbarme Dich, Herr, unser Gott, erbarme Dich", intonierte Fletcher. Hoch aufgerichtet stand er etwas oberhalb des Strandes auf der baumlosen Insel im Wind, der sein weisses Chorhemd über der schwarzen Soutane flattern liess. Vor ihm standen Drake und Doughty dicht nebeneinander und antworteten wie aus einem Mund: „Denn wir haben vor Dir gesündigt."

„Erweise, Herr, uns Deine Huld", sagte der Kaplan.

„Und schenke uns Dein Heil", sagten Drake und Doughty im Chor.

In einem ehrfürchtig weiten Kreis hatte sich die Mannschaft um die Heilige Handlung versammelt und lauschte andächtig mit entblössten Häuptern der Liturgie.

„Der Herr sei mit euch."

„Und mit deinem Geiste."

Pretty fand, dass Fletcher mit der schwarzen Schärpe, die ihm von der Schulter hing, aussah wie eine Elster.

„Erhebet eure Herzen!" Fletcher sprach laut genug, dass alle ihn hören konnten, doch nur Drake und Doughty antworteten ihm: „Wir erheben sie zum Herrn."

Alle übrigen Männer schwiegen, denn in diesem Moment gehörten sie nicht zur Gemeinde; dieses eine Abendmahl wurde einzig für ihren Kommandanten und seinen Freund, den er dem Tod geweiht hatte, zelebriert.

„Lasset uns Dank sagen dem Herrn, unserm Gott."

Und ein letztes Mal gaben sie einstimmig zurück: „Das ist würdig und recht."

Fletcher hob die Arme und liess den Wind seine weiten Ärmel zum Tanzen bringen.

„Lamm Gottes, du nimmst hinweg die Sünde der Welt, erbarme dich unser. Lamm Gottes, du nimmst hinweg die Sünde der Welt, gib uns deinen Frieden. Der Herr segne euch und behüte euch; der Herr lasse sein Angesicht leuchten über euch und sei euch gnädig; der Herr hebe sein Angesicht über euch und gebe euch Frieden."

Seine Stimme zitterte, und als er schloss, war da und dort unter den Männern ein schüchternes „Amen" zu hören.

Fletcher drückte jedem der beiden ein Stück Brot in die hingehaltene Hand und reichte Drake den Kelch. Doch dieser gab ihn ohne zu trinken an Doughty weiter. Der trank daraus und reichte ihn mit einem Lächeln an Drake zurück.

Dann trank auch Drake.

Sonntag, 27. November 1580
Buckland Abbey
Devon

„Drake empfing die Kommunion zusammen mit Doughty?“

„Jawohl, Sir. Und sie schienen dabei wie ein Herz und eine Seele, wenn ich das sagen darf.“

Wie konnte das sein? Erst fällt Drake das Todesurteil über seinen besten Freund und dann nehmen die beiden gemeinsam das heilige Abendmahl ein und tun so, als wäre nichts? Fast schien es, als hätte sich Doughty nicht nur mit seiner bevorstehenden Hinrichtung abgefunden, sondern als wäre er damit einverstanden gewesen. Was war zwischen den beiden Männern nur vorgefallen?

Raleigh strich sich über den Bart und staunte über die Rätsel der menschlichen Natur. Doughtys Ende nahm durch Prettys Schilderung wahrhaft groteske Züge an. Raleigh versuchte Doughtys perverse Hingabe an sein Schicksal zu verstehen, aber es gelang ihm nicht. Fast verzweifelt suchte er nach einer Frage an den Zeugen, deren Beantwortung Licht in diese scheussliche Obskurität bringen konnte, aber da redete Pretty schon weiter.

„Und als alles bereit war, umarmte Doughty unseren Admiral und nahm dann Abschied von der ganzen Mannschaft. Mit einem Gebet für ihre Majestät die Königin und das Königreich legte er in aller Ruhe sein Haupt auf den Richtblock, wo er sein Leben beendete. Als das vorbei war, hielt Drake mehrere Reden vor versammelter Mannschaft, in denen er uns zu Einigkeit, Gehorsam, Liebe und Rücksicht auf unsere Reise beschwor. Und um das zu bestärken, forderte er jeden Mann auf, sich bereit zu machen, am folgenden Sonntag die heiligen Sakramente zu empfangen, wie es christliche Glaubensbrüder und Freunde tun sollten und was dann auch sehr würdevoll vonstattenging. Danach ging jeder Mann wieder guter Dinge seinen Geschäften nach.“

„So einfach ist es, nicht wahr?“, knurrte Raleigh sarkastisch.

„Sir?“

„Ach, nichts. Jedenfalls…“

In diesem Moment knallte es und eine der Fensterscheiben ging klirrend zu Bruch. Mit Schnee vermischte Scherben purzelten ins Zimmer. Raleigh fuhr auf und fluchte: „Was, zum Henker…!"

Lachend wies Pretty auf das Häufchen unter dem Fenster. „Ein Schneeball, Sir!"

Mit zwei langen Schritten war Raleigh beim Fenster, riss es auf und beugte sich hinaus.

„Parker!", rief er. „He, Parker! – Parker, wenn ich die Bengel noch einmal auf dieser Seite des Hauses sehe, dann setzt's was! Und schicken Sie nach einem Glaser!"

Energisch drückte er das Fenster wieder zu und drehte sich zum grinsenden Pretty um.

„Verfluchte Saubande", grummelte er, während der Wind durch das Loch in der Scheibe pfiff.

Sonntag, 27. November 1580
Buckland Abbey
Devon

Die eingeschlagene Scheibe kostete die beiden Parker-Bengel einen brennenden Hintern, wobei es ihrem Vater egal war, wer von ihnen nun den verhängnisvollen Schneeball geworfen hatte. Für ihre Mutter war ganz klar Edward der Schuldige. Eleanor musste für diese Erkenntnis nicht einmal ihre Intuition bemühen, die Gesetze der Logik reichten völlig. George war mit seinen sechs Jahren noch nicht kräftig genug, ein so hoch gelegenes Fenster zu treffen, geschweige denn zu zertrümmern. Aber auch das war William Parker egal; für ihn galt: Mitgegangen, mitgehangen. Dass den Jungen der Hosenboden heftiger als in solchen Fällen üblich surrte, lag daran, dass sich Parker auch noch genötigt sah, Raleigh für den Übermut seiner Setzlinge um Verzeihung zu bitten. Raleigh, der sah, dass Parker der Vorfall sehr peinlich war, entschuldigte sich seinerseits für seine harschen Worte, und damit war die Sache erledigt.

Der Schaden wurde provisorisch behoben, indem Tom die verbliebenen Scherben aus der Bleifassung löste und das Loch mit einem Knäuel Schurwolle stopfte. Pretty hatte versprochen, aus Plymouth einen Glaser zu schicken.

Raleigh schaute kurz in der Küche vorbei und fand dort die kleine Jane, die auf dem nackten Boden hockte und zwei Puppen malträtierte. Ihre Mutter sass am grossen Tisch und ging Annie bei der Zubereitung von Lammfleischpasteten zur Hand. Als sie ihn sah, teilte sie ihm mit, dass der Kragen gewaschen und frisch gestärkt auf ihn warte. Raleigh bedankte sich höflich und bat darum, dass Molly den Kragen in sein Zimmer bringen möge. Dann verliess er die Küche und ging nach draussen, um frische Luft zu schnappen, aber eigentlich hoffte er, draussen auf Molly zu treffen. Statt ihrer stiess er auf John Babbage, den Gärtner, der sich mit einer Schaufel abmühte, einen Pfad vom Haus um die Scheune herum zu den Stallungen durch den Schnee zu schlagen. Er begrüsste Raleigh mit einem scheusslichen Husten und keuchte dann: „Muss mir was eingefangen haben. Jedes Jahr dasselbe. Mist, verfluchter. Tschuldigung, Sir."

Babbage schien es wirklich nicht gut zu gehen. Raleigh streckte die Hand nach der Schaufel aus.

„Geben Sie her, ich mache das."

„Nicht doch. Das ist keine Betätigung für einen Gentleman, Sir!"

„Ein wenig Bewegung kommt mir gerade recht, Mr. Babbage. Wenn ich also bitten darf?"

Mit einem neuerlichen Hustenanfall übergab Babbage die Schneeschaufel, und Raleigh machte sich an die Arbeit. Dabei merkte er rasch, dass die Schipperei leichter ausgesehen hatte, als sie war; die Schaufel, kaum mehr als ein kurzes breites Brett an einem Stiel, erwies sich in der Handhabung als sperrig, und bis Raleigh den Bogen raushatte, waren sie schon fast bei den Stallungen. Dann war auch das letzte Stück geschafft, und Babbage nickte anerkennend. Er hielt sich mit dem Zeigefinger abwechselnd ein Nasenloch zu und rotzte in den Schnee, dann nahm er Raleigh die Schaufel ab und lehnte sie an die Wand.

„Zeit für ein Schnäpschen", sagte er und hustete. „Haben wir uns verdient."

Raleigh folgte ihm in den Stall, wo Babbage zwei Zinnbecher und einen Krug von einem Bord nahm und Raleigh einlud, sich zu ihm auf eine Bank zu setzen.

„Und?", fragte Babbage, während er einschenkte. „Kommt Ihr voran mit dieser Doughty-Sache?"

Bisher hatte Babbage nicht viel gesagt, wenn am abendlichen Esstisch die Rede von Doughty war, aber offenbar hatte er aufmerksam zugehört.

„Was soll ich sagen?" Raleigh seufzte resigniert. „Das Ganze bleibt ein Rätsel. Der eine sagt das, der andere etwas anderes. In den Grundzügen stimmen sie überein, aber in den wirklich interessanten Einzelheiten widersprechen sie sich."

„Habt Ihr's schon mal mit Logik versucht, Sir?"

„Logik allein bringt mich nicht weiter, fürchte ich. Nicht ohne weiteres Wissen. Bis jetzt habe ich nicht mehr als ein paar widerstreitende Hypothesen."

„Bitte, was?"

„Theorien."

„Ach, so. Zum Beispiel?"

Raleigh überbrückte die Dauer eines erneuten Hustenanfalls, indem er einen Schluck aus dem Zinnbecher nahm. Der Schnaps beschenkte ihn mit wohliger Wärme, die sich in seinem Inneren ausbreitete und ihn veranlasste, gleich den ganzen Becher zu leeren. Babbage hob die Brauen und schenkte nach. Raleigh räusperte sich.

„Nun ja", begann er, „was wir wissen, ist folgendes: Drake und Doughty sind allerbeste Freunde, als sie den Plan zur Weltumsegelung aushecken. Das Geschwader geht in See mit Drake als Oberkommandierendem. Er nimmt Doughty mit, der jedoch kein Kommando hat, das heisst, sein Status ist unklar; vielleicht ist er sein Vize, wie Fletcher behauptet, vielleicht auch nicht. So weit, so gut. Dann erreicht die Flotte die afrikanische Küste, und der Ärger beginnt. Die Leute erfahren, wohin es wirklich geht, und viele sind darüber sauer. Es kommt zu Streitereien. Aber noch ist Doughty Drakes treuer Freund. Die Flotte erreicht die Kapverden. Ein Landetrupp von siebzig Mann, also knapp die Hälfte der gesamten Mannschaft, wird auf der Insel Mayo an Land gesetzt, unter dem geteilten Kommando von Captain Wynter und Doughty."

„Logisch", warf Babbage ein. „Falls sich der Landetrupp aufteilen musste."

„Unlogisch", widersprach Raleigh. „Falls sich der Landetrupp hätte aufteilen müssen, hätte ein einzelner Kommandant den Befehl über die zweite Abteilung einem untergebenen Offizier anvertraut. Die normalste Sache der Welt. Logisch wäre, wenn Doughty, als Offizier und erfahrener Soldat, das alleinige Kommando über den Landetrupp gehabt hätte. Weshalb also stellt Drake ihm Wynter an die Seite?"

„Ist das denn wichtig?", wollte Babbage wissen.

„Keine Ahnung", gab Raleigh zu. „Es ist einfach eine von mehreren Merkwürdigkeiten. So oder so, jedenfalls hat der Landetrupp auf Mayo keinen Erfolg, und einen Tag nachdem die Schiffe Mayo verlassen haben, kapern sie die portugiesische Karavelle und Drake unterstellt die Prise Doughtys Kommando."

„Logisch", brummte Babbage.

„Wieso? Doughty war kein Seemann."

„Ist doch egal, solange er für das Seemännische einen guten Master dabei hatte."

„Drakes Bruder Thomas."

„Na, also. Und wenn es in der Mannschaft gegärt hat, dann wollte er sicher jemanden auf der Prise, dem er vertraut hat.“

„*Wenn* er ihm da noch vertraut hat, Mr. Babbage. Dass er drei Tage vorher Wynter mit ihm auf die Insel geschickt hat, könnte ein Indiz dafür sein, dass dem nicht so war. Als Drake dann davon erfährt, dass sich Doughty auf der Prise an der Beute bereichert hat, setzt er ihn am gleichen Tag wieder ab und schickt ihn aufs Flaggschiff zurück.“

„Logisch.“

„Nicht, wenn er ihn an seiner statt auf die *Pelican* geschickt hat, wie Fletcher sagt. Also, dass Drake selbst das Kommando auf der Prise übernahm und Doughty ihn auf der *Pelican* als Kapitän vertreten sollte.“

„Nee, dann natürlich nicht“, stimmte Babbage zu, schüttelte den Kopf und trank einen Schluck.

„Warum aber“, fuhr Raleigh fort, „hält dann Doughty kurz nach seiner Ankunft auf der *Pelican* vor versammelter Mannschaft eine Rede, in der er genau das behauptet?“

Babbage zog Rotz in der Nase hoch und stierte mit glasigen Augen in seinen Zinnbecher. „Vielleicht“, meinte er mit einem Schulterzucken, „wollte er Drake für die Demütigung eins auswischen.“

„Aber es musste ihm doch klar sein, dass er dadurch in Teufels Küche geriet, sobald Drake davon erfuhr.“

„Einen Letzten noch“, sagte Babbage und schenkte ihnen nach. Er hob seinen Becher, um zu trinken, hielt dann aber inne und meinte nachdenklich: „Sieht ganz so aus, als hätte dieser Doughty das Flaggschiff mit einem Trick in seine Gewalt gebracht, ohne dass es jemand bemerkt hat.“

„Aber wozu?“

„Er muss einen Plan gehabt haben. Wenn Ihr mich fragt, Sir, dann wollte er früher oder später das Kommando über die ganze Flotte übernehmen.“

Dasselbe hatte Pretty gesagt. Trotzdem wollte es Raleigh nicht einleuchten.

„Wie denn? Dazu hätte er Drake absetzen müssen, aber das ging nicht, weil der ja an Bord der Prise war.“

„Aber mit dem Flaggschiff hat er mal einen Anfang gemacht. Vielleicht wartete er einfach auf eine günstige Gelegenheit.“

„Er hätte Drake nicht absetzen können", hing Raleigh noch dem vorigen Gedanken nach. „Nicht ohne Grund. Er hätte etwas haben müssen, das er ihm vorhalten konnte."

„Unfähigkeit", sagte Babbage wie aus der Pistole geschossen. „Unfähigkeit, eine unzufriedene Mannschaft zur Raison zu bringen."

Raleigh schüttelte den Kopf. „Nein. Bei den einfachen Matrosen war Drake sehr beliebt. Die hätten sich dazwischen gestellt und Doughty hätte es wohl kaum geschafft, sie auf seine Seite zu bringen. Und das Kommando mit Waffengewalt an sich zu reissen, wäre offene Meuterei gewesen, und Doughty hätte nie wieder einen Fuss auf englischen Boden setzen können."

„Vielleicht wollte er das gar nicht."

„Was wollte er dann? Fortan als Pirat über die Weltmeere schippern? Nie und nimmer, Mr. Babbage. Doughty war ein Gentleman und verkehrte in den vornehmsten Kreisen, stand in den Diensten Hattons und Essex', und nichts hätte einer glänzenden Karriere im Weg gestanden. Wozu das mit einem desperaten Handstreich über den Haufen werfen? Es ergibt alles keinen Sinn, soviel zu Ihrer Logik."

„Mir brummt der Schädel, Mr. Raleigh, lasst es gut sein!" Entschlossen stöpselte Babbage den Krug zu und erhob sich. Auch Raleigh stand auf und sagte: „Ja, gehen wir ins Haus zurück. Ich habe was von Lammpastete läuten hören."

„Na, dann nichts wie hin!"

Als sie aus dem Schober ins Freie traten, schneite es wieder.

Sonntag, 27. November 1580
Buckland Abbey
Devon

Es lief schlecht. Um ehrlich zu sein, es lief so richtig miserabel. Drei von fünf Zeugen hatte Raleigh bereits befragt, und er hatte das Gefühl, noch immer am Anfang zu stehen. Zwei Tage blieben ihm noch, um substanzielle Erkenntnisse über Doughtys Tod zu gewinnen und sich ein abschliessendes Urteil zu bilden. Er konnte Walsingham nicht mit leeren Händen gegenübertreten, weshalb seine Hoffnungen nun ganz auf den letzten beiden Zeugen ruhten. Beruhigend war das nicht. Darüber hinaus machte ihm zu schaffen, dass ihn Molly während des Abendessens keines Blickes gewürdigt hatte. Während Babbage missmutig, weil er mit seiner verstopften Nase nichts schmeckte, seine Lammpastete gegessen hatte, waren seine Frau und die Parkers in die Erörterung der Ereignisse vor Doughtys Tod vertieft gewesen und hatten sich mit Theorien überboten, eine abstruser als die andere. Raleigh hatte da und dort korrigierend eingegriffen oder eine Frage beantwortet, dazwischen aber immer wieder zu Molly gesehen in der Hoffnung auf ein aufmunterndes Lächeln. Aber sie hatte ihm die kalte Schulter gezeigt, mit gesenktem Blick ihre Pastete gegessen und war schliesslich aufgestanden, um das Geschirr abzuräumen und sich um den Abwasch zu kümmern.

Und als wäre das alles nicht genug, lauerten die Gespenster von Smerwick auf eine Gelegenheit, über ihn herzufallen. Als er sich mit melancholischer Beklemmung in seine Kammer zurückzog, warteten sie dort auf ihn. Ein Haufen von sechshundert geköpften Leibern. Seine Männer, die die abgeschlagenen Köpfe über den Wall aufs Feld hinauswarfen. Mackworths[16] lustvoller Jubelschrei und Greys Krokodilstränen.

Raleigh presste seine Stirn ans kalte Fensterglas und sah hinaus auf die weisse Ebene, die das Mondlicht zurückwarf und die Nacht heller machte, als sie war. Eine Welle aus Scham rollte auf ihn zu, baute sich auf und brach schäumend über ihm zusammen. Scham über seine anfängliche Bereitschaft, dem Befehl zur Massenhinrichtung Folge zu leisten. Die Hinrichtungen waren weder nötig noch sonst wie zu rechtfertigen gewesen. Nun ja, Kriegsgefangene abzuschlachten war nicht gerade verboten, aber die feine Art war es auch nicht. Nur dass nach Greys Argumentation diese Männer gar keine Kriegsgefangenen waren, sondern nur irgendwelche dahergelaufenen Söldner, die eine Rebellion gegen die Königin unterstützten. Solche Leute wurden hingerichtet, wie man Rebellen hinrichtete. Schnell und ohne Verfahren. Damit hatte Raleigh an sich keine Probleme; er hatte selbst den einen oder anderen Rebellen hängen lassen, und wären es bei Smerwick nur vier oder fünf Hingerichtete gewesen, er hätte nur mit der Schulter gezuckt. Selbst ein Dutzend wäre nicht der Rede wert gewesen. Aber die schiere Menge von sechshundert! Das waren sechsmal mehr, als er Männer kommandierte. Ihn schauderte. Und beim Gedanken an die erhängten Frauen wurde ihm übel. Selbst die verkommenste Rebellenhure hatte Anspruch auf Schonung, wenn sie Schwangerschaft geltend machte. Man hätte sie erst nach der Niederkunft hinrichten dürfen. Sich an ungeborenem Leben zu vergreifen war nicht nur ein Verbrechen, es war eine Sünde.

Raleigh löste sich vom Fenster und warf sich aufs Bett. Die Hände hinter dem Kopf verschränkt, starrte er den Betthimmel an und dachte über Schuld nach. Wessen hatten sich die Frauen schuldig gemacht? Sie hatten sich mit Rebellen eingelassen und man wollte keine Rebellenbälger, die dermaleinst selbst zu Rebellen wurden. Das genügte offenbar, um sie nach der grausamen Logik der Staatsräson umzubringen. Und der ketzerische Gedanke streifte Raleigh, ob Elisabeth wirklich so viel besser war als ihre Halbschwester Maria, die man die Blutige nannte. Er selbst zumindest hatte den Tod der Frauen nicht zu verantworten, ebenso wenig den der sechshundert Männer. Selbst wenn er von Anfang an gegen die Hinrichtungen gewesen wäre, es gab nichts, das er hätte tun können, sie zu verhindern. Er hatte nur Greys Befehl gehorcht. Hätte er ihn verweigert, wäre er wegen Meuterei selbst auf dem Schafott gelandet und Grey hätte jemand anderen mit Mackworth hineingeschickt, Denny oder Zouch. Nein, die Schuld am Massaker trug einzig und allein der ehrenwerte Lord Deputy. Ein Gedanke, der Raleigh nur mässig beruhigte. Er suchte Trost in der Tatsache, dass er sich jetzt hier befand, in Devon, in seiner Heimat und weit weg von Grey, Spenser und Konsorten. Allerdings mit einem Auftrag, in dem er nicht weiter kam. Er machte sich klar, dass er seine Verachtung Grey gegenüber nicht unbesehen auf Drake übertragen durfte. Es gab doch einiges, das für

Drake sprach. Beispielsweise, dass er Doughty nicht ohne Prozess hatte hinrichten lassen.

Raleigh fuhr zusammen, als es an der Tür klopfte.

„Ja?", rief er ungehalten und nahm an, dass irgendwer, wahrscheinlich Tom, sich nach seinen Wünschen erkundigen wollte. Doch als sich die Tür öffnete, stand dort Molly.

„Euer Kragen, Sir", sagte sie und ihr Lächeln strafte ihre Zurückweisung beim Essen Lügen. Sie trug ein Kissen auf Händen, auf welchem der frisch gestärkte Kragen ruhte wie die Kronjuwelen. Entsprechend würdevoll legte sie das Kissen auf die Truhe neben Raleighs Hut und Handschuhe.

Raleighs Herz schien einen Schlag auszusetzen und er fühlte sich plötzlich ganz leicht.

„Oh, vielen Dank!", stiess er hervor und wollte sich erheben, aber da war Molly schon bei ihm und drückte ihn sanft auf das Bett zurück. Völlig überrumpelt liess er es zu, dass sie sich, mit einem Knie auf der Bettkante, über ihn beugte. Und dann küsste sie ihn. Ihre Zunge machte dabei Sachen, die ihn augenblicklich in einen Zustand versetzten, der das Denken ausgesprochen schwierig macht und ihm keine andere Wahl liess, als den Kuss zu erwidern. Irgendwann löste sie sich und sah mit suchenden Augen in sein Gesicht. Nur kurz, aber lange genug, dass sein Gewissen in Aktion treten konnte. Als sie sich wieder auf seinen Mund senken wollte, hielt er sie zurück.

Er schluckte und stammelte heiser: „Das...das ist vielleicht keine so gute Idee, Molly."

Sie hätte allen Grund gehabt, eingeschnappt zu sein, aber sie lächelte ihn nur an und meinte: „Mutter wird schon nichts mitbekommen."

„Das meine ich nicht. Du gefällst mir, Molly. Sehr sogar." Hilflos sah er sie an und schluckte.

Molly erhob sich, beleckte sich die Kuppen von Daumen und Zeigefinger und begann damit, die Kerzen zu löschen. „Aber?"

„In drei Tagen bin nicht mehr hier, Molly. Ich werde nach London und dann zurück nach Irland gehen. Wahrscheinlich werden wir uns nicht mehr wiedersehen."

„Dann sollten wir das beste aus der kurzen Zeit machen, nicht wahr?", sagte Molly, schlüpfte aus ihrem Kleid und wandte sich der letzten Kerze zu.

Sonntag, 27. November 1580
Buckland Abbey
Devon

Später lag Molly im Bett in ihrer Kammer, und ja, sie war frustriert. Sie hatte sich die Sache anders vorgestellt.

Die Sache.

Ein wenig schämte sie sich nun ihrer Erregung, die erst wie ein tief in ihr schlafendes Tier geweckt worden war und dann regelrecht von ihr Besitz ergriffen hatte. Sie fragte sich, ob sie Raleigh verführt hatte, weil sie erregt gewesen war, oder ob erst die Verführung sie in diesen Zustand versetzt hatte.

Da hatte sich was hochgeschaukelt. Auch bei Raleigh. Zumal er sie davon abgehalten hatte, die letzte Kerze zu löschen. Sie hatte wissen wollen, wieso. Eine blöde Frage.

Damit er sie sehen konnte. Eine ehrliche Antwort.

Kurz sinnierte sie über den seltsamen Umstand, dass gerade diese Antwort die letzten Fetzen Scham davon geweht hatte wie Nebel ein aufkommender Wind.

Sie hatte die Kerze brennen lassen; und dann war sie auch schon nackt auf ihm gelegen, war in seinen wunderschönen hellen, leuchtenden Augen versunken, hatte mit weit geöffneten Nüstern seinen Duft eingesogen, eine Mischung aus Holz und Harz und Tier und Heu und Brot.

Sie hatte ihn geküsst und gestreichelt und ihm geholfen, sich von Hemd und Hose zu befreien, mit zunehmender Hast und wachsender Gier nach Körper, Haut, Berührung und Geruch. Küssen, lecken. Streicheln, reiben. Atmen, keuchen. Und dann hatte er sie auf einmal gepackt und sanft, aber bestimmt auf den Rücken gedreht, hatte sich zwischen ihre Beine gekniet, die sich nach kurzem Zögern fast wie von selbst geöffnet hatten. Mit konzentriertem Gesicht war er mit beinahe zärtlicher Langsamkeit in sie eingedrungen, was wie ein Echo von beiden gleichzeitig mit einem Seufzen, einem Stöhnen, einem leisen Laut der Ergebung und Erfüllung beantwortet worden war.

Das war alles sehr schön gewesen, bis dahin.

Doch dann waren Raleighs Stösse immer schneller, immer ungestümer, sein Blick glasig, seine Züge seltsam schwammig geworden. Es war gewesen, als reisse ihn ein Strudel hinweg, als habe man bei einem Wagen auf Talfahrt die Bremsen gelöst und er schöbe nun die Pferde, statt dass diese ihn zogen. Auf die unweigerliche Katastrophe zu. Aber nur etwa so lange, wie der Pastor von Travistock benötigte, das Vaterunser zu beten. Dann waren die Pferde zusammengebrochen, und der Wagen hatte sich überschlagen – Raleighs Augen hatten sich verdreht, sein Gesicht hatte sich verzerrt und er sich mit einem Stöhnen (war es ein Schluchzen?) aufgebäumt.

Und das war es dann gewesen.

Raleigh hatte nichts gesagt, sondern sie nur mit einem entschuldigenden Lächeln angesehen und war dann bald mit ihr im Arm eingeschlafen. Vorsichtig, um ihn nicht zu wecken, hatte sie sich aus seiner Umarmung befreit, war aus dem Bett gestiegen und in ihre Kammer gehuscht.

Molly versuchte nicht, Raleighs eigennütziges Ungestüm zu erklären. Noch nicht. Erst später würde ihr klar werden, dass Raleigh als Soldat in Irland gegen Rebellen gekämpft und wohl seit Monaten keine Intimitäten mit einer Frau mehr ausgetauscht hatte. Dass er durch das in Irland Erlebte erst einen Damm niederreissen musste, um zu Zuneigung und körperlicher Liebe zu gelangen und sich nicht nur in einen Sog der Lust, sondern auch des Vergessens, vielleicht sogar der Erlösung, fallen lassen konnte.

Doch jetzt dachte Molly nicht daran. Vielmehr wusste sie, dass das nicht das letzte Schäferstündchen mit Raleigh gewesen war und sie fragte sich, ob es beim zweiten Mal wohl anders werden würde, und ob sie das wirklich herausfinden wollte.

Und so lag sie da im Bett in ihrer Kammer und wusste nicht, ob sie lachen oder heulen sollte.

V. Teil

John Cooke

„Cum ira et studio."

Montag, 28. November 1580,
Buckland Abbey
Devon

Raleigh wachte mit gemischten Gefühlen auf. Einerseits jubilierende Freude darüber, dass Molly seine Zuneigung erwiderte und sich ihm hingegeben hatte. Dass er ein Gentleman und sie nur eine Dienstmagd war, spielte dabei keine Rolle. Er sah sie einfach als Frau, die sich ihm genauso gut hätte verweigern können. Liess Erobererstolz seinen Kamm schwellen? Oh, ja! Verträumt schnupperte er an seinen Fingerspitzen, an denen noch ihr Duft hing. Doch der Hahnenkamm fiel im selben Moment in sich zusammen, als er an sein Versagen dachte. Was zuvor in seiner geheimen Vorstellung eine für beide berauschende Liebesnacht hätte werden sollen, war auf einmal in eine primitive Rammelei ausgeartet; er hatte jegliche Kontrolle über sich verloren und viel zu früh alleine zu Ende gebracht, was so aufregend gemeinsam begonnen hatte. Seine Ohren wurden heiss vor Scham und er fürchtete den Augenblick, da er Molly wieder begegnen würde.

Er stand auf, wusch sich und kleidete sich an, wobei auch der saubere und frisch gestärkte Kragen zu Ehren kam. Schliesslich erwartete er heute einen Gentleman zur Befragung, und es erschien ihm wichtig, auch durch sein Äusseres für klare Positionen zu sorgen; Cooke sollte sofort wissen, wer das Sagen hatte und ihn nicht etwa für einen aus der Unterschicht emporgekommenen Beamten halten.

Als Raleigh zum Frühstück in die Küche kam, stellte er mit Erleichterung fest, dass Molly nicht da war; offenbar zog sie es vor, sich von ihm fernzuhalten. Er hatte es gehofft und trotzdem traf es ihn schmerzlicher, als er erwartet hatte.

Bei Porridge, Eiern, Speck und Dünnbier eröffnete Parker, dass für Raleighs heutige Befragung eine andere Kammer hergerichtet sei, da im Lauf des Tages der Glaser aus Plymouth erwartet werde, um die zerbrochene Fensterscheibe zu ersetzen. Parker entschuldigte sich wortreich für die Unannehmlichkeiten, während ihm Raleigh überschwänglich für seine Mühen und Rücksichtnahme dankte. Du liebe Güte, dachte Raleigh, was sind wir höflich miteinander! Zivilisierte, wohlerzogene Menschen. Nur ja die Gefühle des anderen nicht verletzen! Wie kommt es nur, dass wir uns am Ende doch die Köpfe abschlagen?

Mit diesen trüben Gedanken überholte er auf dem Weg nach oben Tom, der einen grossen Korb Feuerholz die Treppe hochschleppte. Im Vernehmungszimmer sammelte er seine Unterlagen zusammen und liess sich dann von Tom zum Ersatzzimmer führen. Es war kaum grösser als eine Besenkammer, verfügte aber immerhin über ein Fenster und einen Kamin, was Raleigh beides zu schätzen wusste. Nachdem auch Tisch, zwei Stühle, Kerzen und das Schreibzeug herübergeschafft waren, entliess Raleigh den Stallburschen.

„Aber der Kamin, Sir! Mit Verlaub, es ist saukalt hier drin."

„Ich mach' das schon, Tom. Geh du nach unten und halte Ausschau nach dem Gentleman, der bald kommen wird. Wenn er da ist, schick ihn hierher zu mir."

„Jawohl, Sir."

Als er allein war, fuhr sich Raleigh mit einer Hand durch die Locken und sah sich in der Kammer um. Es war wirklich kalt hier, aber das hatte Zeit. Zunächst ordnete er Papiere und Schreibzeug auf dem Tisch und stellte die Stühle so hin, wie er sie haben wollte. Dann besorgte er sich aus der Küche zwei Becher und einen Krug voll Wasser und begann schliesslich damit, Späne und Scheite im Kamin zu schichten, als er vom Flur Geräusche hörte. Schritte. Und ein forscher, leicht nasaler Tenor, der rief: „Mr. Raleigh?"

„Mr. Cooke?", rief Raleigh durch die geöffnete Tür zurück.

„Ja, Sir."

„Ich bin hier! Zwei Zimmer weiter!

Und herein trat ein junger Mann von mittlerer Grösse und schlanker, wohlproportionierter Figur in Reitstiefeln, Kürbishosen, Wams und pelzverbrämtem Mantel. Schwarze, kurzgeschnittene Locken, dichte Brauen, wacher Blick aus dunkelbraunen Augen, eine kurze, gerade Nase und ein hübscher Mund, allerdings mit einem spöttisch-verächtlichen Zug. Das Lächeln liess erstaunlich gesunde, ebenmässige Zähne sehen, doch das Tüpfelchen auf dem I waren die Kinn- und Wangengrübchen: Lausbubencharme pur.

Na, die Mädels werden dem Burschen allesamt zu Füssen liegen, dachte Raleigh mit einem Anflug von Eifersucht. Gut, vielleicht nicht zu Füssen, aber liegen bestimmt.

„Einer der Bediensteten sagte mir…", hob Cooke an, nahm das Barett ab und liess den Satz in der Schwebe. Sofort erkannte Raleigh, dass Tom den Gast irrtümlich ins alte Vernehmungszimmer geschickt haben musste. Innerlich grinste er bei der Vorstellung, Tom habe Cooke mit dem Glaser verwechselt.

„Ich musste das Zimmer wechseln", erklärte er. „Eine Fensterscheibe ist zu Bruch gegangen, und der Glaser kommt heute. Setzen Sie sich doch. Ich bin gleich soweit."

„Nur zu, ich habe Zeit", sagte Cooke und nahm lässig auf dem Stuhl vor dem Tisch Platz, während Raleigh das Kaminfeuer in Gang setzte.

„So. Gleich wird's hier kuschelig warm", versprach er und setzte sich hinter den Tisch.

Cooke zucke gleichmütig die Schultern. „Wollen wir's hoffen, Sir."

Raleigh ergriff die Schreibfeder und sah Cooke direkt in die Augen. „Ich habe Sie hergebeten, um Ihnen ein paar Fragen zu stellen; ich untersuche die Umstände von Thomas Doughtys Tod."

„Dann kommt er also doch nicht ungeschoren davon."

„Wer?"

„Na, Drake, natürlich."

Dieser Bursche – Raleigh schätzte ihn auf Mitte, höchstens Ende zwanzig – war dermassen selbstbewusst und unbekümmert, dass man es beinahe hätte dreist nennen können. Raleigh machte aus seiner Verärgerung keinen Hehl, als er erwiderte: „Das wird sich zeigen, Mr. Cooke. Sie selbst sind wohl das, was andere Teilnehmer der Reise als einen der vornehmen Gentlemen bezeichnen, richtig?"

Cooke fegte ein Stäubchen vom Ärmel und sagte mit kaltem Lächeln: „Ich habe gewiss nicht als einfache Deckhand angeheuert, falls Sie das meinen, Sir." Nicht bloss dreist, auch arrogant.

Raleigh blieb sachlich: „Auf welchem Schiff?"

„Auf der *Elizabeth*."

„Sie sind auf Drake nicht gut zu sprechen?" Eine naheliegende Frage, denn Cooke selbst hatte es eben mehr als nur angedeutet, und Raleigh wollte wissen, was der Grund dafür war.

Cookes Blick verdüsterte sich. „Wir haben unter ihm gelitten. Selbst die, die er seine Freunde nannte. Der erste, den es traf, war ein gewisser James Stydye."

„Sydae hiess der Mann", korrigierte ihn Raleigh leichthin. „Und er wurde in Plymouth entlassen, weil er den Proviant falsch verstaut und damit die Seetüchtigkeit der Schiffe gefährdet hatte."

Mit einem Ruck richtete sich Cook auf seinem Stuhl auf und offenbarte ein unerwartet sanguinisches Temperament. „Ach was! Der Mann hat sich die allergrösste Mühe gegeben. Aber nachdem die *Pelican* und die *Marigold* in dem Sturm in Falmouth stark beschädigt worden waren, suchte Drake einen Sündenbock. Vielleicht wollte er Sydae ohnehin loswerden, und da bot sich ihm die Gelegenheit."

Interessant, dachte Raleigh und erinnerte sich, was der Bordkaplan dazu ausgesagt hatte: *Drake gab ihm die Schuld, dass die* Pelican *wegen falscher Trimmung fast gekentert wäre.*

Sydae, ein Sündenbock.

„Hatte das etwas mit Doughty zu tun?", wollte Raleigh wissen.

„Gut möglich. Der Schiffszimmermann Ned Bright sagte bei Doughtys Verhandlung aus, Doughty hätte ihn in einem Garten in Plymouth beschwatzt, wie wichtig Sydae sei, und dass sie ihn unbedingt dabeihaben müssten."

Was war das jetzt? Es hatte wohl kaum einem Schiffszimmermann oblegen zu bestimmen, wer mitsegeln durfte und wer nicht. Wenn, hätte Doughty wohl Drake zu Sydae überreden müssen. Raleigh liess den Schiffszimmermann einstweilen links liegen und pirschte sich von der anderen Seite heran: „Gab es damals, in Plymouth, schon Unstimmigkeiten zwischen Drake und Doughty?"

„Keineswegs. Die beiden waren ein Herz und eine Seele", kam's wie aus der Pistole geschossen.

„Und wie war die Befehlsgewalt zwischen beiden aufgeteilt?"

„Drake war der Oberbefehlshaber, Doughty sein Vize." Auch diese Antwort kam zwar bereitwillig, aber etwas störte Raleigh. Er fand es in den Notizen zu Fletchers Aussagen.

„Die *Elizabeth* war doch das zweite Flaggschiff; hätte da nicht deren Kommandant Wynter den Posten des Vizes innehaben müssen?"

„Nein, Doughty war der Vize", beharrte Cooke und fügte erklärend hinzu: „Aber Doughty hatte keinerlei seemännische Erfahrung und durfte deshalb auch kein Schiff befehligen. Er brachte jedoch Erfahrungen als Soldat mit und hätte wohl das Kommando bei Unternehmungen an Land geführt."

„Könnte man sagen, dass es mit Wynter und Doughty zwei Vizes gab?"

„Der eine fürs Seemännische, der andere für Landeunternehmungen? Das kann schon sein."

„Ich dachte nur, weil die beiden gemeinsam das Kommando über den Landungstrupp auf der Insel Mayo hatten."

Cooke machte eine wegwerfende Handbewegung und meinte: „Wynter ist dabei kaum in Erscheinung getreten. Doughty hat die Leute geführt; bei solchen Sachen war er sowieso immer sehr geschickt."

Wieder eine neue Sichtweise. Bei Cliffe war es einfach ein geteiltes Kommando gewesen; bei Pretty hatte Drake Doughty den Kapitän der *Elizabeth* zur Seite gestellt, weil er ihm nicht traute. Und hier nun, bei Cooke, mochte es offiziell ein geteiltes Kommando gewesen sein, de facto jedoch unter Doughtys Leitung. O Wahrheit, wo bist du? stöhnte Raleigh innerlich. Und dann schlug er einen Haken rückwärts. Zu Ned Bright, dem Schiffszimmermann. *Die folgenden Worte sprach Thomas Doughty zu mir in Plymouth, in eines Kapitäns Garten, wie auch an Bord der* Pelican *und anderen Orten.* Mit diesen Worten wurde jene seitenlange, verquaste anonyme Aussage eröffnet, der es schwer war, irgendeinen brauchbaren Sinn zu entnehmen. Und Cooke hatte sich gerade eben auf diese Aussage bezogen. In einem Garten in Plymouth…und anderen Orten…

„Hat Doughty auf der Insel mit Bright gesprochen?"

„Mit dem Schiffszimmermann?" Cooke zog die Mundwinkel nach unten. „Wenn, dann habe ich es nicht bemerkt."

Natürlich nicht, es wäre auch zu schön gewesen. Aber ohne Zeugen waren Brights schriftliche Aussagen wertlos. Es hatte keinen Sinn, da nachzuhaken, also nahm Raleigh einen anderen Faden auf und erhoffte sich davon eine Vervollständigung des Gesamtbildes.

„Wenn Doughty für die militärischen Aspekte verantwortlich war, war er dann zugegen, als Drake die Männer exerzieren liess?"

„Wann soll das gewesen sein?"

„An der afrikanischen Küste. Drake drillte dort die Mannschaft an Musketen und Arkebusen." Nur falls Cooke es nicht mitbekommen haben sollte.

Und wieder ging ein Ruck durch den Befragten; seine Augen sprühten förmlich vor Empörung. „Das war nicht Drake, das war Doughty! Und es geschah auf seine Veranlassung hin, in solchen Dingen war er immer sehr sorgfältig. Als guter Soldat wusste er, wie wichtig ständige Übung an der Waffe ist."

Und damit hatte Cooke seine Pflöcke eingeschlagen und endgültig Position bezogen: Contra Drake, pro Doughty, keine Frage. Auch widersprach er hier Pretty, der zu diesem Punkt gesagt hatte, Drake hätte an der Afrikanischen Küste eine Musterung durchgeführt und alle Mann zum Drill an Musketen und Arkebusen antreten lassen. Die genauere Betrachtung dieses Wortlauts liess allerdings auch den Schluss zu, dass Drake Musterung und Drill zwar angeordnet, den Drill selbst aber Doughty überlassen haben könnte. Darüber hinaus war es möglich, dass Doughty die Ausbildung an den Waffen angeregt hatte. Möglich, aber nicht wahrscheinlich, fand Raleigh, denn alles, was er bisher über Drake wusste, deutete darauf hin, dass der Mann nichts dem Zufall überliess und wusste, was zu tun war. Aber er hatte seine Männer nicht unter Kontrolle gehabt. Nicht wenige waren ihm feindlich gesonnen; möglicherweise Fletcher, ganz sicher aber Cooke. Und natürlich widersprachen sie beide in vielem Cliffe und Pretty, die Drake abgöttisch verehrten. Sie widersprachen einander nicht im Grossen und Ganzen – an der afrikanischen Küste waren die Männer im Gebrauch der Waffen gedrillt worden; man war mit siebzig Mann unter Doughty und Wynter auf Mayo gelandet; man hatte die *Mary* gekapert und Doughty war auf die *Pelican* versetzt worden; Drake war von Eingeborenen die Mütze geklaut worden; Oliver und Winterhay waren bei dem Rencontre mit den Patagoniern getötet worden. Aber in den Details herrschte völlige Uneinigkeit, in diesen verfluchten, scheinbar unwichtigen Details, in denen die Lösung des Rätsels verborgen sein mochte. Raleigh zwang sich zu Geduld und Gelassenheit und nahm sich ein Vorbild an Cooke, der sein langes Schweigen ungerührt aussass.

Raleigh räusperte sich und legte den Federkiel wieder hin, ohne etwas notiert zu haben. Er wollte wissen, was Cooke zum ersten öffentlichen Zerwürfnis zwischen Drake und Doughty zu sagen hatte; der Vorfall auf der frisch erbeuteten Prise.

„Doughty war Soldat ohne seemännische Erfahrung, haben Sie gesagt. Wieso hat ihn dann Drake zum Prisenkommandanten ernannt?"

Cooke lächelte einnehmend und meinte mit einem Achselzucken: „Er wird wohl bis dahin einiges an Seemannschaft gelernt haben. Und wer wäre sonst in Frage gekommen, wenn nicht Doughty?"

„Erzählen Sie mir von der Prise."

„Die *Mary*? Sie hatte Wein geladen. Ein willkommenes Geschenk für die, die ohnehin keinen Mangel litten, während die Ehrenhafteren mit dem Vorlieb nehmen mussten, was als Regentropfen vom Himmel fiel."

Welche Eloquenz!, fand Raleigh. Andere mussten solche Sätze einstudieren. Er nahm die Feder wieder auf, hielt sie mit beiden Händen zwischen Daumen und Zeigefinger quer vor sich und schien in ihre Betrachtung versunken, während er wie nebenbei fragte: „Was wollen Sie damit andeuten?"

Und schon kochte Cookes Temperament wieder hoch: „Na, was wohl? Drake lebte doch in Saus und Braus und mit allem Pomp! Wein in Kristallgläsern. Tafelsilber. Und wir andern durften uns an madigem Schiffszwieback und fauligem Wasser gütlich tun."

Der Mann schien Drake wirklich abgrundtief zu hassen. Raleigh wollte dem noch ein wenig Raum geben, eine kleine Falle stellen und sehen, was dabei herauskam.

„Drake hat also seine Privilegien ausgenutzt?"

„Und ob!"

„Und Doughty mit ihm?"

Deutlich sah er auf Cookes Gesicht, wie die Falle zuschnappte. Cookes Blick wurde unstet, zuckte herum.

„Ich…äh…ich weiss es nicht; ich war ja auf der *Elizabeth* und nicht auf der *Pelican*. Aber ich kann es mir nicht vorstellen."

„Aber immerhin können Sie sich vorstellen, dass Drake sich in Völlerei erging, während seine Leute Hunger litten", meinte Raleigh sarkastisch. „Aber lassen wir das. Auf der Prise kam es offenbar zum ersten Streit zwischen Drake und Doughty. Erzählen Sie mir, wie es dazu kam."

Cooke sammelte sich wieder und begann: „Nachdem sich Drake an Bord der Prise an den erbeuteten Schätzen satt gesehen hatte, übergab er das Schiff in Doughtys Obhut und bat ihn, gut auf Ordnung und Disziplin zu achten und ihm ausnahmslos jeden zu melden, der dagegen verstiess."

„Kein Wunder, bei der Ladung."

„Den Wein hat keiner angerührt. Aber Drakes Bruder Thomas – nicht eben der klügste Mann der Christenheit – war ebenfalls an Bord. Ein Mann der nach Beute gierte, statt nach Ehre und Ansehen. Entgegen

Drakes ausdrücklichem Verbot brach er nicht nur eine Kiste auf, sondern vergriff sich auch gleich an ihrem Inhalt."

Halt! Hoh! Brrr! machte es in Raleigh, und er konnte ein verblüfftes Stirnrunzeln und Kopfschütteln nicht unterdrücken, als er fragte: „War es nicht vielmehr Doughty, der sich Beutegut aneignete?"

Nun schüttelte auch Cooke den Kopf, ebenso heftig wie die schneidende Geste seiner Hand.

„Das ist eine Unterstellung", sagte er entschieden. „Drakes Bruder war der Erste und Einzige, der gegen Drakes Befehl verstiess. Und wollte Doughty vor Drake bestehen, konnte er nicht anders, als es ihm zu melden. Vorher aber rief er Thomas Drake zu sich und hielt ihm seine Torheit vor Augen, worauf dieser sein Verschulden zugab und bat und bettelte, Doughty möge gut zu ihm sein und es vor dem Admiral verheimlichen. Um es kurz zu machen: Doughty teilte ihm mit, dass er es unmöglich für sich behalten könne, aber er wolle es so wohlwollend darlegen, wie er könne. Tja, und dann kam Drake an Bord der Prise."

Samstag, 1. Februar 1578
an Bord der Mary
vor der Ilha Brava
Kapverden
14°52'16"N 24°44'12"W

Schon die dunkle Farbe des Wassers gab einen Hinweis auf seine Tiefe. An mehreren Stellen war gelotet worden, doch jedes Mal nach dem Auswerfen des Senkbleis hatte es keine andere Meldung der Lotgasten gegeben als der Ruf: „Zwanzig Faden und kein Grund!"

Kein Ankergrund.

So dass die Schiffe beigedreht auf Reede liegen mussten, unter ständiger Gefahr, dass ein plötzliches Drehen des Windes den Verband auf die Küste zutrieb. Kein Wunder, beeilten sich die Boote, die an Land geschickt wurden, um aus den zahlreichen Bächen Frischwasser zu fassen. Die Männer, die an Bord der Schiffe geblieben waren, beobachteten ständig den Wind mit Ohren und Wangen, erspürten seine Stärke und Richtung und warfen immer wieder kontrollierende Blicke auf die Flögel.

Nur an Bord der Prise war man etwas abgelenkt. Drake war an Bord gekommen, hatte sich umgesehen, kurz mit Doughty gesprochen und hob nun plötzlich erregt die Stimme: „Was sagen Sie da? Mein Bruder Thomas?"

Sofort versuchte Doughty die aufkommenden Wogen zu glätten.

„Er hat nur nachgesehen, was in der Kiste drin ist", sagte er und fügte mit einem Schulterzucken hinzu: „Und das eine oder andere eingesteckt…nichts von Bedeutung, Sir."

Doch das begütigende Kleinreden verfehlte seine Wirkung völlig. Drakes Kiefer mahlten, die Zornesfalte vertiefte sich und seine Halsschlagader trat pochend hervor, und mit hochrotem Kopf schrie er Doughty ins Gesicht: „Nichts von Bedeutung? Himmelherrgott, ich sage Ihnen, was von Bedeutung ist! Dass Sie so von meinem Bruder sprechen, ist von Bedeutung! Wie kommen Sie dazu? Was fällt Ihnen eigentlich ein, meinen Bruder bei mir anzuschwärzen? Da steckt doch was dahinter, Herrgott noch mal!"

Erschrocken ob der plötzlichen Wucht trat Doughty einen Schritt zurück, schüttelte den Kopf und hob die Hände. „Nein, Sir…!"

„Oh, doch! Ich will verdammt sein, wenn Sie nicht gegen meine Ehre schiessen, und, beim Leben Gottes, das kann und will ich nicht dulden!“

Montag, 28. November 1580
Buckland Abbey
Devon

„Von diesem Moment an wuchs der Groll zwischen ihnen von Tag zu Tag", sagte Cooke mit verkniffenem Gesicht und seine Grübchen waren auf einmal gar nicht mehr lausbubenhaft.

Raleigh nickte und fragte: „Wie reagierten die Männer darauf?"

„Selbst die Klügsten konnten nur den Kopf schütteln. Auch wenn einige Doughty um die frühere Gunst und Freundschaft Drakes beneidet hatten. Und andere, denke ich, bezweifelten, dass sein Einfluss so weit reichte, sein Ansehen daheim in England mehren zu können."

Raleigh ging auf diesen seltsamen letzten Satz nicht ein; er konnte sich vorstellen, was damit gemeint war: Dass nicht alle Doughty den grossen Macker abgekauft hatten, und war er nicht soeben von Drake, dem Pastorensohn, zünftig abgekanzelt worden? Na, bitte.

„Was geschah nach dem Streit auf der *Mary*?"

Cooke hob das Kinn. „Doughty wurde auf die *Pelican* zurückgeschickt."

„Es erstaunt mich, dass Drake ihn nach diesem Streit als seinen stellvertretenden Kommandanten auf die *Pelican* geschickt haben soll."

Nicht dass Raleigh das noch ernsthaft in Erwägung zog, er hielt Prettys Darstellung durchaus für glaubwürdig, aber Fletcher hatte auf diesem Sachverhalt bestanden. Und nun wollte Raleigh sehen, wie weit Cooke seinem Gefährten im Geiste zu folgen bereit war. Aber was nun kam, darauf war er nicht gefasst.

„Ach was", sagte Cooke verärgert, „er ging in Ungnade. Drakes Groll auf ihn wuchs noch; so sehr, dass jeder mit ein bisschen Urteilsvermögen denken musste, seine Zuneigung zu Doughty in England habe eher in grossen Worten als in herzlichem Wohlwollen und echter Freundschaft bestanden. Doughty musste sich ja buchstäblich erniedrigen, und nicht nur er, auch seine Freunde. Leonard Vicary, sein bester Freund, legte ein gutes Wort für ihn ein und bat Drake, ihm nicht mehr böse zu sein. Schliesslich lenkte Drake ein und tat nach aussen so, als sei das Vorgefallene vergeben und vergessen. Damit beliess er Doughty auf der *Pelican*, und die Mannschaft dachte, Drake hätte ihm die Befehlsgewalt über das Schiff übertragen."

„Dem war aber nicht so?", hakte Raleigh nach.

„Ja, glauben Sie denn, Drake hätte Doughty erst zusammengestaucht und als Prisenkommandant abgesetzt, um ihn dann umgehend zum Kapitän des Flaggschiffes zu machen?"

Ja, eben.

Cooke war jetzt offenbar auf einer Linie mit Pretty.

„Und weshalb ging die Besatzung der *Pelican* davon aus, es wäre so? Vielleicht, weil Doughty es ihr gesagt hat?"

„Ich weiss nicht, was Doughty der Mannschaft gesagt hat, ich war nicht dort."

„Genau das hat er aber gesagt", beharrte Raleigh mit einem gefährlich freundlichen Lächeln und fischte aus den Papieren seine Niederschrift von Doughtys Rede. „Doughty hielt kurz nach seinem Anbordkommen vor versammelter Mannschaft eine Rede, ich zitiere daraus: ‚…hat er mich als seinen Freund, dem er vertraut, hierher an Bord der *Pelican* geschickt, um das Kommando zu übernehmen…'"

„Meines Wissens hatte Thomas Cuttil das Kommando", warf Cooke trotzig ein.

„Ja, als Master, was die unmittelbare Schiffsführung betrifft. Nicht als Kapitän. Aber hören Sie zu, ich zitiere weiter: ‚… Und was das andere angeht, so hat Drake eine Befehlsgewalt von ihrer Hoheit der Königin und ihrem Rat erhalten, wie sie zurzeit noch kaum irgendeinem anderen Untertanen anvertraut worden ist: Nach seinem Ermessen Übeltäter mit dem Tod oder sonst wie zu bestrafen. Er hat dieselbe Befehlsgewalt an mich übertragen, um sie während seiner Abwesenheit an allfälligen Missetätern anzuwenden… *Er hat dieselbe Befehlsgewalt an mich übertragen*', Mr. Cooke. Was sagen Sie dazu?"

Cooke schwieg.

„Wenn Doughty aber die Mannschaft der *Pelican* in diesem Punkt belogen hat, wäre das nicht Amtsanmassung, Mr. Cooke? Wäre das nicht ein Akt offener Meuterei?"

Wieder hob Cooke die Hände und lächelte entschuldigend. „Wie gesagt, ich war nicht dort. Was ich weiss, weiss ich aber von zuverlässigen Leuten, die dort waren."

„Was für Leute waren das?“

„John Brewer, zum Beispiel, und der war gewiss nicht Doughtys Freund.“

„Hatton’s Trompeter?“

„Genau der.“

„Und was erzählte er?“

Cooke beugte sich vor und stützte die Unterarme auf den Oberschenkeln ab, die gefalteten Hände zwischen den Knien. Er dachte kurz nach und begann dann ruhig, überlegt und um Klarheit bemüht: „Wir lagen mitten im Atlantik. Die Schiffe dümpelten in einer Windstille. Brewer war, wie auch ich, zu der Zeit auf der Prise. Da die Gelegenheit günstig war und Drake es ihm gestattet hatte, entschloss sich Brewer zu einem Besuch auf der *Pelican* und liess sich vom Boot der Prise hinüberbringen.

Februar oder März 1578
an Bord der Pelican
Atlantik in Äquatornähe

Ruhige See, blauer Himmel, Windstille. Und hier in den Weiten des Atlantiks, irgendwo zwischen Afrika und Südamerika, dümpelten sechs Fahrzeuge unterschiedlicher Grösse und Bauart in einem Geviert von ungefähr anderthalb Quadratmeilen. Wer an Bord der *Pelican* Wache hatte, stöhnte unter der Hitze, während die Freiwächter ein schattiges Plätzchen suchen konnten. Einige liessen in der Hoffnung auf frischen Fisch ihre Angelschnüre ins Wasser hängen, andere waren damit beschäftigt, Waffen zu ölen, und ein paar lagen auch nur faul herum und dösten.

Beim Ruf des Ausgucks „An Deck! Boot von der *Mary*!", drehte kaum einer den Kopf. Bis Master Thomas Cuttil sagte: „Wer kommt denn da?"

Ned Bright reckte den Hals und spähte zu der hochaufgerichteten Gestalt in dem Boot hinüber, das mit trägen Riemenschlägen unendlich langsam auf sie zugekrochen kam. Dann erkannte er den Mann und rief: „Das ist Brewer!"

„Den haben wir ja schon eine Ewigkeit nicht mehr gesehen", brummte Cuttil. Aber immer mehr Männer sahen nun zum Boot hinüber, einige winkten. Brewer war beliebt, selbst bei denen, die wenig mit seiner Musik anfangen konnten. Er war für jeden Scherz zu haben, so lange man es nicht zu weit trieb. Und ebendiese Mischung, sein heiteres Wesen gepaart mit einem untrüglichen Gerechtigkeitssinn, hatte ihm zu vielen Freunden verholfen. Dass er Sir Christopher Hattons Livree trug, tat dem keinen Abbruch.

Bright grinste und wandte sich an die Leute in seiner Nähe. „He, Jungs! Wie wär's mit einem Cobbey? Ein Cobbey für John Brewer!"

Montag, 28. November 1580
Buckland Abbey
Devon

„Ein Cobbey?", fragte Raleigh. „Was ist das?"

Cookes Mundwinkel zuckten verächtlich. „Einer dieser merkwürdigen Seemannsbräuche.[17] Wenn ein beliebtes Crewmitglied nach längerer Abwesenheit an Bord kommt, wird er gepackt und hochgeworfen. Dann legt man ihn bäuchlings über ein Geschützrohr und verabreicht ihm ein paar Püffe oder Schläge auf den Hintern. Symbolisch, sozusagen und in aller Freundschaft."

„Auf den Hintern?"

„Auf den Hintern."

Februar oder März 1578
an Bord der Pelican
Atlantik in Äquatornähe

Und genau das war es, was dem armen Brewer nun widerfuhr. Kaum hatte er einen Fuss auf das Deck der *Pelican* gesetzt, wurde er auch schon von harten Fäusten gepackt und hoch in die Luft geworfen. Dutzende schwielige Hände fingen ihn auf und wirbelten ihn erneut in die Höhe, und im allgemeinen Johlen und Lachen ging sein Protest beinahe unter.

„Lasst mich runter, Jungs! Was soll das?"

„Ein Cobbey, John!" Der Bootsmann übertönte mühelos das Gejohle der Männer. „Ein Cobbey für unseren ehrenwerten Herrn Trompeter!"

Auf dem Quarterdeck sah Thomas Cuttil mit säuerlichem Gesicht dem Treiben zu und fragte sich, ob er einschreiten sollte, doch ein Blick auf Doughtys jungenhaftes Grinsen genügte, und er liess es bleiben. Unter ihm, im Schatten des Achterkastells, lehnte Hood mit verschränkten Armen an der Bordwand und schmunzelte. Wie die Matrosen und auch manche der anderen Gentlemen mochte er Brewer gut leiden, und er freute sich, die Mannschaft ein wenig Dampf ablassen zu sehen, doch sich selbst an dem Spass zu beteiligen, daran lag ihm nichts.

Endlich wurde Brewer herunter gelassen, aber nur, um bäuchlings über ein Fass gelegt und von vier Mann in Position gehalten zu werden, während ihm Ned Bright unter Gelächter die Hose vom Hintern zerrte. Brewer wehrte sich zwar, aber nur halbherzig. Er war kein Seemann, er war Trompeter in der Entourage eines Edelmanns. Aber er fuhr nun schon lange genug mit diesen unzimperlichen Kerlen, um das ganze Theater als das zu erkennen, was es war: Ein derber, aber gutmütiger Spass auf seine Kosten, mehr noch, eine raue, aber herzliche Gunstbezeugung. Viele hielten es sogar für eine Ehre.

Ja, John Brewer war durchaus ein humorvoller Mensch. Das musste er auch sein, verpasste ihm doch reihum einer nach dem anderen mit der flachen Hand einen Klaps auf den Podex.

Brewer liess es über sich ergehen.

Bis Doughty den Niedergang vom Quarterdeck herab kam, sich durch die ausgelassene Meute drängte und rief: „Hier auch meine Hand, Brewer – auch wenn sie unter den anderen nicht viel wiegen mag!"

Und damit liess Doughty seine Rechte auf Brewers entblösste Kehrseite klatschen, griff dabei herzhaft in eine Pobacke und knuddelte sie ein bisschen.

Was zu viel war, war zu viel. Brewer brüllte los wie ein Stier, bäumte sich auf und versuchte, sich freizuzerren.

„Loslassen!", schrie er. „Lasst mich los, verdammt noch mal! Hier an Bord sind nicht alle Captain Drakes Freunde! Das ist kein Spass mehr! Loslassen, sag ich!"

Überrascht von der Heftigkeit des plötzlichen Ausbruchs liessen ihn die Männer tatsächlich los, und der Tumult fiel in sich zusammen wie ein missglücktes Soufflé.

Brewer riss sich die Hose hoch und drehte sich schwer atmend zu Doughty um, dem noch das Lächeln im Gesicht klebte.

„Bei Christi Wunden, Doughty, was denkst du dir eigentlich, so familiär mit mir umzuspringen, he? Erst recht, wenn man bedenkt, dass du nicht Drakes Freund bist!"

Doughty zuckte in gespielter Überraschung zurück.

„Was denn, Genosse John! Wieso sagt Ihr so was? Ich bin ein so guter und treuer Freund Drakes wie jeder andere in dieser Flotte. Und ich werde jeden fordern, der das Gegenteil behauptet."

„Pah!"

„Aber wenn die Sache so steht, je nun, Genosse John, dann bitte ich Euch, lasst mich am Leben, bis wir wieder in England sind."

Immer noch lächelnd, wenn auch nicht mehr so breit, tätschelte er Brewers Schulter, drehte sich um und stieg zurück aufs Quarterdeck. Den hasserfüllten Blick Ned Brights bemerkte er nicht.

Montag, 28. November 1580
Buckland Abbey
Devon

„Das hat Ihnen Brewer selbst so erzählt?", fragte Raleigh nach und schwankte zwischen Erschütterung und Amüsement ob dieser doch recht rustikalen Episode.

Cooke nickte eifrig. „Und zwar nur kurz danach, als er wieder auf der Prise war."

„Brewer kam auf die Prise zurück?"

„Umgehend. Und kaum hatte er mit Drake gesprochen, als das Boot auch schon erneut zur *Pelican* fuhr und ohne Pause Doughty zur Prise brachte."

Februar oder März 1578
an Bord der Mary
Atlantik in Äquatornähe

Abgesehen vom Knarren von Holz und Tauwerk und dem leisen Gluckern des fast unbewegten Wassers an der Bordwand war es still an Bord der Prise. Und das, obwohl die gesamte Mannschaft in der Kuhl versammelt war; jetzt, da das Boot unterwegs war und seinen Platz auf der Gräting des Hauptluks nicht beanspruchte, fanden auch alle genügend Platz, während Drake vom Halbdeck aus den Gottesdienst abhielt. Der eigentlich dafür zuständige Fletcher war auf der *Swan*, aber den meisten war klar, dass Drake den Dienst auch gehalten hätte, wenn der Kaplan anwesend gewesen wäre.

Als Drake das Boot kommen hörte, unterbrach er sofort, erhob sich und eilte ans Schanzkleid, wo bereits die Schaluppe an den Rüsten festgemacht und Doughty einen Fuss auf der Jakobsleiter hatte.

„Bleib wo du bist, Thomas Doughty!"

Folgsam nahm Doughty den Fuss wieder von der Sprosse und liess sich in die Schaluppe zurücksinken. Blinzelnd sah er zu Drake hoch, der gerade sagte: „Ich muss dich woanders hin schicken." Und zur Bootscrew: „Pullt ihn rüber zur *Swan*!" Dann sah er wieder Doughty an, und für ein paar Sekunden verfingen sich ihre Blicke, ohne dass irgendjemand einen Ton von sich gab. Das Wort „*Swan*" schien noch hörbar in der Luft zu hängen. Schliesslich knurrte Drake: „Der Ort ist geeigneter für dich als der, wo du herkommst."

Erst jetzt löste sich Doughty aus seiner Erstarrung und bat: „Lasst mich an Bord kommen, Sir!"

Drake ging nicht darauf ein. Er wedelte nur ungeduldig mit der Hand und rief: „Legt ab! Los, macht schon!"

Die Bootsgasten gehorchten; der Bugmann löste den Bootshaken von den Rüsten und stiess ab, während der Bootssteurer in der Achterplicht seine Kommandos so leise gab, dass die vordersten Männer sie kaum hörten: „Klar bei Riemen! – Riemen bei!"

Der Streifen Wasser zwischen der Schaluppe und der *Mary* wurde immer breiter. Doughty war aufgestanden und rief zu Drake hoch: „Was immer man dir gesagt hat…"

„Rudert an!", raunte der Bootssteurer, und die Bootsgasten zogen ungerührt die Riemen durchs Wasser, im Takt, der ihnen der Schlagmann auf der achterlichsten Ducht vorgab.

Drake sah dem sich entfernenden Boot hinterher, in dem Doughty immer noch aufrecht stand, winkte und mit Verzweiflung in der Stimme rief: „Francis! Lass mich wenigstens mit dir reden, Francis! – Francis!"

Doughtys Rufen wurde immer leiser und war dann plötzlich ganz weg. Aber da hatte sich Drake schon wieder der Bibel zugewandt und starrte eine Weile wortlos vor sich hin, bis er wie zu sich selbst fragte: „Wo war ich stehen geblieben?"

„Wir sollten singen, Sir", sagte Richard Minivy, ein Mann von der *Pelican*, die Mütze in der Hand, wie es sich gehörte.

„Ach, ja. Ganz recht. Also dann: The Nicene Creed!"[18]

Montag, 28. November 1580
Buckland Abbey
Devon

„Von da an befand sich Doughty in Arrest", sagte Cooke und verschränkte die Arme vor der Brust.

Raleigh liess sich nichts anmerken, aber innerlich jubilierte er vor Begeisterung. Endlich! Endlich ein Zeuge, der erzählen wollte und auch etwas zu erzählen hatte. Sein Vis-à-vis war ihm zwar nicht sonderlich sympathisch, aber Cooke liess immer mehr Mosaiksteinchen an ihren Platz fallen, und wenn er so weitermachte, würde sich ein fertiges Bild ergeben, eine schlüssige Geschichte über Doughtys Tod. Allerdings war sich Raleigh auch im Klaren, dass es dieser Geschichte am Ende an Beweiskraft mangeln würde. Vieles, was Cooke erzählte, war Wissen aus zweiter Hand, Hörensagen. Und er war auch kein unvoreingenommener Zeuge; es war offensichtlich, dass er Drake nicht mochte. Und das wurde für Raleigh zum Problem. Denn eine Geschichte, die Drake entlastete, würde er von Cooke nicht bekommen, aber genau das brauchte er, wenn er dem Wunsch Walsinghams nachkommen wollte. Doch war dieser Wunsch des Staatssekretärs wichtiger als die Wahrheit? Falls Cooke ihn mit seiner Darstellung überzeugte, sollte er dann Walsingham belügen, um dessen Wohlwollen nicht zu verspielen? Wenn er aber von vornherein davon ausging, dass Drake in allen Dingen richtig gehandelt hatte, dann war sein bester Zeuge praktisch wertlos. So oder so hatte sich Raleigh noch keine feste Meinung gebildet; das würde er erst tun, wenn er alle Zeugen vernommen hatte. Ausserdem war er sich sicher, dass ihm Cooke noch viel zu erzählen hatte.

Raleigh kritzelte eine Notiz und fragte ohne aufzusehen: „Und weiter?"

„Anfang April – ich glaube mich zu erinnern, dass es der sechste war – erreichten wir die Küste Brasiliens", fuhr Cooke fort. „Das Wetter wurde schlecht. Wir gerieten von einem Sturm in den nächsten. Im Rio de Plata konnten wir Frischwasser aufnehmen, doch kurz darauf verloren wir die *Swan* mit Doughty an Bord ausser Sicht. Während seiner gesamten Abwesenheit liess Drake kein gutes Haar an ihm, bezeichnete ihn als Zauberer und Hexer, und jedes Mal, wenn wir in schlechtes Wetter gerieten, behauptete er, Thomas Doughty habe es verursacht, und dass der Sturm aus Tom Doughtys Hutschachtel herausgekommen sei. Er beschwor das mit grossartigen Eiden, mit denen er nicht sparsam umging, da sie ihn nichts kosteten."

„Nun, ja", sagte Raleigh, der fand, dass der Mann ein wenig gezügelt werden musste, „ein 'Ich schwör's beim Leben Christi!" ist schnell daher gesagt und kann leicht zur Gewohnheit werden."

„Und wenn schon. Aber Doughty gleich die Schuld für jeden Sturm anzulasten? Ich bitte Sie!"

In tosendem Sturm gebrüllte Worte, vielleicht kaum verständlich, von irgendjemandem aufgeschnappt und später bei einem Becher Brandy in der Messe kolportiert.

„Und es herrschte oft schlechtes Wetter, nicht wahr?"

Cooke nickte betrübt. So, wie er sich auf die Lippe biss und zu Boden starrte, ging irgendetwas in ihm vor. Zunächst wartete Raleigh, ob Cooke von sich aus etwas sagen würde, aber da das nicht geschah, fragte er schliesslich: „Woran denken Sie gerade?"

Cooke sah auf. „Ich erinnere mich an ein Unwetter, das wirklich merkwürdig war."

„Merkwürdig?"

„Ja, merkwürdig, seltsam. Ich meine…" Hilflos ruderte er mit den Armen und suchte offenbar nach den richtigen Worten. „Ein Unwetter ist ein Unwetter: Starke Winde, Wolken, Regen, Blitz und Donner. Unangenehm und oft auch gefährlich. Das ist das eine. Das andere ist dichter Nebel; bei dichtem Nebel herrscht meist Windstille, und es regnet auch nicht in Strömen, sondern nieselt höchstens ein bisschen."

Nun wurde Raleigh hellhörig. Der Nebel kam ihm bekannt vor.

„Doch bei diesem speziellen Wetter", nahm er Cookes Faden auf, „tobte ein Sturm bei gleichzeitig dichtem Nebel, richtig?"

„Genauso war es!", sagte Cooke überrascht.

Fletcher hatte von demselben Sturm berichtet, wie sich Raleigh erinnerte. In Bezug auf Doughtys Schicksal mass er dem Wetterphänomen keine allzu grosse Bedeutung bei, aber hier ergab sich die Möglichkeit zu einem Direktvergleich der Aussagen von Fletcher und Cooke. Er suchte nach den entsprechenden Notizen, und um Zeit zu gewinnen fragte er: „Wann und wo war das?"

„Das muss so um den zwölften Mai rum gewesen sein, denke ich, an einem Ort, den Drake später das Kap der Hoffnung nannte. Noch bevor das Wetter schlecht wurde, liess sich Drake im Boot der *Elizabeth* in die Bucht rudern, aber ehe er das Land erreichte, wurde er von dem Nebel verschluckt und der Sturm brach los. Das Boot und Drake wären verloren gewesen, wenn die *Marigold* nicht hinterher in die Bucht gesegelt wäre und das Boot aufgenommen hätte."

Inzwischen hatte Raleigh die richtigen Notizen gefunden. Im Grossen und Ganzen stimmte Cooke mit Fletchers Aussage überein. Dass das Datum um einen Tag abwich, war wohl kaum der Rede wert, aber etwas anderes machte Raleigh stutzig. Fletcher hatte gesagt, Drake wäre im Boot der *Pelican* in die Bucht gefahren.

„Es war das Boot der *Elizabeth*, sagten Sie?"

„Ja."

„Wie wollen Sie das wissen?"

„Ich war ja da. An Bord der *Elizabeth*, meine ich."

„Sie fuhren nicht auf der Prise?"

„Nicht mehr; ich war schon lange vorher abgelöst und zurück auf die *Elizabeth* geschickt worden."

„Heisst das, Drake war auch auf der *Elizabeth*?"

„Eine Zeitlang, ja."

Das war ja das reinste Bäumchen-wechsle-dich. Zu wissen, wer sich wann auf welchem Schiff befand, hätte sicher geholfen, einige offene Fragen zu klären. Aber Raleigh vermutete, dass es wohl ein Ding der Unmöglichkeit war, davon eine lückenlose Aufstellung zu bekommen. Er dachte an Fletcher, Bordkaplan der *Pelican*, der sich, aus welchem Grund auch immer, spätestens seit den Kapverden auf der *Swan* aufhielt. Oder Brewer, der ein so eingefleischtes Mitglied der *Pelican*-Crew war, dass ihm ein Cobbey zuteilwurde, als er nach langer Abwesenheit wieder aufs Flaggschiff zurückkam. Überhaupt die Prisenbesatzung, die sich aus Männern aller anderen Schiffe zusammensetzte und deren Mitglieder offenbar häufig ausgewechselt wurden. Oder Ned Bright, der Schiffszimmermann, der, wäre er an Bord der *Pelican* geblieben, nicht mit der *Marigold* sein nasses Grab gefunden hätte. Was Fletchers Aussage zu den Vorkommnissen am Kap der Hoffnung anging, konnte man ihm nachsehen, dass er sich in Bezug auf das Boot und vielleicht auch auf das Datum getäuscht hatte; im Gegensatz zu Cooke war er ja nicht da gewesen, sondern an Bord der *Swan*, die zu diesem Zeitpunkt immer noch vom Verband getrennt war.

Wenn aber Drake eine Zeitlang auf der *Elizabeth* gefahren war, und zwar zur selben Zeit wie Cooke, dann...

„Haben Sie selbst gehört, wie Drake Doughty als den Verursacher des schlechten Wetters bezeichnete?"

„Oh, ja, Mr. Raleigh, mehr als einmal."

Damit war das zumindest eine Information aus erster Hand. Kein Hörensagen. Was die Glaubwürdigkeit doch um einiges erhöhte. Im Geiste sah Raleigh Drake vor sich, wie er bei schwerem Wetter oben auf dem Achterdeck der *Elizabeth* stand und klitschnass von überkommenden Seen auf Doughty schimpfte wie ein Rohrspatz. Ein keifendes Männlein, das den Elementen und den eigenen Ängsten trotzte.

Und dann stellte er sich einen Moment lang die Mühsal der Handvoll Männer dieser glücklosen Flotte vor. Wie sie mit ihren abgekämpften Schiffen, von denen das grösste kaum hundert Fuss lang war, von einem Sturm in den nächsten gerieten. Müde und hungrig. Und dann, den sicheren Hafen und Erholung schon vor Augen, mussten sie auf der unsicheren Reede wieder ankerauf gehen und sich auf die offene See hinaus retten, um nicht vom Sturm auf die Küste getrieben und zerschmettert zu werden. Im Falle der *Elizabeth* auch noch ohne Boot, dass bei einem allfälligen Schiffbruch wenigstens einigen Männern Rettung versprach. Grausam war das, und *dafür* hatten die Männer gewiss nicht angeheuert.

Raleigh hörte ein Schnaufen, sah auf und fing einen provozierenden Blick von Cooke ein.

„Es soll nicht vergessen gehen", sagte Cooke, „wie schändlich Doughty und einige andere Gentlemen in der Zeit behandelt wurden, in der die *Swan* von der Flotte getrennt war. Besonders Doughty."

„Schlecht behandelt? Von wem?"

„Von üblem, neidischem Pack. Seeleute und dergleichen Gesocks eben. Leute, die Drake stets seine guten Freunde nannte und die nicht müde wurden, Doughty zu diskreditieren. Der Master der *Swan* hatte es besonders auf ihn abgesehen."

„Das müsste...", Raleigh schielte auf seine Papiere, „...John Sarocold gewesen sein."

Cookes Blick wurde hart.

„Sarocold!“

Er presste den Namen zwischen den Zähnen heraus mit aller Verachtung, derer er fähig war.

Mai 1578
an Bord der Swan
vor der argentinischen Küste

In der bedrückenden Enge der Messe erklang das ständige Anrollen der schweren Seen gegen den Rumpf des Vlieboots als dumpfes Rumpeln. Alle waren sie da, die Leute des Achterdecks: Captain Chester, wie immer als Chesters Gast der Gefangene Doughty, Wattkyns, Fletcher und Sarocold. Gregory Cary, der eigentlich auch dazugehört hätte, ging draussen an Deck Wache.

Unter der wild schaukelnden Laterne spürten die Männer, wie die *Swan* in ein Wellental sackte und dann rollend wieder hochstieg. Die Tür schwang auf und der kleine Steward taumelte herein und stellte ein Tablett mit Essen auf den Tisch: Madiger Zwieback und eine Schale Salzfleisch – wenig genug für fünf hungrige Männer.

Als der Junge wieder draussen war, setzten sie ihre Unterhaltung in der üblich gereizten Stimmung fort. Worüber gesprochen wurde, wird sich wohl nie klären lassen, doch aus dem Folgenden geht hervor, dass Doughty eine Meinung geäussert haben musste (der Fletcher vielleicht zugestimmt hätte, wäre Sarocold nicht am Tisch gesessen, die er im Geheimen aber ablehnte und sich gerade dafür schämte, da er Doughty ja eigentlich mochte), jedenfalls eine Äusserung, die der Master mindestens in den falschen Hals bekam, wenn sie ihn nicht direkt angriff. Auf jeden Fall fühlte sich Sarocold von Doughty provoziert.

„Mir reicht's!", knurrte er und erhob sich. „Ich bleibe keine Minute länger mit diesem Gentleman an einem Tisch!"

Über schweren Lidern hob Doughty bloss eine Augenbraue, Fletcher sah betreten auf die Tischplatte, nur Chester richtete seinen Dackelblick auf den Master und fragte: „Wo wollen Sie hin, Mr. Sarocold?"

„Ich ziehe es vor, meine Mahlzeit mit meinen Männern einzunehmen, wenn's beliebt – *Sir*", gab Sarocold giftig zurück und begann, die Schale Gepökeltes und den Zwieback einzusammeln.

Durch den sonst immer so lockeren Doughty ging ein Ruck.

„Lassen Sie uns wenigstens was zu essen da, Mr. Sarocold", bat er.

„Ich denke nicht daran!"

Doughty drehte sich auf seinem Stuhl zu Chester um und sagte vorwurfsvoll: „Ich muss mich wundern, Mr. Chester, dass Ihr diese Behandlung einfach so hinnehmt, wenn man bedenkt, dass Drake Euch das Kommando über dieses Schiff hier gegeben hat." Und zum Master: „Mr. Sarocold, Sie zeigen zu viel Parteilichkeit, wenn Sie uns auch noch das Essen vorenthalten, angesichts der herrschenden Knappheit. Es ist doch gegen jede Vernunft, dass Sie und Ihre Männer im Übermass zu essen haben, während andere fast verhungern!"

„Du kannst mich mal, Doughty!", gab Sarocold ungerührt zurück. „Ein Schuft wie du kann froh sein, wenn er die Ruderdollen zu fressen kriegt, – wenn er sie denn bekommt!"

Und damit griff er nach dem Weinkrug auf dem Tisch. Doch Doughty fiel ihm in den Arm.

„Ich verlange, dass man mich so gut behandelt, wie jeden anderen hier an Bord! Das gebietet schon die Vernunft! Denken Sie daran, dass ein Anteil von tausend Pfund aus meiner Börse in dem Unternehmen steckt."

Sarocold riss sich los und funkelte Doughty wütend an.

„Du und ein Anteil? Ich gebe kein bisschen für dich oder deinen Anteil, und solltest du nach Hause kommen, um dich deines Anteils zu erfreuen, dann will ich gehenkt sein!"

Montag, 28. November 1580
Buckland Abbey
Devon

„Wie ich mich erinnere, hat er sein Versprechen gehalten“, sagte Cooke voller Sarkasmus.

Mai 1578
an Bord der Swan
vor der argentinischen Küste

Bestürzt verfolgte Emanuell Wattkyns das Geschehen in der Messe, Fletcher machte sich so klein wie möglich und Captain Chester wollte etwas sagen, hielt dann aber doch den Mund, als er einen Blick auf Doughty warf.

Denn dieser wurde nun richtig böse. Er erhob sich mit eingezogenem Kopf und geballten Fäusten und knurrte: „So lasse ich nicht mit mir umspringen!"

Voller Hohn schenkte ihm Sarocold ein breites, zahnlückiges Grinsen. „So? Und was willst du dagegen tun, he?"

Doughty schlug zu. Mitten in sein Grinsen hinein. Zwiebackstücke purzelten aus Sarocolds Armbeuge auf Tisch und Boden, doch die Schale behielt er in der Linken, während er selbst nur leicht gegen die Wand taumelte. Gross, schwer, ein Bär im Vergleich zu Doughty, steckte er den in der beengten Kabine hastig ausgeführten Schlag ohne weiteres ein. Aber das Grinsen war weg. Und dann schoss sein langer Arm vor, und seine Faust erwischte Doughty am Kinn, dass es krachte. Doughty ging polternd zwischen Tisch und Stühlen zu Boden und kam mit dem Oberkörper auf Fletchers Schoss zu liegen.

Sarocold schüttelte die Schlaghand aus und fauchte: „Du kannst froh sein, wenn wir nicht Drake begegnen."

Doughty wollte wieder hochkommen, doch im Schlingern der *Swan* rutschte er ab und plumpste mit dem Hosenboden auf die Planken. Sarocold sammelte den Zwieback wieder ein und höhnte auf Doughty hinunter: „Du willst mehr zu essen? Eher sollst du meine Scheisse fressen!"

Und dann waren er und das Essen fort.

Mit dem Handrücken wischte sich Doughty einen Blutfaden von der geplatzten Lippe und rappelte sich auf. Schwer atmend stützte er sich mit beiden Fäusten auf dem Tisch ab und sah Chester direkt ins Gesicht.

„Mr. Chester", keuchte er, „lasst nicht zu, dass wir von diesem Schurken so behandelt werden, macht Gebrauch von der Befehlsgewalt, die Euch Drake übertragen hat!"

Hilflos hob Chester die Hände. „Wie denn? Er macht sowieso, was er will. Die Leute gehorchen ihm, nicht mir.“

Ein Kapitän ohne jegliche Autorität.

Doughtys Atem hatte sich beruhigt, doch seine Kiefermuskeln zuckten. Mit einer Hand strich er sich eine Locke aus der Stirn, beugte sich wieder vor und fixierte den Kapitän. Leise, aber eindringlich sagte er: „Wir legen das Schwert wieder in Eure Hand und holen Euch Eure Befehlsgewalt zurück! Ihr müsst es nur wollen!“

Montag, 28. November 1580
Buckland Abbey
Devon

„Genauso war es. Zwei oder drei Zeugen haben es schriftlich beeidet", sagte Cooke und lehnte sich zurück.

„Und hat es mit dazu beigetragen, dass er verurteilt wurde?", wollte Raleigh wissen.

„Natürlich, Gott weiss, wieso."

Da Cooke weiter nichts sagte, musste eben Raleigh den Karren wieder anschieben. Er hatte eifrig mitgeschrieben, aber er hatte keine Lust, den Ausfall Sarocolds (und auch Doughtys, wenn man es so sehen wollte) in irgendeiner Weise zu kommentieren. Und da Cooke offenbar ein Stichwort brauchte, um in der Geschichte weiterzukommen, gab er es ihm: „Irgendwann stiess die *Swan* wieder zum Geschwader."

„An Pfingsten", kam es prompt. „In einer Bucht, die wir Robbenbucht nannten, liess Drake die *Swan* dann an der *Pelican* längsseits gehen und alles, was nicht niet- und nagelfest war, aufs Flaggschiff bringen."

Die Robbenbucht. Ein Ort, der sich Drakes Männern eingeprägt hatte. Raleigh wusste, was kommen würde: Hier war die *Swan* aufgegeben und verbrannt und Doughty auf die *Christopher* verbracht worden; hier hatte Wynter mit den Eingeborenen getanzt.

Er wusste nicht, warum, es war einfach eine plötzliche Eingebung, der Raleigh folgte: „War das die Bucht, wo Eingeborene Drake die Mütze stahlen?"

Er sah, wie Cookes Gesicht aufleuchtete.

„Ja, genau! Ich muss gestehen, ich habe mir ziemlich ins Fäustchen gelacht. Drake schaffte es zwar noch, zwei oder drei Wilde niederzuschlagen, aber als er mit denen fertig war, da waren die anderen mit der Kappe schon auf und davon."

Raleigh war völlig perplex. Sein Atem stockte, und er glaubte sogar zu spüren, wie sein Puls einen Schlag aussetzte. Wieso?, dachte er entsetzt. Wieso musste dieser dumme, dumme Zeuge alles kaputtmachen? Cooke hatte es geschafft, mit einem einzigen Satz seine Glaubwürdigkeit in tausend Stücke zu zerschlagen. Der Seemann Cliffe hatte über den

Vorfall mit Drakes Kappe ausgesagt, *Drake scheint zwar an dem Stück gehangen zu haben, dennoch liess er es nicht zu, dass sich seine Männer an den Wilden vergriffen. Ich glaube, er nahm ihnen den Streich nicht übel.* Und selbst Fletcher, der Grund genug gehabt hätte, Drake Vorhaltungen zu machen, hatte nur gesagt, *einer von ihnen klaute Drake die Mütze vom Kopf. Doch Drake lachte nur.* Es gab keinen Grund, die Aussagen dieser beiden so verschiedenen Zeugen in Zweifel zu ziehen. Nie und nimmer hatte Drake einen Eingeborenen geschlagen. Das passte nicht zu ihm. Selbst nach der Tötung von Winterhay und Oliver hatte er die Patagonier unbehelligt gelassen.

„Drake hat Eingeborene geschlagen?"

Die Frage war völlig unnötig. Obsolet und irrelevant. Dass Raleigh sie stellte, war nichts weiter als ein Reflex auf seine Verblüffung.

Doch Cooke liess ihn nicht zu Atem kommen. Völlig mit sich im Reinen erwiderte er: „Drake liess immer recht schnell die Fäuste fliegen. Auch Doughty hat er vermöbelt."

„Bei welcher Gelegenheit?"

„Als die Sachen von der *Swan* auf die *Pelican* umgeladen wurden."

Pfingstmontag, 19. Mai 1578
an Bord der Swan
Robbenbucht
47°45'24"S 65°54'11"W

Die Robbenbucht war nicht so, wie man sich eine Bucht gemeinhin vorstellt, als mehr oder weniger halbrunde Einbuchtung im Küstenverlauf. Die gesamte Küste verlief in diesem Teil der Welt formlos und scheinbar gerade in südlicher Richtung, doch genau hier wich sie für etwa zwei Meilen nach Südwesten zurück, bildete einen Trichter zu einem Durchlass von knapp zwei Kabellängen Breite, hinter dem sich ein weitläufiges Becken erstreckte, das von einem Fluss aus dem Landesinneren gespeist wurde. Dieses Mündungsbecken war durchsetzt von Inselchen, Felsen und Sandbänken, die von Robben und Pinguinen bevölkert wurden. Das Land darum herum war felsig und flach, weshalb der Ausguck im Mars der rekognoszierenden *Marigold* von See aus diesen geschützten Hafen hinter der Einfahrt mühelos hatte erkennen können.

Fünf Schiffe ankerten nun in dieser Bucht: die winzige *Christopher*, die kleine *Marigold*, die *Elizabeth*, die *Pelican* und schliesslich die am Tag davor wiedergefundene *Swan*; allesamt abgekämpft und überholungsbedürftig, doch war keines so marode wie Chesters *Swan*, die längsseits am Flaggschiff vertäut lag. Für ein ungeübtes Auge bestand zwischen ihr und der *Pelican* oder der *Elizabeth* kein nennenswerter Unterschied, ausser dass ihr Fockmast leicht nach vorn geneigt war, und natürlich, dass sie wesentlich kleiner war. Darüber hinaus hatte sie im Vergleich zu ihrer Breite einen sehr geringen Tiefgang, was sie für das Befahren seichter Küstengewässer ideal machte. Trotzdem verfügte sie über eine hohe Ladekapazität, weshalb sie für das Unternehmen als Proviant- und Versorgungsschiff ausgewählt worden war. Doch nun war ihre Reise zu Ende. Wie ein Jungtier angeschmiegt an seine Mutter lag sie Bordwand an Bordwand mit der *Pelican* zum letzten Akt ihres Daseins und erster Szene ihrer Vernichtung.

Die Ladetakel beider Schiffe waren in Betrieb, Fass um Fass, Kiste um Kiste, Ballen um Ballen wurde aus dem Laderaum der *Swan* gehoben und hinauf auf die *Pelican* geschafft. Vorräte an Trinkwasser, Mehl,

Salz, Pökelfleisch und Wein; Pulver, Kugeln und das Wenige an Geschützen; Arkebusen, Musketen und Pistolen; Piken, Äxte, Entermesser und Rapiere; Tauwerk, Segeltuch und Werg; Behälter mit Teer und Farbe; Hängematten, Essgeschirr und der Kochkessel, buchstäblich eben alles, was nicht niet- und nagelfest war.

Drake selbst beaufsichtige das Umladen von der *Pelican* aus, während Doughty unbeteiligt und ein wenig verloren am Schanzkleid der *Swan* lehnte und sich fragte, was wohl mit ihm geschehen werde, wenn das Schiff erst aufgegeben worden war.

Die arbeitenden Männer nahmen nicht gross Notiz von ihm. Die einen gingen ihm sowieso aus dem Weg. Für die anderen, vor allem die Gentlemen, war es völlig normal, dass er seine Würde bewahrte, indem er sich von körperlicher Schwerarbeit fernhielt.

Drake sah das natürlich ein bisschen anders. Als er ihn bemerkte, herrschte er Doughty an: „Steh nicht rum und halte Maulaffen feil, Doughty! Alles muss rüber auf die *Pelican*!"

Doughty stiess sich vom Schanzkleid ab und sah herausfordernd zu Drake hoch.

„Aus welchem Grund?"

„Ich bin dir keine Erklärungen schuldig, Thomas."

Doughty schüttelte enttäuscht den Kopf und schnaubte leise. Trotzig stemmte er die Fäuste in die Seiten und reckte den Kopf vor.

„Wieso werde ich behandelt wie ein Verbrecher, Sir? Ich bin so ehrenhaft wie jeder andere der Mannschaft oder selbst Lord Burleigh!"

Drake reagierte, indem er auf das tiefer gelegene Deck der *Swan* heruntersprang. Mit einem Satz war er bei Doughty und baute sich vor ihm auf, ebenfalls die Fäuste in den Seiten, den zuckenden Bart weit vorgeschoben, ein Spiegelbild seines Gegenübers.

„Bist du das?", begann er gefährlich leise und steigerte sich zu einem wütenden Brüllen. „Bist du das wirklich? Ich glaube viel mehr, du bist ein verdammter Lügner!"

Die Männer verharrten bei dem, was sie gerade taten und sahen mit angehaltenem Atem zu den beiden herüber.

Auch Doughty erhob jetzt seine Stimme: „Ich kann doch sagen, was ich will, das schlechteste Wort aus meinem Mund wird hier geglaubt, als wäre es ein Eid!"

„Genug!“, fauchte Drake, und bevor Doughty noch etwas sagen konnte, hatte er schon zugeschlagen. Der Schlag traf Doughty mit voller Wucht im Gesicht und warf ihn rücklings auf das Deck. Schützend hob er einen Arm in Erwartung eines neuerlichen Angriffs, doch Drake hatte nicht vor, ihn weiter zu verprügeln. Er winkte den beiden Männern, die am nächsten standen und rief: „Los, ihr da! Blackeley und Sarocold! Schafft ihn rüber auf die *Pelican* und bindet ihn an den Mast!“

Montag, 28. November 1580
Buckland Abbey
Devon

„Sarocold hat dafür eine kleine Belohnung kassiert, obwohl er es natürlich nur zu gerne auch umsonst gemacht hätte", bemerkte Cooke sarkastisch.

Raleigh fragte sich, wie viel von der eben geschilderten Szene wirklich stimmte, ob und wie weit Cooke übertrieben hatte. Zu Cookes Aussage hatte Raleigh keinen Vergleich; Cliffe und Pretty hatten von der Robbenbucht nur den Vorfall mit Drakes Mütze beschrieben, sonst nichts, und Fletcher hatte immerhin erwähnt, dass die *Swan* aufgegeben und Doughty auf die kleine *Christopher* versetzt worden war.

Die Vorstellung, wie Thomas Doughty, nach der Demütigung durch Drakes Gekeife und Faustschlag, an den Grossmast der *Pelican* gefesselt, zusehen musste, wie die Männer ungerührt ihrer Arbeit nachgingen, berührte Raleigh eigenartig. Vielleicht, weil das Bild in seiner Dramatik so plastisch war. Aber würde Cooke so etwas einfach erfinden? Nur um Drake anzuschwärzen? Möglich war es, fand er, aber dennoch nicht sehr wahrscheinlich. Er goss aus dem Krug Wasser in die beiden Becher und fragte: „Für wie lange blieb er an den Mast gebunden?"

„Bis die leergeräumte *Swan* auf den Strand einer Sandbank gesetzt und angezündet war", gab Cooke ohne Zögern zur Antwort. Dankend nahm er den angebotenen Becher entgegen, trank einen Schluck und fügte hinzu: „Das war auch eine hässliche Sache."

„Das Verbrennen der *Swan*?"

Cooke grinste schief.

„Nein, Mr. Raleigh, das, was man Doughty antat."

Dienstag, 20. Mai 1578
an Bord der Pelican
Robbenbucht
47°45'24"S 65°54'11"W

Die Morgendämmerung brach an, und noch immer brannte die *Swan* lichterloh auf der Sandbank. Um die vor Anker liegenden übrigen Schiffe vor Funkenflug zu schützen, hatte man sie eine halbe Meile zur anderen Seite der Bucht verholt, aber das Brausen und Knacken des Feuers war über das freie Wasser hinweg deutlich zu hören, und der Widerschein zuckte im Rigg und an den Spieren der *Pelican* wie dauerndes Wetterleuchten.

Die Fesseln hatten Doughty immerhin erlaubt, am Mast entlang nach unten zu rutschen und sich aufs Deck zu setzen, doch der Wulst, den die Mastkeile bildeten, war trotz der Segeltuchabdeckung hart und drückte schmerzhaft gegen seinen Steiss. An Schlaf war nicht zu denken, aber immer wieder döste er kurz weg, bis ihn ein Traumbild oder ein Geräusch wieder aufschrecken liess. Jetzt vernahm er Schritte mehrerer Männer, die vor ihm verhielten, und als er aufschaute, stand Drake vor ihm und sah mit ausdruckslosem Gesicht auf ihn hinunter.

Als er feststellte, dass der Gefangene wach war, kniete sich Drake zu ihm hinunter, legte ihm eine Hand auf die Schulter und sah ihm in die Augen. Sagte nichts, sah ihn nur an. Der Blick war schwer zu deuten. Doch die feste, warme Hand lag leicht auf seiner Schulter und fühlte sich gut an, und gerade das liess in Doughty die Angst hochkommen.

Schliesslich erhob sich Drake wieder und sagte leise: „Bindet ihn los."

Zwei Männer halfen Doughty, sich aufzurichten und lösten seine Fesseln. Doughty rieb sich die Taubheit aus den Gliedern und trat mit Bangen, was nun kommen sollte, einen Schritt auf Drake zu.

Drake sah weg, biss sich auf die Lippen, sah wieder Doughty an und nickte leicht, als habe er sich gerade zu etwas durchgerungen, oder sich in ein unangenehmes Schicksal ergeben.

„Hier kannst du nicht bleiben, Doughty", sagte er entschlossen, aber mit belegter Stimme. „Ich schicke dich auf die *Christopher.*"

Die Fischerschmacke.

Das kleinste Schiff der ganzen Flotte.

Deren Mannschaft sich so tapfer über den Atlantik und durch die Stürme der südamerikanischen Küste entlang bis hierher gekämpft hatte. Und die nun zu ihrer Entlastung (um nicht zu sagen: Erholung) auf die anderen Schiffe verteilt wurde.

Die *Christopher*, die die Robbenbucht mit einer neuen Crew verlassen würde, hauptsächlich bestehend aus Leuten der aufgegebenen *Swan*.

Doughty sank das Herz in die Hose.

„Nicht die *Christopher*, Sir!", bat, nein, bettelte er. „Die Männer dort bringen mich um! Allen voran Sarocold! Der ist doch zu allem fähig, Sir!"

Drakes Blick wurde kalt.

„Du weigerst dich?"

„Ja, aber nur, weil es üble Leute auf mich abgesehen haben. Um der Liebe Gottes willen!"

Mit wachsendem Entsetzen beobachtete er, wie sich Drake nur mühsam beherrschte, wie seine Kiefer mahlten und er ihn zornig anfunkelte.

„Ob du willst oder nicht, du gehst! Oder, bei Gott, ich lasse dich mit einer Talje ins Boot fieren", knurrte Drake. Doch offenbar liess er es nicht bei der Drohung bewenden, denn mit einem Ruck drehte er sich zum Bootsmann und bellte: „Blackeley, lassen Sie die Talje klarmachen!"

Montag, 28. November 1580
Buckland Abbey
Devon

Erfunden? Übertrieben? Wahr? Schwer zu sagen. Dass Doughty überhaupt von Drake geschlagen und dann an den Mast gefesselt worden war, liess sich durch keine Aussage der anderen Zeugen bestätigen, und um weitere Zeugen oder die bisherigen, Fletcher, Cliffe und Pretty noch einmal aufzubieten, fehlte Raleigh schlicht die Zeit. Er konnte nichts anderes tun, als Cooke seine Aussagen machen zu lassen und dann selbst entscheiden, wie plausibel sie waren. Bei aller Vorsicht würde er erstmal davon ausgehen, dass das, was ihm der Gentleman über das Zerwürfnis zwischen Drake und Doughty erzählte, mehr als nur im Kern zutraf.

In seiner Zeit auf See hatte Raleigh die englischen Seeleute gut genug kennen gelernt, um sich ein Urteil über diesen Menschenschlag erlauben zu können. Der Mariner war ebenso unzimperlich und grob wie sensibel für gewisse Dinge, mit einem tief verwurzelten Gerechtigkeitsempfinden; tapfer und findig, schwer zu disziplinieren und vor allem – stolz.

Thomas Doughty war kein Seemann, sondern Soldat, aber nach einem Dreivierteljahr auf See waren ihm wohl hinreichend Seebeine gewachsen, dass es aufs Gleiche herauskam. Und für so einen Mann gab es kaum eine grössere Demütigung, als ihn bei körperlicher Unversehrtheit mit einer Talje über Bord zu fieren wie ein Stück Ladegut.

Cliffe und Pretty hatten freimütig erklärt, Drake zu verehren. Hart aber fair sei er gewesen, hatten sie gesagt. Fantasievoll in seinen Disziplinierungsmassnahmen, laut Pretty. Was Drake mit Fletcher in der Bandasee gemacht hatte, konnte man durchaus als fantasievoll bezeichnen; viele würden aber eher sagen: Grausam. Drake hatte da vielleicht keine physische Gewalt angewendet, dem Kaplan war kein Haar gekrümmt worden, doch er hatte ihn seiner Freiheit beraubt und ihn mit der Exkommunikation dort getroffen, wo es einem Gottesmann seelisch wehtat. Und mit dem Täfelchen am Arm hatte er ihn vor versammelter Mannschaft blossgestellt. Das alles zeigte, dass Drake durchaus dazu neigte, Männer, die unter seinem Befehl standen, zu demütigen. Andererseits: Würden einfache Seeleute ihren Anführer derart lieben, wenn er ihren ausgesprochenen Gerechtigkeitssinn übermässig strapazierte?

Einen fehlbaren Mann zu bestrafen war das eine. Als Anführer sorgte man damit für die Aufrechterhaltung der Disziplin, die auf den beengten Schiffen fernab der Heimat in feindlicher Umgebung überlebenswichtig war und an erster Stelle stand. Es musste jedem klar sein, dass ein Fehlverhalten Konsequenzen hatte und dass es keine Ausnahmen gab. Gar keine. Dieses Gesetz war sozusagen Bestandteil der Bordroutine.

Die meisten Seeleute begriffen das. Ob es auf Drakes Fahrt die mitgereisten Gentlemen begriffen hatten, war mehr als fraglich. Nach allem, was Raleigh bisher gehört hatte, schien es im Falle Doughty nicht oder nicht nur um Disziplinierung zu gehen, sondern um etwas Persönliches. Und wo persönliche Kränkungen im Spiel waren, war man schnell übers tolerierte Ziel hinausgeschossen.

„Doughty wurde mit der Talje über Bord gefiert?"

Cooke lächelte schief als er antwortete: „Nein, das liess Doughtys Würde dann doch nicht zu. Er ging von selbst von Bord. Schweren Herzens zwar, aber er ging."

„Und sein Bruder?"

„Der ging mit ihm."

„Auf die *Christopher*."

„Ja. Und dort blieben sie die ganzen zwei Wochen, die wir noch in der Robbenbucht zubrachten, ohne Möglichkeit, an Land oder sonst irgendwohin zu gehen."

Raleigh konnte es sich vorstellen. Das Schiffchen war wohl keine fünfzig Fuss lang, und darauf waren die Doughtys zusammengepfercht mit einem Dutzend nicht eben wohlgesinnter Männer, die ihrerseits kommen und von Bord gehen konnten, wie sie wollten. Und während man die Brandstelle auf der Sandbank abkühlen liess, um später die Eisenteile aus den verkohlten Überresten der *Swan* herauszupulen, ging man frisch und fröhlich auf Robbenjagd, nahm Kontakt mit den Eingeborenen auf, musizierte und tanzte mit ihnen herum, liess sich die Mütze klauen und hatte allenthalben eine interessante und unterhaltsame Zeit.

Nach Ablauf der zwei Wochen änderte sich für die Doughty-Brüder nicht viel, aber für alle anderen ging der laue Lenz zu Ende. Gedankenvoll nahm Raleigh einen Schluck Wasser, stellte den Becher bedächtig wieder hin und sagte: „Am dritten Juni verliess der Verband die Robbenbucht."

„Ja. Aber..." Cooke zögerte.

„Aber was?"

„Gerade als wir die Bucht verlassen wollten, soll es zu einem merkwürdigen Zwischenfall gekommen sein."

Raleigh runzelte die Stirn. „Soll?"

Hastig setzte Cooke hinzu: „Ich selbst habe nicht alles mitbekommen, ich war da schon an Bord der *Elizabeth*, aber Leute, die noch an Land waren, haben mir später glaubwürdig davon berichtet."

Dienstag, 3. Juni 1578
Robbenbucht

Alles war bereit zum Auslaufen, an Bord der Schiffe wartete man nur noch auf die Letzten, die noch auf der Sandbank waren, auf der sie die *Swan* verbrannt hatten. Die Männer hatten sich um das auf den Strand gezogene Boot der *Pelican* versammelt, machten aber keine Anstalten, es ins Wasser zu schieben. Denn etwas abseits unterhielt sich Drake noch mit Cuttil.

Auf einmal schien der Master der *Pelican* über etwas, das Drake gesagt hatte, fürchterlich aufgebracht und antwortete so laut, dass alle beim Boot es hören konnten.

„Wenn das so ist, Sir, dann ziehe ich es vor, hierzubleiben!" Und damit drehte er sich um und ging mit energischen Schritten davon, geradewegs auf den schmalen Streifen Wassers zu, der die Sandbank vom Festland trennte.

„Wo wollen Sie denn hin?", rief ihm Drake nach, doch Cuttil beachtete ihn nicht und watete mit geschulterter Arkebuse in den Wasserstreifen hinein. Als er die Mitte erreicht hatte, drehte er sich um und rief den Männern beim Boot zu: „Nun gut, meine Herren, mir wird hier schwer zugesetzt, weil ich mich weigere, Thomas Doughty einer Tat anzuklagen, von der ich – Gott sei mein Zeuge – weiss, dass er sie nicht begangen hat! Was auch immer aus mir wird, ihr seid meine Zeugen! Ich habe nie etwas anderes von ihm gewusst, als dass er der Freund unseres Befehlshabers ist! Und bevor ich abwarte, dass der Befehlshaber seine harte Haltung auch mir gegenüber zeigt, liefere ich mich lieber den Kannibalen aus! Ich bitte euch, betet für mich!"

Dann wandte er sich zum Festland um und watete entschlossen durch das hüfthohe Wasser hinüber.

Ohne noch etwas dazu zu sagen, liess Drake ihn ziehen, ging zum Boot und gab Befehl, es ins Wasser zu schieben.

Nachdem die *Swan* bis auf den Kiel niedergebrannt war, hatte man die Schiffe näher an die Sandbank verholt, weshalb das Boot nur wenig Zeit benötigte, um zum Flaggschiff zu gelangen. Doch der Pull kam den Männern viel länger vor, keiner redete, bis der Bugmann an den Rüsten der *Pelican* einhakte.

Drake enterte über die Jakobsleiter an Deck, wo er bereits von Blackeley erwartet wurde. Er nickte ihm kurz zu und sagte knapp: „Holt das Boot ein, und dann: Klar zum Ankerlichten!"

„Aye, aye, Sir!", quittierte der Bootsmann und wollte gerade seine Anweisungen erteilen, als der Wind vom Land her einen Knall herüberwehte.

Kaplan Fletcher, der nun sein Dasein wieder auf der *Pelican* fristete, fuhr erschrocken hoch und fragte: „Was war das?"

Die Antwort bekam er von einem sardonisch lächelnden Drake: „Das war Cuttil's Büchse. Er hat sich's wohl anders überlegt. – Befehl belegt, Mr. Blackeley! Das Boot soll noch mal zum Ufer. Ich glaube, Mr. Cuttil möchte zurück an Bord."

Montag, 28. November 1580
Buckland Abbey
Devon

„Später gestand Cuttil, dass er die Arkebuse eigentlich abgefeuert hatte, um die Wilden anzulocken, damit er es bald hinter sich brächte", sagte Cooke. „Aber die Wilden kamen nicht."

Der arme Cuttil, dachte Raleigh. Da hatte er seinen Kommandanten herausgefordert, indem er vor dessen Augen desertiert war, und dann das. Er feuert seine Arkebuse ab, aber statt der erhofften Eingeborenen kommt das Boot der *Pelican*, um ihn heimzuholen. Wie deprimierend. Wieso dachte Cuttil, die Eingeborenen würden ihn töten? Vor kurzem hatten sie noch friedlich mit den Männern von Drakes Flotte gefeiert und getanzt. Wahrscheinlich hatte Cuttil kalte Füsse bekommen, und der Schuss hatte tatsächlich der *Pelican* als Signal gegolten, ihn an Bord zu holen. Und dann hatte er die Ureinwohner, die Wilden, die Kannibalen ins Spiel gebracht, um sich nicht völlig der Lächerlichkeit preiszugeben. Trotzdem schwer zu glauben, dass er von der Mannschaft der *Pelican* als Master noch ernst genommen wurde. Bei Drake zumindest dürfte er jeglichen Kredit verspielt haben. Insubordination und Desertion; um eine Strafe war Cuttil wohl kaum herumgekommen. Fragte sich nur noch, wie „fantasievoll" sie war.

„Und was geschah mit Cuttil, nachdem er an Bord zurückgekehrt war?"

Cooke zuckte die Schultern.

„Genau kann ich das nicht sagen. Ich weiss nur, dass er in Port St. Julian nicht mehr Master des Flaggschiffs war. Diesen Posten hatte da bereits Thomas Hood inne."

Wenn Cooke etwas von einer weiteren Bestrafung gewusst hätte, hätte er sich lauthals darüber ausgelassen, da war sich Raleigh sicher. Da schien Drake mit Cuttil ja noch gnädig umgesprungen zu sein. Interessant übrigens, dass Fletcher, der zu dieser Zeit auf dem Flaggschiff war, nichts über die Affäre mit Cuttil gesagt hatte. Er musste immerhin mitbekommen haben, dass Cuttil seines Amtes als Master des Flaggschiffs enthoben und Hood an seiner Stelle eingesetzt worden war. Wahrscheinlich wollte der Kaplan keine schlafenden Hunde wecken und dann Fragen beantworten müssen, die ihm unangenehm waren. Zum Beispiel über die näheren Gründe für Cuttils Ausraster.

Raleigh ermahnte sich zur Ordnung; diese Gedanken waren nur sinnloses Fischen im Trüben. Wichtiger war zu erfahren, wie es den Doughtys weiter ergangen war. Raleigh wusste von Fletcher, dass die beiden Halbbrüder nur für kurze Zeit auf der *Christopher* untergebracht waren, bis auch die Schmacke aufgegeben und das Paar auf die *Elizabeth* verfrachtet worden war. Cooke, auf eben diesem Schiff, musste das hautnah mitbekommen haben, also fragte er ihn danach.

Cooke nickte und begann: „Wir hatten kaum die Robbenbucht verlassen, da verloren wir in dem schlechten Wetter die *Christopher* für drei oder vier Tage. Drake gab natürlich wieder Doughty die Schuld am schlechten Wetter. Als die *Christopher* wieder zu uns stiess, gab Drake sie nahe des Kaps der Hoffnung ebenfalls auf. Derweil steigerte sich Doughtys…"

Raleigh unterbrach Cooke mit erhobener Hand. Der sah ihn fragend an. Einen Moment lang sagte keiner ein Wort, dann fragte Raleigh: „Kap der Hoffnung?"

„Das sagte ich eben, ja."

„Die Flotte ist von der Robbenbucht wieder zurück nach Norden gesegelt, anstatt weiter südwärts?"

„Äh…ja." Cookes Verwirrung wuchs.

Doch dann dämmerte es Raleigh und er sagte mit entschuldigendem Lächeln: „Ach, so! Verstehe."

Die *Mary*.

Die Prise. Mit ihrem Kapitän Thomas Drake. Von ihr fehlte noch immer jede Spur, und das seit drei Wochen. Thomas Drakes Bruder und Oberbefehlshaber war ein ausgezeichneter Seemann und konnte sich ausrechnen, wie unwahrscheinlich es war, dass die *Mary* unbemerkt den Rest der Flotte überholt hatte und nun weiter im Süden stand. Es lag also nahe, auf der Suche nach ihr wieder nach Norden zu segeln, der Karavelle entgegen.

„Was?", fragte Cooke, noch immer irritiert.

„Ich nehme an, die Flotte fuhr nordwärts, um die vermisste Prise wiederzufinden."

„Ganz recht."

„Entschuldigen Sie, dass ich Sie unterbrochen habe. Was war nun mit Doughty?"

„Doughtys Not steigerte sich von Tag zu Tag durch Drakes Tyrannei, und auch wenn die meisten, vor allem die Ehrenhaften, seinen Fall beklagten, wagten sie sich nur ihren besten Freunden anzuvertrauen. Als die *Christopher* aufgegeben wurde, kam Drake an Bord der *Elizabeth* und liess die Mannschaft zusammenrufen."

Donnerstag, 12. Juni 1578
an Bord der Elizabeth
Kap der Hoffnung
47°05'25"S 65°53'58"W

Leichter Regen fiel und liess Decks, Spieren und Handläufe der *Elizabeth* vor Nässe glänzen. Drake wechselte noch ein paar Worte mit Captain Wynter und trat dann an die Balustrade vor die unter ihm in der Kuhl angetretene Mannschaft.

„Hört her, Männer!", begann er laut, klar und ruhig. „In Kürze werde ich ein übles Pärchen zu euch an Bord der *Elizabeth* schicken, zwei Männer, von denen ich nicht weiss, wie ich sie noch länger auf dieser Reise mitnehmen soll, ohne dass alles den Bach runtergeht."

Während er weiter sprach, ging er an der Balustrade entlang hin und her; hätte er sich nicht vom Fleck gerührt, wäre einem Teil der Männer die Sicht auf ihn durch den Grossmast verdeckt worden, so aber sorgte er dafür, dass er im Lauf seiner Ansprache von jedem Mann gesehen wurde.

„Der eine ist Thomas Doughty", fuhr er fort. „Ein Zauberer und aufrührerischer Geselle, ein schlechter, liederlicher Kerl, den ich für meine rechte Hand gehalten habe. Und sein Bruder, der junge Doughty, ein Hexer und Giftmischer, wie ihn die Welt sich nur vorstellen kann. Keine Ahnung, wo der herkommt, aber ich könnte mir denken, vom Teufel. Diesen beiden ist es verboten, eine Feder zu Papier zu bringen oder zu lesen, es sei denn, jeder kann es sehen und verstehen; andernfalls bezahlen sie mit ihrem Leben! Und ich verbiete jedem, mit diesen beiden zu reden oder sich auch nur in ihrer Nähe aufzuhalten. Wer es dennoch tut, den betrachte ich als Mitläufer meiner Feinde und somit als Feind dieser Reise!"

Pause, um die Worte wirken zu lassen. Sein Blick wanderte über die Reihen der Männer, und die Männer schauten schweigend zurück.

Ein schiefes Lächeln trat in Drakes Gesicht, wölfisch und verschwörerisch, als er fortfuhr: „Und ihr werdet sehen, diese Reise wird uns mehr Gold einbringen als Holz an unseren Schiffen ist! Der schäbigste Bursche in dieser Flotte wird es danach nicht mehr nötig haben, zur See zu fahren! Er wird in England leben können wie ein Gentleman!"

Montag, 28. November 1580
Buckland Abbey
Devon

„Und damit schickte er sie zu uns an Bord“, sagte Cooke mit matter Stimme und seltsam leerem Gesicht. Er wirkte müde, fuhr aber mit bitterem Lächeln unbeirrt fort: „Natürlich erwartete sie die entsprechende Gastfreundschaft, denn die Männer wagten nicht, mit ihnen zu sprechen, auch wenn sie es vielleicht gewollt hätten. Es erging Doughty nicht besser als dem einfachsten Schiffsjungen, und seine Unterbringung – na ja. Immerhin konnte er sich mit dem Bootsmann auf eine winzige, unkomfortable Kabine einigen, musste sich aber verpflichten, ihm dafür in England drei Pfund[19] zu bezahlen! Und was hatte der Bursche davon, dass er Doughty noch vergleichsweise freundlich behandelte?“

„Drei Pfund, sollte man meinen“, gab Raleigh trocken zurück.

„Was das betrifft, glaube ich kaum, dass er sie je bekommen wird“, konterte Cooke. „Darüber hinaus fiel er in Ungnade und verlor seinen Posten.“

Es klopfte. Dankbar für die Unterbrechung rief Raleigh „Herein!“ und erschrak dann ein kleines bisschen, als Molly den Kopf zur Tür hereinstreckte. Doch unter ihrem strahlenden Lächeln schmolzen Scham und Schuldgefühle über die letzte Nacht dahin wie später Schnee im April.

„Bitte ergebenst um Verzeihung, Sir“, sagte sie und knickste. „Aber Mutter lässt fragen, wo Ihr das Mittagessen einzunehmen gedenkt. In der Halle wäre jedenfalls gedeckt.“

So spät schon! fuhr es Raleigh durch den Kopf. Kein Wunder, zeigte Cooke Ermüdungserscheinungen.

„Danke, Molly“, sagte er und hoffte, dass sie sein liebevolles Lächeln als solches bemerkte. „Tja, dann schlage ich vor, du führst Mr. Cooke in die Halle; ich werde hier bleiben, aber ich wäre froh, wenn du mir einen Happen heraufbringen könntest.“

„Kein Problem, Sir.“

War da noch ein Zwinkern dabei? Raleigh zwinkerte zurück und erhob sich.

„Nun, dann: Bon appetit, Mr. Cooke. Wird Ihnen eine halbe Stunde reichen?“

„Gewiss.“

Cooke erhob sich ebenfalls, verabschiedete sich mit einem „Mr. Raleigh“ und einer angedeuteten Verneigung und verliess mit Molly das Zimmer.

Es gab mehrere Gründe, weshalb Raleigh Cooke alleine essen liess. Erstens war ihm der Gentleman nicht sympathisch genug, um mit ihm zu speisen; zweitens hätte er nicht gewusst, worüber er sich mit ihm hätte unterhalten sollen, wenn nicht über Drakes Reise und Doughtys Schicksal. Aber Cooke brauchte eine Pause und er wollte ihn möglichst frisch wieder hier oben haben, wenn er mit der Befragung fortfuhr. Und drittens brauchte auch er selbst eine Pause, Zeit für sich, um seine Gedanken zu ordnen.

Nachdem sich die Tür geschlossen hatte und er allein war, riss er zunächst das Fenster auf und liess wunderbar kalte, nach frischem Schnee riechende Luft in die stickige Kammer. Eine ganze Weile stand er am offenen Fenster, atmete tief durch und sah auf die verschneite Landschaft hinaus, über der sich ein tiefblauer Himmel spannte, der von weissgrauen, schnellziehenden Wolken durchsetzt war. Irgendwo krähte ein Rabe, und ein anderer, weiter entfernt, antwortete ihm. Zwischen den Bäumen sah Raleigh ein Eichhörnchen herumhüpfen, wahrscheinlich auf der Suche nach einem seiner im Oktober angelegten Vorratslager. Von den Ställen auf der anderen Seite des Hauses ertönte dünn das Wiehern eines Pferdes; jemand rief etwas, Raleigh glaubte, Toms Stimme zu erkennen, der jene des Gärtners von irgendwo her antwortete – der Sohn, der seinen Vater zum Essen rief.

Welcher Friede!

Wie unendlich weit Smerwick entfernt schien. Das Massaker war noch keine zwanzig Tage her, doch für Raleigh fühlte es sich gerade an, als wären zwanzig Jahre vergangen. Gestern Abend noch hatten ihn die Gedanken daran gequält, nun streiften sie ihn wie ein Luftzug, der etwas Fauliges heranwehte, und lösten sich auf, verdrängt durch das Bild von vier Schiffen in einer Bucht an der patagonischen Küste. Auf Drakes Flottille hatte wahrlich auch kein Friede geherrscht. Cooke hatte mehrmals angedeutet, dass sie alle unter Drakes Tyrannei gelitten hätten. Doch zumindest auf Cliffe und Pretty traf das nicht zu. Und wohl ebenso wenig auf einen Grossteil der einfachen Matrosen und Custrels. Die waren hart im Nehmen und nahmen das Leben, wie es kam. Gewohnt, Befehlen zu gehorchen. Auch wenn sie von einem Bauern kamen? Raleigh fragte sich, ob sich die Männer seiner Hundertschaft von einem ihresgleichen anführen liessen. Wenn der über eine starke Ausstrahlung verfügte, sofort.

Aber dass sich die erlauchten Gentlemen klaglos von einem einfachen Schiffer herumkommandieren liessen? Nie und nimmer! Das war, gelinde gesagt, ein wenig ungewohnt.

Raleigh musste selbst über diesen Euphemismus lächeln. Nein, es war empörend. Es war reine Schikane. Er konnte das nachvollziehen, schliesslich stammte er selbst aus vornehmem Haus. Dennoch hielt er wenig von Standesdünkel; für ihn war ein guter Mann ein guter Mann, egal aus welcher Schicht er kam. Er kannte genügend Beispiele, wo unfähige Edelleute ihre Kommandogewalt besser jedem dahergelaufenen Schustergesellen übertragen hätten, er brauchte da nur an Lord Deputy Grey zu denken.

Aber machten die Ressentiments der Gentlemen gegenüber Drake sie zu schlechten Menschen? Eigentlich nicht, fand Raleigh, denn diesem Menschenschlag war eine gewisse Skepsis gegenüber Emporkömmlingen in die Wiege gelegt, eine Skepsis, die nur allzu leicht in Neid und Hass umschlagen konnte, vor allem, wenn man den Emporkömmling fürchten gelernt hatte. Thomas Cromwell, erster Earl of Essex und nach König Heinrich VIII. zweiter Mann im Staat, zum Beispiel, hätte ein Lied davon singen können. Angefangen hatte er als Sohn eines Bierbrauers, und aufgehört hatte er wo? Genau, auf dem Schafott.

Ja, Raleigh konnte die feindselige Haltung der Gentlemen sehr gut verstehen. Erst recht, wenn er sich in Erinnerung rief, dass sie für diese Art Reise gar nicht angeheuert hatten. Nichts da mit einem unterhaltsamen Törn ins sonnige Ägypten, unter Landsleuten ein paar Wochen auf Bildungsreise. Wie hatten sie gekränkt sein müssen, als sie erfuhren, dass es ein paar *Jahre* werden würden. Gekränkt, weil sie nicht gefragt worden waren. Gekränkt und verängstigt. Eine gefährliche Mischung, übel und hochexplosiv.

Und doch hatten sich unter all diesen verweichlichten Herrensöhnchen einige Gentlemen befunden, die sich weigerten, diese Haltung zu teilen, Leute wie Thomas Hood beispielsweise, der Drake offenbar nie Anlass gegeben hatte, an seiner Loyalität zu zweifeln. Dass Drake ihn belohnt und zum Master des Flaggschiffs erhoben hatte, durfte aus dieser Sicht wohl kaum als Akt der Willkür gewertet werden, zumal er ihn nie zum Schiffsführer ernannt hätte, wenn Hood nicht über die fachlichen Kompetenzen verfügt hätte und ein Mann von geringer Autorität gewesen wäre.

Was die so genannten Leiden der Herrensöhnchen anging, tat Raleigh sie erstmal als das ab, was sie vermutlich waren: Gejammer von Weichlingen.

Einer aber hatte ganz bestimmt gelitten. Und wenn auch nur die Hälfte von dem stimmte, was Cooke erzählt hatte, dann hatte Thomas Doughty weit über Gebühr gelitten. Hier sah die Sache tatsächlich anders aus.

Raleigh wurde kalt. Mit zwei Schritten war er beim Kamin, blies das Feuer wieder an und legte ein paar Scheite nach. Danach schaffte er auf dem Tisch Platz für das erwartete Essen und schloss erst jetzt das Fenster, gerade als es an der Tür klopfte. Als Molly eintrat, war es nicht das Tablett mit Brot, Schinken, Käse, Butter, einem Schälchen Sauergemüse und einem Krug Wein, das Raleigh interessierte, sondern ihr Lächeln. Erleichtert stellte er fest, dass es noch da war. Das bedeutete, sie hatte vorhin nicht wegen Cookes Gegenwart gelächelt. Sie lächelte für ihn. Für ihn ganz allein. Trotz der vergangenen Nacht. Raleigh fühlte sich, als würde er wohlig in Watte fallen.

Verheissungsvolle Einsichten gewährend, beugte Molly sich vor, stellte das Tablett auf den Tisch und fragte: „Sehen wir uns heute Abend wieder, Sir?"

Die Watte trug ihn hoch hinauf, bis über die Wolken.

„Ich habe schon gefürchtet, du würdest nicht fragen, Molly." War seine Stimme wirklich belegt?

Molly trat um den Tisch herum nah an Raleigh heran und hauchte ihm einen Kuss auf den Mund. Raleigh konnte den Duft ihres Haars riechen.

„Aber Ihr hättet doch nur selbst zu fragen brauchen, Sir", flüsterte sie. „Oder hattet Ihr etwa Angst, ich würde nein sagen?"

Er sah ihr direkt in die Augen und sagte: „Ja, hatte ich."

Sie sagte nichts, und er fuhr fort: „Nach letzter Nacht…Es war sehr schön, bis…ich weiss auch nicht, was da über mich kam…"

Wie konnte er sich nur so quälen? Es war eine Erlösung, als Molly ihn in seinem Gestammel unterbrach, indem sie einen Finger auf seine Lippen legte.

„Guten Appetit, Sir", hauchte sie und wandte sich zur Tür.

„Nicht Sir!", rief Raleigh ihr nach. „Einfach Raleigh. Raleigh reicht völlig."

Aber da war sie schon weg und er allein. Zurückgelassen hatte sie eine Ahnung ihres Dufts und das Tablett auf dem Tisch. Sein Blick fiel auf die Schale mit Eingelegtem. Er sollte was essen, aber er hatte keinen Hunger. Vielleicht, wenn man einfach mal anfing? Mit den Fingern griff er sich ein Fetzchen Schinken und schob es sich in den Mund. Ein Stück eingelegte Karotte folgte. Und während er kaute, durchfuhr ihn ein Gedanke wie das Beil eines Henkers: Er war drauf und dran, sich ernsthaft zu verlieben. Und das war gar nicht gut! In ein paar Tagen würde er nach London zurückkehren und bald danach wieder in Irland Rebellen töten. Er würde Molly kaum je wiedersehen. Was sollte er tun?

Mit einem schweren Seufzer liess er sich auf den Stuhl sinken. Dabei hatte er sich doch während Cookes Abwesenheit auf den weiteren Verlauf der Befragung vorbereiten wollen.

Ein Zwiebelchen verschwand aus der Schale. Was er tun sollte? Sich auf die wesentlichen Dinge konzentrieren, ermahnte er sich. Aber war die Enthauptung eines Abenteurers, die sich vor fast zweieinhalb Jahren irgendwo am anderen Ende der Welt zugetragen hatte, wesentlicher als Molly? Oder auch nur als dieses Gürkchen? Wirklich lecker, das eingelegte Zeug. Der Käse – na, ja.

Eine Viertelstunde später war bis auf den Wein alles weg. Und Raleigh hatte es sogar geschafft, auf einigen seiner Notizen Fettflecken zu hinterlassen, wenn auch deren Studium zu kaum mehr geführt hatte.

Thomas Doughty, du armes Schwein! dachte Raleigh. Ob wesentlich oder nicht, der Mann hatte weit mehr gelitten als er. Und vor allem war er, Raleigh, am Leben.

Doughty nicht.

Requiescat in pace.

Und Raleighs Aufgabe war es nun mal, herauszufinden, ob Doughtys Leiden und Tod die gerechte Strafe für ein schwerwiegendes Verbrechen gewesen war, oder schlicht eine Ungeheuerlichkeit.

Es ärgerte Raleigh, dass Doughtys Schicksal ihn mitzunehmen begann. Als Cooke von seinem Mahl zurückkehrte, haderte er immer noch mit seiner – wie er fand – übertriebenen Empfindsamkeit. Mit Cooke betrat Molly die Kammer, nahm das leergegessene Tablett vom Tisch, knickste artig und zog sich mit einem wissenden Lächeln zurück.

Raleigh räusperte sich, nachdem Cooke auf seinem Stuhl Platz genommen und mit einem leisen Rascheln seiner ausgepolsterten Hose die Beine übereinandergeschlagen hatte. Offenbar war er wieder ganz Aufmerksamkeit.

„Am vierzehnten Juni gingen die Schiffe beim Kap der Hoffnung ankerauf", eröffnete Raleigh die Fortsetzung der Befragung. „Und obwohl man die *Mary* nicht gefunden hatte, ging man wieder auf Südkurs."

Cooke nickte dazu und Raleigh fuhr fort: „Bis man nach zwei Tagen in einer Bucht bei etwa fünfzig Grad Süd wieder ankerte. Wusste man an Bord der *Elizabeth* da schon, dass es zu einem Prozess kommen würde?"

„Es ging das Gerücht um, denn immerhin hatte Drake von uns verlangt, Vorkommnisse, die Doughty belasteten, schriftlich festzuhalten. Aber Doughty wollte es nicht wahrhaben."

Dienstag, 17. Juni 1578
an Bord der Elizabeth
im Mündungsbecken des Rio Santa Cruz
50°05'22"S 68°25'19"W

Der Himmel riss auf, und die Sonne lockte zahlreiche Männer an Deck. Abgesehen von den ständig anfallenden Reparaturen und Instandhaltungsarbeiten gab es wenig zu tun.

Im Zentrum der allgemeinen Aufmerksamkeit stand einmal mehr Thomas Doughty, der in der Kuhl am Schanzkleid lehnte, einen Fuss müssig auf der untersten Stufe des Niedergangs vom Achterdeck. Dort über ihm stand, die Hände auf die Querreling gestützt, Captain Wynter und schaute von Doughty zu Brewer und weiter zu Vicary und wieder zu Doughty. Was als Gespräch zwischen ihm und Doughty begonnen hatte, war längst zu einer öffentlichen Angelegenheit geworden.

Trotz allem Hohn, der Verachtung und Schikane, der sich Doughty ausgesetzt sah, seit er an Bord der *Mary* von Brewer und Bright des Diebstahls bezichtigt worden war, war er nicht ohne Freunde. Captain Wynter, mit dreiundzwanzig Jahren fast zehn Jahre jünger als Doughty, befolgte zwar Drakes Anordnungen, blieb dabei aber neutral und gewährte dem Gefangenen sogar gewisse Freiheiten. Andere Leute, wie John Cooke, waren Doughty ganz offen wohlgesonnen, doch stand ihm kaum einer näher als Leonard Vicary, der sich schon auf der *Mary* bei Drake für ihn eingesetzt hatte. Vicary war jung, Anwalt und verschuldet, und letzteres mochte der Grund gewesen sein, weswegen er sich jetzt an Bord der *Elizabeth* befand, vorausgesetzt, Doughty hatte ihm gegenüber das Geheimhaltungsgebot über den wahren Zweck der Reise gebrochen. Denn die beiden kannten sich schon aus ihrer gemeinsamen Zeit im Inner Temple, wo beide Jurisprudenz studiert hatten. Sie waren sogar so gut befreundet, dass Vicary seinen letzten Willen durch Doughtys Unterschrift hatte bezeugen lassen.[20]

Wynter sah zu Vicary, da der gerade das Wort ergriff.

„Sieh dich vor, Thomas, ich habe gehört, Drake sammelt Anklagen gegen dich."

„Wozu, Leonard?", tat Doughty erstaunt.

Es war Brewer, der ihm antwortete: „Das fragst du noch? Damit man dich vor Gericht stellt, wenn wir nach Hause kommen."

Doughty lachte und rief: „Das ist doch Blödsinn! Nicht eines Nagelschnipselchens werde ich angeklagt werden, und Drake weiss das ganz genau. Er lässt sich nur nicht anmerken, dass er gewissen betrügerischen und lügnerischen Schurken um ihn herum gefallen will."

Vom Achterdeck herunter warf Wynter ein: „Ich fürchte, die Herren Vicary und Brewer haben Recht, Mr. Doughty. Man sammelt belastendes Material gegen Sie."

Montag, 28. November 1580
Buckland Abbey
Devon

Nicht weniger als drei Auffälligkeiten registrierte Raleigh in Cookes Schilderung dieser Szene.

Doughty hatte sich offenbar an Deck frei bewegen dürfen. Captain Wynter und Männer der Besatzung hatten mit ihm gesprochen, was im Falle Vicarys und Brewers ein klarer Verstoss gegen Drakes Befehl war. Und Doughty hatte zwei Wochen vor seinem Ende keine Ahnung gehabt, was auf ihn zukam; er hatte nicht einmal mitbekommen, dass Drake belastende Aussagen sammeln liess.

„Das war am siebzehnten Juni, richtig?"

„Gut möglich", sagte Cooke. „Am nächsten Tag jedenfalls gingen wir wieder in See."

„Wieder zurück nach Norden."

„Jawohl."

„Und noch einen Tag später, am neunzehnten, kam auf diesem Kurs die vermisste Prise in Sicht."

„Am frühen Abend, ja. Einen Monat lang war sie vom Verband getrennt gewesen."

„Und in diesem Zustand erreichten die wiedervereinten Schiffe einen weiteren Tag später Port St. Julian: Hundertdreiundsechzig Mann auf vier Schiffen – Drake als Befehlshaber auf der *Pelican*; sein Bruder Thomas als Prisenkommandant auf der *Mary*; Captain John Wynter auf der *Elizabeth* mit den arrestierten Gebrüdern Doughty; und schliesslich Captain John Thomas auf der *Marigold*", fasste Raleigh zusammen. Übersicht war ihm wichtig, nun, da in Cookes Bericht der letzte Akt bevorstand. „Dann kam es zu dem Zwischenfall, bei dem Winterhay und Oliver getötet und schliesslich auf der Insel in der Bucht beigesetzt wurden."

Cooke presste die Lippen zusammen und seine Augen schimmerten verdächtig.

„Diese Insel werde ich mein Lebtag nicht vergessen." Sein Kinn zuckte. Raleigh liess ihm Zeit. Und als Cooke weitersprach, war sein tiefer Groll deutlich herauszuhören.

„Zu viele Dinge sind dort geschehen, von denen Gott gewiss nicht will, dass sie im Verborgenen bleiben."

„Nun, Sie sitzen hier und können berichten, Mr. Cooke", sagte Raleigh freundlich.

„Es lief auf einen Mord hinaus." Es klang trotzig.

„Mord?"

„Ja, Mord." Cookes Blick begann zu lodern, offenbar hatte er sich nur mühsam in der Gewalt. „Hier, in dieser Bucht, verspritzte Drake all sein Gift gegen Thomas Doughty." Und nun gab Cooke seine Beherrschung auf und liess seinem angeborenen Temperament freien Lauf. „Hier brachte er seinen eitlen Hass zu einem Ende, aber nicht durch höfliche, freundliche Aussöhnung, oh, nein, nicht Drake, Sir! Sondern durch äusserst tyrannisches Blutvergiessen. Drake fand keine Ruhe, solange Doughty am Leben war, ein Mann, der ihn an Klugheit und Rechtschaffenheit so weit überragte, wie er selbst alle anderen an Tyrannei."

Dieser Mann hasst Drake von ganzem Herzen, keine Frage, dachte Raleigh.

„Aber Mord, Mr. Cooke? Ein starkes Wort."

„Nicht stark genug, Sir!" Cooke war aufgesprungen und knüllte sein Barett, dass Raleigh fürchtete, es werde bleibende Schäden davontragen. Die letzten Dämme fielen, und Cooke wurde laut. „Nie hat die Welt so etwas erlebt, denn hier ermordete er den, der ihm ein treuerer und standhafterer Freund gewesen wäre als es je Pythias dem Damon[21] war, wäre Drake nur in sich gegangen!"

„Ist ja gut, jetzt!", ging Raleigh verärgert dazwischen. Wenn sich der Zeuge zu sehr von seinen Gefühlen mitreissen liess, minderte das nur den Wert seiner Aussage. Doch Cook blieb hitzig.

„Ich kann es beweisen!"

Raleigh reichte es. Er warf die Schreibfeder hin, lehnte sich zurück und sah zur Decke.

„Sie waren so schön sachlich bisher…na ja, einigermassen", seufzte er. „Bitte beruhigen Sie sich. Setzen Sie sich wieder hin und nehmen Sie einen Schluck Wein."

Und während Raleigh den Wein einschenkte, den Molly dagelassen hatte, liess sich Cooke gehorsam wieder auf dem Stuhl nieder und nahm dann dankend den Becher entgegen. Raleigh ärgerte sich, dass er nicht an Gläser gedacht hatte, die Töpferware, aus der Cooke jetzt einen guten Schluck trank, wirkte in den feinen Händen des Gentlemans doch recht rustikal. Doch der Wein schien tatsächlich eine besänftigende Wirkung auf Cooke zu haben. Er atmete tief durch und war jetzt sichtlich ruhiger.

Raleigh wartete noch einen Augenblick und sagte dann: „Und jetzt erzählen Sie in aller Ruhe, bitte."

„Es war der letzte Tag des Juni", begann Cooke leise.

Montag, 30. Juni 1578
Port St. Julian
Patagonien

Alle Mann, ohne Ausnahme, waren auf die Insel gebracht worden, wo Drake nun zu Gericht sass. Zuvor hatte man in der Nähe ein paar Zelte aufgebaut, deren Bahnen im ständigen Wind flappten. Auch hatte man einige Möbel an Land geschafft und mit einigen davon die Zelte ausstaffiert, die übrigen unter freiem Himmel hingestellt.

Drake stand neben einem Tisch, hinter dem John Thomas, Kapitän der *Marigold*, Platz genommen hatte, eine Ledermappe und Schreibzeug vor sich.

Als handelte es sich um einen Prozess im guten alten England, begann alles mit dem Verfahren der Anklageerhebung. Wie ein Häftling wurde Thomas Doughty hergeschafft und von zwei Mann vor den Tisch geführt.

John Thomas öffnete ein Bündel Papiere und nickte Drake zu. Der nickte zurück und wandte sich an den Gefangenen.

„Thomas Doughty, Ihr habt auf verschiedenste Weise und mit aller Kraft versucht, mein Ansehen zu schädigen, unsere Reise zu behindern und das ganze Unternehmen scheitern zu lassen, nebst weiterer erheblicher Dinge, derer ich Euch anzuklagen habe. Wenn Ihr Euch vollumfänglich entlasten könnt, so sollen Ihr und ich die besten Freunde sein. Wenn nicht, so habt Ihr den Tod verdient."

Doughty straffte sich und sah Drake direkt ins Gesicht.

„Es wird sich nie bestätigen", sagte er laut und klar, „dass ich etwas gegen Euch getan habe, wofür man mich bestrafen müsste."

Drake ging darauf nicht ein.

„Wer wird über Euch zu Gericht sitzen?"

„Lasst mich leben, Francis, bis wir wieder in unserer Heimat sind, und dann kann man mit mir nach den Gesetzen ihrer Majestät verfahren."

„Abgelehnt!", kam es ebenso laut und klar von Drake. Mit den gespreizten Fingern einer Hand stützte er sich leicht auf dem Tisch ab und fuhr fort: „Thomas Doughty, ich werde hier ein Geschworenengericht einberufen, das die Anklagepunkte, die ich gegen Euch vorzubringen habe, genauer untersuchen wird."

„Nun, dann hoffe ich, dass Eure Vollmacht gut ist."

Den Trotz, der in Doughtys Worten mitschwang, konterte Drake mit Verächtlichkeit, als er erwiderte: „Ich versichere Euch, meine Vollmacht ist gut genug."

Doughtys Gesicht nahm einen listigen Zug an, zumindest in den Augen jener, die ihn nicht mochten.

„Dann bitte ich Euch, lasst sie uns doch sehen. Es ist unerlässlich, dass sie hier vorgezeigt wird."

Seine Freunde hingegen hielten das für einen klugen Schachzug. Aber weder Freund noch Feind rechneten mit Drakes kaltschnäuzigem „Nun, du wirst sie nicht zu sehen bekommen." Er stiess sich ab und schwang sich vom Tisch weg, verdrehte die Augen und rief: „Meine Herrn! Hat der ein Plappermaul! Bindet sicherheitshalber seine Arme. Ihr da, meine Herren, Thomas Hood, Gregory, fesselt ihn, meine Freunde!"

Montag, 28. November 1580
Buckland Abbey
Devon

„So packten sie ihn und banden ihm die Hände hinter dem Rücken zusammen", sagte Cooke und nippte verkniffen an seinem Wein; er war ganz bei Doughty und seiner Not. „Dann warf Drake ihm zornig die verschiedensten Dinge vor."

„Zum Beispiel?", wollte Raleigh wissen.

Montag, 30. Juni 1578
Port St. Julian
Patagonien

Die Hände im Rücken gefaltet, liess Drake sein Kinn auf die Brust sinken, als ginge er kurz in sich, hob den Kopf wieder und sah die Reihen der Männer entlang, die im Halbkreis um Doughty, Drake und den Tisch mit Thomas standen. Dann hob er die Stimme gegen den Wind, dass alle ihn hören konnten.

„Wir alle wissen, wie Lord Essex gestorben ist, nicht wahr?"

Walter Devereux, erster Earl of Essex, Dienstherr sowohl Doughtys wie auch Drakes in Irland, hatte sich nach seinen mühevollen Pflichten nicht lange an seinem ersehnten „ungestörten Leben" im heimatlichen England erfreuen dürfen. Die Königin hatte ihn nach einem dreiviertel Jahr zurück nach Irland geschickt, wo er das Amt des Earl Marshal of Irleand hätte versehen sollen. Doch während des Banketts zu Ehren seines Amtsantritts war er zusammengebrochen und drei Wochen später, mit nur fünfunddreissig Jahren, gestorben.

„Er wurde vergiftet!", rief Drake aus und ging langsam um Doughty herum, wobei er gleichen Abstand zu ihm und zum Halbkreis der Männer hielt. „Und ich kann mir sehr gut vorstellen, von wem." Er blieb stehen, und sein ausgestreckter Arm fuhr hoch und deutete auf Doughty. „Von dem da!"

„Ich habe Essex nicht vergiftet!", stiess Doughty verblüfft aus. „Wieso sollte ich? Und Ihr vergesst, dass ich es war, der Euch in Irland bei Essex eingeführt hat!"

Mit einer Mischung aus Hohn und Empörung beugte sich Drake zu Doughty vor.

„Ihr habt mich bei meinem Lord eingeführt?" In langsamen Schritten nahm er seine Rundwanderung wieder auf und fuhr gestenreich, an die Männer gewandt, fort: „Seht Ihr, meine Herren, wie er versucht meinen Ruf zu schädigen? Dieser Kerl stand nie in irgendwelcher Achtung bei meinem Lord. Denn ich war täglich mit meinem Lord zusammen und habe Doughty ausser einmal nie bei ihm gesehen, und das war lange nachdem ich in Essex' Diensten stand!"

Montag, 28. November 1580
Buckland Abbey
Devon

Die Sache mit Essex fand Raleigh interessant. Weshalb hätte sich Doughty vor Drake für den Tod des Earls verantworten sollen? Drake und sein zusammengestoppeltes Bordgericht waren dafür in keiner Weise zuständig, und selbst wenn Essex ermordet worden war, was Raleigh bezweifelte, hatte es nichts, absolut nichts mit Drake oder der Reise zu tun. Er fragte Cooke danach, und der meinte, der Vorwurf hätte nur dazu gedient, Doughty in verleumderischer Absicht als notorischen Kriminellen hinzustellen.

Nun, Drake ist gewiss ein erfinderischer Mann, überlegte Raleigh im Stillen, und es dürfte ihm nicht schwer gefallen sein, einen Zusammenhang zwischen Essex' Tod und Thomas Doughty aus dem Ärmel zu schütteln. Aber wenn nun doch etwas dran sein sollte?

Nur mal angenommen, Walter Devereux wäre tatsächlich ermordet worden. Er selbst hatte auf dem Sterbebett behauptet, vergiftet worden zu sein, hatte aber irische Rebellen des Attentats verdächtigt. Immerhin war sein Tod umstritten genug, dass eine Obduktion durchgeführt worden war, der zufolge der Adlige an der Ruhr gestorben war. Allerdings gab es auch Gifte, die nicht nachgewiesen werden konnten.

Weiter angenommen, Thomas Doughty hätte Essex ein solches Gift verabreicht. Welches Motiv könnte er dazu gehabt haben? Raleigh war neugierig, wie Cooke darüber dachte, doch der sagte nur: „Thomas Doughty hat Essex nicht vergiftet. Wenn ihn einer umgebracht hat, dann war es der Earl of Leicester."

Oje! dachte Raleigh, nicht diese Geschichte!

Der Skandal hatte in ganz England die Runde gemacht. Robert Dudley, erster Earl of Leicester, galt lange als Favorit der Königin, und das halbe Land dachte, sie würde ihn heiraten, was aber schwer möglich war, denn Dudley war bereits verheiratet. Doch als seine Frau unter mysteriösen Umständen die Treppe herunterfiel und sich das Genick brach, schien der Weg frei. Und vielleicht hätte Elisabeth ihren angehimmelten Robert geehelicht, wenn er nicht hinter mehr oder weniger vorgehaltener

Hand verdächtigt worden wäre, bei dem Treppensturz etwas nachgeholfen zu haben. Als Höflinge kamen Dudley und Devereux gut miteinander zurecht – bis Dudley mit Devereux' Frau Lettice noch besser zurechtkam. Dann kamen Leicester und Essex überhaupt nicht mehr miteinander zurecht, und zwar in einem Ausmass, dass sich Lord Burleigh veranlasst sah, die beiden Streithähne zur Beilegung des Zwists aufzufordern. Devereux zumindest tat als ob und war ein knappes Jahr später tot. Fast auf den Tag genau zwei Jahre nach Essex' Ableben nahm sein Rivale dessen Witwe zur Frau.

Es mochte sein, dass Doughty in die Auseinandersetzung der beiden mächtigen Männer verwickelt gewesen war, immerhin hatte er in Essex' Diensten gestanden, aber Raleigh war ganz klar der Meinung, dass Klatsch und Tratsch über die Reichen und Schönen an dem Strand in Port St. Julian nichts zu suchen gehabt hatten.

Raleigh schenkte Cooke Wein nach und bat ihn, mit seinem Bericht fortzufahren.

„Schliesslich wurde ein Gericht einberufen", nahm Cooke den Faden wieder auf. „Den Vorsitz führte Captain John Wynter. Von John Thomas wurden dann die Anklagepunkte verlesen. Zweimal hintereinander, damit's auch ja in die Köpfe ging. Allesamt unfreundliche Aussagen, die aus Zorn gesprossen schienen, und die Doughty gar nicht erst gross bestritt. Bis dann Ned Bright daher kam, über dessen Ehrbarkeit ich mich nicht auslassen will."

Montag, 30. Juni 1578
Port St. Julian
Patagonien

Wichtigtuerisch schritt Ned Bright zum Richtertisch, hob die Hand hoch über seinen Kopf und wedelte mit einigen losen Blättern, um sie allen Anwesenden zu zeigen und legte sie dann vor Wynter auf den Tisch. Dann drehte er sich um, den Bauch vorgereckt, die Daumen in den Gürtel gehakt, und sah mit zufriedenem Grinsen zu Doughty.

„Tja, Doughty, wir haben da noch eine andere Sache für Euch, die Euch noch mehr zusetzen wird; sie wird Euch, glaube ich, bis ins Mark treffen."

Doughtys Schulterzucken sollte demonstrieren, wie wenig Sorgen er sich machte, aber es gelang ihm nicht. Er wirkte angespannt, als er erwiderte: „Bitte, Ned Bright, du brauchst mich nicht zu schonen, solange du bei der Wahrheit bleibst."

Wynter schob die Blätter des Zimmermanns zu Thomas hinüber, der neben ihm sass, beugte sich zu ihm und flüsterte ihm etwas zu. Thomas nickte, nahm die Blätter und erhob sich.

„Ich verlese jetzt Edward Brights Aussage."

Er räusperte sich, überflog die ersten paar Zeilen und begann dann mit erhobener Stimme: „Die folgenden Worte sprach Thomas Doughty zu mir in Plymouth, in eines Kapitäns Garten, wie auch an Bord der *Pelican* und anderen Orten. Erstens, Thomas Doughty überredete mich zu James Lydye, was für ein nützlicher Mann er für die Reise wäre, und dass sie nicht auf ihn verzichten könnten."

Montag, 28. November 1580
Buckland Abbey
Devon

„Lydiye?", fragte Raleigh mit einem Stirnrunzeln.

„Er meinte James Stydye", erklärte Cooke.

„Sydae", korrigierte Raleigh nun schon zum zweiten Mal und seufzte. „Armer Mann, kein Mensch scheint sich an seinen korrekten Namen zu erinnern."

Montag, 30. Juni 1578
Port St. Julian
Patagonien

John Thomas musste die Blätter wegen des Windes mit beiden Händen festhalten, während er weiter vorlas: „Und er schwor, dass diese Reise niemals ohne besagten Thomas Doughty zustande kommen würde; und Thomas Doughty sagte…"

In einem Garten in Plymouth
Doughty: Ich bin es gewesen, der unseren Kapitän dem Earl of Essex vorgestellt hat. Wegen seiner Fahrten nach Westindien musste er nämlich, aus Furcht vor dem Lord Admiral und dem Rest des Rates, England verlassen, und da habe ich ihm zum Sold in Diensten der Königin in Irland verholfen. Als dann Essex tot war, habe ich Drake meinem Dienstherrn, Mr. Hatton, vorgezogen, weil wir nämlich in Irland diese Fahrt geplant hatten und beschlossen, sie auch gleich selber durchzuführen. Ich selber beteilige mich mit tausend Pfund an dem Unternehmen.

An Deck der Pelican
Doughty: Später hat mich Drake in London im Temple aufgesucht und mich an mein Versprechen bezüglich der Reise erinnert. Ich habe mir dann überlegt, dass diese Sache eher ein Unternehmen für einen Fürsten als für einen Untertanen ist und ging damit zu Staatssekretär Walsingham und zu Mr. Hatton und legte ihnen als treuer Untertan die Angelegenheit vor. Und sie legten sie ihrer königlichen Majestät vor, der die Sache überaus gut gefiel und die nach Drake schicken liess und befahl, dass die Reise unternommen werden sollte.

An Deck der Pelican
Doughty: Ihre Majestät, die Königin, hat uns beide, mich und Drake, zusammengetan und uns ein so weitreichendes Patent erteilt, wie es noch nie zuvor England verlassen hat. Das ganze Unternehmen ist von mir unterzeichnet und gesiegelt worden, was keine geringe Sache ist. Ja, die Königin und der Kronrat haben mir eine grosse Verantwortung

auferlegt. In Anerkennung meiner Verdienste in Irland, weil ich meine Pflicht unter dem Earl of Essex so ehrenvoll ausgeübt habe.

Auf der Insel Mayo
Doughty (leise): Drake kann nichts tun ohne meine Zustimmung, gar nichts. Aber noch bin ich grosszügig. Ich tue vielen Leuten Gutes, das kann ich beschwören, Bright. Auch dir – wenn du willst. Hör zu: Ich bin gerade dabei, eine Crew zusammenzustellen. Zwölf Mann. Ein Dutzend, mehr brauche ich nicht. Dieses Dutzend wird den Sieg davontragen, ich schwör's, und du kannst einer davon sein. Wenn du dabei bist, mache ich dich zum reichsten Mann deiner Sippe, so wahr ich hier vor dir stehe. Das ist die Gelegenheit. Ich würde meinen Anteil nicht für elftausend Pfund hergeben.

„Diese Worte", deklamierte Captain Thomas, „sprach er in Plymouth, an Bord der *Pelican* und auf der Insel Man."

Die Männer wussten natürlich, dass damit nicht die Insel in der Irischen See, sondern die Insel Mayo gemeint war.

Thomas wischte sich kurz über den Mund und fuhr fort: „In meiner Kabine an Bord der *Pelican* kam Thomas Doughty zu mir, nachdem gewisse Worte zwischen William Leage und mir gewechselt worden waren…"

In Brights Kabine
Doughty: Was ist los, Bright? Leage sagte mir eben, dass sich Drake durch dich sehr beleidigt fühle und dich in Eisen legen wolle. Aber das werde ich nicht zulassen, dazu mag ich dich zu gut. Hör zu: bleib zwei, drei Tage in deiner Kabine, und du wirst sehen, nachher seid ihr wieder die besten Freunde. Lass mich nur machen. Wenn du tust, was ich dir sage, kommt alles wieder in Ordnung.

„An Bord der Prise sagte Thomas Doughty…"

An Deck der Mary
Doughty: Was für ein Jammer, habe ich diese Fahrt nicht selbst unternommen, ohne Drake. Und auf die anderen Beteiligten könnte ich auch

gut verzichten. Ich würde es selbst durchaus zuwege bringen und würde die Sache bei meiner Heimkehr gut genug erledigt haben.

Thomas wechselte zum letzten Blatt und fuhr in gleich bleibendem Ton fort: „Und der genannte Thomas Doughty sagte, dass der gesamte Kronrat mit Geld bestochen würde. Ja, selbst ihre königliche Majestät, was zu hören mein Gewissen bekümmerte. Darüber hinaus bemerkte John Doughty mir und John Deane gegenüber, dass er und sein Bruder so gut wie sonst wer zaubern könnten, und dass sie den Teufel auferstehen lassen und dafür sorgen könnten, dass er jedem in Gestalt eines Bären, eines Löwen oder eines Mannes im Harnisch erscheine. Darüber hinaus bemerkte John Doughty mir und John Deane gegenüber, dass er, besagter John Doughty, so gut wie sonst wer im Verabreichen von Gift sei, und dass er einen Mann mit einem Diamanten so vergiften könne, dass er danach zwölf Monate leben oder sterben sollte."

Nachdem er noch einen Blick in die Runde geworfen hatte, liess Thomas die Blätter sinken und setzte sich. Brights Schriftstück legte er neben sich auf den Tisch und beschwerte es mit einem Stein, den er vom Boden aufhob.

Selbstgefällig schob sich Bright einen Schritt auf Doughty heran und zischte: „Na, wie gefällt dir das, Mistkerl?"

Mit offenem Mund schüttelte Doughty verständnislos den Kopf. Einen Moment schien es, als wüsste er nicht, was sagen. Er sah mit gerunzelter Stirn Bright an und sagte schliesslich: „Aber Ned Bright, was treibt dich dazu, mich so zu belügen? Du weißt, dass zwischen dir und mir nie eine derart familiäre Beziehung bestanden hat. Aber es mag sein, dass ich gesagt habe, wir würden in der Heimat besser aufgenommen, wenn wir Gold nach Hause brächten, doch das ist mehr, als ich mich erinnern kann."

Montag, 28. November 1580
Buckland Abbey
Devon

„Im weiteren Verlauf ergab es sich dann, dass Doughty sagte, der Lord Schatzmeister, Lord Burleigh, habe Kenntnis vom Plan der Reise gehabt", sagte Cooke.

Montag, 30. Juni 1578
Port St. Julian
Patagonien

„Nein, das hat er nicht!", erwiderte Drake überzeugt.

„Doch, er hat", beharrte Doughty.

„Woher denn?"

„Er hat es von mir."

Drake schnappte nach Luft, und seine Stimme kippte vor Verblüffung, als er den Männern zurief: „Seht nur, meine Herren, was der Kerl getan hat!" Da war nichts gespielt, seine Empörung war durchaus echt. „Gott wird alle seine Verrätereien zu Tage fördern! Denn ihre Majestät gab mir die ausdrückliche Anweisung, dass von allen Leuten gerade der Lord Schatzmeister Burleigh nichts davon erfahren dürfe. Damit hat er sich selbst Lügen gestraft! – Nehmt es zu den übrigen Anklagen mit auf, Mr. Thomas!"

Allen Anwesenden war klar, dass die Schlinge um Doughtys Hals gerade enger geworden war. Und zum ersten Mal schien Doughty selbst zu bemerken, dass er einen Fehler gemacht hatte. Bis hierher war er mit Erfolg darum bemüht gewesen, eine würdevolle Haltung an den Tag zu legen, was bei den Männern Achtung, ja Bewunderung ausgelöst hatte; bei einem Grossteil gegen ihren Willen. Doch nun stand da plötzlich einfach ein Mann mit gefesselten Händen, dem alles Unzerstörbare abhandengekommen war.

„Wenn Ihr mich leben lasst, Drake", bat er, „und mir gestattet, auf die Anklagen vor einem Gericht in England zu antworten, dann unterschreibe ich alles, was dazu nötig ist."

Doughtys plötzliche Demut schien Drake schlagartig zu besänftigen. Er sah seinen einstigen Freund lange an, als würde er sich den Vorschlag überlegen, sagte aber dann: „Nun, lasst erst mal diese Männer darüber befinden, ob Ihr schuldig oder unschuldig seid, dann besprechen wir die Sache weiter."

Der versöhnliche Ton täuschte nicht darüber hinweg, dass Thomas Doughty hier und jetzt in gewaltigen Schwierigkeiten war.

Die Geschworenen legten allesamt den Eid ab, der ihnen von John Thomas vorgesagt wurde. Dann übergab Drake, was man die „Anklageschriften“ nennen könnte an den Vorsitzenden der Gerichtsverhandlung, Captain John Wynter. Gleich würde es losgehen.

Da trat Leonard Vicary an Drake heran.

„Auf ein Wort, wenn Ihr gestattet, Sir.“

„Ja, Mr. Vicary?“

Obwohl er in sein bestes Wollzeug gekleidet und eng in seinen Mantel gewickelt war, zitterte Vicary vor Kälte.

„Sir, was Ihr vorhabt ist gegen das Gesetz und widerspricht jeglicher Rechtsprechung.“ Vicary sagte es so leise, dass nur eine Handvoll Männer, die ganz in der Nähe standen, es mitbekamen. Doch diese paar Köpfe drehten sich nun zu den beiden, als sie Drake ebenso leise, aber mit Nachdruck sagen hörten: „Ich habe mit euch hinterlistigen Anwälten nichts zu schaffen, Mr. Vicary, noch schert mich das Gesetz, aber ich weiss, was ich tun werde.“

Vicary schluckte.

„Aber wie sollen wir hier über sein Leben entscheiden?“

Mit einem Lächeln, als wolle er damit seine Ausfälligkeit von eben mildern, erwiderte Drake: „Nur die Ruhe, Mr. Vicary, mit seinem Leben werdet ihr gar nichts zu tun haben, lasst das ganz allein meine Sorge sein; ihr braucht lediglich darüber zu befinden, ob er der hier gegen ihn vorgebrachten Punkte schuldig ist oder nicht.“

„Sehr gut.“ Vicary atmete auf. „Dann ist es, hoffe ich, nicht eine Sache von Leben und Tod.“

„Nein, nein, Mr. Vicary.“

Ganz der beruhigende Onkel tätschelte Drake dem jungen Anwalt den Arm und wandte sich dem Richtertisch zu.

Montag, 28. November 1580
Buckland Abbey
Devon

Raleigh war klar, dass er soeben aus dem Munde Cookes der systematischen, planvollen und perfiden Vernichtung eines Menschen beiwohnte. Grundsätzlich zweifelte er nicht, dass alles so abgelaufen war, wie Cooke es schilderte. Doch er hatte nicht vergessen, dass Cookes Glaubwürdigkeit massiv angeknackst war. Nach wie vor warf die Episode um Drakes Mütze, wie Cooke sie geschildert und dabei allen anderen Zeugen widersprochen hatte, einen langen Schatten. Auch sein unverhohlener Hass auf Drake liess befürchten, dass er in seinen Aussagen mehr als nur tendenziös war, und sei es auch nur, dass er damals Gehörtes und Gesehenes nach seinen eigenen Wünschen interpretiert hatte. Zum Beispiel erschien Raleigh Drakes verbaler Ausfall gegenüber Vicary fragwürdig. Drake war bestimmt kein Dummkopf, und er würde kaum eine Gerichtsverhandlung inszeniert haben, die den Umständen entsprechend so eng wie möglich an das Rechtsprechungsverfahren daheim in England angelehnt war, um sich dann mit einem Satz dreist aus der Pflicht gegenüber Recht und Gesetz nehmen. Was aber hätte Drake tatsächlich zu Vicary gesagt haben können, das Cooke veranlasst hatte, genau das zu verstehen?

Irrelevant. Müssig, sich da irgendetwas auszudenken, reine Spekulation. Raleigh musste Cookes Aussage aufnehmen als das, was sie in erster Linie war: Die Sicht eines Zeugen auf Ereignisse, bei denen er unmittelbar zugegen war.

Raleigh war so tief in seine Überlegungen versunken, dass er hochschrak, als Cooke sich erkundigte, ob er fortfahren solle.

„Ja, bitte, Mr. Cooke, natürlich."

„Es kam dann, wie es wohl kommen musste. Oder besser gesagt, wie Drake es hatte kommen lassen wollen. Die Geschworenen traten zusammen und befanden, dass alles zweifelsfrei der Wahrheit entsprach – ausser den Punkten, die Edward Bright gegen ihn vorgebracht hatte. Denn von einigen wurde bezweifelt, ob die alleinige Aussage Brights ausreichte, um das Leben eines Mannes wegzuwerfen. Und gewiss sprach es nicht gerade für die Aufrichtigkeit des Mannes, so lange die angeblich in England gemachten Äusserungen Doughty's unter dem Deckel zu halten, um sie dann an diesem Ort offenzulegen, wo der Wille Gesetz war und die Vernunft ins Exil geschickt wurde."

„Hübsch gesagt. Aber wir wollen doch sachlich bleiben, Mr. Cooke", ermahnte Raleigh, der schon fürchtete, dass mit Cooke wieder die Gäule durchgingen.

„Jedenfalls", fuhr Cooke fort, „als das Urteil verkündet wurde, teilte man Drake mit, dass Zweifel in Bezug auf Brights Ehrlichkeit laut geworden seien."

„Und wie reagierte er darauf?"

„Er tat verwundert und sagte, er wage zu behaupten, dass was Ned Bright gesagt hatte, nur allzu wahr sei. Doch nur vierzehn Tage später war Bright bei Drake so sehr in Ungnade gefallen, dass er um sein Leben fürchten musste. Um ihn los zu sein, versetzte Drake ihn schliesslich von der *Pelican* auf die *Marigold*, die ja dann mit Mann und Maus gesunken ist."

„Tja, hätte Bright nicht Drakes Unmut auf sich gezogen, wäre er wohl jetzt noch am Leben", äusserte Raleigh mit galliger Ironie, die jedoch, nach seinem Gesichtsausdruck zu schliessen, wirkungslos an Cooke abprallte. „Aber kehren wir doch zu Doughty's Verurteilung zurück."

„Gewiss", sagte Cooke und nahm den Faden wieder auf.

Montag, 30. Juni 1578
Port St. Julian
Patagonien

Ob mit Brights Aussage oder ohne, das Urteil der Geschworenen lautete: Schuldig.

Ohne besondere Anzeichen nahmen sowohl Doughty wie auch Drake das Urteil zur Kenntnis. Drake blieb ausgesprochen nüchtern. Geschäftsmässig nahm er eine Mappe vom Tisch, klemmte sie sich unter den Arm und wandte sich an den Verurteilten.

„Thomas Doughty, Ihr wartet mit eurem Bruder hier." Dann drehte er sich um und rief: „Alle anderen kommen mit ans Wasser!"

Wynter und Thomas erhoben sich von ihren Plätzen, und der ganze Pulk von hundertachtundfünfzig Mann folgte Drake zum Ufer und dort am Strand entlang, bis sie ausser Hörweite waren. Als Drake stehen blieb, bildeten sie sofort einen Halbkreis um ihn und beobachteten erwartungsvoll, wie er die Mappe öffnete und in den Schriftstücken darin zu blättern begann. Er blätterte ziemlich lange. Vor und zurück. Immer schneller.

„Um Gottes willen!", stiess er mit offenkundigem Erschrecken hervor. „Jetzt habe ich ausgerechnet das, was ich unbedingt hier haben sollte, in meiner Kabine gelassen."

Montag, 28. November 1580
Buckland Abbey
Devon

„Als hätte er seine Vollmacht vergessen mitzunehmen!", empörte sich Cooke. „Aber ob er sie nun vergessen hatte oder nicht, noch mehr vergass er sich selbst, ein Verfahren zu eröffnen, ohne seine Vollmacht zu zeigen, wenn er denn eine hatte."

Raleigh hatte fleissig mitgeschrieben, der Stapel beschriebener Blätter neben seinem Ellbogen wurde immer höher. Jetzt hob er den Kopf und sah Cooke in das weiche Gesicht mit den Grübchen und den kalt blickenden braunen Augen.

„Wollen Sie damit sagen, er hatte keine?"

„Nun, irgendeine Vollmacht wird er wohl gehabt haben", gab Cooke mit schiefem Lächeln zurück. „Aber ich bezweifle, dass sie ausreichte, seine barbarische Willkür zu rechtfertigen."

Raleigh hätte furchtbar gern einen Blick in Drakes Vollmacht geworfen. Wenn dieses Dokument Drake befugte, ein Gerichtsverfahren abzuhalten, oder auch nur irgendeinen seiner Männer mit dem Tod zu bestrafen, dann war er vom Haken. Dann bliebe höchstens noch eine moralische Schuld an Doughtys Tod, wenn er eine solche Vollmacht dazu missbraucht hatte, Doughty aus persönlichen Gründen zu beseitigen. Rein formal aber wäre soweit alles in Ordnung, denn durch das angewandte Verfahren hatte nicht er, in despotischer Willkür, sein Opfer für schuldig befunden, sondern die hundertsechzig Mann seiner Besatzung, nach Anhörung vorgetragener Beweise und der Möglichkeit des Angeklagten, sich zu verteidigen. Und eine rein moralische Schuld würde in den Überlegungen Walsinghams und auch der Königin absolut keine Rolle spielen.

Zähneknirschend musste sich Raleigh eingestehen, dass auch er nicht über Drakes allfällige moralische Schuld zu urteilen hatte. Sein Auftrag lautete: Finden Sie heraus, was genau passiert ist, und kommen Sie zu einem für Drake günstigen Schluss.

Kurz überlegte Raleigh, ob es eine Möglichkeit gäbe, diese Fessel abzustreifen, um nicht dem Willen der Königin (oder zumindest Walsinghams), sondern der reinen Wahrheit zu ihrem Recht zu verhelfen. Und dann wunderte er sich, wie er so etwas denken konnte. Die Antwort lautete: Doughtys Schicksal machte ihn betroffen, mehr als erwartet. Und mehr als erwünscht. Es ärgerte ihn, dass er sich zu mehr Distanz und Objektivität zwingen musste. Sein Gegenüber war ihm dabei keine grosse Hilfe; auch wenn er den Schnösel nicht sonderlich sympathisch fand, seine Schilderungen waren so plastisch, dass es schwer war, sich ihrem Sog zu entziehen. Denn Cookes Aussagen hin oder her – nach wie vor bestand die Möglichkeit, dass Doughty schuldig im Sinne der Anklage und zu Recht hingerichtet worden war.

Er gab sich einen Ruck.

„Fahren Sie bitte fort, Mr. Cooke."

Montag, 30. Juni 1578
Port St. Julian
Patagonien

Drake ging noch einmal alle Dokumente durch und murmelte: „Nee, ist nicht da. Aber das hier." Nacheinander hielt er eine Reihe von Schriftstücken in die Höhe und zeigte sie den Männern. „Ein Brief von John Hawkins an den Earl of Essex, in dem er ihm meine Dienste anempfiehlt. Dann hier der Dankesbrief von Essex an Hawkins für die guten Dienste, die ich ihm geleistet habe. Das hier ist ein Schreiben, in welchem mich Essex dem Staatssekretär Walsingham empfiehlt. Sir Christopher Hatton's Briefe an mich, in denen er mich bittet, seine Männer John Thomas und John Brewer an der Reise teilnehmen zu lassen. Und hier schliesslich der Anteilschein ihrer Majestät der Königin über eintausend Kronen!"

Montag, 28. November 1580
Buckland Abbey
Devon

„Ich musste mich doch sehr wundern", schob Cooke ein, „weshalb ihm so viele Adlige und Gentlemen ihre Briefe überlassen haben sollen, ausser um damit seinen guten Ruf zu dokumentieren."

Cookes parteiische Gehässigkeit ging Raleigh allmählich auf die Nerven. Weshalb sollte Drake nicht im Besitz sein von Abschriften der Korrespondenz, die ihn persönlich betraf? Ausserdem mussten die Papiere von einiger Bedeutung sein, zumindest für Drake selbst, sonst hätte er sie nicht mit auf die Reise genommen.

Doch Raleigh enthielt sich eines Kommentars und wartete darauf, dass Cooke mit seinem Bericht fortfuhr.

Montag, 30. Juni 1578
Port St. Julian
Patagonien

Sorgsam legte Drake die Dokumente in die Mappe zurück und blickte dann die Männer der Reihe nach an.

„Nun, meine Herren, Ihr mögt selber urteilen, ob der Kerl versucht hat, mich in Misskredit zu bringen oder nicht. Und was hätte er damit beabsichtigt, wenn nicht das Scheitern dieser Reise, indem er mich erst um meinen guten Ruf bringt und dann um mein Leben. Und wenn ich dessen beraubt worden wäre, was würdet ihr tun? Ihr wärt gezwungen, einer des anderen Blut zu trinken und wieder nach Hause zurückzukehren, wo ihr aber niemals hinfinden würdet."

Drake wechselte das Standbein.

„Und nun, meine Herren, bedenkt, auf was für einer grossartigen Fahrt wir uns befinden!"

Er unterstrich das, indem er mit ausgestrecktem Arm auf die vor Anker liegenden Schiffe deutete. Ihrer aller Stück Heimat an diesem unwirtlich Platz. Als wollte er sagen: Seht, wie weit wir schon gekommen sind!

„Eine Fahrt", fuhr er fort, „wie sie noch nie von England aus unternommen wurde und die den Geringsten in dieser Flotte zu einem Gentleman machen wird! Und wenn diese Fahrt nicht fortgesetzt werden kann – und ich sehe nicht, wie das möglich sein soll, wenn dieser Mann am Leben bleibt – was für eine Schande wäre das, nicht nur für unser Land, sondern besonders für uns, wie sich wohl auch der Dümmste hier vorstellen kann."

Einige der Männer nickten.

„Deshalb, meine Herren, sollen die, die der Ansicht sind, dass dieser Mann den Tod verdient hat, mit mir die Hand heben, und die, die denken, er habe den Tod nicht verdient, lassen ihre Hände unten."

Montag, 28. November 1580
Buckland Abbey
Devon

Cooke wirkte von seinem eigenen Bericht mitgenommen. Bitter fügte er hinzu: „Einige hoben ihre Hand, weil sie Doughtys früheres Glück neideten. Andere zögerten, nicht die Hand zu heben, aus Angst vor Drakes Härte, wenn auch gegen ihre Herzen. Und wieder andere erhoben ihre Hände und Herzen zum Herrn, auf dass er uns von diesem tyrannischen, grausamen Despoten befreie."

Oh ja, ganz bestimmt, dachte Raleigh gallig. Wie viele von den Letzteren mochten es gewesen sein? Drei? Vier? Dann dachte er an die extrem hohe Anzahl von Gentlemen unter den Männern, von denen viele schon aus Standessolidarität gegen eine Hinrichtung Doughtys waren. Dreissig? Vierzig? Von hundertsechzig.

„Immerhin liess er die Männer abstimmen", gab er zu bedenken.

„Ihr haltet das für fair?", fragte Cooke mit schiefem Blick.

„Ich denke, nachdem Doughty einmal für schuldig befunden war, hätte Drake einfach das Urteil verkünden können, aber er hat sich einem Mehrheitsentscheid unterworfen."

„Ach was!", wischte Cooke den Einwand lebhaft beiseite. „Drake hat alle eingeschüchtert und manipuliert. Nichts als ein scheinheiliges Affentheater. Und dieses üble Spiel trieb er noch weiter. Er kehrte zu seinem Richterstuhl zurück und teilte Doughty mit, dass er ein Kind des Todes sei."

Montag, 30. Juni 1578
Port St. Julian
Patagonien

„Und glaubt mir, Thomas Doughty, das macht Euch zu nichts weniger als einem Kind Gottes", sagte Drake ernst und warm. „Aber wenn irgendeiner bis morgen früh einen Weg findet, Euer Leben zu retten, soll er es mich wissen lassen. Ich selbst werde nach einer Lösung suchen, die aber auch meine Sicherheit mit einschliessen muss."

Doughty stiess einen Seufzer aus, während sich sein Bruder John an seinen Arm klammerte und zwischen Drake und Doughty hin und her sah.

„Nun, Sir", sagte Doughty, „da es nun, wie ich sehe, so weit gekommen ist, dass Ihr mich aus dem Weg haben wollt, bitte ich Euch, nehmt mich mit nach Peru und setzt mich dort an Land."

Drake schüttelte lächelnd den Kopf.

„Ganz sicher nicht, Mr. Doughty." Doch das Lächeln verschwand, als er erklärte: „Ich könnte es vor ihrer Majestät nicht verantworten, wenn ich das täte. Aber wie gesagt, Thomas Doughty, falls irgendeiner garantiert, dass ich vor Euch sicher bin und es übernimmt, Euch in Gewahrsam zu nehmen, dann werden wir sehen, was sich machen lässt."

Doughty richtete sich an den Vorsitzenden: „Mr. Wynter, wollt Ihr so freundlich sein, dass für mich zu tun?"

Wynter zögerte nur eine Sekunde.

„Mr. Drake, Sir, ich verbürge mich für die Sicherheit Eurer Person, wenn Ihr Mr. Doughty meiner Obhut überlasst."

Alle warteten darauf, dass Drake etwas sagte. Doch er blieb stumm und sah nur angestrengt vor sich hin. Eine merkwürdige Stille senkte sich über die Anwesenden. Obwohl es ziemlich laut um sie herum war: Der Wind liess die Zeltbahnen, Fahnen und Wimpel flappen; leichte Wellen liefen zischend auf den Strand, zogen sich gurgelnd und gluckernd wieder zurück und liessen dabei Sand und Kies knirschen; Seevögel kreischten.

Und plötzlich durchbrach Drakes Stimme die Geräuschkulisse.

„Schaut, meine Herren, dann müssen wir es so machen: Wir müssen ihn unter Deck dicht unter der Gräting anketten und nach Hause zurückkehren und unsere Fahrt hier abbrechen. Wenn das in eurem Sinne ist, braucht ihr es nur zu sagen."

Unter den Männern entstand Unruhe, die sich zu einem mittleren Tumult auswuchs, und Blackeley rief: „Gott verhüte das, guter Kapitän, Sir!"

Andere fielen mit ein, Rufe wurden laut.

„Kommt gar nicht in Frage, dass wir jetzt aufgeben!"

„Nein! Wir sind nicht so weit gekommen, um jetzt umzukehren!"

Und dann riefen alle wild durcheinander.

Montag, 28. November 1580
Buckland Abbey
Devon

„Eine Gesellschaft hoffnungsloser Bankrotteure, die in ihrer Heimat nur von dem lebten, was durch den Schweiss anderer erworben worden war", schimpfte Cooke. „Natürlich hörte man auf sie, ein williges Pferd braucht keine Sporen."

Raleigh konstatierte mit einem Nicken: „Und damit war dann Doughty's Schicksal besiegelt."

Bedächtig legte er die Feder nieder und rieb sich das vom Schreiben schmerzende Handgelenk. Er glaubte nicht, dass jetzt noch viel kommen würde. Er sollte sich irren.

„Das war es wohl schon von dem Moment an, da Drake beschloss, Doughty aus dem Weg zu räumen", meinte Cooke. „Doughty blieb nichts anderes mehr, als sich auf den Tod vorzubereiten. Drake gab ihm einen Tag Zeit, seine weltlichen Dinge zu ordnen und kehrte auf die *Pelican* zurück. Dabei versprach er grossartig, er werde ohne Unterlass zu Gott beten, damit dieser ihm einen Weg aufzeige, wie er Doughty noch retten könne. Aber er hatte früher so oft geschworen, er würde ihn hängen, dass es ihm jetzt wohl nicht ernst war, denke ich."

Was Cooke dachte, soweit es um Drake ging, war Raleigh nun hinlänglich bekannt.

„Wie verbrachte Doughty diesen Tag Gnadenfrist?"

„Im Gebet. Ausser eine kurze Zeit, in der er seine weltlichen Angelegenheiten regelte und die Sachen, die er mit sich führte, an seine Freunde verteilte."

„Hatte er denn nicht schon vor Antritt der Reise, in England, sein Testament gemacht?"

Raleigh nahm die Feder wieder auf und liess sie über dem halbvollen Bogen Schreibpapier schweben.

„Doch, das hatte er. Und nun fügte er ihm ein Kodizill hinzu, in welchem er die Männer bedachte, die ihn begleitet hatten."

„War er verheiratet?"

„Verwitwet. Auch hier hat ihm das Schicksal übel mitgespielt. Im Februar heiratete er seine Dorcace, im September, als er sein Testament verfasste, war sie schon tot und im November schiffte er sich für die Reise ein."

„Und in Port St. Julian, vermachte er da irgendjemandem Geld?"

„Er zahlte die Männer aus, die in seinen Diensten gestanden hatten, William Haynes und Simon Wood. Ansonsten bedachte er nur seinen Freund Leonard Vicary mit einer Summe. Vierzig Pfund, soweit ich mich erinnere."

„Mehr hatte er wohl nicht bei sich." Das sagte Raleigh nur so dahin, doch Cooke schüttelte den Kopf.

„Nein, Mr. Raleigh, das war kein Geld, das er ihm in Port St. Julian übergab, sondern eine Schuld Vicarys, die er ihm erliess." [22]

Wie war es möglich, dass Cooke das wusste? Hatte er Einblick in Doughtys Testament gehabt? Und wenn ja, wozu? Letztlich blieben diese Fragen aber irrelevant, soweit es Doughtys Tod betraf.

„Wie war seine Verfassung, als es ans Sterben ging?", wollte Raleigh wissen.

„Merkwürdig. Er schien ausgesprochen guter Laune zu sein. Als ihm gesagt wurde, er solle sich fürs Sterben bereitmachen, nahm er das mit einer Heiterkeit auf, wie ich sie nie vorher bei ihm gesehen hatte. Er bat darum, vor seinem Tod das Sakrament empfangen zu dürfen, worauf Drake meinte, das sei das Wenigste, das er noch für ihn tun könne, und er wolle ihm am Tisch des Herrn Gesellschaft leisten. Das Abendmahl empfing Doughty mit einer bewundernswerten Haltung, in aller Seelenruhe und voller Gottvertrauen, als habe er den Tod bereits überwunden. Und während dieses ganzen letzten Tages sah man ihn kein Jota von seiner Haltung abweichen, ruhig und fest, gerade so, als müsse er nur eben einem Edelmann eine Nachricht überbringen."

Cooke schwieg und massierte seine Lippen, während er mit leerem Blick auf den Boden starrte. Cooke war nicht hier, in diesem Raum, erkannte Raleigh, er war auf der flachen, baumlosen Insel in Port St. Julian. Geduldig wartete er, bis Cooke wieder zurückfand und leise sagte: „Nachdem Doughty und Drake von Fletcher das Sakrament empfangen hatten, fand ein Bankett statt – so gut es auf der Insel eben ging. Währenddessen wurde das Schafott aufgebaut."

Mittwoch, 2. Juli 1578
Port St. Julian
Patagonien

Auch während der Zeit, in der die Schiffe in Port St. Julian vor Anker lagen, riss der ewige Rhythmus des Wachwechsels nicht ab. Von den knapp fünfzig Mann, die gerade Wache gingen, waren einige damit beschäftigt, das Schafott aufzubauen, ein niederes Podest von etwa zehn Fuss im Geviert, eine Konstruktion aus liegenden Balken, mit Keilen den Unebenheiten des natürlichen Untergrunds angepasst, die mit jeder draufgenagelten Planke mehr und mehr einer winzigen Bühne glich. Einer Bühne für die letzte Szene des letzten Akts.

Andere Wachgänger behielten die Schiffe oder das Festland im Auge oder unterhielten die Feuer, die auf der Insel brannten; grosse offene, über denen man Geflügel und Robben gebraten hatte, kleinere in Eisenkörben in und vor den Zelten. In jenen Zelten, die gross genug waren, hatte man Planken auf Böcke gelegt und zu Esstischen hergerichtet. Stühle gab es nur sehr wenige, und sie waren den Kapitänen und Mastern vorbehalten. Alle anderen sassen auf einfachen Bänken, Hockern, Kisten und was sich sonst gerade so anbot. In einem der Zelte sass Drake am Kopfende des Tisches, wie es seinem Rang gebührte. Doch hatte er den Stuhl zu seiner Rechten für Doughty reserviert, gegenüber von John Wynter. Rechts von Doughty sass sein Halbbruder John, vis-à-vis mit Captain John Thomas. Weiter unten an der Tafel folgten Fletcher, Bright, Vicary, Cooke und einige andere; insgesamt drängten sich zwölf Leute am Tisch, wie zum Abendmahl um einen falschen Christus. Oder, treffender noch, wie Fletcher Cooke zuraunte: „Wolf und Lamm sollen weiden zugleich, der Löwe wird Stroh essen wie ein Rind, und die Schlange soll Erde essen. Sie werden nicht schaden noch verderben auf meinem ganzen heiligen Berge, spricht der Herr. Jesaja, Kapitel fünfundsechzig, Vers vierundzwanzig."

„Amen", flüsterte Cooke zurück.

Drake tat so, als bemerke er es nicht. Er nahm einen Krug Wein aus den Beständen der *Mary* und schenkte Doughty nach.

„Was die Art deines Todes betrifft..."

Doughty hob seine Gabel, auf die er ein mundgerechtes Stück Robbenfleisch gespiesst hatte, steil in die Luft.

„Du hast dir was ausgedacht, stimmt's?"

Als wäre das alles ein Heidenspass.

Drake stellte den Krug zurück und sagte: „Nein! Im Gegenteil, ich überlasse dir die Wahl, du sollst wenigstens so sterben, wie du es wünschst."

„Zu gütig, Francis." Doughty schob sich den Bissen in den Mund und fuhr kauend fort: „Aber für einen Gentleman wie mich kommt wohl nur Enthaupten in Frage, alles andere wäre unter meiner Würde."

„Wie wäre es mit Erschiessen?", fragte Drake, während er an dem Fleisch auf seinem Teller herumsäbelte. „Ich würde sogar eigenhändig die Muskete abfeuern, damit du immerhin durch die Hand eines Ehrenmanns zu Tode kommst."

Doughty musste Lachen und verschluckte sich fast.

„Nimm es mir nicht übel, Francis, aber von einem Pastorensohn erschossen zu werden – nein danke. Ausserdem hätte dann der gute Mr. Bright ganz umsonst einen Richtblock angefertigt und unter Mühen hierher geschafft. Nein, nein, Enthaupten geht in Ordnung."

„Wie du wünschst", quittierte Drake freundlich.

Doughty beugte sich zu Bright hinüber, der weiter unten am Tisch schräg gegenüber sass, und rief mit aufmunterndem Nicken: „Na, Ned – zufrieden?"

Ohne von seinem Teller hochzusehen, schnaubte der Schiffszimmermann: „Soll ich mich jetzt auch noch bedanken, oder was?" Ganz offensichtlich kam er mit Doughtys deplatzierter Heiterkeit nicht gut zurecht. Verärgert schnitt er sich ein Stück Robbe ab und hob sein Messer, um es aufzuspiessen, als Doughty sagte: „Nur die Ruhe, Bright. Wusstest du, dass ich deine Frau kenne?"

Jetzt erst sah Bright hoch und liess dabei das Messer sinken.

„Meine Frau?"

„Nun, kennen ist vielleicht ein bisschen viel gesagt", plauderte Doughty weiter. „Ich bin ihr ein-, zweimal begegnet. In Cambridge, als ich dort studiert habe. Ich fand sie ganz entzückend, obwohl man mir sagte, dass ihr Ruf nicht der beste sei." Er klopfte seinem Bruder auf den Arm. „Du müsstest es doch wissen, John, du warst doch auch da."

John Doughty, bleich wie die Klippen von Dover, sass mit hängenden Schultern und zusammengebissenen Zähnen da, starrte auf seinen Teller, den er noch nicht angerührt hatte, und presste leise hervor: „Hör auf, Thomas!"

Endlich war bei Bright der Penny gefallen.

„Na warte, du mieser, kleiner..."

Sein Messer immer noch in der Faust, stemmte er sich hoch, doch Thomas Doughty lehnte sich nur etwas zurück, bot seine Brust dar, indem er die Arme ausbreitete, und sagte mit unverfrorenem Lächeln: „Was denn, Bright – willst du mich umbringen, bevor man mir den Kopf abschlägt?"

Vielleicht wäre Bright tatsächlich über den Tisch gestiegen und hätte Doughty sein Messer in den Leib gerammt, wenn Drake nicht dazwischen gegangen wäre, indem er einfach seinen Silberbecher hob und die Frage in die Runde warf: „Wie wär's mit einem Trinkspruch?"

Sofort wusste Bright wieder, wo er sich befand und wie er sich in Gegenwart seines Kapitäns zu benehmen hatte und liess sich artig auf seinen Schemel zurücksinken,[23] während Doughty nach seinem Becher griff und enthusiastisch ausrief: „Meine Herren, auf ihre Majestät, die Königin! Gott schütze sie!"

„Gott schütze sie!", rief der Chor der Backschaft mit erhobenen Bechern. Als alle getrunken hatten, warf Drake einen aufmunternden Blick zu Gregory, dem jüngsten Mitglied der Runde am Fussende des Tisches. Als er damals in Plymouth an Bord gekommen war, war er noch im Stimmbruch gewesen. Jetzt hob er erneut seinen Becher und rief mit erstaunlich klarem Tenor: „Auf uns!"

„Auf uns!"

Kaum hörbar murmelte John Doughty: „Ja. Weil sich keiner sonst um uns kümmert."

Fletcher, der neben ihm sass und es vernommen hatte, wisperte ihm zu: „Gott kümmert sich um uns!"

„Finden Sie?"

Fletcher machte den Mund auf, um etwas zu erwidern, doch da stellte Thomas Doughty seinen Becher auf den Tisch und erhob sich.

„Und nun..." Er stellte sich hinter seinen Stuhl und legte die Hände auf die Lehne, als wolle er eine Rede halten. „Ich bin bereit, wie man nur bereit sein kann für so was. Wenn es dir beliebt?"

Drake wischte sich mit einer Serviette den Mund ab und legte sie wieder hin. „Gewiss."

„Ich möchte nur noch kurz unter vier Augen mit dir sprechen, Francis."

Nachdem er ebenfalls aufgestanden war, sagte Drake: „Gut, gehen wir zum Strand."

Dann verliessen die beiden gemeinsam das Zelt.

Montag, 28. November 1580
Buckland Abbey
Devon

Cooke schenkte sich Wein nach und sagte: „Die beiden gingen etwa eine Viertelstunde am Wasser hin und her und sprachen miteinander."

„Wisst Ihr worüber?"

„Nein, das weiss niemand. Ausser Drake."

Für das, was nun kommen sollte, wappnete sich Cook mit einem kräftigen Schluck. Auf Wein hatte Raleigh noch keine Lust, trank aber einen Schluck Wasser. Obwohl er wusste, wie die Geschichte ausgegangen war, folgte er mit wachsender Spannung Cookes Erzählung, die nun zu ihrem finalen Höhepunkt kam. Er konnte sehen, wie sehr auch Cooke angespannt war und einiges an Selbstbeherrschung aufbringen musste, um einen halbwegs sachlichen Tonfall zu wahren.

„Mit Piken und Spiessen wurde Doughty dann zur Richtstätte geführt. Er blieb dabei nicht weniger tapfer als die ganze Zeit davor. Er kniete sich hin und betete um den Schutz des Herrn für ihre Majestät die Königin, für England und für den glücklichen und erfolgreichen Ausgang der Reise zum Gedeihen unseres Landes. Er schloss noch mehrere Freunde in sein Gebet mit ein, besonders Lord William Wynter."

Mittwoch, 2. Juli 1578
Port St. Julian
Patagonien

„John Wynter?", rief Doughty.

Wynter trat vor, und Doughty berührte seinen Arm.

„Bitte übermittelt Lord William meine besten Grüsse."

„Das werde ich", versprach Wynter mit belegter Stimme.

Mit einem dankbaren Lächeln klopfte Doughty ihm auf die Schulter und liess Wynter wieder in die Reihen der Männer zurücktreten. Dann wandte sich an den Oberbefehlshaber.

„Nun wahrlich, Drake", sagte er mit breitem Grinsen, „jetzt kann ich wie Sir Thomas Moore sagen, dass wer mir den Kopf abschlägt, sich wenig Ehre einhandeln wird; mein Hals ist so kurz."

Drake quittierte den Witz mit einem Zucken der Mundwinkel, doch seine Augen lächelten nicht mit.

Doughty liess seinen Blick über die hundertsechzig Männer gleiten, die angetreten waren, ihn sterben zu sehen.

„Lebt wohl, ihr alle!", rief er. „Ich möchte all jenen, die sich wegen mir Unannehmlichkeiten eingehandelt haben, sagen, dass es mir Leid tut. John, mein Bruder, Leonard Vicary, Thomas Cuttil, Hughe Smythe, verzeiht mir!"

An einer Stelle entstand Unruhe zwischen den Männern.

„Mr. Doughty, Sir…!" Die Stimme von Smythe, der weiter hinten gestanden hatte und sich nun nach vorn drängte, bis er in der ersten Reihe stand, wo er seine Mütze abnahm und sie verzweifelt vor seinem Bauch durchknetete, während ihm der Wind die Haare ins Gesicht blies. Sein Kinn zitterte, und offenbar musste er ein Schluchzen unterdrücken, als er mit kippender Stimme bat: „Bitte sagt es offen in Gegenwart unseres Befehlshabers, ob wir je eine geheime Zusammenkunft zu seinem Schaden oder Nachteil hatten."

Sofort drehte sich Doughty zu Drake um.

„Bei meinem Tod, Francis Drake", sagte er. „Weder Smythe noch sonst wer beging je mit mir Verrat an Euch, noch hatte ich selbst je verbrecherische Absichten gegen Euch. Bitte seid ihm nicht böse und vergebt ihm um meinetwillen."

Drake sah Smythe lange von oben bis unten an und meinte dann schliesslich: „Na, schön, Smythe, um Mr. Doughty's Willen und auf seinen ausdrücklichen Wunsch hin vergebe ich dir. Aber, bei Gott, ich war fest entschlossen, dich an deinen Ohren an den Pranger zu nageln und sie dir abzuschneiden. Aber werde hiernach ein anständiger Mann."

Smythe nickte eifrig, und Doughty sagte: „Danke, mein lieber Drake."

Ein Moment der Unsicherheit entstand, in dem sich die beiden schweigend musterten. Doch dann trat Doughty entschlossen auf Drake zu und breitete die Arme aus.

„Komm, lass dich umarmen."

Ohne ein Wort tat Drake den einen Schritt, den es noch brauchte, nahm seinen einstigen Freund in die Arme und drückte ihn an sich.

Eine ganze Weile standen sie so da, eng umschlungen vor der ganzen Mannschaft, während der Wind an ihnen zerrte, Seevögel kreischten und irgendwann jemand hustete. Doch nichts schien sie aus ihrer innigen Umarmung lösen zu können. Und keiner der Zuschauer fand das Gebaren der beiden in irgendeiner Art anstössig oder auch nur seltsam; ohne Ausnahme waren sie bewegt von diesem doch recht intimen Augenblick.

„Leb wohl, Francis", sagte Doughty leise und löste sich aus der Umarmung. Drake liess ihn ohne Widerstand ziehen, als er sich umdrehte und das Schafott bestieg. Nachdem die Axt ihr Werk getan hatte, Doughtys Kopf auf die Planken des Schafotts geknallt, auf die nackte Erde gerollt und dort liegen geblieben war, spielte der Wind immer noch in seinen Haaren. Die Trommeln waren verstummt.

Mit drei grossen, entschlossenen Schritten kam Drake heran, bückte sich und griff in den Haarschopf. Er wirbelte herum, riss Doughtys Kopf in die Höhe, dass ihn alle sehen konnten, und rief: „Seht! Das ist das Ende von Verrätern!"

Montag, 28. November 1580
Buckland Abbey
Devon

„Es war das Ende eines Gentlemans", schloss Cooke mit Nachdruck, trank einen Schluck Wein und schwieg. Raleigh schwieg ebenfalls. Jetzt hielt er den Zeitpunkt für gekommen, sich ebenfalls ein Glas Wein einzuschenken. Was ihn besonders schockierte, war nicht einmal Drakes Janusköpfigkeit, dieser auf den ersten Blick kaum nachvollziehbare Wechsel von Zuneigung und Hass – oder mindestens die Zurschaustellung derselben. Nein, es war Doughtys Haltung in den letzten Stunden vor seinem Tod.

Der Mann hatte bis zuletzt seine Unschuld beteuert, und ganz egal, ob er nun schuldig war oder nicht, er selbst war sich keiner Schuld bewusst gewesen. Machte ein solcher Mann Witze, wenn es ans Sterben ging? Hätte er nicht viel eher seinen unausweichlich bevorstehenden Tod als riesengrosse Ungerechtigkeit des Schicksals empfinden müssen? Und den Mann, der ihn herbeigeführt hatte, nicht als widerlichsten Verräter an ihm und ihrer Freundschaft? Aber nein! Doughty hatte mit bizarr guter Laune dem Schiffszimmermann mit seiner Provokation über dessen Frau einen mentalen Tritt vors Schienbein verpasst, hatte sich für andere eingesetzt und schliesslich seinen Peiniger innig in die Arme geschlossen. Und hatte dann bereitwillig sein Haupt auf den Richtblock gelegt.

Ein Heiliger.

Hatte nicht Fletcher so etwas angedeutet?

Raleighs Blick fiel auf Cooke, der versunken in sein Weinglas starrte. Unglaublich, mit welcher Fülle an Details er die letzten Stunden Doughtys beschrieben hatte! Vor allem wenn man bedachte, wie wenig die drei Zeugen vor ihm dazu zu sagen gehabt hatten. Sie alle waren doch genau so nah dran gewesen wie Cooke. Gut, vielleicht hatten sie nicht am selben Tisch an Doughtys Henkersmahlzeit teilgenommen und nicht mitbekommen, wie Doughty seinen Letzten Willen noch zugunsten einiger Anwesender geändert hatte, aber sie waren alle da gewesen und hatten zugesehen, wie sich Doughty für Smythe eingesetzt und Admiral Wynter durch dessen

Neffen hatte grüssen lassen. Das mochten unbedeutende Kleinigkeiten sein, aber sie erzählten viel über den Verurteilten. Cliffe hatte zu Doughty eine distanziert neutrale Haltung an den Tag gelegt, ein guter Soldat sei er gewesen, aber ein bisschen prahlerisch. Pretty hingegen war er suspekt vorgekommen, unheimlich, sündig. Das war alles sehr vage. Und selbst Fletchers Loblied auf Doughtys Tugenden schienen kaum geeignet, dem Wesen dieses Mannes näher zu kommen; dazu war es zu sehr geprägt von der Bigotterie und der kleingeistigen Eitelkeit des Gottesmannes.

Grundsätzlich aber zeichneten die Aussagen von Fletcher und Cooke zusammengenommen das Bild eines spendablen, offenherzigen Mannes, der im Angesicht des Todes vornehme Grösse gezeigt hatte. Ein Verschwörer und Verräter? Nun, das eine musste das andere nicht ausschliessen, fand Raleigh.

Und Drake?

Fletcher war zu dieser Frage ausgewichen, hatte sich zur Persönlichkeit des Befehlshabers bedeckt gehalten. Ganz klar aus Furcht. Und was sollte Fletcher mehr fürchten als Drake und dessen Furor? Der Kaplan hätte jedoch die Möglichkeit gehabt, mit seiner Aussage Drake massiv zu belasten, wie es Cooke eben getan hatte, und dafür zu sorgen, dass Doughty durch eine Verurteilung Drakes Gerechtigkeit widerfuhr. Leider war Fletcher immerhin intelligent genug einzusehen, wie wenig wahrscheinlich es war, dass Drake am Galgen enden würde. Nicht nach dem unbestritten überwältigenden Erfolg von Drakes Kaperfahrt.

Wieso war dann Cooke mutig genug, Drake dermassen zu belasten?

Fletcher fürchtete Drake. Cooke hasste ihn. So sehr, dass er blind war gegenüber allem, was sein Bild vom unberechenbaren Tyrannen trüben konnte? Dass er nichts von dem wahrhaben wollte, was Drake möglicherweise entlastete?

Ganz sicher war sein Bericht der Ereignisse nicht objektiv. Doch was hatte er weggelassen? Wo hatte er übertrieben? Wo gelogen? Und was entsprach der Wahrheit?

Das herauszufinden war seine, Raleighs, Aufgabe.

Vielleicht…

Tief in Gedanken tippte er sich mit dem Finger gegen die Lippen.

…wenn man in der Geschichte weiterging? Hatte nicht Pretty erwähnt, Drake habe nach der Hinrichtung verschiedene Reden gehalten? Sich an die Mannschaften zu wenden und zu Einigkeit und Disziplin aufzurufen, erschien durchaus logisch. Aber hätte da nicht eine einzige wohl formulierte Ansprache genügt? Wozu mehrere? Was war deren genauer Inhalt?

Raleigh wollte das wissen.

„Drake soll danach noch mehrere Ansprachen gehalten haben", sagte er und riss Cooke aus seinen Gedanken, die offenbar im Weinrest seines Glases schwammen. Cooke brauchte eine Sekunde, um den Sinn der Frage zu verstehen, dann sagte er: „Ja, der Mann hört sich wirklich gerne reden."

Raleigh fragte sich, ob Cookes ironisches Lächeln ihm selbst oder Drake galt.

„Nachdem Doughty beerdigt war", fuhr Cooke fort, „beteuerte er vor Gott, dass jeder, der sich auch nur den achten Teil dessen zuschulden kommen lasse, was Doughty getan habe, dafür sterben würde, egal welchen Posten er bekleide. Ausserdem schwor er beim heiligen Sakrament, das er an diesem Tag empfangen hatte, dass jedem, der einen anderen schlage, ohne jede Ausnahme die Hand abgehackt werden solle. Doch schon am nächsten Tag ging Doughty's jüngerer Bruder einsam und in Trauer am Strand entlang, als…"

Donnerstag, 3. Juli 1578
Port St. Julian
Patagonien

John Doughty achtete nicht auf seine Umgebung oder wohin ihn seine Schritte führten. Er stolperte mehr, als er ging, neben sich das Klatschen der Wellen auf dem Kies. Ab und zu musste er stehen bleiben, wenn es sich in seiner Kehle wieder zusammenzog und Tränen aus seinen Augen drängten. Der Schock über den Tod seines Bruders war noch längst nicht vorüber, und er hatte seither kaum geschlafen. Er brauchte auch nicht zu schlafen, um in einem Alptraum sondergleichen gefangen zu sein. Thomas, sein Bruder, lag tot und in zwei Teilen begraben in der kalten, steinigen Erde. Was heisst begraben? Verscharrt! Wie der Kadaver eines Hundes.

Doch es war nicht nur die Trauer, die John die Kehle zuschnürte. Er hatte auch Angst. Nackte Angst um sein eigenes Leben. Seit Thomas im Atlantik auf die *Swan* verfrachtet worden war, hatten sich die Männer der *Pelican* von ihm abgewandt, und als er in der Robbenbucht vom Flaggschiff auf die winzige *Christopher* gehen musste, war er an der Seite seines Bruders endgültig zum Paria geworden. Natürlich gab es einige, die ihn mit wohlwollenden oder auch mitleidigen Blicken bedachten. Vicary, zum Beispiel, oder auch andere wie Cooke oder Fortescue. Aber die vorherrschende Stimmung, angeheizt von Drake, liess keinen Zweifel: Die Doughtys gehörten nicht mehr dazu; man verachtete sie, hasste sie, und man fürchtete sich vor ihnen. Thomas hatte es das Leben gekostet. Jetzt war nur noch er, John Doughty, übrig und allein. Und was sollte Drake daran hindern, auch ihn zu beseitigen? Hatte nicht Bright auch gegen ihn die teuflischsten Anklagen erhoben? Allein der Verdacht, ein Hexer und Giftmischer zu sein, war für Drake doch Grund genug, auch ihn einen Kopf kürzer zu machen. Und sei es nur, damit er nicht nachhause zurückkam, um Drake wegen des Mordes an seinem Bruder vor Gericht zu bringen.

Als John plötzlich Schritte hinter sich hörte, drehte er sich um und erschrak, denn niemand anderes als ausgerechnet Ned Bright kam auf ihn zu gestürmt und packte ihn mit der Linken am Kragen, während er in der rechten Faust seinen Zollstock schwang.

„Du gottverdammter Schuft“, fauchte Bright. „Was weisst du von meiner Frau?“

John riss sich los, doch da krachte der Zollstock schon auf seine Schulter.

„He, hör auf, Ned Bright, du siehst, in welchem Zustand ich bin! Bitte lass mich in Ruhe!“

Doch Bright dachte nicht daran. Ein weiterer Hieb erwischte John am Oberarm, und dann prasselten die Schläge nur so auf ihn ein. Instinktiv hob er einen Arm um sich zu schützen und konnte so einen Hieb gegen seinen Kopf abwehren. Doch der Stock knallte so heftig gegen seine Elle, dass er zerbrach. Ausser sich vor Wut schleuderte Bright den Überrest in Johns Gesicht, und zwar für diesen so unglücklich, dass das gesplitterte Ende seine Wange einen Zoll weit aufriss. John Doughty schrie vor Schmerzen auf und rannte los, Bright dicht auf den Fersen. Vor sich sah Doughty eine Gruppe von Männern, unter denen er Drake erkannte. Wenn einer diesen Wahnsinn beenden konnte, dann er. Er hatte schliesslich Prügeleien unter Strafe gestellt. Aber würde er auch durchgreifen, wenn es um Thomas Doughtys Bruder ging? Brights Keuchen hinter ihm liess ihm keine Wahl.

„Captain Francis!“, rief er. „Master Drake!“

Wenn der Befehlshaber zu seinem Wort stand, dann würde dieser abscheuliche Schiffszimmermann sein Fett wegkriegen.

„Drake!“

Der Befehlshaber drehte sich zu ihm um und sagte ungehalten: „Ja, was ist denn?“

Atemlos kam Doughty vor Drake zum Stehen, hielt sich die Hand an die schmerzende Wange und japste: „Ned Bright hat mich geschlagen, Sir!“

Nun war auch Bright heran und stiess keuchend aus: „Es geht um meine Frau, Sir. Ich will wissen, was der Mistkerl mit ihr zu schaffen hat!“

„Ich blute“, bemerkte Doughty mit einem verwunderten Blick auf seine Finger und schaffte es gerade noch, die Feststellung als Anklage tönen zu lassen.

Mit dem ruhigen Blick einer Sphinx besah sich Drake erst Doughtys blutige Finger, dann den Riss in der Wange und schliesslich dessen Verursacher Bright, der Doughtys Vorwurf in keiner Weise bestritt, und sagte dann: „Nun, John Doughty, Ned Bright wird Ihnen in England für Ihre Rache zur Verfügung stehen. Denn ich wage zu behaupten, Ihr Bruder hat Lügen über Brights Frau erzählt als er sagte, sie hätte einen schlechten Ruf in Cambridge gehabt."

Enttäuschung und Verbitterung machten sich in John Doughty breit. Ned Bright würde ungeschoren davonkommen. Doch dann keimte Hoffnung auf. Drake hatte ihm soeben eine Rückkehr nach England in Aussicht gestellt – was immer dieses Versprechen wert sein mochte. Darüber hinaus hatte Drake ihm auch Recht gegeben, indem er auf eine vertrackte Weise die Meinung äusserte, Bright habe ohne jeglichen Grund zugeschlagen. Wenn auch auf Kosten des Rufs seines Bruders.

Dennoch würde Ned Bright ungeschoren davonkommen.

Montag, 28. November 1580
Buckland Abbey
Devon

Raleigh stellte die Ellbogen auf den Tisch, verschränkte die Finger und stützte das Kinn darauf. Über den Stapel Papiere hinweg sah er Cooke an und sagte: „Da hat Drake wohl Gnade vor Recht ergehen lassen, wie?"

„Da gab es kein Recht!", protestierte Cooke heftig. „Nur Tyrannei und voreingenommene Parteilichkeit."

Raleigh blieb äusserlich ruhig, aber der junge Gockel ging ihm nun doch endgültig auf die Nerven.

„Sie meinen, er hätte Bright die Hand abhacken sollen? Das wäre weniger tyrannisch gewesen?

Raleighs Ironie war völlig verschwendet.

„John Doughty hatte Glück, dass er *ihm* nicht die Hand abhacken liess."

„Glauben Sie wirklich, dass er das getan hätte?"

„Er hat seinem Bruder den Kopf abhacken lassen."

„Ja, aber wenn er angefangen hätte, den Rest der Mannschaft zu verstümmeln, wäre das ganze Unternehmen wohl den Bach runter, sollte man meinen, nicht?"

„Aber er hat damit gedroht, und im Drohen war er wirklich gut", gab Cooke rechthaberisch zurück. „Als er dann befahl, dass am nächsten Sonntag alle Mann das Sakrament empfangen sollten, war's genau das gleiche: Alle alten Zwistigkeiten sollten beigelegt und vergeben werden. Und wer auch immer von diesem Zeitpunkt an eine alte Geschichte gegen irgendjemanden hervorholte, sollte so hart dafür bestraft werden, dass es ein abschreckendes Beispiel für die ganze Flotte wäre. Das hätte wahrscheinlich auch funktioniert, wenn er nicht der erste gewesen wäre, der es gebrochen hat."

Nichts als Gift und Galle, dachte Raleigh. Um Vernunft bemüht meinte er: „Nun, einen alten Streit zu begraben ist eine Sache. Aber wenn sich zwei nicht mögen, wird sich daran nichts ändern, scheint mir."

„Stimmt. Ich war selbst auf einen Mann in der Flotte nicht gut zu sprechen, und daran hat auch die Beichte bei Mr. Fletcher nichts geändert.

Meine Abneigung öffentlich kundzutun traute ich mich nicht, aus Angst vor der herrschenden Willkür."

„In der Flotte wurde gebeichtet?"

Es wunderte Raleigh, dass Drake ausgerechnet ein solch „römisches" Ritual gebilligt haben sollte. Doch Cooke überraschte ihn.

„Drake hat es befohlen, ja."

Die Möglichkeit zur Beichte war im anglikanischen Kanon zwar durchaus vorgesehen, hatte aber niemals die Bedeutung wie in der katholischen Kirche und wurde kaum in Anspruch genommen. Drake hatte offenbar zu jedem denkbaren Mittel gegriffen, seine zerstrittene Mannschaft zu einen. Der Zustand unter den Leuten musste wirklich desolat gewesen sein.

„Bevor wir alle gemeinsam das Abendmahl empfingen", fuhr Cooke fort, „hat er jeden Einzelnen von uns zu Mr. Fletcher geschickt. Und wenn der den anderen ebenso freundlichen und heilsamen Rat erteilte wie mir, dann kann man ihn ohne Zweifel einen guten Prälaten nennen."

War das nun ironisch gemeint? Raleigh konnte es nicht sagen.

Sonntag, 6. Juli 1578
Port St. Julian
Patagonien

Schon gestern hatte Kaplan Fletcher das etwas abseits stehende Zelt bezogen, das ihm für das Abnehmen der Beichte zugeteilt worden war. Hundertneunundfünfzig Personen beichten zu lassen, war ein zeitraubender Vorgang, doch in den frühen Morgenstunden des Sonntags war endlich auch Cooke an der Reihe. Er betrat das Zelt mit Hoffnung. Sich dem Geistlichen anzuvertrauen, würde gut tun. Wenn nicht Fletcher die Last von seiner Seele nehmen und seinen Hader mildern konnte, wer dann? Gewiss, Cooke war nicht ohne Freunde, aber was eine Freundschaft in diesen Zeiten wert war, sah man ja an Drake und Doughty. Welchem seiner Freunde konnte er schon soweit vertrauen, dass ein privates Wort nicht plötzlich die Runde machte? Vom Priester aber versprach er sich Ruhe für sein aufgewühltes Inneres, Gelassenheit und Stärke gegenüber den Widrigkeiten, die noch vor ihm liegen mochten.

Er setzte sich auf den leeren Stuhl Fletcher gegenüber. Ihre Knie berührten sich fast.

„John Cooke“, sagte Fletcher leise, „du kannst mir alles sagen, was dich bedrückt. Der Herr kennt die Sünden aller Menschen, doch nur wer sich selbst erkennt, erkennt auch ihn, wenn er sich öffnet. Und Gott lässt die Seinen nicht im Stich.“

Er hat Doughty im Stich gelassen, dachte Cooke unwillkürlich und schämte sich sofort dafür. Was immer Gott bewogen hatte, Doughty sterben zu lassen, es war kein Grund, an Ihm zu zweifeln.

Cooke wurde es auf einmal unwohl. Als Geistlicher war Fletcher sicher genau der Richtige, um sich heikle Dinge von der Seele zu reden. Als Francis Fletcher schien Fletcher aber plötzlich nicht mehr so dafür geeignet. Das fliehende Kinn, das salbungsvolle Lächeln des viel zu kleinen Mundes, der treuherzige Blick eines jungen Kalbes – nichts, woran Cooke in irgendeiner Weise Anstoss nehmen sollte; keiner konnte was dafür, wie er auf die Welt gekommen war. Doch er wusste, dass er zuhause in England über diesen Priester gelacht hätte. Hier aber war er der einzige seelische Beistand, den sie hatten.

Cooke wusste auch, dass er etwas sagen musste. Aber was? Und wie viel? Und vor allem: Wie beginnen?

Fletcher wartete geduldig, während Cooke mit sich rang und sich nervös die Knie rieb. Er faltete die Hände, löste sie wieder und hielt sich dann die Faust vor den Mund. Schliesslich liess er sie sinken, atmete tief durch und räusperte sich.

„Mr. Fletcher", begann er, „das Abendmahl nächsten Sonntag…"

Er stockte, und da nichts mehr kam, fragte Fletcher: „Was ist damit?"

Cooke gab sich einen Stoss. Er musste es sagen, dazu war er schliesslich hier. Und vielleicht konnte ihm der Kaplan in seiner Gewissensnot trotz allem helfen.

„Es zu empfangen wäre unrein, ich kann es nicht mit meinem Gewissen vereinbaren."

„Warum nicht?"

„Es geht nicht…weil ich eine heftige Abneigung gegen jemanden habe."

Jetzt war es heraus. Als er dem jungen Geistlichen ins Gesicht sah, wusste er, dass dieser nichts anderes erwartet hatte. Cooke wunderte das nicht. Er war ja nicht der erste in der langen Reihe von Männern, die dieses Zelt aufsuchten, und jeder von ihnen schien einen tief sitzenden Groll mit sich herumzutragen.

Fletcher nickte leicht und fragte: „Richtet sich diese Abneigung gegen jemanden in der Flotte?"

Cooke verstand die Frage sofort als das, was sie war: Vorbereitung. Langsames Herantasten zum Kern des Übels. Fletcher machte zwar durchaus ein offenes, freundliches Gesicht, doch Cooke kam es vor, als würde er – lauern. Von wem hatte er denn den Auftrag, den Leuten in ihre Geheimnisse zu blicken? Und zu welchem Zweck wohl? Und wieviel von dem, das er hier und heute hörte, würde er diesem Monster weitergeben?

Nein, Fletcher konnte ihm nicht helfen. Cooke bekam es mit der Angst zu tun.

Und sagte:

„Nein."

Seltsamerweise schien Fletcher erleichtert zu sein. Mit breitem Lächeln verkündete er: „Nun, in dem Fall kann ich Euch versichern, dass Ihr das Sakrament mit gutem Gewissen empfangen dürft."

Als Cooke aus dem Zelt ins Freie trat, war er enttäuscht. Die erhoffte Erleichterung war nicht eingetreten, der innere Friede noch genauso weit weg wie vorher. Das Ganze war reine Zeitverschwendung gewesen.

Montag, 28. November 1580
Buckland Abbey
Devon

Also doch Ironie, befand Raleigh. Und Cooke setzte sogar noch einen drauf: „Wahrhaftig, bis zu diesem Zeitpunkt dachte ich, dass dort derselbe Gott herrscht, den wir in England verehren. Aber soll Mr. Fletcher predigen, was er will, ich bin zutiefst überzeugt, wir hätten die Heimat nie wieder gesehen, hätten wir dort nicht an denselben Gott geglaubt, zu dem wir hier beten."

Raleigh ging nicht weiter darauf ein. Denn dieser so von sich überzeugte junge Herr hatte etwas getan, was kein wohlerzogener Sohn einer gesitteten englischen Familie tun sollte.

„Sie haben bei der Beichte gelogen?"

Cooke tat überrascht.

„Wie bitte?"

„Sie haben gegenüber Fletcher abgestritten, dass sich Ihr Groll gegen jemanden in der Flotte richtet", erinnerte ihn Raleigh leichthin.

„Ich hatte meine Gründe."

Aha, auf einmal zugeknöpft, der gute Junge, dachte Raleigh. Die ganze Wut und der Hass hatten bis jetzt dieses Quäntchen Angst zugedeckt, doch jetzt erhaschte Raleigh einen Zipfel davon und fragte mit einem Lächeln: „Dieser jemand war nicht zufällig Drake?"

„Das ist wohl nicht so wichtig."

„Aber Sie mögen Drake nicht."

„Auch dafür habe ich gute Gründe."

„Ich wüsste sie gern."

Raleigh lächelte immer noch, und ja, es befriedigte auch seine Eitelkeit, als er beobachtete, wie Cooke erkannte, dass er an diesem Lächeln nicht vorbeikam. Es war das Lächeln eines Raubtiers und es teilte Cooke mit: „Du hast zwei Möglichkeiten. Entweder du sagst es oder du sagst es. Eine dritte gibt es nicht."

Mit einem leichten, ehrfürchtigen Schauern wurde sich Raleigh plötzlich bewusst, dass er die ganze Macht der englischen Krone im Rücken hatte.

Und Cooke hatte nur sich selbst.

Er setzte sich anders hin, quer zur Sitzfläche des Stuhls, den Arm auf der Rückenlehne. Diese zur Schau gestellte Lässigkeit sollte darüber hinwegtäuschen, wie unwohl er sich gerade fühlte, ebenso wie der um Sachlichkeit bemühte Tonfall, als er sagte: „In Port St. Julian hatten wir sehr unter der Härte des Winters zu leiden. Wie karg unsere Nahrung und wie kalt es war, bezeugt allein schon die Krankheit, die dort damals unter den Männern ausbrach."

Die Krankheit erwähnte Cook ohne grosse Anteilnahme, fand Raleigh, er schien also davon verschont geblieben zu sein.

Als Cooke fortfuhr, hatte sich seine Sachlichkeit allerdings völlig verflüchtigt. Denn nun ging es um ihn selbst.

„Darüber hinaus aber erwies mir Drake die unendliche Güte, mich für über zwei Wochen an Land zu setzen, lediglich in Wams und Hose, ohne meinen Mantel oder sonst irgendetwas, um mich warm zu halten. Ich musste jede Nacht auf der kalten Erde liegen. Einmal ruderte ich mit dem Boot zur *Elizabeth*, um meinen Mantel zu holen, aber weder wurde mir gestattet, an Bord zu kommen, noch durfte mir ihn jemand ins Boot reichen."

„Weswegen?", fragte Raleigh knapp.

„Keine Ahnung. Ausser es war dafür, dass ich Mr. Doughty besser von Drake reden gehört hatte, als er es je um jemanden verdient hat. Andererseits bin ich Drake natürlich sehr dankbar dafür, denn es hat mich gut abgehärtet. Mit Gottes Hilfe hab' ich ihn so doch glatt übers Ohr gehauen, denn durch die Kälte konnte er mich nicht umbringen." Seine Stimme wurde hart. „Aber ich hoffe, ihn dafür noch bestraft zu sehen."

„Falls Drake für etwas zur Verantwortung gezogen wird", wies ihn Raleigh scharf zurecht, „dann für den Tod von Thomas Doughty, Mr. Cooke. Und sollte es sich erweisen, dass er mit Doughtys Hinrichtung schweres Unrecht auf sich geladen hat, dann wird, fürchte ich, für Ihre Genugtuung nicht viel von ihm übrigbleiben."

„Hauptsache, er wird überhaupt bestraft", maulte Cooke trotzig zurück.

„Das wird sich weisen."

Raleigh fürchtete, mit Cookes Willen zur Kooperation sei es nach diesem Ausfall nun endgültig vorbei. Nachdem er bis hierher so bereitwillig alles erzählt hatte, was er wusste, würde es nun doppelt schwierig sein, ihm Informationen zu entlocken, wenn er sich sperrte. Raleigh musste etwas tun, um die Lage wieder zu entspannen. Als versöhnliche Geste schenkte er ihm Wein nach und sagte dann in wesentlich milderem Tonfall: „Ihren Schilderungen entnehme ich, dass Drake nach der Hinrichtung versucht hat, wieder Ordnung herzustellen."

Cooke trank einen Schluck und nickte. „Mit allen ihm zur Verfügung stehenden Mitteln. Etwa einen Monat nach Doughtys Exekution befahl Drake alle Mann an Land."

Montag, 11. August 1578
Port St. Julian
Patagonien

Es war das grösste Zelt auf der Insel. Auf seiner gesamten Leeseite hatte jemand die Zeltbahnen hochgerollt, sodass man auch von weiter weg gut in sein Inneres sehen konnte. Eine Bühne, ein grosser Schaukasten aus Segeltuch, das im Wind zitterte. Noch war das Zelt bis auf ein kleines Tischchen in der Mitte leer. Aber instinktiv hatten sich alle hundertneunundfünfzig Männer davor eingefunden, standen einzeln oder in Gruppen frierend herum, die Glücklicheren in Mäntel gehüllt. Leise Gespräche wurden geführt; alle rätselten über den Anlass ihrer vollzähligen Versammlung an Land, doch sie spürten, dass gleich etwas Wichtiges geschehen würde.

Nach einer geraumen Weile erschien endlich Drake. Er kam von einem anderen Zelt herüber und marschierte geradewegs in den Schaukasten hinein, wobei er im Vorbeigehen nach Wynter und Thomas rief und ihnen winkte, ihm zu folgen. Sofort schoben sich die Männer heran; die Grüppchen verschmolzen zu einer einzigen grossen Masse. Im Zelt stellte sich Drake gut sichtbar hinter den kleinen Tisch in der Mitte und stellte seine Kapitäne neben sich, Wynter rechts, Thomas links von ihm. Dann nahm er seinen Mantel ab und rief: „Diego, das Buch!"

Sein persönlicher Diener erschien mit einem grossen Folianten und legte ihn vor Drake hin. Vielleicht war es die Feierlichkeit, mit der er das tat, die Fletcher veranlasste, aus der ersten Reihe vorzutreten und mit dem ihm eigenen Eifer zu fragen: „Soll ich eine Predigt halten, Sir?"

Ein Lächeln huschte über Drakes Gesicht.

„Sachte, Mr. Fletcher. Nein, heute muss ich selbst predigen, auch wenn ich darin nicht so gut bin." Er straffte sich und blickte in die Runde. „Nun…Ist die ganze Mannschaft hier, ja oder nein?"

Hood trat vor, tippte sich mit dem Knöchel salutierend an die Stirn und bellte: „Besatzung der *Pelican* vollzählig versammelt, Sir!"

„Besatzung der *Elizabeth* vollzählig versammelt, Sir", sagte Wynter etwas steif, und auch Thomas bestätigte die Anwesenheit von *Marigold*s vollständiger Mannschaft.

„Sehr gut", sagte Drake. „Mr. Hood, Sie bleiben gerade dort stehen, wo sie sind. Mr. Markham, Sie stellen sich dort drüben hin. Und Sie, Mr. Anthony, auf die andere Seite…noch etwas weiter nach rechts, von Ihnen aus gesehen – gut."

Die drei Master standen nun mit grossem Abstand zueinander in einer Reihe zwischen dem Zelt und dem Pulk der noch übrigen hundertzweiundfünfzig Mann.

„Leute!", rief Drake. „Ihr seht eure Master. Stellt euch jetzt, nach euren Schiffen geordnet, hinter sie!"

In dem Haufen setzte ein Geschiebe und Gescharre ein, und die ganze Masse geriet in sich in Bewegung. Männer drängten hierhin und dorthin, und aus dem Gewusel bildete sich plötzlich eine Ordnung heraus, die Masse begann sich zu teilen, bis schliesslich drei klar voneinander getrennte Gruppen hinter ihren Mastern standen, die Blicke neugierig und erwartungsvoll auf das offene Zelt gerichtet.

So standen sie da und lauschten, drei verlorene Haufen. In der Mitte die vierundsiebzig Mann der *Pelican*, links daneben die sechzig von der *Elizabeth* und gegenüber das Häufchen der *Marigold*, keine dreissig Mann stark.

Letzte gemurmelte Worte, dann trat plötzlich Stille ein.

„Meine Herren!", begann Drake laut und deutlich. „Ich bin ein sehr schlechter Redner, Gelehrsamkeit gehörte nicht zu meiner Erziehung."

Einige Männer grinsten, hörten aber auf, als Drake wieder ernst wurde und eindringlich fortfuhr: „Aber was ich jetzt sagen werde, soll sich jeder Mann gut merken und aufschreiben, denn ich werde nichts sagen, was ich nicht in England, ja selbst vor ihrer Majestät verantworten kann, und ich habe es hier bereits schriftlich niedergelegt."

Damit wedelte er mit einem Stück Papier, das er auseinanderfaltete und vor sich auf das Buch legte.

„Es ist so, meine Herren, dass wir sehr weit weg von zuhause und unseren Freunden sind. Wir sind von allen Seiten umringt von unseren Feinden. Deshalb dürfen wir den Wert eines Mannes nicht gering schätzen, denn wir bekommen hier keinen anderen, selbst wenn wir zehntausend Pfund für ihn böten."

Wieder grinsten einige zustimmend und nickten einander zu, doch die meisten verfolgten Drakes Ansprache mit ausdruckslosem Gesicht, und in den Mienen etlicher war nichts anderes als unverhohlene Skepsis zu lesen. Cooke war einer von ihnen.

„Deshalb müssen wir den Aufruhr und die Zwietracht unter uns beilegen", fuhr Drake fort. „Denn, bei Gott, es raubt mir den Verstand, wenn ich nur daran denke. Hier herrscht Streit zwischen Seeleuten und Gentlemen, dort gibt's Ärger zwischen Gentlemen und Seeleuten, dass es mich allein schon ganz verrückt macht, davon zu hören. Meine Herren, ich will, dass das aufhört!"

Seine Faust donnerte zur Bekräftigung auf den Tisch. Er schrie nicht, das hatte er nicht nötig. Seine natürliche Autorität sorgte dafür, dass ausnahmslos alle an seinen Lippen hingen, wenn auch einige mit äusserst gemischten Gefühlen. Doch er betonte jetzt jedes Wort, als er sagte: „Denn ich verlange, dass der Gentleman gemeinsam mit dem Seemann und der Seemann zusammen mit dem Gentleman an einem Strang zieht."

Und allen war klar: Das war der Kern der Botschaft. Drake schien jeden einzelnen Mann ins Visier zu nehmen, als er schwieg, um seine Worte wirken zu lassen. Dann senkte er seine Stimme zu einem väterlichen Bariton, die aber dennoch auch vom Hintersten mühelos verstanden wurde.

„Also, zeigen wir uns alle als eine Mannschaft und geben wir dem Feind nicht die Chance, sich an unserem Zerfall und Untergang zu weiden." Und mit einem schiefen Lächeln setzte er hinzu: „Ich möchte den kennen, der sich weigert, ein Tau in die Hand zu nehmen, doch ich weiss, dass so einer nicht hier ist."

Drake beugte sich vor und stützte sich mit den gespreizten Fingern auf dem Tisch ab.

„Da die Gentlemen um der Befehlsgewalt willen nötig sind, habe ich sie deshalb und auch in anderer Absicht an Bord genommen. Und obwohl ich weiss, dass Matrosen die neidischsten Leute auf der Welt sind und so aufsässig, wenn man sie nicht an die Kandare nimmt, könnte ich doch nicht ohne sie auskommen. Wenn hier welche sind, die nachhause zurückkehren möchten, sollen sie's mich wissen lassen."

Er richtete sich auf und wies mit ausgestrecktem Arm über die Köpfe der Männer hinweg auf die vor Anker liegenden Schiffe.

„Da ist die *Marigold*, ein Schiff, das ich sehr gut entbehren kann. Ich werde sie so gut ich kann für die Rückkehrwilligen ausstatten, sei es mit

Geleitbriefen wie auch mit allem anderen. Aber sie sollen sich vorsehen, auch ja den Heimweg anzutreten, denn wenn sie mir in den Weg geraten, werde ich sie ohne Rücksicht versenken. Deshalb sollt ihr bis morgen Zeit haben, darüber nachzudenken. Ich muss das so deutlich sagen. Ich habe diese Fahrt unternommen, von der ich nicht weiss, wie in aller Welt ich sie durchstehen soll, es übersteigt meine Kräfte, es hat mich sogar schon um den Verstand gebracht, daran zu denken."

Drake schien auf einmal fahrig, als wäre er über sein Eingeständnis verunsichert und wüsste nicht, wie er zu einem Punkt kommen sollte. Eine raue, laute Stimme rettete ihn.

„Ist einer da, der zurückwill?"

Tom Blackeley, der Bootsmann.

Und erstaunlich viele Stimmen erwiderten laut: „Nein!"

Aus der *Marigold*-Ecke tönte Bright: „Ich werde Euer Los teilen, Sir!"

„Genau! Wir sind dabei", schob Brewer von der Mitte her nach. „Oder?"

„Ja!", brüllte ein begeisterter Chor, und wenn es ein paar wenige gab, die nicht mitbrüllten, war es nicht auszumachen.

Drake, der um den Tisch herum gekommen war, sodass ihn nichts mehr von seiner Mannschaft trennte, übernahm wieder das Ruder und rief: „Nun denn, Meine Herren, kommt ihr alle guten Willens mit, wenn es weiter geht, ja oder nein?"

„Ja!"

„Auf wessen Hände schaut ihr, meine Herren, wenn ihr eure Heuer empfangt?"

„Auf die Euren, Sir!"

„Was sagt ihr, macht ihr weiter um der Heuer willen, oder um meinetwillen?"

Wie ein von innerem Feuer ergriffener Kantor heizte Drake seiner Gemeinde ein, und der Chor wurde mit jeder Antwort lauter.

„Um Euretwillen!"

Nur Cooke, der neben ihm stand, hörte Vicary leise sagen: „Wir wissen ja nicht, welche Heuer wir verlangen sollen."

Drake war zurück an seinen Platz hinter dem Tisch getreten und rief nach dem Zahlmeister der *Elizabeth*. Als der Mann vortrat, bat Drake ihn um seine Schlüssel. Der Zahlmeister zögerte kurz, – er wäre kein guter

Zahlmeister gewesen, wenn er nicht gezögert hätte – überreichte ihm schliesslich seinen Schlüsselbund und trat wieder in die Reihen hinter Markham.

Nun wandte sich Drake an Wynter und sagte: „Mr. Wynter, hiermit enthebe ich Sie Ihres Postens als Kapitän der *Elizabeth*."

Wynter schnappte nach Luft, kam aber nicht dazu irgendetwas zu sagen, denn Drake hatte sich schon zu Thomas umgedreht.

„Und Sie, John Thomas, jenes der *Marigold*. Und Sie, Thomas Hood, Ihres Postens als Master der *Pelican*. Und Sie, William Markham, von dem der *Elizabeth*. Und Sie, Nicholas Anthony, von dem der *Marigold*. Und, um es kurz zu machen, Ich enthebe hiermit sämtliche Offiziere ihrer Stellungen!"

Unruhe entstand unter den Mannschaften.

Fassungslos sah Wynter Drake an.

„Aber, Sir, weshalb?"

Gleichzeitig fragte Thomas: „Was bewegt Euch dazu, uns alle abzusetzen, Sir?"

Ruhig erwiderte Drake: „Können Sie mir irgendeinen Grund nennen, warum ich es nicht tun sollte, meine Herren? Sie werden sich damit zufriedengeben müssen."

Das Raunen war zu einem vielstimmigen vernehmlichen Brummen angeschwollen.

„Ruhe!", rief Drake und augenblicklich fiel der Lärm in sich zusammen. Übrig blieb eine unheilvolle Anspannung unter den Männern. Mit einem einzigen Schlag hatte Drake soeben alle Ordnung über Bord geworfen. Von einer Sekunde auf die andere galten Wynter, Thomas, die Master und Offiziere nicht mehr als der junge Backschafter, der Chester, Doughty und Sarocold auf der *Swan* das Essen serviert hatte. Und eben jener Schiffsjunge, der doch ganz am Ende einer langen Kette aus Befehlsgewalt und Verantwortung stand, galt nun im Gegenzug nicht weniger als Wynter oder Thomas. Wie sollte er da noch seinen Platz kennen? Und alle dazwischen, Blackeley, der Bootsmann, Bright, der Schiffszimmermann, Smythe, der Grosstopp-Gast, Fletcher, der Kaplan, hatten ihren Platz ebenso verloren, weil es kein Dazwischen mehr gab.

Das Resultat war ohne Zweifel Chaos. Und so liess sich kein Schiff segeln.

Was hatte Drake bloss vor?

Zwei, drei Atemzüge wartete er noch, um die Stille wirken zu lassen. Als er sicher war, die Aufmerksamkeit aller zu haben, sagte er: „Ihr seht, in was für ein riesiges Durcheinander wir hier geraten sind. Dies, obwohl bereits einer von uns seine verdiente Todesstrafe erhalten hat, der, Gott sei mein Zeuge, mir wie meine Rechte Hand war. Dessen ungeachtet hat seine eigene Zunge sein verräterisches Tun enthüllt, und seht, wie er zu sehr auf die Einzigartigkeit seines Verstandes vertraute und unbedacht zu weit ging. Doch seht, was Gott vollbracht hat, befahl doch ihre Majestät, dass gerade der Lord Schatzmeister nichts von unserer Fahrt wissen durfte, und seht, wie er selbst zugab, ihm den Plan davon zugetragen zu haben. Aber so wahr ich ein Gentleman bin, sterben soll keiner mehr, ich werde an keinen von euch mehr Hand anlegen, obwohl es hier einige gibt, die dasselbe verdient haben wie er. Edward Worrall, Euer Fall ist noch schwerwiegender als der Doughtys."

Montag, 28. November 1580
Buckland Abbey
Devon

„Edward Worrall?“

Raleigh fragte, weil dieser Name noch von keinem Zeugen genannt worden war und hier möglicherweise ein Akteur die Bühne betrat, um in dem Drama etwas Wesentliches beizutragen.

Doch Cooke zucke nur mit den Schultern und meinte gelangweilt: „Worrall war während Doughtys Prozess einer von Drakes Spiessgesellen.“

„Hat sich Drake zu Worralls Fall näher geäussert?“

„Nein. Aber Worrall warf sich vor Drake auf die Knie und bettelte ihn an, ihm nicht mehr böse zu sein.“

Montag, 11. August 1578
Port St. Julian
Patagonien

Die Peinlichkeit des Augenblicks erfasste auch Drake. Unbehaglich wandte er den Blick von Worrall ab, der händeringend vor ihm auf den Knien rutschte und flehentlich zu ihm hoch sah.

„Gut, gut, Worrall, Sie und ich, wir werden nachher noch ausführlich darüber reden."

Worrall nickte, erhob sich und trottete zurück zu seinen Kameraden von der *Elizabeth*. Drakes Blick folgte ihm und blieb dann an einem anderen Mann hängen.

„John Audley, Sie haben sich auch Übles zuschulden kommen lassen."

Bevor Audley etwas sagen konnte, hob Drake begütigend die Hand und fügte schnell hinzu: „Aber ich werde deswegen kein Verfahren eröffnen, sondern die Sache nach dem Essen mit Ihnen unter vier Augen regeln."

Einen Moment schien er sich für das Kommende zu sammeln und liess dabei den Blick über seine Leute schweifen. Dann holte er Atem und sagte: „Es wird hier viel dummes Zeug geredet, meine Herren. Hier ist einer, der nichts besseres weiss, als mich zu diskreditieren, indem er behauptet, Mr. Hatton hätte mich auf diese Fahrt geschickt; da einer, der herumposaunt, Sir William Wynter sei es gewesen; und wieder einer, ich hätte den Auftrag von Mr. Hawkins erhalten. Das ist jedoch eine Bande von Dummköpfen, die keinen anderen Gesprächsstoff haben. Ich muss Ihnen sagen, meine Herren, ich verehre diese Leute als meine guten Freunde wirklich sehr, aber zu behaupten, diese Reise wäre durch sie oder ihre Vermittlung zustande gekommen, ist absoluter Blödsinn. Tatsächlich war es so: Mylord Essex verfasste Empfehlungsschreiben für mich an Staatssekretär Walsingham, in denen er mich über Gebühr lobte, auch wenn ich sicher etwas aus seiner Hand verdient habe. In seinen Briefen erachtete er mich wegen meiner Geübtheit und Erfahrung in dem Geschäft als geeigneten Mann, um gegen die Spanier vorzugehen. Tatsächlich traf sich Staatssekretär Walsingham mit Mylord Essex und erklärte ihm, dass sich ihre Majestät für verschiedene erlittene Kränkungen am König von Spanien zu rächen wünsche.[24] Dabei legte er mir einen Plan vor und forderte mich auf, schriftlich zu notieren, wo der spanische König am besten zu ärgern wäre und bat mich, die Notiz mit meinem Namen zu zeichnen. Ich teilte ihm einiges von meiner Meinung mit, weigerte mich aber, irgendetwas zu unterschreiben. Ich versicherte ihm, dass ihre Majestät sterblich sei, und dass, wenn es Gott gefalle, sie zu sich zu rufen, vielleicht ein Fürst an die Macht komme, der mit König Philip von Spanien verbündet sei, und dann würde meine eigene Hand Zeugnis gegen mich ablegen. Kurz danach wurde ich eines Abends von Staatssekretär Walsingham zu ihrer Majestät geschickt, wurde in jener Nacht aber nicht mehr empfangen, weil es schon spät war. Doch tags darauf lud sie mich vor und sagte zu mir: ‚Drake, ich würde mich gerne für verschiedene Kränkungen, die ich durch den König von Spanien erlitten habe, rächen'. Und weiter sagte sie, ich wäre der Einzige, der das bewerkstelligen könne und bat mich um meinen Rat. Ich sagte ihrer Majestät, dass es nicht viel bringe, Philip in Spanien anzugreifen, sondern der einzige Weg wäre, ihn in Westindien zu belästigen."

Montag, 28. November 1580
Buckland Abbey
Devon

Cooke nippte an seinem Glas und sagte: „Mit weiteren vielen Worten zeigte er uns dann den Anteilschein ihrer Majestät über eintausend Kronen sowie den Anteilschein von Mr. Hatton und verschiedene auf Drakes Namen ausgestellte Kreditbriefe."

„Sie haben diese Papiere gelesen?", fragte Raleigh.

„Ich sah sie von weitem; Drake gab sie nicht aus der Hand. Dann sagte er auch, die Königin habe bei ihrer Krone geschworen, wenn irgendeiner in ihrem Reich den spanischen König über das Unternehmen informiere, werde er einen Kopf kürzer gemacht."

Montag, 11. August 1578
Port St. Julian
Patagonien

Hundertneunundfünfzig abgerissene, bärtige Gestalten, aufgeteilt in drei unterschiedlich grosse Haufen, standen angespannt im Wind und lauschten Drake, der wieder hinter seinem Tisch hervorgekommen war und vor dem Zelt auf und ab zu gehen begann, während er zu ihnen sprach, wie ein Professor in Oxford zu seinen Studenten.

„Und nun, meine Herren, lasst uns überlegen, was wir getan haben. Jetzt haben wir drei mächtige Fürsten bei den Ohren gepackt und aufeinander gehetzt. Zunächst ihre Majestät, die Königin, dann den König von Spanien und den König von Portugal. Und wenn diese Reise nicht von Erfolg gekrönt wird, werden wir nicht nur Hohn und Spott von unseren Feinden ernten, wir wären auch für alle Zeit ein Schandfleck für unser Heimatland. Was wäre das für ein Triumph für Spanien und Portugal! Und niemals wieder würde ein solches Unternehmen in Angriff genommen."

Er drehte sich zu Wynter und Thomas um, die immer noch wie bestellt und nicht abgeholt neben dem Tisch standen, und bat sie, zu ihm zu kommen.

„John Wynter", sagte er. „Hiermit ernenne ich Sie wieder zum Kapitän der *Elizabeth* und Vizebefehlshaber unseres Verbandes. John Thomas, Sie ernenne ich wieder zum Kapitän der *Marigold*. Thomas Hood, William Markahm, Nicholas Anthony, auch Sie sind hiermit wieder als Master Ihrer Schiffe eingesetzt, und das gilt auch für alle anderen Offiziere, die ich vorhin ihres Postens enthoben habe."

Merklich löste sich die Anspannung in der Mannschaft. Die Ordnung war wieder hergestellt. Jetzt hatte wieder jeder einzelne Mann seine Bedeutung zurückbekommen, und selbst der Schiffsjunge, der sich nun wieder ganz unten in der Hackordnung befand und dessen Bedeutung doch eher winzig ausfiel, war sich ihrer plötzlich sehr bewusst. Und nun, da sie alle wieder richtige Mannschaften waren, spürten sie es, auch wenn sie es vielleicht nicht in Worte fassen konnten: Drake hatte einen Plan. Es würde vorwärts gehen.

Da standen sie vor ihnen, die drei Kapitäne Wynter, Thomas und in ihrer Mitte Drake, der seine Arme um ihre Schultern gelegt hatte, ihnen mit listigem Grinsen abwechselnd ins Gesicht sah und fragte: „Na? Zufrieden?"

„Aber sicher, Sir!"

Die Erleichterung war Wynter anzusehen, und Thomas nickte eifrig und lächelte breit.

„Seht, Männer", rief Drake den Mannschaften zu. „So, wie ich diese Herren zufriedengestellt habe, werde ich jeden einzelnen von euch zufriedenstellen! Jeden einzelnen! Habt ihr das verstanden? Selbst wenn ich dazu meinen ganzen Besitz veräussern müsste. Denn ich habe guten Grund, euch das zu versprechen und bin in der Lage, dieses Versprechen auch einzuhalten. Ich habe einigen Besitz zuhause in England nebst einem so grossen Anteil an diesem Unternehmen wie die drei grössten Teilhaber. Und sollte es sein, dass ich nicht mehr nach Hause komme, so wird doch ihre Majestät, der ihr und wir alle dienen, jedem Mann seine Heuer auszahlen. Und wenn ihr sagt, ihr dient mir, werde ich euch dafür keinen Dank sagen, denn es ist ausschliesslich ihre Majestät, der ihr dient. Und diese Fahrt unternehmen wir nur ihretwegen. Deshalb möchte ich, dass ihr alle Freunde seid, die zusammenhalten, klar?"

Er klopfte seinen beiden Kapitänen auf die Schulter und schloss: „Also, an die Arbeit!"

Montag, 28. November 1580
Buckland Abbey
Devon

„Freunde, dass ich nicht lache!", schnaubte Cooke verächtlich. „Ein oder zwei Tage bevor wir die Bucht verliessen, kam Drake an Bord der *Elizabeth*, fluchte und tobte herum, er werde an die dreissig unserer Leute hängen lassen, keine Ahnung, aus welchem Grund. Auch auf Worrall ging er wieder los und hielt ihm vor, sein Vergehen sei weit schlimmer als das von Doughty, und er hätte es bei Gott verdient, gehängt zu werden. ‚Und Mr. Wynter!', sagte er. ‚Wo steckt Ihr Diener Ulysses? Bei Gott, wenn er mein Diener wäre, ich würde ihm die Ohren abschneiden, ja, ich würde ihn aufknüpfen!'"

„Wieso das denn?", fragte Raleigh, dem eigentlich klar war, dass Cooke nur noch einmal Drakes tyrannisches Wesen illustrieren wollte.

„Das weiss ich beim besten Willen nicht", erwiderte Cooke. „Und ich bin Drake seither auch nicht mehr begegnet. Mitte August verliessen wir Port St. Julian, fuhren ein paar Tage später in die Magellanstrasse ein und erreichten nach zwei Wochen die Südsee. Aber das Wetter war schlecht, widrige Winde und ungewöhnlich heftige Stürme. Am letzten Tag im September verloren wir die *Marigold* und eine Woche später auch das Flaggschiff. Wir selbst gingen in der Strasse vor Anker und blieben dort bis zum ersten November. Für unsere Rückreise wird wohl unser Kapitän, Mr. Wynter, Rede und Antwort gestanden haben, nehme ich an", schloss Cooke und musste plötzlich husten.

Etwas irritiert durch das schnelle Ende von Cookes Bericht, stotterte Raleigh: „Ja…ähm…stickig hier drin, ich sollte das Fenster öffnen."

Montag, 28. November 1580
Buckland Abbey
Devon

Keine halbe Stunde später war John Cooke abgereist, obwohl er Plymouth kaum vor Einbruch der Dunkelheit erreichen würde, wie Raleigh zu bedenken gab. Es waren doch immerhin sieben Meilen bis dorthin, der Schnee lag fusshoch auch auf den Strassen und die Sonne hatte bereits begonnen, sich hinter die kahlen Bäume auf den Hügeln im Westen zu schieben.

Doch Cooke meinte, es sei nur leicht bewölkt, der Schnee werde Licht genug abgeben, wenn erst der Mond aufgegangen sei, der als Halbmond gerade ins letzte Viertel trete; ausserdem hätte er ein gutes Pferd, und, falls er unterwegs belästigt würde, ein Schwert sowie am Sattel zwei Pistolen.

Es war nur zu offensichtlich, dass Cooke so schnell wie möglich diesen Ort zu verlassen wünschte. Und Raleigh war ganz froh, ihn ziehen zu sehen, er war mit dem Schnösel sowieso nicht warm geworden.

Aber seine Überlegungen blieben noch an dem jungen Gentleman hängen, als dieser schon längst in der einsetzenden Dämmerung verschwunden war. Keiner der anderen Zeugen hatte so viel erzählt wie Cooke. Raleigh hatte ihn gefragt, wie es komme, dass er sich noch so genau an die Ereignisse erinnern könne, das sei ja schliesslich alles auch schon fast zweieinhalb Jahre her.

Er habe, hatte Cooke geantwortet, Bleistifte und Papier auf die Reise mitgenommen, um seine Eindrücke festzuhalten, und alles aufgeschrieben, was er für erwähnenswert gehalten habe. Aus diesen Aufzeichnungen habe er nach seiner Heimkehr einen Bericht angefertigt, der nur noch auf seine Veröffentlichung warte; die Welt müsse wissen, was geschehen und was für ein verbrecherischer Tyrann Drake sei.

Und jetzt sass Raleigh da mit einer Fülle von Informationen.

Er musste sie nur noch einordnen.

Das würde hart werden.

Raleigh biss sich auf die Lippen und machte sich an die Arbeit.

Als erstes nahm er sich noch einmal die schriftlichen Aussagen vor, geschrieben am anderen Ende der Welt von Menschen, die in einen unnötigen Zwist hineingeraten waren. Einige in gestochen scharfer Schrift, andere eher krakelig und schwierig zu entziffern, doch alle legten Zeugnis ab über das Wesen eines Mannes, der sehr von sich eingenommen war. Item für Item wurde ihm angelastet, was er gesagt hatte. Doch nirgends stand, dass er auch etwas *getan* hätte, das eine Hinrichtung rechtfertigte. Aber Raleigh war klug genug zu wissen, dass man gar nichts tun musste, wenn man nur gut genug redete. Und oft waren Worte die verheerenderen Waffen als Taten. Aber was hatte er nun gesagt, das so verheerend war?

Dass Drake ohne ihn nicht dorthin gekommen wäre, wo er nun war. Als hätte er Drake bei der Hand genommen und geleitet. Als wäre Drake von ihm abhängig gewesen. Ob seine Behauptungen der Wahrheit entsprachen oder nicht, spielte dabei überhaupt keine Rolle. Er untergrub mit ihnen die Autorität des offiziellen, von der Königin bestallten Befehlshabers und Leiters der Expedition.

Das war es, was Doughty *getan* hatte.

Die Frage war bloss, ob Doughty, als er es tat, auch *wusste*, was er tat.

Wenn das Ganze planvoll war, wenn Doughty mit seinen Äusserungen Drake bewusst herabgesetzt hatte, um die Leute an dessen Führungsanspruch zweifeln zu lassen und sich schliesslich offen gegen ihn zu stellen, dann musste er schon ein ausgekochter Hund gewesen sein. Raleigh neigte eher zu der Ansicht, dass alles, was Doughty über sich und Drake gesagt hatte, nichts als dumme Angeberei gewesen war, ausgelöst durch sein übersteigertes Geltungsbedürfnis.

Aber im Fleisch dieses Gedankens steckten zwei schmerzhafte Haken fest:

Doughty hatte, trotz ausdrücklichen Verbots, Lordschatzmeister Burleigh über den wahren Grund der Fahrt informiert.

Und Doughty hätte seine Rede auf der *Pelican* nicht halten dürfen.

Interessanterweise war diese Rede beim Prozess nicht zur Sprache gekommen. Aber vielleicht war sie es, und Cooke hatte dem keine Beachtung geschenkt. Jedenfalls hatte er nichts darüber gesagt. Noch einmal führte sich Raleigh den Ablauf der Ereignisse vor Augen, doch das Ergebnis blieb unumstösslich. Alles, was vor seiner Rede geschehen war, stellte für Doughty keinerlei Bedrohung dar. In Afrika hatte er noch die Männer an Musketen und Arkebusen gedrillt; beim Landeunternehmen auf Mayo hatte er eine Führungsrolle inne; er war zum Prisenkommandanten der *Mary* ernannt worden. Was nun den Vorfall auf der Prise anging, so widersprachen sich Fletcher und Cooke. Fletcher behauptete, Doughty habe unerlaubterweise Geschenke eines portugiesischen Gefangenen angenommen; bei Cooke dagegen war es Drakes Bruder gewesen, der sich an der Beute bereichert hatte und von Doughty bei Drake angeschwärzt worden war. Im Gegensatz zu Fletcher war Cooke auf der *Mary* zugegen gewesen, andererseits hatte Fletcher mit Brewer und Bright zwei Männer beim Namen genannt, die sich bei Drake über Doughtys Verhalten beschwert hatten. Man konnte sich fragen, was den Kaplan dazu veranlasst haben könnte, ein solches Detail zu erfinden. Vielleicht reine Freude am Fabulieren, schliesslich war er ja „der grösste Lügner, den es gibt“. Wie auch immer, beide Versionen führten jedenfalls zum selben Resultat: Es war zum offenen Streit zwischen Drake und Doughty gekommen. Drake hatte Doughty gemassregelt, als Prisenkommandant abgesetzt und auf die *Pelican* geschickt. Als freier Mann und ohne weitere Auflagen.

Dann hatte Doughty diese Rede gehalten.

Und erst nachdem Drake von dieser Ansprache erfahren hatte, war Doughty auf die *Swan* verbracht worden.

Als Gefangener.

Hätte er die Rede nicht gehalten, wäre er ein freier Mann geblieben, hätte die Möglichkeit gehabt, mit Drake über den Vorfall auf der *Mary* ins Reine zu kommen und sein Martyrium und Tod wären ihm erspart geblieben. Jedenfalls wenn man davon ausging, dass er keine verräterischen Absichten gehegt hatte. Auch wenn gerade dafür vieles sprach, – selbst unmittelbar vor seinem Ende hatte er seine Unschuld beteuert – bewies doch gerade diese eine Rede das Gegenteil.

War Doughty also schuldig im Sinne der Anklage?

Und wenn schon. Das Pferd liess sich auch von hinten aufzäumen. Wenn Doughty nicht schuldig war, so war er nicht das erste Opfer eines Fehlurteils geworden. Die Gerichte landauf und landab taten ihr Bestes, aber kein System war eben perfekt. Doughty hatte sterben müssen, weil ihn die Geschworenen für schuldig befunden hatten. Vor welchem Richter? Vor Captain John Wynter. Von wem war der berufen worden? Von Francis Drake. Und woher hatte der die Befugnis dazu? Von niemand geringerem als der Königin. Hatte Drake behauptet. Und Doughty selbst hatte diese Behauptung gestützt, und zwar in seiner Rede an die Crew der *Pelican*. In seinen eigenen Worten hatte Drake *eine Befehlsgewalt von ihrer Hoheit der Königin und ihrem Rat erhalten, wie sie zurzeit noch kaum irgendeinem anderen Untertanen anvertraut worden ist: Nach seinem Ermessen Übeltäter mit dem Tod oder sonst wie zu bestrafen.*

Doughty hätte diese Rede wirklich niemals halten dürfen.

Aber ein hieb- und stichfester Beweis für den erforderlichen Umfang der Vollmacht waren auch Doughtys Worte nicht.

Obwohl er doch hätte müde sein müssen, spürte Raleigh, wie sein Verstand lief wie ein ausgeruhtes Pferd.

Nun, es gab einige Möglichkeiten.

Möglichkeit eins: Drakes Vollmacht war ausreichend gewesen und er hatte innerhalb ihrer Bestimmungen gehandelt. Dann hatten sowohl Doughty als auch Drake die Wahrheit gesagt. Weshalb aber hatte Doughty bei seinem Prozess die Vollmacht sehen wollen, wenn er doch wusste, dass sie gut genug war? Und wieso hatte Drake sie nicht gezeigt?

Möglichkeit zwei: In der Vollmacht fehlte die Befugnis zur Rechtsprechung, und Drake hatte sich massiv ins Unrecht gesetzt. Dann hatten sowohl Drake als auch Doughty gelogen. Es würde immerhin erklären, weshalb sich Drake geweigert hatte, die Vollmacht zu präsentieren. Es erklärte aber nicht, weshalb Doughty in seiner Rede der Vollmacht einen Umfang angedichtet haben sollte, den sie nicht besass, oder sie überhaupt erwähnt hatte.

Und dann gab es noch Möglichkeit drei: Die Vollmacht war ausreichend, und Drake zeigte sie nicht, weil er dafür andere Gründe hatte. Doughty seinerseits wusste vielleicht gar nicht, wie weit die Vollmacht tatsächlich reichte und hatte in seiner Rede die Mannschaft bewusst getäuscht, also belogen, um seinen Machtanspruch zu untermauern. Eine Lüge, die zufällig der Wahrheit entsprach.

Er hat dieselbe Befehlsgewalt an mich übertragen um sie während seiner Abwesenheit an allfälligen Missetätern anzuwenden. Das hingegen war eine Lüge gewesen, die sicher nicht der Wahrheit entsprach. Das war zum einen der Eindruck von Francis Pretty, der dabei gewesen war, und zum anderen war er offenbar genau dafür von Drake in Gefangenschaft gesetzt worden.

Diese verfluchte Rede.

Doughty hätte sie nicht halten dürfen.

Nicht, dass sich Raleigh auf Teufel komm raus von Doughtys Unschuld überzeugen wollte. Es war auch nicht seine Aufgabe, Doughtys Schuld nachzuweisen, sondern die Wahrheit herauszufinden und damit im Idealfall Drake vom möglichen Vorwurf der Willkür (oder besser gesagt, des Mordes an einem Gentleman) zu entlasten.

Aber mit der Wahrheit war es so eine Sache. Eine objektive Wahrheit schien es nicht zu geben, nur etliche, sehr voneinander abweichende subjektive Wahrheiten, soviel hatte Raleigh nach den bisherigen Befragungen feststellen müssen. Die einzig mögliche Annäherung an eine objektive Wahrheit war der Weg über die Plausibilität. Wie plausibel war es denn, dass Doughty ein Verräter und potentieller Meuterer war? Angeklagt worden war er für Dinge, die er nach seiner Festsetzung auf der *Swan* gesagt hatte. Nicht dessen, wofür er überhaupt erst festgesetzt worden war: Die Rede.

Und die Beweiskraft der Zeugenaussagen bei Doughtys Prozess war doch eher gering. So gering, dass sie in Brights Fall gar nicht erst bei der Urteilsfindung berücksichtigt worden waren. Doch die Aussagen zeichneten ein recht gutes Bild vom Angeklagten, dessen überhebliches und missgünstiges Geplapper so gar nicht zu einem Verschwörer passen wollte. Ganz im Gegensatz zu seiner Rede auf der *Pelican*. Wenn man sich das Ganze besah, dann passte diese Rede nicht ins Bild.

Und deshalb hätte Doughty sie nicht halten dürfen.

Sie verkomplizierte alles.

Sie war der einzige Beweis für Doughtys Verrat. Aber sie war weder von Zeugen noch von der Anklage explizit erwähnt worden.

Raleighs Gedanken begannen sich im Kreis zu drehen. Sein Ärger darüber war jedoch völlig unnötig; er erkannte noch nicht, dass sich seine Gedanken zwar rund herum bewegten, aber in einer Spirale und unweigerlich auf einen Punkt in der Mitte zu.

Der Prozess. Raleigh attestierte, dass er eine erstaunlich faire Angelegenheit gewesen war. Doughty hatte sogar die Möglichkeit gehabt, sich zu verteidigen. Eine Verteidigung, die jedoch äusserst schwach ausgefallen war und nur darin bestanden hatte, alles abzustreiten. Er hatte nicht argumentiert. Er hatte nichts zu seinen Gunsten angeführt. Er hatte nichts Entlastendes vorgebracht. Für einen ausgebufften Verschwörer und eloquenten Schwätzer eine schwache Leistung. Und somit ein Hinweis auf seine Unschuld.

Noch merkwürdiger aber war Drakes Verhalten während des Prozesses. Er schien sich mit viel Gusto in die Rolle des „Kronanwalts" geschmissen zu haben und machte seine Sache als Ankläger für einen juristischen Laien verblüffend gut. Mit seinen Ausführungen hatte er den Geschworenen Grund zum Nachdenken gegeben, aber geradezu hervorragend war, wie er blitzschnell auf eine unerwartete Wendung reagiert und zu seinem Vorteil verwendet hatte: Doughtys Eingeständnis, ausgerechnet Lord Burleigh über das wahre Ziel der Reise informiert zu haben.

Das war der sprichwörtliche letzte Nagel zu Doughtys Sarg gewesen.

Nach Cookes Ausführungen war es allerdings kein Geständnis im eigentlichen Sinn gewesen. Irgendwann im Verlauf der Verhandlung hatte Doughty erwähnt, dass Burleigh Bescheid wusste. Drake hatte das bestritten, denn er wusste ja, dass das wahre Ziel der Reise wie ein Staatsgeheimnis gehütet worden war. Und, wie er dachte, vor allem dem Lordschatzmeister gegenüber. Doughty hatte erwidert: „Doch, er hat." Gerade so, als wolle er um jeden Preis recht behalten. Woran sich Drakes naheliegende Frage „Woher denn?" anschloss. Die fatale Antwort: „Er hat es von mir."

Hätte Doughty wirklich diese Antwort gegeben, wenn er sich irgendeiner Schuld bewusst gewesen wäre? Wenn er den Verrat bewusst als solchen begangen hätte, dann wäre ihm auch klar gewesen, dass eine solche Antwort sein Todesurteil bedeuten konnte. Er hätte nur zu sagen brauchen, er wisse es nicht.

Raleigh war sich fast sicher, dass Doughty den Lordschatzmeister informiert hatte im guten Glauben, dass daran nichts Verwerfliches sei. Die Königin, Walsingham, Burleigh – das Dreigestirn, das an der Spitze der Macht über England herrschte. Wenn ihre Majestät und Walsingham von dem geheimen Plan wussten, wieso dann nicht auch Lord Burleigh, mochte sich Doughty gesagt haben. Das setzte allerdings voraus, dass niemand ihn darüber informiert hatte, wie geheim der Plan wirklich war.

Wie auch immer, Doughty hatte auch hier einen Fehler begangen. Und auch hier vielleicht einen Fehler, dessen er sich gar nicht bewusst war. Da kam ein bisschen viel zusammen. Für einen so ehrgeizigen und weltgewandten Mann eher unverständlich.

Genauso unverständlich wie Drakes Verhalten während des Prozesses. Er hatte zwar, wie es sich gehörte, ein Schlussplädoyer gehalten, das die Geschworenen dazu gebracht hatte, Doughty für schuldig zu befinden. Bis hierhin hatte ja noch alles einigermassen seine Richtigkeit. Doch dann wäre es am Vorsitzenden gewesen, das Strafmass zu verkünden. Wynter hatte aber nichts dergleichen getan. Er war gar nicht dazu gekommen. Drake hatte ihn schlicht übergangen und die Entscheidung über Leben und Tod dem Mehrheitsbeschluss der gesamten Mannschaft überlassen.

Weshalb? Hatte Drake befürchtet, Wynter könnte Doughty verschonen? Wenn das der Fall gewesen war, dann hatte Drake Doughty von vornherein tot sehen wollen. Dann war Doughtys Tod ein von langer Hand vorbereiteter Mord gewesen, sanktioniert durch ein fadenscheiniges Tribunal, gestützt auf wenig aussagekräftige Beweise. Denn bis zu dem Zeitpunkt, da Doughty die Sache mit Burleigh gestand, hatte Drake davon ja nichts gewusst. Und wenn Doughtys Tod denn ein solcher Mord war, konnte nichts und niemand Drake von der moralischen Schuld befreien. Rein rechtlich sah das allerdings anders aus. Drake brauchte nur den Beweis zu erbringen, dass seine Vollmacht gut genug war.

Raleigh musste plötzlich lächeln ob der Falschheit des Gedankens. Umgekehrt wurde ein Schuh draus: Wer immer Drake für Doughtys Tod zur Rechenschaft ziehen wollte, musste beweisen, dass die Vollmacht *nicht* gut genug gewesen war.

Und das war der Punkt in der Mitte der Spirale.

Die Vollmacht.

Montag, 28. November 1580
Buckland Abbey
Devon

Nicht dass Raleigh über all seinen Erwägungen um Doughtys Tod Molly vergessen hätte! Die ganze Zeit war sie im Hintergrund seiner Gedanken bei ihm gewesen und hatte ihm ein Hochgefühl beschert, das ihn durch den Tag getragen hatte.

Als er in die Küche kam, sassen alle schon beim Essen. Parker hatte ihm den Platz zu seiner Rechten frei gehalten, gegenüber seiner Gattin und weit weg von Molly. Doch Molly schickte ihm mit gesenktem Kopf ein Lächeln quer über den ganzen Tisch, das alle Verheissungen der Welt in sich barg. Raleigh lächelte zurück, aber da hatte sie die Augen schon wieder niedergeschlagen und löffelte brav ihr Stew.

Mrs. Babbage sagte etwas, aber Raleigh hatte nicht aufgepasst.

„Bitte?"

„Ich sagte: Morgen kommt Mr. Drake, Sir." Ihre Wangen waren ganz rot vor Stolz.

Ehrfurchtsvolle Stille senkte sich über den Tisch, die allerdings von der kleinen Jane gebrochen wurde, als sie mit staatsmännisch erhobenem Holzlöffel verkündete: „D'ake!"

Sofort richtete Mrs. Parker einen wachsamen Blick auf sie, denn ihr Töchterchen hatte die Gewohnheit, ihr Essen zu vermöbeln, noch nicht ganz abgelegt.

„Mo'gen tommt D'ake! D'ake, D'ake, D'ake!"

„Ist ja gut, mein Schatz!"

Ihre Mutter sagte es mit warmer Stimme, doch die tiefe Falte über ihrer Nasenwurzel war eine deutliche Warnung. Jane verstand sie und hielt den Mund, während sich Annie Babbage zu ihr beugte, ihr die Hand tätschelte und sagte: „Ganz recht, morgen kommt der grosse Seeheld."

Janes Brüder George und Edward sahen sich mit grossen Augen an. Morgen würden Sie Francis Drake sehen! Leibhaftig und mit eigenen Augen.

Parker mochte die Vorfreude auf das Ereignis nicht teilen. Raleigh sah ihm seine Besorgnis an, als der Majordomus Löffel und Gabel sinken liess und fragte: „Wie sollen wir uns ihm gegenüber verhalten, Sir?"

„Mit allem Respekt, der ihm gebührt, Mr. Parker. Aber bitte ohne übertriebenes Hofieren. Ich weiss noch zu wenig über diesen Mann."

„Seid Ihr denn in Euren Ermittlungen weitergekommen?"

„Oh, ja! Allerdings sind noch einige wichtige Fragen ungeklärt."

Es entging Raleigh, dass Molly plötzlich interessiert den Kopf hob.

„Dann könnt Ihr also noch nicht sagen, ob Doughty schuldig war oder nicht", stellte Eleanor Parker fest.

„Mit Bestimmtheit sagen kann ich es nicht, das ist richtig, Mrs. Parker."

„Und was sagt Euer Gefühl?"

Raleigh lächelte verlegen und hob die Schultern.

„Mein Gefühl sagt, dass er kein Verräter war. Aber es gibt Aspekte, die ganz klar gegen Doughty sprechen; noch sind beide Theorien nicht plausibel."

„Oder logisch", schaltete sich Mr. Babbage mit fiebrig glänzenden Augen ein. Offensichtlich hatte er das gestrige Gespräch beim Schnaps im Heuschober nicht vergessen. Bevor er noch etwas sagen konnte, schüttelte ihn ein Hustenanfall, wofür er einen vorwurfsvollen Blick seiner Gattin erntete.

„Du gehörst ins Bett, John!"

„Ja, sobald du mir einen Brandy mit Honig heiss gemacht hast. Dann geht's mir morgen gleich besser."

„Das sagst du jetzt jeden Abend, und jeden Abend kriegst du deinen heissen Brandy. Aber genützt hat er bis jetzt kein bisschen!"

„Dann mach mir zwei, Frau!"

Annie lachte ärgerlich auf und rief: „Ja, woher denn! Einer ist ja schon zu viel für dich."

„Du hast doch gerade selbst gesagt, einer nützt nichts. Und wenn eine Arznei nicht hilft, muss man die Dosis erhöhen. Ist doch logisch."

Annie verdrehte die Augen und seufzte, die Parkers schmunzelten, und Raleigh nutzte die Gelegenheit, um Molly anzusehen. Sie bemerkte seinen Blick, lächelte und fragte ruhig: „Wie wollt Ihr denn jetzt noch herausfinden, welche Theorie die richtige ist? Falls Mr. Doughty unschuldig war, wird Euch Drake morgen nicht die Wahrheit sagen."

Raleigh betrachtete sie gedankenvoll. Sie hatte gerade eine Tür aufgestossen, doch dahinter lauerte ein äusserst tückischer Sumpf. In Gedanken setzte Raleigh vorsichtig einen Fuss in dieses gefährliche Terrain: Wenn Doughty so unschuldig wie ein Neugeborenes gewesen war und Drake das gewusst hatte, ja, dann würde der grosse Seeheld morgen alles andere als die Wahrheit sagen. Denn dann hätte Doughtys Prozess nur stattgefunden, um ihn mit dem Anschein von Legalität umbringen zu können. Ein Mord, der in Planung und Ausführung nicht teuflischer hätte sein können und zu dessen Umsetzung Drake hundertsechzig Leute gewissenlos missbraucht hätte. Dann ginge es hier auch nicht um eine Sache, die das Unternehmen oder die Königin betraf, sondern um etwas sehr Persönliches. Etwas, das allein Drake und Doughty betraf. Und dann konnte auch die beste Vollmacht Drake nicht retten.

Schnell zog Raleigh seinen metaphorischen Fuss zurück, schloss die Tür und antwortete: „Ob Doughty schuldig oder unschuldig war, spielt letztlich keine Rolle."

Plötzlich war es mucksmäuschenstill am Tisch, und aller Augen waren auf Raleigh gerichtet. Parker sah ihn mit schiefgelegtem Kopf fragend an, Eleanor starrte mit offenem Mund, auf Annies weichen Zügen machte sich Entrüstung breit und ihr Gatte John murmelte nur: „Besser drei Brandys, wenn das so weitergeht."

Sein Sohn Tom, der bis dahin noch gar nichts gesagt hatte, räusperte sich.

„Das verstehe ich jetzt nicht, Sir", sagte er. „Ich dachte, falls dieser Doughty unschuldig war, dann hat Drake ein grosses Unrecht begangen, wenn er ihn köpfen liess. Aber wenn er schuldig war, dann wäre doch alles in bester Ordnung. Oder nicht?"

Raleigh nickte, löffelte aber erst seinen Teller leer und schob ihn mit einem zufriedenen Schmatzen von sich, bevor er antwortete.

„Kein Mensch ist gefeit davor, unschuldig vor ein Gericht gestellt zu werden. Oft reicht dafür ein begründeter Verdacht aufgrund von verleumderischen Zeugenaussagen oder augenscheinlich belastenden Indizien. Es kann dann durchaus vorkommen, dass ein Unschuldiger auch verurteilt wird, nicht aus Bosheit der Geschworenen, sondern einfach, weil sie von seiner Schuld überzeugt sind. Genau das mag auch Doughty widerfahren sein. Ein Fehlurteil ist für den Verurteilten und seine Angehörigen sicherlich sehr entsetzlich, ja, aber niemand käme ernsthaft auf den Gedanken, Richter und Geschworene des Mordes zu bezichtigen, wenn in dem Prozess alles seine Ordnung hatte."

Skeptisch erkundigte sich Parker: „Und hatte es das in Doughtys Prozess?"

„Soweit es den Ablauf betrifft, den Umständen entsprechend, ja."

„Aber?", fragte Molly, wie eine witternde Füchsin vor dem Hühnerstall.

„Man kann nicht", antwortete Raleigh, „einfach aus Seeleuten ein Gericht samt Jury zusammenstoppeln, egal, wo auf der Welt man sich gerade befindet. Bei der Schwere des Verbrechens, das man Doughty angelastet hat, liegt die Gerichtsbarkeit bei der Krone. Man kann nicht einfach auf einen Kumpel zeigen und sagen ‚Du bist jetzt Richter, setz dich da auf den Stuhl!'" Zum Richter wird man bei entsprechender Eignung erst vom Lordkanzler nominiert und dann von der Königin ernannt."

„Dann war der Prozess nichts als eine Farce", stellte Parker fest.

„Nicht, wenn Drakes Vollmacht, ausgestellt von der Königin, die Befugnis zur Rechtsprechung enthielt."

„Ist Drake denn juristisch gebildet?", wollte Parker wissen. „Ich meine, kann denn jeder einfach so per Vollmacht Gericht halten?"

„Kriegsrecht. Drakes Flotte befand sich auf Kaperfahrt, und konnte somit ohne Weiteres unter Kriegsrecht gestellt werden", erklärte Raleigh. „Und wenn Kriegsrecht gilt, dann obliegt die Gerichtsbarkeit dem Militär, respektive den höheren Offizieren."

Noch während er sprach, fiel Raleigh auf, wie Annie Babbage konzentriert ihre Unterlippe knetete. Ganz offensichtlich hatte sie Mühe, in den abstrakten Gefilden englischen Rechtswesens nicht den Überblick zu verlieren. Das war auch kaum verwunderlich, schliesslich war sie eine einfache Frau vom Lande; seit Kindesbeinen war ihre Welt die Küche, die konkreter nicht sein konnte. Er stellte sich vor, wie Annie die Vollmacht mit einem Rezept verglich, in welchem alle Zutaten aufgelistet waren, die am Ende eine Hühnerpastete ergeben. Wenn aber in diesem Rezept gar kein Huhn erwähnt wurde? Nun, kein Huhn, keine Hühnerpastete. Und wenn einer daherkam und sagte: „Diese Hühnerpastete habe ich exakt nach diesem Rezept (ohne Huhn) zubereitet", dann hatte er geschummelt.

„Sie möchten etwas sagen, Mrs. Babbage?"

Annie hörte auf, ihre Lippe zu massieren und fragte langsam: „Und wenn in der Vollmacht diese Befugnis fehlte?"

Keine Befugnis, kein Prozess. Das wäre die knappste Antwort gewesen. Aber Raleigh zog es vor, die Dinge beim Namen zu nennen.

„Dann hätte Drake Doughty während der gesamten Fahrt rund um den Globus in Gefangenschaft halten und nach seiner Rückkehr nach England einem ordentlichen Gericht übergeben müssen."

Annie nickte. Und dann war es wieder ihre Tochter, die genau die richtige Frage stellte: „Wo ist diese Vollmacht jetzt?"

Im Grunde genommen war alles so einfach: Wenn man Einsicht in die Vollmacht bekäme, wären alle juristischen Fragen geklärt. Und wenn die Klärung zugunsten Drakes ausfiel, mochte über die moralischen Fragen urteilen, wer wollte; sie würden dann ohnehin keinerlei Konsequenzen nach sich ziehen.

„Die Vollmacht", sagte Raleigh, „wird wohl auf diese eine Unternehmung beschränkt gewesen und ihre Gültigkeit mit der Heimkehr Drakes erloschen sein. Für seinen gegenwärtigen Besitzer hat sie also keinen namhaften Wert mehr. Vielleicht hat Drake sie als Erinnerungsstück behalten. Oder er hat sie zusammen mit seinen Berichten und Logbüchern bei den zuständigen Stellen abgeliefert. Dann hat sie jetzt möglicherweise Walsingham."

Der Gedanke begann Raleigh zu beunruhigen. Wenn der Staatssekretär gegenwärtig im Besitz der Urkunde war, dann musste er wissen, ob Drake mit ausreichenden Befugnissen ausgestattet gewesen war, und dann wäre Raleighs Ermittlung gänzlich unnötig.

„Ich hoffe sehr", fügte er deshalb hinzu, „dass Drake sie noch hat und sie morgen hierher mitbringt."

Molly war aufgestanden und hatte begonnen, das Geschirr abzuräumen. Nun erhob sich auch Eleanor Parker, um die Kinder zu Bett zu bringen, während Annie ihren kranken John mit demselben Ziel aus der Küche schob und Tom aufbrach, um im Stall nach dem Rechten zu sehen. Und plötzlich sass Raleigh mit Parker allein am Tisch, während sich Molly um den Abwasch kümmerte.

Parker schenkte sich und Raleigh den letzten Rest Wein ein.

„Ihr sagtet, mit dem Prozess an sich habe alles seine Ordnung gehabt, wenn man die Umstände berücksichtigt. Was meintet Ihr damit, Sir?"

Raleigh hob sein Glas und betrachtete das warme, tiefe Rot des Weins.

„Nun, Mr. Parker, gehen wir mal davon aus, dass Drake im Rahmen seiner Vollmacht gehandelt hat."

Parker nickte, und Raleigh trank einen kleinen Schluck, bevor er fortfuhr: „Es liegt nahe, dass man glaubt, Drake habe sich selbst zum Richter erkoren und den Prozess gegen Doughty geführt. Aber das stimmt nicht. Die Leitung des Verfahrens hat er seinem Vize, Captain John Wynter, übertragen, ein Edelmann, Neffe von Admiral Sir William Wynter und Sohn von George Wynter. Damit umging Drake die Unmöglichkeit, als Gemeiner über einen Gentleman zu Gericht zu sitzen. Er selbst vertrat die Anklage und liess dabei dem Angeklagten genügend Spielraum, sich zu verteidigen. Das Urteil wurde von einer Jury gefällt, die wohl ganz oder zumindest mehrheitlich aus Gentlemen bestand. Nach allem, was ich weiss, scheint Drake sehr sorgfältig zu Werke gegangen zu sein. Nur zwei Dinge erscheinen äusserst merkwürdig. Zum einen, dass Drake sich weigerte, seine Vollmacht herzuzeigen, was den Prozess vor allen Männern und, im Nachgang, vor der Welt legitimiert hätte. Und zum anderen überliess er die Bestimmung des Strafmasses und dessen Verkündigung nicht Captain Wynter, wie es an unseren Gerichten sonst üblich ist."

„Er verkündete es selbst?"

„Nein. Er liess die gesamte Mannschaft darüber abstimmen."

„Was? Er liess die Mannschaft darüber abstimmen?"

„Per Mehrheitsbeschluss. Und nicht ohne den Leuten vorher wortreich die Konsequenzen dargelegt zu haben, die ihnen und der Fahrt drohten, bliebe Doughty am Leben. Ausserdem überging er Wynter auch, indem er das Verdikt dem Verurteilten persönlich mitteilte, was man aber soweit gelten lassen kann."

Versonnen drehte Parker sein Weinglas zwischen den Fingern und sagte dann leise: „Wisst Ihr was, Mr. Raleigh? Dieser Francis Drake ist ein schlauer Fuchs."

„Ja, das ist er wohl. Und ich bin der Terrier, der ihn morgen aus seinem Bau holt."

Montag, 28. November 1580
Buckland Abbey
Devon

Kurz vor Mitternacht lag der Terrier wohlig unter der schweren Decke, im Arm den warmen, nackten Leib einer umfänglich befriedigten Molly, die sich eng an ihn kuschelte. Raleigh war erschöpft und glücklich. Eingehüllt in Wärme und das Gemisch ihrer beider Düfte sank er hinüber in Morpheus' Reich; schon machten sich seine Gedanken selbständig und liessen Bilder eines anderen Hier und Jetzt auftauchen, ein langer Gang in einem königlichen Palast…

„Raleigh?"

„Hm?"

„Bist du wach?"

„M-m."

„Aber du sprichst."

„Stimmt doch gar nicht."

„Erwischt!"

Der Sog war stärker als Molly. Er tauchte ab, und andere Bilder kamen. Willkommener Sonnenschein, Vogelgezwitscher und eine saftige Wiese mit Schafen und einem Baum, an dem irische Rebellen hingen…

Was war das?

Ein Insekt?

Nein, Mollys Zeigefinger, der auf Wanderschaft ging. Durch Raleighs Brusthaar hinauf zu der Kuhle zwischen den Schlüsselbeinen, dann in einem Bogen hinab zur Brustwarze, die er zwei- dreimal umkreiste, um dann in einem weiteren Bogen, der an der Seite entlang und schliesslich zum Bauchnabel führte.

Draussen rief ein Käuzchen. Raleigh hörte es ganz deutlich.

„Raleigh?"

„Kannst du nicht schlafen?"

„Du hast bei Tisch gesagt, dass du nicht glaubst, Doughty sei ein Verräter gewesen, aber dass es Dinge gebe, die gegen ihn sprächen."

„Es gibt da eine Rede, die Doughty nicht hätte halten dürfen", murmelte Raleigh.

„Was für eine Rede?"

Aus dem seligen Schlummer würde wohl nichts werden. Ergeben drehte sich Raleigh zu Molly und erzählte ihr von Doughtys Ansprache auf der *Pelican*, so gut er sich noch an den Wortlaut erinnern konnte.

„Aber das beweist doch seine Unschuld!", sagte Molly erstaunt.

„Tut es das?"

Raleigh war amüsiert, da Molly den Weg, den er gegangen war, offenbar noch vor sich hatte.

„Es beweist, dass Drake ihn als seinen Stellvertreter auf das Flaggschiff geschickt hat."

Raleigh lächelte nachsichtig, als er erwiderte: „Zwei Zeugen, die unterschiedlicher nicht sein könnten, sagen genau das Gegenteil."

„Und die anderen beiden?"

„Der eine weiss es nicht, und der andere ist nicht glaubwürdig."

„Oh."

Molly hatte den Weg zur Erkenntnis sozusagen unter die Füsse genommen; Raleigh sah, wie es in ihr arbeitete. Und dann nahm sie eine Abzweigung, die er nicht beachtet hatte.

„Und wenn er sich geirrt hat?"

„Wer? Wie geirrt?"

„Doughty. Wenn er in gutem Glauben annahm, Drakes Stellvertreter zu sein?"

„Welchen Grund sollte er dazu gehabt haben?"

„Wenn Drake zu ihm gesagt hat: ‚Geh *du* zurück aufs Flaggschiff, *ich* bleibe dafür auf der Prise', dann hätte doch Doughty daraus schliessen können, dass die Rollen vertauscht waren und er nun das Kommando auf dem Flaggschiff führte. Noch ein Glas Wein?", wechselte Molly das Thema.

„Nur ein halbes, höchstens. Ich muss morgen früh raus."

Molly stand auf und ging, ohne ihre Blösse zu bedecken, zu der kleinen Anrichte, um die beiden Gläser zu füllen. Über die Schulter sagte sie dabei zu Raleigh: „Oder vielleicht, weil Drake es ihm sogar gesagt hat."

Es dauerte zwei Sekunden, bis Raleigh die Widersprüchlichkeit des Gedankens aufgedröselt hatte.

„Du meinst, Drake tat ihm gegenüber so, als ob?"

„Kann doch sein."

Mit den beiden Gläsern kam Molly zum Bett zurück. Ein umwerfender Anblick, wie Raleigh fand. Molly reichte ihm ein Glas und kletterte unter die Decke.

„Überleg doch mal", fuhr sie fort. „Wenn Drake den armen Doughty hätte tot sehen wollen – wie hätte er es anstellen müssen?"

Ohne nachzudenken sagte Raleigh: „Wie er es schliesslich getan hat: Ihn wegen Meuterei vor ein Bordgericht zu stellen und zum Tode zu verurteilen."

„Aber dazu hätte er Zeit gebraucht, denn eine Anklage wegen Meuterei fällt nicht einfach so vom Himmel."

Raleigh nickte. „Er hätte belastendes Material gegen Doughty sammeln müssen."

„Und was *hat* er getan?"

„Er *hat* belastendes Material gesammelt. Und in der Zwischenzeit Doughty vor den Mannschaften schlechtgeredet."

Drakes Gefluche über Doughty, den Schlechtwetter-Hexer – nichts als Propaganda?

„Genau", sagte Molly zufrieden. „Und damit Doughty ihm nicht ins Handwerk pfuschen konnte, musste er ihn gefangen nehmen."

„Und dazu brauchte er einen Vorwand", spann Raleigh den Faden weiter. Es war dann Molly, die es aussprach: „Er brauchte nur dafür zu sorgen, dass Doughty das Kommando auf dem Flaggschiff übernahm und zu warten, bis sich bei nächster Gelegenheit ein Besatzungsmitglied bei ihm beschwerte."

Raleighs Kiefer mahlten. Bis eben hatte er das alles als ein Spiel betrachtet, aber nun fiel ihm auf, dass dieses hanebüchene Szenario möglicherweise ein paar offene Fragen klärte. Zum Beispiel würde es erklären, weshalb Doughty das Kommando über die *Pelican* an sich nahm ohne Bedenken, von der nächsten Ablösung, die zur Prise gepullt wurde, verraten zu werden. Und es erklärte auch, weshalb seine heikle Ansprache zur Besatzung während des Verfahrens nicht gegen ihn vorgebracht wurde. Doughty hätte darauf beharren können, von Drake als dessen Stellvertreter an Bord der *Pelican* geschickt worden zu sein, und es wäre Aussage gegen Aussage gestanden; das hätte eine Verurteilung sicher erschwert, wenn nicht gar verunmöglicht, falls Doughty hätte beweisen können, in gutem Glauben gehandelt zu haben. Und es erklärte, wieso

Fletcher der einzige Zeuge war, der standhaft behauptete, Doughty wäre als Drakes Stellvertreter auf das Flaggschiff geschickt worden. Woher wollte Fletcher denn das wissen? Er war ja zu dem fraglichen Zeitpunkt an Bord der *Swan* gewesen und nicht auf der Prise, wo er etwas Entsprechendes hätte mitbekommen können. Doch als Doughty die *Pelican* verlassen hatte, wohin war er als nächstes gekommen? Auf die *Swan*. Nichts lag näher als anzunehmen, dass niemand anderes als Doughty den Kaplan über seine Versetzung auf die *Pelican* unterrichtet hatte. Und welchen Grund könnte Doughty gehabt haben, Fletcher in diesem Punkt zu belügen?

Molly hatte hier eine ernstzunehmende Theorie entwickelt, die überdies den Vorteil besass, dass sie Doughtys Rede von all den bizarren Schatten und Ungereimtheiten befreite. Ungereimtheiten, die Pretty so eindrucksvoll heraufbeschworen hatte.

Wenn Mollys Theorie zutraf, dann hatte Drake seinem Freund Thomas Doughty, aber auch der gesamten Mannschaft übel mitgespielt.

Dann war Doughtys Tod ein Verbrechen.

Geplant irgendwo vor Afrika. Vorbereitet im Atlantik. Ausgeführt an der Küste Patagoniens.

Fehlte bloss noch ein Motiv.

„Warum?", fragte Raleigh. „Doughty war Drakes bester Freund. Warum hätte Drake seinen Tod gewollt haben sollen? Denn Meuterei kann dann ja wohl kaum der Grund gewesen sein."

„Wie oft geschieht es, dass aus innigster Freundschaft tödlicher Hass wird? Und das aus völlig nichtigem Anlass, Raleigh", meinte Molly, trank einen Schluck und sah Raleigh über den Rand des Glases hinweg an. Er wich ihrem Blick aus, indem er in sein eigenes Glas starrte und dabei den Kopf schüttelte.

„Ich weiss nicht, Molly", sagte er leise. Und dann: „Ich sollte jetzt wirklich schlafen."

Er trank sein Glas leer und stellte es neben dem Bett auf den Boden. Doch Molly erhob sich, ging um das Bett herum, um Raleighs Glas zu holen und an der Anrichte aufzufüllen.

„Ein letztes Glas, dann schläfst du umso besser."

„Na meinetwegen", stöhnte Raleigh. „Aber mach wenigstens schon mal die Kerzen aus.

Gleich darauf sassen sie beide im Dunkeln im Bett und nippten an ihrem Wein, als Molly sagte: „Du denkst an diese Vollmacht, nicht wahr?"

Das stimmte nicht. Er dachte gerade an ihren Hintern, der im schwachen Licht, das durch das Fenster fiel, wie ein Vollmond geleuchtet und ihn für diesen kurzen Augenblick zu einem glücklichen Mann gemacht hatte. Aber da das Thema nun lanciert war, ging er bereitwillig darauf ein.

„Alles hängt einzig und allein davon ab, ob sie für Drakes Handeln ausreichend war."

Mollys Hand legte sich kühl auf seinen Bauch.

„Aber wenn meine Theorie stimmt, dann war es ein Verbrechen, und dann kann ihn auch die beste Vollmacht nicht mehr schützen!"

Raleigh gähnte herzhaft, und Molly setzte nach: „Du brauchst es nur zu beweisen!"

Den Teufel würde er tun. Er durfte weder Zeit noch Kraft mit dem Versuch vergeuden, Mollys Theorie – oder auch irgendeine andere – zu beweisen. Sein Auftrag war es, die Wahrheit herauszufinden, was an sich schon ein Ding der Unmöglichkeit schien. Und deshalb würde es darauf hinauslaufen, dass sein Urteil nur auf seinen Schlüssen beruhte, die er zog. *Beweise* waren etwas völlig anderes. Doch er hütete sich davor, das vor Molly auszusprechen und sagte stattdessen: „Ich werde Drake morgen danach befragen."

„Und du wirst ihm glauben, wenn er dir antwortet?", fragte Molly schnippisch.

Raleigh lächelte grimmig.

„Er wird mich überzeugen müssen. Und nicht nur dazu. Zu jedem einzelnen Punkt, den ich ihm morgen vorlege."

„Wie wärs, wenn erst ich dich überzeuge?"

„Wovon?"

„Davon", gurrte Molly und liess ihre Hand tiefer sinken.

VI. Teil

Francis Drake

„Sic parvis magna."

Dienstag, 29. November 1580
Buckland Abbey
Devon

Als Raleigh am nächsten Morgen erwachte, war es draussen noch dunkel. Schwer lag unfertiger Schlaf auf seinen Lidern, und er fragte sich dumpf, was ihn wohl geweckt haben mochte.

Da war es wieder! Ein unangenehmes Rütteln an Arm und Schulter. Und Molly, die flüsterte: „Aufwachen, Raleigh! Zeit, aufzustehen!"

Stöhnend wälzte er sich aus dem Bett und wankte zur Anrichte. Er tauchte die Hände in das kalte Wasser der Waschschüssel und klatschte es sich ins Gesicht. Hinter ihm zündete Molly die Kerzen an.

Als Soldat war er es gewohnt, nach zu wenig Schlaf hochgerissen zu werden, um seinen Dienst zu versehen. Was immer dieser Dienst beinhaltete. Aber heute tat er sich doch schwer. Vom Weingenuss hatte er eine pelzige Zunge und einen schalen Geschmack im Mund, und er fühlte sich schwach, müde und ausgelaugt. Am liebsten wäre er zurück ins Bett und in Mollys Arme gekrochen und hätte von ihm aus gerne – trotz aller Schwäche – mit ihr dort weitergemacht, wo sie sehr spät nachts aufgehört hatten. Stattdessen tauchte er einen Lappen in die Schüssel und wusch sich am ganzen Körper. Er musste seine ganze Konzentration aufbieten, um sich bei Kerzenschein vor seinem Reisespiegel zu rasieren, ohne dass dabei Bart und Schnurrbart eine unvorteilhafte Neugestaltung erfuhren. Als er mit dem Resultat einigermassen zufrieden war, half Molly ihm beim Ankleiden, bevor auch sie sich anzog und ohne Worte, aber mit einem Kuss auf Raleighs Mund die Kammer verliess.

Der kleine Spiegel lehnte noch immer auf der Kommode an der Wand, und Raleighs Gesicht verzog sich zu einem säuerlichen Lächeln, als ihn daraus sein schläfriger Hundeblick einfing. Er hob seine Brauen, straffte die Schultern und atmete tief ein. Dann trat er hinaus in den erwachenden Tag, um sich in der Küche für das zu stärken, was da kommen sollte.

Dienstag, 29. November 1580
Buckland Abbey
Devon

Es war noch dämmrig, und das kalte Morgenlicht filterte nur schwach durch die Bleiglasscheiben in Raleighs Arbeitszimmer. Ein Blick aus dem nur kurz geöffneten Fenster hatte genügt zu erkennen, dass der Himmel von dunklen Wolken verhangen war. Ausserdem roch es nach kommendem Schnee.

Das Feuer im Kamin brannte, – Raleigh nahm an, dass Molly es für ihn angezündet hatte, als er in der Küche war – der Tisch war aufgeräumt, die Stühle standen bereit.

Raleigh fragte sich, ob er noch einmal seine Unterlagen durchgehen sollte. Er fühlte sich völlig unvorbereitet auf die Begegnung mit Drake, aber er wusste, dass er sich nicht besser fühlen würde, wenn er jetzt wahllos in seinen Notizen blätterte. Seit er Walsinghams Auftrag angenommen hatte, überfiel ihn eine völlig neue Empfindung: Angst.

Angst davor, Drake nicht gewachsen zu sein, die Kontrolle zu verlieren und letztendlich seinen Auftrag nicht ordentlich zu Ende zu führen. Und verblüfft stellte er fest, dass sich diese Angst kaum von jener unterschied, die man empfand, wenn man auf den Beginn einer Schlacht wartete. Er sass da, atmete flach, die Hände wie im Krampf ineinander verschränkt, den Blick auf die Papiere vor ihm auf dem Tisch gerichtet, ohne etwas zu sehen.

Dann hörte er durch die geöffnete Tür Schritte auf dem Gang.

Schwere, aber schnelle Schritte. Stiefel mit Sporen.

Eine Faust klopfte hastig an den Türsturz. Und dann trat er ein.

Francis Drake.

Das erste, das Raleigh von Drake wahrnahm, war seltsamerweise dessen behandschuhte linke Hand, die den Griff seines Rapiers an der Seite fest umklammert hielt. Sie hätte auch ganz locker auf dem Knauf ruhen können, so aber verriet sie, dass auch Drake angespannt war.

Roter Bart in einem roten Gesicht, sauber gestutzt, die Wangen ausrasiert. Der Schnurrbart an den Enden leicht hochgebogen, aber nicht übermässig gezwirbelt. Dazwischen eine weiche Unterlippe, darüber eine fleischige Nase, an der gut sichtbar ein hautfarbenes Muttermal in der Grösse und Form einer Linse prangte. Harte, grüne Augen. In deren Winkel die für Seeleute typischen Krähenfüsse, die aber kaum auf ein besonders humorvolles Gemüt schliessen liessen; viel eher hatte er sie mit dem zusammengekniffenen Blick auf das gleissende Nichts des Meeres erworben. Dunkle, rotstichige Locken, kurz geschnitten und modisch frisiert.

Mit seinem Eintreten hatte Drake gleich den ganzen Raum mit seiner Persönlichkeit geflutet, doch nachdem Raleigh aufgesprungen war, um ihn zu begrüssen, stellte er erstaunt fest, dass Drake mindestens einen halben Kopf kleiner war als er. Das, die kräftige Statur und der angriffslustig vorgeschobene Kopf erinnerten ihn an den Stier einer kleinen, aber kräftigen Rinderrasse, die er in Frankreich gesehen hatte. Und: Der Mann strotzte vor Energie. Ein kompaktes Kraftpaket stand vor ihm, und er wusste, es würde schwierig werden.

„Francis Drake! Ich freue mich, dass Ihr gekommen seid." Raleigh war erleichtert, dass seine Stimme fest und fast herzlich klang. „Setzt Euch doch bitte."

„Danke, ich stehe lieber", erwiderte Drake mit an Unhöflichkeit grenzendem Trotz.

Raleigh liess sich nicht beeindrucken.

„Unser Gespräch wird aber wohl längere Zeit in Anspruch nehmen, fürchte ich."

„Dann setze ich mich, wenn mir danach ist."

Kein Lächeln. Die Fronten waren klar.

Doch Raleigh hatte seine anfängliche Unsicherheit überwunden und dachte nicht im Traum daran, sich durch Drakes plumpes Dominanzverhalten ins Boxhorn jagen zu lassen. Mit dem Rapier focht er gut genug, um zu wissen, dass eine *Parade cédée* unter Umständen die besseren Aussichten bot, ein Rencontre für sich zu entscheiden, als stures Dagegenhalten.

„Wie Ihr meint, Sir", sagte er mit einem Schulterzucken und setzte sich. „Dann will ich gleich zur Sache kommen. Ich bin beauftragt, die Umstände von Thomas Doughty's Tod zu untersuchen."

Drake verdrehte die Augen und seufzte leise: „Ach du lieber Gott!"

Nun doch deutlich kühler bemerkte Raleigh: „Mir wäre wesentlich wohler, wenn ich dabei auf Eure Unterstützung zählen dürfte, Sir."

„Doughty wurde vor Gericht gestellt, für schuldig befunden und hingerichtet. Genügt das nicht?"

„Nein. Ich muss wissen, warum."

„Wegen Verrat, Sir."

„Und Hexerei, nicht wahr?"

„Hexerei?" Ein schmales Lächeln huschte über Drakes Gesicht. „Nein, ich glaube nicht."

„Wie, Sir? Wisst Ihr es denn nicht mehr?"

„Natürlich weiss ich es noch."

„Und?"

„Was und?"

Auch Raleigh lächelte jetzt. Grimmig.

„Ich bitte Euch, Sir, schieben wir den heissen Brei beiseite, ja?"

Drake holte tief Luft und liess sie mit einem genervten Seufzer wieder entweichen, bevor er sich herabliess, zu erklären: „Bei seiner Verhandlung bezichtigte ein Zeuge Doughty und seinen Bruder der Zauberei, eine Aussage, die vom Gericht zurückgewiesen wurde."

„Die Aussage von Ned Bright, dem Schiffszimmermann, ja."

„Na also, Ihr wisst ja schon alles. Dann braucht Ihr mich ja nicht zu fragen."

Raleigh lächelte schief.

„Ich weiss, was die Berichte und Aussagen von Zeugen besagen. Ich will aber die Wahrheit wissen."

Drake trat mit dem Absatz die Türe zu und lehnte sich mit verschränkten Armen dagegen. Als täte er damit seine Einwilligung kund, sich auf Raleighs Befragung einzulassen.

Stimmt nicht, dachte Raleigh. Das hatte Drake schon getan, indem er nach Buckland Abbey gekommen war. Nein, Drake versperrte ihm schlicht den Weg nach draussen; nun standen sie sich Mann gegen Mann in der Kammer gegenüber. Wie Duellanten. Und wer den Raum als Sieger verlassen würde, musste erst noch ausgefochten werden.

Drake grinste herausfordernd. „Die Wahrheit über Doughty's Tod?"

„Jawohl, Sir. Nicht mehr und nicht weniger."

Dann war das Grinsen plötzlich wie weggewischt, und Drake senkte seinen Bart auf die Brust und brummte: „Doughty war..."

Er verstummte. Entweder dachte er über Doughty nach, oder er suchte nach den passenden Worten.

„Was?"

Drake hob den Kopf und sah Raleigh direkt in die Augen.

„Ein Verräter in jeder Hinsicht."

„In jeder Hinsicht…", echote Raleigh. Doch Drake fuhr bereits fort: „Er hat Verrat geübt an unserem Unternehmen, ihrer Majestät, der Königin, an unseren Investoren, an unserem Land – und an mir persönlich."

„Persönlich, weil er Euer Freund war?"

„Doughty war nicht mein Freund. Er hat mich nur benutzt."

„Aber Ihr wart befreundet? Oder nicht?"

„Ja. Wir waren mal befreundet."

Ein Eingeständnis, das bitter klang. Behutsam fragte Raleigh: „Wie habt Ihr ihn kennengelernt?"

„In Irland. Als ich in Diensten Lord Essex' stand."

Die Gelegenheit, eine der Fragen zu klären, die Doughtys Prahlereien aufgeworfen hatten. Raleigh beugte sich vor…

„War er es, der Euch bei Lord Essex eingeführt hat?"

…und war nicht auf Drakes Ausbruch vorbereitet.

„Jetzt fängt der auch noch damit an!"

Damit stiess sich Drake von der Tür ab und war mit zwei Schritten bei dem leeren Stuhl, dessen Lehne er mit beiden Händen packte und heftig ausstiess: „Doughty hat mich nirgends eingeführt, verflucht nochmal! In Essex' Diensten kam ich allein auf Empfehlung meines Vetters John Hawkins; ich habe Briefe, die das beweisen!"

Gelassen gab Raleigh zurück: „Doughty soll gegenüber Kaplan Fletcher geäussert haben, Ihr wärt nach Irland geflohen."

„Vieles, was Doughty herumerzählte, war erstunken und erlogen. Aber was das betrifft, hatte er nicht ganz unrecht", lenkte Drake ein. „Nur hätte er es für sich behalten sollen. Oder dann gleich mit der ganzen Wahrheit hausieren gehen."

„Und was ist die ganze Wahrheit?"

Drakes Linke liess die Stuhllehne los und legte sich auf den Knauf des Rapiers. Das änderte die Haltung des ganzen Mannes; er stand jetzt nicht mehr drohend vorgebeugt, sondern aufrecht und entspannt. Mit ruhiger, sachlicher Stimme begann er: „Im August dreiundsiebzig kam ich von meiner letzten einer ganzen Reihe von Kaperfahrten nach Westindien nach England zurück. Ich hatte den Spaniern einige schmerzhafte Stiche versetzt und reichlich Beute gemacht. Aber als ich nach Hause kam, musste ich feststellen, dass hier einige Leute einen friedlichen Kurs mit Spanien fahren wollten. Allen voran Lord Burleigh, und ihre Majestät war, wie es schien, ganz dafür. Es war nur eine Frage der Zeit, bis am Hof eine spanische Protestnote wegen meiner Raubzüge verlesen würde. Und wen hätte die Königin aufs Schafott geschickt, um ihren guten Willen zu zeigen? Kurz: Ich war in Gefahr, und etliche Leute legten mir nahe, unterzutauchen und eine Zeit lang von der Bildfläche zu verschwinden. Nach einer Handelsfahrt nach Hamburg vermittelte mich mein Vetter Hawkins dann an Lord Essex nach Irland."

„Was war Eure Aufgabe in Irland?"

„Ich transportierte mit ein paar Schiffen Truppen, Waffen und Ausrüstung, für den Kampf gegen die irischen Rebellen."

„Aber an den eigentlichen Kampfhandlungen wart Ihr nicht beteiligt?"

Drake zögerte kurz und sagte dann: „Ich hatte Befehl, zu verhindern, dass feindliche Verstärkung auf Rathlin Island eintrifft, sowie von See aus Rathlin Castle unter Feuer zu nehmen."

„Und Doughty?"

„Er war mit seinen Männern in Gefechten gegen den O'Neill-Clan dabei. Und er hat mitgeholfen, die Schotten zu vertreiben."

Raleigh war mit der wechselvollen Geschichte der Grünen Insel vertraut genug, um zu wissen, welche Rolle die Schotten in Irland spielten. Schon seit jeher siedelten vereinzelt schottische Clans in der Provinz Ulster ganz im Norden Irlands, doch seit Mitte des Jahrhunderts hatte deren Zahl sprunghaft zugenommen. Obwohl beides gälisch-keltische Völker, vertrugen sich Iren und Schotten nicht besonders gut. Die Clan-Fehden machten auch nicht vor den beiden Familien halt, die in Ulster das Sagen hatten: den O'Neills bei den Iren und den McDonells bei den Schotten. Während in anderen Provinzen Irlands die Ansiedlung englischer Bauern mehr oder weniger erfolgreich verlief, galt Ulster als Unruhe-Provinz, und keiner wollte dorthin. Zustände, die die englische Krone in ihrem Reich nicht hinnehmen konnte. Die Schotten, hiess es in London, hätten einen schlechten Einfluss auf die Iren. Eine private, aber von ihrer Majestät, der Königin, mit Geld und Männern unterstützte sogenannte „Unternehmung“ sollte in Ulster zweierlei bewirken. Einerseits die Schotten aus Ulster zu vertreiben, andererseits die Iren zu gehorsamen Untertanen zu erziehen. Der Leiter der „Unternehmung“, Lord Essex, tat sein Bestes und machte alles nur noch schlimmer. Mit eiserner Hand und blutigem Besen fegte er über das Land und tötete auch etliche freundlich gesonnene Iren, denen er Verrat vorwarf. Natürlich führte das Ganze dazu, dass sich die Häuser O'Neill und McDonell versöhnten und sich gegen den gemeinsamen Feind zusammenschlossen. Als es für die Schotten eng wurde, schickte ihr Oberhaupt, der siebzigjährige Sorley Boy McDonell, alle nicht kampffähigen Mitglieder seines Clans auf die Insel Rathlin, wenige Meilen vor der irischen Nordküste, in die vermeintliche Sicherheit.

„Doughty“, sagte Drake, „war auch auf Rathlin Island, aber das Geschäft dort wurde von John Norreys erledigt. Rathlin Island sagt Euch was?“

„Essex hat dort vor fünf Jahren ein Exempel statuiert“, sagte Raleigh mit einem Schulterzucken.

„Exempel?“ Drakes Auflachen war nicht mehr als hastig ausgestossene Luft. „Ja, das war es wohl. Ein Exempel. Doughty war ziemlich fertig nachher.“

Mittwoch, 27. Juli 1575
an Bord der Falcon
vor Rathlin Island

Der Südostwind stand durch. Das war gut, denn bei Westwind wäre Rathlin Island nicht zu erreichen gewesen. Die Insel lag zwei Seemeilen nördlich des irischen Festlandes am nordöstlichen Ausgang des North Channels, der die irische See mit dem Atlantik verbindet. Das Bemerkenswerteste an ihr war ihre Form: Ein seitenverkehrtes, liegendes L, dessen langer Schenkel exakt von West nach Ost ausgerichtet war und an dessen Ostende der kurze Schenkel im rechten Winkel nach Süden abknickte. Im inneren Winkel der beiden Achsen lag der beste Zugang, mit einer Reihe kleiner Buchten. Rathlin Castle, die Befestigung, die seinerzeit Robert the Bruce von Schottland hatte erbauen lassen, lag genau gegenüber, aussen am Knie. Bei dem herrschenden Wind war es ein Leichtes für Drake und seine Schiffe gewesen, sie unter Beschuss zu nehmen, ohne die Gefahr, auf Grund zu laufen. Norris' Artillerie an Land hatte den Rest erledigt. Die Festung war gefallen.

Noch wusste Drake keine Einzelheiten. Aber er ahnte nichts Gutes.

Als Essex erfahren hatte, dass Sorley Boy McDonell seine Familie und die seiner Gefolgsleute nach Rathlin Island unter dem Schutz einer Garnison von zweihundert Mann evakuieren liess, hatte er umgehend Norris den Befehl erteilt, auf die Insel zu gehen und zu töten, was er fände.

Drake hatte seinen Beitrag an dem Unternehmen geleistet; er hatte mit seinem Geschwader Norris und seine Männer samt einiger Geschütze auf die Insel übergesetzt, hatte von See aus Rathlin Castle sturmreif geschossen und dafür gesorgt, dass die Schotten keine Unterstützung von See her erhielten. Denn die schottische Küste war nicht weit.

Jetzt wartete er mit seiner *Falcon* in der Bucht auf die ersten Männer, die zum Festland zurückkehren sollten. Er sass gerade in seiner Kammer, um ein hastiges Mahl einzunehmen, als es an der Tür klopfte und eine Stimme rief: „Captain Doughty, Sir!"

„Soll reinkommen!"

Drake erschrak, als der Hauptmann eintrat.

„Um Gottes Willen, wie sehen Sie denn aus, Thomas?"

„Es war die Hölle, Francis."

„Kommen Sie, setzen Sie sich."

Doughty taumelte zum nächsten Stuhl, während Drake seinem Steward rief und ein Glas Brandy für seinen Gast verlangte. Doughty liess sich schwer auf den Stuhl fallen, rieb sein Knie und starrte stumpf vor sich hin.

„Schlimm?", wollte Drake wissen.

Doughty nickte nur. Und dann kam der Brandy, den Doughty in einem Zug hinunterstürzte. Als er das Glas wieder absetzte, blinzelte er Drake mit tränenden Augen an und krächzte leise: „Es war ein gottverdammtes Massaker."

Drake winkte dem Steward, nachzuschenken.

„Die Festung ergab sich, und wir nahmen den Kommandanten und seine Familie gefangen", erzählte Doughty. „Die rund zweihundert Mann Besatzung…" Er brach ab und sah verstört zum Steward.

„Ihr habt sie getötet, nehme ich an."

„Ja." Doughty schwieg eine Weile, bevor er sagte: „Die anderen haben in Höhlen unterhalb der Festung Zuflucht gesucht."

Die Anderen.

Drake wusste, dass damit die Familien McDonells und seiner Gefolgschaft gemeint waren.

„Wir wurden nur durch Zufall auf sie aufmerksam, weil einer unserer Leute ein Kind schreien hörte. Wir sind dann die Klippen runter und in die Höhle rein." Wieder stockte Doughty kurz. „Es waren noch mal etwa vierhundert. Männer, Frauen, Kinder, Alte. Norreys und seine Leute haben gewütet wie die Hunnen. Es war…grauenhaft. So sollte man nicht Krieg führen."

Doughty kippte den dritten Schnaps und fügte hinzu: „Sechshundert. Nun, abgesehen von unseren Gefangenen dürfte auf Rathlin Island wohl keine einzige schottische Seele mehr am Leben sein."

Dienstag, 29. November 1580
Buckland Abbey
Devon

Drake sah Raleigh mit einem wehmütigen Lächeln an und meinte: „Das hat mich sofort für ihn eingenommen. Ein Soldat, der weint, wenn Unschuldige abgeschlachtet werden, kann kein schlechter Mensch sein, dachte ich. – Ist Euch nicht gut, Sir? Ihr seid auf einmal so blass ums Näschen."

Es war die unglaubliche Duplizität der Fälle, die Raleigh erschüttert hatte. Zwei Männer in einem Raum, die beide eine ganz andere Geschichte zusammengeführt hatte. Beide an Massakern beteiligt, die sich beide in Irland ereignet hatten und die, als hätte der Teufel persönlich sie gezählt, beide sechshundert Opfer gefordert hatten. Und beiden Männern war nicht wohl dabei.

Doch Raleigh sagte nur: „Es ist nichts."

Drake zuckte mit den Schultern und sagte von oben herab: „Na ja, ist auch eine hässliche Geschichte, erst recht für einen Stubenhocker, der so was nicht gewöhnt ist."

Auf einmal bemerkte Raleigh seine Feder, die er zum Schreiben bereit zwischen den Fingern hielt. Sie zitterte. Sein Blick wanderte langsam hoch, vorbei an Drakes Gürtelschnalle, bis er dem Rotbart in die Augen sah. Noch bevor er etwas sagte, fühlte er, wie sich Drake zurückzog, das Herausfordernde an dem Mann wich einer defensiven Neugier. Innerlich kochte es in Raleigh, und am liebsten hätte er geschrien. Aber er atmete noch zweimal bewusst ein und aus, bevor er leise und mit angespannter Stimme sagte: „Als Hauptmann einer Kompanie erhielt ich in Smerwick den Befehl, sechshundert Mann hinzurichten. Söldner des Desmond-Aufstandes. Italiener, Spanier, Basken. Das war vor einem Monat. Ich weiss, was ein Blutbad ist, Sir."

„Ich nehme den Stubenhocker zurück", sagte Drake schlicht und legte den Kopf schief, ehe er fragte: „Hat's Spass gemacht?"

„Nein."

Drake sagte nur: „Gut."

Und dann setzte er sich auf den Stuhl.

Raleigh drehte die Feder zwischen den Fingerspitzen und sagte. „Vielleicht sollten wir jetzt wieder auf Doughty zu sprechen kommen, Sir."

„Bitte."

„Die Idee zur Weltumsegelung, kam die in Irland auf?"

„Was soll das?", fragte Drake grob zurück, und sein Gesicht rötete sich vor Ärger. „Wollt Ihr andeuten, Doughty habe die Idee dazu gehabt?"

„Das habe ich nicht gesagt."

„Ihr habt ja keine Ahnung."

„Dann erklärt es mir."

„Doughty hat sich nach meinen Unternehmungen in Westindien erkundigt", begann Drake und schlug ein Bein über das andere; mittlerweile war wohl auch ihm klar, dass das Ganze nicht in ein paar Minuten ausgesessen war.

Sommer 1575
Dublin
Irland

Es war ein typischer irischer Sommermorgen. Die Sonne schien durch die immer grösser werdenden Wolkenlücken, doch der Uferweg entlang des Liffey glänzte noch nass vom Regen, der zehn Minuten zuvor über Dublin niedergegangen war. Soweit es das Wetter betrifft, ist in Irland das ganze Jahr April, dachte Drake amüsiert, während er im Gleichschritt neben Doughty vom Hafen weg auf die Stadt zu spazierte. Als Seemann nahm er das Wetter, wie es kam, aber das war für ihn noch lange kein Grund, Irland zu mögen. Gegen die Menschen hier hatte er nichts; am ehesten missfiel ihm die Art, wie sich seine eigenen Landsleute hier aufführten. In den wenigen persönlichen Begegnungen war ihm Walter Devereux, der erste Earl of Essex, als vernünftiger, intelligenter Mann erschienen. Geistreich mit einem Hang zu beissender Ironie. Höflich. Kultiviert.

Ein Irrtum.

Denn alles, was Drake über Essex' Aktionen in Ulster in Erfahrung brachte, strafte dieses Bild Lügen.

Während Verhandlungen in Belfast im Oktober vergangenen Jahres hatte Essex das Gefolge von Brian MacPhelim O'Neill vor dessen Augen niedermetzeln und danach O'Neill und seine Familie nach Dublin schaffen und hinrichten lassen. Selbst Drake, der nie um eine Kriegslist verlegen war, hielt dieses rücksichtslose Vorgehen für ausgesprochen heimtückisch. Heimtücke, gepaart mit Furcht. Anders liess sich nicht erklären, wieso Essex auch vor seinen eigenen Leuten nicht Halt machte. Dem Constable William Piers warf er vor, militärische Geheimnisse an O'Neill verraten zu haben und liess ihn gefangensetzen. Piers kam zwar wieder frei und hatte mittlerweile auch sein Amt wieder inne, doch die Geschichte zeigte, dass Essex nicht wirklich Herr der Lage war. Schlimmer noch: Falls es Essex' Absicht war, nichts als Hass und Mordlust zu sähen und ganz Ulster gegen sich und die Krone aufzubringen, dann hatte er ganze Arbeit geleistet. Von dieser Art Politik hielt Drake absolut nichts. Für ihn war klar, nur wenn man sich die Eingeborenen zu Freunden machte, konnte etwas Gutes draus werden. Im Mindesten für

England, im Idealfall gerne auch für beide. Wenn er aber sah, was Essex anrichtete, dann argwöhnte er, dass der Earl den Verstand verloren hatte. Aber diesen Gedanken behielt er streng für sich; nie würde ihm einfallen, auch nur die leiseste Kritik zu äussern. Kritik äussern war gefährlich. Lebensgefährlich. Und wenn Essex für die Schlachterei auf Rathlin Island huldvoll den Dank der Königin entgegennahm, dann nickte und lächelte man und hielt ansonsten den Mund.

Wie Doughty über all das dachte, wusste er nicht genau. Rathlin Island war dem Gentleman sichtlich in die Knochen gefahren, aber er machte keinesfalls Norreys für das Massaker verantwortlich. Norreys hatte ganz klar Essex' ausdrücklichen Befehl ausgeführt; ohne Freude, aber mit der kompromisslosen Professionalität, die ihn zu einem hervorragenden Soldaten machte. Auch wenn jede Menschlichkeit dabei flöten ging. Als Drake ihn nach dem Massaker traf, hatte Norreys sein übliches spitzbübisches Lächeln verloren. Er hatte bloss ein Stück Fingernagel abgebissen, ausgespuckt, die Schulter gezuckt und gebrummt: „Es gibt Schöneres."

Drake freute sich auf den Tag, da er aus Essex' Diensten entlassen war und Irland den Rücken kehren konnte. Mit einem Empfehlungsschreiben von Essex in der Tasche, natürlich.

Noch aber marschierte er Seite an Seite mit Doughty am Liffey entlang, während ihn dieser in ein Gespräch über Westindien verwickelte. Drake liess es gern geschehen. Mit ein wenig über die Karibik plaudern war man zwar noch nicht dort, aber für ein paar kostbare Augenblicke auch nicht mehr ganz in Irland.

„Wie ist es dort?", wollte Doughty wissen.

Drake sah argwöhnisch den schnellziehenden Wolken nach und meinte: „Sonnig. Heiss."

„Ach, bitte, Francis!", seufzte Doughty. „Dort muss doch massenhaft was zu holen sein!"

„Wo hast du denn diesen Blödsinn her, Thomas? Engländern ist der Handel in den spanischen Kolonien verboten. Wir haben es versucht, aber wir wären dabei fast draufgegangen. San Juan de Ulua war eine Katastrophe. Und für Kaperfahrten ist die Gegend zu gut abgesichert."

Das war kurz zusammengefasst die Wahrheit. Sonst wäre Drake nicht hier in Irland, in Essex' Diensten. Doch so leicht gab Doughty seine Illusionen nicht her.

„Aber du warst doch dort und hast den Dons ordentlich Schaden zugefügt."

Auch das war die Wahrheit. Und der Grund, weswegen Drake nun in Irland und Essex sein Dienstherr war. Drake schüttelte den Kopf.

„Bei weitem nicht so sehr, wie ich es mir gewünscht hätte."

„Aber Spanien bezieht doch seinen ganzen Reichtum aus seinen westindischen Besitzungen. Dieser Honigtopf müsste doch zu plündern sein!"

„Sollte man meinen, ja. Aber dem ist nicht so. Das Risiko ist zu gross. Aber ich will dir was erzählen, Thomas."

Doch Drake blieb unvermittelt stehen und sah mit schiefgelegtem Kopf und Neid im Blick dem tanzenden Flug einiger Schwalben zu, ohne etwas zu sagen.

„Ja?", kam es von Doughty. War da Ungeduld? Zumindest ein kleines bisschen Drängen. Drake sah ihn an.

„Spaniens Reichtum stammt nicht aus der Karibik. Er stammt von der anderen Seite Amerikas, aus dem Vizekönigreich Peru.[25] Aus Städten wie Potosí, das so gross ist wie London, Rom oder Madrid.[26] In Panama und Acapulco werden Gold und Silber gesammelt. Von Acapulco wird Silber nach Manila auf den Philippinen für den Handel mit den Chinesen geschafft. Von Panama aus führen die Spanier ihr Gold und Silber regelmässig in einer Karawane über die Landenge an die Karibik, wo es auf die Schiffe der Silberflotte verladen wird. Ist das Gold und Silber erst verladen, kommt man nicht mehr ran. Also beschloss ich, die Karawane zu überfallen, bevor sie Nombre de Dios erreicht. Verbündete Cimarrones führten mich zu einer geeigneten Stelle für einen Überfall."

„Cimarrones? Was sind das für Leute? Spanier?"

„Entlaufene Sklaven. Schwarze, die von den spanischen Zuckerplantagen entflohen sind und sich im Regenwald verstecken. Niemand hasst die Spanier mehr als sie."

Mittwoch, 11. Februar 1573
Landenge von Panama

Auf Wildtierpfaden kämpften sich die vierundvierzig Mann durch dichten Bewuchs hügelaufwärts. Vorbei an den abgebrochenen Zweigen, die der vierköpfige Spähtrupp als Wegmarkierung zurückgelassen hatte. Der Aufstieg schien kein Ende zu nehmen, und die neunzehn Engländer keuchten schwer. Als Seeleute waren sie Gewaltmärsche nicht gewohnt. Im Gegensatz zu ihnen waren die zwei Dutzend schwarzen Cimarrones, die zu je zwölf Mann die Vor- und die Nachhut bildeten, kaum ausser Atem. Obschon sie das ganze Gepäck mit Proviant, Ausrüstung und Munition schleppten, während die Engländer lediglich ihre Waffen trugen: Messer, Rapiere, Pistolen, Arkebusen und Musketen.

Drake marschierte neben Pedro, dem Anführer der Cimarrones, durch den grün gesprenkelten Schatten bergan. Für eine Unterhaltung fehlte ihm der Atem, und während Pedros Stirn nur leicht glänzte, quoll Drake der Schweiss aus allen Poren. Er war dankbar für das Blätterdach, das die Temperaturen erträglich hielt; wenn er stehen blieb, fühlte sich die Luft sogar kühl an. Er blieb nicht oft stehen. Die Gier trieb ihn vorwärts. Die Gier nach dem Erfolg, der ihm bisher versagt geblieben war.

Sein ursprünglicher Plan war gut gewesen. Phase eins: Nach Nombre de Dios rein. Phase zwei: Das Lager plündern, in dem das Gold und Silber auf die Schatzflotte wartete. Phase drei: Mit der Beute wieder raus.

Phase eins begann am Sonntag, dem 3. August 1572, um drei Uhr früh, als vier Pinassen am Sandstrand von Nombre de Dios' Hafen landeten, keine zwanzig Yards von den ersten Häusern entfernt. Nachdem man einen schlafenden Kanonier in seiner Geschützstellung ausser Gefecht gesetzt hatte, marschierte man frohen Mutes und voller Zuversicht in die Stadt hinein.

Doch als Drake dann bei Gefechten in der Innenstadt von einer Musketenkugel ins Bein getroffen wurde, sah man sich genötigt, von Phase eins direkt zu Phase drei überzugehen. *Ohne* Beute. Woher hätte Drake auch wissen sollen, dass zusätzliche hundertfünfzig spanische Soldaten in die Stadt beordert worden waren? Dies, um Nombre de Dios gegen die Cimarrones zu verteidigen, die die Spanier aus lauter Spass an der Freud' zu attackieren pflegten, ganz ohne finanzielle Interessen. Die Nachricht kam zu spät, Drake hatte da schon spanisches Blei im Schenkel. Überbracht worden war sie von einem jungen Schwarzen, der sich den Wachen bei den zurückgelassenen Booten genähert und darum gebeten hatte, mitgenommen zu werden. Dieser junge Schwarze stapfte nun drei Schritt hinter Drake durch den Urwald bergan und trug Drakes Arkebuse. Nicht auf Drakes Geheiss, sondern aus dem inneren Bedürfnis, sich nützlich zu machen.

Der Überfall auf Nombre de Dios war nicht nur gescheitert, er war auch völlig unnötig gewesen, wie Drake später erfuhr. Das Schatzhaus war leer gewesen, die Silberflotte mit vollen Bäuchen schon seit ein paar Wochen unterwegs nach Spanien. Rechtzeitig vor Anbruch der Hurrikansaison. Heftige Stürme und Regen, der die Strassen von Acapulco nach Vera Cruz und von Panama nach Nombre de Dios unpassierbar machte. Keine Karawanen vor Dezember. Die nächste Silberflotte wurde entsprechend dem halbjährlichen Turnus im Frühjahr des nächsten Jahres erwartet. Der ideale Zeitpunkt für den nächsten Überfall auf Nombre de Dios war daher im Januar, wenn die Lager schon voll, die Silberschiffe aber noch nicht eingetroffen waren.

Bis dahin war es noch ein halbes Jahr. Doch Drake blieb nicht untätig. Er baute seinen geheimen Stützpunkt an der Küste aus und errichtete Geschützstellungen und mehrere weit verstreute Vorratslager, er belästigte die Küstenschifffahrt und versuchte, Cartagena zum Handel zu nötigen, was aber ein völliger Reinfall war. Alles in allem nur wenig Beute und kaum Gewinn. Dann traf Drake auch noch der Verlust seiner beiden Brüder John und Joseph. John krepierte im November an einem Bauchschuss, den er sich eingehandelt hatte, als er während Drakes Abwesenheit ein spanisches Schiff zu kapern versuchte. Joseph erlag Anfang Januar dem Gelbfieber.[27] Immerhin gelang es Drake, Kontakt mit den Cimarrones aufzunehmen. Von ihnen erfuhr er, dass die Spanier ihr Vorgehen wegen der vielen englischen und französischen Überfälle geändert hatten. Das Lager in Nombre de Dios blieb leer. Und zwar, bis die Silberflotte eingetroffen war. Dann wurde ein Eilbote nach Panama auf der anderen Seite der Landenge geschickt. Und erst mit der Nachricht vom Eintreffen der Schatzschiffe in Nombre de Dios wurde die Karawane losgeschickt. Wenn das Gold und Silber in

Nombre de Dios eintraf, wurde es direkt von den Maultieren auf die Schiffe verladen.

Wenn Drake an das Silber wollte, musste er zuschlagen, nachdem die Karawane Panama verlassen hatte und noch bevor sie in Nombre de Dios eintraf. Und genau das hatte er nun vor. Phase eins: Quer durch die Landenge bis vor Panama-Stadt. Phase zwei: An einem geeigneten Ort einen Hinterhalt legen. Phase drei: Karawane überfallen. Phase vier: Mit der Beute zurück zu seinen Schiffen.

Als sich die Engländer jetzt hügelaufwärts schleppten, steckten sie mitten in Phase eins; etwa die Hälfte des Weges lag noch vor ihnen.

John Oxenham, nach Drake zweiter Mann des Unternehmens, schob sich an dem jungen Schwarzen vorbei, der Drakes Arkebuse trug, und holte zu Drake und Pedro auf.

„Wie weit noch?", wollte er wissen. Er sah dabei Drake an, aber die Frage richtete sich an den ortskundigen Pedro. Pedros Zähne erstrahlten wie ein Sonnenaufgang in seinem schwarzen Gesicht, als er den Mund zu einem breiten Lächeln öffnete.

„Bientôt là", sagte er in kehligem Französisch, „Bald da."

Und tatsächlich erreichten sie wenig später die Kuppe des Hügels, ein kleines gerodetes Plateau, in dessen Mitte ein riesiger Baum stand, dessen Krone sich hoch über die übrige Vegetation erhob.

„Je t'ai promis", sagte Pedro mit rollendem R zu Drake und strahlte. „Voilà!"

Drakes Bart zuckte erwartungsvoll. „Ja, du hast dein Versprechen gehalten."

Pedro nahm ihn beim Arm. „Viens, mon ami, viens! Komm!"

Der Cimarron führte Drake zum Baum und liess ihn über die in den Stamm gehauenen Stufen in die Krone klettern. Oben fand sich Drake in einem Baumhaus wieder, das bequem einem Dutzend Leuten Platz bot. Er liess sich von Pedro zu einer Balustrade führen, von der aus man einen atemberaubenden Blick nach Norden hatte. Unter Drake erstreckte sich das Grün des Urwalds in hügeligen Wellen bis zum Horizont. Nein, das war nicht der Horizont. Hinter dem Grün leuchtete das Blau der Karibischen See. Erst dahinter lag die Kimm, eine scharfe Linie, die das türkisfarbene Meer vom dunstigen Blau des Himmels trennte.

Drake biss sich auf die Lippen, nickte andächtig und murmelte: „Phantastisch."

Pedro bedeutete ihm mit einem Zurückwerfen des Kopfes, ihm zu folgen, und gemeinsam gingen sie auf die andere Seite der Laube. Drake blickte nach Süden und konnte erst nichts erkennen, weil ihm die Sonne ins Gesicht schien. Dann sah er: Bäume, Regenwald, dicht und plastisch, Hügel und Täler und dahinter…

Ein weisses Glitzern.

Wasser.

„Les mers du sud", sagte Pedro mit dem Stolz des Besitzers. „Die Südsee."

Drakes Beine zitterten. Er liess sich auf die Knie fallen und hauchte: „Der Pazifik!"

Wie fern von England er doch war! Eine halbe Welt lag dazwischen. Und doch war er nun hier und sah ihn mit eigenen Augen, sah, wie wenig ihn von der Karibik, vom Atlantik trennte. Mit einem Wort: Erreichbar.

„O Herr, ich flehe dich an, gib mir in all Deiner grossen Güte genügend Zeit und die Gelegenheit, mit einem englischen Schiff dieses Meer zu befahren!"

Es war kaum mehr als ein Flüstern.

Der junge Schwarze hatte Drakes Arkebuse an den Stamm gelehnt und war zu ihnen hochgestiegen. Wie er nun Drake auf den Knien sah, streckte er den Arm aus, um ihm auf die Beine zu helfen. Doch Drake winkte ab, krabbelte stattdessen auf allen Vieren zum Einstieg im Boden des Baumhauses und rief hinunter: „He, Leute! Oxenham! Kommt hoch, das müsst ihr euch ansehen!"

Keiner der Engländer liess sich das Wunder der zwei Meere entgehen. Nacheinander kamen sie hochgeklettert und liefen im Baumhaus von einer Seite zu anderen; einer stiess leise einen andächtig erstaunten Pfiff aus, ein anderer murmelte: „Das ist also jetzt der Pazifik?" und fügte dann hinzu: „Ist der aber gross!", was für einen erfahrenen Seemann eine saublöde Bemerkung war, auf die jedoch niemand reagierte. Alle waren tief beeindruckt, doch keiner war so gerührt, erschüttert, ja überwältigt wie ihr Kapitän, der auf den Knien an die Balustrade rutschte, die Arme darauf legte wie auf einem Betschemel und darüber hinweg auf das weite Glitzern des Pazifischen Ozeans linste. Es zerriss ihn fast vor Dankbarkeit und Glück. Und er hatte keine Macht darüber, als sein Zwerchfell zuckte und einen kieksigen Lacher aus seiner Kehle drückte. Ein zweiter folgte, und dann bahnte sich ein irres Gelächter seinen Weg und schüttelte ihn, bis ihm die Tränen kamen. Es dauerte eine ganze Weile und klang nach dem ganzen Schmerz vollendeten Glücks.

Oxenham sah besorgt auf ihn herab, als das Lachen schliesslich abebbte und die letzten Schluchzer auf den Urwald zu ihren Füssen tropften.

„Alles in Ordnung, Sir?"

„Ja. Ja, John, ja. Alles in Ordnung."

Drake ergriff die Hand, die der junge Schwarze ihm anbot, zog sich hoch und klopfte ihm auf die Schulter.

„Danke, Diego."

Dann fuhr er zu Oxenham herum, packte dessen Arm und deutete mit der freien Hand nach Süden.

„Sieh es dir an, John, sieh es dir genau an. Denn mit Gottes Hilfe werde ich eines Tages mit einem englischen Schiff auf diesem Meer dort segeln!"

„Ich schwöre Ihnen, Captain", sagte Oxenham mit ernster Miene, „wenn das geschieht und Sie mich bis dahin noch nicht aus der Mannschaft weggeprügelt haben, bin ich mit Gottes Gnaden mit von der Partie, Sir!"

Drake legte je einen Arm um die Schultern von Diego und Oxenham und starrte mit ihnen aus wässrigen Augen auf das ferne Glitzern im Süden. Die Enden seines Schnurrbarts zuckten, sein Bart zitterte. Und dann fing Drake an zu flennen wie ein kleines Kind.

Sommer 1575
Dublin
Irland

„Jawohl, Thomas, ich habe geheult wie ein kleines Kind."

Doughty sah Drake mit schiefem Lächeln und einer hochgezogenen Braue an. Drakes Offenheit war ihm wohl ein wenig peinlich, und Drake fragte sich, ob er zu weit gegangen war. Doughty war nicht dumm, doch offensichtlich erfasste er die Bedeutung der Geschichte vom Baum und den zwei Meeren nicht. Deshalb setzte Drake hinzu: „Es war eine Offenbarung, Thomas! Die Südsee! Dort müssen wir hin. Dort liegt unser Eldorado, unser Goldland!"

Impulsiv hatte er Doughtys Arm gepackt und sah ihm mit leuchtenden Augen ins Gesicht, dessen Züge sich veränderten und einen lauernden Ausdruck annahmen.

„Wieso?"

Hinter ihm floss der Liffey träge der Dublin Bay entgegen, während die Wolken schnell wandernde Schattenfelder warfen. Bis zur Brücke war es nicht mehr weit. Doughty folgte Drake, der sich wieder in Bewegung gesetzt hatte.

„In der Karibik wimmelt es von spanischen Kriegsschiffen und Soldaten; jede Stadt ist gut gesichert. Aber die Dons rechnen nicht mit einem Angriff auf der anderen Seite des amerikanischen Kontinents. Ihre Städte liegen schutzlos da und warten darauf, dass ein wagemutiger Engländer sie pflückt."

„Dann wundert es mich, dass du deine Zeit hier in Irland zubringst, anstatt ein Schiff auszurüsten und dorthin zu segeln, Francis."

„So einfach ist es nicht."

Wieso erzähle ich das alles, fragte sich Drake. Weil ihm der Gentleman sympathisch war. Weil Doughty einen Hang zum Abenteuer hatte und ein Mann der Tat zu sein schien. Und weil er selbst hier versauerte und die Erfüllung seiner Träume und Ideen in weiter Ferne lag.

„Ich brauche nicht nur *ein* Schiff. Sowas geht nur mit mehreren, und die kosten Geld, das ich nicht habe."

Dienstag, 29. November 1580
Buckland Abbey
Devon

Raleigh lehnte sich zurück und zupfte an der Fahne der Feder, die er sich mit spitzen Fingern quer vors Gesicht hielt.

„So nahm der Plan also seinen Anfang“ sagte er bedächtig. „Und Doughty war Euer Türöffner.“

Sofort schlug Drake die flache Hand auf die Papiere auf Raleighs Tisch und brüllte: „Nein! Hört endlich auf, diesem verkommenen Halunken Verdienste anzudichten, die ihm nicht gebühren, verdammt!“

Raleigh blieb ganz entspannt zurückgelehnt sitzen, zupfte noch einmal an der Feder und hielt sie sich dann senkrecht vor die Nase. In ruhigem, freundlichem Ton, als hätte es den Wutausbruch nicht gegeben, fragte er: „Aber könnte man nicht sagen, dass die Reise nie stattgefunden hätte, wäre Doughty nicht gewesen?“

Raleighs scheinbare Gleichgültigkeit beruhigte Drake augenblicklich.

„Ich gebe gern zu, dass er mich gedrängt hat, die Idee weiter zu verfolgen“, knurrte er.

„Und dann habt ihr beide begonnen, die Einzelheiten zu planen.“

Vielleicht um Zeit zu gewinnen kratzte sich Drake die Barthaare über dem Adamsapfel und bequemte sich dann zu dem etwas schwammigen Satz: „Natürlich haben wir darüber gesprochen, wie das Unternehmen am besten auf die Beine zu stellen und durchzuführen sei.“

„Und Doughty versprach Geld.“

„Tausend Pfund. Und ich war bereit, einen ebenso hohen Anteil beizusteuern.“

„Als gleichwertiger Partner also.“

Drake schüttelte mitleidig lächelnd den Kopf und sagte: „Das ist Quatsch.“ Und als müsse er einem Kind die Gnade Gottes erklären, fügte er hinzu: „Die Höhe des Anteils hatte nichts mit der Rangordnung zu tun.“

„Gab es denn eine Rangordnung?“

„Damals noch nicht. Wir…“

Drakes Stimme verlor sich in Irritation.

„Ihr wart bloss Freunde“, half Raleigh aus.

„Aye“, kam es leise von Drake.

Raleigh liess einen Atemzug verstreichen und fragte dann ebenso leise: „Enge Freunde?“

„Enge Freunde…“, seufzte Drake, als wisse er nicht recht.

Als nichts mehr kam, wollte Raleigh nachfassen. Doch dann sah er, wie Drake sein übergeschlagenes Knie betrachtete, als könne er dort etwas beobachten, das sich vor langer Zeit und an einem anderen Ort ereignet hatte.

Sommer 1575
Doughtys Unterkunft
Dublin
Irland

Thomas Doughty bewohnte ein Zimmer im ersten Stock eines hübschen Hauses in der Nähe von Dublin Castle in der spärlichen Zeit, in der ihn Essex nicht durch Ulster scheuchte, um widerborstige Gälen zu Paaren zu treiben. Seine militärischen Aufgaben waren aufreibend genug, dass er sich den Luxus dieser zivilen, um nicht zu sagen zivilisierten Unterkunft leistete.

Durch das offene Fenster, das auf die Strasse hinausging, schien das warme Licht des frühen Abends; von unten drang gelegentlich Hufgeklapper oder das Rattern eines vorbeifahrenden Karrens; vereinzelt Stimmen; ein Zuruf, vielleicht ein Gruss, über die Strasse geworfen; von irgendwo ein Kinderlachen. Doughty sass auf der Fensterbank, eine Laute auf dem Schenkel, und spielte eine heiter-gelassene Gaillarde von William Byrd, deren Melodie wie ein Bächlein durch eine arkadische Auenlandschaft dahinplätscherte.

Drake sass seitlich am Tisch, einen Arm auf das Tischblatt gelegt, befingerte gedankenverloren den Stiel seines halbvollen Weinglases und lauschte.

Die Melodie sank herab, ein letzter quirlig gezupfter Triller, und mit wohl gesetztem Ritardando ergoss sich das Bächlein in einen See. Der letzte Akkord, der letzte Ton verhallte und hinterliess eine mit Zufriedenheit gefüllte Stille.

„Sehr hübsch, Thomas“, sagte Drake melancholisch lächelnd, „wirklich sehr hübsch. Das ist etwas, worum ich dich beneide; ich hatte nie Gelegenheit, ein Musikinstrument zu lernen. Seit ich ein Junge war, habe ich meine Zeit auf Schiffen verbracht. Ja, mit Schiffen kann ich umgehen.“

Doughty umschlang die Laute mit beiden Armen, als wolle man sie ihm entreissen. Grinsend beugte er sich vor und erwiderte: „Dann sind Schiffe deine Instrumente, Francis. Mach damit deine eigene Musik und bring die Spanier zum Tanzen!“

Drake lachte zurück und winkte ab. „Lass gut sein und spiel noch was.“

„Aber singen kannst du?"

„Nur, wenn du mich begleitest, Thomas. Nur wenn du mich begleitest."

Sofort schob Doughty die Laute auf seinen Knien zurecht, suchte mit den Fingern der Linken einen Akkord auf dem Griffbrett, den er mit der Rechten probehalber anschlug.

„Hm...mal sehen...Kennst du das Lied von den zwei Raben?"

Und als er sah, wie sich Drakes Gesicht aufhellte, begann er die Eingangsakkorde zu schlagen, hart und düster. Drakes Bariton stieg in die trotzige Melodie ein, das alte schottische Englisch des Textes auf seine Zunge zurechtgebogen. Und zur zweiten Strophe mischte Doughty seinen Tenor als zweite Stimme darunter und erzeugte reibende, aufpeitschende Harmonien, die sich zu beinahe gregorianischen Kadenzen emporschwangen, um gleich darauf wieder zu erdigem Ingrimm zusammenzufallen und schliesslich am Ende jeder Strophe in der Imitation eines Fanfarenstosses auszuklingen.

Unten auf der Strasse hoben die Passanten die Köpfe zu dem offenen Fenster. Einige grinsten, andere schüttelten verständnislos den Kopf.

Aber Hauptsache, die beiden hatten ihren Spass.

Dienstag, 29. November 1580
Buckland Abbey
Devon

„Enge Freunde", wiederholte Drake. „Was heisst das schon? Ich hatte einen Narren an ihm gefressen. Er war so talentiert, so offen und freundlich...begeisterungsfähig...und er hatte verdammt viel Charme."

„Aber Ihr würdet nicht so weit gehen zu sagen, Ihr liebtet ihn wie einen Bruder", konstatierte Raleigh.

„Nein. Diego war mir allezeit näher."

„Diego?"

„Man könnte sagen, er war mein Diener. Aber er war der beste Freund, den ich je hatte und an dessen Treue ein Thomas Doughty in hundert Jahren nicht heranreicht."

Raleigh runzelte irritiert die Brauen. „Verstehe ich das richtig, Ihr hattet einen spanischen Diener?"

„Er war ein Cimarron", antwortete Drake mit einem Anflug von Trauer in der Stimme. „Ein entlaufener Sklave. Schwarz wie die Nacht. Und er hasste die Spanier noch mehr als ich."

„Was wurde aus ihm?"

„Er fiel auf der Insel Mocha vor Chile bei einem Angriff Eingeborener. Das ist jetzt fast genau zwei Jahre her. Und ich vermisse ihn heute noch, und das ist mehr, als ich von Doughty sagen kann, Sir."

Auf einmal wirkte Drake sonderbar weich und verloren, wie er da auf dem Stuhl sass und zum Fenster sah, hinter dem dicke Schneeflocken niedergingen. Er schien tatsächlich um diesen Diego zu trauern.

„Wein?", fragte Raleigh in die Stille hinein und legte die Feder aus der Hand. Drake nickte.

„Aye. Danke."

Raleigh füllte zwei Gläser und reichte eines davon Drake, zusammen mit der Frage: „Wie weit waren die Pläne in Irland denn gediehen?"

Drake nippte an seinem Glas und stellte es auf den Tisch. Sein Blick war wieder hart und klar.

„Die Zusammenstellung der Flotte, die Route, das war ja alles vorher schon in meinem Kopf", stellte er nüchtern fest. „Ausserdem verstand

Doughty nichts von solchen Sachen. Ein studierter Anwalt, der sich gerade erfolgreich seine Sporen als Soldat verdiente. Er hat nur ein paar Vorschläge gemacht, wen man um eine Beteiligung angehen könnte."

„Seinen Dienstherrn Hatton, zum Beispiel."

„Aye. Und ein paar andere."

„Die Königin?"

Grinsend drohte Drake mit dem Zeigefinger und meinte mit der Heiterkeit eines Satyrs: „Ich weiss schon, worauf Ihr hinauswollt, Sir! Doughty brauchte die Königin gar nicht zu erwähnen, weil mir von Anfang an klar war, dass eine solche Reise nur mit ihrer Majestät Billigung durchzuführen war."

„Und wie kam es dazu?"

„Das war eine glückliche Fügung, könnte man sagen. Ich sprach auch mit Lord Essex über meinen Plan, und er schickte ein Empfehlungsschreiben an Staatssekretär Walsingham. Und Walsingham brachte mich zur Königin. Das kann ich beweisen, Mr. Raleigh, ich habe die Briefe hier."

Frühling 1576
Richmond Palace
London

Elisabeth Tudor wirkte wie eine Statue ihrer selbst, wie sie da mit geradem Rücken in ihrem Sessel sass, die Arme auf die Armlehnen gelegt, und aus kühlen, dunklen Augen das Eintreten Francis Drakes verfolgte. Ihr geschminktes Gesicht war so weiss wie ihre Halskrause und bildete einen eigentümlichen Kontrast zu ihren rostorangen Locken, die streng symmetrisch um die ausrasierte Stirn frisiert waren. Die schweren Lider unter den gezupften Augenbrauen gaben ihrem Blick etwas rätselhaft Hoheitsvolles, was durch die überaus lange, höckerige Nase über dem schmalen, eher kleinen Mund noch betont wurde.

Drake musste schlucken, als er an Walsinghams Seite auf sie zuging. Während der Staatssekretär stehen blieb und lediglich den Kopf neigte, riss sich Drake das Barett vom Kopf, sank auf ein Knie und verbeugte sich tief.

„Ihr seid also Francis Drake", erklang Elisabeths leicht kehlige Altstimme über ihm.

„Zu Euren Diensten, Hoheit."

„Der Earl of Essex und mein treuer Walsingham hier versicherten mir, Ihr wärt der geeignete Mann, um gegen die Spanier vorzugehen."

Mit einer winzigen Bewegung ihrer Hand bedeutete sie Drake, sich zu erheben. Mit geneigtem Kopf hielt er sein Barett mit beiden Händen vor der Brust und erwiderte bescheiden: „Nun, ich habe Erfahrung in dem Geschäft, Ma'am."

Der Damast ihres Kleides raschelte und ihr Mieder knarrte leise, als sie sich vorbeugte.

„Das trifft sich gut, Drake. Ich würde mich nämlich gern für erlittene Kränkungen an Philip revanchieren, und wie es scheint, seid Ihr der Einzige, der das bewerkstelligen kann. Was würdet Ihr mir also raten?"

Drake stellte keck ein Bein vor und hob das Kinn.

„Ihr wollt Philip einen Denkzettel verpassen, ja?"

„Einen schmerzlichen, wenn es geht, mein lieber Drake." Elisabeths Stimme erklang warm und einschmeichelnd, und ihr Lächeln erzählte ihm vieles, vor allem aber, dass man sich diese Frau nicht zur Feindin machen sollte. Armer Philip.

Jetzt war der Moment gekommen, seinen Plan an die Frau zu bringen. Doch er musste vorsichtig vorgehen. Oh, Vetter Richard, dachte er, in deinen Fussstapfen zu wandeln, ist wahrlich kein Spaziergang!

An seine Königin gewandt sagte er: „Nun, ihn in Spanien selbst anzugreifen, bringt nichts, Ma'am. Der beste Weg wäre, ihn dort zu packen, woher er seinen Reichtum bezieht."

„Westindien", kam es prompt zurück.

Drake wiegte den Kopf. „Eigentlich ja, Ma'am. Nur leider sind die spanischen Besitzungen und Städte in der Karibik nicht mehr so schutzlos wie noch vor ein paar Jahren. Deshalb sollten wir dort zuschlagen, wo sie es am wenigsten erwarten."

„Und das wäre wo?"

„An der Pazifikküste."

Elisabeth stützte ihr Kinn auf Daumen und Zeigefinger ab und musterte Drake aufmerksam, aber mit listigem Lächeln, wie ihm schien.

„Kommt mir das nicht bekannt vor?", sagte sie gedehnt.

Jetzt wurde es heikel.

Doch noch bevor Drake etwas sagen konnte, warf sich Walsingham in die Bresche und tat das einzig Richtige.

„Ganz recht, Ma'am. Vor rund zwei Jahren gelangte Sir Richard Grenville mit einer ähnlichen Idee an Euch."

Und scheiterte, dachte Drake verbissen. Zwar nicht unbedingt kläglich, aber er scheiterte.

„Und ich habe ihm ein Patent dazu ausgestellt", erinnerte sich Elisabeth.

„Das Ihr aber zurückgezogen habt, als die Zeichen mit Spanien wieder besser standen, Ma'am", fügte Walsingham hinzu.

Drake hielt die Luft an. Mein lieber Walsingham, dachte er, entweder vermasselst du gerade alles, oder...

„Davon kann mittlerweile nun wahrlich keine Rede mehr sein", liess sich die Königin vernehmen.

Drake sah kurz zu Walsingham und dachte: Du schlauer Fuchs!

Walsingham lächelte versonnen in sich hinein, und an Drake gewandt sagte die Königin: „Wie lange braucht Ihr, um ein solches Unternehmen vorzubereiten?"

„Das hängt vom Geld ab, Ma'am", erwiderte Drake ohne lange nachzudenken und hätte sich dafür am liebsten auf die Zunge gebissen. Elisabeth und Geld: Sie nahm mit der ganzen Hand und gab mit dem kleinen Finger, sagte man. Sie würde das Projekt nicht billigen, wenn es sie etwas kostete.

Und wieder war es Walsingham, der mit gewohnter Geschmeidigkeit in sicheres Fahrwasser lotste. „Das dürfte kein Problem sein. Zur Finanzierung gründen wir ein Konsortium mit ausgesuchten Investoren."

Als Drake die Königin nachdenklich nicken sah, legte er los: „Ich brauche fünf Schiffe und zweihundert Mann; Waffen, Munition, die neuesten Seekarten, Proviant – das alles zu beschaffen, wird seine Zeit dauern. Vor allem aber benötige ich ein Patent, dass mir die vollumfängliche Befehlsgewalt über alle beteiligten Schiffe, Männer und eroberte Prisen erteilt, Ma'am. Noch nie waren englische Schiffe so weit von England entfernt, wie meine es sein werden; entsprechend weitreichend müssen meine Vollmachten sein, Ma'am."

Elisabeth musterte ihn mit einem absolut undurchdringlichen Blick, und namenlose Enttäuschung machte sich in Drake breit. Du bist zu weit gegangen und auf Grund gelaufen. Abgesoffen. Ende, aus und vorbei.

„Ihr werdet sie bekommen, Drake."

Er glaubte, sich verhört zu haben und erfasste das eben Gesagte erst, als Walsingham in geschäftlichem Ton zur konkreten Umsetzung überging: „Wir müssen unbedingt auf Geheimhaltung achten. Niemand darf etwas über dieses Unternehmen erfahren."

„Vor allem Lord Burghley nicht", ergänzte Elisabeth. „Er würde sonst alles tun, um es zu vereiteln."

Drake, der zwischen den beiden hin und her sah wie der Zuschauer eines Tennismatches, hatte sich schnell genug erholt, um einen klaren Gedanken zu fassen.

„Das dürfte schwierig sein", warf er ein. „Wenn mehrere Schiffe ausgerüstet werden, lässt sich das nicht verheimlichen."

„Wir geben einfach ein anderes Reiseziel an", sagte Walsingham leichthin. „Wie wär's mit Ägypten? Alexandria, zum Beispiel."

Dienstag, 29. November 1580
Buckland Abbey
Devon

„Wusste Doughty über die Geheimhaltung Bescheid?", wollte Raleigh wissen.

„Natürlich", sagte Drake. „Ich habe ihn so bald als möglich informiert."

Die Antwort interessierte Raleigh nicht wirklich, sie war vorhersagbar und in keiner Weise überraschend. Ihm ging es mehr um die Vollmachten. Aber er wollte Drake vorsichtig einkreisen und ihm nicht gleich zu verstehen geben, wie brennend er einen Blick darauf zu werfen wünschte. Wenn er sie denn dabeihatte. Beiläufig fragte er: „Und die Patente habt ihr erhalten?"

„Samt und sonders."

„Ihr habt sie nicht zufällig bei Euch, Sir?"

Raleigh spürte sein Herz klopfen. Doch Drake lachte, warf seine Mütze in die Luft und fing sie wieder auf. „Ich habe sie nicht mehr."

„Ach. Und wo sind sie jetzt?"

„Keine Ahnung", sagte Drake fröhlich. „Ich habe sie Mylord Walsingham übergeben. Ich nehme an, er hat sie jetzt, zusammen mit den Logbüchern und anderen Papieren."

„So, so."

Das eröffnete ja ganz neue Perspektiven. Wenn Walsingham die Papiere hatte, wieso hatte er sie Raleigh nicht gezeigt? Mehr noch: Walsingham musste gewusst haben, ob Drakes Vollmachten gut genug waren, Doughty hinrichten zu lassen. Oder eben nicht. Wozu aber dann der ganze Zirkus? Wozu eine Untersuchung? Denn wenn das königliche Patent Drake das Recht einräumte, über einen Gentleman zu Gericht zu sitzen und ein Todesurteil zu fällen und es zu vollstrecken, dann erledigte sich die ganze Sache sozusagen von selbst. Wenn aber nicht, dann konnte ein unabhängiger Ermittler dennoch durchaus zu dem Schluss gelangen, Drake habe richtig und rechtens gehandelt. Und genau das war es, was Walsingham wollte, ja, was er Raleigh sogar nahegelegt hatte. Die Konsequenz dieses Gedankens war, dass er jetzt einem kaltblütigen Mörder gegenübersass.

„Stimmt was nicht?“, fragte der gerade, und Raleigh bewunderte ihn für sein Gespür, dass soeben eine Wende eingetreten zu sein schien.

„Nein, nein“; antwortete er schnell. „Dann…werde ich ihn danach fragen.“

„Vielleicht hättet Ihr ihn schon vor diesem…Verhör danach fragen sollen, Sir.“

War es Hohn? War es die Naivität des Unschuldigen? Oder einfach die Unbedarftheit eines Mannes, der sich keiner Schuld bewusst war? Am liebsten hätte Raleigh alles hingeschmissen. Doch das konnte er nicht. Denn ihm war klar, was immer Walsingham bezweckte, tat er nicht für sich selbst, sondern für das Wohle Englands. Und das lag auch ihm, Raleigh, am Herzen. Die Wahrheit war, dass er sich zu klein und unwissend fühlte, um sich ein Urteil über die Massnahmen zu erlauben, welche die bemoosten Häupter im Dunstkreis der Königin zum Gedeihen Englands für erforderlich hielten. Er hatte sich nun mal von Walsingham verpflichten lassen, und diese Pflicht schob ihn unbarmherzig vorwärts. Andererseits war da auch seine Neugier und er schon zu tief in den Fall vorgedrungen, um nicht alle Rätsel um Doughtys Tod lösen zu wollen. Eines dieser Häkchen ohne Öse war James Sydae, der Mann, an dessen richtigen Namen sich niemand erinnern wollte und der noch vor dem endgültigen Auslaufen gefeuert worden war. Er verschwand sozusagen von der Bildfläche, kaum war er aufgetreten. Um dann, tausende Seemeilen später, in Ned Brights Aussage wieder aufzutauchen wie ein Wiedergänger. Und zwar mit dem Zweck, Doughty zu belasten. Was war an diesem Mann so wichtig?

Raleigh zwang sich zu einem Lächeln und sagte: „Wie auch immer, kommen wir zur eigentlichen Unternehmung. Am fünfzehnten November ging die Flotte in Plymouth in See, kehrte aber nach einem Sturm dahin zurück, um Schäden zu beheben, richtig?“

„Aye.“

„Bei dieser Gelegenheit habt Ihr einen gewissen James Sydae entlassen.“

„Entlassen ist eine Untertreibung“, brummte Drake, „ich habe ihn zum Teufel gejagt.“

„Aus welchem Grund?“

„Ich hatte ihn mit dem Verstauen der Ladung betraut, was er ordentlich verbockt hat. Durch die falsche Trimmung hätten wir beinahe zwei Schiffe verloren.“

„Gemäss der Aussage des Schiffzimmermanns Ned Bright wurde er auf Doughty's Drängen in die Mannschaft aufgenommen."

Drake zuckte die Schultern. „Was Ned Bright damit zu schaffen hatte, weiss ich nicht, aber es stimmt, Doughty hat ihn mir förmlich aufs Auge gedrückt."

„Dann ist es richtig, dass die beiden sich kannten?"

„Sydae war Kaufmann und gehörte zu Doughty's Freundeskreis in Irland, ja."

Drake klang gelangweilt, und Raleigh musste sich eingestehen, dass er selbst nicht recht wusste, was er eigentlich mit Sydae anfangen und wozu es gut sein sollte. Aber gerade deshalb stellte er diese Fragen ja.

„Ihr habt Sydae dort kennengelernt?"

„Er kommandierte die *Reindeer*, eines der Schiffe meines Geschwaders."

Sydae hatte unter Drakes Kommando gestanden und war mit Doughty befreundet gewesen. Drake, Doughty, Sydae – ein *Trio infernale*? Wenn ja, verbarg Drake das sehr geschickt. Allerdings, wenn Sydae mit Doughty befreundet war, bedeutete dies noch lange nicht, dass das auch auf Drake zutraf. Nirgends stand geschrieben, dass ein Befehlshaber seine Untergebenen zu mögen hatte.

„Wusste Sydae über das wahre Ziel der Reise Bescheid?"

Wenn ja, dann war Sydae Teil des inneren Zirkels und enger mit Drake verbandelt, als dieser zugeben wollte. Doch Drake zog die Mundwinkel nach unten, schüttelte den Kopf und sagte: „Das Ziel war geheim. Was Sydae wusste oder nicht wusste, weiss ich nicht. Gut möglich, dass ihm Doughty was gesteckt hat."

Dann war Sydae vielleicht schon in Irland ein Fremdkörper gewesen, der zwischen Drake und Doughty gestanden hatte. Aber Doughty hatte ihn Drake *förmlich aufs Auge gedrückt.*

„Ich könnte mir vorstellen", bemerkte Raleigh leichthin, „dass Sydaes Unfähigkeit Euch bereits in Plymouth gegen Doughty eingenommen hat."

„Nein, damals noch nicht."

„Wie hat Doughty auf Sydaes Entlassung reagiert?"

„Er hat sie bedauert, mehr aber auch nicht. Mir ist erst später klar geworden, dass er sie mir wahrscheinlich übler genommen hat, als er nach aussen hin vorgab." War da nicht ein leicht gehässiger Unterton?

„Wann später?“, wollte Raleigh wissen.

„Nachdem ich feststellen musste, dass er gegen mich intrigierte.“

„Zu Beginn der Reise war davon aber noch nichts zu bemerken.“

„Nein.“

„Wann fing es denn damit an?“

Drake atmete tief ein und wieder aus, sah kurz zur Decke hoch und dann Raleigh direkt in die Augen. Er wirkte genervt.

„Da ich nicht weiss“, sagte er, „was alles hinter meinem Rücken geschah, kann ich auch nicht genau sagen, wann Doughty damit begonnen hat. Ein erstes ungutes Gefühl hatte ich vor Kap Blanco, aber da wollte ich es noch nicht wahrhaben.“

Mittlerweile war Raleigh so sehr in der Geschichte drin, dass er nicht auf seine Notizen zurückzugreifen brauchte.

„Kap Blanco, das war dort, wo Doughty an Land die Männer an den Waffen drillte“, stellte er fest.

„Aye.“

„Und das hat Euch beunruhigt?“

Drake lachte amüsiert auf und sagte: „Beunruhigt? Ich hatte es angeordnet, mein Gott! Er tat es auf meinen Befehl! Deswegen hatte ich ihn ja mitgenommen!“

„Um die Männer zu drillen?“

Mit einem Seufzen verschränkte Drake seine Finger über dem Knie.

„Doughty war Soldat, ein erfahrener Offizier. Ein Mann, der bei möglichen Landunternehmungen von Nutzen sein konnte. Keiner war besser geeignet, den Männern zu erklären, an welchem Ende der Muskete die Kugel rauskommt.“

„Was war es aber dann, das Euch zum Nachdenken gebracht hat?“

Drake sog die Luft zischend zwischen den Zähnen ein, und Raleigh konnte sehen, wie er sich versteifte. Einen Moment suchte Drake nach den richtigen Worten und sagte dann: „Es war mehr ein Gefühl. Der Grund lag in der zunehmenden Unzufriedenheit der Leute, nachdem bekannt geworden war, dass die Reise nicht nach Alexandria ging. Vor allem die erlauchten Herren murrten, und es kam häufig zu Streitereien; Gentleman gegen Gentleman, Gentleman gegen Seemann und schliesslich Seemann gegen Seemann. Doughty nahm immer wieder mal den einen oder anderen Unzufriedenen beiseite. Erst dachte ich, er tue das, um die Leute zu besänftigen…“

Ein wenig ratlos liess Drake den unvollendeten Satz im Raum hängen.

„Aber dann wuchs in Euch der Verdacht eines Komplotts", half Raleigh aus.

„Das ist schon zu viel gesagt. Aber zweifellos verschaffte er sich dadurch Einfluss bei den Leuten. Einen Einfluss, der meine Autorität allmählich zu untergraben drohte."

Raleigh betrachtete den Mann, der da vor ihm sass und mittlerweile alle seine Fragen umstandslos beantwortete. Offensichtlich hatte sich Drake in die Befragung gefügt, und die Ernsthaftigkeit seiner Antworten legte nahe, dass er die Wahrheit sagte. Eine Wahrheit, die allerdings ebenso subjektiv war wie die eines Fletcher oder Cooke. Dennoch mochte sich Raleigh nicht mit den Antworten zufriedengeben.

„Das erscheint alles ein bisschen vage", stiess er nach. „Könnt Ihr Euch auf etwas Konkretes beziehen?"

Sofort wurde Drakes Gesicht so rot wie sein Bart, seine Zornesader schwoll und wütend stiess er aus: „Konkret! Ich sage Euch, was konkret war! Ich hatte die Verantwortung für das gewagteste Unternehmen, das von England je ausging; die Verantwortung den Geldgebern gegenüber, der Königin gegenüber, vor allem aber den fünf Schiffen und rund hundertsechzig Mann gegenüber, und wir waren weit weg von Zuhause! Das war konkret!"

Er hatte sich vorgebeugt und mit beiden Händen die Tischkante gepackt und sah Raleigh angriffslustig ins Gesicht. Dieser lehnte sich ebenfalls vor und säuselte: „Ja, aber letztlich redet Ihr nur von einem Gefühl, Sir."

Drake stutzte, lehnte sich dann wieder zurück und sah nachdenklich zu Boden, während seine Linke mit dem Knauf des Rapiers spielte. Dann hob er den Blick, sah Raleigh an und sagte leise: „Doughty war…wie eine Frucht, wenn Ihr so wollt."

Auch Raleigh richtete sich wieder auf und sah Drake erwartungsvoll an, denn er spürte, der Rotbart war drauf und dran, etwas Wichtiges zu sagen, und er wollte ihm die Zeit geben, die richtigen Worte dafür zu finden.

Drake leckte sich über die Lippen und fuhr schliesslich fort: „In Irland und zu Hause war er ein frischer Apfel. Knackig. Saftig. Von frischer Farbe. Duftend. Glänzend. Und je länger wir uns auf See befanden, desto mehr verdarb er. Er wurde zu etwas Hässlichem, Stinkendem, Faulendem. Und wie jeder faule Apfel begann er die anderen anzustecken. Bald hatte ich zwei Lager in der Flotte; die einen, die ihn nicht mochten und die anderen, die er um den Finger wickelte."

Unbeeindruckt liess Raleigh nicht locker. „Aber allein dass er eingriff, um die Leute an der Kandare zu halten, spricht noch nicht gegen ihn. Im Gegenteil, als Euer Vize war es sogar seine Pflicht..."

Er kam nicht weiter. Drake donnerte die Faust auf den Tisch und brüllte: „Doughty war nicht mein Vize, verdammt!" Dann merkte er, dass er wohl ein bisschen zu weit gegangen war und fügte fast kleinlaut hinzu: „Captain Wynter war mein Vize."

So. Jetzt war es sozusagen offiziell. Wynter war der Vize, nicht Doughty. Doch Raleigh konnte es nicht lassen, noch ein bisschen zu bohren.

„Weil der mit Admiral William Wynter verwandt war?", fragte er.

Drake schmatzte, beugte sich vor und griff nach dem Weinglas auf dem Tisch, um einen kleinen Schluck davon zu trinken, stellte es wieder hin und sagte geschmeidig: „Ich gebe gern zu, dass ich dem Admiral damit einen Gefallen getan habe, aber John hat bis zu seiner Entscheidung, die Reise auf eigene Faust abzubrechen und heimzukehren, wenig Grund zur Beanstandung gegeben."

Keine Frage, dachte Raleigh gallig, wer sonst sollte Vizebefehlshaber bei einem solchen Unternehmen sein, wenn nicht der Neffe von Admiral William Wynter? Aber er dachte auch an Doughtys Rede zur Mannschaft auf der *Pelican*. Bei einem solchen Unternehmen war Hierarchie etwas durchaus Wichtiges. Aber es war Raleigh noch immer nicht klar, welche Position Doughty nun belegt hatte.

„Mir wurde gesagt, Wynter und Doughty wären beide gleichberechtigt als Eure Vizes mitgefahren", sagte er aufs Geratewohl.

„Blödsinn", schnaubte Drake und fügte dann hinzu: „Eines Tages, vor der Küste Afrikas, kam Doughty zu mir aufs Achterdeck der *Pelican*."

Mittwoch, 22. Januar 1578
an Bord der Pelican
80 Seemeilen südwestlich von Cap Blanco
19°41'20"N 17°42'07"W

Jeder Verband segelte nur so schnell wie sein langsamstes Schiff. Das galt auch für Drakes Geschwader. Das Handlog ergab regelmässig eine Geschwindigkeit von drei Knoten. *Pelican*, *Elizabeth* und *Swan* hatten in dem handigen Nordost-Passat lediglich die Marssegel gesetzt und *Marigold* fuhr zusätzlich noch den Besan, während ihnen die kleine *Christopher* mit Vollzeug an ihren beiden Masten hinterher hechelte. Die portugiesische Karavelle stand weit voraus in Luv und nahm nun Segel weg, um dem Verband nicht davon zu laufen.

Pünktlich acht Glasen der Vormittagswache hatte Drake, wie jeden Tag auf See, das Mittagsbesteck genommen und mit Cuttils Werten abgeglichen. Gemeinsam hatten sie im Kartenraum den Kurs gekoppelt, der gegisste Punkt auf der Karte entsprach mit nur wenig Abweichung der mittels Quadrant und Jakobsstab bestimmten Position. Ihr Etmal, die von Mittag bis Mittag zurückgelegte Strecke, betrug siebzig Seemeilen. Nicht umwerfend, aber durchaus zufriedenstellend.

Aber das war's dann auch schon. Drake hockte missmutig auf dem Bodenstück des Falconetts, dessen Lauf durch die Stückpforte im Steuerbordschanzkleid des Quarterdecks ragte, und sah der Sonne zu, wie sie langsam der westlichen Kimm entgegensank. Mit unguten Gefühlen dachte er an den letzten Monat zurück. Seit Mogador, genauer: Seit Drake das wahre Ziel ihrer Fahrt bekannt gegeben hatte, war die allgemeine Stimmung auf dem Nullpunkt. Drake hatte durchaus mit negativen Reaktionen gerechnet, aber die geballte Ablehnung, die ihm von rund der Hälfte der Mannschaft entgegenschlug, überraschte ihn doch. Die Seeleute waren nicht das Problem. Der typische englische Matrose war ein Nomade; sein Zuhause waren die Planken des Schiffes, auf denen er Dienst tat, egal, wo es sich befand. Alexandria, Acapulco, alles eins. Zwar fluchte und stänkerte er und war schwer zu disziplinieren, aber letztendlich waren es auch diese Raufbold-Qualitäten, die ihn so wertvoll machten.

Ganz anders die Gentlemen. Ihr Zuhause bestand aus einem mehr oder weniger prächtigen Landsitz inmitten schafbeweideter Hügel oder einem vornehmen Stadthaus in London, Oxford oder sonst einer Stadt, die sowohl Bildung, Zerstreuung wie auch die Möglichkeiten zu einer gewinnbringenden Karriere bot. Und genau das hatte auch der Törn nach Alexandria versprochen. Bisschen was von der Welt sehen. Ein paar Wochen, zwei, drei Monate fern von ambitionierten Vätern, strengen Tutoren oder, in manchen Fällen, auch hartnäckigen Gläubigern. Stattdessen sahen sie sich plötzlich gezwungen, an einer Fahrt teilzunehmen, die mehrere Jahre dauern sollte und so weit von England wegführte, wie noch nie zuvor ein Engländer gewesen war. Und erst noch einem Mann zum Gehorsam verpflichtet, der weder adligen Rang noch Namen hatte und der sie nicht weniger hart rannahm als die gewöhnlichen Seeleute. Der Waffendrill war nötig, aber teilte auch unzweideutig mit: Ihr werdet kämpfen. Und dafür hatten sie weiss Gott nicht angeheuert.

Kein Wunder, fühlten sie sich hintergangen, verraten und förmlich entführt. Natürlich gab es etliche unter ihnen, die sich fragten, wie sie dieses böse Spiel zu einem Ende bringen könnten. Und natürlich steckten sie mit ihrem Zorn, ihrer Angst und ihrem Unwillen auch die eine oder andere einfache Deckhand an. Drake fragte sich, wie weit sie gehen würden.

Jetzt waren sie noch keine drei Monate auf See, und schon zeichnete sich gewaltiger Ärger ab. Noch war Drake der starke Mann, aber er spürte bereits, dass er nicht mehr alles im Griff zu haben begann. Dabei dachte er weniger an seine persönliche Sicherheit als vielmehr an das Gelingen des Unternehmens, mit dem er sich gegenüber den edelsten und mächtigsten Leuten, ja, gegenüber der Krone verpflichtet hatte. Sollte er scheitern, sein Ruf, sein weiteres Fortkommen, sein Leben wären ruiniert und sein Land um einen beträchtlichen Gewinn gebracht. Um das zu verhindern, durfte er keinen Fingerbreit seiner Autorität verlieren, doch das Einzige, das er dafür tun konnte, war, die Disziplin mit allen Mitteln aufrechtzuhalten und im Übrigen mit gutem Beispiel voranzugehen. Dabei musste er auf Gott vertrauen, denn der junge Wynter war ihm keine Hilfe und Doughty…

Doughty hatte sich verändert, seit sie Plymouth verlassen hatten. Sein witziger Charme und seine Wärme waren einer gewissen Herablassung gewichen. Grossspurig war er immer schon gewesen, aber jetzt begann sein Gehabe Drake zu stören. Bislang hatte Drake ihre Freundschaft nicht gross hinterfragt, aber jetzt stellte er fest, dass sich Doughty von ihm abzuwenden begann. Es waren kleine Anzeichen, etwa wenn Doughty ihn mit einem nachdenklichen Blick ansah oder eine überhebliche Bemerkung machte, von der Drake nicht recht wusste, ob sie ein Scherz oder doch ernst gemeint war. Ein Gefühl der Eifersucht machte sich in Drake breit, wie man es eben verspürt, wenn man einer Freundschaft nicht mehr sicher ist. Mehr als alles aber verletzte Drake der Gedanke, Doughty könnte sich auf die Seite der missgestimmten Gentlemen schlagen, wenn es hart auf hart kam. Schliesslich war er einer der ihren.

Trost fand Drake im beständigen Wiegen, mit dem die *Pelican* durch die Dünung des Atlantiks pflügte und im warmen Licht des bevorstehenden Sonnenuntergangs. Aus dem Augenwinkel nahm er eine Bewegung beim Niedergang wahr und sah dann, wie Doughty aufs Achterdeck kam, oben am Niedergang verhielt und mit halbem Lächeln höflich fragte: „Störe ich?"

Drake erhob sich von dem Falconett und ging Doughty zwei Schritte entgegen.

„Nur zu, Thomas! Was gibt's?"

Doughty trat dicht an ihn heran und sagte leise: „Einige der Männer machen sich Sorgen und haben mich zu dir geschickt, Francis."

„Was wollen sie?"

Doughtys schläfriger Blick war undurchdringlich.

„Sie wollen wissen, ob du zustimmst, dass alle Menschen sterblich sind."

„Das ist nicht dein Ernst", entfuhr es Drake, der nicht recht wusste, ob es ihn erheitern oder ob er sich auf etwas gefasst machen sollte.

Doughtys Gesicht blieb völlig ausdruckslos.

„So haben sie es formuliert, und so gebe ich es an dich weiter."

Nun machte sich doch leichter Ärger in Drake breit. Mit gerunzelter Stirn lächelte er irritiert.

„Was soll das? Das ist albern. Aber gut: Ich teile die Auffassung, dass es wohl keinen Menschen gibt, der nicht sterblich ist."

Doughty, der sich ganz als Bote gab, hatte keinen Sinn für den Sonnenuntergang, in dessen Licht Drakes Bart zu glühen schien. Unbewegt sah er Drake ins Gesicht, und mit fast unbeteiligter Stimme sagte er:

„Da du dich bislang an allen Gefechten persönlich beteiligt hast, wollen sie wissen, wer dich ersetzen soll, sollte Gott seinen Willen an dir vollziehen."

Dienstag, 29. November 1580
Buckland Abbey
Devon

„Das erscheint mir doch ein ganz vernünftiges Anliegen gewesen zu sein“ sagte Raleigh. „Ich wundere mich nur, dass diese Frage überhaupt einer Klärung bedurfte, wenn es so klar war, wie Ihr sagt.“

Drake tippte sich listig mit dem Finger an die Nase.

„Interessant, nicht?“, sagte er. „Alle Welt wusste, dass Wynter mein Vize war, dass es also an ihm lag, über die Flotte zu verfügen, falls ich nicht mehr dazu in der Lage gewesen wäre. Obwohl ich bezweifle, dass er damit viel zustande gebracht hätte.“

„Aber Doughty daraus einen Strick zu drehen, ich weiss nicht“, wandte Raleigh ein, lehnte sich zurück und verschränkte die Arme vor der Brust. „Er war ja nur der Übermittler.“

„Pah!“, winkte Drake ab. „Ich wusste genau, was er hören wollte. Dass nämlich er der Auserwählte sei, sowohl wegen seiner angeblichen Verdienste für das Unternehmen, wie auch wegen unserer Freundschaft.“

„Und was habt ihr ihm geantwortet?“

„Dass es im Fall meines Todes fähige Seeleute bräuchte, die die Schiffe wieder heil nach Hause segelten und der Oberbefehl zu diesem Zweck an Wynter falle. Doughty ging ohne ein weiteres Wort, aber das Zähneknirschen sah man ihm an.“

„Kam es zu offenen Auseinandersetzungen?“

Mit heruntergezogenen Mundwinkeln schüttelte Drake den Kopf, als falle ihm gerade kein Ereignis dieser Art ein, meinte aber dann: „Kleinere Reibereien zwischen uns gab es, und es ging meistens um seine Befugnisse, die er für sich in Anspruch nahm, die er aber nicht hatte.“

Donnerstag, 23. Januar 1578
an Bord der Pelican
130 Seemeilen südwestlich von Cap Blanco
19°23'34"N 18°43'38"W

Thomas Doughty hatte artig an Drakes Kabinentür geklopft und die Aufforderung einzutreten abgewartet, doch Drake sah ihm sofort an, dass er lieber zornig in die Kapitänskajüte gestürmt wäre; der Mann war ein einziger stummer Vorwurf. Doughty marschierte schwer atmend auf den Tisch zu, an dem Drake sass, stemmte die Fäuste darauf und sah ihn mit einem Blick an, der sowohl hilflose Verzweiflung wie auch tief sitzende Verärgerung zum Ausdruck brachte.

„Was kann ich für dich tun?", gab sich Drake ganz gelassen.

„Wie kannst du das nur machen, Francis?", keuchte Doughty aufgebracht.

„Wie kann ich was machen, Thomas?"

„Wie kannst du behaupten, Wynter sei dein Vize?"

„Weil es so ist, das weisst du so gut wie ich, Thomas. Es ist Bestandteil der Abmachungen mit dem Konsortium."

„Ja, aber wenn schon, ist er *unser* Vize!"

„Wie soll ich das verstehen?"

„Wir beide haben das Unternehmen geplant, vorbereitet und in die Wege geleitet. Als gleichwertige Partner, Francis!"

Drake hob eine Hand und brachte ihn damit zum Schweigen.

„Lass uns eines klarstellen, Thomas: Du hast gar nichts geplant. Das ganze Unternehmen war von Beginn weg meine Idee."

Doughty holte Luft, doch Drake liess ihn nicht zu Worte kommen.

„Ich gebe gerne zu, dass du mich in einigen Belangen unterstützt hast. Aber das macht dich keineswegs zum gleichberechtigten Partner, und ich kann mich nicht erinnern, irgendetwas gesagt zu haben, das dich zu dieser Auffassung führen könnte."

„Wie hoch ist dein Anteil?", wollte Doughty unvermittelt wissen.

„Tausend Pfund."

„Genau so hoch wie meiner!"

„Meine Güte, Thomas! Es gibt Leute, die zehnmal mehr reingesteckt haben, und die sind nicht mal hier!"

„Egal, was du sagst, es ist unser gemeinsames Unternehmen. Wieso behandelst du mich dann, als wäre ich nur irgendein dahergelaufener Offizier?"

„Weil du nun einmal ein dahergelaufener Offizier bist. Nun sei nicht gleich beleidigt", fuhr er begütigend fort, als er sah, wie Doughty die Lippen zusammenkniff. „Wir sind jetzt hundertzweiundsechzig Mann. Ich bin der Oberbefehlshaber und Wynter ist mein Vize. Aber, Thomas, ich versichere dir, dass du durchaus eine Sonderstellung einnimmst, allein schon wegen unserer Freundschaft. Doch ich gebe dir den wirklich wohlgemeinten Rat: Strapazier es nicht." Wobei Drake offen liess, ob er damit Doughtys Sonderstellung oder ihre Freundschaft meinte.

Wortlos verliess Doughty Drakes Kabine.

Dienstag, 29. November 1580
Buckland Abbey
Devon

Raleigh wusste, dass er hier eigentlich nachhaken sollte. Aber ihn interessierte auf einmal etwas anderes.

„Vor Afrika habt Ihr einige spanische Schiffe aufgebracht.“ Es war mehr eine Feststellung als eine Frage, die Drake mit einem Nicken bestätigte, während er gelangweilt mit der Zunge in seinen Zähnen pulte.

„Wie hat sich die Mannschaft dabei verhalten? Ich meine, der unzufriedene Teil.“

„Oh, alle Seeleute und die meisten der Gentlemen waren mit Feuereifer bei der Sache, würde ich sagen.“ Drake grinste wölfisch, als habe er soeben die Grundzüge der menschlichen Spezies erklärt. Was vermutlich zutrifft, dachte Raleigh deprimiert.

„Und die Übrigen?“

„Nun, natürlich gab es welche, die sich nur widerwillig beteiligt haben. Und einige Wenige wollten mit der Sache nichts zu tun haben.“[28]

„Das muss schwierig gewesen sein“, meinte Raleigh. „Habt Ihr mit denen geredet?“

„Ja, natürlich. Ich habe ihnen gesagt, dass es mir für sie leidtäte, aber sie müssten einsehen, dass es mir weder möglich sei, ihretwegen umzukehren und nach England zurück zu segeln noch das gesamte Unternehmen abzubrechen. Dass sie, genau wie ich, der Krone verpflichtet seien, und dass ich von ihnen erwartete, dass sie ihre Pflicht erfüllten, selbst wenn es hiess, zu kämpfen.“

„Gab es Tote?“

„Weniger als möglich, mehr als nötig. Im Kampf gegen Spanier und Eingeborene fielen insgesamt acht Mann. Neunundzwanzig Mann rief Gott zu sich, als die *Marigold* verloren ging und einen Jungen, der in der Biscaya aus Moons Pinasse fiel. Aber ausser ihm verlor ich keinen einzigen durch Unfall und nur einen durch Krankheit, der vor dem Kap der Guten Hoffnung starb, als wir auf dem Weg nach Hause waren. Das, Mr. Raleigh, ist mein Verdienst, den ich mir hoch anrechne. Und Gott dem Herrn natürlich, der stets seine schützende Hand über uns gehalten hat.

Für die Toten, die Mr. Wynter auf seiner Heimreise zu beklagen hatte, muss er sich selbst verantworten."

Raleigh lächelte entschuldigend und sagte: „Ich meinte eigentlich: Gab es Tote unter den Spaniern und Portugiesen?"

„Nicht einen Einzigen. Weder vor Afrika noch vor Südamerika oder sonst wo. Als wir die *Nuestra Señora de la Concepcion* kaperten, wurde deren Kapitän durch einen unserer Pfeile verletzt; das war wohl ein bisschen schmerzhaft für ihn, aber er starb nicht daran. Im Übrigen gab es nur zwei Fälle von Gewalt gegen Spanier. Tom Moon schickte beim Entern eines Schiffes einen Spanier mit einem Faustschlag ins Gesicht zu Boden. Wie ich mich erinnere, rief er dabei: ‚Abajo, perro!', ‚nieder mit dir, du Hund!'. In astreinem Spanisch, wohlgemerkt. Erstaunlich für einen Schiffszimmermann, nicht? Aber natürlich war es nicht richtig, was er getan hat. Deshalb habe ich den Mann als Gast auf die *Golden Hinde* bringen und verarzten lassen. Ich bot ihm Sicherheit, bewirtete ihn an meiner Tafel und liess ihn erst gehen, als er vollständig erholt war."

Als Drake nichts weiter hinzufügte, fragte Raleigh: „Und der andere?"

Drake blies die Backen auf und liess die Luft zischend entweichen.

„Da gab's diese Prise die wir vor Ecuador gemacht hatten", begann er. „Und ihr Schiffsschreiber, ein Mischling namens Jacome, geriet in Verdacht, Gold versteckt zu haben. Damit er mir sagte, wo, liess ich ihn am Hals zur Grossrah hochziehen. Aber er sagte nichts. Da liess ich ihn ins Wasser fallen und von meinem Boot zu seinem Schiff bringen."

„Und er hat wirklich überlebt?" Raleigh blickte skeptisch.

„Ich denke doch. Als sie ihn aus dem Wasser gefischt haben, war er jedenfalls noch putzlebendig."

„Dennoch will es mir irgendwie nicht in den Kopf", sagte Raleigh mehr zu sich selbst, „dass ein Raubzug dieser Dimension stattgefunden haben soll, ohne dass es dabei Tote gab."

Drake verdrehte die Augen und erwiderte: „Letzten Monat gab es eine ausführliche Untersuchung deswegen, in der fast alle Männer der *Golden Hinde* dazu befragt wurden. Aber wenn Ihr es schon so genau wissen wollt, Mr. Raleigh, so waren die einzigen Opfer, die durch uns zu Tode kamen, der Eingeborene, den ich in Port St. Julian in Notwehr erschossen habe sowie etwa zwanzig Ureinwohner der Diebesinseln, auf die ich das Feuer eröffnen lassen musste, als sie uns mit ihren Einbäumen angriffen.

Und um die Buchhaltung abzuschliessen: Durch Eingeborene verlor ich sechs Mann, Oliver und Wynterhay in Port St. Julian sowie einen Dänen namens Great Nele, Thomas Flud, Thomas Brewer und Diego auf der Insel Mocha. Und die Spanier haben mich zwei Mann gekostet. Einen im Hafen von Lima. Wurde erschossen, als wir mit unserem Boot ein Wachboot verfolgten, das uns drohte auffliegen zu lassen. Der andere, ein Seemann namens Richard Minivy, fiel im Gefecht am Strand von Coquimbo. War schade um ihn, war'n guter Mann. Tja. Friede ihren Seelen."

Drake war an einen Punkt gekommen, an den Raleigh eigentlich gar nicht hinwollte. Er hatte gedacht, er könne mal eben so im Vorbeigehen hinter den Widerspruch in Drakes Gesinnung gegenüber den Spaniern schauen. Drakes persönliche Fehde gegen König Philip II. wurzelte in einem Hass, der so gar nicht zu seinem Verhalten gegenüber dessen Untertanen und Repräsentanten passen wollte. Raleigh wollte ihn irgendwie dazu bringen, etwas preiszugeben, das diesen Widerspruch erklärte. Denn vielleicht erklärte es auch, wie Drake seinen besten Kumpel hatte in den Tod schicken können.

Doch nachdem das Gedenken der Toten Drake augenscheinlich in melancholische Stimmung versetzt hatte, wusste Raleigh nicht recht, wie er ihn in die gewünschte Richtung schubsen sollte.

Gedenken der Toten?, purzelte es plötzlich durch Raleighs Kopf. Nein, viel eher der Gefallenen. Über jene, die das Meer geholt hatte, verlor Drake nicht viele Worte. Den acht Gefallenen standen immerhin dreissig Ertrunkene gegenüber. Drakes Schweigen darüber erzählte etwas über das Verhältnis des Seemanns zum Meer schlechthin, wie Raleigh vermutete. Wer zur See fuhr, nahm den nassen Tod in Kauf als vorstellbares Opfer an die Möglichkeit, auf demselben Wasser grösste Distanzen zurücklegen zu können. Ob als Grundlage für Entdeckung, Handel oder Krieg, für Fischfang oder Raubzug, der Seemann lebte von und mit der See, und da der Tod untrennbar mit dem Leben verbunden ist, lag die logische Konsequenz darin, dass er auch durch sie starb. Ein gewaltsamer Tod durch Menschenhand war aber auch auf See ein unnatürlicher Tod. Ein Grund, die Opfer zu zählen. Soviel zu Drakes Buchhaltung, dachte Raleigh.

„Der Tod des Seemanns Minivy scheint Euch besonders zu betrüben", sagte Raleigh sanft.

Drake hob die Schultern und seufzte: „Nun ja, Minivy war, wie gesagt, ein guter Seemann. Und sein Tod war scheusslich. Er gehörte zu einer Bootscrew, die in der Bucht von Coquimbo in Chile Frischwasser besorgen sollte. Während sie in einem nahen Bach die Fässer füllten, wurden sie von zwei Hundertschaften Kavallerie und nochmal so viel Indios angegriffen und mussten sich zu einem Felsen am Strand zurückziehen. Beim Versuch, den Rückzug unserer Leute zu decken, wurde Minivy von einem Spanier erschossen. Ein anderer schlug dem Toten den Kopf ab. Dann steckte er Minivys Haupt auf den Speer eines Indios, schwang sich damit wieder aufs Pferd und schüttelte die Trophäe unter Gebrüll in unsere Richtung. Neben dem Reiter fielen die Indios über Minivys Überreste her, hackten ihm den Brustkorb auf und rissen das Herz heraus. Unser Boot konnte die anderen Männer von dem Felsen bergen. Am nächsten Morgen ging ich an Land und liess beerdigen, was von Minivy übrig war. Wir nahmen, was wir an Frischwasser kriegen konnten und verschwanden, bevor uns ein Trupp Spanier erreichte, der mit einer weissen Fahne angeritten kam. So bald als möglich setzten wir Segel und gingen ankerauf."

Eine Episode, dachte Raleigh. Im Rückblick war jede Reise, selbst wenn sie um die ganze Welt führte, nichts als eine lose Kette einzelner Episoden. Der Diebstahl von Drakes Kappe – eine Episode. Der Tod von Winterhay und Oliver – eine Episode. Ebenso wie der Untergang der *Marigold*, die Verluste auf der Insel Mocha oder eben Minivys Schicksal – alles Episoden. Ereigniskapseln, die die Beteiligten nicht nur merkwürdig, sondern buchstäblich des Merkens würdig fanden. Splitter, die in Erinnerung blieben. Doch was erzählten sie über das Ganze?

Doughtys Hinrichtung. Nur eine Episode?

Immerhin erzählte die Episode um Minivys Tod einiges über Drakes Wesen. Und zwar durch das, was er getan hatte, und mehr noch durch das, was er nicht getan hatte. Drake war trotz des Risikos eines neuerlichen Angriffs persönlich an Land gegangen, um die sterblichen Überreste eines einfachen Matrosen in einem christlichen Begräbnis beizusetzen. Raleigh kannte einige Befehlshaber, die den Leichnam einfach liegen gelassen hätten. Die meisten allerdings hätten wohl ein paar Leute an Land geschickt, um das traurige Geschäft zu erledigen. Aber selbst zu gehen, das war ein starkes Zeichen, und Raleigh wunderte sich nicht mehr über Prettys Hingabe diesem Mann gegenüber.

Noch entscheidender aber war, was Drake *nicht* getan hatte.

„Die spanische Abordnung wollte verhandeln", brach Raleigh das Schweigen. „Warum seid Ihr nicht darauf eingegangen?"

„Mir war nicht daran gelegen, mich mit ihnen zu unterhalten", sagte Drake bissig. Und als Raleigh nichts dazu sagte, fügte er hinzu: „Was glaubt Ihr, weshalb sie mit uns reden wollten? Um sich für Minivys Tod und Verstümmelung zu entschuldigen? Nein, sie wollten irgendwas, und was immer es war, ich war nicht bereit, es ihnen zu geben."

„Ihr hattet zwei Schiffe, und mindestens die *Golden Hinde* verfügte über ausreichend Geschütze, um Coquimbo in Schutt und Asche zu legen."

Drake schüttelte grinsend den Kopf und sagte: „Sie werden lachen, aber in der Bucht von Coquimbo waren auf der *Hinde* nur die beiden Falconette auf dem Quarterdeck und die beiden Drehbassen einsatzbereit. Nicht gerade die Artillerie, um eine Ortschaft dem Erdboden gleich zu machen. Alle anderen Geschütze lagen noch verstaut im Laderaum. Erst ein paar Tage später, als wir eine Bucht nördlich von Coquimbo erreicht hatten, liess ich die volle Bewaffnung installieren." Und mit einem neugierigen Blick auf Raleigh fügte er hinzu: „Aber selbst wenn ich in der Lage gewesen wäre, Coquimbo in Schutt und Asche zu legen, wie Ihr es nennt – hätte ich das tun sollen?"

„Jeder andere hätte es getan."

„Dann wäre jeder andere ein Dummkopf gewesen, Sir."

Raleigh verstand, was Drake damit sagen wollte.

„Gewiss", sagte er, „denn es hätte Minivy nicht wieder lebendig gemacht, und die Munition war begrenzt und kostbar." Und als er Drakes schiefes Lächeln sah, fügte er listig hinzu: „Es hätte Tote unter der Bevölkerung gegeben. Und das wolltet Ihr nicht, richtig?"

Drake warf den Kopf zurück, sagte aber nichts.

Raleigh fuhr fort: „Ihr seid die gesamte Pazifikküste Südamerikas hoch gesegelt und habt dabei geräubert wie der Fuchs im Hühnerstall, wart aber peinlich darauf bedacht, dass ja kein Spanier an Leib und Leben zu Schaden kam. Schonendes Plündern, sozusagen, nicht wahr?"

„Könnte man sagen, ja."

„Erklärt es mir, Sir."

Drake grinste zynisch und sagte mit einem unehrlichen Schulterzucken: „Menschlichkeit, vielleicht?"

Raleighs Hände spielten mit der Feder, während er Drake aus zusammengekniffenen Augen ansah. Langsam sagte er: „Das, Sir, glaube ich eher weniger."

Drake blinzelte ihm zu und nickte anerkennend.

„Ihr habt Recht, Mr. Raleigh. Nun, es gab keinen einzigen Grund, auch nur einen Spanier zu töten, aber ein Dutzend Gründe, es zu vermeiden. Tatsächlich war Menschlichkeit durchaus einer davon."

„Und die anderen?"

„Zum einen war da England. Was ich tat, tat ich mit Billigung, ja auf Geheiss meiner Königin, und der König von Spanien ist darüber sicher nicht begeistert. Einen Krieg wird er deswegen jedoch kaum vom Zaun brechen. Aber stellt euch vor, wenn es unter den Spaniern Tote gegeben hätte! Es hätte den spanischen Botschafter veranlasst, an die Decke zu springen, bei Hof vor unserer Königin laut „Protest! Protest!" zu rufen und seinem Monarchen vorzuschlagen, die Dinge mit einer Invasion in England wieder ins Lot zu bringen, falls der nicht schon selbst darauf gekommen wäre. Im Mindesten aber hätte es mich selbst in Gefahr gebracht. Ihrer Majestät wäre es kaum mehr möglich, mich zu schützen. Sie wäre gezwungen, mich an Spanien auszuliefern oder mir selbst den Prozess zu machen, um Philipp milde zu stimmen."

War Drake ein ausgekochtes Schlitzohr, fragte sich Raleigh, oder einfach ein Angsthase, der für seine Sicherheit und sein Wohlergehen zu übertriebener Vorsicht neigte?

„Ein weiterer Grund", redete Drake weiter, „war mein Ruf."

„Als was wolltet Ihr denn gelten? Als Robin Hood der Meere?", fragte Raleigh bissig und erhielt dafür ein mitleidiges Lächeln.

„Ich weiss nicht, wie Robin Hood seine Opfer behandelt hat", erwiderte Drake maliziös, „aber ich denke, nicht so anständig wie ich die meinen."

„Jacome zu foltern war aber nicht besonders anständig."

„Aber nötig."

„Um ein bisschen Beute wegen?"

Drake seufzte, als wäre Raleigh schwer von Begriff. „Man kann nicht nur immer nett sein mit seinen Gefangenen. Man muss auch zeigen, dass man es ernst meint. So etwas spricht sich herum, wisst Ihr. Und das wiederum führt dazu, dass sich jeder Kapitän zweimal überlegt, ob er mir Widerstand leisten und sein Leben und das seiner Leute für ein paar Kisten Gold gefährden will, oder ob es vielleicht nicht doch vernünftiger wäre, einfach die Flagge zu streichen und die Sache, so gut es eben geht, hinter sich zu bringen. Die meisten haben sich für Letzteres entschieden, und ich bin ihnen ausserordentlich dankbar dafür, denn es bedeutet minimale Gefährdung für mich und meine Männer. Und ich spare erst noch Munition dabei."

Raleigh entschied sich für das ausgekochte Schlitzohr, behielt aber den Angsthasen in mentaler Griffnähe.

Mit ernster Miene setzte Drake hinzu: „Und ein überaus wichtiger Grund war natürlich Oxenham."

„Oxenham? Der Oxenham, der mit Euch auf dem Isthmus von Panama war?"

„Eben der, Mr. Raleigh. Der verrückte Hund, der verfluchte Tausendsassa John Oxenham."

Wie Drake es sagte, klang es überaus bedrückt, aber voller Achtung und Zuneigung. Raleigh beobachtete, wie sich Drake auf die Lippen biss, um sie am Zittern zu hindern, was ihm aber nicht gelang. Und seine Augen schimmerten feucht.

„Was ist mit ihm?", erkundigte sich Raleigh. Er fühlte, dass hier etwas nicht in Ordnung war.

„Er…" Drake brach ab und räusperte sich, bevor er von neuem ansetzte: „Nun, während ich noch damit beschäftigt war, meine Pläne für die Fahrt in die Südsee der Königin vorzulegen, war er bereits dorthin unterwegs. Nicht durch die Magellanstrasse wie ich, sondern über die Landenge von Panama. Er scheint dort mit Hilfe der Cimarrones ein Boot gebaut zu haben, mit dem er sogar Beute machte. Zwei Schiffe soll er damit genommen haben. Aber was ihm fehlte, war Glück. Die Spanier haben ihn geschnappt, und als ich selbst in der Südsee war, befanden sich er und seine letzten Getreuen im Gewahrsam des spanischen Vizekönigs von Peru in Lima. Ihr könnt mir glauben, dass ich alles in meiner Macht stehende versucht habe, ihn dort rauszuhauen."

„Wie das?", fragte Raleigh verwundert. „Etwa mit Waffengewalt?"

Irgendwie wäre das ein Widerspruch zu Drakes Keine-tote-Spanier-Doktrin gewesen. Tatsächlich schüttelte Drake den Kopf und sagte:

„Selbst wenn ich das gewollt hätte, es wäre nicht möglich gewesen. Vom Hafen bis zur Stadt war es fast eine Meile, die wir uns Yard für Yard hätten vorkämpfen müssen. Der Blutzoll wäre horrend gewesen. Wir wussten auch nicht, wo genau Oxenham und seine Leute festgehalten wurden. Bis wir uns zu ihnen durchgekämpft hätten, wären sie wahrscheinlich von den Spaniern umgebracht worden."

Ausflüchte? Also doch Hasenfuss? Drake schien Raleighs Gedanken zu lesen. „Ich bin gewiss kein Feigling, Mr. Raleigh, aber ich kann rechnen und kenne den Unterschied zwischen einer aussichtsreichen Aktion und einem hoffnungslosen Himmelfahrtskommando. Ausserdem glaubte ich, andere Möglichkeiten zu haben."

Er erhob sich und trat zum Kamin, um Holz nachzulegen. Mit einer Hand stützte er sich am Kaminsims ab, beobachtete die aufzüngelnden Flämmchen und sagte: „Mein letzter Versuch war dann über San Juan de Anton."

Freitag, 6. März 1579
an Bord der Golden Hinde
vor der Küste des Vizekönigreichs Peru
3°07'16"N 80°54'55"W

Auf der Poop stimmte ein Blechbläser-Trio eine getragene Pavane an, dezent genug, dass eine Unterhaltung auf dem Quarterdeck darunter mühelos möglich war. Dort hatte man einen Tisch aufgestellt und mit silbernen Tellern, Schüsseln, Kannen, Bechern und Besteck auf weissem Linnen gedeckt. Drake reichte de Anton auf dem Ehrenplatz zu seiner Rechten ein Stück frisch gebackenes Brot, während ein schwarzer Junge Eintopf aus einer Schüssel vorlegte. Gepökeltes Schweinefleisch mit Bohnen, Karotten und Zwiebeln in Rotwein. Drake wedelte sich den Dampf in die Nase und fand, dass der Koch hervorragende Arbeit geleistet hatte, wenn das Essen so gut schmeckte wie es roch und aussah.

„Kein Fisch?", erkundigte sich de Anton in nahezu akzentfreiem Englisch.[29]

„Hm? – Nein, kein Fisch. Wieso?"

„Es ist Freitag. Und dazu noch Fastenzeit, Sir."

„Oh. Tja, ich bedaure", gab Drake gut gelaunt zurück. „Aber Ihr befindet Euch an Bord eines protestantischen Schiffes mit einer protestantischen Crew und entsprechend protestantischen Gebräuchen, fürchte ich. Freitags Fisch zu essen gehört nicht dazu, und mit dem Fasten nehmen wir's auch nicht so genau. Das Fleisch stammt übrigens aus Euren Beständen, ist also nicht vergiftet oder so was. Esst es, oder bleibt meinetwegen hungrig, falls Ihr dazu einen päpstlichen Dispens benötigt."

De Anton hatte die Ellbogen auf den Tisch gestützt und die Hände über dem Teller gefaltet. Nachdenklich sah er Drake an und meinte dann nur leise: „M-hm." Weiter äusserte er sich nicht dazu, wofür ihm Drake dankbar war. In den paar Tagen, da de Anton nun sein Gefangener war, hatten sich die beiden Männer schätzen gelernt. Drake empfand Achtung vor de Anton für den Mut, mit dem er ihm am Anfang Widerstand zu leisten versucht hatte, und mehr noch für die Würde, mit der er den Verlust seiner Ladung hinnahm. Auch wenn das Wenigste davon ihm selbst gehörte, würde doch sein Ruf als zuverlässiger Schiffer gehörig in Mitleidenschaft gezogen werden. An Drake wiederum schätzte de Anton den Anstand, mit dem er ihn und seine Leute behandelte, seine Freundlichkeit und Offenheit. Wären sie sich unter anderen Umständen begegnet, wären sie vielleicht Freunde geworden.

Drakes Freundlichkeit und gute Laune hatten natürlich einen Grund. Die Beute.

Achtzig Pfund Goldbarren, dreizehn Kisten voll silberner Achterstücke, Schatullen mit Perlen und Juwelen. Und Silberbarren. Unglaublich viele Silberbarren. Insgesamt sechsundzwanzig Tonnen von dem Zeug! Das Umladen auf die *Golden Hinde* hatte Tage gedauert.

„Señor de Lizarza", richtete Drake das Wort an de Antons Schreiber, einen schmalbrüstigen jungen Mann, der mit seiner Gabel verzweifelt versuchte, die Bohnen und Möhrenstücke zwischen dem Fleisch auf seinem Teller herauszupicken. Ein aufgespiesstes Böhnchen auf halbem Weg zum Mund, sah de Lizarza erschrocken auf.

„Señor de Lizarza, wieviel, sagtet Ihr, von der Ladung gehört dem König?", erkundigte sich Drake in holprigem Spanisch.

De Lizarza senkte die Gabel wieder und sagte leise: „Von den dreihundertsechzigtausend registrierten Silbers und Goldes hundertsechstausend Pesos. Der Rest gehört Privatpersonen."

Da gerade niemand auf ihn achtete, stiess de Anton seine Gabel in ein Stück Schweinefleisch und beförderte es schnell zum Mund. Überrascht hoben sich seine Augenbrauen, als er kaute. Gepökeltes Schwein war nun beileibe keine Delikatesse, aber der Koch hatte hier das Beste daraus gemacht, wie de Anton anerkennen musste. Stumm bat er seinen Gott um Vergebung und verschlang ein weiteres Stück, während sein Schreiber all seinen Mut zusammennahm und Drake direkt fragte: „Wann werdet Ihr uns gehen lassen, Señor?"

„Morgen. Mein Wort drauf." Drake tunkte ein Stück Brot in die Sauce, verschlang es und spülte mit Rotwein nach. Dann nahm er den Faden wieder auf, wo ihn de Lizarza mit seiner Frage abgerissen hatte.

„Hundertsechstausend gehören also dem König. Das freut mich zu hören. Und unter den Besitzern des Übrigen, ist da auch der Vizekönig von Mexico?"

„Don Martin Enriquez de Almansa?", fragte de Anton nach.

„Eben dieser."

„Wieso ist das wichtig?“

Drake antwortete mit einer Gegenfrage: „Seht ihr den Mann dort neben der Drehbasse?“

„Was ist mit ihm?“

„Sein Name ist William Hawkins. Ich kenne seinen Onkel gut. John Hawkins. Schon mal von dem gehört?“

„Wer hätte das nicht?“

„War mit ihm anno achtundsechzig vor San Juan de Ulua. Ich nehme an, das sagt Euch was.“

Drakes Freundlichkeit und gute Laune waren auf einmal wie weggewischt. Sein grimmiger Blick und der unerwartete Verlauf des Gesprächs liessen de Anton kurz zögern.

„Dort fand ein Gefecht statt, soviel ich weiss, Sir.“

„Dort, mein lieber Mr. de Anton, brach der Vizekönig von Mexico sein Wort, das er John Hawkins gegeben hatte! Dort, Mr. de Anton, missachtete Don Martin Enriquez die Sicherheitsgarantie des Königs von Spanien! Ich war dabei und verlor siebentausend Pesos! Und es war kein Gefecht, Mr. De Anton. Es war ein Hinterhalt! Es war ein Massaker, bei dem dreihundert Engländer getötet wurden!“

Krachend fuhr Drakes Faust auf den Tisch nieder, dass Teller, Becher und Schüsseln nur so hüpften. Alle zogen den Kopf ein und warteten auf ein Abflauen des Gewitters. Mit loderndem Blick sah Drake seine Gäste einen nach dem anderen an. Dann schlug er die Augen nieder und wischte ein paar Krümel von der Tischdecke, als wäre nichts gewesen. In deutlich ruhigerem Ton, aber mit einem bösen Lächeln, sagte er: „Seit zehn Jahren wirkt König Philip sozusagen als mein Schatzmeister, soweit es das Vermögen betrifft, dass ich in San Juan de Ulua verloren habe. Aus diesem Grund ist es mir ein Anliegen, mich bei ihm dafür zu revanchieren und mich jetzt als Hüter des Schatzes seiner Majestät zu betätigen. Deshalb fällt das Silber, das ich dem König weggenommen habe, mir zu; das Silber, das den Privatleuten gehört hat, ist für meine Königin.“

Ein peinliches Schweigen schloss sich an, das Drake sichtlich genoss. De Anton räusperte sich zwar, sagte aber dann doch nichts. De Lizarza balancierte mit konzentrierter Miene Böhnchen auf seiner Gabel. Und auch die übrigen Tischgenossen starrten betreten auf ihre Teller.

Drake trank einen Schluck Wein, schmatzte vor Wonne und stellte den Kelch wieder hin.

„Wahrscheinlich denkt Ihr nun", fuhr er in seinem Monolog fort, „ich hätte mich zum Feind aller spanischer Vizekönige erklärt. Das stimmt nicht. Der Vizekönig von Peru und all seine Untertanen kümmern mich nicht. Aber was ihn betrifft, habe ich ein Anliegen an Euch, Mr. De Anton."

„Ja?"

„Ich weiss sehr wohl, dass in Panama etliche Engländer gehängt wurden. Und ich weiss auch, dass sich die letzten vier Überlebenden dieser Mannschaft in Lima im Gewahrsam des Vizekönigs befinden. Ich weiss ebenso wohl, dass der Vizekönig nach Euch schicken wird, um von Euch Informationen über mich zu erlangen. Sagt ihm dann, dass er genug Engländer getötet hat, und dass er die vier, die übrig sind, nicht auch noch töten soll. Ich möchte Euch zudem einen Brief an den Vizekönig mitgeben, in dem ich ihn bitte, die Leben dieser vier Gefangenen zu verschonen."

„Ich will es gerne versuchen, Sir."

„Falls sie aber doch hingerichtet werden, dann, schwöre ich, wird es ihn zweitausend Köpfe und mehr kosten, und zwar nicht von Leuten irgendwo in Spanien, sondern von seinen eigenen Leuten aus der Gegend hier. Diese werden in seiner Gegenwart gehängt werden, damit er sich selbst davon überzeugen kann, und ihm werden ihre Köpfe geschickt und ihre Leiber in das Hafenbecken von Callao geworfen werden! Und glaubt mir, wenn ich England lebend erreiche, dann wird es dort keinen geben, der mich daran hindern wollte, diese Drohung wahrzumachen."

Drake hatte sich wieder ins Feuer geredet. Begütigend legte ihm de Anton die Hand auf den Arm.

„Mr. Drake, da die Engländer bis heute noch nicht hingerichtet worden sind, wird es der Vizekönig kaum noch tun."

„Was, denkt Ihr, hat er mit ihnen vor?"

„Wahrscheinlich werden sie nach Chile geschickt, um in irgendeiner Garnison als Soldaten zu dienen. Viele sind dort stationiert, um gegen die Indios zu kämpfen."

Drake legte seine Linke auf de Antons Hand, die immer noch auf seinem Arm ruhte.

„Das freut mich zu hören. Das freut mich sogar ausserordentlich."

De Antons tröstliche Worte hatten die Stimmung fühlbar friedlicher werden lassen. Und sein Schreiber setzte noch einen drauf. Mit unschuldigem Augenaufschlag erkundigte er sich nach dem Namen von Drakes Schiff.

„Als wir Plymouth verliessen", antwortete Drake, „hiess sie noch *Pelican*. Aber kurz bevor wir durch die Strasse segelten, taufte ich sie um in *Golden Hinde*." Er erwartete, dass de Lizarza nun nach der Bedeutung des Namens fragen würde, aber der junge Mann überraschte ihn.

„Dann muss ich Euch mitteilen, Capitan, dass ich sie hier und jetzt ein weiteres Mal umtaufe. Ich werde sie fortan Çacafuego[30] nennen. Und unsere alte *Nuestra Señora* dort drüben darf ab heute getrost Çacaplata genannt werden!"

Alle, die es verstanden hatten, brachen in schallendes Gelächter aus.

Dienstag, 29. November 1580
Buckland Abbey
Devon

„Ich habe seither nichts mehr von Oxenham und seinen Leuten[31] gehört", sagte Drake und stiess sich vom Kaminsims ab. Raleigh sah zu, wie er zu seinem Stuhl zurückkehrte und sich mit einem Seufzer setzte. Drakes Kummer war echt, keine Frage. Der Mann wirkte auf einmal regelrecht erschöpft.

In Raleigh standen die Fragen Schlange. Doch bevor er sie stellen konnte, musste Drake erst aus seiner niedergeschlagenen Stimmung kommen. Raleigh brauchte Zeit.

„Ein Glas Wein?", fragte er.

„Nein Danke", sagte Drake matt. „Aber ein Glas frische Milch wäre nicht schlecht."

Raleigh bat Drake zu warten und verliess die Kammer. Auf dem Weg zur Küche überkam ihn ein Anflug von Ärger, weil er es zugelassen hatte, dass ihr Gespräch sie an diesen Punkt geführt hatte. Das alles hatte ja nichts mit Thomas Doughty zu tun. Oder war es ein listiger Schachzug Drakes, ihn genau von der Affäre um Doughtys Tod abzulenken? Nein, dazu hätte Drake ihm hier etwas vorspielen müssen, und daran glaubte Raleigh keine Sekunde. Vielmehr war Drake einfach nur mit sich selbst beschäftigt. Natürlich gingen ihm die Schicksale all der Minivys und Oxenhams nahe. Natürlich war er stolz auf die glückhafte Eroberung von de Antons Schiff. Doch ob bewusst oder unbewusst, Drake nutzte die Gelegenheit, sich als ritterlichen Gutmenschen darzustellen. Treu seinen Freunden und grossmütig seinen Feinden gegenüber. Letztlich drehte sich alles um ihn selbst.

Erstaunt über die Gehässigkeit seiner Gedanken, fragte sich Raleigh, wieso er Drake seine Ichbezogenheit vorwarf. Wir alle, dachte er, legen Wert auf das Bild, das wir vor anderen abgeben. Und auch vor uns selbst. Da konnte er getrost an die eigene Nase fassen. Wir alle wollen so und so gesehen werden und sehen uns selbst so. Aber wer sind wir wirklich?

Wer war Drake wirklich?

Und nein, es stimmte nicht, dass er gegenüber seinen Feinden grossmütig war. Denn de Anton und all die anderen, die er ausgeraubt hatte, waren für Drake keine Feinde. Die Vizekönige von Peru und Mexiko waren seine Feinde, und denen gegenüber zeigte sich Drake alles andere als grossmütig. Und was die Treue zu seinen Freunden anging, würde Doughty noch leben, wenn es sie gäbe.

In der Küche traf Raleigh auf Annie und Molly. Annies Hände steckten in einer grossen Schüssel und kneteten eine Masse aus Hackfleisch, Zwiebeln und Kräutern zu einer Farce, mit der irgendetwas Leckeres gefüllt werden würde, während Molly den Backofen mit Brennholz beschickte. Sie lächelte, als sie Raleigh sah.

„Wie läuft es?" Und nach einem schnellen Seitenblick zu ihrer Mutter fügte sie hinzu: „Sir?"

„Anstrengend", gestand Raleigh und gähnte ausgiebig. Wenn jemand verstand, was genau er damit meinte, dann war es Molly. Sie richtete ihre Aufmerksamkeit wieder auf den Ofen, aber ihr Lächeln bekam etwas hintergründig Versonnenes.

Annie hielt mit Kneten inne und wischte sich mit dem Handgelenk über die Stirn.

„Na? Wie ist er denn so?", wollte sie wissen.

„Er möchte frische Milch."

Molly klopfte sich den Holzstaub aus der Schürze. „Ich bringe gleich welche nach oben, Sir."

„Nicht nötig, Molly. Füll mir nur einen Krug, dann bringe ich sie selbst hoch."

In Mollys Blick lag Herausforderung. Oder war es Ärger? Klar, sie wollte das Monster aus der Nähe sehen. Doch Drake war in der Kammer oben eingekapselt in die Geschichte seiner Weltumsegelung, und Raleigh wollte nicht, dass ihn etwas herausriss. Er legte den Kopf schief und all seinen Charme in sein Lächeln.

„Bitte."

Sie knickste spöttisch und machte sich daran, Milch aus einem Eimer in einen Krug umzufüllen.

„Ich nehme an, er versucht sich herauszureden?"

„Er tut sein Bestes."

Annie seufzte und sagte tadelnd: „Molly, der Mann ist immerhin ein Held!"

„Ach!"

Raleigh warf Annie und Molly mit beiden Händen eine Kusshand zu, griff nach dem Krug und verbeugte sich. „Die Damen."

Unter Annies Kichern verliess er die Küche und schnappte sich im Hinausgehen noch zwei Becher vom Bord.

Auf der Treppe verschwand sein Lächeln.

Molly hatte Recht, fand er. Drake versuchte sich herauszureden. Und das gelang ihm gar nicht schlecht. Er verstand es, alles so darzustellen, dass er in strahlendem Licht dastand; unorthodox, ja, aber gerade dadurch genial und makellos. Alles, was seine niederen Instinkte offenbaren könnte, perlte an ihm ab wie Regen an einem Harnisch. Raleighs Gedanken kehrten zu dem Tischgespräch auf der *Golden Hinde* mit de Anton zurück, und plötzlich glaubte er eine Schwachstelle Drakes entdeckt zu haben. Jedenfalls wusste er, wo er eine Bresche schlagen wollte.

Er traf Drake in der Kammer an, wie er ihn zurückgelassen hatte. Mit Schwung setzte er die mitgebrachten Becher zu den Papieren auf den Tisch, schenkte in beide Milch ein und stellte den Krug auf den Boden. Sein neu entfachter Elan riss ihn förmlich um die Tischecke und auf seinen Stuhl. Er wunderte sich selbst darüber, wie der kurze Spaziergang hinunter in die Küche und zurück seine müden Geister wiederbelebt hatte. Mit undurchdringlichem Gesicht legte er beide Hände flach auf den Tisch und sagte nur: „Don Martin Enriquez de Almansa."

Augenblicklich verdüsterte sich Drakes Miene, und sein Blick wurde hart. Doch er schwieg. Und auch Raleigh sagte nichts weiter, und sah Drake nur an, der fiebrig zurück starrte, als wolle er ihm jeden Moment an die Kehle springen. Die Spannung im Raum war beinahe mit Fingern zu greifen. Es kostete Raleigh einiges, diese Spannung nicht durch ein Wort oder eine Geste zu zerstören, und er sah, dass auch Drake mit sich kämpfte, die Fasson zu bewahren.

Schliesslich schluckte Drake und presste mit belegter Stimme hervor: „Was ist mit ihm?"

„Sagt Ihr es mir."

Drake griff nach seinem Becher und trank einen Schluck Milch, bevor er antwortete.

„Er ist der Vizekönig von Mexiko." Krampfhaft ausdruckslose Stimme. Schulterzucken. Und ein weisser Milchrand am Schnurrbart, was reichlich albern aussah und keineswegs dem kritischen Moment entsprach, wie Raleigh fand. Deshalb trank auch er einen Schluck, leckte sich aber gleich den Schnurrbart sauber, was Drake veranlasste, den seinen mit dem Handrücken zu säubern. Ein feines Lächeln zuckte auf, mit dem er der Absurdität des Augenblicks Rechnung zollte. Raleigh erwiderte es, und die Temperatur zwischen ihnen stieg wieder um ein halbes Grad.

„Ihr mögt den Mann nicht", konstatierte Raleigh.

„Ich habe keinen Grund dazu."

„Was ist in San Juan de Ulua passiert, Mr. Drake?"

San Juan de Ulua war Raleigh durchaus ein Begriff. Hawkins' bittere Niederlage vor zwölf Jahren im Hafen von Veracruz hatte für viel Aufsehen gesorgt.

„Ihr seid wirklich ein harter Brocken, Mr. Raleigh."

„Nun?"

„John Hawkins witterte das grosse Geschäft. Mit einer Flotte von sechs Schiffen lief er von Plymouth aus. Sein Flaggschiff war die alte *Jesus von Lübeck*, eine viermastige Karacke, die die Hansestadt Lübeck seinerzeit an König Heinrich verkauft hatte. Ein gewaltiger Kasten von fünfhundert Tonnen, alt und schlecht zu segeln. Na ja. Mir übertrug Hawkins das Kommando über die *Judith*, eine Fünfzig-Tonnen-Bark. Ich war damals Mitte zwanzig." Drake brach ab und fuhr sich mit der Hand über Mund und Bart. Raleigh schwieg und wartete.

„Wir…" Drake musste sich räuspern und neu ansetzen. „Wir kamen mit vier- bis fünfhundert schwarzen Gefangenen aus Guinea in westindischen Gewässern an, um sie als Sklaven an die Spanier zu verkaufen. Es versprach, ein lukratives Geschäft zu werden. Hawkins hatte solche Fahrten schon zweimal gemacht, von der letzten hatte er sogar Vorbestellungen in der Tasche. Aber als wir dann dort waren, stellte sich heraus, dass es nicht so leicht war, wie wir gedacht hatten. Die Handelssperre, die König Philip über uns – und damit meine ich England – verhängt hatte, begann zu greifen. Ende Juli hatten wir dennoch den allergrössten Teil unserer Waren – Sklaven und auch andere Güter – losgeschlagen und machten uns auf den Rückweg. In der Florida-Strasse gerieten wir in einen äusserst heftigen Sturm, der uns acht Tage lang schwer zusetzte. Nirgends ein Hafen oder auch nur eine geschützte Bucht, in der wir Unterschlupf finden konnten; wir mussten das Wetter so gut es ging abreiten. Die *Jesus* traf es besonders hart. Die Zimmerleute waren pausenlos im Einsatz, um die zahlreichen

Lecks abzudichten. In der Bilge tummelten sich hereingespülte Fische, und die Pumpen kamen kaum mehr mit. Der Kasten war so instabil geworden, dass Hawkins einen Teil der Aufbauten abreissen lassen musste, und das bei Sturm und schwerer See. Als der Sturm nach einer Woche nachliess war klar, dass eine Atlantiküberquerung nicht zu schaffen war."

Raleigh hörte zwar aufmerksam zu, fand aber langsam, dass Drake doch ein bisschen gar weit ausholte. Andererseits mochte er ihn nicht unterbrechen und auffordern, endlich zur Sache zu kommen. Drakes Ernsthaftigkeit und Konzentration auf seinen Bericht liessen das nicht zu.

Mit kaltem Blick und leiser Stimme fuhr Drake fort: „Der nächste geeignete Hafen, wo wir unsere Schiffe überholen und instand setzen sowie dringend benötigte Vorräte besorgen konnten, war Veracruz. An der Küste Mexikos, über fünfhundert Seemeilen entfernt. Es waren qualvolle fünfhundert Meilen. Und wir gelangten auch nur in den Hafen, weil man uns dort für die spanische Flotte hielt, die alle halbe Jahre nach Westindien fährt, um Gold, Silber und Güter fürs Mutterland Spanien zu holen. San Juan de Ulua ist eine ockergraue, steinige Insel, deren Ausdehnung in alle Richtungen kaum mehr als zweihundertfünfzig Yards beträgt. Die vier Kabellängen bis zum Festland bilden die miserabelste Reede, die man sich denken kann, besonders bei Nordwind, wie er da gerade wehte. Drum taten wir es den meisten Schiffen gleich, die da waren, und vermurten die unseren dicht an dicht und Bug voran an der Südwestflanke der Insel, die Heckanker im Wasser, die Buganker auf dem flachen Land. Die Ränder der Insel fielen fast senkrecht zum Meeresgrund ab. Selbst grossen Schiffen war es möglich, so nah heranzukommen, dass ihre Vorsteven beinahe die Uferkante berührten.

Zu unserer Sicherheit besetzten wir die Insel und bauten die Geschützstellungen aus. Dann kam die Spanische Flota bestehend aus dreizehn Schiffen, darunter zwei Kriegsschiffe. Dass sie ausgerechnet auch noch den neuen Vizekönig an Bord hatten, war einfach Pech. In mühsamen Verhandlungen erreichten wir einen Nichtangriffspakt mit Brief und Siegel und allem. Nachdem wir alle Garantien hatten, liessen wir sie einlaufen und neben unseren Schiffen an der Insel vermuren. Mit wenig Abstand zu unserer *Minion* machte eine gewaltige Nao fest. Etwa zwei Tage lang geschah gar nichts. In der Nacht zum dritten hörten wir seltsame Geräusche aus der Nao. Und am Vormittag fielen sie dann über uns her.

Freitag, 24. September 1568
San Juan de Ulua
Mexico

Als der Ärger losging, war Drake noch auf dem englischen Flaggschiff *Jesus*. Er sah noch, wie Hawkins den umstehenden Männern winkte, ihm zu folgen, auf die *Minion* übersetzte und in deren Vorkastell verschwand. Dann machte er selbst rechtsum kehrt und eilte zum Steuerbordschanzkleid der *Jesus*, um auf die *Grace of God* überzusetzen. In diesem Moment hörte er Hawkins Stimme in miserablem Spanisch etwas rufen und schwach noch die Antwort in reinstem Kastillisch. Und dann war er schon auf der *Swallow*. Er umrundete das Boot, das auf der Kuhlgräting in seinen Klampen ruhte, und sprang auf die winzige *Angel* hinüber, die ihn noch von seiner *Judith* trennte, gerade als er einen Musketenschuss hörte, gefolgt von einem Trompetensignal. Und ab da war der Tag im Eimer.

Was Drake nur noch in Ansätzen mitbekommen hatte, war Folgendes: Hawkins war aufs Vorkastell der *Minion* gestürmt. Sofort sah er die Spanier an Land, die an den Trossen der Nao hantierten, ganz offensichtlich, um sie längsseits an die *Minion* zu verholen. Und gleich darauf sah er eine Gestalt im Bug der Nao, die ihm von seinen Besuchen beim Vizekönig bekannt war: Vizeadmiral Juan de Ubilla. Und er war in vollem Harnisch.

Ohne seinen Master Robert Barrett, von dem Hawkins richtigerweise annahm, dass er vom Vizekönig gefangengesetzt worden war, musste er auf seine eigenen bescheidenen Spanischkenntnisse zurückgreifen.

„Du nicht verhalten wie Gentleman!“, schleuderte er Ubilla entgegen. „Du machen Betrug!“

Ubilla, ganz der spanische Hidalgo, richtete sich zu seiner vollen Grösse auf und rief zurück: „Ich folge meiner Berufung als Kapitän und Kämpfer!“

Hawkins verstand nicht alles, aber genug. „Du haben ganz recht!“, rief er, hob die Armbrust und schoss. Der Schuss ging fehl und gab dadurch Ubllia Gelegenheit, ein blütenweisses Taschentuch zu schwenken – das verabredete Signal. Es knallte, und neben ihm sank ein Spanier von einer englischen Musketenkugel getroffen nieder. Auf dem spanischen Flaggschiff musste jemand mit Sperberaugen auf das Flattern von Ubillas Rotzfahne gewartet haben, denn kaum einen Lidschlag später schmetterte die Trompete ihr Signal zum Angriff.

Und die Höllenschlünde öffneten sich.

Zuviel geschah gleichzeitig.

Vom Festland legten zahlreiche Boote ab und hielten auf die Insel zu, voll besetzt mit spanischen Soldaten.

Hunderte Spanier stürmten von den vermurten Schiffen an Land und fielen brüllend über die fünfzig Engländer her, welche die Insel besetzten. Ein Geschütz aus einer der Inselbatterien feuerte, doch niemand ausser dem Schützen wusste, auf welches Ziel. Auf die spanischen Schiffe? Auf den heranstürmenden Feind? Ein zweites Geschütz wummerte, Musketen knallten, Pistolen belferten, und im Nu verschwand die Insel hinter Schwaden von Pulverdampf. Rufen, Schreien, rennende Schemen, stolpernde Gestalten und die wüsten Geräusche des Nahkampfs, als es bei den Batterien zum Handgemenge kam.

Währenddessen quollen aus dem Hauptluk der Nao ein ums andere Dutzend spanischer Soldaten und sprangen über den schmaler werdenden Streifen Wasser auf die *Minion* hinüber wie die Lemminge. Nur wenige Engländer waren da, um sie aufzuhalten. Captain Hampton hatte beim ersten Anzeichen von Verrat Befehl erteilt, die Bugankertrossen zu kappen und das Spill zu besetzen, um die Karacke am Heckanker aus der Gefahrenzone zu warpen. Und etliche der Minioners waren den Batterien an Land zugeteilt. Es blieben nicht viele, die sich den Spaniern entgegenstellten. Hawkins zog sein Rapier und rief Leute von der *Jesus* zur Unterstützung herbei. Dann fügte er noch etwas Heroisches hinzu, im Sinne von: Gott und Sankt Georg! Auf diese verräterischen Schufte! Rettet die *Minion*! Ich vertraue auf Gott, dass der Tag unser sein wird! Es nützte. In Scharen kamen sie von der *Jesus* herabgesprungen und warfen sich auf die Enterer mit Äxten, Piken, Entermessern, Schwertern, Dolchen und Pistolen. Da hatte sich die *Minion* bereits vom Ufer gelöst und schob sich langsam rückwärts auf das freie Wasser zu. Dies und der plötzliche Ansturm der *Jesus*-Männer brachten den spanischen Enterangriff zum Erliegen, noch bevor er richtig begonnen hatte. Spanische Soldaten purzelten wie Fallobst zwischen die Schiffsrümpfe, andere zogen sich auf die Nao zurück. Binnen weniger Minuten war kein einziger Spanier mehr an Bord. Hawkins und seine Leute mussten sich beeilen, auf die *Jesus* zurückzukehren, bevor die *Minion* an ihr vorbei und freigekommen war. Und dann schob sich die Nao auch schon vor dem Bug der zurückweichenden *Minion* vorbei auf die *Jesus* zu und stiess mit dem Bug gegen ihr Vorschiff. „Santiago!" brüllend enterten die Spanier erneut, und diesmal wurde der Kampf heftiger und verbissener geführt als eben noch auf der *Minion*. Unter den Engländern gab es zahlreiche Tote und Verwundete. Doch auch diesmal schafften es die Spanier nicht, ein englisches Schiff zu erobern. Wie zuvor auf der *Minion* wurden alle Enterer zurückgeschlagen, die Bugtrossen wurden gekappt, und die *Jesus* folgte der *Minion* ins offene Wasser.

Das Trompetensignal war noch nicht verklungen, als Drake seinen Fuss auf das Deck der *Judith* setzte und sofort Befehl gab, das Spill zu bemannen und die Trossen zu kappen. Es dauerte Minuten, bis die armdicken Taue mit Äxten durchgehackt waren. Da war an Land schon lange die Hölle los, und mörderisches Geschrei und Kampflärm drangen von der *Minion* die Reihe der Schiffe entlang zur *Judith*. *Minion* und *Judith* waren die ersten Schiffe, die sich von der Insel lösten, gefolgt von der *Jesus* und der winzigen *Angel*. Auch die *Grace of God* kam frei.

Die *Swallow* schaffte es nicht.

Aus den Schwaden grauen Pulverqualms an Land tauchte eine Horde Spanier auf und stürzte sich sofort auf das letzte noch vermurte englische Schiff. Hilflos musste Drake mitansehen, wie die Mannschaft niedergemetzelt wurde und spanischer Jubel durch den allgemeinen Lärm zu hören war.

Drake wusste, dass höchste Eile geboten war. Die fünfzig Mann auf der Insel würden dem spanischen Ansturm nicht lange standhalten; das Musketengeknatter war schon merklich dünner geworden. Und waren die Batterien erst in spanischer Hand, dann gnadete ihnen Gott.

„Bereit machen zum Segelsetzen!"

In Windeseile lösten sich Männer vom Deck, schwangen sich in die Wanten und enterten auf. Hoch oben legten sie auf die Rahen aus und bereiteten sich vor, auf einen Zuruf hin die Zeisinge zu lösen, mit denen die Segel festgezurrt waren.

Drake warf einen Blick über die Heckreling auf die Ankertrosse, die noch viel zu schräg von der Klüse ins Wasser führte; Segel setzen konnte er erst, wenn die Trosse auf und nieder stand und der Anker aus dem Grund war.

„Hievt!", rief er, der Panik nahe. Der Ruf wurde aufgenommen und zum Spill ein Deck unter ihm weiter getragen. Dort stemmten sich die Männer bereits vor Anstrengung ächzend und grunzend gegen die Spaken und stapften im Kreis, während sich das Spill langsam drehte, die Pallen leise klickten und das tropfnasse Ankerkabel Törn für Törn quälend langsam binnenbords kam.

Oben auf dem Achterdeck riss Drake den Kopf herum. Denn jetzt dröhnten die Geschütze der *Minion*. Nachdem sie etwas Abstand zum Ufer und den vermurten Schiffen gewonnen hatte, lag das kleinere der beiden spanischen Kriegsschiffe, die Almirante, in ihrem Schussfeld. Aus allen Rohren feuernd schwang sie in Wind und Strömung herum, während bereits Segel gesetzt wurden.

„Anker ist kurzstag!", kam der Ruf vom Posten an der Heckreling der *Judith*. Gleich musste der Anker aus dem Grund brechen.

„Hievt!"

Der Wind hatte die *Judith* an ihrer Trosse nach Lee schwojen lassen, sodass die Insel jetzt an backbord lag. Achteraus spuckte die *Minion* Rauch und Feuer. Die *Jesus* fiel in das Konzert mit ein, und gemeinsam belegten die beiden grossen englischen Karacken die Almirante mit einem Schauer aus Eisen. Offenbar hatte Vizekönig Don Enrique nicht daran gedacht, dass der Enterangriff auf *Minion* und *Jesus* scheitern könnte und es womöglich von taktischem Vorteil wäre, seine Kriegsschiffe gefechtsklar zu machen und sich rechtzeitig von der Insel zu lösen. Keinen einzigen Schuss erwiderte die Almirante, und ihr Schicksal ereilte sie schneller als gedacht. Ein Blitz, ein Knall, eine schwarze Rauchsäule, die in den späten Vormittag aufstieg und Feuer, das sich schnell ausbreitete. Wer noch an Bord war, flüchtete an Land. Sofort richteten *Minion* und *Jesus* ihre Aufmerksamkeit auf das spanische Flaggschiff.

„Anker aus dem Grund!"

Endlich!

„Setzt Grossmars, Vormars, Blinde und Besan!“, rief Drake durch die hohlen Hände. „Bringt sie vor den Wind!“

Die Segel rauschten von ihren Spieren und öffneten sich knallend im Wind. Geitaue wurden gefiert, Schoten dichtgeholt, gehorsam neigte sich die *Judith* nach Lee und nahm Fahrt auf.

Inzwischen feuerten die *Minion* und die *Jesus* Breitseite um Breitseite, bis die stolze Capitana über ihr Heck zu sinken begann und ebenfalls aufgegeben werden musste. Nun hatten die Spanier kein Schiff mehr, das den Engländern wirklich gefährlich werden konnte. Diesmal drang der Jubel aus englischen Kehlen.

Aber nicht lange.

Denn mittlerweile hatten die Spanier in den eroberten Batterien auf der Insel die Geschütze neu ausgerichtet. Während im unruhigen Wasser vom schwankenden Schiffsdeck aus Treffer für die Stückmannschaften oftmals reine Glückssache waren, hatten die Bedienungen an Land mit keinerlei kinetischen Problemen zu kämpfen. In aller Ruhe konnten sie ihre Geschütze ausrichten, zielen und abfeuern, und auf die Distanz von einer viertel Seemeile trafen sie noch mit hinreichender Präzision. Die meisten ihrer Ziele lagen näher.

Die kleine *Angel* hatte sich an ihren Heckanker herausgewarpt und wollte gerade Segel setzen, als sie unter einem Eisenschauer erbebte. Sie barst in einer Splitterwolke auseinander und was von ihr übrig blieb, sank innert weniger Minuten. Erschüttert sah Drake auf den Teppich aus Wrackteilen, der die Stelle ihres Untergangs markierte.

Bis jetzt hatte ihn der Zwang zum Handeln bei der Stange gehalten, doch nun kam der Schock. Tränen rannen über sein Gesicht, er zitterte heftig, und er musste sich mit beiden Händen am Schanzkleid festhalten, sonst wäre er einfach hingesunken. Ein Gefühl von absoluter Machtlosigkeit drohte von ihm Besitz zu ergreifen. Mit der kleinen, unbewaffneten *Judith* konnte er sich nicht mal am Kampf beteiligen. Er war zum hilflosen Zuschauen verdammt.

Er sah die *Minion*, die etwas Raum gewonnen und ausserhalb der Reichweite der spanischen Geschütze geankert hatte und auf alles feuerte, was ihr vor die Rohre kam. Ein weiteres spanisches Schiff sank, ein grosses, bewaffnetes Handelsschiff, das sich von der Insel gelöst hatte, um in den Kampf einzugreifen. Auch die *Jesus* schoss noch, aber ihre Breitseiten kamen unregelmässig und in immer längeren Abständen; ihr Blutzoll musste bereits beträchtlich sein. Sie hing immer noch an ihrem Heckanker, konnte deshalb keine Segel setzen und war viel zu dicht an der Insel dran. Und die Landbatterien hatten sich allmählich auf sie eingeschossen. Mit Entsetzen verfolgte Drake, wie die *Jesus* unter den Einschlägen bebte. Plötzlich wurde ihr Fockmast knapp unterhalb der Mastbacken getroffen, offenbar von einer Kettenkugel. Der ganze Mast zuckte, und nach einem bangen Lidschlag löste sich der ganze Vortopp vom Untermast und stürzte in einem Wust aus Spieren, Segeln und Rigg über Bord. Die Fockrah kam krachend von oben und schmetterte aufs Vorschiff; Drake glaubte das Krachen hören zu können.

„Master Drake? – Sir? – Captain?"

Die Stimme des Bootsmanns drang wie durch Watte an Drakes Ohr. Es kostete ihn grosse Mühe, den Blick vom Kampfgeschehen abzuwenden und den Bootsmann anzusehen.

„Was ist?"

„Unser Kurs, Sir."

Die *Judith* segelte geradewegs auf eine der Riffinseln zu, die den Hafen umgaben. Drake gab sich einen Ruck.

„Wir gehen über Stag und bringen uns ins Lee der *Minion*. Vielleicht können wir helfen."

Die *Judith* luvte an und ging über Stag, kreuzte ihr eigenes Kielwasser und hielt auf das Festland zu, so hoch am Wind, wie es ihre Rahsegel gestatteten. Sie hatten sich eine knappe Seemeile vom Kampfgeschehen entfernt und mussten nun mühsam gegen den Nordwind ankreuzen, der den Gestank von verbranntem Pulver herantrug.

Eine seltsame Veränderung ging in Drake vor. Schock und Entsetzen waren Wut und Scham gewichen. Wut über den unbegreiflichen Verrat der Spanier. Und Scham für seine Schwäche. Nie mehr sollte ein Untergebener ihn weinen sehen, schwor er sich. Denn dass er mit Tränen in den Augen vor dem Geschützfeuer davon gesegelt war, konnte man ihm nur allzu leicht als Feigheit vorwerfen. Doch zu keiner Zeit hatte Drake Angst um sich selbst verspürt; seine Sorge galt in erster Linie seiner Mannschaft und seinem Schiff. Nun, da sie fürs erste in Sicherheit waren, machte sich eine grimmige Entschlossenheit in ihm breit.

Er überschlug die augenblickliche Lage: Die *Swallow* an die Spanier verloren, die *Angel* versenkt, die fünfzig Mann auf der Insel vermutlich alle tot oder gefangen; die *Jesus* praktisch zum Wrack geschossen, obwohl sie immer noch trotzig feuerte, doch die einstmals stolze Karacke war schon beim Einlaufen in den Hafen marode und in bedauernswertem Zustand gewesen und würde diesen Ort wohl kaum mehr je verlassen. Die *Minion* war noch einigermassen seetüchtig und lag in sicherem Abstand vor Anker. Captaine Blands *Grace of God* löste sich gerade aus den Rauchschwaden und nahm Kurs auf die Nordeinfahrt, ebenfalls noch einigermassen intakt.

„Da!", fauchte der Bootsmann. „Der Franzose verdrückt sich." Er beendete den Kommentar, indem er voller Verachtung über das Schanzkleid spuckte.

Drake schüttelte den Kopf und meinte: „Wenn er sich verdrücken wollte, würde er nicht mühsam gegen den Wind kreuzen in einer Passage, wo er wenig Raum hat. Er würde sein Heil vor dem Wind auf Südostkurs suchen, das bringt ihn schneller aus dem Schussfeld der Spanier weg. Nein, ich glaube, er hat etwas vor."

Was immer Blands Absicht sein mochte, er ging ein hohes Wagnis ein. Und scheiterte. Er knüppelte die *Grace of God* in kurzen Kreuzschlägen durch den engen Kanal, was ein zeitraubendes Unterfangen war, und der Nordwest-Batterie Gelegenheit gab, ihre Geschütze neu auszurichten, bis der Franzose auf ihrer Höhe war. Das Artillerieduell war kurz und heftig. Während die Breitseite der *Grace of God* kaum nennenswerten Schaden anrichtete, traf eine spanische Kettenkugel ihren Grossmast.

Die *Judith* hatte zwar schon einiges an Höhe gewonnen, doch die Distanz zur *Grace of God* betrug immer noch über eine Seemeile, und die Sicht war durch Schwaden von Pulverqualm getrübt. Dennoch konnte Drake mit blossem Auge sehen, wie ihr Grossmast fiel und wie wenig später eine Rauchsäule von der *Grace of God* aufstieg. Und sie rührte sich nicht mehr vom Fleck, was bedeutete, dass sie entweder auf Grund gelaufen war oder geankert hatte. Damit verringerte sich die Zahl von Hawkins Flotte um ein weiteres Schiff; de facto waren nur noch die *Minion* und die *Judith* übrig, denn die *Jesus* war wrackreif geschossen und würde wohl aufgegeben werden müssen.

Mittlerweile war der Nachmittag schon lange angebrochen, als die *Minion* ankerauf ging, mit einer leidlich eleganten Halse zur *Jesus* aufschoss und in deren Feuerlee längsseits ging. So zerschossen die *Jesus* nun schon war, ihr gewaltiger Rumpf gab immer noch einen Schutzschild für die kleinere *Minion* ab. Und nach wie vor erwiderte sie trotzig das Geschützfeuer der spanischen Batterien.

Die *Judith* lag beigedreht ausser Schussweite etwa eine Viertelmeile von *Jesus* und *Minion* entfernt, als plötzlich jemand rief: „Signal von der *Jesus*, Sir!“

Drake sah die bunten Wimpel am Bonaventurmast im selben Moment. Durch Qualmschwaden und Entfernung hatte er Mühe, das Signal zu entziffern; einiges davon verstand er, den Rest reimte er sich zusammen. „Wir sollen ebenfalls längsseits gehen. Also los, Männer! An den Wind mit der Tante!“

In zwei weitgreifenden Kreuzschlägen gegen den Wind brachte Drake die *Judith* neben die *Minion*. Und wie es schien, waren sie damit im Inferno angekommen. Kugeln jaulten bedenklich dicht über sie hinweg oder schlugen krachend in die Aufbauten der *Jesus* und lösten surrende und prasselnde Schauer von Holzsplittern aus, die für die Männer ringsum mindestens ebenso gefährlich waren, wie die Kugeln selbst. Dennoch machte sich Drake unverzüglich auf den Weg hinüber zur *Jesus*. Doch auf der *Minion* lief ihm überraschenderweise Captaine Bland über den Weg.

„Ah, Mr. Drake, schön, dass Sie ’ier sind.“

„Was machen Sie denn hier? Ich habe gesehen, wie Sie mit der *Grace of God* in den Kanal gesegelt sind und in Brand geschossen wurden.“

Der Franzose bedachte ihn mit einem melancholischen Lächeln. „Isch wollte die *Grace à Dieu* als Brander auf den luvwärtigsten der vermurten Spanier treiben lassen, damit das Feuer nach und nach auf alle ihre Schiffe übergreift. Aber, hélas!, es ’at nischt geklappt. Dursch den Beschuss gerieten wir zu früh in Brand. Wenn isch die *Grace à Dieu* von der Stelle aus ’ätte treiben lassen, ’ätte sie die *Jesus* und die *Minion* gefährdet, also ’abe isch geankert, wo wir waren, und bin mit meinen Leuten in den Booten zur *Jesus* gepullt. Et voilà,’ier bin isch.“

In einer impulsiven Anwandlung klopfte ihm Drake auf die Schulter und sagte ernst: „Sie haben es immerhin versucht.“

Als er schliesslich an Bord der *Jesus* kam, hätte er erschüttert sein müssen. Das gesamte Oberdeck war voller Blut; viel zu viele Tote lagen herum, entweder wo sie gefallen waren oder hergezerrt, um Platz zu schaffen; Verwundete schrien oder wimmerten; alles war voller Trümmer zerschossener Spieren und Teile der Aufbauten; überall Holzsplitter und zerfetztes Tauwerk. Der Laufgang, der mittschiffs über der Kuhl das Achterkastell mit dem Vorschiff verband, war teilweise eingestürzt; was davon übrig war, zeigte splittrige Narben, wo spanische Kugeln die Planken aufgerissen hatten. In der gähnenden Leere, die der weggeschossene Fockmast hinterlassen hatte, wirkte das Vorkastell seltsam verletzlich; die Wanten, die den Mast gestützt hatten und anderes Rigg hingen wie tote Tentakel ins Wasser oder lagen in einem unbeschreiblichen Wust an Deck. Tatsächlich war, was Drake sah, ein Bild der völligen Verwüstung. Nichtsdestotrotz herrschte um ihn herum emsige Betriebsamkeit. Immer noch wurden die Geschütze der *Jesus* bedient und das Feuer aufrechterhalten, doch ein Grossteil der Mannschaft war damit beschäftigt, alles Nützliche und Wertvolle an Bord der *Minion* zu verfrachten. Allem voran, was an Nahrungsvorräten da war, aber auch Seekarten, Instrumente, Werkzeuge, Waffen, Tafelsilber und natürlich die Bordkasse, in der die gesamten Einnahmen der Fahrt lagen. Ballen, Fässer, Kisten und Truhen wurden von Bord zu Bord gereicht, und alles war ein einziges riesiges Durcheinander.

Klarschiff sieht anders aus, war der einzige Gedanke, zu dem Drake fähig war, und beinahe wäre er ob dessen Ironie in ein haltloses Gekicher ausgebrochen. Er hielt sich gerade noch zurück, als er Hawkins sah, der in vollem Harnisch und mit gebleckten Gebiss auf ihn zukam.

„Ich freue mich, Sie hier und wohlauf zu sehen, Mr. Drake", begrüsste er ihn ohne die geringste Spur eines Lächelns. Er wartete auch gar nicht erst eine Erwiderung Drakes ab, sondern fuhr im selben Atemzug gleich fort: „Wir geben die *Jesus* auf und bringen noch so viel wie möglich von Bord."

Ohne hinzusehen trat Hawkins einen Schritt zur Seite, um einem Seemann Platz zu machen, der mit einem grossen Bündel Hängematten ans Schanzkleid treten wollte. Im selben Moment vernahm Drake das giftige Jaulen einer Kugel. Krachend schlug sie in die Reste des Laufgangs über ihnen ein, fuhr durch die Planken hindurch und prallte mit einem dröhnenden Glockenschlag gegen das Bodenstück eines Geschützes. Kleinholz prasselte auf die Männer in der Kuhl nieder, und der Mann mit den

Hängematten sank mit einem gurgelnden Laut am Schanzkleid nieder. Ein fusslanger Splitter ragte aus seinem Hals.

Der kurze Blick, den Hawkins auf den sterbenden Seemann warf, war wie ein bedauerndes Schulterzucken. Und sofort richtete er seine wasserhellen Augen wieder auf Drake. Mit erhobener Stimme, um den allgemeinen Lärm zu übertönen, aber ruhig sagte er: „Nehmen Sie so viel Männer und Ladung auf die *Judith* über wie es geht. Und dann sehen wir zu, dass wir hier wegkommen."

„Aye, Sir", war alles, was Drake erwiderte, bevor er auf dem Absatz kehrtmachte und sich zurück an Bord der *Judith* begab, um alles Nötige in die Wege zu leiten.

Zwei Stunden später lag die *Judith* deutlich tiefer im Wasser. Die Laderäume waren voll bis obenhin, selbst an Deck stapelten sich Waren und drängten sich erschöpfte Männer. Drake bahnte sich seinen Weg durch das Gewusel an Bord der *Minion* hinüber zur *Jesus*. Er fand Hawkins, als dieser gerade mit einem Sack Tafelsilber über der Schulter wie ein Plünderer aus dem Achterkastell trat.

Drake fuhr mit den Fingerknöcheln zur Stirn und sagte: „Die *Judith* ist voll bis unter die Halskrause, Sir." Wieder musste er mit aller Gewalt ein idiotisches Kichern unterdrücken. Weshalb nur war ihm angesichts all des Elends und der Katastrophe um ihn herum nach Albernheiten? Er riss sich zusammen und fügte betont ernst und männlich hinzu: „Ich kann nicht mehr übernehmen, ohne die Seetauglichkeit zu gefährden."

Hawkins reichte den Sack an einen Mann in der Kette, die den ganzen Krempel hinüber zur *Minion* reichte. Dann sah er Drake einen Moment lang mit diesem durchdringenden Blick an, wie ihn Menschen oft haben, wenn sie der völligen Erschöpfung nahe sind.

„Gut", sagte er. „Legen Sie ab und warten sie in der südlichen Ausfahrt auf uns. Wir kommen mit der *Minion* nach, sobald wir hier fertig sind."

„Viel Glück, Sir."

„Gott mit Ihnen, Mr. Drake."

Kurz darauf legte die *Judith* ab und stampfte mit raumem Wind auf Südostkurs durch das kabbelige Wasser des Hafens. Ihr Ziel war die südlichste Insel des Riffgürtels, die auch am nächsten zum Festland lag: die Isla de Sacrificios.

Die *Judith* umrundete die Südspitze der Insel, drehte in den Wind und ankerte.

Da sie ihre schweren Buganker auf San Juan de Ulua hatten zurücklassen müssen, waren sie auf den leichten Heckanker angewiesen. Trotz der geborgenen Segel stiess der Wind die *Judith* vor sich her. Das Schiff zerrte an der Trosse.

Und der Anker hielt nicht.

Der Warnruf der Ankerwache war kaum verklungen, als Drake auch schon seine Befehle bellte: „Hoch mit dem Anker! Marssegel setzen! Rudergänger, legen Sie die Tante vor den Wind, Kurs Südost!"

Schweren Herzens verliess Drake San Juan de Ulua. Nicht nur, dass er die *Minion* und mit ihr Hawkins ihrem Schicksal überlassen musste. Vor ihm lag eine Atlantiküberquerung, und zum ersten Mal war er ganz auf sich allein gestellt. Er allein trug die Verantwortung für das Schiff und alle Seelen an Bord. Er allein musste sie wohlbehalten nach England navigieren.

Er allein.

Drake fühlte, wie seine Beine zitterten. Gleich würde er zusammenbrechen. Er ahnte, es war der zweite Schock, der ihn gleich überwältigen würde. Den ersten gleich zu Beginn der Schlacht hatte er weggesteckt, weil er handeln musste. Dass er dabei immer leicht neben sich gestanden hatte und immer kurz davor war, in irres Gelächter auszubrechen, waren nur Anzeichen, dass das Entsetzen nicht weggewischt war, sondern irgendwo im Hintergrund seiner Seele lauerte. Und jetzt kam es und überwältigte ihn.

Und Drake sollte sich nie mehr davon erholen.

Bei anderen hätte es namenlose Furcht und Verzweiflung hinterlassen. Bei Drake aber blieb nichts als Hass. Gebündelt wie Licht durch eine Glasscherbe traf dieser Hass auf den Vizekönig von Mexico, Don Martin Enriquez de Almansa und dessen Dienstherrn, König Philip II. von Spanien.

Wie alle Engländer in Hawkins Flotte verstand Drake den spanischen Verrat nicht. Hätten sich die Spanier an den Waffenstillstand gehalten, hätten die Engländer ihre Schiffe wiederhergestellt, Proviant aufgenommen, den Rest ihrer Fracht losgeschlagen und wären von dannen gesegelt. Niemand wäre verletzt, geschweige denn getötet worden. Für das absolut unnötige und brutale Vorgehen der Spanier gab es eigentlich nur eine Erklärung: Ihr Handeln geschah aus purer Bösartigkeit. So handelte der Antichrist.

Die Engländer hatten ihre Haut so teuer wie möglich verkauft, die Schlacht war geschlagen und verloren. Doch das Leiden hatte erst begonnen.

Dienstag, 29. November 1580
Buckland Abbey
Devon

„Die Leute starben wie die Fliegen", sagte Drake matt. „Erst die Verwundeten. Dann die Gesunden. Sie verhungerten einfach. Vier Monate brauchten wir für die Heimreise. Es waren die vier härtesten und entbehrungsreichsten Monate, an die ich mich erinnern kann."

„Aber Ihr habt es nach Plymouth zurück geschafft", konstatierte Raleigh, nur um etwas zu sagen.

„Natürlich."

In Drakes schlichter Erwiderung lag alles. Vor allem das Selbstverständnis eines Seemannes und Kommandanten, der weiss, wozu er in der Lage ist.

„Man könnte sagen, Ihr habt Hawkins im Stich gelassen", sagte Raleigh und machte sich innerlich auf ein Donnerwetter gefasst. Doch Drake zuckte nur die Achseln und meinte: „Hawkins *hat* es gesagt. Und er war noch monatelang sauer auf mich. Aber was hätte ich tun können? Als wir im Lee der Isla de Sacrificios zu ankern versuchten, war es Nacht, der Wind legte auf Sturmstärke zu und wehte aus einer ungünstigen Richtung. Ich musste Seeraum gewinnen. Und klar, ich hätte draussen auf See auf ihn warten können, aber was hätte es gebracht? Ich hätte ihm nicht helfen können, und er nicht mir. Der *Minion* fehlte es genauso an Proviant wie der *Judith*. Und meine ganze Sorge galt dem Schiff und den Männern, die sich darauf befanden. Ich glaube, ich habe mir nichts vorzuwerfen."

„Hm", machte Raleigh, ein wenig ratlos, wie sie nun aus dieser Geschichte um San Juan de Ulua wieder herauskommen sollten, denn mit Doughtys Tod hatte das alles ja nichts zu tun. Immerhin verstand Raleigh nun, woher Drakes Hass auf Spanien kam. Doch die Milde, ja, die Kameraderie, welche Drake den spanischen Untertanen angedeihen liess, blieb ihm ein Rätsel. Vielleicht hatte es bei Drake kein Smerwick gebraucht, um Abscheu vor der Gewalt gegenüber Gefangenen zu empfinden. Vielleicht hatte das auch Rathlin Island besorgt. Wieso aber hatte er sich nicht anders zu helfen gewusst, als Doughty, seinen Freund, hinzurichten? Er war Mitte zwanzig gewesen, als er auf der *Judith* mit über einer Hundertschaft hungernder und durstender Seeleute den Atlantik überquerte; das musste ihn einiges an Durchsetzungsvermögen gekostet haben. Aber er war schliesslich nach Plymouth zurückgekehrt, und es hatte Überlebende gegeben. Also musste er die Männer im Griff gehabt haben. Wieso hatte er Doughty nicht im Griff gehabt? Vielleicht gerade, weil er mit ihm befreundet war?

„Um auf Doughty zurückzukommen", sagte Raleigh, was Drake mit einem theatralischen Seufzer quittierte, den er jedoch geflissentlich überhörte. „Damals in Eurer Kabine erhob Thomas Doughty ganz klar Anspruch auf die Position des Vizekommandeurs, und Ihr gerietet darüber in Streit mit ihm."

Drake winkte ab. „Streit würde ich das nicht nennen. Es war eher eine Meinungsverschiedenheit. Doughty schien nicht zu wissen, wo sein Platz war, und ich habe es ihm klar gemacht." Drake beugte sich vor, um das Weinglas vom Tisch zu nehmen und sah dabei Raleigh eindringlich an, während er leise aber bedeutungsschwer hinzufügte: „Zu denken aber gab mir, was wenig später geschah."

Donnerstag, 23. Januar 1578
an Bord der Pelican
135 Seemeilen südwestlich von Cap Blanco
19°21'47"N 18°48'17"W

„Ja bitte!", rief Drake, als es an seiner Kabinentür klopfte. Er sah hoch und verfolgte, wie die Tür erstaunlich zögerlich geöffnet wurde und schliesslich den Blick auf John Martyn und Gregory freigab. Martyn, ein dreiundzwanzigjähriger Gentleman aus Plymouth, hatte Drake bis jetzt keinen Anlass gegeben, schlecht über ihn zu denken, ebenso wenig wie der fünfzehnjährige Gregory, ebenfalls ein Junge aus gutem Haus. Beide spähten betreten in die Kabine, und Drake musste sie heranwinken, damit sie den Mut fassten, einzutreten.

Es war der junge Gregory, der als erster den Mund auftat.

„Empfehlung von Mr. Doughty, Sir, und er lässt Ihnen ausrichten, dass die Zeit kommen wird, da Sie ihn nötiger brauchen als er diese Reise, Sir."

Dienstag, 29. November 1580
Buckland Abbey
Devon

Die Erinnerung daran ärgerte Drake immer noch, wie Raleigh unschwer feststellen konnte. Seine Gesichtshaut hatte sich wieder gerötet, und sein Bart geriet in Bewegung, als seine Kiefer mahlten.

„Die Impertinenz dieses Mistkerls wurde immer unerträglicher", presste er hervor. „Der ganze Mann war unerträglich."

Der erste Riss, dachte Raleigh, und er wurde offensichtlich nicht gekittet. Doughtys Ambitionen waren an Drakes konsequenter Haltung gescheitert, und Doughtys Reaktion darauf – die Botschaft, überbracht durch Martyn und Gregory – war nichts weniger als eine Kriegserklärung. Der arme Doughty schien dem Irrglauben verfallen gewesen zu sein, das Kommando sei zwischen Drake und ihm aufgeteilt. Raleigh hatte keine Mühe, sich Drakes Sichtweise, dass dem nicht so war, anzuschliessen. Nach allem, was Raleigh bislang wusste, war ein geteiltes Kommando einfach nicht glaubwürdig. Stellte sich nur die Frage:

„Welchen Rang nahm Doughty denn nun ein?"

„Keinen", erwiderte Drake sofort.

Jetzt war Raleigh aber doch ein bisschen perplex.

„Keinen?", echote er mit grossen Augen.

„Er hatte einen finanziellen Anteil in dem Unternehmen und er war von Anfang an dabei, was ihn vermutlich zu der Annahme verleitet hat, er hätte etwas zu sagen, aber dem war nicht so. Doughty war bloss ein Offizier. Er hatte kein Kommando."

Raleigh machte sich eine Notiz und sagte ohne aufzusehen: „Die Insel Mayo. Ihr schicktet siebzig Mann unter Doughty und Wynter an Land. Ich nehme an, es war Wynter, der das Landunternehmen befehligte."

Von Drake kam nur ein zustimmendes Grunzen.

„Und weshalb ging Doughty mit?"

„Weil ich ihn geschickt habe."

„Aus welchem Grund habt Ihr ihn mitgeschickt?" Als er Drakes mitleidiges Lächeln bemerkte, fühlte sich Raleigh dumm und kleinlich mit seinen insistierenden Fragen. Doch es half alles nichts, er musste Gewissheit haben.

„Er sollte sich mal die Beine vertreten", sagte Drake gelangweilt. „Auf andere Gedanken kommen. Ich gab ihm eine Aufgabe, in der er sich wohlfühlte und die ihm eine gewisse Bedeutung verlieh. Vor allem aber hat er dort genau das getan, wozu ich ihn mitgenommen hatte: Ein Landeunternehmen geführt."

„Wenn er es geführt hat, wozu war dann Wynter dort?"

„Fast die Hälfte aller Männer des Geschwaders ging an Land, da war es nur natürlich, dass mein Vize mitging. Ich habe ihm Doughty mit seinen besonderen Fähigkeiten zur Seite gestellt. Ausserdem hätte es ja sein können, dass sich der Landungstrupp aufteilen musste; dann hätte Wynter den einen Teil angeführt und Doughty den anderen."

„Und vermutlich habt Ihr Wynter gebeten, ein Auge auf Doughty zu haben."

Drake lachte laut los und schüttelte den Kopf. „Der junge Wynter verstand sich mit Doughty besser als mit mir. Er gehörte zu denen, die sich auffallend zurückhielten, wenn wir ein Schiff aufbrachten. Ganz offensichtlich fand er nicht gut, was wir da taten, aber gesagt hat er nichts. Ich glaube, er hatte Schiss vor mir und er mochte mich wohl nicht sonderlich. Wäre es mein Wunsch gewesen, dass jemand Doughty im Auge behält, wäre meine Wahl sicher nicht auf Wynter gefallen."

Gottgesegneter Babbage! dachte Raleigh. Der alte Gärtner hatte beim Schnaps im Stall auf Anhieb richtig gelegen, was das Landeunternehmen anging. Oft war das Naheliegende eben doch das Richtige. Es gab keinen Grund, Drakes Ausführungen anzuzweifeln, denn was er gesagt hatte, klang plausibel. Und mehr noch: Drake hatte nichts zu gewinnen, wenn er in diesem Punkt die Unwahrheit sagte. Und was Wynter betraf, so hatte der sich ohne Zögern bereit erklärt, Doughty auf der *Elizabeth* nach Hause zu segeln, als diese Möglichkeit noch im Raum stand und ihn Doughty darum bat. Wen wollte Wynter wohl eher aus der Schusslinie nehmen, Doughty oder sich selbst? Immerhin hatte er sich bei der ersten sich bietenden Gelegenheit abgesetzt und Drake im Stich gelassen. Denn bis zum Erreichen der Südsee war die *Elizabeth* nie vom Verband getrennt worden. Aber kaum war das der Fall, befahl er gegen den Willen der Seeleute die vorzeitige Heimkehr. Drake hätte ihm durchaus Desertion vorwerfen können, doch vielleicht war er durch sein eigenes Verhalten Hawkins gegenüber bei San Juan de Ulua vorsichtig mit derlei Anschuldigungen. Immerhin war Wynter auf seiner Heimreise noch keine fünfundzwanzig und damit etwa gleich alt wie Drake damals auf der *Judith*. Stellte sich die Frage, wieso er überhaupt an der Fahrt teilgenommen hatte, wenn ihm das Kapern spanischer und portugiesischer Schiffe gegen den Strich ging. Das war nicht gerade die Haltung, die man vom Vizekommandierenden eines Unternehmens, das gerade das Plündern spanischer Schiffe und Besitzungen zum Hauptziel hatte, erwarten würde. Sein Vater war George Wynter, sein Onkel William Wynter, beides namhafte Geldgeber des Unternehmens, und die hatten genau gewusst, in was sie da investierten. Konnte es sein, dass sie John über den wahren Charakter der Fahrt im Unklaren gelassen hatten? Ausgerechnet den Stellvertreter des Oberkommandierenden?

„Wynter gibt mir einige Rätsel auf, Mr. Drake", sagte Raleigh. „Mit nur dreiundzwanzig Jahren Vizekommandeur eines Unternehmens, dessen Absichten er nicht mittrug und das aussergewöhnliches seemännisches Können voraussetzte. Ich meine, nur weil sein Onkel Admiral war, heisst das ja nicht, dass er ein begnadeter Seemann ist."

„Ihn mitzunehmen, war nicht meine Idee. George und William Wynter baten mich darum, ihn als mein Stellvertreter mitgehen zu lassen, ein Wunsch, der mir Befehl zu sein hatte. Ich hatte schlicht keine andere Wahl. Mr. Raleigh."

Das musste hart für Doughty gewesen sein. Da hatte er sich noch in Irland als Drakes Vertrauter gewähnt, der mit ihm die ganze Sache in Schwung gebracht hatte und der im Glauben war, er und Drake wären gemeinsam federführend. Nur um dann festzustellen, dass ihm ein unerfahrener Jungspund, der fast zehn Jahre jünger war als er, vor die Nase gesetzt wurde. Irgendwie ist es schon verwunderlich, überlegte Raleigh, dass sich die beiden so blendend verstanden haben sollten.

„Wenn John Wynter nicht gewesen wäre, hättet Ihr Doughty zum Vize bestimmt?" wollte Raleigh wissen.

„In Ermangelung eines Besseren, vielleicht."

„Aber so ging Doughty leer aus."

Ein wenig zu kaltschnäuzig für Raleighs Geschmack erwiderte Drake: „Tja, wie gesagt: Er hatte kein Kommando."

„Bis Ihr ihm das Kommando über die Prise *Mary* zugeteilt habt. Warum eigentlich?"

Doch Drake schwieg. Er hob nur den Blick und sah an Raleigh vorbei aus dem Fenster nach draussen, wo es nach wie vor in dichten Flocken schneite.

Eine halbe Minute verging, ohne dass sich einer der beiden rührte.

Dann setzte Raleigh nach: „Aus welchem Grund, Drake?"

Mit dem Blick immer noch auf die fallenden Schneeflocken verschränkte Drake die Arme vor der Brust und sagte: „Ich bin Euch keine Rechenschaft schuldig, Sir."

Jetzt wurde es Raleigh zu bunt. Er beugte sich leicht vor und sagte eisig: „Ihr seid der Königin Rechenschaft schuldig. Durch Mylord Walsingham. Und ihm durch mich. Also: Aus welchem Grund habt Ihr ausgerechnet Doughty – den faulen Apfel – zum Prisenkapitän ernannt?"

Drakes Blick kehrte in die Kammer und zu Raleigh zurück. Draussen krächzte ein Rabe.

„Ich hatte keinen anderen" sagte er mit entschuldigendem Lächeln. „Doughty erschien mir noch am besten geeignet."

„Obwohl er keine seemännische Erfahrung hatte?"

„Die brauchte er nicht. Dafür gab ich ihm meinen Bruder Tom mit."

„Aber wäre Euer Bruder nicht von Anfang an die erste Wahl gewesen, Sir?"

Drake hob seine Mütze vom Knie, liess sie wieder sinken und seufzte: „Das ging nicht."

„Wieso nicht?"

„Standesdünkel. Die Stimmung in der Mannschaft war miserabel, und zu viele der noblen Herrensöhnchen lehnten mich als Oberbefehlshaber ab."

„Weil Ihr bloss der Sohn eines Pastors seid." Es klang fast mitfühlend.

„Ja", sagte Drake und nickte bestätigend. „Und meine Vorfahren waren Bauern in Devon. Es fiel den Herrschaften natürlich schwer, von so einem Befehle entgegennehmen zu müssen. Erst recht missfiel ihnen meine Absicht, unter der Mannschaft keine Standesunterschiede zuzulassen. Viele sahen ihre Hoffnung in Doughty, der ja einer der ihren war. Hätte ich nicht ihn, sondern meinen Bruder zum Prisenkapitän ernannt, hätten sie mir Begünstigung vorgeworfen und es wäre womöglich zur offenen Meuterei gekommen."

„Aber dann kam es ja glücklicherweise zum offenen Streit zwischen Doughty und Euch, sodass ihr ihn gefahrlos durch Euren Bruder austauschen konntet."

„Euer Sarkasmus gefällt mir nicht, Sir."

Raleigh ging nicht darauf ein, sondern setzte hartnäckig nach: „Was hat den Streit ausgelöst?"

Drake sah ihn mit gespielter Verwirrung an.

„Was für ein Streit? Das war kein Streit. Streit gibt es, wenn zwei nicht gleicher Meinung sind." Sein Blick wurde hart, als er hinzufügte: „Wenn einer aber sich gegenüber seinem Befehlshaber nicht an die Regeln hält, mögt Ihr es Streit nennen. Ich nenne es Insubordination."

Raleigh nickte bedächtig, liess das Kinn auf die Brust sinken und sah ihn von unten herauf an.

„Und Ihr, Sir? Haltet Ihr Euch immer an die Regeln?"

„Ich mache die Regeln", stellte Drake kategorisch klar. „Das gehört zu meinen Aufgaben als Kommandierender."

Oh ja! Raleigh glaubte ihm jedes Wort davon. Drake mochte denken, er hätte soeben einen Pfosten eingeschlagen, der ihn jeglicher Verantwortung enthob, sofern es jene betraf, die sich nicht an seine Regeln hielten. Ob es nun echte Hybris ober blosse Provokation war, tat dabei nichts zur Sache; es brachte Raleigh keinen Schritt weiter. Seine Missbilligung darüber brachte Raleigh mit einem simplen Laut zum Ausdruck: „Hm."

Dann formte er mit seinen Händen ein kleines Dach, indem er die Fingerspitzen gegeneinander legte, und sah Drake darüber hinweg mit einem bösen Lächeln an. „Jetzt bin ich gespannt, was Ihr zu dieser Insubordination an Bord der *Mary* zu sagen habt, Sir. Zwei unterschiedliche Versionen kenne ich nämlich schon."

Drake sah an ihm vorbei zum Fenster hinaus, während er auf dem Stuhl kippelte. Erst sah es so aus, als müsse sich Drake die Antwort überlegen, doch dann hörte Raleigh ganz leise seltsame Töne aus Drakes Mund. Es dauerte einen Atemzug, bis er begriff, dass Drake sang. So leise und mit schleppender Artikulation, dass man die Worte kaum verstand.

„Als ich fürbass ging ganz allein…"

„Mr. Drake?"

Drake reagierte nicht, sang weiter: „…Da hörte ich zwei Raben schrei'n / Der eine zu dem andern sprach…"

„Mr. Drake, ich bitte Euch!"

Als weilte sein Geist irgendwo dort draussen in der Schneelandschaft, ignorierte er Raleigh völlig. „…'Wo soll'n wir heut' dinieren, sag?'…"

Raleigh wurde drängend: „Was ist auf der *Mary* passiert?"

Drake sang weiter: „…„'Wo soll'n wir heut' dinieren, sag?'"

„So kommen wir nicht weiter, Mr. Drake!" Raleigh war laut geworden, und Drake verstummte. Dann sah er Raleigh an und sagte weich: „Ich habe mit den Männern viel gesungen."

„Kinderlieder?" Raleighs Stimme triefte vor Sarkasmus.

Drake lachte. „Nein, Choräle! Um den Glauben zu festigen." Und schon war die ganze Heiterkeit wieder wie weggewischt. „Kennt Ihr die See, Raleigh?"

Drake schlug Haken, die Raleigh völlig irritierten, doch der wollte sich keine Blösse geben. „Ich kenne sie."

„Dann wisst Ihr, wie verloren man auf ihr sein kann. Diese endlose, trügerische, erbarmungslose Weite. Stürme, so wild, wie man sie an Land nicht kennt, werfen die von Menschen gebauten Schiffe wie Nussschalen herum, dass man jederzeit zu sinken droht. Flauten, in denen man tagelang festsitzt, während die Wasservorräte schwinden. Die See, Raleigh, so viel Wasser, und man kann darauf verdursten. Wir wissen zwar, dass das Meer ein Teil von Gottes Schöpfung ist, aber auf See geht Gott nur allzu gern vergessen."

„Weshalb erzählt Ihr mir das?"

„Ich hätte mit den Männern auch Kinderlieder singen können. Singen festigt den Zusammenhalt. Nichts ist auf See so wichtig, wie Einigkeit in der Mannschaft. Und dass man Gott auf seiner Seite weiss."

Eine ganze Weile verstrich, ohne dass beide irgendetwas sagten. Zeit genug für Raleigh, um die Möglichkeit in Betracht zu ziehen, dass Drake nicht ganz richtig im Kopf war. Nicht dass er ihm seine Gläubigkeit vorhielt, keineswegs. Es war die Art und Weise, wie sich Drake dem Gegenstand der Befragung entzog.

„Was geschah auf der *Mary*, Drake?" Leise, nüchtern, kompromisslos.

Ebenso nüchtern erwiderte Drake: „Der Lump hat sich an der Beute vergriffen."

„Doughty hat Geschenke eines Portugiesen angenommen, der sich davon eine bevorzugte Behandlung versprach. Das ist ja nicht unüblich."

„Alles, was sich auf dem Schiff befand, war Beute", grollte Drake. „Auch das Privateigentum des Portugiesen. Und Doughty hatte nicht darüber zu befinden. Sich als Prisenkommandant Beute anzueignen…"

Samstag, 1. Februar 1578,
an Bord der Mary
vor der Ilha Brava
Kapverden
14°52'16"N 24°44'12"W

„...und dann noch vor aller Augen! Das sehen die Leute nicht gern, Doughty, das gibt nur noch mehr böses Blut. Ich kann die Prise unter diesen Umständen nicht länger unter deinem Befehl lassen." Drake hatte Doughty etwas abseits am Arm gepackt und sprach leise und scharf.

Ebenso leise zischte Doughty zurück: „Sei nicht so hart, Francis. Ich war schliesslich nicht der einzige. Dein Bruder Thomas hat sich auch bedient."

Drake zuckte zurück und liess Doughtys Arm los. „Was sagst du da? Mein Bruder Thomas?"

„Er hat nur nachgesehen, was in einer Kiste drin ist...und das eine oder andere eingesteckt...nichts von Bedeutung, Sir."

„Nichts von Bedeutung?" Drake wurde laut. „Himmelherrgott, ich sage dir, was von Bedeutung ist! Dass du so von meinem Bruder sprichst, ist von Bedeutung! Wie kommst du dazu? Was fällt dir eigentlich ein, meinen Bruder bei mir anzuschwärzen? Da steckt doch was dahinter, Herrgott noch mal!"

„Nein, Sir...!"

„Oh, doch! Ich will verdammt sein, wenn du nicht gegen meine Ehre schiesst, und, beim Leben Gottes, das kann und will ich nicht dulden! Du kehrst auf die *Pelican* zurück. Sofort! Ich übernehme das Kommando hier."

Doughty sah ihn an und fuhr sich mit einer aufreizenden Bewegung durchs Haar. „Wie du meinst, Francis – Sir." Leichthin gesagt, doch die nachgeschobene offizielle Anrede war von einer Impertinenz, die Drake beunruhigte. Als läge darin eine versteckte Drohung.

Doughty machte grusslos auf dem Absatz kehrt und begab sich hinunter aufs Hauptdeck, stieg übers Schanzkleid und über die Jakobsleiter hinunter in die wartende Schaluppe der *Pelican*. Das Boot legte ab und entfernte sich zügig Richtung Flaggschiff.

Drake schenkte Doughtys Abgang nur einen kurzen Blick und suchte dann gleich nach seinem Bruder. Als er ihn gefunden hatte, winkte er ihn zu sich heran.

„Auf ein Wort, Tom."

„Ja, Francis?" Thomas Drake sah seinen älteren Bruder und Befehlshaber mit arglosem Lächeln an, das allerdings zerfiel, als er Drakes harten Blick bemerkte.

„Doughty behauptet, du hättest was von der Beute eingesteckt. Stimmt das?"

Tom zuckte linkisch die Schulter. „Ja, aber kaum der Rede wert. Ich hab's dann auch gleich wieder zurückgegeben, als Doughty mich deswegen ansprach."

„Himmelherrgottnochmal, Tom!", fauchte Drake leise. „Ich habe wirklich schon genug am Hals."

Dienstag, 29. November 1580
Buckland Abbey
Devon

Raleigh strich sich nachdenklich über den Bart. Was Drake über die Vorkommnisse an Bord der *Mary* – zu diesem Zeitpunkt wohl noch *Santa Maria* – erzählte, war durchaus plausibel. Wo sich Fletcher und Cooke diesbezüglich noch widersprochen zu haben schienen, ergänzte Drake deren Aussagen und verband sie zu einem schlüssigen Ganzen. Zudem wurde Drakes Version vice versa durch die jeweils unvollständigen Aussagen Fletchers und Cookes gestützt. Doch die beiden widersprachen sich noch in einer anderen Frage. Während Fletcher behauptet hatte, Drake hätte Doughty als seinen Stellvertreter auf die *Pelican* zurückgeschickt, hatte Cooke gesagt, Doughty sei „in Ungnade" gegangen. Und Pretty wiederum war in diesem Punkt sehr bestimmt gewesen.

Raleigh fischte die entsprechenden Notizen aus den losen Stapeln und griff nach der Feder.

„Mit welchen Befugnissen kehrte Doughty auf die *Pelican* zurück?"

Während er damit beschäftigt war, seinen rechten Handschuh von den Fingern zu zupfen, sagte Drake nur: „Mit gar keinen."

Raleighs Feder kratzte übers Papier, als er die Antwort notierte. Ohne aufzusehen fragte er: „Sollte er nicht während Eurer Abwesenheit das Kommando übernehmen?"

Drake legte den abgestreiften Handschuh auf sein übergeschlagenes Knie und begann damit, den anderen von seiner Linken zu lösen. Ruhig und ohne jede Emotion sagte er: „Der Master, Thomas Cuttil, hatte das Kommando während meiner Abwesenheit."

Was wahrscheinlich stimmt, dachte Raleigh. Denn welchen Grund könnte Drake haben, es anders darzustellen, als es war? Ausser er wollte vor Raleigh verheimlichen, sich wie ein Narr verhalten zu haben. Denn nur ein Narr würde einen schwelenden Konflikt dadurch zu lösen suchen, indem er seinen Widersacher erst öffentlich mit der Enthebung als Prisenkommandant demütigt, um ihm im selben Atemzug die Machtfülle eines Flaggkapitäns anzuvertrauen. Eines Flaggkapitäns, notabene, der auf der *Pelican* tun und lassen konnte, was er wollte, da sein Admiral ja abwesend war. In Drakes Situation wäre es reiner Wahnsinn gewesen. Oder war Drake tatsächlich irr genug dazu? Vielleicht hatte er ja versucht, mit einem überkonstruierten Plan Doughtys Loyalität zurückzugewinnen; Zuckerbrot und Peitsche, sozusagen.

Raleigh hob den Kopf, um sich Drake anzusehen, wie er da auf dem Stuhl sass und mit seinen Handschuhen spielte. Nein, sagte er sich, das war noch weniger stichhaltig als das von Pretty, Cooke und Drake selbst bezeugte Szenario. Und schon das deutete auf ein, wenn nicht gerade irres, so doch höchst fahrlässiges Verhalten Drakes. Auch wenn er in keiner anderen Funktion denn als Thomas Doughty, Gentleman, von der Prise auf die *Pelican* übersetzte, war er eine Gefahr für Drake, da dieser ihn völlig unbeaufsichtigt liess. An Drakes Menschenkenntnis konnte das nicht liegen. Er hatte genug davon, um etwa einen zerstrittenen, desperaten Haufen soweit zu einen, dass ihm der grösste Raubzug aller Zeiten inklusive glücklicher Heimkehr gelungen war. Oder um zu erkennen, dass sich die Spanier völlig widerstandslos von ihren Wertsachen trennen würden, solange sie wussten, dass er solches Verhalten mit Höflichkeit und guter Behandlung vergalt.

Und dann fiel es Raleigh wie Schuppen von den Augen. Zu dem Zeitpunkt ging Drake noch gar nicht davon aus, dass Doughty für ihn oder das Unternehmen eine ernstzunehmende Bedrohung darstellte! Er hätte es da schon erkennen können. Erkennen *müssen.*

Oder vielleicht auch wieder nicht, dachte Raleigh frustriert. Denn das hätte Drakes Führerqualitäten ernsthaft infrage gestellt, und dass der Mann führen konnte, hatte er gerade durch Doughtys Hinrichtung, und allem, was danach geschah, bewiesen, so bitter diese Erkenntnis auch war.

Etwas hilflos angesichts seiner ins Leere rotierenden Gedanken stellte Raleigh seine nächste Frage: „Aber das Kommando über die Prise ging an Euren Bruder Thomas über?“

„Ich wäre wohl von allen guten Geistern verlassen gewesen, hätte ich das getan. Nein, ich übernahm das Prisenkommando selbst, mindestens so lange, bis ich eine Lösung für dieses Problem gefunden hätte.“

Doch Raleigh hörte nur mit halbem Ohr zu; immer noch beschäftigte ihn, dass Drake es zugelassen hatte, die Kontrolle über Doughty zu verlieren.

„Aus welchem Grund“, wollte er daher wissen, „habt Ihr Doughty überhaupt auf die *Pelican* zurückgeschickt, wenn er dort nicht das Kommando übernehmen sollte?“

„Er ging mir auf die Nerven. Ich mochte ihn nicht um mich haben. Aber natürlich wäre es besser gewesen, ich hätte ihn in meiner Nähe behalten, wo ich ihn kontrollieren konnte.“

Da sind wir ja immerhin in diesem Punkt einer Meinung, dachte Raleigh. Aber zufrieden war er noch lange nicht.

„Ihr habt ihm nicht zufällig noch den Auftrag mitgegeben, sich in einer Ansprache an die Mannschaft zu wenden?“

„Gewiss nicht!“

„Er hat in dieser Ansprache den Leuten auf der *Pelican* weisgemacht, Ihr hättet ihm das Kommando über das Schiff übergeben.“

„Aye. Ich erfuhr davon, als Brewer von einem Besuch auf der *Pelican* zur *Mary* zurückkehrte. Doughty hatte sich Cuttil zum Freund gemacht, und zusammen führten sie das Schiff, als ob es ihnen gehörte. Daneben liess er mich wie einen Tölpel dastehen, der nicht in der Lage war, unter der Mannschaft für Ruhe und Ordnung zu sorgen. Und das schlimmste von allem: Er hatte sich mit der *Pelican* das grösste und am besten bewaffnete Schiff unserer Flotte unter den Nagel gerissen. Man braucht nicht viel Phantasie, um sich auszumalen, was er damit alles hätte anstellen können.“

„Deshalb habt Ihr ihn auf die wesentlich kleinere *Swan* überführen lassen.“

„Richtig. Ich liess ihn zur *Mary* kommen und schickte ihn umgehend weiter zur *Swan*. Ich erinnere mich, dass ich dafür den Gottesdienst unterbrechen musste. Aber ich wollte die Angelegenheit so schnell es ging erledigt haben.“

Nein, widersprach Raleigh in Gedanken, du wolltest vermeiden, dass er zu dir an Bord kam. Du hättest seine Nähe nicht ertragen und ihn nicht mal mit der Kneifzange angefasst.

Zu Drake sagte er: „Und dann ernanntet Ihr Euren Bruder zum Prisenkapitän und begabt Euch selber an Bord der *Pelican*.“

„Ich musste dringend auf der *Pelican* nach dem Rechten sehen; das Schiff wieder unter meine Kontrolle bringen. Und ausser Tom war ja keiner da, der die *Mary* hätte übernehmen können.“

„Kam Doughty als Gefangener auf die *Swan*?“

„Nicht wirklich. Er wurde ja nicht in Eisen gelegt oder eingeschlossen. Ich wollte ihn nur an einem Ort wissen, wo er so wenig Schaden wie möglich anrichten konnte. Tatsächlich hat er ja dann versucht, mehrere Männer, darunter Captain Chester, auf seine Seite zu ziehen.“

Mai 1578
an Bord der Swan
vor der argentinischen Küste

Der Knall, mit dem Master Sacrocold die Tür der Messe hinter sich zugetreten hatte, hallte noch in ihren Ohren. Noch völlig bestürzt von der wüsten Schlägerei zwischen Doughty und Sarocold, verfolgten Wattkins und Fletcher, wie sich Doughty hochrappelte und sich keuchend an Captain Chester wandte: „Mr. Chester, lasst nicht zu, dass wir von diesem Schurken so behandelt werden, macht Gebrauch von der Befehlsgewalt, die Euch Drake übertragen hat!"

Wattkins und Fletcher waren beide peinlich berührt von Chesters Hilflosigkeit, als dieser zurückgab: „Wie denn? Er macht sowieso, was er will. Die Leute gehorchen ihm, nicht mir."

Doughty fixierte ihn mit einem bohrenden Blick. Seine ganze überlegene Gelassenheit war wie weggewischt. Er war ausgesprochen zornig.

„Wenn Ihr Euch von mir leiten lasst, dann lege ich das Schwert wieder in Eure Hand und hole Euch Eure Befehlsgewalt zurück! Notfalls mit Gewalt!"

„Mit Gewalt?" Chesters Stimme war eine Tonlage hochgerutscht, und mit Entsetzen stierte er auf das Blut, das aus Doughtys Mund und Nase auf den Tisch tropfte.

Doughty achtete nicht darauf. Heiser sagt er: „Ihr braucht Euch nur von mir leiten zu lassen, dann werde ich die Mannschaft schon dazu bringen, sich gegenseitig die Kehlen durchzuschneiden."

Dienstag, 29. November 1580
Buckland Abbey
Devon

„Mehrere Leute bezeugten das an seinem Prozess", sagte Drake nicht ohne Befriedigung.

„Mir will es scheinen", sagte Raleigh langsam und vorsichtig, als taste er sich über zugefrorenes Wasser, „dass dieser Sarocold..."

Weiter kam er nicht.

„Es geht hier nicht um Sarocold!"

„In gewisser Weise schon, Mr. Drake. Sarocolds Verhalten Captain Chester gegenüber kann man nur als Insubordination bezeichnen. Stimmt Ihr mir zu?"

„Ach was! Solche Streitereien waren auf allen Schiffen an der Tagesordnung. Leider."

Unbeirrt fuhr Raleigh fort: „Chester hatte auf dem Schiff, auf dem er das Kommando führen sollte, nichts zu sagen. Gar nichts. Weniger als nichts. Und Doughty anerbot sich, ihm dabei zu helfen, wieder Herr über sein Schiff zu werden. Die Ordnung wieder herzustellen. Was ja eigentlich ganz in Eurem Sinne gewesen wäre."

Drake verdrehte die Augen und stiess einen verzweifelten Laut aus. „Ihr wollt es nicht verstehen, was? Doughty versuchte Chesters Schwäche auszunutzen, um Unruhe zu stiften. Und ganz sicher wollte er Sarocold all die Feindseligkeiten heimzahlen."

Raleigh wunderte sich, dass daraus nichts geworden war. Offensichtlich war Chester nicht auf Doughtys Ansinnen eingetreten.

„Während all den Wochen, die Doughty auf der *Swan* verbrachte", fuhr Drake fort, „hetzte er die Leute auf und untergrub hinter meinem Rücken meine Autorität als Oberbefehlshaber."

„Dann geriet die *Swan* auch noch ausser Sicht. Ihr müsst Euch Sorgen gemacht haben."

Die Ironie in Raleighs gespielter Anteilnahme kam bei Drake nicht an. Mit einem Schulterzucken meinte er: „Ach, wisst Ihr, erst verloren wir die *Christopher*, dann die *Swan*, dann wieder die *Christopher*. Bei der *Christopher* wunderte mich das nicht. Ein Fischerboot, und sie hatte immerhin eben eine Atlantiküberquerung hinter sich. Aber die *Swan*! Die *Swan* war ein feiner Segler, der ich mehr zugetraut hätte. Wie merkwürdig, dass sie verschwand, als Doughty an Bord war, in einem Sturm, in dem selbst die winzige *Christopher* mit dem Verband mithalten konnte."

Rasch konsultierte Raleigh seine Notizen von Fletchers Vernehmung. „Im Mündungsgebiet des Silberflusses."

„Aye."

„Ihr habt Doughty verflucht."

Dienstag, 13. Mai 1578
nahe Kap Tres Puntas
Argentinien
47°04'20"S 65°57'20"W

„Auf Riemen!"

Dankbar folgten die Bootsgasten Drakes Befehl und hoben die Riemen aus dem aufgewühlten Wasser, bis sie waagrecht darüber schwebten.

„Ruht euch aus, Männer."

Es war ein anstrengender und gefährlicher Pull gewesen. Jetzt waren sie mit der Schaluppe der *Elizabeth* durch die Felsen hindurch und in der Bucht. In dem ungemütlich kabbeligen Wellengang sprang das Boot auf und nieder wie ein übermütiges Fohlen. Mit der Restfahrt legte Drake die Schaluppe mit dem Bug gegen den Wind.

„Was halten Sie davon, Mr. Marckombe?"

Der Master der *Elizabeth* sah sich in der Bucht um und meinte: „Weniger Raum, als man sich wünschen würde, wird aber reichen. Das Reinkommen wird knifflig. Wo wir durchgekommen sind, ist die Einfahrt bloss etwa eine Kabellänge breit, und dort drüben sieht es nicht besser aus." Er deutete nach Osten, wo sich in dem Felsengürtel, der die Bucht von der offenen See trennte, eine weitere Lücke abzeichnete. „Immerhin", fuhr er fort, „ist es hier drin ein wenig ruhiger. Und der Ankergrund ist besser. Nicht so tief wie dort draussen. Wenn das Wetter noch schlechter wird, können wir uns dort draussen nicht mehr halten, Sir."

Als hätte er nur auf sein Stichwort gewartet, legte der Wind an Schärfe zu, und Drake musste die Stimme erheben, als er antwortete: „Ich danke Ihnen, Mr. Marckombe, und ich teile Ihre Einschätzung. Aber uns bleibt nicht mehr viel Zeit."

„Dort ist jemand!" Der Ruf kam vom Bugmann, der die ganze Zeit über die Tiefe gelotet hatte und gerade dabei war, die Lotleine aufzuschiessen. Alle drehten die Köpfe zum Land hin. Tatsächlich war dort am Strand eine Gestalt zu erkennen, die auf dem Sand herumhüpfte wie auf glühender Kohle. Sein Haupt zierte ein seltsamer Kopfputz, und von seinen Schultern hing eine Art Felltunika, ansonsten war er nackt. Er schien etwas zu rufen, vielleicht sang er auch, denn mit der einen Hand schüttelte er rhythmisch einen Stab, an dessen Ende ein runder Gegenstand befestigt war, der eine Rassel sein mochte. Wind, Seegang und Distanz verhinderten jedoch, dass die Männer im Boot etwas davon hörten.

„Tanzt der?", fragte einer, der nicht so recht wusste, was er von dem hopsenden Eingeborenen halten sollte.

Marckombe meinte: „Anscheinend erwartet er, dass wir an Land kommen. Was tun wir, Sir?"

Drake nagte an seiner Unterlippe. Es war das erste Mal, seit sie den Atlantik überquert hatten, dass sie auf Menschen stiessen. Sie wussten nicht, ob sich die Ureinwohner ihnen gegenüber friedlich verhalten würden. Und auch wenn der Tanzbär dort drüben ganz allein zu sein schien – konnte man es wissen?

Drake wurde einer Entscheidung enthoben durch den Schlagmann, der ihm auf der achtersten Ducht genau gegenübersass und sich als erster an dem Indio satt gesehen hatte. Vom Pullen noch etwas ausser Puste, hing er über seinem Riemen, doch plötzlich richtete er sich auf und hob witternd den Kopf.

„Wo kommt auf einmal der Nebel her?"

Marckombe sah ihn bestürzt an, und Drake liess den Blick schnell über die Bucht kreisen. Tatsächlich zogen wolkige Schwaden um das Boot und senkten sich von oben darauf herab. Feiner Dunst zunächst, doch die Schiffe draussen auf Reede waren schon nicht mehr zu sehen.

„Wir sollten zurück zu den Schiffen", sagte ein besorgter Marckombe.

Drake schüttelte den Kopf. „Zu spät. Zu gefährlich."

Im Handumdrehen hatte der Nebel auch die Einfahrt und die Felsen verschluckt. Und auch der tanzende Eingeborene war verschwunden und der Strand und das gesamte Land gleich mit ihm. Und der Wind nahm zu, ohne dass sich der Nebel auflöste.

„So etwas habe ich noch nie erlebt!", rief Marckombe gegen den Wind an. Drake hörte den Schrecken in seinen Worten, konnte aber nur entgegnen: „Ich auch nicht!"

Waren die Bewegungen der Schaluppe schon vorher unruhig, so wurde es jetzt richtig ungemütlich. Gischt und Spritzwasser peitschten den Männern ins Gesicht und durchnässten ihre Kleidung.

Drake war klar, dass sich das Boot nicht auf der Stelle hielt; der Sturm blies aus Südost und trieb die Schaluppe langsam vom Land weg und auf den Felsengürtel zu, unterstützt vom einsetzenden Ebbstrom. Doch in dieser Suppe würden sie die Felsen erst sehen, wenn es bereits zu spät war. Nass bis auf die Haut kämpfte Drake gegen die aufsteigende Panik an. Er hatte jede Orientierung verloren. Das Einzige, das er tun konnte, war, darauf zu vertrauen, dass der Wind seine Richtung beibehielt. Drake holte tief Luft und brüllte über das Fauchen und Heulen des Sturms: „Wir gehen an Land! Rudert – an!"

Darauf hatten die Männer an den Riemen nur gewartet. Gleichzeitig, als würden sie von den unsichtbaren Fäden eines gigantischen Marionettenspielers gesteuert, beugten sie sich vor, senkten die Riemenblätter ins aufgewühlte, dunkle Wasser und lehnten sich weit zurück, als sie die Riemen durchzogen. Die Schaluppe nahm schaukelnd Fahrt auf. Drakes Faust hielt die Pinne krampfhaft umklammert. Als er den Druck auf dem Ruderblatt spürte, legte er Ruder, bis er den Wind kalt auf linker Wange und Ohr fühlte. Er rechnete damit, dass die Schaluppe nun mit dem Bug genau aufs Land zeigte, doch bot sie so dem Wind immer noch genug Angriffsfläche. Und die Abdrift war bei der geringen Sicht unberechenbar. Also luvte er noch weiter an, bis er den Wind direkt von vorn hatte. Keuchend kämpften die Männer an den Riemen dagegen an, und Drake hoffte, sie würden durchhalten, bis ihr Kiel auf Sand lief.

Er sah, wie der Schlagmann ächzend am Riemen riss und versuchte, sich an seinen Namen zu erinnern. John Gallaway, richtig. Und dann sah er, wie Gallaways Kinnlade herunterklappte. Aus schreckgeweiteten Augen starrte er auf einen Punkt hinter Drakes Schulter.

Drake schaute hinter sich und sah, wie sich der Nebel an einer Stelle zu einem riesigen Schatten verdichtete.

Jemand keuchte: „Was ist das?"

Konturen schälten sich aus dem Gewölk, und Gallaway rief verwundert: „Ein Schiff!"

Zwei, drei Atemzüge dauerte es noch, bis das Gebilde an Vertrautheit gewann und Marckombe ausrief: „Es ist die *Marigold*!"

Als sich der Jubel unter den Bootsgasten gelegt hatte, stiess Drake erleichtert aus: „Braver John Thomas, Gott segne ihn!"

Als sie die *Marigold* erreichten, hatte diese bereits geankert. Die Riemen wurden eingeholt, der Bugmann hakte an den Rüsten ein, jemand nahm die Leine wahr, die man ihnen von der *Marigold* aus zuwarf, und belegte sie an einem Ring im Boot. Nacheinander enterten sie über die ausgebrachte Jakobsleiter an Bord.

Kaum hatte Drake seinen Fuss aufs Deck gesetzt, stürzte er sich auf Captain Thomas, der breit grinsend zu seiner Begrüssung ans Schanzkleid gekommen war, und dankte ihm mit einer ebenso herzlichen wie heftigen Umarmung.

„Das war ausgesprochen mutig von Ihnen, Mr. Thomas!", sagte Drake, nachdem er den Kapitän der *Marigold* wieder freigegeben hatte.

Das Grinsen verschwand aus Thomas' Gesicht und wurde durch einen Ausdruck von Zerknirschung ersetzt.

„Sie wissen ja nicht, wie's dort draussen zugeht, Sir", sagte er. „Als dieser seltsame Nebel aufkam, verloren wir Sie ausser Sicht. Und als der Sturm losbrach, konnte sich die *Mary* nicht länger halten und musste ankeraufgehen. Die *Pelican* und die *Elizabeth* halten sich tapfer, aber es ist wohl nur eine Frage der Zeit, bis sie ihr folgen müssen. Die kleine *Christopher* tut sich besonders schwer, wahrscheinlich ist sie in diesem Augenblick auch schon unterwegs. Und ich konnte Sie und Ihre Männer ja nicht im Stich lassen, Sir."

Um Thomas und Drake hatte sich auf dem Hauptdeck eine Menschentraube versammelt und lauschte dem Bericht mit besorgten Gesichtern. Mit unverminderter Stärke jaulte der Sturm durchs Rigg der *Marigold*. Der Nebel begann sich zwar zu lichten, doch setzte nun heftiger Regen ein, der in rauschenden Fahnen übers Deck getrieben wurde.

„Dieses Sauwetter ist richtig unheimlich", sagte Thomas. „So was habe ich noch nie erlebt." Dieselben Worte wie Marckombe.

Drake nickte und sah sich im Kreis der Männer um. „Ich sag's euch, Leute, dieses Wetter haben wir Doughty und seinen Hexenkünsten zu verdanken! Verdammt will ich sein, wenn der Sturm nicht aus Doughtys Hutschachtel herausgekommen ist, ich schwör's euch!"

Dienstag, 29. November 1580
Buckland Abbey
Devon

„Oh, ja!" rief Drake aus. „Und wie ich ihn verflucht habe!"

Im Plauderton stellte Raleigh fest: „Ihr habt ihn der Hexerei bezichtigt."

„Schon möglich."

Raleigh war nicht abergläubisch. Seiner Meinung nach pflegte er einen gesunden Skeptizismus, der jedoch nicht so weit reichte, an seinem Gottesglauben oder auch nur seiner protestantischen Religion zu kratzen. Er war sich hingegen bewusst, dass der Hexenglaube in allen Schichten weit verbreitet und beileibe kein Monopol Roms war. Sowieso war die Inquisition hauptsächlich damit beschäftigt, Häretiker zu ermitteln, in den Schoss der katholischen Kirche zurückzuführen und die Verstockten auf den Scheiterhaufen zu schicken. Aber da auch das Buhlen mit dem Teufel ganz entschieden gegen die Dogmen Roms verstiess, brannten ab und zu auch eine Hexe oder zwei. In den von der Reformation zerrissenen Gegenden dieser Welt ging man weit weniger zimperlich gegen Hexen und Magier vor. Auch in England kamen etliche der Hexerei beschuldigte Menschen zu Tode, wobei man in der Regel auf Scheiterhaufen verzichtete; mit angelsächsischer Nüchternheit wurden die Verurteilten wie Diebe gehängt. Kaum jemand nahm Anstoss daran. Und wenn es auch Leute gab, die durchaus der Vernunft das Wort redeten, galt die Existenz dämonischer Wirkmächte allgemein als akzeptiert. Man lebte damit, wie man damit lebte, dass Christus der Erlöser war, die Sonne im Osten aufging oder zu viel Bier besoffen macht. Das betraf auch die besondere Spezies Seemann. Noch viel stärker den Unbilden der Natur ausgeliefert als der Landbewohner, lag es auf der Hand, dass der Seemann seine Ängste durch Aberglauben zu katalysieren versuchte, was absurde Vorstellungen und Verhaltensweisen zur Folge hatte. Wer pfiff, löste einen Sturm aus. Frauen an Bord brachten Unglück. Ebenso, wenn man ein Schiff umtaufte. Wurde ein Schiff vom Unglück verfolgt, befand sich ein „Jonas" unter der Mannschaft, den es zu entlarven und über Bord zu werfen galt, wollte man die Pechsträhne beenden und weiteres Unheil verhüten. Was deutliche Parallelen zu den Hexenverfolgungen an Land aufwies. Allerdings war ein Geständnis des entdeckten Jonas nicht erforderlich, wodurch dem armen Teufel wenigstens die Folter erspart blieb.

Drake war Seemann. Aber war er auch abergläubisch?

Raleigh wusste es nicht. Aber er gedachte, es herauszufinden.

„Hattet Ihr jemals eine Frau an Bord?", fragte er Drake, der geduldig das Ende von Raleighs Gedankengang abgewartet hatte. Nun aber schreckte er auf und starrte Raleigh mit vor Verwirrung grossen Augen an.

„Eine Frau?"

„Ja doch. Ihr wisst schon, dieses seltsame Wesen, das in Röcken geht und ohne das wir Männer nicht leben können."

„Was für eine Frau?"

„Ganz egal. Hattet ihr jemals eine an Bord?"

Drake dachte kurz nach und sagte dann: „Ja, wir hatten da schon eine Frau auf dem Schiff. Eine Schwarze namens Maria. Wir nahmen sie von einem Schiff, das wir vor der Küste Neuspaniens gekapert hatten, auf die *Golden Hinde*."

Von plötzlicher Neugier getrieben fragte Raleigh: „Was wurde aus ihr?"

„Sie wurde schwanger", sagte Drake mit einem Schulterzucken und beeilte sich, hinzuzufügen: „Nicht von mir, falls Ihr das denkt."

„Von wem dann?" Als ob ihn das etwas anginge.

„Vielleicht von einem meiner Männer. Aber ich vermute, von einem der anderen Schwarzen, die wir an Bord genommen hatten. Als wir in Ternate auf den Molukken eintrafen, hatte sie einen Zustand erreicht, in dem ich sie nicht länger an Bord behalten konnte. Schliesslich mussten wir sie und die beiden anderen Schwarzen auf einer Insel nicht weit von Celebes zurücklassen."

In Raleigh regte sich Widerwillen. „Ihr habt sie ausgesetzt?"

„Ich habe sie aus spanischer Sklaverei befreit, Mr. Raleigh. Und ein Schiff ist kein Ort, an dem eine Frau ein Kind bekommen sollte. Wir überliessen ihnen Nahrung, Werkzeug und alles, was es braucht, um eine Siedlung zu gründen, in der sie in Freiheit leben können. Eure Feder tropft."

Der Hinweis kam so trocken und im selben Atemzug, dass Raleigh erst nicht begriff. Dann sah er auf die Feder in seiner Hand und von dort auf den Tintenfleck, der ihn von dem ansonsten noch leeren Papierbogen tückisch anzuglänzen schien. Er wollte den Reflex unterdrücken, doch da hatte er auch schon mit dem Handballen über den Fleck gewischt und ihn über die halbe Breite des Papiers geschmiert. Mit einem verärgerten „Ach!“ stiess er die perfide Feder ins Tintenfass und vergewisserte sich, dass seine Manschette nichts abbekommen hatte. Dann starrte er auf den Fleck auf dem Papier.

Der Fleck sah aus wie ein...

Assoziationen purzelten durch Raleighs Kopf und fielen an ihren Platz. Er stürzte sich auf den Stapel mit den Notizen zu Fletchers Aussagen, während Drake einen Schluck Milch trank und so tat, als halte er Raleighs Verhalten für völlig normal. Raleigh fand was er suchte auf der dritten Seite. Und auf einmal wusste er, dass Drake kein abergläubischer Mensch war.

Zum einen hatte Drake Dinge getan, die ein abergläubischer Seemann tunlichst vermied. Er hatte für mehrere Monate eine Frau an Bord genommen. Er hatte Schiffe umgetauft; dass er aus der *Santa Maria* die *Mary* gemacht hatte, mochte ja noch angehen, aber *Golden Hinde* war ein gänzlich anderer Name als *Pelican*. Doch nichts brachte Drakes Rationalität so sehr auf den Punkt, wie die Tatsache, dass er überhaupt mit seiner Flotte aus Plymouth ausgelaufen war. Das war es, was der Tintenfleck Raleigh offenbart hatte, dieser dunkle, runde Klecks, dem er mit seiner überhasteten Reaktion zu einem Schweif verholfen hatte.

Der Klecks sah aus wie ein Komet.

Erstmals ausgelaufen war Drakes Flotte am fünfzehnten November fünfzehnhundertsiebenundsiebzig. Nur wenige Tage zuvor war erstmals ein Komet gesichtet worden, der bis ins nächste Jahr hinein von blossem Auge zu sehen gewesen war. Auch Raleigh hatte ihn beobachtet. Und wenn Drake ihn nicht ebenfalls mit eigenen Augen gesehen hatte, musste er zumindest von ihm gehört haben.

Kein Spökenkieker, der etwas auf sich hielt, sah in einem Kometen etwas anderes als einen Unheilsboten, einen Verkünder von Katastrophen biblischen Ausmasses in unmittelbarer Zukunft. Und während nun dieser Unglücksstern über ihren Häuptern dräuend seine Bahn zog, setzten Drake und seine Mannen die Segel zu einer Fahrt, wie sie noch nie von englischem Boden aus in Angriff genommen worden war. Und was geschah? Prompt zwangen widrige Winde die Schiffe in den Carrick Roads Zuflucht zu suchen. Doch von Zuflucht keine Spur. Dort, zwischen den Festen Pendennis und St. Mawes, in einer der vortrefflichsten Reeden, welche die englische Küste zu bieten hatte, fiel ein Sturm über Drakes Flotte her, beschädigte die *Marigold* und sorgte dafür, dass der Grossmast der *Pelican* gekappt werden musste. Zehn Tage später schleppten sich die Schiffe wie geprügelte Hunde nach Plymouth zurück. Und was tat Drake? Er gab nicht dem Kometen die Schuld, sondern James Sydae. Sydae wurde gefeuert, die Schiffe wieder instand gestellt, die Trimmung korrigiert, und am dreizehnten Dezember lief die Flotte ein zweites Mal aus, während der Komet[32] nach wie vor gut sichtbar am Himmel hing. Pragmatischer ging es nicht.

Dass Drake an Hexenzauber und Magie oder sonst an übernatürliche Dinge glaubte, hielt Raleigh für äusserst unwahrscheinlich. Er erhob sich und trat an die Anrichte, auf der ein irdenes Gefäss mit einem Büschel Schreibfedern stand. Sorgfältig wählte er einen linksgeschwungenen Federkiel aus und sagte über die Schulter:

„Ihr dachtet nicht im Ernst, Doughty sei für das schlechte Wetter verantwortlich, oder?“

„Nö“, gab Drake trocken zurück. „Aber ich war wütend auf den Burschen, und da sagt man halt so Sachen, nicht?“

„Ihr habt Doughty nicht mehr gesehen, seit Ihr ihn auf die *Swan* verfrachtet habt“, sagte Raleigh und kam zum Tisch zurück. „Weshalb hättet Ihr plötzlich so wütend auf ihn sein sollen? Ich meine, noch wütender, als Ihr wahrscheinlich schon wart.“

„Na, weil er uns doch dieses Dreckwetter bescherte!“

„Wie jetzt?“ Verdattert liess sich Raleigh auf seinen Stuhl sinken.

Drake zwinkerte. „War nur Spass.“ Dann wurde er schlagartig wieder ernst. „Als das gesamte Geschwader vor Kap Joy im Mündungsgebiet des Silberflusses ankerte und wir unsere Wasservorräte auffüllten, da erfuhr ich einiges von dem, was der feine Herr an Bord der *Swan* so alles geäussert hatte. Und das war nicht dazu angetan, meine Gemüter zu besänftigen, so viel ist sicher.“

„Aber das war, bevor die *Swan* für längere Zeit keinen Kontakt zum Geschwader hatte.“

„Ja, eben. Da habe ich mir schon Sorgen gemacht. Ich musste ja damit rechnen, dass er die *Swan* in seine Gewalt gebracht hat.“

„Das hättet Ihr ihm zugetraut?“

„Dem Mann war alles zuzutrauen. Entsprechend erleichtert war ich, als wir sie wieder fanden, fast eintausend Meilen und drei Wochen später! Und in was für einem Zustand die *Swan* war! Kaum mehr seetüchtig. Aber meine Sorgen um die *Swan* waren nichts im Vergleich zu jenen, die ich mir um die *Mary* gemacht habe. Ich hatte ja kaum einen Eindruck davon, wie seetüchtig sie war. Mein Bruder war an Bord. Und das Wetter war grösstenteils unter aller Sau. Ein Sturm nach dem anderen."

„Dann erreichte das Geschwader ohne *Mary* die Robbenbucht."

„Aye."

Pfingstsonntag, 18. Mai 1578
an Bord der Pelican
Robbenbucht

Keine halbe Stunde war es her, dass die *Swan* durch die Einfahrt in die Bucht gesegelt war und geankert hatte. Nun lag deren Boot längsseits der *Pelican*, und beide, Captain Chester und Master Sarocold, standen an Deck des Flaggschiffs und erstatteten Drake Bericht. Sarocold kam ohne Umschweife zur Sache: „Die *Swan* macht's nicht mehr lange, Sir."

„Muschelbewuchs?", erkundigte Drake sich knapp.

„Das natürlich auch. Aber sie fault."

Drake sah zu Chester. „Was ist Ihre Meinung, Captain Chester?"

„Er sieht das auch so", meinte Sarocold, noch bevor Chester den Mund aufmachen konnte.

Drake fuhr herum. „Mr. Sarocold, ich habe Mr. Chester gefragt, und ich erwarte, dass Mr. Chester mir antwortet, nicht Sie."

„Ja, Sir. Verzeihung, Sir", kam es kleinlaut vom Master.

„Nun?", wandte sich Drake erneut an Chester, der müde und etwas hilflos die Achseln hob.

„Die *Swan* ist marode. Wir befürchteten schon, sie bricht auseinander, Sir."

„Dann werden wir sie aufgeben", entschied Drake kurzentschlossen.

„Sollen wir sie treiben lassen?", erkundigte sich Sarocold.

„Nein. Wir setzen sie bei Ebbe auf den Strand und brennen sie nieder. So kommen wir wenigstens noch an ihre Eisenteile, die können wir bestimmt noch brauchen."

„Aye, aye, Sir."

„Bringen Sie sie bei der *Pelican* längsseits, dann laden wir alles um."

„Aye, Sir." Sarocold bekam einen lauernden Ausdruck. „Und Doughty?"

„Kommt auch auf die *Pelican*."

„Aye, aye, Sir." Und schon war sein Gesicht wieder völlig ausdruckslos. Nichts deutete darauf hin, ob er enttäuscht oder erleichtert war.

Dienstag, 29. November 1580
Buckland Abbey
Devon

„Auf die *Pelican*?“ Im ersten Moment war Raleigh perplex. Alle anderen hatten ausgesagt, Doughty wäre auf die *Christopher* verfrachtet worden.

Drake wiegte den Kopf. „Das war meine Absicht. Ich wollte mit ihm reden. Aber…“

„Aber?“

„Bis die *Swan* an der *Pelican* festgemacht hatte, erzählte mir Chester einiges von dem, was Doughty auf der *Swan* wieder geäussert hatte. Und beim Umladen packten alle mit an. Nur er nicht. Er stand da und sah mich an. Und sein Blick…“

„Ja?“

„Sein Blick sagte mir: Du wirst mich nicht dazu bringen, für dich auch nur einen Finger krumm zu machen.“

Raleigh hielt seine Abschrift von Cookes Aussage in Händen und meinte: „Sie hatten eine lautstarke Auseinandersetzung, nicht wahr?“

„Ja.“

„Und als Doughty sagte, das schlechteste Wort aus seinem Mund werde hier geglaubt, als wäre es ein Eid, da schlugt Ihr zu.“

Drake schnaubte empört. „Blödsinn!“

„Ihr schlugt ihn also nicht zu Boden?“

„Doch.“

„Und weswegen dann?“

„Natürlich wegen seiner Impertinenz.“

„Wie jetzt?“

„Wörtlich sagte er: ‚Ich kann doch sagen, was ich will, ein schlechtes Wort aus meinem Mund wiegt schwerer als drei andere aus deinem!‘ Das war einfach zu viel, da hab ich ihm eine reingehauen.“ Betreten schlug Drake erst die Augen nieder, sah dann mit einem Dackelblick zu Raleigh hoch und sagte leise: „Das hätte ich vielleicht nicht tun sollen, was meint Ihr? Hm?“

„Es wird einer Versöhnung zwischen euch nicht gerade förderlich gewesen sein“, erwiderte Raleigh trocken. Er legte Cookes Aussage wieder hin und notierte sich auf einem frischen Bogen Drakes Version von Doughtys Worten. Auf seiner Feder kauend verglich er sie:

… das schlechteste Wort aus meinem Mund wird hier geglaubt, als wäre es ein Eid!

Und:

… ein schlechtes Wort aus meinem Mund wiegt schwerer als drei andere aus deinem!

Machte es einen Unterschied?

Eigentlich nicht.

Aber vielleicht doch. Die erste Version war eine zornige Äusserung eher allgemeinen Charakters. Doch die zweite Version war als Vergleich mit Drake direkt an diesen gerichtet und stellte durchaus einen verbalen Angriff dar. Nichts Schwerwiegendes unter Freunden. Aber gegenüber seinem Kommandanten redete man nicht so. Und war man schon in Ungnade gefallen, war es eine unbedachte Dummheit, die allein ihn zwar nicht aufs Schafott gebracht hätte, die aber einer der Tropfen war, die das Fass allmählich füllten. Zumindest aber machte sie Drakes Faustschlag nachvollziehbar. Doughty jedoch für die ganze Nacht an den Grossmast der *Pelican* zu binden, erschien Raleigh doch als ausgesprochen hart und unnötig. Dabei ging es nicht mehr um eine disziplinarische Massnahme. Es war schlicht Ausdruck offen zu Tage getretener Animosität. Und selbst der Drake, der ihm hier in dieser Kammer gegenübersass, schien über sein Tun im Zweifel.

„Jedenfalls blieb er nicht auf der *Pelican*“, nahm Raleigh den Faden wieder auf.

„Ich schickte ihn auf die *Christopher*.“

„Nicht ohne Widerstand.“

Drake nickte ernst. „Ja. Er jammerte und bettelte. Fürchtete, Sarocold und die Männer dort würden ihn umbringen. Aber das hätte ich nicht zugelassen. Ich musste drohen, ihn mit einer Talje von Bord zu fieren.“

„Aber das war dann nicht nötig.“

„Nein. Zu guter Letzt ging er von selber.“

Genauso, wie auch Cooke es geschildert hatte. Raleigh erhob sich und trat zum Kamin, um Holz nachzulegen. Während er mit dem Schürhaken zugange war, sagte er über die Schulter: „Die Robbenbucht – war das nicht da, wo Wynter mit den Eingeborenen tanzte?"

Drakes vergnügtes Lachen, als er sich zu Raleigh drehte, war ein seltsamer Laut in dieser ganzen Geschichte aus Leid und Gewalt.

„Ja! Das war ganz schön albern."

„Und wo Eure Kappe…" Raleigh zögerte kurz. Er wollte Drake nicht reizen oder auch nur aus seiner heiteren Gemütslage bringen. Drake hatte sich sein Barett von dreisten Eingeborenen mopsen lassen, aber es war vielleicht besser, es nicht so auszudrücken. Er räusperte sich und schloss: „ähm…abhandenkam?"

„Meine Kappe, ja!" Wieder lachte Drake hell auf, als wäre der Diebstahl ein köstlicher Witz. Seine Züge leuchteten derart vor Wärme, dass man meinen konnte, er erinnere sich an einen besonders lustigen Streich liebgewonnener Kinder.

Raleigh legte das Schüreisen weg, erhob sich und fragte, an den Kaminsims gestützt: „Wart Ihr nicht wütend deswegen?"

„Auf die Eingeborenen? Wieso?", fragte Drake irritiert zurück. „Es war nur ein Barett."

„Euer Lieblingsbarett, das Ihr jeden Tag getragen habt."

„Na und? Wenn sie es unbedingt haben wollten, dann sollten sie es haben."

„Ihr habt deswegen keine Eingeborenen verprügelt?"

„Verprügelt?" Und schlagartig verfinsterte sich Drakes Gesicht wieder. „Wer sagt sowas?"

„John Cooke."

Während Raleigh an seinen Platz am Tisch zurückkehrte, sah Drake ihm nach und sagte: „Cooke? Na, dann ist ja alles klar."

Ohne einen Schimmer, was da alles klar sein sollte, und hellhörig geworden, fragte Raleigh: „Wieso?"

Drakes Ärger war nicht zu überhören, als er erklärte: „Cooke gehörte genau zu der Sorte verwöhnter, missgünstiger Herrensöhnchen, mit denen ich nichts mehr zu schaffen haben möchte. Ein dünkelhafter, arroganter und verweichlichter Bengel, der die gestandenen Seeleute von oben herab behandelte, sich aber vor jeder harten Arbeit drückte."

„Ihr habt ihn bestraft", stelle Raleigh fest.

„Kann schon sein."

„Er musste vierzehn Tage ohne Mantel in der Kälte an Land verbringen."

„Vierzehn Tage? Da übertreibt er aber ein bisschen. Nun, ich hätte ihn schon nicht erfrieren lassen."

„Was hatte er sich denn zuschulden kommen lassen?"

„Hat sich während seiner Wache schlafen gelegt."

Die Antwort kam für Raleigh zu schnell, als dass er sie seinem Gegenüber abnahm. Wahrscheinlich hat er sie sich gerade aus den Fingern gesaugt, dachte er, weil er sich nicht wirklich an das Vergehen Cookes erinnern kann. Wenn es denn eines gegeben hatte. Doch Raleigh verzichtete darauf, zu insistieren, zumal Drake noch hinzufügte: „Allerdings fürchte ich, dass er seine Lektion nicht gelernt hat."

„Er sagt, es habe ihn abgehärtet."

„Na, das ist doch schon mal was." Mit der gespielten Genugtuung offenbarte Drake einmal mehr seinen sardonischen Humor.

„Ich nehme an, Cooke war schon vor seiner Bestrafung nicht gut auf Euch zu sprechen."

Nun war es Drake, der sich erhob. Mit bedächtigen Schritten ging er zum Fenster hinter Raleigh und zwang diesen dadurch, sich auf dem Stuhl nach ihm umzudrehen. Eine Weile sah er auf die weiss verschneiten Wälder, Wiesen und Hügel hinaus und sagte dann zu der kalten Welt dort draussen: „Wie gesagt, Cooke war einer der Gentlemen, und von denen waren viele nicht gut auf mich zu sprechen." Über die Schulter fuhr er an Raleigh gerichtet fort: „Und wenn er behauptet, ich hätte Eingeborene geschlagen, dann lügt er. Ich wäre ein Narr gewesen, mit den Eingeborenen wegen einer Mütze einen Krieg anzuzetteln; wir waren schliesslich nur hundertsechzig Mann. Nein", fügte er hinzu und sah wieder aus dem Fenster, „wo immer man hinkommt, sollte man sich die Eingeborenen zu Freunden und Verbündeten machen. Auf Unterdrückung werden sie nur früher oder später mit Hass und Gewalt antworten. Ausserdem hatte ich weiss Gott andere Sorgen, als mich um den Verlust einer Kopfbedeckung zu grämen. Immer noch fehlte jede Nachricht von Tom und der *Mary*; seit wir sie verloren hatten, war schon eine Woche vergangen, und wir hatten seitdem bloss fünfzig Meilen zurückgelegt.

Dann wurde die Stimmung unter den Mannschaften immer gereizter; ich hatte immer mehr Mühe, meine Befehlsgewalt durchzusetzen. Und was ich mit Doughty machen sollte, wusste ich auch noch nicht."

Drakes Stimme war immer leiser geworden, und Raleigh wusste, dass er da draussen nicht das Tal sah, an dessen Grund sich ein Bach hinunter bis in den Tavy schlängelte. Er sah den grauen Südatlantik und darauf, wie hingestreut, diese Handvoll Schiffchen, kleine Splitter Heimat in dieser nasskalten Weite, doch ohne Frieden und trostlos wie das Meer um sie herum. Zweieinhalb Jahre waren seither vergangen, doch Drake war jetzt gerade dort.

Raleigh liess den Arm lässig von der Stuhllehne baumeln und sagte: „Aber Doughty befand sich nun mit seinem Halbbruder auf der *Christopher*, der portugiesischen Fischerschmacke und mittlerweile kleinsten Schiff des Verbandes, und stellte wohl kaum noch eine direkte Gefahr dar."

Drake seufzte. „Wär ja schön, wenn's so gewesen wär. Aber nachdem ich mit Chester, Sarocold, Fletcher und anderen von der *Swan* gesprochen hatte, wusste ich, dass Doughty mit aller Macht versuchte, meine Autorität zu untergraben, indem er mich verleumdete. Und damit war aus einem guten Freund ein Klotz am Bein geworden. Ein gefährlicher Klotz."

„Ihr wollt sagen, Ihr hattet ihn nicht unter Kontrolle."

Raleighs Provokation führte immerhin dazu, dass Drake sich zu ihm umdrehte. „Wie denn auch?", stiess er aus und liess in einer hilflosen Geste die Hände seitlich gegen die Schenkel fallen. „Er hatte Freunde. Er konnte jederzeit offen das Schwert erheben, und dann würden ihm viele der Unzufriedenen folgen. Anzunehmen, diese Situation würde sich wieder zum Guten wenden, wäre wohl der Gipfel der Idiotie gewesen."

Zeit, die Daumenschrauben anzuziehen. Scheinbar immer noch ganz entspannt auf seinem Stuhl lümmelnd meinte Raleigh: „Was Euch zu der Überzeugung gebracht hat, dass Ihr ihn nicht weiter mitnehmen konntet. Doughty musste weg, Ihr musstet ihn loswerden. Schon in der Robbenbucht wusstet Ihr es."

„Was?"

„Dass Doughty sterben sollte."

Mit zwei Schritten war Drake beim Tisch und liess die Faust darauf niedersausen, dass es krachte und Raleighs Tintenfass bedenklich wackelte.

„Nein!“, brüllte er. „Nein, verdammt. Er sollte eine faire Chance bekommen. In einem ordentlichen Gerichtsverfahren.“ Es war ihm anzusehen, wie er versuchte, zur Ruhe zu kommen. Er trat zu seinem Stuhl und starrte die Sitzfläche an, als sähe er sie zum ersten Mal. Dann murmelte er, bevor er sich setzte: „Nun ja, so gut es eben unter diesen Umständen ging.“

„Und so habt Ihr vor dem Auslaufen die Zeugen gebeten, ihre Aussagen für einen Prozess schriftlich festzuhalten. Aber einer machte da nicht mit.“

Dienstag, 3. Juni 1578
Robbenbucht

Nur noch das Boot der *Pelican* wartete auf der kiesigen Insel darauf, ins Wasser geschoben zu werden. Einige Seeleute luden die letzten Gerätschaften ein – Waffen, Kochgeschirr, ein Dreibein, zwei Klappstühle, Zeichenblöcke, Malzeug und Stifte. Cuttil stand etwas abseits und beobachtete eine Kolonie von Felsenpinguinen jenseits des seichten Wasserarms, der die Insel vom Festland trennte. Mit etwa anderthalb Fuss Körperlänge waren diese Tiere nicht sonderlich gross. Brust und Bauch waren weiss, Rücken, Kopf und die Stummelflügel schwarz. Was diese an sich putzigen Wesen beunruhigend machte, waren die gelblichweissen Streifen über den kaum sichtbaren roten Augen. Wie helle Augenbrauen, aber mit dem Schwung nach unten, und an den Seiten des Kopfes liefen sie in lange Gefiederfahnen aus, die fächerförmig vom Kopf abstanden, wie auch der etwas kürzere schwarze Gefiederschopf. Das Beunruhigende war, dass die hellen Überaugenstreifen von weitem wie die Augen selbst wirkten und den Tieren etwas unbestreitbar Dämonisches verliehen.

Mit bedächtigen, knirschenden Schritten näherte sich Drake dem Master der *Pelican*.

„Master Cuttil?"

Cuttil riss seinen Blick von den merkwürdigen Vögeln los. „Sir?"

„Die Flut kommt rein, wir laufen aus. Aber bevor wir an Bord gehen, habe ich noch eine Bitte an Sie." Drake war nun dicht an Cuttil herangetreten. „Sie betrifft Mr. Doughty…"

Auf einmal wirkte Cuttil beunruhigt. Und ganz offensichtlich hatte es nichts mit den Pinguinen zu tun.

„Mr. Doughty und sein Bruder befinden sich an Bord der *Christopher*, Sir. Als Gefangene", sagte er reserviert und etwas ratlos.

„Jawohl, Mr. Cuttil, das tun sie", gab sich Drake ganz väterlich. „In Johns Fall ist es eine reine Vorsichtsmassnahme, aber was Thomas betrifft, geschieht es nicht ohne Grund. Thomas Doughty hetzt die Leute gegen mich auf."

„Ich verstehe nicht, Sir…"

Drake beugte sich noch näher an Cuttil heran und hauchte mit verschwörerisch gesenkter Stimme: „Meuterei, Mr. Cuttil."

„Doughty?" Cuttil schien völlig aus der Fassung gebracht, als verstünde er nicht, was er da hörte. Drake legte ihm jovial eine Hand auf die Schulter und sagte: „Sie waren doch auf der *Pelican* viel mit ihm zusammen."

Cuttil zuckte erschrocken zurück und entzog sich Drakes Hand. Verärgert stiess er aus: „Was wollt Ihr damit sagen, Sir?"

Drake hob in einer begütigenden Geste die Hände. „Nur die Ruhe, Cuttil, nur die Ruhe. Er hat mit Ihnen oft unter vier Augen gesprochen, wie ich hörte. Und nun möchte ich, dass Sie mir aufschreiben, was er so alles gesagt hat."

„Wozu?"

„Doughty wird sich für seine Verfehlungen vor einem Gericht verantworten müssen, und ich brauche die schriftlichen Aussagen von Zeugen als Beweise."

Cuttil trat noch einen Schritt zurück. „Ich weiss nichts von einer Meuterei, Sir!"

Drake setzte ihm nach. „Dann gehen Sie in sich, erinnern Sie sich. Und schreiben Sie es auf."

Der Master holte Luft, um etwas zu sagen. Schüttelte den Kopf. Liess den Atem wieder entweichen. Leise plätscherten die Wellen ans steinige Ufer.

Drake wartete.

Als Cuttil endlich sprach, war es fast ein Flehen. „Bei allem Respekt, Sir, aber das kann ich nicht."

Mit Drakes Geduld aber war es jetzt zu Ende. Hart fuhr er den Master an: „Sie tun, was Ihnen befohlen wird, Mann! Oder Ihnen wird – bei Gott, das schwöre ich – ebenso der Prozess gemacht!"

Mit offenem Mund schüttelte Cuttil wieder den Kopf. Dann nickte er. Er hatte einen Entschluss gefasst.

„Wenn das so ist, Sir, dann ziehe ich es vor, hierzubleiben!" Und damit schulterte er seine Arkebuse, machte auf dem Absatz kehrt und marschierte geradewegs aufs Wasser zu.

„Wo wollen Sie denn hin?", rief ihm Drake nach, doch Cuttil beachtete ihn nicht und watete in den Wasserstreifen hinein. Als er die Mitte erreicht hatte, drehte er sich um und rief den Männern beim Boot zu, die ihm neugierig nachsahen: „Nun gut, meine Herren, mir wird hier schwer zugesetzt, weil ich mich weigere, Thomas Doughty einer Tat anzuklagen, von der ich – Gott sei mein Zeuge – weiss, dass er sie nicht begangen hat! Was auch immer aus mir wird, ihr seid meine Zeugen! Ich habe nie etwas anderes von ihm gewusst, als dass er der Freund unseres Befehlshabers ist! Und bevor ich abwarte, dass der Befehlshaber seine harte Haltung auch mir gegenüber zeigt, liefere ich mich lieber den Kannibalen aus! Ich bitte euch, betet für mich!"

Dann wandte er sich zum Festland um und watete entschlossen hinüber.

Dienstag, 29. November 1580
Buckland Abbey
Devon

Walter Raleigh musste an sich halten, um nicht zu grinsen; er wusste ja, wie die Geschichte geendet hatte. Anerkennend sagte er: „Eins muss man dem Mann lassen: Er hatte Rückgrat."

„Aber dann bekam er doch die Hosen voll", konterte Drake. „Als wir alle schon an Bord unserer Schiffe waren, gab er einen Schuss mit seiner Arkebuse ab, damit wir ihn wieder holen kamen."

„Cuttil soll die Arkebuse abgefeuert haben, um die Wilden anzulocken."

Vor Belustigung hoben sich Drakes Brauen. „Ach. Und weshalb ist er dann in das Boot gestiegen und hat sich zur *Pelican* zurückrudern lassen? Wenn er unbedingt hätte an Land bleiben wollen – ich hätte ihn nicht daran gehindert."

„Aber seinen Posten als Master war er los."

„Natürlich. Nach seinem Getue war er als Schiffsführer nicht mehr tragbar. Hord war jetzt Master der *Pelican*, und dabei blieb es."

„Hord?"

„Mr. Thomas Hord, jawohl."

„Fletcher, Pretty und Cooke nennen ihn Hood."

„Sie können ihn nennen, wie sie wollen, unterschrieben hat er mit Hord, und so will ich ihn auch nennen."

Das war wieder so ein Namending. Erst Sydae, dann Hord. Und er, Raleigh selbst, hatte ja auch darunter zu leiden. Andererseits: Ob Hood oder Hord, eigentlich war es einerlei, wie der Master von da an hiess. Cuttil hiess er jedenfalls nicht mehr.

„Der Verband lief also aus…", hob Raleigh an, doch Drake fiel ihm gleich ins Wort: „Und prompt verschlechterte sich das Wetter, und welches Schiff geriet ausser Sicht?"

„Die *Christopher*." Denn auf der befand sich Doughty, und Doughty schien sich immer auf einem Schiff zu befinden, das ausser Sicht geriet.

„Es war zum Haare ausraufen", fuhr Drake fort. „Der Wind drehte auf Süd, und wir wurden die ganze Strecke bis Cape Hope zurückgetrieben.

Und von der *Mary* immer noch keine Spur. Nach vier oder fünf Tagen tauchte die *Christopher* wieder auf, aber weil sie sich offenbar schwertat, mit dem Verband mitzuhalten, gab ich auch sie auf. Wir verteilten, was an Bord war, auf die anderen Schiffe und liessen sie treiben."

„Und die Gebrüder Doughty kamen auf die *Elizabeth*, nachdem Ihr sie dort wortreich angekündigt habt."

Drake betrachtete seinen Handschuh und fragte ihn etwas abwesend: „Habe ich das?"

„Ihr bezeichnetet die beiden als Zauberer und Giftmischer."

Als Drake nicht weiter darauf reagierte, fuhr Raleigh fort: „Ihr verbotet den beiden Feder und Papier sowie jede Unterhaltung mit ihnen bei Androhung der Todesstrafe. Und Ihr verspracht den loyalen Leuten Reichtum und Ansehen."

„So ähnlich wird's wohl gewesen sein", räumte Drake ein.

Obwohl Raleigh für sich entschieden hatte, dass Drake wohl nicht besonders abergläubisch sei, sprach Drakes Rede auf der *Elizabeth* eine andere Sprache. Er wusste nicht, wohin es führen würde, aber er sagte trotzdem: „Ihr hieltet Doughty also doch für einen Zauberer." Keine Frage, eine Feststellung.

Als wisse er nicht, ob er verneinen oder zustimmen sollte, neigte Drake den Kopf und sagte dann: „Erstens wollte ich, dass sich die Männer von den Doughtys fernhielten, und das erreichte ich am besten, indem sie sich vor ihnen fürchteten. Wenigstens ein bisschen." Mit einem feinen Lächeln zwar, aber humorlos. Nüchtern. Stubenrein.

„Und zweitens?"

Das Lächeln wurde salbungsvoll.

„Nun, wir können gern glauben, dass es so etwas wie Hexerei nicht gibt. Die Natur allein schon bietet uns die rätselhaftesten Phänomene, und es mag auch Personen mit besonderen Begabungen und Fertigkeiten geben, die wir nicht verstehen, die deswegen aber noch lange nichts mit Hexerei zu tun haben. Aber wissen können wir es nicht." Irgendwie wechselte Drakes Lächeln von salbungsvoll zu listig. „Woher hätte ich also wissen sollen, dass die Doughtys keine Zauberer waren? Hm?"

„Dann habt Ihr Euch abgesichert, für den Fall der Fälle."

„So könnte man es sagen. Aber kaum hatte Doughty keine Möglichkeit mehr, im Geheimen irgendwelche Dinge zu tun, drehte der Wind auf Nord, und wir hätten mit diesem raumen Wind bis zur Einfahrt von Magellans Strasse segeln können. Interessant, nicht?“

Ja, ja, dachte Raleigh, verarschen kann ich mich selber. Glaubte Drake wirklich an das, was er sagte? Oder offenbarte sich hier sein seltsamer Sinn für Humor? Als neckisches Spielchen zwischen zwei rationalen Geistern, verbunden mit einem Seitenhieb nach dem Mann, der bei ihm in Ungnade gefallen war? Vielleicht hatte er aber auch einfach nicht alle Tassen im Schrank. Gereizt stellte Raleigh fest, wie müde er war, dass er sich solch unsinnigen Überlegungen hingab. Die schlaflose Nacht mit Molly hatte offensichtlich sein Urteilsvermögen getrübt. Er musste sich zusammenreissen. Das Gespräch weg von diesem ganzen Hokuspokus führen. Raleigh straffte sich und sagte: „Ihr seid aber nicht gleich in die Strasse gesegelt.“

„Nein“, sagte Drake leise, und sein Lächeln war auf einmal wie weggewischt. „Nicht ohne die *Mary*, nicht ohne Tom. Erst musste ich Gewissheit über das Schicksal von Tom und seinen Leuten haben, bevor ich den Atlantik hinter mir liess. Wir fanden einen guten Ankerplatz keine hundertfünfzig Meilen nördlich der Strasse, wo wir zwei Tage lang auf die *Mary* warteten. In dieser Zeit schickte ich Mr. Gregory zur *Elizabeth*, um mich bei Wynter nach Doughtys Betragen zu erkundigen. Er sprach dabei auch kurz mit Doughty selbst. Gregory, Wynter, Brewer und mehrere andere berichteten mir später davon, wie sich Doughty dabei aufgeführt hat.“

Dienstag, 17. Juni 1578
an Bord der Elizabeth
im Mündungsbecken des Rio Santa Cruz

In der Kapitänskajüte hatte sich Gregory von Wynter über Doughtys Zustand und Führung unterrichten lassen. Jetzt trat er aus dem Achterkastell und suchte den Mann selbst. Er entdeckte ihn, wie er alleine auf der Back stand und durch die Fockwanten zum Land hinübersah.

„Mr. Doughty, Sir?"

Mit zwei Schritten war Doughty bei der Querbalustrade, sah zu ihm hinunter und rief: „Master Gregory! Was verschafft mir die Ehre?" Seine Stimme triefte vor Sarkasmus.

Doch der Junge liess sich nicht beeindrucken. Den Kopf weit im Nacken rief er zu Doughty empor: „Mit höflichen Empfehlungen von Mr. Drake, Sir, und er möchte wissen, wie es Ihnen geht."

„Gut. Hervorragend! Wunderbar geht's mir!", rief Doughty freudlos zurück und kam mit der ihm eigenen Eleganz die Stufen des Niedergangs zur Kuhl herunter.

„Dann werden Sie gut behandelt?", plauderte Gregory munter weiter. „Nun, das wird Drake freuen zu hören. Im Übrigen habe ich den Auftrag, Ihnen mitzuteilen, dass Sie nicht mehr lange hierbleiben werden. Wenn wir das nächste Mal ankern, werden Sie die *Elizabeth* verlassen."

Doughty stand jetzt dicht vor ihm und sah ihn von oben herab an. „Das gefällt Ihnen wohl nicht, was, Master Gregory?"

Gregory überlegte einen Moment, ob er etwas erwidern sollte, sagte dann aber nur: „Es ist wohl besser, ich gehe jetzt."

Damit liess er Doughty stehen, überquerte das Deck und stieg über das Schanzkleid ins wartende Boot hinunter.

Kaum war Gregorys Schopf hinter dem Schanzkleid verschwunden, machte sich Doughty auf den Weg nach achtern zu Leonard Vicary, der an den Mastknecht des Grossmasts gelehnt in einem Buch blätterte. Doughty kam an John Brewer vorbei und bemerkte das hämische Grinsen nicht, mit dem ihm der Trompeter nachsah. Vicary, der aus dem Augenwinkel das Näherkommen Doughtys bemerkt hatte, hob den Kopf.

Sofort fiel ihm das Leuchten auf dem Gesicht seines Freundes auf, das Strahlen, das er von früher so gut kannte und von dem in den letzten Wochen nichts zu spüren gewesen war. Offensichtlich wollte Doughty ihm eine freudige Nachricht überbringen. Doch dazu kam Doughty nicht.

„Was wollte Master Gregory von Ihnen, Mr. Doughty?", erkundigte sich Captain Wynter vom Halbdeck herab.

Doughty hielt sich am Gien des Grossfalls fest und sah hoch. „Er überbrachte mir Empfehlungen von Captain Drake und deutete an, Drake würde sich freuen, dass ich bei Gesundheit sei, und dass ich nicht mehr lange hier auf der *Elizabeth* bleiben, sondern dass er mich wieder in seine Mannschaft aufnehmen würde, wenn wir das nächste Mal vor Anker gehen. Wo sich Master Gregory mit all meinen Feinden in die Hosen macht aus Furcht, ich könnte mindestens zu so grosser Befehlsgewalt gelangen, wie ich sie ehedem innehatte, und sie dann gehörig schikanieren." Er liess das Fall los und zog mit beiden Händen seine Jacke straff. „Und das werde ich auch, sie sollen sich nur vorsehen!"

Brewer spuckte ein Stückchen abgebissenen Fingernagels aus und rief höhnisch: „Träum weiter, Doughty!"

Mittlerweile waren zahlreiche Männer auf das Gespräch aufmerksam geworden. John Cooke war da, Tom Moon, John Adley, Edward Worrall und etliche mehr. Auf dem Halbdeck war der Master, William Marckombe, neben Wynter an die Balustrade getreten. Sie alle verfolgten das Geschehen mit ungeteilter Aufmerksamkeit.

Vicary machte ein ernstes Gesicht, packte Doughtys Arm und warnte ihn, dass Drake Anklagen gegen ihn sammle. Als Wynter das auch noch bestätigte, schüttelte Doughty traurig den Kopf.

„So, tut man das?", sagte er leise. Das Leuchten war schon lange aus Doughtys Gesicht verschwunden, und die Männer konnten zusehen, wie seine Irritation einem nagenden Ärger wich. Seine Kiefermuskeln arbeiteten, sein Blick wurde starr, als er sich langsam um die eigene Achse drehte und jedem der Männer in die Augen sah. Und als er sprach, begann es als dumpfes Grollen und steigerte sich in einem irren Crescendo zu einem wütenden Geifern: „Nun, dann schwöre ich: Wenn ich wieder nach England komme, dann werde ich jedem, der hier etwas gegen mich gesagt hat, in den Mund pissen!"

Dienstag, 29. November 1580
Buckland Abbey
Devon

Angesichts der Drastik musste Raleigh sich räuspern und fügte dem ein leises „Autsch!“ hinzu, denn Doughty hatte seine Lage offenbar völlig verkannt, der arme Teufel.

Mit einem Nicken seufzte Drake: „Tja, der Mann war wirklich desperat.“

„Wundert Euch das?“

„Er begriff einfach nicht, in welcher Situation er sich befand, und ich durch ihn. Völlig realitätsfremd, wenn Ihr mich fragt. Er war so überzeugt von sich, dass es krank war und mich krank machte. Ich glaube, Doughty verfiel mehr und mehr dem Wahnsinn.“

„Weil Ihr ihn dahin getrieben habt, Sir“, sagte Raleigh ruhig.

Drake fuhr auf und erwiderte scharf: „Ihr beleidigt meine Ehre, Sir!“

Raleigh blieb die Ruhe selbst. „Überlegt, wie er sich gefühlt haben muss.“

„Ha!“

„Er war in Ungnade gefallen. Seit vier Monaten lebte er praktisch als Gefangener, kam von einem Schiff aufs nächste, eines kleiner als das andere, wurde gepiesackt und gedemütigt…“

„Alles, was ihm widerfuhr“, ging Drake dazwischen, „hatte er sich selber zuzuschreiben!“

„Mag sein“, räumte Raleigh ein und zwirbelte seine Feder zwischen Daumen und Mittelfinger. Einmal linksrum. Einmal rechtsrum. Die Luft wurde stickig. Doch es waren nicht nur das Kaminfeuer und der mangelnde Sauerstoff, der nach lüften rief. Einmal linksrum, einmal rechtsrum. Raleigh spürte es, sie näherten sich dem Kern der ganzen Sache. Und Drake spürte es auch. Noch war es nicht soweit. Doch Raleigh würde bis zum entscheidenden Punkt vordringen. Schritt für Schritt. Das war zumindest seine Absicht. Noch einmal linksherum, und dann bewegte sich die Feder nicht mehr. Ganz beiläufig erkundigte sich Raleigh: „Wie habt Ihr reagiert, als Euch von Doughty's Ausfälligkeit berichtet wurde?“

„Daran war ja beileibe nichts Spezielles mehr", brummte Drake. „Ich hatte mich um Wichtigeres zu kümmern. Was mich in allererster Linie beschäftigte, war das fortgesetzte Ausbleiben der *Mary*."

Er weicht aus und flüchtet sich auf sicheres Terrain, dachte Raleigh.

Drake fuhr fort: „Sobald der Wind es zuliess, gingen wir wieder ankerauf und segelten in weit auseinandergezogener Front erneut nordwärts, da nicht davon auszugehen war, dass uns die *Mary* ungesehen überholt hatte. Und dann endlich, am folgenden Tag gegen Abend, fanden wir sie!"

Halleluja! Schön! Wunderbar!, dachte Raleigh, aber wir dürfen jetzt nicht vom rechten Weg abkommen. „Und dann ankerte die Flotte in der Bucht Port St. Julian."

Drake nickte. „Am zwanzigsten Juni."

„Und zwölf Tage später war Doughty tot."

„Tot. Ja", kam es tonlos von Drake, als stecke ihm tatsächlich ein dicker Kloss im Hals.

Raleigh beugte sich über den Tisch vor und sagte leise: „Eure rechte Hand…" Seine Stimme wurde zu einem Flüstern. „Euer *Freund*."

„Fürchterlich, ja." Drakes Stimme war eindeutig belegt. Er sah über Raleighs Schulter zum Fenster hinaus und atmete tief durch. „Der Tod ist schon eine komische Sache." Mit zerfurchter Stirn suchte er wieder Raleighs Blick. „So absolut, nicht? Mit einem Beilschlag bleiben von dem Mann nur noch Erinnerungen."

„Ihr hättet es verhindern können."

„Nein."

Raleigh lehnte sich wieder zurück und hielt die Feder mit beiden Händen waagerecht vor sich. „Na gut, dann habt Ihr es zumindest nicht verhindern *wollen*."

„Ich hab's versucht, aber es ging nicht."

Geschäftsmässig stellte Raleigh die Feder ins Tintenfass zurück und sagte kalt: „Er war Euer Freund, Drake. Aber Ihr habt ihn nur ausgenutzt, und als er Euch im Weg war, habt Ihr ihn beseitigt!"

Drake sprang auf. „Das ist nicht wahr!"

„Seine Hilfe in Irland und hier in England habt Ihr aber ohne Zögern angenommen, nicht?"

„Freunde sind füreinander da, wenn man sie braucht!"

„Wann wart Ihr für ihn da?"

„Ich habe ihn auf die Reise mitgenommen!"

„Dazu hatte er ein Recht!"

„Nein!", rief Drake laut. Mit den Fäusten stützte er sich schwer auf den Tisch, ungeachtet der Papiere, die darauf verstreut lagen, und sah vorgebeugt auf Raleigh nieder. „Er kam mit, weil ich es so wollte!"

Auch Raleigh kam auf die Beine und rief ebenso laut: „Und weil Ihr es so wolltet, musste er sein Haupt auf den Richtblock legen!"

„Was wissen Sie schon?", brüllte Drake. „Sie waren verdammt noch mal nicht dabei! Ihre beleidigenden Behauptungen sind keinen Pfifferling wert – Mister Raleigh!"

Wie Drakes Spiegelbild stand Raleigh da. Die Hände ebenfalls auf den Tisch gestützt, die Nase keine Handspanne von der Drakes entfernt, brüllte er zurück: „Ich versuche hier die Wahrheit herauszufinden, Mr. Drake!"

„Die Wahrheit, die Sie gerne hören wollen! Schieben Sie sich ihre Wahrheit sonst wohin, Raleigh!"

Raleighs Stimme donnerte Drake mitten ins Gesicht: „Setzen Sie sich wieder hin, Drake! Und schreien Sie mich nicht an! Ich bin nicht einer Ihrer Seeleute!"

Plötzlich herrschte absolute Stille im Raum, und lange Momente geschah gar nichts. Dann knackte ein Scheit im Feuer. Doch keiner der beiden Kontrahenten bewegte sich. Vorgebeugt standen sie sich gegenüber, als wollten sie sich jeden Augenblick an die Gurgel springen.

Nach einer halben Ewigkeit schliesslich griff Raleigh zur Weinflasche und schenkte Drakes Glas voll. Fast milde sagte er dabei: „Ich kann verstehen, dass Sie erregt sind, Sir." Ruhig, aber entschlossen, stellte er das Glas zwischen Drakes Fäusten ab. „Hier – trinken Sie einen Schluck, das beruhigt die Nerven."

Drake senkte den Blick auf das Glas. Halb rechnete Raleigh damit, dass er es packen und ihm ins Gesicht schütten würde. Doch das tat er nicht. Mit drei Fingern nahm er das Glas behutsam beim Stiel, setzte sich artig hin und trank einen Schluck. Sachte schwenkte er das Glas und betrachtete prüfend die rote Flüssigkeit darin. Leise und wieder ganz ruhig sagte er: „Ich wollte es nicht."

„Was?"

„Doughty tot sehen." Damit stellte er das Glas auf den Tisch zurück. Es war ihm zwar nicht anzusehen, aber seine Wut war keinesfalls völlig verraucht. Raleigh spürte es.

„Aber…?"

„*Er* hat *mich* ausgenutzt!", schnaubte Drake. „Doughty ging es immer nur um sich selbst! Hat herumposaunt, *er* habe mich bei Lord Essex, Walsingham und der Königin eingeführt; *er* habe die Verträge unterzeichnet und gesiegelt, er habe tausend Pfund in das Unternehmen investiert, so als wäre das Ganze *seine* Idee gewesen!"

„Aber er *hat* tausend Pfund investiert!"

Drake schüttelte den Kopf. „Fünfhundert."

„Fünfhundert?"

„Aye."

„Aber er sagte selbst Ihnen gegenüber, es wären tausend gewesen!"

„Das hatte er versprochen. Aber es waren nur fünfhundert und kein Penny mehr. Und ich hätte gut darauf verzichten können, wenn er dafür auf seinen Verrat verzichtet hätte!"

„Und worin hat sein Verrat bestanden? In Prahlereien?"

„Doughty war einfach ein Arschloch", seufzte Drake und hob in einer hilflosen Geste die Hände. „Ich weiss nicht, wie ich es anders sagen soll. Wo immer er hinkam, sorgte er innert kürzester Zeit dafür, dass man ihn entweder ins Herz schloss oder verabscheute. Etwas dazwischen gab es nicht. Wo er hinkam, gab's Ärger!"

„Ärger ist noch kein Verrat."

„Er hat mich, den Oberbefehlshaber, fortwährend diskreditiert. Das ist Verrat genug."

„Vielleicht hat er es nicht mit Absicht getan."

Drake lachte freudlos auf. „Nicht mit Absicht?"

„Nur aus einem persönlichen Geltungsbedürfnis heraus."

Drake sah Raleigh bedeutungsvoll an und sagte: „Auf unserem Kurs von Afrika nach den Kapverden hörte ich eine Unterhaltung zwischen Doughty und unserem Bootsmann Blackeley."

Januar 1578
an Bord der Pelican
Nordatlantik

Acht Glasen der Vormittagswache waren gerade vorüber, der Wachwechsel vollzogen. Zwölf Uhr mittags. Als Offizier der Wache hatte sich Doughty gerade von Cuttil ablösen lassen; Drake hörte, wie er sich beim Ruderhaus mit dem Master und dem Bootsmann unterhielt, ohne jedoch besonders darauf zu achten. Er stand am Luvschanzkleid des Achterdecks und nahm das Mittagsbesteck. Gerade als er den Quadranten absetzte und die Sonnenhöhe von der Skala ablesen wollte, gingen Doughty und Blackeley auf der Leeseite des Decks Richtung Niedergang zur Kuhl und er hörte, wie Doughty mit der gönnerhaften Arroganz eines Edelmanns ausführte: „Viele vornehme Leute haben Geld in dieses Unternehmen investiert, Mr. Blackeley. Ich selbst habe tausendfünfhundert Pfund in dem Geschäft."

„Das ist eine Menge Geld, Sir", gab sich der Bootsmann beeindruckt.

„Freilich. Der Anteil eines Gentlemans", entgegnete Doughty von oben herab und fügte mit einer ausgreifenden Geste, die das ganze Schiff einschloss, hinzu: „Und das ist's, worum's hier geht, Mr. Blackeley: Ein reines Gentleman-Unternehmen."

Dienstag, 29. November 1580
Buckland Abbey
Devon

„Da haben Sie's", rief Raleigh aus. „Doughty war einfach geltungsbedürftig."

„Oh, und wie er das war!", knurrte Drake. „Aber nicht nur. Oder glauben Sie, er wäre damit zufrieden gewesen, dass ein *reines Gentleman-Unternehmen* nicht auch unter dem Kommando eines Gentlemans stand? – Ich fürchte, er war der Überzeugung, dass der Oberbefehl ihm zustand. Und nicht mir."

Raleigh dachte kurz nach und sagte dann: „Und wenn Sie sich in diesem Verdacht geirrt hätten?"

„Hätte es keinen Unterschied gemacht. Die Wirkung auf die Männer war in jedem Fall dieselbe. Die eine Hälfte war für mich, die andere gegen mich, und solange Doughty mit von der Partie war, änderte sich das auch nicht. Auf dieser Fahrt aber brauchte ich unbedingt eine Mannschaft, die ungeteilt und einig war."

Nun ja, dachte Raleigh, ein Ding der Unmöglichkeit, das Drake aber irgendwie hingekriegt hatte – wenn man Wynters Desertion einmal aussen vor liess. Selbst Doughtys Halbbruder John hatte auf dem Rest der Fahrt rund um den Erdball keinen Anlass für Ärger geboten. Nur der wackere Fletcher war auffällig genug geworden, dass Drake sein Mütchen hatte an ihm kühlen können. Sicher, Einigkeit in der Mannschaft war das A und O eines solchen Unternehmens. Im Atlantik hatte aber gerade das Gegenteil davon geherrscht. Und Doughty trug daran keine Schuld. Andererseits war sein Verhalten wenig geeignet, die gewünschte Einigkeit herbeizuführen. Aber ob das neben all den anderen schwammigen Anklagen ausgereicht hatte, gleich zur drastischsten aller Massnahmen zu greifen? Wenn er Drake so ansah, und nach allem, was er von ihm wusste, kannte Raleigh die Antwort. Etwas mutlos stellte er die Frage trotzdem: „Hätte es nicht andere Möglichkeiten gegeben, Doughty zu entfernen, ohne ihn zu töten?"

Drake seufzte genervt und sagte: „Ja glauben Sie denn, ich hätte es mir leicht gemacht? Hätte sogar Spass daran gefunden? Nein! Ich hätte sonst was drum gegeben, wenn ich die Kaperfahrt hätte weiterführen und Doughty's Leben schonen können. Aber es ging nicht."

„Wieso haben Sie ihn nicht einfach in Port St. Julian zurückgelassen?"

„Mit einer Flinte und hundert Schuss Munition? Er wäre von den Eingeborenen abgeschlachtet worden oder elend verhungert, sobald er seine Munition aufgebraucht hätte. Das wäre ein weitaus härteres Schicksal gewesen, als er hat erleiden müssen."

Auch eine Ausrede, dachte Raleigh böse. Er gab sich in der Sache aber noch nicht geschlagen. „Und ihn nach England zurückschicken? Schiffe hatten Sie ja genug. Und Wynter hatte es ja angeboten."

Vehement schüttelte Drake den Kopf. „Wynter mit der *Elizabeth* ziehen lassen? Nie im Leben! Die *Marigold* hätte ich erübrigen können. Aber wer sagte mir, dass Doughty das Schiff nicht in seine Gewalt gebracht hätte? Und ihn mitzunehmen bis Peru und ihn dort an Land zu setzen, wie er es vorgeschlagen hat, ging auch nicht. Er hätte eine spanische Siedlung erreichen und die Spanier vor uns warnen können. – Seine Hinrichtung war die einzige Lösung."

„Und die stand von vornherein fest, nicht wahr?"

„Ja", sagte Drake ohne erkennbare Emotion. Schlicht, einfach und ehrlich.

Er gibt es also zu, dachte Raleigh erstaunt. Er gibt zu, dass die Tötung Doughtys ab einem bestimmten Zeitpunkt geplant war. Geplant und unumkehrbar. Das hiess nichts anderes als Mord. Wie edel auch die Motive waren, die Drake dafür ins Feld führte – es blieb Mord.

„Wozu dann ein Prozess?"

Drake verschränkte seine Finger um das übergeschlagene Knie und sagte: „Er sollte die Möglichkeit haben, alle vorgebrachten Anschuldigungen zu widerlegen, wie es unser gutes altes englisches Recht vorsieht."

Logisch. Damit der Mord nicht wie ein solcher aussah.

„War der Prozess nicht viel mehr eine Farce? Um dem Vorwurf der Willkür zu entgehen?"

Ein anerkennendes Grinsen überzog Drakes Gesicht, während er ein Auge zukniff, mit dem Finger auf Raleigh zeigte und sagte: „Sie denken pragmatisch, das gefällt mir, Mr. Raleigh."

„War es so?"

Drake lehnte sich auf seinem Stuhl zurück, streckte die Beine aus, verschränkte die Arme vor der Brust und dozierte, ganz geschäftsmässig: „Mein oberstes Ziel war, die Reise zu einem Erfolg zu bringen. Worauf keine Aussicht bestand, solange nicht der Geist der Einigkeit in der Mannschaft herrschte, welchen ich wiederum nicht herzustellen vermochte, solange Doughty sein Unwesen trieb. Doughty musste sterben, und zwar so, dass sein Tod von der überwiegenden Mehrheit akzeptiert wurde. Danach konnte ich daran gehen, die Mannschaft zusammenzuschmieden. Als wir nach England zurückkehrten, war die *Golden Hinde* mit Beute voll bis oben hin; sie lag so tief im Wasser, dass wir die Geschützpforten mit Werg und Teer abdichten mussten." Er griff nach dem Weinglas, und bevor er davon nippte, fügte er mit grimmiger Genugtuung hinzu: „Ich glaube, ich habe alles richtig gemacht, Sir."

Drakes Kaltschnäuzigkeit warf Raleigh nun doch etwas aus der Bahn. Er musste um Fassung ringen, während er Drake zusah, wie der das Weinglas erneut an seine Lippen führte und trank. Leise, kühl und beherrscht sagte Raleigh: „Ein Schiff voll Beute gegen ein Menschenleben? Gegen das Leben des besten Freundes? Ist es das?"

Mit einem zufriedenen Schmatzen stellte Drake das Glas wieder hin und sah Raleigh mit der ganzen Überlegenheit eines Mannes an, der weiss, dass er weit über all den Erbsenzählern stand, die nicht wie er in höheren Sphären an das grosse Ganze dachten.

„Dieses eine Schiff voll Beute", erklärte er geduldig, „ist weit mehr als das. Zufriedene Investoren, eine zufriedene Königin, für Spanien ein Grund zum Krieg und für uns die Möglichkeit, ihn zu gewinnen. Hier geht es um die Zukunft von gekrönten Häuptern, von Nationen und um Dinge, die wahrscheinlich die Landkarte verändern werden. Und wer ist da schon ein Tom Doughty? Ein kleiner Landedelmann und Soldat mit juristischer Bildung, ein Italianisierter,[33] dem kaum jemand eine Träne nachweinen wird."

„Mich erstaunt, dass Sie ihn nicht auch deswegen angeklagt haben. Schliesslich steht hierzulande auf Sodomie der Tod. Theoretisch."[34]

Drake ging über Raleighs leise Ironie hinweg und erklärte: „Das wäre nicht fair gewesen."

Irritiert runzelte Raleigh die Stirn. Er hätte schwören können, dass ihm Drake gerade eben zugezwinkert hatte. Wieso?

Doch da war Drakes seltsam kapriziöses Lächeln schon wieder verschwunden und er fuhr fort: „Ausserdem ging es um seinen Verrat, und der war schwerwiegend genug."

Raleigh löste sich.

Keine Sodomie also.

Und auch keine Hexerei.

Einzig und allein Verrat.

Alleine dafür hatte sich Doughty vor dem Gericht zu verantworten. Keiner hatte etwas anderes behauptet. Doch gerade dieses „Gericht" bedurfte noch einer eingehenden Betrachtung, fand Raleigh. Auf den ersten Blick schien damit alles in Ordnung zu sein: Es hatte einen Vorsitzenden gegeben, Beisitzende, Geschworene und einen...nun, nennen wir es Kronanwalt. Und mit Leonard Vicary hätte Doughty sogar über juristischen Beistand verfügt, den er als Studierter der Rechte und Mitglied des Inner Temple allerdings nicht benötigte. Er hätte ihm auch nicht viel genützt, nebenbei gesagt. Die Prozessordnung war wie aus dem Lehrbuch gewesen: Anklageerhebung, Beweisaufnahme, Plädoyer, Urteil und schliesslich Verkündung des Strafmasses. Und dennoch: Man brauchte sich nur diese hundertsechzig desperaten Gestalten vorzustellen, wie sie auf dieser schnee- und windgepeitschten Geröllinsel standen und fernab jeglicher Zivilisation einen der ihren dem Tode weihten, um berechtigte Zweifel über die Rechtmässigkeit ihres Tuns zu äussern.

Raleigh räusperte sich und sagte: „Nach der Beweisaufnahme trat Vicary an Sie heran und machte Sie darauf aufmerksam, dass Ihr Vorgehen gegen jede juristische Gepflogenheit und jedes Gesetz verstosse."

„Ja, und?"

„Ihr habt Vicary geantwortet – ich zitiere: ‚Ich habe mit euch hinterlistigen Anwälten nichts zu schaffen, noch schert mich das Gesetz, aber ich weiss, was ich tun werde.'"

Drake zuckte nur die Schultern.

„Das haben Sie wirklich zu ihm gesagt?", wollte Raleigh wissen.

Staubtrocken sagte Drake nur: „Jedes Wort."

Raleigh konnte nicht mehr an sich halten und prustete los. „Grossartig!" keuchte er, und die Erheiterung hob seine Stimme in voradoleszente Höhen, nur um sich mit dem anschliessenden Kichern in noch höhere Höhen zu schrauben.

Indigniert legte Drake seine Handschuhe fein säuberlich übereinander übers Knie und fragte mit zusammengezogenen Brauen: „Was ist daran so lustig?“

„Ich habe auch die Rechte studiert, deshalb.“ Und schon brach er wieder in Gelächter aus.

Drake, der mit Raleighs Selbstironie gerade nichts anfangen konnte, sah ihn mit einem scheelen Blick an und konstatierte: „Ja. Genau so sehen Sie aus.“

Montag, 30. Juni 1578
Port St. Julian
Patagonien

Vicary sah aus, als hätte man ihm eine schallende Ohrfeige verpasst. Er schluckte und stammelte schliesslich: „Aber wie sollen wir hier über sein Leben entscheiden?“

Der junge Mann hatte Angst um Doughty und vielleicht sogar um sich selbst. Das konnte Drake verstehen. Er wollte ihn auch nicht noch weiter aufwühlen, Unruhe gab es in der Mannschaft schon genug. Aber er würde auch nicht zulassen, dass ihm der Winkeladvokat einen Strich durch die Rechnung machte. Also lächelte er begütigend und sagte: „Nur die Ruhe, Mr. Vicary, mit seinem Leben werdet Ihr gar nichts zu tun haben, lasst das ganz allein meine Sorge sein; Ihr braucht lediglich darüber zu befinden, ob er der hier gegen ihn vorgebrachten Punkte schuldig ist oder nicht.“

„Sehr gut.“ Vicary atmete auf. „Dann ist es, hoffe ich, nicht eine Sache von Leben und Tod.“

„Nein, nein, Mr. Vicary.“

Dienstag, 29. November 1580
Buckland Abbey
Devon

Raleigh sah Drake tadelnd an und sagte: „Aber Vicary derart anzulügen, war nicht gerade anständig, wissen Sie."

Drake machte ein unschuldiges Gesicht. „Ich habe ihn nicht angelogen. Die Geschworenen sollten lediglich über Schuld oder Unschuld befinden. Das Strafmass ist Sache des Gerichts."

„Dessen Vorsitzender Captain Wynter war. Ihre Rolle war die des Kronanwalts. Und dennoch haben *Sie* das Strafmass verkündet."

„Ich liess darüber abstimmen", widersprach Drake mit belehrend erhobenem Zeigefinger und sichtlich mit sich zufrieden.

Erwischt! dachte Raleigh. Das triumphierende Grinsen stellte sich ganz von selbst ein, er konnte es nicht verhindern. Genauso zufrieden wie Drake sagte er: „Dann lag das Strafmass in diesem Fall also doch bei den Geschworenen und nicht bei Wynter. Sie haben sich soeben selbst widersprochen, Drake."

Unwirsch schüttelte Drake den Kopf. „Ich hätte die Männer nicht zu fragen brauchen, weiss Gott nicht!"

„Sagen Sie nur, Sie hätten Doughty noch eine Chance geben wollen!"

„Nein. Wenn die Männer Doughty per Mehrheitsbeschluss verdammten, konnte hinterher keiner mehr etwas dagegen vorbringen."

„Aber Sie haben die Geschworenen manipuliert."

„Das ist der Sinn jedes Plädoyers."

Raleighs Grinsen verschwand, wie es gekommen war. So war dem Mann nicht beizukommen. Ganz offensichtlich war er sich keiner Schuld bewusst und der Überzeugung, alles richtig gemacht zu haben. Der Erfolg gab ihm Recht.

„Und das Manöver mit den Briefen?", bohrte Raleigh nach. „Und der angeblich in der Kabine vergessenen Vollmacht?"

„Was soll damit sein?"

„Konnten oder wollten Sie die Vollmacht nicht vorzeigen? Weil sie nicht ausreichend war, um einen Gentleman wegen Verrats aufs Schafott zu bringen?"

„Die Vollmacht ihrer Majestät war gut genug, das versichere ich Ihnen."

Unerschütterlich.

Doch die Behauptung blieb ohne jede Beweiskraft. Raleigh gab auf. Im Zweifel für den Angeklagten. Und weil an diesem Fall einfach alles sonderbar war, sagte er ins Blaue hinaus: „Vor der Vollstreckung des Urteils haben Sie mit Doughty das Abendmahl eingenommen."

Drakes klarer Blick ruhte einen Moment auf Raleigh, dann trübte er sich. Es war, als zöge sich Drake in sich selbst zurück. Er war zwar hier. Aber er war gerade auch dort. In Port St. Julian, vor zweieinhalb Jahren. Dumpf sagte er: „Nicht nur das. Ich gab ihm auch einen vollen Tag Zeit, seine weltlichen Dinge zu ordnen und sich auf den Tod vorzubereiten." Und leise fügte er hinzu: „Das war, was ich noch für ihn tun konnte."

„Weshalb?"

„Unserer früheren Freundschaft wegen."

Raleigh nickte. „Sie hatten das Gefühl, es ihm schuldig zu sein."

„Nein, ich hatte das Gefühl, es mir schuldig zu sein", erwiderte Drake bockig. Deutlich weicher fuhr er fort: „Ich vermisste die frühere Freundlichkeit und Vertrautheit zwischen uns. Wir hatten doch zusammen gelacht. Und geweint. Pläne geschmiedet. Das war alles weg. Lag in Trümmern. Nach achttausend Seemeilen war da nur noch Hass und Verbitterung. Auf beiden Seiten. Während des Abendmahls habe ich ihm fast alles verziehen. Nur eines nicht: Dass er es soweit hat kommen lassen, ihn töten zu müssen. Ein Jammer. – Aber wissen Sie was? Plötzlich war es, als hätte zwischen uns nie eine Feindschaft bestanden. Ich wollte, dass es ihm in der kurzen noch verbleibenden Zeit so gut wie möglich ging. Und er war mir gegenüber auf einmal freundlich. Ja, zärtlich."

Raleigh verstand, was Drake ihm sagen wollte. Hier ging es um die Zuneigung zwischen zwei verlorenen Seelen, die in diesem Augenblick auf weit mehr basierte als auf der blossen ursprünglichen Sympathie. Es war gegenseitiges Verzeihen in einer Form, die weit älter war, als jene, die das Neue Testament proklamierte. Und auch wenn er Doughty im allerletzten Moment begnadigte, so musste Drake in diesem Augenblick erkannt haben, würde das ihre einstige Freundschaft nicht zurückbringen – selbst wenn beide das gewollt hätten. Doughtys Verhalten hatte das alles zunichte gemacht, und selbst die Erinnerungen an die guten

Zeiten waren besudelt. In der gemeinsamen Trauer darum hatten sich Drake und Doughty nicht mehr als Kontrahenten gegenübergestanden, sondern als zwei Verlorene, klein wie Sandkörner und Mächten unterworfen, die weit grösser waren, als dass sie auf deren Wirken irgendeinen Einfluss gehabt hätten. Verloren das Opfer, verloren aber auch der Täter. Wenn nicht für immer, so doch für diesen einen Augenblick, ohne Hoffnung, und nicht einmal ihr Glaube an den einen Gott konnte sie retten. Doughty und Drake, beide waren sie verloren, der eine durch den jeweils anderen. Und beide wussten es, und sie wussten es auch vom anderen. Und gerade deshalb waren sie in dieser kurzen, kostbaren Zeit tatsächlich ein Herz und eine Seele, fortgerissen in einem Strudel, der Drake an den Strand des Jetzt gespült hatte, hierhin zu Raleigh in diese kleine Kammer auf Buckland Abbey, und ohne die passenden Worte.

War es das Eingeständnis einer zumindest moralischen Schuld?

Nein.

War es ein Ausdruck der Verzweiflung?

Vielleicht.

Raleigh mochte nicht werten. Leise und mit belegter Stimme sagte er: „Sie haben noch unter vier Augen miteinander gesprochen. Worum ging es da?"

„Das geht niemanden etwas an", gab Drake ebenso leise zurück. Und Raleigh liess es dabei bewenden.

Doch das hiess nicht, dass sie schon am Ende waren. Raleigh wappnete sich, atmete durch und sagte: „Dann trat Thomas Doughty seine letzte Reise an."

„Aye."

Mittwoch, 2. Juli 1578
Port St. Julian
Patagonien

Doughty breitete die Arme aus. „Lass dich umarmen."

Drake machte den einen Schritt auf Doughty zu. Es war einfacher, als er dachte. Jetzt stand er da und umfasste diesen Körper, spürte dessen Wärme und Kompaktheit. In wenigen Augenblicken würde dieser Körper ohne Leben sein, der warme Atem ausgehaucht, das angedeutete Lächeln zu einer toten Fratze entstellt. Wie er den Gedanken daran verabscheute! Ja, er hasste, was er tat, und wusste doch, dass es das Richtige war. Nie durften die anderen von seiner inneren Zerrissenheit erfahren. Es wäre das Ende Ihres Unternehmens und vielleicht sogar sein eigenes. Die Gentlemen mochten es nicht verstehen, was hier in Port St. Julian vor sich ging, sie mochten es nicht billigen, doch sie mussten die Konsequenz anerkennen. Konsequenz war alles, was zählte. Er, Francis Drake, Sohn eines Bauern und Laienpredigers aus Devon, war der Oberkommandierende dieses Geschwaders, und jedermann hatte ihm zu gehorchen.

Jeder.

Denn nur unter seinem Kommando konnte die Mission erfolgreich durchgeführt werden. Dass die wenigsten der hundertsechzig Männer nach dieser Mission gefragt hatten, erkannte er an. Sie opferten dafür unfreiwillig zwei, drei Jahre ihres Daseins. Vielleicht würden sie verstehen, dass er hier und jetzt das grösste Opfer von allen leistete.

Der Geruch von Doughtys Haar stieg ihm in die Nase. Ein bisschen talgig. Aber nicht unangenehm. Dann spürte er den letzten Druck von Doughtys Armen und hörte seine leisen Abschiedsworte.

„Leb wohl, Francis."

Es wäre eine gedankenlose Frechheit gewesen, sie zu erwidern. Stattdessen drückte er ihn noch einmal fest, löste sich und sah ihm zu, wie er das Schafott bestieg. Wie er den Blick über die versammelten Männer gleiten liess.

„Lebt wohl, ihr alle! Gott weiss, dass ich keinem von euch etwas Schlechtes wollte! Lebt wohl!"

Ohne ein Zeichen Drakes setzten die Trommeljungen ein, mit einzelnen getragenen Schlägen, so synchron, als hätten sie all die Monate auf der Fahrt hierher geübt. Doughty kniete hin, faltete die Hände und sprach ein Gebet, in das er Königin Elisabeth und England einschloss und beendete es mit den Worten: „Herr, in Deine Hände gebe ich meine Seele. Amen."

Zwei Sekunden später kullerte sein abgetrennter Kopf durchs weiss beschneite Geröll. Eine Blutfontäne schoss hinterher und färbte den Schnee rot.

Dann kam der schlimmste Augenblick in Drakes Leben seit San Juan de Ulua. Doughtys Kopf lag, wo er hingefallen war, im Kies. Drakes Knie zitterten, die Beine wollten unter ihm nachgeben. Aber er musste noch tun, was getan werden musste. Also griff er in Doughtys Haarschopf und hob den Kopf in die Höhe, damit ihn alle sehen konnten, während sein Blut auf Drakes Schuhe tropfte. Er fürchtete, dass seine Stimme versagen würde, deshalb rief er lauter, als es nötig gewesen wäre.

„Seht! Das ist das Ende von Verrätern!"

Dienstag, 29. November 1580
Buckland Abbey
Devon

In Raleigh regte sich Widerstand. Er hatte keine Erinnerungen an Port St. Julian, er war nicht dort gewesen. Aber er war in Smerwick gewesen, und diese Bilder suchten ihn nun heim.

„Problem gelöst, nicht wahr?“, sagte er grob. Doch Drake starrte bloss aus dem Fenster. „Und dann haben Sie umgehend Massnahmen ergriffen, den Zusammenhalt in der Crew zu kitten.“

„Was?“

Nur langsam kam Drake in die Kammer zurück.

Raleigh blieb beharrlich. „Sie haben alle Mann zur Beichte geschickt. Das ist ungewöhnlich; die Ohrenbeichte wird in unserer Kirche nicht gerade häufig praktiziert.“

„Ich hielt sie für ein geeignetes Ritual zur Säuberung und Einkehr, wie das anschliessende Abendmahl auch.“

„Da wird Reverend Fletcher seine Freude gehabt haben.“

Ein Lächeln huschte über Drakes Gesicht. „Ja, er war ganz aus dem Häuschen, der Gute.“

„Und dann haben Sie jegliche Händel unter Strafe gestellt.“

„Aye.“

„Wer einen anderen schlug, dem sollte die Hand abgehackt werden.“

„Ganz recht.“

„Eine Strafe, die Sie aber im Fall von Ned Bright nicht angewendet haben.“

Drake runzelte verständnislos die Stirn. „Wann soll das gewesen sein?“

„Er hat mit einem Zollstock auf Doughty's Bruder eingedroschen.“

Kurz hob die Erinnerung Drakes Augenbrauen an. „Ach, das.“ Er machte eine wegwerfende Handbewegung und sagte mit leiser Ungeduld: „Bright war aufgebracht wegen Doughty's Boshaftigkeiten seine Frau betreffend, das war verständlich. Ich habe Bright danach beiseite genommen und ihn ordentlich in den Senkel gestellt.“

„Sie haben Bright nicht bevorzugt?“

„Wieso sollte ich?“

„Er hatte vor dem Gericht eine Aussage gemacht, die ganz in Ihrem Sinne war."

Die Ungeduld machte unverhohlenem Ärger Platz. „Seine Aussage wurde wegen mangelnder Glaubwürdigkeit nicht zugelassen. Auch wenn ich heute noch denke, dass das meiste davon der Wahrheit entsprach. Nein, ich habe Bright nicht bevorzugt, ich wäre ebenso mit jedem anderen verfahren. Nach Doughty's Enthauptung wollte ich kein weiteres Blutbad mehr, damit wäre nichts gewonnen, aber möglicherweise alles verloren gewesen. Das Handabhacken sollte eine Drohung sein, nichts weiter."

„Und Sie haben nicht Bright zum Kapitän der *Marigold* ernannt?"

„Mein Gott, wer sagt denn sowas?"

„Francis Fletcher."

Halb erwartete Raleigh, dass Drake die Hände verwarf, doch der nickte nur verständig und lächelte resigniert. „Natürlich. Der lügt, wenn er den Mund aufmacht." Er wedelte mit den Handschuhen und fügte ansatzlos hinzu: „Sind wir jetzt fertig hier? Ich brauche frische Luft." Und damit erhob er sich auch schon von seinem Stuhl.

„Eine Sache noch" hielt ihn Raleigh zurück, „da Sie gerade davon sprachen. Sie haben später Fletcher bestraft, indem Sie ihn exkommunizierten und ihm ein Schildchen anhängten mit dem Spruch: Francis Fletcher, der falscheste Schuft, den es gibt. – Wofür eigentlich?"

Drake hatte sich hinter seinen Stuhl gestellt, stützte sich nun schwer auf die Lehne und sah auf die Sitzfläche unter ihm. „Das war in der westlichen Bandasee", sagte er gedehnt. Er zögerte kurz, um die Erinnerung wach werden zu lassen, und erzählte dann: „Wir hatten uns mit dem Lot und nur unter Marssegel vorsichtig durch den Riffgürtel hindurch getastet. Als wir glaubten, durch zu sein, liess ich bei dem leichten Wind alle Segel setzen. Und am folgenden Abend, kurz vor acht Glasen und dem Wechsel zur Abendwache geschah es dann: Wir liefen auf ein Riff auf. Wir konnten von Glück sagen, dass wir dabei nicht entmastet wurden oder leckschlugen, aber alle Versuche, die *Golden Hinde* mittels Warpanker frei zu bekommen, schlugen fehl. Die Männer gerieten in Panik, weil sie dachten, wir müssten nun alle elend verhungern und verdursten. Tja, und der gute Kaplan Fletcher hatte nichts Besseres zu tun, als noch Öl ins Feuer zu giessen und den Leuten die letzte Kommunion zu verpassen.

Ich hatte alle Hände voll zu tun, die Männer bei der Stange zu halten. Ich liess dann acht unserer Geschütze und leider auch einen Teil der Ladung über Bord gehen, drei Tonnen Gewürznelken und etliche Fass Mehl und Bohnen. Am nächsten Tag drehte der Wind von Steuerbord auf Backbord und wahrscheinlich setzte auch die Flut ein. Wir setzten alle Segel und kamen wieder flott. Aber Fletcher gehörte ein Denkzettel verpasst. Niemand untergräbt die Moral meiner Männer ungestraft, weshalb ich mir mit ihm dieses Spässchen erlaubte."

„Spässchen", echote Raleigh.

„Ich fand's lustig."

Und seinem Schmunzeln nach fand er das immer noch.

Raleigh teilte seine Heiterkeit nicht. „War es nicht vielmehr so, dass Fletcher das Unglück auf Gottes Zorn über Doughtys Hinrichtung zurückführte und Sie sich dafür an ihm gerächt haben?"

Drake lachte laut auf. „Was für ein Blödsinn!" Mit Schwung wirbelte er den Stuhl auf einem Bein herum und stellte einen Fuss auf die Sitzfläche. Indem er den Unterarm übers Knie legte, beugte er sich zu Raleigh vor. „Doughty's Hinrichtung fand am zweiten Juli achtundsiebzig statt. Auf das Riff liefen wir im Januar achtzig, anderthalb Jahre später! In dieser Zeit hätte der Herr tausendfach die Möglichkeit gehabt, uns zu vernichten, allein schon in dem Sturm, in dem die *Marigold* sank." Und mit bedeutungsvoll hochgezogenen Brauen fügte er hinzu: „Aber er hat es nicht getan."

Wie raffiniert!, dachte Raleigh bewundernd. Drake hatte mit einem schlagenden Argument nicht nur Fletchers Spökenkiekerei abgetan, er hatte damit auch gleich sein Handeln an Doughty göttlich legitimieren lassen. Nein, Gott hatte ihn nicht bestraft. Er hatte ihn gesegnet, indem er ihn mit ungeheurer Beute und gesund an Leib und Leben als Helden nachhause geführt hatte. Wer wollte da noch sagen, Drake hätte irgendetwas falsch gemacht?

„Was Fletcher nicht davon abgehalten hat, jedes Unglück laut als Strafe Gottes zu erklären", setzte Raleigh dennoch nach. Er wusste, es war lahm, aber er wollte Drake nicht einfach so das Feld überlassen.

Doch Drake blieb ruhig und lächelte nur überlegen. „Hat er das? Fletcher sagte mir, dass er Doughty's Hinrichtung nicht billigte, und ich akzeptierte seine Meinung – solange er sie für sich behielt. Andernfalls wäre er wohl kaum bei bester Gesundheit nach England zurückgekehrt, um hier seinen Schwachsinn zu verbreiten."

Und Raleigh wusste: Hier war es zu Ende. Mit einem Schulterzucken sagte er nur noch: „Tja...wohl kaum."

Drake stellte den Stuhl wieder gerade vor den Tisch. „War's das? Ich würde nämlich jetzt gern einen Spaziergang machen."

„Es ist kalt draussen."

„Nicht so kalt wie in Port St. Julian, glauben Sie mir. Und hier können wir jederzeit wieder in die Wärme, wenn uns danach ist."

Raleigh gab auf. Er erhob sich, schnappte sich seinen Mantel und stülpte sich den Hut auf den Kopf.

„Also gut. Gehen wir."

Von draussen hörte man das heisere Lachen einer Krähe.

Dienstag, 29. November 1580
Buckland Abbey
Devon

Seite an Seite stapften Raleigh und Drake durch den Schnee. Schnee lag in dicken Packen auf Ästen und Zweigen, er bemützte Zaunpfosten und lag auf Mauerkronen, Dächern und Hecken. Einförmig und weiss bedeckte er Weiden und Wege und schimmerte matt im trüben, graugelben Licht, das die kaum sichtbare Sonne durch die Wolkendecke presste.

Hinter dem Küchengarten bogen sie links ab und nahmen mit knirschenden Schritten die leichte Steigung in Angriff, die zu dem Apfelhain führte, flüchtige Hauchwölkchen vor den Gesichtern.

Raleigh atmete tief durch.

„Gute Idee, dass Sie mich zu einem Spaziergang überredet haben, Drake; die frische Luft ist ein Segen."

„Nicht wahr?"

Sie hatten nun die Höhe erreicht. Drake blieb stehen und drehte sich um. Raleigh ging noch zwei Schritte, ehe er es merkte, und folgte seinem Beispiel. Unter ihnen lag das Anwesen – eine verschachtelte Ansammlung von Gebäuden, mitten drin die wuchtige Scheune. Daneben erhob sich der trutzige Turm, um den sich, scheinbar ohne Plan, die verschiedenen Flügel und Anbauten gruppierten. Erstes Licht in einigen Fenstern versprach Wärme, Gemütlichkeit und Frieden.

Drake verschränkte die Arme vor der Brust und legte andächtig den Kopf schief.

„Übrigens, das Anwesen gefällt mir ausserordentlich", sagte er, ohne den Blick von dem beschaulichen Bild zu nehmen.

Obwohl Drake es nicht sehen konnte, nickte Raleigh. „Aye. Es gehört Richard Grenville."

„Ich weiss. Es gehört den Grenvilles schon seit vierzig Jahren. Es war mal ein Kloster, wissen Sie. Aber als König Heinrich die Klöster aufhob, ging es in den Besitz der Grenvilles über."

„Woher wissen Sie das alles?"

Drake drehte sich zu Raleigh um und musterte ihn eine Weile, bevor er sagte: „Das ist mein Land, sozusagen. Wussten Sie das nicht? Bin drüben in Tavistock geboren, keine fünf Meilen nördlich von hier. Mein Revier, Raleigh!"

Drake war ein Devoner wie er selbst, das wusste Raleigh. Aber er hatte nicht gewusst, dass Drakes Wurzeln hier, auf der anderen Seite von Dartmoor lagen.

„Ich frage mich, wieviel Grenville dafür haben will", sinnierte Drake, erneut in den Anblick des Anwesens versunken.

„Sie meinen, er wird es Ihnen verkaufen?"

Drake lachte leise. „Nein, mir ganz gewiss nicht! Aber einem Mittelsmann, der ihm ein Angebot unterbreiten wird, das er nicht ablehnen kann.[35] Er lebt mit seiner Familie immer noch in Bideford, richtig?"

„Ich denke schon. Aber wieso über einen Mittelsmann?", fragte Raleigh verwirrt.

Drake setzte sich wieder in Bewegung, und Raleigh fiel neben ihm in Gleichschritt.

„Etwa zur selben Zeit wie ich entwickelte Grenville den Plan, durch die Magellanstrasse zu segeln und die Spanier an der amerikanischen Pazifikküste anzugreifen", begann Drake. „Er lief damit zur Königin, und mit ihrer Zustimmung fanden die Vorbereitungen statt. Doch ihre Majestät blies die Sache im letzten Moment ab. Als ich ein paar Jahre später mit derselben Idee an die Königin gelangte, hatte sich vieles verändert, vor allem in unseren Beziehungen zu Spanien. Kurz: Im Gegensatz zu Grenville war ich zur rechten Zeit am rechten Ort, und die Königin war ganz dafür. Den Rest kennen wir ja. Ich wette, der Neid frisst ihm Löcher ins Gesicht. Die Wahrheit ist wohl: Obschon wir über sieben Ecken miteinander verwandt sind, kann er mich nicht ausstehen. Aber das ist ganz in Ordnung, ich mag ihn auch nicht. Eigentlich mag ihn niemand."

Indem er sich Drake in den Weg stellte und ihn am Arm griff, zwang Raleigh ihn, stehen zu bleiben.

„Was haben Sie da gerade gesagt?"

„Niemand mag Richard Grenville."

„Nein. Vorher."

Drake überlegte, und Raleigh half ihm auf die Sprünge.

„Grenville ist ein Verwandter von Ihnen?"

„Über sieben Ecken, ja. Grenvilles Tante Anne heiratete meinen Onkel John. Das macht mich zu seinem Cousin, denke ich."

„Grenville ist auch ein Cousin von mir, Sir!", stiess Raleigh verdattert aus.

Mit offenen Mündern starrten die beiden sich an, wobei Drake zu Raleigh aufsehen musste. Drake blinzelte. Schluckte leer. „Das heisst... wir zwei beide..." Seine behandschuhte Hand flappte zwischen Raleighs Brust und seiner eigenen hin und her. „...sind ebenfalls...?"

„...verwandt, ja", keuchte Raleigh. „Über sieben mal sieben Ecken vermutlich nur, aber verwandt."

„Na so was", kommentierte Drake mit aufgerissenen Augen.

„Hinterhältiger Bastard!"

„Na hör mal! Dass wir verwandt sind, gibt dir nicht gleich das Recht, mich zu beleidigen, Walter!"

„Nicht du. Walsingham! Er hat mir nichts davon gesagt, obwohl er es mit Sicherheit wusste!"

Gemeinsam nahmen sie ihre Wanderung wieder auf, die sie in einem grossen Bogen übers offene Feld führte. Nachdenklich geworden sagte Drake: „Du meinst, nach dem Motto: Blut ist dicker als Wasser?"

Raleigh nickte grimmig. „Von Anfang an liess er durchblicken, dass ihm ein Bericht, der dich entlastet, willkommener wäre. Er scheint grosse Stücke auf dich zu halten, Francis."

Drake sah ihn von der Seite an. „Und was wirst du ihm nun berichten, wenn ich fragen darf?"

„Die Wahrheit."

„Ja. Aber welche Wahrheit?"

Raleigh gab ihm darauf keine Antwort. Stattdessen fing er an, aus voller Kehle zu singen. „Als ich fürbass ging ganz allein, da hörte ich zwei Raben schrei'n. Der eine zu dem andern sprach: ‚Wo soll'n wir heut' dinieren, sag? Wo soll'n wir heut' dinieren, sag?'"

Jene alte, schwermütig-grimmige Weise aus dem Norden, die Drake in der Kammer vor sich hin geträllert hatte. Und dieser stieg bei der zweiten Strophe ein. „Hinter dem alten Wiesendeich liegt ein erschlag'ner Ritter bleich, Und keiner weiss, dass er da liegt, ausser die seinen, die er liebt', ausser die seinen, die er liebt'."

Den Rest des Liedes sangen die beiden Männer zweistimmig.

Sein Hund jedoch ist fort zur Jagd, / Sein Falk' das Wildhuhn heimwärts trägt / Sein Schatz hat schon ´nen andern Mann, / Die Mahlzeit gut uns munden kann / Die Mahlzeit gut uns munden kann.

Du setzt dich auf sein Brustbein weiss, / heraus sein hübsches Aug' ich reiss; / Aus seiner gold'nen Lockenpracht, / Ist bald ein gutes Nest gemacht; / Ist bald ein gutes Nest gemacht;

Ein jeder singt sein Trauerlied, / Doch keiner weiss, wo er verschied, / Über die Knochen, weiss und bar, / Der Wind wird wehen immerdar, / Der Wind wird wehen immerdar.[36]

Als der letzte Ton verklungen war, brachen beide in übermütiges Gelächter aus, das ein paar Krähen aufschreckte und davonflattern liess, während ihr heiseres Gekrächze über dem Tavytal immer dünner wurde. Und als auch das Lachen in der Kälte des Winterabends verwehte, rief Drake gutgelaunt: „Gott, ist das traurig!"

Dienstag, 29. November 1580
Buckland Abbey
Devon

Raleigh verabschiedete sich von Drake in der Halle. Obschon sie nun plötzlich Verwandte waren, tat er das zwar freundlich, aber doch ausgesprochen förmlich. Die Situation erforderte es: Raleigh war ein von höchster Stelle beauftragter Ermittler und Drake nicht nur ein Zeuge, sondern auch Gegenstand der Ermittlung. Ohne ihm die Hand zu geben oder sonst wie nahe zu kommen, neigte Raleigh nur leicht den Kopf, wünschte ihm eine gute Heimkehr nach Plymouth und bat ihn, sich weiterhin für die Krone zur Verfügung zu halten. Drake verstand das. Er zwinkerte Raleigh zu, drehte sich auf dem Absatz um und ging.

Raleigh kehrte in die Kammer zurück, um Ordnung in seine Papiere zu bringen und hoffte, dadurch auch den Wust in seinem Kopf aufzuräumen. Die Stunden, die er mit diesem merkwürdigen Menschen verbracht hatte, hatten ihn erschöpft. Beim Gedanken daran, für Walsingham einen schlüssigen Bericht zu verfassen, schwindelte ihm.

Er trat ans Fenster und sah hinunter in den Hof vor der Mosterei, der stellenweise vom Schnee geräumt war. Drake stand dort und unterhielt sich mit Eleanor und William Parker. Babbage stand etwas abseits auf seine Schneeschaufel gestützt und hustete. Sogar seine Frau war zu sehen; Annie drückte sich an der Nordwestecke des Haupthauses herum und traute sich offenbar nicht, näher zu kommen. Die kleine Jane zerrte an Eleanors Hand, als wolle sie unbedingt ins Haus zurück; wahrscheinlich war ihr kalt. Doch dann ging Drake vor ihr in die Hocke und sprach mit ihr. Mit offenem Mund nickte Jane und sah ihm hinterher, als er sich zu Tom umdrehte, der gerade auf den Hof geritten kam und Drakes Pferd am Zügel führte, begleitet von Edward und George mit einer Laterne. Alle waren sie da.

Nur Molly fehlte.

Raleigh sah, wie Drake etwas zu den Bengeln sagte, dann verwuschelte er Georges Haarschopf, knuffte Edward in den Arm und schwang sich in den Sattel. Er winkte noch den Parkers und den Babbages zu und folgte Tom, der mit der Laterne vorausritt, hinunter ins Tal, wo der Bach in den Tavy mündete. Dort wartete ein Boot, das Drake und sein Pferd nach Plymouth bringen würde. Raleighs Blick folgte noch eine Weile dem schwankenden Leuchtpunkt von Toms Laterne, der allmählich zwischen dem kahlen Geäst der Büsche und Bäume verschwand. Dann drehte er sich langsam um und sah den leeren Stuhl, auf dem Drake gesessen hatte, den vollen Tisch mit Papieren, Tintenfass und Feder, das niedergebrannte Feuer im Kamin. Seit Drake ihn verlassen hatte, war der Raum ein anderer. Überstanden, dachte Raleigh. Doch ihm war alles andere als wohl. Mit einem Seufzer trat er an den Tisch und begann, die Papiere zu sortieren.

Zwei Tage noch.

In dieser Zeit würde er den Bericht schreiben. All die Erkenntnisse, die er in den letzten fünf Tagen gewonnen hatte, zu Papier gebracht. Eine zusammengebastelte Wahrheit aus Vermutungen und halbwegs plausiblen Rückschlüssen.

Raleigh schauderte.

Dienstag, 29. November 1580
Buckland Abbey
Devon

Beim Abendessen in der Küche war die Hölle los. Edward und George Parker hatten den grossen Seehelden gesehen! Er hatte sie sogar berührt! Tom musste erzählen, wie sein Ritt mit ihm zum Tavy war, während sein Vater fortwährend hustete. Klein-Jane hatte ein neues Marterinstrument entdeckt; statt des Löffels knallte sie gleich ihre Essschale mit beiden Fäustchen auf den Tisch und skandierte dazu im Takt „D'ake! D'ake! D'ake!" Ihre Eltern versuchten derweil, den Überschwang ihrer Nachkommenschaft zu dämpfen, der eine durch begütigendes Zureden, die andere mit wüsten Drohungen, in denen Ketten von Galeerensklaven und Seeungeheuer eine Rolle spielten. Annie Babbage stürzte sich mit roten Bäckchen auf Raleigh und wollte von ihm wissen, wie Drake denn nun eigentlich sei, so ganz privat und so und überhaupt. Nur Molly stocherte verdrossen in ihrem Essen und tat, als hätte sie einen überaus schlechten Tag gehabt.

Nach und nach beruhigte sich der Aufruhr und die Tischgesellschaft widmete sich schlürfend und schmatzend dem Rindfleischeintopf. Irgendwann sagte Parker zwischen zwei Bissen: „Ein bemerkenswerter Mann."

Und alle wussten, dass er Drake meinte. Eleanor wiegte den Kopf, als könne sie dem nur halb beipflichten, räumte aber ein: „Er hat Charisma."

Annie schrak hoch. „Aber auf mich wirkte er ausgesprochen gesund!"

Raleigh verkniff sich ein Lächeln und sagte in gespieltem Ernst: „Keine Bange, Mrs. Babbage, Charisma ist nicht ansteckend." Sein Herz hüpfte, als er das belustigte Zucken um Mollys Mundwinkel sah.

„Leider", bemerkte Parker dazu schmunzelnd, und Annie, die ahnte, dass sie gerade auf den Arm genommen wurde, blickte verwirrt in die Runde.

Als er den letzten Bissen geschluckt hatte, legte Parker manierlich sein Besteck in den leergegessenen Teller.

„Ich hoffe, Mr. Drake war in der Lage, die noch offenen Fragen zu klären, Mr. Raleigh?"

Raleigh fühlte sich bedrängt und hätte sich gern einer Antwort entzogen. Doch diese Leute hatten allabendlich ihren Beitrag zu seiner Ermittlung geleistet, und sei es auch nur, dass sie ihm Gehör geschenkt hatten, wenn er nicht mehr weitergekommen war. Er war ihnen eine Antwort schuldig. Er überlegte kurz und sagte dann: „Ja, die meisten Fragen sind geklärt."

„Aber nicht alle?"

„Sehen Sie, Drake ist kein unbeteiligter Zeuge, sondern ebender, dessen Taten erklärt werden sollen. Er spricht also in eigener Sache, und erschwerend kommt hinzu, dass die Angelegenheit zweieinhalb Jahre zurückliegt. Vielleicht spielt ihm die Erinnerung einen Streich. Vielleicht täuschte ihn seine ganz eigene Wahrnehmung eines Vorfalls schon in dem Augenblick, als er geschah. Vielleicht lügt er. Vielleicht sagt er aber auch die Wahrheit. Beweiskraft hat eine Aussage erst, wenn sie sich mit der eines anderen Zeugen deckt."

„Tun sie das denn nicht?"

„Nicht in jedem Fall. Wo sich die Zeugen widersprechen, bin ich gezwungen, zu entscheiden, in welchem Punkt welcher Zeuge zuverlässiger ist. War ein Zeuge selbst vor Ort? Oder ist, was er aussagt, nur Hörensagen? In welchem Verhältnis steht ein Zeuge zu Drake? Denn etwas, das Drake entlastet, kann auch so dargestellt werden, dass es das gerade nicht tut. Ich kann Ihnen sagen, was das betrifft, ist die ganze Sache schon sehr verdreht."

Babbage hatte mit grossen Augen zugehört und erkundigte sich nun mit verstopfter Nase: „Aber Ihr seid zu einem abschliessenden Urteil gelangt, Mr. Raleigh?"

„Noch nicht vollkommen", wich Raleigh aus. „Das eine oder andere muss noch abgewogen werden."

„Aber Ihr neigt doch sicher schon in eine Richtung – schuldig oder nicht schuldig?"

Raleigh lächelte entschuldigend. „Das darf ich Ihnen zu diesem Zeitpunkt noch nicht sagen."

Parker erhob sich. „Tja, dann werde ich mal noch eine Runde ums Haus machen."

Auch Raleigh stand auf. „Ich begleite Sie, wenn Sie gestatten."

Vor der Tür stülpte sich Parker den Hut auf den Kopf und sah zum Himmel hoch. „Schnee wird es diese Nacht wohl keinen mehr geben."

Tatsächlich war die Wolkendecke aufgerissen und zeigte tiefschwarze, ausgefranste Löcher, in denen Sterne leuchteten, und das kalte Mondlicht auf dem Schnee machte alles hell und weit.

Gemeinsam setzten sich Parker und Raleigh in Bewegung. Wenn Parker wegen der Anwesenheit Raleighs befangen war, dann zeigte er es nicht. Bestimmt war er nicht von edler Geburt und musste in Raleigh den Höhergestellten sehen, der er war. Zwar, so vermutete Raleigh, hatte Parker mehr Geld in seiner Schatulle als er. Doch Oberschicht blieb Oberschicht und Privilegien – das zeigte die Geschichte – waren nur sehr zäh verhandelbar. Der Gedanke brachte Raleigh auf eine Idee.

„Angenommen", sagte er, „Sie hätten eine Kompanie zu führen, hundert Mann und fünfzig davon Gentlemen. Wie gingen Sie dabei vor?"

Parker lachte. „Das wird wohl nie der Fall sein."

„Nur mal angenommen", beharrte Raleigh.

Zurückhaltend, aber nicht unfreundlich sah Parker Raleigh an. „Wisst Ihr, Mr. Raleigh", begann er, „mein Vater war Schulmeister und sein Vater Zimmermann. Ich verwalte dieses Gut hier mit Viehzucht, Schafen, Obstanbau. Vom Zimmermann zum Gutsverwalter in nur drei Generationen, das ist nicht schlecht, finde ich. Ich habe eine liebe Frau und drei gesunde Kinder, denen es an nichts mangelt. Ich sorge dafür, dass das Land hier etwas abwirft, das ist mein Geschäft, und mehr will ich auch nicht. Und so lange ich lebe wird es so sein, dass ich der Diener eines Gentlemans bin. Und nicht umgekehrt, Sir."

Raleigh lächelte, nickte und erwiderte: „Sehr wahr, Mr. Parker. Sie tragen hier eine grosse Verantwortung. Und genau darum geht es mir. Stellen Sie ich vor, Ihr Geschäft sei nicht ein Landgut wie dieses, sondern Krieg zu führen, und Sie trügen die Verantwortung für das Gelingen einer militärischen Aktion, aber auch für die Ihnen unterstellten Männer, die Sie ausführen."

„Und die Hälfte davon sind Gentlemen?"

„Ganz recht. Und die Leute sind unzufrieden. Wie führen Sie sie?"

„Mit harter Hand", sagte Parker ohne zu zögern.

„Aber Meuterei liegt in der Luft. Und sie geht von einem Gentleman aus."

„Dann erst recht."

„Wieso?"

„Ich trage die Verantwortung, richtig? Das heisst, wenn die militärische Aktion fehlschlägt, wird es mir angelastet. Wenn sie schon unzufrieden sind, werden die Männer nicht besser kämpfen, wenn ich sie milde behandle.“ Irgendwie merkte Parker, dass seine Erklärung nicht ausreichte, sagte aber nichts weiter. Raleigh wartete. Dann setzte Parker neu an: „Tom liebt Tiere. Als er seinen ersten Hasen heimbrachte, hat er geheult. Aber wenn er die Kühe auf die Weide treibt, nimmt er einen Stock mit. Und er benutzt ihn auch, wenn es nötig ist, denn die Tiere müssen wissen, wer der Herr ist. Konsequenz ist wohl das passende Wort.“

„Um bei unserem Beispiel zu bleiben: Sie würden ein Exempel statuieren?“

Parker zögerte nur kurz. „Nicht, wenn ich es vermeiden kann.“

Damit war eigentlich alles gesagt.

„Ich danke Ihnen, Mr. Parker.“

Mittwoch, 30. November 1580
Buckland Abbey
Devon

Die Kerzen waren gelöscht, aber der Mondschein reichte aus, das Zimmer zu erhellen. Deutlich hätte Raleigh jeden Teil der Einrichtung erkennen können, doch er lag schwer atmend auf dem Rücken und starrte den Betthimmel über sich an. Molly hatte sich auf ihm völlig verausgabt und lag nun niedergesunken noch halb auf ihm drauf und keuchte ihm warmen Atem ins Ohr. Allmählich kühlten ihre Körper ab, ihre Atmung wurde flacher, der Puls senkte sich. Das Kaminfeuer war heruntergebrannt, und Raleigh tastete nach der Decke, die zerwühlt und verknäult über seinen Füssen lag. Es folgte ein umständliches Manöver, in dessen Verlauf er erst eine Kante zu fassen bekommen und dann die Decke unter Mollys Bein hervorzupfen musste, bis er sie schliesslich soweit hochziehen konnte, dass ihre Schultern und sein Bauch bedeckt waren. Dass Molly kichernd das Unterfangen mit heftigen Fusstritten zu stören versuchte, liess auch ihn leise lachen, bis sich ihr Gelächter in wohligen Seufzern verlor. Wenn Raleigh aber glaubte, jetzt in postkoitaler Seligkeit wegschlummern zu können, hatte er sich geirrt.

„Er hat versucht, sich herauszureden, stimmt's?"

Raleigh wusste natürlich, wen sie meinte, gab aber nur ein schläfriges „Hm?" von sich in der Hoffnung, dass auch sie eigentlich zu müde sei, um ein ernsthaftes Gespräch zu führen.

„Aber du hast ihm zugesetzt und nicht nachgelassen, wette ich", plauderte sie munter weiter. „Hast seine Lügen alle entlarvt, richtig?"

„Molly", seufzte Raleigh, „ich würde es wirklich begrüssen, wenn sich Drake nicht im selben Zimmer befindet, wenn ich mit dir zusammen bin."

„Ich dachte, dich interessiert vielleicht meine Meinung dazu", gurrte Molly.

„Nein."

Jetzt war Molly eingeschnappt.

„Männer!", fauchte sie und trat Raleigh mit nacktem Fuss gegen das Bein.

Ja, Männer, dachte Raleigh. Und Frauen. Sollten Frauen wirklich eine Meinung dazu haben, wenn sich Männer gegenseitig die Köpfe abschlugen?

Was für eine Frage! Natürlich sollten sie. Erst recht, wenn sie so um sich traten, wie Molly. Aber auf direktem Weg gelangte er nicht mehr zurück, ohne sich eine Blösse zu geben. Daher murmelte er: „Ist schon ein sonderbarer Mensch."

„Ich dachte, er soll draussen bleiben."

„Schwierig, ich geb's zu. Der Mann hat eine Gabe…Er…" Verzweifelt suchte Raleigh nach einer Möglichkeit, Drakes Wesen zu beschreiben, die Art, wie er einen mit Worten und Gesten einnahm und gleichzeitig gegen sich aufbrachte.

„Er lässt einen nicht kalt?", schlug Molly vor und traf damit den Nagel auf den Kopf.

„Genau!"

Und plötzlich fiel es ihm wie Schuppen von den Augen.

„Doughty hat das nicht ausgehalten!"

„Wundert dich das?"

„Nein, jetzt nicht mehr. Ich verstehe es!"

Raleigh verstand es wirklich.

Molly rutschte von Raleigh herunter und schmiegte sich eng an seine Seite. Eine Hand auf seiner Brust, sah sie ihn ernst an. „Aber Drake liess *ihm* den Kopf abschlagen und nicht umgekehrt."

Aufgeregt schob sich Raleigh unter Molly hoch zum Kopfbrett und in Sitzposition.

„Er *musste* es tun!", stiess er hervor, während sich ihm die ganze Tragik um Doughtys Tod enthüllte.

Molly gab ein verächtliches Geräusch von sich, worauf Raleigh ihr in die Augen sah. „Zu diesem Zeitpunkt konnte er nicht mehr anders. Oder glaubte es zumindest. Verstehst du?"

„Nein."

„Warum liess er Doughty hinrichten?"

„Ja, warum?" Sie spielte das Naivchen, doch er durchschaute sie. Was immer er zu Drakes Gunsten sagen würde, sie würde es nicht gelten lassen. Dennoch erschien es ihm jetzt wichtig, es ihr zu erklären.

„Weil Doughty durch sein Verhalten den ganzen Plan gefährdete. Und warum verhielt er sich so?"

An Mollys treuherzigem Augenaufschlag änderte sich nichts, als sie sagte: „Weil er erkannt hatte, dass Drake ein Schurke und ein Unhold ist."

„Nein, weil er ihn mochte!" Raleigh genoss Mollys verständnislosen Blick so sehr, dass er eine Pause einlegte, bevor er weitersprach. „Er wollte sein Freund sein. Er *war* sein Freund, aber sobald sie auf See waren, war Drake auch sein Vorgesetzter. Vermutlich wünschte sich Doughty nichts so sehr, als mit seinem Freund den Plan dieser Kaperfahrt in die Südsee auszuführen, von dem er dachte, dass es ihr gemeinsamer Plan sei. Aber es war nicht ihr gemeinsamer Plan, es war Drakes Plan. Doch Doughty hielt sich für so bedeutend in dieser Sache, dass es ihn nicht einmal störte, als der junge Wynter zu Drakes Vize ernannt wurde und nicht er. Er wähnte sich als Gleichberechtigter an Drakes Seite und hielt Wynter schlicht für seinen Untergebenen."

Mit einem Mal fielen alle Teile an ihren Platz und erklärte sich alles. Raleigh war wieder hellwach und schauderte unter der Sturzflut von Erkenntnissen, die er gar nicht so schnell aussprechen konnte, wie sie ihn befielen.

„Als Drake in Plymouth James Sydae entliess, war Doughty zum ersten Mal irritiert. Es verletzte ihn, dass Drake Sydae rausschmiss, ohne sich mit ihm abzusprechen. Er beklagte sich darüber beim Schiffszimmermann Ned Bright. Und bei Bright begann er auch damit anzugeben, welche Bedeutung er für das Unternehmen hätte. Doch er belog nicht seine wechselnde Zuhörerschaft, sondern er machte sich selbst etwas vor, um seinen Irrtum nicht einsehen zu müssen. Es war auch nicht seine Absicht, Drake mit seinen Aufschneidereien herabzuwürdigen, er wollte sich damit auf die gleiche Stufe wie Drake erheben. Cooke sagte mir, Drake, Doughty und Wynter seien als gleichberechtigte Partner und Freunde aufgebrochen; Diesen Eindruck musste Cooke gewinnen, wenn Doughty mit ihm geredet hat, und das hat er bestimmt."

Mit zusammengezogenen Brauen und an ihrer Unterlippe nagend hatte Molly ihm konzentriert zugehört. Jetzt unterbrach sie ihn: „Und wie passt dieser Wynter in das Bild?"

„Wynter war Drakes Vize, doch Cooke hielt Doughty für Drakes rechte Hand, was für ihn gleichbedeutend war. Mit Drake, Doughty und Wynter sah Cooke ein Dreigestirn vor sich, das die Unternehmung leitete."

„Und du glaubst, hinter allem, was Doughty gesagt hat, steckte keine üble Absicht?"

„Ja, Molly, das tue ich. Und ich glaube, vieles wurde von den Zeugen falsch interpretiert. Drake ist ein nüchtern denkender Mensch, der sein Metier von der Pike auf gelernt hat. Deshalb, und auch aufgrund seiner bescheidenen Herkunft, käme es ihm nie in den Sinn, jemanden zu begünstigen, nur weil der sein Freund ist – etwas, das für Leute vom Schlage eines Thomas Doughty ganz normal ist. Doughty sah sich auf einmal zum blossen Befehlsempfänger degradiert. Vermutlich war er in einem Zustand, der nicht zuliess, dass das Bild, das er von sich selbst hatte, in Trümmer gelegt wurde. Für Doughty war das Ringen mit Drake ein Zwist unter Freunden, nichts, das nicht gekittet werden konnte. Er verstand Drake nicht und wusste wahrscheinlich nicht, was er von ihm zu erwarten hatte, seinem Freund, der ihm die kalte Schulter zeigte, soweit es die Kommandostruktur betraf. Und als dann in den unteren Decks Gerede über Meuterei aufkam, scheute er sich, Drake davon in Kenntnis zu setzen. Ich nehme an, er wollte einfach eine weitere unnötige Konfrontation vermeiden. Es schien zu funktionieren. Immerhin wurde er mit Wynter als Anführer des Trupps auf die Insel Mayo geschickt. Und kurz darauf wurde er sogar von Drake zum Prisenkommandanten der *Santa Maria* ernannt. Da musste Doughty gedacht haben, dass noch alles gut werde. Er und Francis Drake, die Beherrscher der sieben Weltmeere! Und dann hat er's versaut, indem er sich auf der Prise von einem Portugiesen bestechen liess."

„Und Doughtys Rede auf dem Flaggschiff, die dir so viel Kopfzerbrechen bereitet?"

„War vielleicht genau das, wonach sie auf den ersten Blick aussieht. Der Versuch, zwischen den Männern wieder Ruhe und Ordnung herzustellen. Er wollte sich nur nützlich machen. Er wollte Drake helfen!"

„Also alles ganz harmlos?"

„Ich sehe darin jedenfalls keinerlei Beweis für einen Verrat. Es wäre an Drake gewesen, die wahren Motive für Doughtys Verhalten zu ergründen. Aber…"

„Aber das wollte er nicht", fiel ihm Molly ins Wort, „weil Doughty ihm schon viel zu sehr auf die Nerven ging."

„Er schickte ihn als Gefangenen auf die *Swan* und tat damit das einzig Richtige."

„Wie bitte?“ Mit einem Ruck richtete sich Molly auf und funkelte Raleigh verärgert an. Er streckte den Arm aus, um sie wieder an sich zu ziehen, doch sie entwand sich ihm geschickt, liess es aber zu, dass er ihre Hand nahm und zärtlich mit ihren Fingern zu spielen begann.

Dabei sah er ihr ins Gesicht und sagte: „Ganz egal, ob Drake verstand, was Doughty da trieb, oder nicht – es hatte Auswirkungen, und die verstand er sehr wohl. Als Sofortmassnahme war es das Beste, den Unruhestifter auf einem vergleichsweise kleinen Schiff zu isolieren, wo er so wenig Schaden wie möglich anrichten konnte. Das Einzige, das Doughty noch gerettet hätte, wäre gewesen, wenn er seine ihm zugewiesene Stellung erkannt und akzeptiert hätte und mit dieser Einsicht vor Drake auf Knien um Verzeihung gebeten und Besserung gelobt hätte. Aber das tat er nicht. Im Gegenteil, als sich die beiden das nächste Mal sahen – als die *Swan* aufgegeben werden sollte – provozierte er Drake so sehr, dass dieser ihn niederschlug und an den Grossmast der *Pelican* binden liess. Geltungssüchtig, unbelehrbar, uneinsichtig. In Kombination mit den ohnehin schon grassierenden Schwierigkeiten und dem Ziel der Flotte, war er für Drake nicht mehr tragbar. Er musste ihn opfern.“

„Opfern? Der Mann hat ihn gehasst!“

Ihre Empörung liess Molly wieder hochschnellen, so ungestüm, dass sie unter der Decke hervorbrach wie ein Geysir aus einem isländischen Schlammloch, und mit solchem Schwung, dass ihre Brüste wackelten, was, wie Raleigh fand, ein tröstlicher Anblick war, wenn man bedachte, worüber sie gerade redeten. Andererseits: Ihr Blick war alles andere als tröstlich, und er ahnte, dass der Reiz ihrer beider Nacktheit bei ihr gerade nicht so viel auslöste, wie bei ihm. Er zwang sein aufkeimendes Begehren in die Knie und sah, der Ablenkung halber, zum Betthimmel auf. Mit Gewalt und Anstrengung schob und drückte er seine Gedanken weg von Mollys Blösse, hin zu Drake, Doughty und der seltsamen Beziehung zwischen den beiden.

„Das glaube ich nicht“, sagte er schliesslich. Sein nachdenklicher Ton sorgte dafür, dass Molly erstmal den Mund hielt und abwartete. Und so fuhr er fort: „Doughty vereinigte wohl zahlreiche Facetten in seiner Persönlichkeit. Auf See gewann die sinistere Seite in ihm die Oberhand; Habgier, Geltungsdrang, Stolz, Ignoranz. Diese Seite an Doughty hasste Drake durchaus, da gebe ich dir gerne Recht. Aber Drake kannte auch seine andere Seite: Seinen Charme, seinen Tatendrang, seine Begeisterungsfähigkeit, seine Empfindsamkeit und seine Liebe zur Musik. Und diese Seite mochte Drake ebenso sehr, wie er die andere verabscheute. Er konnte den dunklen Doughty nicht beseitigen, ohne den strahlenden Doughty zu opfern."

„Na, schön", gab Molly aufmüpfig zurück. „Aber beseitigt hat er ihn. Und wenn es stimmt, was du über Doughty sagst, dann war er unschuldig."

„Unschuldig im Sinne der Anklage, ja."

„Dann war seine Hinrichtung Mord."

„Nun ja, Doughty selbst gestand während der Verhandlung, Lord Burleigh das wahre Ziel der Reise verraten zu haben. Das reichte wohl für einen Schuldspruch aus."

„Nach welchem Recht?"

Gute Frage. Nach englischem, soweit Raleigh es beurteilen konnte. Er überdachte noch einmal, was er von der Gerichtsverhandlung gegen Doughty wusste und kam nicht umhin, Drake für seine Raffinesse zu bewundern. Im juristischen Sinne streng genommen war es nicht Drake gewesen, der über Doughty zu Gericht gesessen hatte; er hatte Captain Wynter dies tun lassen. Doch dessen edle Geburt hatte ihm noch keine richterlichen Würden zukommen lassen, er war Vorsitzender allein durch Drakes Gnaden. Aber niemand würde Wynter je dafür belangen wollen. Wenn sich Drake aufs Kriegsrecht berufen konnte, dann hatte das Gericht alle Erfordernisse erfüllt.

Da Raleigh schwieg, erkundigte sich Molly, als hätte sie seine Gedanken gelesen: „Was ist mit der Vollmacht?"

„Was soll damit sein?"

„War sie ausreichend, um Doughty unters Beil zu bringen?"

„Drake behauptet es."

„Hast du sie gesehen?"

Die Frau ist ja schlimmer als die Spanische Inquisition!, dachte Raleigh. Und ganz, ganz klein geworden, musste er zugeben: „Nein."

„Hat irgendjemand sonst sie gesehen?", bohrte Molly weiter.

„Ausser Drake und der Königin? Nun, Thomas Doughty muss sie gesehen haben, denn in seiner Ansprache sagte er, Drake habe *eine Befehlsgewalt von ihrer Hoheit der Königin und ihrem Rat erhalten, wie sie zurzeit noch kaum irgendeinem anderen Untertanen anvertraut worden ist: Nach seinem Ermessen Übeltäter mit dem Tod oder sonst wie zu bestrafen.*"

„Ich glaube, da hat er gelogen, Raleigh."

„In Bezug auf was?"

„In Bezug darauf, dass er die Vollmacht gesehen haben will. Wenn er sie gesehen hätte, dann hätte er an seiner Verhandlung nicht verlangt, dass Drake sie vorzeigt. Denn, wenn er sie vorher gesehen und gewusst hätte, dass sie ausreichend war, hätte sie ihm nichts genützt, nicht wahr? Er verlangte deren Präsentation in der Hoffnung, dass sie eben nicht ausreichend war. Und das bedeutet, er hat es nicht gewusst, und wenn er es nicht gewusst hat, dann hatte er sie auch nicht gesehen."

Quod erat demonstrandum.

Doch Raleigh war ins Grübeln gekommen. „Gegenüber Master Sarocold von der *Swan* behauptete er, er kenne die Vollmacht und wisse, dass sie nicht ausreichte, Meuterer hinzurichten."

„Dann haben wir drei Möglichkeiten", meinte Molly mit unvermindertem Enthusiasmus. „Erstens: Er hat sie gesehen und in seiner Rede auf dem Flaggschiff gelogen; aber dann wusste er, dass sie nicht ausreichte und verlangte in seinem Prozess deshalb, dass Drake sie vorzeigt. Zweitens: Er hat sie gesehen und Sarocold belogen; aber dann hätte er gewusst, dass sie ausreicht und sicher nicht verlangt, dass sie präsentiert wird. Wozu auch? Und drittens: Er hat beide Male gelogen, und sie nicht gesehen."

Niemandem also – ausser Drake, der Königin, die sie ausgestellt hatte und, vielleicht, Thomas Doughty – war dieses wichtige Schriftstück unter die Augen gekommen. Und nun schlummerte es, zusammen mit anderen möglicherweise erhellenden Papieren, in einem Archiv, auf das nur der Kronrat Zugriff hatte. Raleigh fragte sich, wie er es anstellen könnte, einen Blick darauf zu werfen.

„Thomas Doughty war unschuldig", platzte Molly in seine Gedanken. „Und seine Hinrichtung war Mord, denn sie wird durch nichts, durch absolut nichts gerechtfertigt, Raleigh. Nicht einmal durch ein Stück Papier, das ihre Majestät unterzeichnet hat."

Zumindest blieb sie juristisch fragwürdig. Raleigh sah Molly an und sagte: „Du denkst, Drake hätte ihn nicht opfern dürfen, um die Unternehmung zu retten."

„Eine Unternehmung, deren glücklicher Ausgang in keiner Weise feststand. Drake hat einfach Glück gehabt, das ist alles.“ Und als Raleigh nichts darauf sagte, fügte sie hinzu: „Wie viel ist ein Menschenleben wert?“

Ja. Wie viel?

In Smerwick war es nicht das Schwarze unter Lord Deputy Greys Fingernägeln wert gewesen. Aber Grey hatte auch keine Freundschaft mit den katholischen Söldnern verbunden. Konnte er Molly sagen, dass der Wert eines Menschenlebens Ansichtssache war? Raleigh schämte sich sofort für seinen Zynismus.

„Es gibt kein grösseres Gut auf der Welt“, sagte Molly.

Und Raleigh neigte dazu, ihr beizupflichten. Selbst Drake würde zustimmen, denn während er plünderte und Schiffe verbrannte, war er peinlich darauf bedacht, eben dieses teuerste aller Güter unangetastet zu lassen. Ein guter Teil daran war Berechnung, ja, aber diese Berechnung bestand im Wissen, dass alle, auch der Feind, diese Auffassung über das menschliche Leben teilten – was zeigte, wie universell der Gedanke war – und man Drakes gnädiges Verhalten auf der Habenseite seines Kontos verbuchen würde. Und genau dort wurde von den Investoren auch der finanzielle Erfolg seiner Weltumsegelung verbucht. Auf der Sollseite dagegen stand ein Name: Thomas Doughty.

Welche Seite wog schwerer?

Mit Mollys Massstäben gemessen war Doughtys Hinrichtung auch moralisch fragwürdig. Und in einem theoretischen, philosophischen Sinn hatte sie Recht.

Doch die Welt war, wie sie war. Nicht besonders schlecht, aber auch nicht sonderlich gut. Und Menschen waren schon aus abstruseren Gründen und für weniger getötet worden. Letztlich war die einzige Frage, mit der sich Raleigh beschäftigen musste: War Drake schuldig oder nicht?

Und immer noch war Raleigh unsicher.

Ganz egal, was Doughty angetrieben hatte, die Auswirkungen seines Verhaltens drohten, das Unternehmen zum Scheitern zu bringen. Drake hatte kaum eine Wahl gehabt. Und Molly konnte sagen, was sie wollte, aber der Erfolg gab Drake im Nachhinein recht.

Doch das Unternehmen selbst, diese Kaperfahrt in die Südsee und schliesslich rund um die Welt, war geboren aus Rachsucht und Gier.

Rache für San Juan de Ulua, Drake hatte keinen Hehl daraus gemacht. Und Gier nach Ruhm und Reichtum. Es belustigte Raleigh, dass gleich zwei der sieben Todsünden als Rechtfertigung für den Verstoss gegen das fünfte Gebot herhalten sollten. Du sollst nicht töten. Es war klar, dass Drake schon sehr davon überzeugt war, Gott auf seiner Seite zu haben. Ebenso klar war, dass er seine Profitgier mit seinen Investoren teilte, Leuten wie dem alten Haudegen William Wynter, der Hofschranze Christopher Hatton, ja, der Königin selbst. Wer von diesen Leuten würde Doughty auch nur eine Träne nachweinen?

„Was wirst du in deinen Bericht schreiben, Raleigh?", fragte Molly leise.

Er wollte schon sagen: Die Wahrheit. Doch das wäre so abgelutscht gewesen, wie die Wahrheit selbst. Er war nicht dabei gewesen, und selbst wenn er es gewesen wäre, hätte er seine eigene Wahrheit mit nach Hause gebracht. Der Wahrheiten waren eben viele, und so sagte er: „Meine Überzeugung."

VII. Teil

Francis Walsingham

„Scientia numquam nimis cara est."

Dezember 1580
Walsinghams Haus an der Seething Lane
London

Obschon mitten am Vormittag, wetteiferte das graue Tageslicht des Londoner Winters mit dem warmen Schein von einem Dutzend Kerzen und des Feuers im Kamin von Walsinghams Arbeitszimmer. Der alte Fuchs sass an seinem gewaltigen Schreibtisch und kümmerte sich wie jeden Tag um das Staatswohl, ohne dass ihm dabei langweilig wurde. Es gab aber auch dauernd viel zu tun. Das noch junge anglikanische Königreich der Tudors – liess man die unselige Maria mal beiseite – wurde von aussen wie von innen bedroht. Walsingham unterstützte Königin Elisabeths Politik der wachsamen Toleranz gegenüber den Katholiken im Land. Zwar waren katholische Gottesdienste verboten, aber ansonsten konnten sie sich frei bewegen und ihren Geschäften nachgehen; das hatte bislang einen offenen Aufstand verhindert. Auch wenn sich die meisten Katholiken, darunter auch etliche von Adel, ruhig und duldsam verhielten – Extremisten gab es immer. Ein Attentat auf die Königin oder den Kronrat war jederzeit möglich. Daher wurden sie weniger aktiv verfolgt als vielmehr, so gut es ging, überwacht. Doch dazu brauchte es eine Menge Leute. Und die Spitzel, Informanten, Agenten, egal, wie man sie nennen wollte, taten das nicht allein aus Liebe zu Heimatland und protestantischer Rechtgläubigkeit. Sie wollten für ihre Arbeit auch entlohnt werden. Und da die Krone – wenn man ihrer Majestät glauben durfte – notorisch schwach bei Kasse war, musste Walsingham in die eigene Geldkassette greifen, um sich seiner Zuträger bedienen zu können. Doch dies machte ihm weniger Sorgen als der Umstand, dass sein Agentennetz noch fürchterlich weitmaschig war.

Trotz Wollstrümpfen, Hausmantel, Scheitelkäppchen und Kaminfeuer kroch ihm der Londoner Januar in die Knochen. Er fühlte sich nicht gesund und freute sich schon auf eine heisse Suppe, doch bis zum Mittag waren es noch einige Stunden hin. Die Finger, die die Feder hielten, schmerzten; zwei steile Falten gruben sich tief in seine Wangen, bevor sie in seinem dunklen Bart verschwanden, doch die tiefliegenden braunen Augen blickten unvermindert wach und aufmerksam.

Als es klopfte, räusperte er sich kurz und rief: „Treten Sie ein, Mr. Raleigh!“

Die Tür öffnete sich, Raleigh trat ins Zimmer, verneigte sich, sagte artig „Sir Francis“ und fügte mit irritiert gerunzelter Stirn hinzu: „Woher wusstet Ihr, dass ich es bin?“

Walsingham sah auf und lächelte. „Dinge zu wissen ist mein Beruf. Aber setzen Sie sich doch.“

Raleigh schnappte sich einen Stuhl, der beim Kamin stand, stellte ihn Walsingham gegenüber an den Tisch und setzte sich.

Dezember 1580
Walsinghams Haus an der Seething Lane
London

Nach diesen wenigen, aber intensiven Tagen auf Buckland Abbey, die Raleigh die meiste Zeit hinter seinem Tisch verbracht und Leute befragt hatte, fühlte es sich komisch an, auf einmal auf der anderen Seite zu sitzen. Erst recht, wenn gegenüber der wohl ausgefuchsteste Halunke des gesamten Königreichs sass. Walsinghams Beweggründe mochten durchaus ehrenhaft sein, aber was immer er im Staatsdienst auch für Eigenschaften in sich vereinigte, Skrupel gehörten nicht dazu. Tatsache war, dass Raleigh diesen fleissigen und unbeugsamen Mann sehr schätzte. Mehr noch: Er mochte ihn.

Gerade faltete der Staatssekretär die Hände auf dem Tisch und beugte sich erwartungsvoll vor.

„Nun, was haben Sie über Doughty's Tod herausgefunden?"

„Ihr habt meinen Bericht nicht erhalten?"

„Doch, doch", sagte Walsingham schnell, „ich habe ihn hier vor mir, aber ich möchte es gerne aus Ihrem Mund hören. Ihre persönliche Meinung, sozusagen." Sein Lächeln wurde zu einem Grinsen.

Bei aller Hochachtung wollte es Raleigh dem alten Strippenzieher nicht zu einfach machen. Er seufzte und meinte entschuldigend: „Leider fehlten mir für die Untersuchung wichtige Unterlagen: Die Logbücher, Drakes Vollmacht, oder wenigstens eine Kopie davon…"

Wenn Walsingham den kaum verhehlten Vorwurf erkannte, liess er sich nichts anmerken. In einer Geste ergebenen Bedauerns hob er die Arme mit ausgebreiteten Händen und sagte: „Tja, Drake hat uns diese Papiere zwar alle samt und sonders nach seiner Rückkehr ordnungsgemäss übergeben, aber dummerweise sind sie mittlerweile unauffindbar."

„Unauffindbar?"

Das dreiste Lächeln strafte Walsinghams Worte Lügen. „Spurlos verschwunden, ja. Ich weiss auch nicht, wie das passieren konnte."

Drohte das hier nun zur Farce zu werden? Raleigh fragte sich einen Moment lang, was er hier eigentlich sollte. Doch dann sagte er sich, dass es Walsingham war, der von ihm etwas wollte, und nicht umgekehrt.

Entschlossen, seinen Konter richtig zu geniessen, legte er los, indem er fortfuhr, sich ordentlich zu beklagen: „Und die Zeugen waren bei der Wahrheitsfindung nicht eben hilfreich. Die einen verehren Drake, die anderen möchten ihn am liebsten tot sehen. Ihre Aussagen waren alles andere als objektiv und daher entsprechend widersprüchlich. Über den genauen Ablauf der Ereignisse lässt sich nur mutmassen, Sir."

„Na, dann mutmassen Sie mal, Mr. Raleigh, mutmassen Sie!"

Kanaille!, dachte Raleigh bewundernd. In keinem Pariser Ballhaus wurden die Tennisbälle gnadenloser retourniert. Aber bitte. Er wollte die Geschichte haben, und er sollte sie kriegen. Von Adam und Eva an.

„Alles begann damit", sagte er, „dass Drake einen Traum hatte: Den Traum einer Kaperfahrt an die Südseeküste der spanischen Besitzungen in der neuen Welt. Er sprach darüber mit Thomas Doughty, den er in Irland kennen gelernt hatte. Er und Doughty wurden enge Freunde, und Doughty bestärkte Drake darin, diese Kaperfahrt zu unternehmen. Er verhalf ihm zu Investoren und steuerte selbst einen Anteil von mindestens fünfhundert Pfund bei. Gemeinsam planten sie die Durchführung, und Drake wandte sich mit dem Unterfangen an seinen damaligen Dienstherrn Lord Essex."

Bis hierhin hatte Walsingham nur wiederholt genickt; er kannte das alles schon. Doch nun unterbrach er ihn: „Ich weiss. Essex schickte mir ein Schreiben, in welchem er Drake und sein Vorhaben empfahl. Daraufhin brachte ich Drake mit der Königin zusammen."

„Und mit ihrer Unterstützung war die Reise beschlossene Sache. Das Ziel wurde geheim gehalten. Man stellte eine Flotte von fünf Schiffen zusammen mit dem vorgeblichen Zweck einer Handelsfahrt nach Alexandria in Ägypten. Mit von der Partie war auch ein gewisser James Sydae, ein Kaufmann und Kapitän eines der Schiffe unter Drakes Kommando in Irland und mit Doughty befreundet. Doch Drake feuerte ihn, noch bevor die Flotte endgültig ausgelaufen war. Doughty nahm die Sache wohl persönlich, jedenfalls bekam die Freundschaft zwischen Drake und Doughty damit ihren ersten Riss. Der wäre zwar zu verkraften gewesen, wäre da nicht Doughty's Charakter und die unglückliche Zusammensetzung der Mannschaft gewesen. Ein überdurchschnittlich hoher Anteil bestand aus Gentlemen, jungen Herren aus gutem Hause, die sich ein sorgloses Abenteuer mit der Fahrt nach Alexandria versprachen. Als das wahre Ziel bekannt wurde, nahmen das viele übel auf. Die Stimmung war gereizt, es kam zu Streitereien. Hinzu kam, dass Drake keine Standesunterschiede zwischen Gentlemen und gemeinen Seeleuten zuliess; jeder sollte jede Arbeit verrichten, und er selbst nahm sich davon nicht aus. Doch das nahm die Gentlemen noch mehr gegen ihn ein, erst recht, da er selbst nicht von vornehmer Geburt war."

„Das heisst, sie akzeptierten Drake nicht als ihren Befehlshaber", brachte es Walsingham auf den Punkt.

„Die meisten schon, aber viele der Gentlemen nicht."

„Und Doughty?"

„Doughty versuchte wohl zunächst noch zu vermitteln. Aber seine Geltungssucht machte alles noch schlimmer. Wo er hinkam, prahlte er damit, wie hoch sein Anteil an dem Unternehmen sei, dass es ohne ihn gar nicht hätte durchgeführt werden können und dass Drake ohne ihn nie so weit gekommen wäre. Und das untergrub Drakes Autorität noch weiter. Vor den Kapverden eroberte Drake ein portugiesisches Schiff und ernannte Doughty zum Prisenkapitän. Doch Doughty nahm von einem Portugiesen Geschenke entgegen, was er nicht hätte tun dürfen. Drake schickte ihn daraufhin aufs Flaggschiff zurück und übernahm selbst das Kommando auf der Prise. Doch auf dem Flaggschiff führte sich Doughty als dessen Interimskommandant auf, wozu er von Drake nicht ermächtigt worden war. Auch pflegte er seine Freundschaft mit dem Master, einem gewissen Thomas Cuttil, sodass das Schiff faktisch in ihrer beider Hand war. Allerdings glaube ich nicht so recht, dass Doughty damit finstere Pläne verfolgte. Vielmehr trieb ihn wohl seine Geltungssucht dazu anzunehmen, der Posten als Stellvertreter Drakes stünde ihm zu. Drake sah das natürlich anders und versetzte ihn auf das Vlieboot *Swan*, sozusagen unter Hausarrest. Von den loyalen Männern wurde Doughty gepiesackt, aber er hatte auch Freunde, und so trieb er mit seiner Art und seinem Schicksal den Keil nur noch weiter in die bereits entzweite Mannschaft. Und das war Drakes eigentliches Problem. Um die Reise zum Erfolg zu bringen, musste er die Mannschaft vereinen, was er nicht konnte, solange Doughty ein Teil von ihr war. Die zunehmende Verbitterung zwischen Drake und Doughty verhinderte eine unblutige Lösung des Problems. Drake wollte Doughty tot sehen. Um die Crew von der Rechtmässigkeit seines Vorgehens zu überzeugen, liess er ein Gericht über Doughty verhandeln. Da keine wirklich substanziellen Beweise für eine – wenn auch nur geplante – Meuterei vorlagen, kam es Drake sehr zupass, als Doughty freimütig zugab, das geheime Ziel der Reise an Lord Burleigh verraten zu haben."

Walsinghams Augenbrauen schnellten in die Höhe. „Cecil wusste davon? Sieh mal einer an!"

„Jedenfalls gab das den Ausschlag, und Doughty konnte wegen Verrats hingerichtet werden."

„Sie halten aber Doughty dennoch für unschuldig?"

„Doughty war vielleicht nicht besonders intelligent, gewiss war er selbstbezogen, eitel und ein Grossmaul, aber ein Meuterer war er nicht. Jedenfalls sind die Beweise, die das belegen sollen, zu dürftig und lassen einen gewissen Interpretationsspielraum. Und selbst sein Offenlegen der Pläne Lord Burleigh gegenüber geschah vermutlich aus reiner Naivität. So gesehen starb Doughty als unschuldiger Mann."

„Dann ist Drake also schuldig?"

„Ja, Sir", sagte Raleigh schlicht.

Walsingham lehnte sich zurück, stützte die Ellbogen auf die Armlehnen seines Stuhls und legte die Fingerspitzen gegeneinander. Neugierig betrachtete er sein Gegenüber und wartete ab.

Er müsste jetzt enttäuscht sein, dachte Raleigh. Aber er ist es nicht.

Weil er weiss, dass das nicht alles ist.

„Erst recht ist er schuldig", setzte er hinzu, „wenn er die Befugnisse überschritt, die ihm die königliche Vollmacht erteilte. Aber das lässt sich ja nun nicht mehr beweisen."

„Sie gehen davon aus, dass die Vollmacht nicht ausreichend war?"

„Jawohl, Sir, das tue ich."

„Was veranlasst Sie dazu?"

„Bei seinem Prozess verlangte Doughty, dass Drake die Vollmacht vorzeigte, was ein völlig berechtigtes Anliegen war, da nur eine ausreichende Vollmacht den Prozess überhaupt legitimierte. Doch Drake verweigerte das. Und bevor er die Mannschaft das Geschworenenurteil fällen liess, tat er so, als wolle er ihr die Vollmacht vorweisen, tat es aber auch da nicht mit der Ausrede, er habe sie in seiner Kabine vergessen. Tatsache ist: Niemand hat diese Vollmacht je zu Gesicht bekommen, Sir."

„Er konnte nicht."

„Was?“

„Er konnte sie nicht vorweisen. Weil er sie nicht bei sich hatte.“

„Ja eben. Das hat er behauptet.“

„Sie verstehen nicht. Er hatte die Vollmacht auch nicht in seiner Kabine. Die Vollmacht hat England nie verlassen. Dafür habe ich gesorgt. Denn angenommen, Drake wäre in spanische Gefangenschaft geraten und das Schriftstück den Spaniern in die Hände gefallen, hätte es ihre Majestät über die Massen kompromittiert. Es wäre ein Beweis dafür gewesen, dass Drake, was er tat, in ihrem Auftrag tat.“

„Eine offene Kriegserklärung“, sagte Raleigh leise.

„Richtig. Ich kenne den genauen Wortlaut der Vollmacht, denn ich habe sie zusammen mit ihrer Majestät verfasst, und Sie können mir glauben, dass sie ausreichend war, über Doughty zu Gericht zu sitzen und ihn zum Tode zu verurteilen. Mit dem Verfahren war soweit also alles in Ordnung. Allerdings stellt sich die Frage, ob das Doughty-Tribunal ein Fehlurteil fällte. Was zuträfe, wenn Doughty so unschuldig war, wie Sie sagen, Mr. Raleigh.“

Raleigh fühlte sich plötzlich gar nicht wohl. Was wollte Walsingham von ihm hören? Dass er sich möglicherweise getäuscht hatte? Natürlich konnte sich Raleigh über Doughty nicht sicher sein. Aber auch Drake hatte das damals nicht gekonnt und trotzdem berechtigte Zweifel gar nicht erst zugelassen. Und da war sie wieder, die Frage nach der Wahrheit. Da hatte sich Raleigh so viel Arbeit gemacht, ihr so nahe zu kommen, wie es eben ging, und nun sollte er diese – seine – Wahrheit der Staatsräson opfern?

Er holte tief Luft, hob die Schultern und senkte sie wieder.

„Unschuldig im Sinne der Anklage, Sir“, sagte er. „Das ist meine Überzeugung.“

Walsingham hob die linke Braue und sah dabei Raleigh forschend ins Gesicht. „Francis Drake und ein Fehlurteil?“

Und als Raleigh nichts darauf erwiderte, liess er die Braue wieder sinken und fügte hinzu: „Das wäre nicht nur ausgesprochen peinlich, es wäre Wasser auf die Mühlen all jener, die Drake nicht wohlgesonnen sind oder nicht erkennen wollen, in welcher Gefahr sich unser Land befindet.“

Wohl wissend, dass er mit Spitzfindigkeiten hier an den falschen Mann geriet, erwiderte Raleigh steif: „Letztendlich verurteilte Mr. Drake nun mal Mr. Doughty wegen einer unbedachten Äusserung dem Lordschatzmeister ihrer Majestät gegenüber zum Tode, Sir."

Mit einem wölfischen Lächeln strich sich Walsingham über den gestutzten Bart. „Kein Aber?"

„Doch."

„Aha."

„Man muss Drake einiges zugutehalten. Die Verantwortung, die er trug, hat er ansonsten in bewundernswerter Weise gemeistert."

„Ja, die Investoren und mit ihnen ihre Majestät können mit ihm mehr als zufrieden sein."

„Nicht nur das. Auch was seine Leute anging. Er hat gut für sie gesorgt. Ausser einem Schiffsjungen, der zu Beginn der Reise über Bord fiel und ertrank und einem Mann, der zweieinhalb Jahre später dem Fieber erlag, starb unter Drakes Kommando kein einziger Mann infolge Krankheit oder Unfall, was ein bemerkenswertes Verdienst ist. Nachdem die *Marigold* gesunken war und die *Elizabeth* die vorzeitige Rückfahrt angetreten hatte, gab es nur noch ein einziges Schiff, um den Auftrag auszuführen: Die *Golden Hinde*. Und irgendwie hat es Drake geschafft, ihre Mannschaft soweit zu einen, dass sie mehr erreichte, als man von allen ursprünglich fünf Schiffen erwartet hatte. Drake stand unter grossem Druck, und Doughty's Persönlichkeit verstärkte diesen Druck auf ihn als Kommandeur und als Mann. Und es gab nur diesen Weg, Doughty hinzurichten, um sich davon zu befreien."

Er sah den Staatssekretär an und schloss: „Letztendlich hat Drake das Richtige getan."

„Das war es, was ich hören wollte, Raleigh. Ich danke Ihnen."

Und als wäre nichts dabei, erhob sich Walsingham, nahm die Mappe, welche Raleighs schriftlichen Bericht enthielt, und warf sie ins Kaminfeuer.

Raleigh sprang auf.

„Um Himmels Willen, was tut Ihr da, Sir?"

„Ich verbrenne Ihren Bericht, das sehen Sie doch", gab Walsingham ungerührt zurück und klatschte sich den Staub von den Händen.

„Aber…aber warum, in Gottes Namen?"

„Glauben Sie mir, es ist besser so. Allein der Hinweis darauf, es könnte eine Untersuchung zu Doughty's Tod gegeben haben, würde Drakes Ruf nur unnötig belasten."

„Ich verstehe, Sir. Allerdings frage ich mich, womit Ihr Euer Haus sonst noch heizt. Mit Logbüchern und Vollmachten vielleicht?"

„Mit allem, was wärmt, mein guter Raleigh, mit allem was wärmt."

Dezember 1580
Burleigh House
London

William Cecil, erster Baron Burleigh, nannte den dreistöckigen Backsteinbau im The Strand nahe Covent Garden, mit den beiden vierstöckigen Ecktürmen und dem zentralen Erker an der Gartenfront, seine „krude Hütte“. Von den Türmen aus hatte man einen prächtigen Blick über Land und Gärten, die er vom Earl of Bedford erstanden hatte, sowie über die Felder von Covent Garden dahinter, die sich immer noch im Besitz des Earls befanden. Die Aussicht gab dem Lordschatzmeister stets das erhabene Gefühl, ganz England im Blick zu haben, irgendwie. Das Land, dem seine ganze Aufmerksamkeit galt und um das er sich kümmerte wie kein Zweiter im Königreich, ausser vielleicht Francis Walsingham. Natürlich war er nicht immer einer Meinung mit dem Staatssekretär über die Art und Weise, wie diese grosse Aufgabe zu erfüllen sei. Er selbst sah sich als Behüter und Bewahrer, während Walsingham mit dem Elan seiner erst achtundvierzig Lenze eher für Veränderung stand. Einer Veränderung zum Besseren, versteht sich. Doch Burleigh stellte sich auf den Standpunkt, dass das Bessere nur zu oft der Feind des Guten war. Das machte die beiden Männer, die den wichtigsten Einfluss auf die Politik ihrer Majestät ausübten, gelegentlich zu Konkurrenten. Oft genug arbeiteten sie gegeneinander mit dem erstaunlichen Resultat, dass hinterher für beide mehr gewonnen als verloren war. Es war gerade diese Mischung aus der Defensive Burleighs und der Offensive Walsinghams, die England auf dem Hochseil der gegenwärtigen Weltpolitik in der Balance hielt. Burleigh hatte Walsinghams Fähigkeiten schon früh erkannt und ihm als Mentor zu seinem Posten als Staatssekretär verholfen. Der Nachteil bestand für ihn allerdings darin, dass er zuweilen korrigierend eingreifen musste.

So wie jetzt, da er diesem jungen Menschen gegenüber sass, der ihn mit leuchtenden Augen über das riesige Schreibpult hinweg anstarrte.

„Und du bist sicher“, sagte der Lordschatzmeister, „dass Mr. Raleigh bei Walsingham nicht zu Drakes Gunsten sprechen wird?“

Ein Nicken.

„Sehr schön! Du hast gute Arbeit geleistet." Er entliess einen Seufzer der Erleichterung in eine ungewisse Zukunft und fügte hinzu: „Wollen wir hoffen, dass Drake verurteilt wird, damit nicht noch mehr Ungemach über unser Land hereinfällt."

Wieder ein Nicken.

Burleigh legte neugierig den Kopf schief und lächelte schüchtern. „War es eigentlich schwierig, Raleigh auf den richtigen Weg zu bringen?", wollte er wissen. „Wie hast du es geschafft? – Nein, sag nichts! Es ist besser, wenn ich es nicht weiss."

Damit öffnete er eine Schatulle, entnahm ihr einen Beutel, der mit dem Geräusch, als er ihn vor seinem Gast auf den Tisch setzte, verriet, dass sich darin Münzen befanden. Etliche, grosse Münzen.

„Das hier hast du dir jedenfalls redlich verdient, Mary."

„Oh, vielen Dank, Mylord!"

„Nein, nein, die Krone hat dir zu danken."

„Nicht der Rede wert. Es hat sogar Spass gemacht."

Sofort witterte Burleigh irgendeine schräge Form von Humor. Und Humor war etwas, das ihm Schwierigkeiten bereitete. Irritiert fragte er: „Spass gemacht?"

Die Antwort kam fast überhastet: „Der Krone zu Diensten zu sein meine ich. Und nennt mich Molly, die anderen tun das auch, Mylord."

Dezember 1580
Richmond Palace
nahe London

Der Schneeregen, der vor einer Stunde gefallen war, hatte ein paar weisse Stellen auf Dächern, Plätzen und Grünflächen zurückgelassen. Alles andere schimmerte nass im Licht der Sonne, die durch die schnell grösser werdenden blauen Flecken am Himmel schien. Die Luft, die Walsingham hier, weitab von Londons stinkendem Zentrum, in tiefen Zügen einatmete, war klar und frisch. Kein Wunder, zog es ihre Majestät vor, hier zu residieren. Er brauchte nicht lange zu warten, bis er fernes Hufgetrappel hörte, das schnell näherkam und seinen Klang veränderte, als die Kutsche durch das Torhaus gerattert kam. Der Kutscher brachte die Pferde neben Walsingham zum Stehen, ein Lakai sprang ab, klappte das Trittbrett herunter und öffnete den Schlag. Lord Burleigh kam etwas wackelig herausgeklettert und drückte erst mal das Kreuz durch; die über zehn Meilen lange Kutschfahrt hierher zum Richmond Palace war nicht eben ein Vergnügen gewesen. Walsingham wartete höflich, bis der Ältere seine Knochen sortiert hatte, und reichte ihm dann die Hand. Der Lordschatzmeister sagte nichts dazu, dass ihn der Staatssekretär höchstpersönlich am Torhaus abholte. Walsingham ging davon aus, dass er den Grund dafür kannte: Es war eine der seltenen Gelegenheiten, in Ruhe und unter vier Augen ein paar Worte zu wechseln.

Einträchtig nebeneinander schritten sie über den weiten Platz auf den Palast zu, der sich mit seinen Senkrechten aus Türmen, Mauern und Fenstern in den Himmel zu erheben schien, während hoch über ihnen ein paar Möwen kreisten.

„Ist der Frosch wieder bei ihr?", erkundigte sich Burleigh. Die Frage klang leicht unwillig.

„Der Frosch?" Ausnahmsweise hatte Walsingham wirklich keine Ahnung, wovon die Rede war.

„Der Herzog von Alençon. Die Königin nennt ihn so."

„Ist ja allerliebst", kommentierte Walsingham trocken.

„Und überaus passend für einen Franzosen."

Francois-Hercule de Valois, Duc d'Alençon war der jüngste Spross des französischen Königs Heinrich II. und Katharina de Medici und wurde auf der Liste der Heiratskandidaten der Königin momentan an oberster Stelle geführt. Die Romantiker bei Hofe pflegten in dieser Frage einen vorsichtigen Optimismus. Die Realisten blieben, was sie waren: skeptisch. Immer wieder hatte ihre Majestät ihre Vermählung versprochen – sobald sie den Richtigen gefunden hätte. Oder sobald sie Zeit hätte, nach dem Richtigen Ausschau zu halten. Oder sobald weiss der Teufel was. Jetzt allerdings schien sie ganz vernarrt in den pockennarbigen Franzosen, und er schien sich in ihrer Gegenwart ausgesprochen wohl zu fühlen; immerhin hatte er ihr galanterweise ein Ohrgehänge in Froschform geschenkt – zweifelsohne, damit sie seiner nicht vergesse, wenn er gerade nicht da war.

„Glaubt Ihr, sie wird ihn heiraten?", wollte Burleigh von Walsingham wissen.

Der sah ihn von der Seite an und erwiderte: „Das sollten wir nicht zulassen, Cecil. Sie ist siebenundvierzig und er vierundzwanzig."

„Der Altersunterschied stört Sie?"

„Keineswegs. Aber sie ist über das Alter hinaus, in dem sie noch Kinder bekommen kann. Angenommen sie heiratet den…äh…Frosch. Wenn sie stirbt, wird unser gutes altes England französisch."

„Ja, das wäre allerdings störend."

Schweigend gingen sie eine Weile auf das Portal des Palastes zu, neben dem links und rechts je ein Gardist mit Hellebarde postiert war. Ein unbeteiligter Beobachter hätte den beiden Würdenträgern, die da in ihren langen dunklen Mänteln über den Platz schritten, eine Eintracht zugebilligt, die so nicht gegeben war. Burleigh dachte noch an den Frosch. Walsingham dachte bereits an etwas anderes.

Unvermittelt sagte der Staatssekretär: „Habt Ihr eigentlich von Drakes Plan einer Kaperfahrt rund um den Erdball gewusst?"

Ohne aus dem Tritt zu geraten, erwiderte Burleigh schlicht: „Ja, ich wusste davon."

„Durch wen?"

„Durch diesen Thomas Doughty."

„Und Ihr habt das Unternehmen gebilligt?"

„Nein. Aber ich habe es in Kauf genommen."

„Ihr habt Doughty nicht zufällig dazu ermuntert, das Unternehmen zum Scheitern zu bringen?"

„Wurde das versucht?"

„Ich kann es nicht beweisen."

„Ich habe jedenfalls nichts damit zu tun", sagte Burleigh entschieden. „Solche Methoden fielen wohl eher in Euer Fach, nicht wahr, mein werter Walsingham? Ausserdem ging ich davon aus, dass Drake so oder so scheitern würde. Dafür, dass er es dennoch geschafft hat, gebührt ihm Respekt."

Sie hatten nun fast die breite Freitreppe zum Portal erreicht.

„Und Thomas Doughty?", bohrte Walsingham weiter.

„Was soll mit ihm sein?"

„Sein Tod wirft einen Schatten auf Drakes Reputation."

Jetzt stiegen sie die paar Stufen hoch, während der eine Gardist bereits einen Türflügel öffnete. Mit einem hintergründigen Lächeln sagte der Lordschatzmeister: „Ich bin mir sicher, dass Ihr alle erforderlichen Arrangements getroffen habt."

Mit einer angedeuteten demütigen Verneigung entgegnete Walsingham: „Ich diene nur der Königin."

Burleigh sah an der Fassade hoch, bevor er eintrat, und sagte wie zu sich selbst: „Tun wir das nicht alle?"

Dezember 1580
Richmond Palace
nahe London

Die Königin stand am Fenster und betrachtete die Aussicht: Die träge dahinfliessende Themse, die kahlen Bäume am anderen Ufer und die Felder, Hecken und Wiesen dahinter. Ohne sich umzudrehen, bat sie ihre beiden engsten Vertrauten, sich zu setzen. Der Lordschatzmeister kam der Aufforderung sofort nach und nahm in einem Sessel Platz, der, Burleighs Gesicht nach zu urteilen, nicht so bequem war, wie er aussah.

Walsingham dagegen hatte entdeckt, dass im Kamin ein Feuer brannte. Gebrannt hatte, vielmehr; ein paar magere Flämmchen leckten noch an verkohlten Scheiten. Walsingham sah sich vergeblich nach Feuerholz zum Nachlegen um. Doch die Asche glomm noch und das Mauerwerk des Kamins strahlte köstliche Wärme ab, weshalb er mit ausgebreiteten Händen davor stehen blieb.

„Womit sollen wir beginnen, meine Herren?“, wollte Elisabeth wissen, wirkte aber, wie sie da weiter unverändert aus dem Fenster sah, nicht ganz bei der Sache. Walsingham erlag dieser Täuschung nicht und rief, bevor Burleigh etwas sagen konnte: „Mit Francis Drake, Ma'am. Damit wir die Sache endlich vom Tisch kriegen.“

„Francis Drake.“ Jetzt erst drehte sich die Königin um. „Der Mann gefällt mir. Ich habe wiederholt und länger mit ihm gesprochen und fand ihn ausgesprochen unterhaltsam. Ihn zu hängen wäre ein Jammer, meine Herren.“

„Das braucht Ihr nicht, Ma'am. Die Untersuchung, die wir veranlasst haben, kam zu einem durchaus positiven Ergebnis.“

Burleigh schnappte nach Luft, und Walsingham fragte sich, wieso. Aber da sprach bereits wieder die Königin: „Wer war es nochmal, der die Untersuchung durchgeführt hat?“

„Ein wirklich vielversprechender junger Mann, Ma'am. Walter Raleigh.“

„Seid so freundlich und bringt ihn bei Gelegenheit an den Hof, ich möchte ihn kennenlernen.“

„Mit Vergnügen, Ma'am.“

Der Taft ihres Kleides raschelte leise, als sich Elisabeth vom Fenster löste und sich ebenfalls in einen Sessel setzte. „Und Doughty's Tod stellt kein Problem dar?“

„Aus Mr. Raleigh's Bericht geht eindeutig hervor, dass Drake tat, was er tun musste.“

Ein Lächeln, das man nicht anders als schnippisch bezeichnen konnte, huschte über Elisabeths Antlitz. „Die Frage war aber, ob er es tun *durfte*. Erinnert Ihr Euch?“

Walsingham warf einen kurzen Blick auf Burleigh, der mit gesenktem Kopf in seinem Sessel sass, als mache er ein Nickerchen. Doch der Staatssekretär nahm an, dass er jedes Wort mitbekam und nur auf sein Stichwort wartete, um sich einzumischen.

Ruhig sagte Walsingham: „Sein Handeln widersprach nicht der Vollmacht, mit der Ihr ihn ausgestattet habt, Ma'am. Und selbst wenn, täte das nichts zur Sache.“

„Wieso nicht?“

„Der Vorfall ereignete sich in Patagonien. Ein Gebiet, das von Spanien zwar theoretisch beansprucht wird, aber es untersteht nicht seiner Herrschaft. Insofern ist das Land in Niemandes Besitz, und als Drake es betrat, betrat er es in Eurem Namen und als Euer Statthalter. Als solcher hatte er jedes Recht, Doughty als Verräter vor Gericht zu bringen und zum Tod zu verurteilen.“

„Dann spricht nichts dagegen, Drake zum Ritter zu schlagen?“

Da war es, Burleighs Stichwort.

„Das dürft Ihr unter keinen Umständen, Ma'am!“, grollte er aus seinem Sessel. „Wenn Ihr das tut, dann haben wir nicht nur Krieg mit Spanien, sondern auch ein innenpolitisches Problem. Die Londoner Kaufleute haben mir eine Petition überreicht, in welcher sie fordern, dass Drake für seine Raubzüge bestraft wird!“

Als hätte der Lordschatzmeister keinen Piep gesagt, liess sie mit heiterer Stimme verlauten: „Die Zeremonie soll an Deck seines Schiffes stattfinden, wo es möglichst viele Menschen sehen können.“

Burleigh erhob sich, konnte aber nur stammeln: „Aber Ma'am… Hoheit…!“

„Dazu ist es im Moment zu kalt draussen, fürchte ich“, wandte Walsingham ein.

Elisabeth überlegte kurz und sagte: „Dann im Frühling, wenn das Wetter besser ist. Und fragen Sie den Duc d'Alençon, ob er geneigt wäre, dem Anlass beizuwohnen."

Burleigh verzog das Gesicht, und Walsingham folgte seinem Beispiel.

„Es wäre nicht klug, seine Person mit dieser Angelegenheit in Verbindung zu bringen, Ma'am. Aber ich könnte seinen Gesandten, Monsieur de Marchaumont, bitten."

„Vielleicht habt Ihr Recht, mein Guter", gab die Königin auch in diesem Punkt nach.

„So wird denn aus einem kleinen Übel ein grosses werden", seufzte Burleigh und liess sich geschlagen wieder in den Sessel sinken. „Sic parvis magna!"

Elisabeth lächelte.

„Beruhigt Euch, mein lieber Cecil", sagte sie. „Drake wird sein blaues Wunder erleben. Ich habe nämlich nicht vor, ihn zum Ritter zu schlagen. Und Ihr braucht gar nicht so zu grinsen, Walsingham!"

Dezember 1580
an Bord der Chatherine
vor der Südküste Englands

Der Bojer *Chatherine* stampfte willig durch die ruppige Dezembersee mit Kurs West, steuerbord querab die Felsen von Portland Bill in Sichtweite. Vor vier Tagen hatten sie vom Pier in Southwark abgelegt, morgen würden sie in Plymouth eintreffen. Molly spürte, dass ihr Bruder Tom sie beobachtete. Er fragte sich sicher, was sie denn ach so Geheimnisvolles in London zu erledigen gehabt hatte. Und dann noch in einem so vornehmen Haus! Vielleicht würde sie es ihm irgendwann erzählen.

Begonnen hatte alles mit dem fremden Reiter, der gekommen war, um die Leute von Buckland Abbey über die Ankunft eines Gentlemans zu unterrichten. Danach hatte der Mann Molly freundlich beiseite genommen und ihr erklärt, der Gentleman, Walter Raleigh mit Namen, schlage hier sein Quartier auf, um im Namen der Krone eine Untersuchung zu führen, in deren Verlauf er einige extra hierher einbestellte Herren zu befragen habe. Möglicherweise werde Raleigh Mühe bekunden, sich eine vertretbare Meinung in Bezug auf den Gegenstand der Untersuchung zu bilden. Vielleicht sei es dann gerade ihr Witz und gesunder Menschenverstand, der ihm auf die Sprünge helfen könnte, was ihr Schaden nicht sein sollte. Und damit hatte der Mann ihr die horrende Summe von zehn Shilling in die Hand gedrückt, als Anzahlung, wie er sagte. Bevor er sie verliess, erklärte er ihr, was unter vertretbarer Meinung zu verstehen sei und fügte noch an, dass sie, um wirksame Hilfe leisten zu können, unter Umständen erst Raleighs Vertrauen erlangen müsse. Wie sie das schaffte, sei natürlich ganz ihre Sache, aber am erfolgversprechendsten sei immer noch die bewährte Methode. Was denn die bewährte Methode sei, hatte Molly wissen wollen. Ihm zu Gefallen sein, war die knappe Antwort. Raleigh sei ein sehr gut aussehender Mann, aber das müsse sie natürlich selbst entscheiden. Er hatte ihr noch einen Brief zugesteckt, den sie nach getaner Arbeit im Hafen von Plymouth dem Schiffer der *Chatherine* vorweisen sollte, er werde für eine sichere Passage nach London und wieder zurück sorgen. Dann war der Mann auf sein Pferd gestiegen und davongeritten. Und als sie dann Raleigh das erste Mal begegnet war, hatte sie sich auf der Stelle in ihn verliebt. Es war klar, dass dieser glückliche Umstand ihr bei ihrem Auftrag sehr hilfreich war. Ein schlechtes Gewissen Raleigh gegenüber plagte sie nicht; sie hatte ihn ja nicht betrogen, sie hatte ihm geholfen. Und von dem Auftrag des geheimnisvollen Boten brauchte er ja nichts zu wissen, das hatte ja nichts mit ihren Gefühlen zu tun.

Am selben Tag, als Raleigh endgültig abgereist war, hatte sie versucht, alles ihrem Vater auseinanderzusetzen. Zumindest den Teil mit dem Auftrag, ihr Verhältnis mit Raleigh behielt sie für sich. Sie hatte ihrem Vater den versiegelten Brief für den Master der *Catherine* gezeigt und erklärt, sie müsse unbedingt und sofort nach London aufbrechen. John Babbage hatte seine Tochter sorgenvoll angesehen, den Kopf geschüttelt und gefragt, wie er das denn seiner Frau beibringen solle.

„Sag Mama, Mr. Drake hätte mich mit einer Aufgabe betraut, die es verlangt, dass ich Buckland für ein paar Tage verlassen muss“, hatte sie geantwortet. John hatte nur mit finsterem Blick Unverständliches gebrummelt; es war offensichtlich, was er von der ganzen Sache hielt. Schliesslich hatte er zugestimmt, unter der Bedingung, dass Tom sie begleitete. Und jetzt hing Tom mit wächsernem Gesicht auf einem der Ballen flämischen Tuches, die sie in London geladen hatten, und beugte sich alle paar Minuten über das Schanzkleid, um sich zu übergeben. Dazwischen warf er nachdenkliche Blicke auf seine Schwester. Molly wusste, er machte sich Sorgen um sie und wollte sie beschützen. Die Handvoll Männer an Bord kümmerten sich um ihren Kram und auch der Master, ein schweigsamer Mann mit wettergegerbtem Gesicht, liess sie, soweit es ging, in Ruhe. Molly sah nach vorn, über den stummeligen Bugspriet hinaus, dorthin, wo Start Point im Dunst liegen musste. Die *Catherine* war robust genug, den Kurs über offenes Meer zu halten, statt dem Küstenverlauf der Lyme Bay zu folgen. Molly war es egal. An den Tränen, die ihr über die Wangen liefen, war nicht der Wind schuld. Seit Tagen war ihr Herz schwer. Die Aussicht, bald wieder in Buckland Abbey zu sein, freute sie. Aber gleichzeitig machte es sie auch tieftraurig, denn es würde ein Buckland Abbey ohne Raleigh sein.

Januar 1581
Richmond Palace
nahe London

Kaum einen Monat später sassen die drei – Walsingham, Burleigh und die Königin – im selben Raum und diskutierten die Staatsgeschäfte. Gegen Ende der Sitzung erhob sich Elisabeth aus ihrem Sessel.

„Wenn das alles ist, meine Herren…"

Burleigh erhob sich ebenfalls. Walsingham blieb sitzen.

„Da wäre noch eine Sache", sagte der Staatssekretär mit einem schnellen Seitenblick auf Burleigh.

„Was denn noch?", seufzte die Königin unwillig. Die Sitzung war lang gewesen, und sie alle drei sehnten sich danach, den Kopf wieder frei zu bekommen, doch diese eine Sache musste Walsingham noch unbedingt erledigt haben. Geduldig sagte er: „Eine Angelegenheit, die Francis Drake betrifft, Ma'am."

Elisabeth musterte ihn eine Weile und sagte dann: „Ist es denn wichtig, Sir Walter?" Mit der formellen Anrede gab sie ihm deutlich zu verstehen, dass sie keine Lust verspürte, Dinge zu erörtern, die sie für nebensächlich hielt. Wohl erkannte Walsingham die Zeichen, doch während ein anderer eilig den Rückzug angetreten hätte, blieb er ungerührt sitzen und erwiderte: „Nein, Ma'am. Aber wir sollten jetzt dafür sorgen, dass sie nicht wichtig wird."

Neugierig geworden, setzte sie sich wieder und sah ihn auffordernd an. Burleigh folgte ächzend ihrem Beispiel.

„Offenbar ist die Affäre um Thomas Doughty noch nicht ganz ausgestanden", begann Walsingham. „Sein Bruder, John Doughty, strengt einen Prozess an…"

„Sein Halbbruder", fiel ihm Burleigh korrigierend ins Wort. Sein fieses Lächeln zeigte seine Genugtuung darüber, dass der stets bestens informierte Walsingham Wissenslücken aufwies. „Ein übel beleumundetes Individuum", fuhr er fort, „das ein Jahr lang in Haft sass, Ma'am. Wofür, weiss der Teufel."

„Soweit ich mich erinnern kann", revanchierte sich Walsingham, „ging es dabei um Verleumdung gegenüber dem Earl of Leicester. Wie auch immer: John Doughty will Drake des Mordes an seinem Halbbruder anklagen. Als Privatkläger reichte er ordentlich Klage ein, und das Queen's Bench unter dem Vorsitz des Lordoberrichters Sir Christopher Wray hat die Klage nun zur Verhandlung vor dem Constable and Marshals Gerichtshof zugelassen. Völlig rechtens, wie ich sagen muss."

„Wieso machen Sie sich Sorgen, Walsingham?", fragte Elisabeth. „Drakes Vollmacht sollte doch Beweis genug sein, dass Drake berechtigt war, Doughty nach Kriegsrecht als Meuterer hinzurichten. Sobald sie dem Gericht präsentiert wird, ist die Sache doch vom Tisch."

Milde lächelnd entgegnete Walsingham: „Die Gerichtsverhandlung wäre eine öffentliche Angelegenheit, Ma'am. Und wenn jemand mit Dreck beworfen wird, bleibt meist etwas kleben. Es wäre besser, wenn es erst gar nicht zur Verhandlung kommt."

„Und wie wollen Sie sie verhindern?"

„Ja, das würde ich allerdings auch gern wissen!", schnaubte Burleigh, der eine ausgemachte Schurkerei zu wittern schien.

„Nun", sagte Walsingham gelassen, „das Constable and Marshal's ist der einzige Gerichtshof, vor dem die Tötung eines Engländers durch einen Landsmann verhandelt werden kann, wenn diese Tötung nicht auf englischem Boden geschah. Doughty starb in Patagonien. Sir Christopher hat also absolut richtig entschieden, den Fall dem Constable and Marshal's zuzuweisen. Was uns sehr gelegen kommt."

„Wieso?", kam es unisono von Elisabeth und Burleigh, die den Staatssekretär mit grossen Augen ansahen.

„Das Constable and Marshal's ist für verschiedene spezielle Verfahren zuständig", erklärte Walsingham. „In erster Linie ist es ein Militärgericht und entscheidet in Fragen der Besoldung, Beuteverteilung und solche Sachen. Beispielsweise kann das Gericht unter dem Vorsitz des Constables jemandem wegen unritterlichen Verhaltens das Recht auf ein eigenes Wappen entziehen, weshalb das Gericht auch Court of Chivalry genannt wird. Ein Fall wie der vorliegende aber, kann zwingend nur unter dem gemeinsamen Vorsitz von Constable *und* Marshal verhandelt werden."

„Und worin besteht der springend Punkt genau, Sir Walter?", erkundigte sich Elisabeth ein wenig schnippisch.

Erkenntnis leuchtete in Burleighs Gesicht.

„Er besteht darin, Ma'am", antwortete er an Walsinghams statt, „dass der Posten des Marshalls derzeit vakant ist, Ma'am. Seit der Hinrichtung Staffords, Duke of Buckingham vor sechzig Jahren, wird das Amt nur bei Bedarf und pro hac vice[37] besetzt."

„Wenn es John Doughty ernst ist", nahm Walsingham den Faden wieder auf, „wird er eine Petition an Euch richten, Ma'am, mit dem Begehren, dass für die Verhandlung seines Falles das Amt des Marshals besetzt wird."

„Und Sie meinen, ich sollte dies unterlassen."

„Kein Marshal, keine Verhandlung. Keine Verhandlung, kein Problem."

„Was meinen Sie dazu, Cecil?"

Überrascht, dass die Königin ihn in dieser Sache um seine Meinung bat, holte er tief Luft und hob die Arme. Und weil er wusste, dass die Königin hier nicht auf ihn hören würde, liess er mit geblähten Backen die Luft wieder entweichen und die Arme kraftlos in den Schoss fallen.

Damit war alles gesagt und die Sitzung definitiv beendet.

Dienstag, 4. April 1581
an Deck der Golden Hinde
Deptford bei London

Zu Tausenden drängten sich die Menschen auf dem Kai und sahen zu der kleinen Galeone hinüber, die etwa hundert Fuss entfernt in der Themse vor Anker lag. Damit sollte verhindert werden, dass das Schiff bei einsetzender Ebbe im Schlick aufsetzte, denn die Gezeiten waren bis nach London hinauf spürbar. Tatsächlich war das Wasser bereits zurückgewichen und unter dem Kai wuchs der Schlammgürtel langsam, aber stetig in die Breite. Das Schiff hatte sich festlich herausgeputzt, überall flatterten bunte Wimpel, Flaggen, Banner und Fahnen im auffrischenden Wind. Ein ebenso mit Wimpeln geschmückter Steg führte vom Kai zum Schiff hinüber.

Alles wartete auf die Königin.

Und jeder wollte einen Blick auf den Helden Nummer eins des Königreiches werfen.

Wie Blutstropfen wirkten die königlichen Gardisten, die hellebardenbewehrt in ihren roten Livreen auf Kai und Schiff postiert waren und feierlich aus ihren Halskrausen guckten.

Schliesslich ertönte von irgendwoher eine mehrstimmige Fanfare. Unruhe entstand in der Menge, die Garde sorgte durch unzimperliches Schieben und Drängen für eine Gasse. Ein Raunen lief durch die Menschenmassen. Dann erschienen zwei Sänften – Kutschen hätten es wohl nicht ohne Kollateralschäden durch die Menge geschafft. Ihnen entstiegen ihre Majestät, die Königin, und der Französische Gesandte, Monsieur de Marchaumont. Jubel brandete auf, als Elisabeth mit Marchaumont an ihrer Seite den Steg betrat und mit ihrem Gefolge aus Pagen und Hofdamen im Schlepptau hinüber zur *Golden Hinde* schritt. Kaum war sie drüben angelangt, versuchten ein paar Dreiste, ebenfalls auf den Steg zu gelangen, wurden aber zunächst noch von wackeren Gardisten daran gehindert. Doch dann drängten andere den Wagemutigen hinterher, und sehr schnell sahen sich die wenigen Gardisten mit der Unveränderlichkeit physikalischer Gesetze konfrontiert. Die Menge brach durch und flutete den Steg. Und da physikalische Gesetze auch für Laufbrücken gelten, kam es, wie es kommen musste: Der Steg brach mit einem Krachen entzwei und zu Dutzenden purzelten die Menschen zwischen Kai und Schiff in den Schlamm. Ein Aufschrei ging durch die auf dem Kai Verbliebenen, der sich aber gleich wieder in Jubel verwandelte, als klar wurde, dass niemand ernsthaft zu Schaden gekommen war.

Gerade als die Meute noch daran war, den Steg zu stürmen, stieg die Königin mit gerafften Röcken das Treppchen hinab, das man für sie ans Schanzkleid gestellt hatte, um bequem vom Steg hinunter aufs Deck zu gelangen. Dabei geschah Ungeheuerliches. Eines ihrer purpurnen, golddurchwirkten Strumpfbänder löste sich von seinem angestammten Platz knapp oberhalb des Knies und rutschte ihr auf den Rist. Ein, zwei Schritte schleifte sie es noch am Knöchel mit, bis es in aller Unschuld auf den weissgescheuerten Planken des Hauptdecks liegen blieb. Doch da war schon der schneidige Monsieur de Marchaumont zur Stelle, hob das tückische Ding auf und reichte es seiner Besitzerin mit einer leichten Verneigung, die typisch französische Nonchalance zum Ausdruck brachte. Mit der war es aber schnell vorbei, als ihre Majestät das Band entgegennahm, ohne Umstände den Fuss auf eine Geschützlafette stützte, ihr Kleid bis weit übers Knie hochraffte und das perfide Strumpfband wieder dort festband, wo es hingehörte. Als sie den verdatterten Blick des französischen Botschafters auf ihren derart entblössten Oberschenkel bemerkte, lächelte sie und sagte: „Wenn ich das Strumpfband nicht mehr benötige, lasse ich es Ihnen zukommen, als Andenken."

Der nächste Programmpunkt war dann wieder geplant: Das Bankett. Dazu hatte man die Kuhlgräting mit schweren Teppichen belegt und eine Tafel aufgebaut, die wirklich einer Monarchin würdig war. Die allerbesten Speisen wurden aufgetragen, zubereitet in der Kombüse, allerdings nicht von irgendeinem Schiffskoch, sondern vom Leibkoch der Königin. Wenn auch bezahlt aus Drakes Tasche.

Über eine Stunde lang sahen die Menschenmassen auf dem Kai ihrer Königin, dem französischen Botschafter und Francis Drake beim Essen zu.

Irgendwann wurde abgeräumt, und der Tisch verschwand wie von Zauberhand. Die Teppiche blieben liegen.

Elisabeth lächelte huldvoll und sagte: „Das Bankett war ausgezeichnet, mein lieber Drake. Aber wir sollten nun zum eigentlichen Grund unseres Hierseins kommen, sonst wird das Volk noch ungeduldig."

Die Fanfarenbläser, die sich wirkungsvoll auf Back und Halbdeck der *Golden Hinde* aufgestellt hatten, machten sich an die Arbeit und informierten die Kais und Docks und die verschiedensten Wasserfahrzeuge ringsum, dass gleich etwas Wichtiges geschehen würde.

Mit einem Mal wurde es auf dem Kai mucksmäuschenstill. Als hielte das Volk den Atem an. Nur noch das leise Plätschern der Wellen, das Flappen der Fahnen und Wimpel und das Rufen der Möwen waren zu hören.

Ein Page hielt seiner Herrscherin ein Schwert hin, dessen Knauf, Parierstange und Gefäss im wechselnden Licht der Sonne golden schimmerten. Elisabeth zog das Schwert aus seiner Scheide und sagte laut, damit auch ihr Volk an Land etwas davon hatte: „Kniet nieder, Francis Drake!“

Drake liess sich, das Barett mit beiden Händen fest vor der Brust gepackt, auf ein Knie nieder und war dankbar um den Teppich.

In voller Grösse stand Elisabeth vor ihm, die Spitze des Schwertes auf seine Brust gerichtet. Sie zögerte. Sah durch ihn hindurch, als überlegte sie, ob sie ihn nun zum Ritter schlagen oder ihm das Schwert in den Leib rammen sollte. Dann beugte sie sich plötzlich ganz nah zu ihm hinunter und raunte ihm ins Ohr: „Francis Drake, Ihr seid ein Schurke, meine Ehre lässt nicht zu, dass ich Euch zum Ritter schlage.“

Allerdings raunte sie es laut genug, dass alle Umstehenden es hören konnten. Einige, vor allem Männer der Besatzung, hielten entsetzt den Atem an.

Doch dann richtete sich die Königin wieder auf und fügte laut hinzu: „Aber ich bin überzeugt, dass Monsieur de Marchaumont hier gerne für mich einspringt.“ Und damit griff sie das Schwert bei der Klinge und hielt es, Griff voran, dem französischen Botschafter hin. Der nahm es mit einer Verneigung würdevoll entgegen, stellte sich vor Drake hin und liess die flache Klinge behutsam auf Drakes Schultern sinken, einmal rechts, einmal links und noch einmal rechts. Dann trat Elisabeth neben de Marchaumont und rief feierlich: „Erhebt Euch – Sir Francis!“

Fanfarenstösse und Möwenrufe gingen völlig unter in dem infernalischen Jubel, der auf dem Kai ausbrach. Es wurde applaudiert, Kopfbedeckungen aller Art wurden hoch in die Luft geworfen, Wildfremde lagen sich plötzlich in den Armen und die Schankwirte in der Menge rieben sich schon mal die Hände. Heute würde noch ordentlich gefeiert werden. Denn heute war etwas Denkwürdiges und äusserst Seltenes geschehen: Einer der ihren, ein einfacher Mann aus dem Volk, der Sohn eines Bauern und Predigers war in den Ritterstand erhoben worden! Es fühlte sich an, als ob sie allesamt mit ihm geadelt worden wären.

Etwas abseits stand Walter Raleigh auf einem Fass und lehnte mit verschränkten Armen an der Wand eines Lagerhauses. Über die wogende Menge hinweg verfolgte er das Geschehen an Bord der *Golden Hinde*, ein schiefes Lächeln im Gesicht. Gerade erhob sich Drake nach der Akkolade und verneigte sich vor seiner Königin. Raleigh konnte nicht behaupten, dass er seinen entfernten Vetter besonders mochte. Zu viel war ihm an dem Mann zuwider. Seine Prahlsucht und Arroganz, seine Besserwisserei, ja sogar seine zur Schau getragene Gläubigkeit und überhaupt dieses ganze Selbstbewusstsein, an dem man sich einfach die Zähne ausbiss. Aber Raleigh erkannte auch seine Tapferkeit, seine Grosszügigkeit, den wachen Geist und seinen starken Willen an. Und die Leistung, zu der ihn diese Eigenschaften befähigt hatten. Drake hatte den Ritterschlag verdient, und Raleigh gratulierte ihm im Stillen dazu. Erstaunt stellte er fest, dass er Erleichterung empfand, einfach weil er es sehr bedauert hätte, diesen Mann dort, statt geadelt, am Galgen baumeln zu sehen. Der Preis war das Leben eines Menschen, der in zwei Teilen in seiner Grube am anderen Ende der Welt verscharrt lag. Eine Fussnote der Geschichte, mehr nicht. Es gab nun mal keine Gerechtigkeit in der Welt. Hatte es nie gegeben und würde es nie geben. Denn es gab schlicht kein Konzept von Gerechtigkeit, das wie die Naturgesetze nicht vom Menschen erdacht war und alle Zeiten überdauern würde. Die Frage, ob sich Drake mit Doughtys Tod schuldig gemacht hatte, stellte sich nicht mehr. Das war nun eine Frage, die Drake ganz allein mit seinem Gott ausmachen musste.

„Sie sind doch nicht etwa enttäuscht?“, hörte Raleigh eine vertraute Stimme sagen und senkte den Blick. Neben dem Fass stand Walsingham und sah zu ihm herauf.

„Nein, Sir, bin ich nicht.“

„Gut. Dann ist Ihnen klar, dass hier gerade nicht nur Grosses, sondern auch Wichtiges geschieht, nicht wahr?“

„Es ist ja fast mit Händen zu greifen.“

„Sir Francis wird sich nicht auf seinen Lorbeeren ausruhen, und er wird andere dadurch inspirieren. Spanien wird uns angreifen, früher oder später. Und wenn es das tut, dann nicht wegen eines Haufens Pesos, die ihm dummerweise abhandengekommen sind, sondern weil England ein protestantischer Stachel in seinem katholischen Fleisch ist. Jetzt haben wir Spanien etwas entgegenzusetzen, und Sie haben das ermöglicht, Mr. Raleigh. England ist Ihnen zu Dank verpflichtet."[38]

Dienstag, 4. April 1581
The George and Dragon
Southwark
London

Zugegeben, der Mann war schon ziemlich angetrunken. Aber das waren die anderen wenigen Gäste im Schankraum auch. Was ihn aber von denen unterschied, war seine ausgesprochen miese Laune. Einer seiner Zechkumpane, ein Mann namens Patrick Mason, der von sich behauptete, Kaufmann zu sein, sagte nicht eben rücksichtsvoll: „Kannst du nicht aufhören, Trübsal zu blasen, John? Das ist ja fürchterlich! Wie drei Tage Regenwetter, wo doch heute alles aus dem Häuschen ist wegen Drakes Ritterschlag."

Ein beunruhigend feindseliger Blick des Angesprochenen traf ihn. Plötzlich schnellte eine Hand vor und packte Masons Handgelenk, gerade als der nach seinem Bierkrug greifen wollte.

„Ich kenne diesen verfluchten Mistkerl", fauchte John durch die zusammengebissenen Zähne. „Mit dem Ritterschlag ehrt die Königin den grössten Schuft, den gemeinsten Halunken, den hinterhältigsten Dieb und den brutalsten Mörder, der je gelebt hat!"

Die Männer am Tisch zuckten zusammen. Zwei sahen sich ängstlich um, ob sonst noch jemand John Doughtys Worte gehört hatte, einer blickte peinlich berührt in seinen Becher, und einer sah Doughty mit vor Bestürzung offenem Mund an. Mason griff nach Doughtys Hand auf seinem Arm und sagte: „Immer mit der Ruhe, John! Solche Reden sind gefährlich!"

Mit trübem Blick sah Doughty seine Genossen einen nach dem anderen an, wischte sich fahrig mit dem Ärmel über den Mund und lächelte ein schiefes, bitteres Lächeln.

„Ich würde das jederzeit vor dem Kronrat wiederholen. Jedes Wort. Ich schwör's."

„Ja, ja, ist ja gut."

„Gar nichts ist gut! Ich wollte das Scheusal vor Gericht bringen, damit er baumelt, für das, was er getan hat. Aber sie haben's versanden lassen. Ich habe eine Petition an ihre Majestät geschickt, damit sie einen Marshal einsetzt, um den Fall zu verhandeln. Nichts ist passiert! Nichts! Nicht mal eine Antwort hab' ich bekommen!"

Mason nickte mehrmals scheinbar verständnisvoll und seufzte: „Tja, es gibt einfach keine Gerechtigkeit auf der Welt."

Doughty hörte gar nicht zu. Er stierte Mason an und knurrte: „Die Drecksau hat meinen Bruder auf dem Gewissen."

„Mein Beileid. Trinkst du noch was?"

Epilog

Mai 1582
Walsinghams Haus an der Seething Lane
London

Innerlich zuckte Walsingham zusammen, aber er liess sich nichts anmerken, als der Mann in Ketten von zwei Towerwachen in den Raum geführt wurde. Ohne Jacke, barfuss, Hemd und Hose verdreckt und mit Blut befleckt, ein Auge dunkel zugeschwollen, stand er schwankend vor ihm.

„Einen Stuhl!", befahl der Staatssekretär und schnippte mit den Fingern. „Und nehmt ihm die Ketten ab."

Als der Mann sich die Handgelenke reibend auf dem bereitgestellten Stuhl niedergelassen hatte, fragte Walsingham leise: „Sie sind Patrick Mason?"

„Aye, der bin ich." Es war nicht viel mehr als ein Krächzen.

„Und Sie wissen, weshalb Sie hier sind?"

Mason sah sich um, vom Schreiber, der hinter seinem Stehpult bereitstand, über Walsingham hinter seinem Tisch, die beiden Beamten in Zivil, die mit verschränkten Armen an einer Wand standen, bis zu den beiden Uniformierten, die sich rechts und links neben ihm postiert hatten.

„Ich hab' nichts getan, Sir."

„Das werden wir ja sehen." Walsingham hob einen Zettel vom Tisch, las kurz und sagte dann: „Man hat mich darüber informiert, Sie seien in eine Verschwörung verwickelt, Mr. Mason. Sie verstehen, dass ich dem nachgehen muss."

„Ich habe nichts getan", widerholte Mason trotzig.

„Das habe ich auch nicht gesagt. Aber die Anschuldigung wiegt schwer."

Solche Situationen gab es immer wieder mal, und Walsingham mochte sie nicht. Aber es ging nun mal nicht anders. Leute, die in irgendeiner

Form das Staatswohl gefährdeten, neigten nicht dazu, damit hausieren zu gehen; man musste ihnen alles mühsam aus der Nase kitzeln. Mit allen Mitteln.

Walsingham lehnte sich zurück und sagte in fast beruhigendem Tonfall: „Sehen Sie, Sie kommen geradewegs aus dem Tower, und jetzt sind Sie hier. Ich verspreche Ihnen, hier tut Ihnen niemand etwas. Aber wenn Sie nicht reden, kann ich Sie schlecht hier behalten. Sie müssten dann in den Tower zurück, wo man mit Ihnen genau dort weitermacht, wo es aufgehört hat, bevor man Sie hierher zu mir brachte. Möchten Sie das? Oder möchten Sie sich lieber mit mir unterhalten, Mr. Mason?"

„Ich rede, Sir."

„Sehr gut!"

„Man hat von mir verlangt, Dinge zu tun."

„Die Sie aber nicht getan haben."

„Richtig."

„Was sollten Sie denn tun?"

Mason schluckte. „Ich sollte einen gewissen Doughty anwerben, Sir."

„John Doughty?"

„Aye."

„Wer hat das von Ihnen verlangt?"

„Ein Spanier, Sir."

„Und kennen Sie vielleicht auch seinen Namen?"

„Zubiaur. Pedro de Zubiaur."

Walsingham kannte den Mann. Er war dem spanischen Botschafter Mendoza ins Gehege gekommen, als dieser die Rückgabe von Drakes Beute an die Spanische Krone einforderte. Auch de Zubiaur hatte die Beute eingefordert, allerdings im Namen der Kaufleute von Sevilla. Dass sich de Zubiaur jetzt aber vom diplomatischen Parkett in die Niederungen staatsfeindlicher Verschwörungen begeben hatte, war ihm allerdings neu.

„Wozu sollten Sie Doughty denn anwerben?"

„Doughty sollte Sir Francis Drake entführen, Sir. Oder ihn töten. De Zubiaur zeigte mir Briefe, die darauf hindeuteten, dass der König von Spanien dafür eine Belohnung von zwanzigtausend Dukaten[39] versprochen hat."

„So viel ist Drake jetzt also wert? Alle Achtung. Wissen Sie, wo sich Doughty zurzeit aufhält?"

„Ich denke schon, Sir.“

Walsingham wandte sich an die beiden Beamten: „Begleiten Sie Mr. Mason in den Tower zurück und veranlassen Sie, dass man ihm etwas zu essen gibt. Danach lassen Sie sich von ihm zu Doughtys Aufenthaltsort führen und verhaften Sie ihn.“

Oktober 1583
Walsinghams Haus an der Seething Lane
London

Gedankenverloren marschierte Walsingham in seiner Schreibstube auf und ab und tippte sich das gefaltete Schriftstück gegen den Daumennagel. In dem Schreiben beschwerte sich John Doughty darüber, dass er nun schon seit sechzehn Monaten im Marshalsea-Gefängnis einsitze und bat darum, dass man entweder Klage gegen ihn erheben und ihm Gelegenheit geben möge, vor einem Gericht zu antworten, oder dass man ihn auf freien Fuss setze.

Schliesslich traf Walsingham eine Entscheidung. Er setzte sich an seinen Tisch, faltete das Papier auseinander und schrieb zuhanden der Direktion des Marshalsea-Gefängnisses den Vermerkt auf die Rückseite:

Nicht zu entlassen.[40]

Seither hat man nichts mehr von John Doughty gehört.

ENDE

Anhang

Die Doughty-Affäre

Die Doughty-Affäre bleibt ein Rätsel, verursacht durch zu viel Information. Denn mit weniger Information wäre man schnell zur Hand mit allgemein akzeptablen Interpretationen, doch die vorliegenden Quellen öffnen mehr Abgründe, als sie schliessen. Nebst den erhalten gebliebenen schriftlichen Aussagen gegen Doughty sind vornehmlich Fletcher und Cooke schuld an diesem Umstand. Hätten wir lediglich Cliffes Bericht, wüssten wir, dass ein Gentleman namens Thomas Doughty wegen Meuterei hingerichtet wurde, ein Vorkommnis, das nicht gerade einzigartig ist in der Geschichte der Seefahrt. Jedenfalls würden uns nicht Zweifel darüber befallen, ob diese Hinrichtung nun rechtens war oder nicht. Dank Fletcher und Cooke jedoch können wir ziemlich genau sagen, was in Port St. Julian passiert ist. Aber nicht, wieso. Am ausführlichsten von allen Anwesenden berichtet Cooke darüber. Die Detailfülle und Eloquenz seines Berichts sind verführerisch, doch sollte man seiner Darstellung, die nichts anderes als eine Anklageschrift ist, nicht unbesehen Glauben schenken. Cooke ist voreingenommen, und die Motivation zu seinem Bericht zieht er aus seinem Hass auf Drake, in dem er einen gnadenlosen Tyrannen und Mörder sieht. An einigen Stellen kann er der Übertreibung und sogar der Lüge überführt werden, was den Rest, soweit der nicht durch weitere Zeugen gestützt wird, nicht eben glaubwürdig macht.

Auch Fletcher mochte Drake nicht, aus offensichtlichen Gründen. Sein Bericht ist aber viel vorsichtiger gehalten, und in einigen Punkten widerspricht er Cooke klar. Seine Glaubwürdigkeit verschenkt er mit hanebüchenen Behauptungen zu Dingen, die ausserhalb der Doughty-Affäre liegen, wie die Sache mit den Riesen, die dann wiederum Cliffe zurechtrückt:

„Diese Menschen sind nicht von solcher Statur wie die Spanier berichten, sondern sie sind so gross wie Engländer. Denn ich habe in Eng-

land Männer gesehen, die grösser waren als jeder, den ich von ihnen zu sehen bekam. Aber vielleicht dachten die Spanier nicht daran, dass so bald irgendwelche Engländer hierher kämen, um diese wie auch diverse andere ihrer notorischen Lügen zu widerlegen; weshalb sie sich umso dreister erlaubten, mit der Welt Schindluder zu treiben.“

Nebst einigen anderen, ist es diese Textpassage, die zudem viel über ihren Urheber verrät: Cliffe erweist sich nicht nur als präziser Beobachter, er hat auch eine eigene Meinung zu den beobachteten Dingen, und er scheut sich nicht, sie zu äussern. Er ist klar der Wahrheit und der Sorgfalt verpflichtet, was auch aus seinen genauen Ortsangaben hervorgeht. Nur leider hat er auffallend wenig zum Fall Doughty zu sagen, und natürlich fragt man sich, warum. Cliffe fuhr auf der *Elizabeth* und hatte sicher Kontakt mit Doughty. Der Seemann macht keinen Hehl daraus, ein Bewunderer Drakes zu sein, ergreift aber nicht für ihn Partei, weil der Konflikt zwischen Doughty und Drake in seinem Bericht gar nicht vorkommt. Alles, was er dazu zu sagen hat:

„Am letzten Tag des Juni wurde Mr. Thomas Doughty vor Gericht gestellt, angeklagt und gewisser Punkte für schuldig befunden und von Mr. Drake verurteilt. Er wurde am 2. Juli 1578 enthauptet und sein Leichnam auf der genannten Insel beerdigt, neben jenen, die [von den Patagoniern] *getötet worden waren.“*

Cliffe ist mit seiner erstaunlichen Einsilbigkeit in diesem Punkt nicht alleine. Tatsächlich behandeln ausser Cooke und Fletcher alle anderen Zeugen den Fall Doughty ähnlich beiläufig und wortkarg, ohne eine eigene Meinung zu der Angelegenheit zu offenbaren.

Am meisten Kopfzerbrechen bereiten die schriftlichen Aussagen gegen Doughty. Man erkennt am Stil, dass sich die Verfasser bemühten, einen „juristischen“ Tonfall zu pflegen, was bei der Lektüre eine Sinngebung zusätzlich erschwert. Vor allem mochten diese Aussagen vor Ort durchaus einen Sinn ergeben, doch so völlig aus dem Zusammenhang gerissen, erscheinen sie bei oberflächlicher Betrachtung als zusammenhangloses Gefasel über Dinge, die Doughty gesagt haben soll. Sie sagen dabei nichts über die Begleitumstände oder Doughtys Gemütsverfassung zum Zeitpunkt seiner Äusserungen. Auch geben sie wenig Auskunft, wann im Verlauf der Reise die Äusserungen gemacht wurden. Zwar wird in der Regel angegeben, auf welchem Schiff er was gesagt hat, was eine grobe Datierung zulässt. Aber beispielsweise seine Ausfälle gegenüber Drake an Bord der *Pelican* können sich irgendwann zwischen Plymouth und den Kapverden zugetragen haben – was einen Zeitraum von knapp zwei Monaten umfasst.

Drake taucht hier kurz selbst als Zeuge auf, wobei zwei seiner vier Aussagen von anderen Zeugen beinahe wörtlich bestätigt werden. Die anderen beiden stehen für sich alleine und lassen sich auch nicht datieren:

> *„1. Erstens, der gennannte T. D. kam zu unserem General als einer, der von einigen oder mehreren von der Mannschaft veranlasst oder geschickt wurde, um zu wissen, ob besagter General zustimme, dass alle Menschen sterblich seien, und da sich besagter General an allen Gefechten persönlich beteiligt habe, wer unseren besagten General ersetzen solle, falls Gott seinen Willen an ihm vollzöge.“*

> *„2. Item, der genannte T. D. liess an Bord der Pelican durch Jhon Martyn und Gregory dieses ausrichten: Meine Empfehlung an den General, und sagt ihm, die Zeit wird kommen, da er mich nötiger braucht als ich diese Reise.“*

Zwei Aussagen, deren nähere Betrachtung lohnt. In Nr. 1 kommt Doughty als Sprachrohr einiger Männer der Mannschaft zu Drake. Es wird Bezug genommen auf Gefechte, an denen sich Drake persönlich beteiligt habe. Soweit wir wissen, fand jedoch die erste wirkliche Kampfhandlung im Pazifik statt – lange nach Doughtys Tod. Vor Afrika und den Kapverden reichte die blosse Androhung von Gewalt, um die Kapitäne der portugiesischen Schiffe zur Aufgabe zu bewegen. Vermutlich wird also auf Gefechte verwiesen, die lange in der Vergangenheit z. B. in der Karibik lagen. Die Männer müssen aber davon ausgegangen sein, dass es zu Gefechten kommen würde, also zu einem Zeitpunkt, da klar war, dass es nicht nach Alexandria ging und auch der Charakter der Fahrt kein Geheimnis mehr war. Das muss also irgendwann zwischen der Küste Afrikas und den Kapverden gewesen sein. Aber es tun sich etliche Fragen auf. Da Drakes Vize offiziell der junge John Wynter war, erscheint die Anfrage reichlich obsolet. Oder trauten die Männer dem Zweiundzwanzigjährigen im Falle von Drakes Ableben das Oberkommando nicht zu? Was erwarteten sie, von Drake zu hören? Dass Doughty das Oberkommando erben würde? Um dann was zu tun? Heimzukehren? Das konnten sie ebenso gut mit Wynter haben, der sich zumindest in seinem eigenen Bericht ablehnend gegenüber Drake und dem Ziel der Reise äusserst; von einer Kaperfahrt will er nichts gewusst haben, er habe geglaubt, es handle sich um eine reine Entdeckungs- und Handelsfahrt.

> „*[...]die Kaperung dieses Schiffes [*Santa Maria* vor Santiago*], gegen die ich protestiere, geschah gänzlich gegen meinen guten Willen, den ich weder zulassen noch ihm widersprechen konnte, denn ich hatte dort keinerlei Befehlsgewalt [...] Ich war in grosser Angst um mein Leben, wenn ich ihm [Drake] widersprochen hätte oder daran gegangen wäre, gegen jeglichen Teil seines Tuns Widerstand zu leisten, hätte er mich mit dem Tod bestraft, denn seine Worte und Drohungen gingen in diese Richtung, offen ausgesprochen wie auch durch das Beispiel eines Gentleman, den er später hinrichten liess. Und dazu war ich dort mit dem genannten Drake, wo keine Gerechtigkeit gehört wurde, gezwungen, mich mit Schweigen zufrieden zu geben...*“

Man muss dazu sagen, dass es sich hier um eine Verteidigungsschrift gegenüber dem Admiralitätsgericht handelt. Wynter musste sich einerseits dafür verantworten, Drake im Stich gelassen zu haben; seine verfrühte Heimkehr kam einer Desertation verdächtig nahe. Andererseits musste er angesichts portugiesischer Proteste erklären, was es mit dem Beutegut von der *Santa Maria* im Laderaum seiner *Elizabeth* auf sich hatte. Wynter entkam zwar dank – ausgerechnet! – Drakes Fürsprache dem Galgen, verbrachte aber die Zeit von seiner Heimkehr im Sommer 1579 bis 1581 in Haft, bis ihn das Gericht von allen Vorwürfen entlastete.

Dass Wynter nichts vom wahren Ziel der Reise gewusst haben will, ist äusserst unwahrscheinlich; sein Vater und sein Onkel waren namhafte Investoren in das Unternehmen und er selbst war Vizekommandierender des Verbandes, und es wäre kaum glaubhaft, dass er in dieser Position nicht von Anfang an über das wahre Ziel informiert gewesen wäre.

Drakes Aussage Nr. 2 scheint auf ein Ereignis zu verweisen, dass chronologisch auf Nr. 1 folgte. Doch das ist keineswegs gesichert. Die Aussage selbst erlaubt keine Rückschlüsse auf das Wann. Die Gehässigkeit und der Tonfall infantilen Trotzes in der Botschaft, welche John Martyn und Gregory überbringen, verweist darauf, dass es zu diesem Zeitpunkt schon schwere Risse zwischen Drake und Doughty gegeben hat.

Über die beiden Boten weiss man wenig. John Martyn wird erwähnt als einer der Männer, die mit Drake auf der Insel Mocha waren, und sein Name taucht im Protokoll der Vernehmung auf, welche nach der Heimkehr der *Golden Hinde* unter der Besatzung durchgeführt wurde. Gregory hingegen ist ein veritables Rätsel. Dieser Name erscheint in mehreren Schriften, wobei nicht klar ist, ob es sich um den Vor- oder den Nachnamen handelt. In einer der schriftlichen Aussagen gegen Doughty wird er als „M^{r} Mr. Gregory“ bezeichnet, was darauf schliessen liesse, dass es sich um einen Nachnamen handelt. Das dem Mr. vorgestellte M^{r} lässt sich als *master* lesen, eine Anrede für Knaben bis 16 Jahren, wie sie noch heute in gehobenen Kreisen üblich ist.

Solcherlei nur verschwommen erscheinende Details gibt es in dieser Angelegenheit in Fülle. Auch die Berichte helfen hier wenig. Beispielsweise ist völlig unklar, wann Doughty auf die *Swan* verfrachtet wurde. Geschah es noch am selben Tag, an dem er von der Prise aufs Flaggschiff geschickt wurde, wie Fletcher impliziert? Oder erst Wochen später, wie Cooke andeutet, wenn er sagt, Brewer sei nach langer Abwesenheit auf die *Pelican* zurückgekehrt? Denn vermutlich gehörte Brewer zur Prisenbesatzung, und wenn er abgelöst wurde, dann lag die Eroberung der *Mary* schon länger zurück. Das alles bedeutet, wir sind heute nicht in der Lage, die Ereignisse chronologisch lückenlos zu rekonstruieren, was unter Umständen helfen würde, die eine oder andere Zeugenaussage besser zu verstehen.

Aus heutiger Sicht scheint das Wenigste davon Doughty wirklich zu belasten, geschweige denn geeignet zu sein, den Mann aufs Schafott zu bringen.

Zusammengenommen ergeben die Quellen ein Bild, das Drake nicht besonders gut aussehen lässt. Allgemein ist man sich einig, dass er zumindest eine moralische Schuld an Doughtys Tod trägt. Dem kann man nur entgegenhalten, dass er Doughty einen für die damalige Zeit sehr fairen Prozess gemacht hat.

Eine rechtliche Schuld liesse sich tatsächlich nur mit der von Elisabeth I. ausgestellten Vollmacht beweisen – wie auch genau das Gegenteil, je nachdem was drin steht. Wir wissen es nicht. Zahlreiche Dokumente, darunter auch die Logbücher der Weltumsegelung, wurden durch ein Feuer zerstört. Womöglich ging bei diesem Ereignis auch die Vollmacht in Flammen auf. Vielleicht aber liegt sie irgendwo, noch unentdeckt, in irgendeinem Archiv.

Auf jeden Fall stand die Vollmacht noch zur Verfügung, als John Doughty seinen Prozess gegen Drake anstrengte. Um Drake von jeder juristisch beurteilbaren Schuld freizusprechen, hätte es genügt, die Vollmacht dem Gericht vorzulegen – wenn sie denn ausreichend war. Man mag nun argwöhnen, sie sei es nicht gewesen, und deshalb habe man das Verfahren versanden lassen. Das war jedoch vermutlich nicht der Fall.

Denn es gibt einen entscheidenden Hinweis auf den Inhalt der Vollmacht. Die Vollmacht, welche die Königin für Richard Grenville ausstellte, als dieser 1574 zu seiner Südseereise aufbrechen wollte, ist erhalten geblieben, auch wenn die Reise selbst nicht über die Vorbereitungen hinauskam. In dieser Vollmacht geht es unter anderem um

> *„Personen der Mannschaft, die sich rebellisch oder eigensinnig den Befehlen und der Autorität* [der Patentinhaber] *widersetzen*".

Und der entscheidende Satz:

> *„Und dieselben Missetäter ohne weiteres Rechtsverfahren als durch das Kriegsrecht, nach ihrem Ermessen hinzurichten und zu Tode zu bringen oder auf andere Art zu bestrafen, und dass alle Strafen & Hinrichtungen, die so verhängt und vollzogen werden, als rechtmässig ausgeführt & beurteilt gelten sollen, dies durch unseren besonderen Willen & Befehl & durch das Kriegsrecht."*

Und dann weiter unten nochmal:

„… diese unsere Patenturkunde & alles, was darin enthalten ist, soll in allerhöchstem Masse […] *zur Einsetzung der Kommandogewalt und Autorität der genannten* [Patentinhaber] *dienen, und sich striktestens und strengstens gegen alle Personen richten, welche deren Untergebene sind und sich gegen die Befugnisse, Ernennungen und Befehle der genannten Kommandierenden vergehen.“*

Wenn Drake im Besitz einer Vollmacht mit solchem Wortlaut gewesen ist, dann ist er aus dem Schneider. Die Wahrscheinlichkeit dafür ist sehr hoch, denn es gibt keinen Grund, weshalb Elisabeth Grenville mit Vollmachten ausstatten sollte, die sie Drake für ein praktisch identisches Unternehmen nur drei Jahre später vorenthalten sollte. Und sowohl Drake als auch Doughty behaupteten, das Patent habe Drake mit ausserordentlich weitreichenden Vollmachten versehen.

Wieso hat es Drake dann bei Doughtys Prozess nicht vorgewiesen?

Nun, wir wissen nicht, wo sich die Urkunde zu diesem Zeitpunkt befand. In Drakes Kabine auf der *Pelican*, wie dieser behauptete? Oder doch in England? Sugden vertritt den Standpunkt, es wäre für Elisabeth zu gefährlich gewesen, wenn das Dokument die Reise mitgemacht hätte. Es hätte sie sicherlich kompromittiert, wäre es den Spaniern in die Hände gefallen. Es wäre ein Beweis für ihre direkte Beteiligung an feindlichen Handlungen gegen Spanien und damit gegen Philip gewesen.

Vermutlich hielt man die Möglichkeit, dass die Vollmacht in falsche Hände geriet, für weitaus wahrscheinlicher, als die Notwendigkeit, sie an einem Prozess wie gegen Doughty vorweisen zu müssen. Und es mag auch dieses Gebot der Geheimhaltung gewesen sein, das einen Prozess gegen Drake verhinderte, in welchem zu Drakes Entlastung ein für die Queen derart kompromittierendes Dokument mehr oder weniger öffentlich hätte vorgewiesen werden müssen. Man muss nicht lange darüber nachdenken, wer als Bauernopfer herhalten musste. Der erfolgreiche, gewinnbringende und umjubelte Mann der Stunde Drake wohl kaum. Dann doch eher der übel beleumundete Halbbruder eines hingerichteten Meuterers und Verräters, der vor der Weltumsegelung fast ein Jahr lang hinter Gittern verbracht hatte.

Was den Fall Thomas Doughty jedoch so berührend macht, ist seine menschliche Komponente: Zwei beste Freunde, die gemeinsam ein gewagtes Unternehmen planen und sich während der Durchführung so verkrachen, dass einer sterben muss.

Nur: Wir können nicht nachweisen, dass es auch tatsächlich so gewesen ist. Der einzige, der dies behauptet, ist Cooke, der möglicherweise eine enge freundschaftliche Verbindung der beiden als Stilmittel erfand, um Drakes Verkommenheit noch ungeheuerlicher erscheinen zu lassen. Oder Doughty selbst prahlte mit einer Freundschaft Drakes, die gar nie bestand. Dass sich Drake und Doughty in Irland kennenlernten, kann als wahrscheinlich angenommen werden. Aber ausser Cookes Äusserungen spricht nichts dafür, dass Drake ein engeres Verhältnis zu Doughty gehabt haben sollte als beispielsweise zu Sydae, der in Irland unter ihm ein Schiff kommandierte und den er zwar an der grossen Fahrt teilhaben liess, ihn aber nach dem ersten Fehlverhalten ungnädig entliess. Wenn es so war, dann wäre vieles einfacher. Dann nämlich wäre Doughty nichts weiter als einer der Gentlemen gewesen. Ein Gentleman, der einen Anteil in dem Unternehmen stecken hatte und der von Anfang an in das wahre Ziel der Reise eingeweiht war. Aber auch einer, der sich exponierte. Er trat als Sprachrohr der verärgerten und mit Drake unzufriedenen Gentlemen auf; er erhob Anspruch auf Wynters Posten; er bediente sich an der Beute an Bord der *Maria/Mary*, was nicht nur ein Affront gegenüber dem Rest der Mannschaft war, sondern ein eklatanter Verstoss gegen geltendes Recht. (Andere, die sich an Beutegut vergriffen, bevor es die zuständigen Kommissare inventarisieren konnten, endeten am Galgen.) In der Summe alles gute Gründe, den Mann zu arrestieren. Und im Arrest trieb er es dann zu weit, indem er Drakes Autorität mit seinem Gerede zu untergraben drohte. Damit war die Beschreibung *Personen der Mannschaft, die sich rebellisch oder eigensinnig den Befehlen und der Autorität widersetzen* durchaus erfüllt und die Hinrichtung eigentlich nur noch eine Formsache.

Wenn tatsächlich nie eine besondere Freundschaft zwischen Drake und Doughty bestanden hatte, dann erklärt das auch die Einsilbigkeit der Berichterstatter in dem Fall, mit Ausnahme von Cooke und Fletcher. Während jedoch Cooke seinen Hass auf Drake nährte und Fletcher Doughty offenkundig sehr zugeneigt war, wurde Doughty von da Silva oder Cliffe einfach als das wahrgenommen, was er vermutlich war: Ein Querulant und Unruhestifter.

Für die Eskalation wird immer wieder die Beengtheit an Bord der Schiffe, das Gedränge der vielen Menschen unterschiedlichen sozialen Standes unter entbehrungsreichen Bedingungen herangezogen. Gerade diese gedrängte Enge hätte aber auch dafür gesorgt, dass eine enge Männerfreundschaft zwischen dem Oberkommandierenden und dem Offizier der Soldaten allgemein bekannt war und ihr dramatisches Zerbrechen zum Gesprächsstoff geworden und entsprechend kommentiert worden wäre. Man sollte meinen, ein wacher Geist wie Cliffe, immer bereit, seine Überzeugung kundzutun, hätte wohl Cookes Spiess umgedreht und Doughty des Verrats an Drakes Freundschaft bezichtigt. Natürlich kann man dagegenhalten, Cliffs Unterlassen jeden Kommentars zu Doughty liege darin, dass er – bei aller Loyalität – in diesem einen Fall seinem Idol Drake nicht folgen mochte. Wie auch immer: Wir wissen es nicht. Und wo das Wissen nicht ausreicht, behelfen wir uns mit Glauben.

Die Theorie, dass die Mär von der verratenen Busenfreundschaft durch Cooke ohne jeden Realitätsbezug in die Welt gesetzt wurde, halte ich für durchaus plausibel. Für einen Romancier aber ist diese Ausgangslage wenig reizvoll, und so habe ich mich an die allgemein akzeptierte Ansicht gehalten. Was Sie daraus machen, ist Ihre Sache.

Nachwort

Ursprünglich hätte die Geschichte von Raleigh, der eine Untersuchung zu *Doughtys Tod* führen muss, als Hörspiel erzählt werden sollen. Etwas Kleines, Feines, Kammerspielartiges mit wenigen Personen, das sich in der Produktion auch finanzieren lässt. Seltsamerweise wuchs während der Recherchen und des Schreibens der Personalbestand stark an, und die Entscheidung, die eigentliche Story um Drake und Doughty in Rückblenden zu erzählen, war dann der Todesstoss für das Projekt: Hübsch erzählt, aber ökonomisch nicht durchführbar. Ein paar Jahre lag das fertige Drehbuch auf Halde. Doch es gibt Geschichten, die lassen dich – warum auch immer – einfach nicht los. Also entschloss ich mich, *Doughtys Tod* als Roman zu erzählen, was den Vorteil hatte, dass ich erheblich mehr in die Tiefe gehen und auch Aspekte näher beleuchten konnte, die im Medium Hörspiel kaum angemessen darzustellen wären.

Ganz egal ob Hörspiel oder Roman: Eine auf historischen Fakten beruhende Geschichte zu erzählen, die sich möglichst exakt an die anerkannten Fakten hält, ist wahre Knochenarbeit und besteht zu 90% aus Recherche, Recherche und noch einmal und nie genug Recherche. Es ist interessant zu beobachten, wie man sich ein Bild und Vorstellungen von einer Sache macht – bis ein winziges Detail auftaucht, das alles wieder über den Haufen wirft. Ich habe zahlreiche Quellen studiert und gebe gerne zu: Es waren vielleicht nicht genug. Wahrscheinlich schlummern von mir unentdeckte Informationen irgendwo, die meine Darstellung Lügen strafen. Damit muss ich leben. Doch bis hierhin kann ich sagen, dass alles, was in *Doughtys Tod* auf historischen Ereignissen beruht, soweit ich weiss, in keinem Widerspruch zu akzeptierten Erkenntnissen von Historikerinnen und Historikern steht.

Aber ich habe mir selbstverständlich auch Freiheiten herausgenommen. Zunächst einmal gibt es keinen Hinweis darauf, dass sich Raleigh und Drake je begegnet sind. Ebenso wenig auf eine Untersuchung, die Doughtys Tod zum Gegenstand hatte. Es gab sehr wohl Ermittlungen, doch ging es hierbei in erster Linie darum, spanische Vorwürfe zu entkräften, Drake und seine Mannschaft hätten die Tötung von Spaniern zu verantworten. Fast die gesamte Mannschaft der *Golden Hinde* wurde befragt. Die drei Fragen beantwortete Lawrence Elyot mit angemessener Eloquenz; alle übrigen erklärten, sie schlössen sich seinen Ausführungen an. Der zeitliche Aufwand dürfte den Bruchteil dessen betragen haben, den ich Raleigh im Roman zubillige.

Ein Wort zur Verwendung von Du, Sie und Ihr. Diese Anredeformen werden im Roman nicht zufällig verwendet. Sie dienen dazu, den Status zwischen Personen darzustellen. So spricht eine Person ein sozial höhergestelltes Gegenüber mit Ihr an. Sozial gleichgestellte Personen sprechen sich gegenseitig mit Sie an oder mit Ihr, wenn sie höflich sein wollen, während das kumpelhaft-familiäre Du auch sehr abwertend eingesetzt werden kann. Tatsächlich entsprechen das Du dem englischen thou und das Sie dem you; eine englische Form des Ihr gibt es nicht und wird meist ebenfalls mit you übersetzt.

Dank

Etliche Menschen waren auf unterschiedlichste Weise an der Entstehung von *Doughtys Tod* beteiligt. Zu nennen wäre allen voran Angelika „Shaba“ Dreher, die die allererste Fassung – als Hörspieldrehbuch – gelesen und kritisch kommentiert hat. Des weiteren Kilian Meyer und Andreas Rüfenacht, die sich durch die ganze erste Romanfassung ackerten und mich mit wertvollen Hinweisen und Vorschlägen versahen; Marlis Hobi und Dani Mayer, die aufmerksam die Anfänge des Manuskripts kommentierten sowie Benno Krüsi, der dies mit der letzten Fassung tat; Arndt Schafter und Matze Albold, die mich überhaupt erst darauf brachten, mich mit der Geschichte um Drake und Doughty literarisch zu befassen (wenn auch in ursprünglicher Form als Hörspiel); Rolf Strub wegen seiner kritischen Fragen und Anmerkungen und Walter Millns, der bereitwillig sein Wissen rund ums Bücherschreiben und seine Erfahrungen mit Verlagen mit mir teilte; das Team von Buckland Abbey, das mir gestattete, an einer Führung im kleinsten Kreis teilzunehmen, geduldig alle meine Fragen beantwortete und mir wertvolle Einblicke in die Bewirtschaftung eines englischen Gutsbetriebs des 16. Jahrhunderts lieferte. Yvonne Waldvogel, Christian Müller und Gavin Maitland für die Unterstützung bei der Auswahl des Shakespeare-Zitats, in alkoholisiertem Zustand nach einem Käsefondue bei dreissig Grad im Schatten.

Ein besonderer Dank geht an Pablo Klemann, Sibylle Liedtke und Cedric Gruber vom Münster Verlag für die angenehme Aufnahme sowie die überaus inspirierende Zusammenarbeit. Leute, es war mir ein Vergnügen, ich verneige mich vor euch!

Personen

Sir Walter Raleigh [ˈwɔːlt ə ˈrɔːl i] (auch Rawley, Ralegh oder Rawleigh; * 1552 oder 1554 in Hayes Barton, Devonshire; † 29. Oktober 1618 in London hingerichtet) war ein englischer Seefahrer, Entdecker, Soldat, Spion, Politiker, Dichter und Schriftsteller sowie Günstling der englischen Königin Elisabeth I.

Am Hof

Elisabeth I. (* 7. September 1533; † 24. März 1603), eigentlich *Elizabeth Tudor*, auch bekannt unter dem Namen *The Virgin Queen*, „Die jungfräuliche Königin", war von 1558 bis an ihr Lebensende Königin von England.

Sir Francis Walsingham [ˈfrɑːnts ɪs ˈwɔːls iŋ əm], (* 1532; † 6. April 1590), Staatssekretär; bildete mit William Cecil den innersten Ring der Macht um Königin Elisabeth I. und amtete als eine Art Innenminister; hielt einen Krieg mit Spanien für unvermeidlich und begegnete der katholischen Bedrohung Englands aus dem In- und Ausland durch ein umfangreiches Agentennetz und begründete sozusagen den englischen Geheimdienst, wodurch er mehrere Attentate auf die Königin vereitelte. Förderer von Francis Drake.

William Cecil, 1. Baron Burleigh [ˈwɪl jəm ˈses əl ˈbɜːl i], (* 13. September 1521; † 4. August 1598), Lordschatzkanzler und zusammen mit Walsingham engster Berater der Königin. Als eine Art Aussenminister versuchte er den Eiertanz, die protestantischen Strömungen in anderen Ländern zu fördern, ohne damit das katholische Spanien zum Krieg zu reizen.

In Smerwick, Irland

Arthur Grey, 14. Baron Grey de Wilton [ˈɑːθ ə greɪ də ˈwɪlt ən], (1536–1593), war von 1580 an zwei Jahre lang als Lord Deputy Statthalter der Königin in Irland und dort hauptsächlich mit der Niederschlagung der zweiten Desmond-Rebellion beschäftigt.

Sir Richard Bingham [ˈrɪtʃ əd ˈbɪŋ əm], (1528 - 1599), englischer Soldat und Seeoffizier. Vor Smerwick Kommandant der *Swiftsure*. Seine Beteiligung an den Kämpfen in Irland brachte ihm 1584 die Ernennung zum Gouverneur von Connacht und die Ritterwürde ein.

Edward Denny [ˈed wəd ˈden i], (1547 - 1600), Soldat, Abenteurer und Freibeuter; 1580 Offizier im Rang eines Hauptmanns im Dienst Arthur Greys; Cousin von Walter Raleigh.

John Cheke [dʒɒn tʃiːk], († 1580) Sohn des Gelehrten John Cheke, Neffe Burleighs.

Edmund Spenser [ˈed mənd ˈspents ə], (um 1552 - 1599), Sekretär Arthur Greys und namhafter englischer Dichter.

Oliver Plunkett [ˈɒl ɪv ə ˈplʌŋk ɪt], († 1580), irischer Laienprediger und Widerständler.

Sebastiano di San Giuseppe [sebasˈtiaːno di sandʒuˈzɛppe], italienischer Kommandant der katholischen Söldnertruppe in Dún an Óir.

John Zouche [dʒɒn zuʃ], englischer Offizier im Rang eines Hauptmanns im Dienst Arthur Greys.

Captain Mackworth [ˈmæk wəө], englischer Offizier im Rang eines Hauptmanns im Dienst Arthur Greys.

Captain Wingfield,[ˈwɪŋ fiːəld], englischer Offizier im Rang eines Hauptmanns im Dienst Arthur Greys.

Das Konsortium

Sir Christopher Hatton [ˈkrɪst əf ə ˈhæt ən], (1540 - 20. November 1591), politisch aktiver, einflussreicher Günstling Elisabeths I. Dienstherr sowohl von Thomas Doughty als auch von John Thomas, Kapitän der *Marigold,* sowie von Trompeter John Brewer.

George Wynter [dʒɔːdʒ ˈwɪnt ə], (1527 - 1581), Bruder von William und Vater von John Wynter.

Sir William Wynter [ˈwɪl jəm ˈwɪnt ə], (c.1521 - 20. Februar 1589), kampferprobter Admiral und hoher Verwaltungsbeamter der Navy, als Kommandierender der Seestreitkräfte
beteiligt an der Belagerung von Dún an Óir, Bruder von George und Onkel von John Wynter.

Sir Thomas Gresham [ˈtɒm əs ˈgreʃ əm], (* 1519 in London; † 21. November 1579 ebenda) war Mitbesitzer des größten englischen Handelshauses seiner Epoche und seit 1551 Finanzagent der englischen Regierung und königlicher Berater.

Edward Clinton, 1. Earl of Lincoln [ˈed wəd ˈklɪnt ən ɜːl ɒv ˈlɪŋik ən], (* 1512 in Scrivelsby, Lincolnshire; † 16. Januar 1585 in London), auch Edward Fiennes de Clinton genannt, war ein englischer Admiral unter König Edward VI. und Königin Elisabeth I. Im Jahr 1572 wurde er zum Earl of Lincoln erhoben und diente kurz danach bis zu seinem Tod als englischer Botschafter in Frankreich.

Robert Dudley, 1. Earl of Leicester [ˈrɒb ət ˈdʌd li ɜːl ɒv ˈlest ə], (* 24. Juni 1532; † 4. September 1588 in Cornbury, Oxfordshire) war der wichtigste Favorit Elisabeths I. von ihrer Thronbesteigung bis zu seinem Tod; Staatsmann sowie Oberstallmeister (Master of the Horse). Konkurrent des Earl of Essex, mit dessen Frau Lettice Knollys er eine Affäre hatte und die er zwei Jahre nach Essex Tod heimlich heiratete.

Auf Drakes Reise

Francis Drake [ˈfrɑːnts ɪs dreɪk], (ca. 1540 - 1596), englischer Seeheld, Bauernsohn und Oberbefehlshaber der Expedition.

Thomas Doughty [ˈtɒm əs ˈdaʊt |i], (1545 - 1578), Gentleman, F. Drakes Freund und Mitinitiator der Expedition. In Port St. Julian hingerichtet.

John Doughty [dʒɒn ˈdaʊt |i], (* um 1550), Thomas' jüngerer Halbbruder.

Francis Fletcher [ˈfrɑːnts ɪs ˈfletʃ ə], (1555 - ca. 1619), Schiffskaplan.

Edward Cliffe [ˈed wəd klɪf], Seemann an Bord der *Elizabeth.*

Francis Pretty [ˈfrɑːnts ɪs ˈprɪt |i], Soldat an Bord der *Pelican.*

John Cooke [dʒɒn kʊk], Gentleman an Bord der *Elizabeth.*

Thomas Cuttil [ˈtɒm əs ˌkʌ tɪl], Master der *Pelican.*

Thomas Hood [ˈtɒm əs hʊd] (eigentlich Hord [hɔːd]), Gentleman, löst Cuttil als Master der *Pelican* ab.

Thomas Blackeley [ˈtɒm əs ˈblæk li], Bootsmann der *Pelican.*

Nuño da Silva [ˈnunjo da sɪlva], Kapitän der portugiesischen Karavelle *Santa Maria*, von Drake für Lotsendienste zwangsverpflichtet.

John Wynter [dʒɒn ˈwɪnt ə], (1555 - 1628), Vizeadmiral von Drakes Flotte und Kapitän der *Elizabeth.* Sohn von George und Neffe von William Wynter.

William Marckombe [ˈwɪl jəm ˈmɑːk əm], (oder Markham), Master der *Elizabeth.*

John Chester [dʒɒn ˈtʃest ə], († 1595), Kapitän der *Swan.*

John Sarocold [dʒɒn ˈsærɒ kəʊld], Master der *Swan.*

John Thomas [dʒɒn ˈtɒm əs], Kapitän der *Marigold.* In Diensten Hattons.

Nicholas Anthony [ˈnɪk əl‿əs ˈænt ən i], Master der *Marigold.*

Thomas Drake [ˈtɒm əs dreɪk], (1556 - 1606), jüngerer Bruder Francis Drakes.

John Drake [dʒɒn dreɪk], (*um 1560), Neffe Francis Drakes.

Edward Bright [ˈed wəd braɪt], († September 1578), Schiffszimmermann.

Thomas Brewer [ˈtɒm əs ˈbruː‿ər], Trompeter in Diensten Christopher Hattons.

Gregory Cary [ˈgreg ər i ˈkeər i], Gentleman an Bord der *Swan.*

Hugh Smythe [hjuː smaɪð], Seemann an Bord der *Pelican* und später der *Swan.*

Leonard Vicary (oder Vicarie) [ˈlen əd ˈvɪk ər i], Gentleman an Bord der *Elizabeth,* Anwalt und enger Freund von Thomas Doughty.

Edward Warrall [ˈed wəd ˈwɒr əl], Mann auf der *Elizabeth*

John Audley [dʒɒn ˈɔːd li], Mann auf der *Elizabeth*

John Deane,[dʒɒn diːn], Matrose auf der *Pelican.*

Richard Minivy [ˈrɪtʃ əd ˈmɪn i vi], († 19.12.1578), Seemann auf der *Golden Hinde.* Von Spaniern im Gefecht getötet.

San Juan de Anton [saŋˈxuan de ˌanˈtɔn], Kapitän der Galeone *Nuestra Señora de la Concepcion.* Siehe auch Anmerkung 28.

Im Hintergrund

Richard Grenville [ˈrɪtʃ əd ˈgren vɪl], (* 6. Juni 1542; † 10. September 1591), Seefahrer, Abenteurer, Entdeckungsreisender und Soldat. Verkaufte aus Geldnot Buckland Abbey an Drake. War ab 1575 federführend beim Ausbau des Hafens von Bideford an der Nordküste Devons, an der Mündung des Bristolkanals gelegen. Unterstützte W. Raleighs Versuche, eine Dauerhafte Kolonie auf dem nordamerikanischen Kontinent zu errichten. Wurde als Kommandant der *Revenge* in ihrem letzten Gefecht vor den Azoren tödlich verwundet.

Richard Hakluyt [ˈrɪtʃ əd ˈhæk luːt], (* um 1552 in London oder in Herefordshire; † 23. Oktober 1616 in London) war ein englischer Geograph und Schriftsteller. Er studierte in Oxford und führte als Professor der Kosmographie den Gebrauch der Globen im englischen Schulunterricht ein. Sein Hauptwerk ist *The principal navigations, voyages and discoveries of the English nation etc.* (erschienen 1589 und überarbeitet 1598–1600). Dieses Buch enthielt Reiseberichte von Kapitänen und Entdeckern, die vornehmlich Gebiete aufsuchten, die für die englische Exportwirtschaft von Bedeutung sein konnten – aber auch viel Unbewiesenes, wie zum Beispiel eine Beschreibung des Magnetberges. Siehe auch Anmerkung 4.

John Oxenham (auch Oxnahm) [dʒɒn ˈɒks ən‿əm], (September 1580 hingerichtet), nahm 1572/73 an Drakes Überfällen in der Karibik und auf Panama als Vizebefehlshaber teil, kehrte 1575 in die Karibik zurück, überquerte 1577 den Isthmus und segelte auf mittgebrachten Booten als erster Engländer auf dem Pazifik. Er machte Beute, wurde schliesslich von den Spaniern gefangengenommen und 1580 in Lima, Peru, hingerichtet.

Walter Devereux, 1. Earl of Essex [ˈwɔːlt ə ˈdev ə rəʊ ɜːl ɒv ˈes ɪks], (* 1541; † 22. September 1576 in Dublin), englischer Adliger und Träger des Hosenbandordens, leitete das von der Krone geförderte Privatunternehmen, die irische Provinz Ulster für englische Siedler zu befrieden. Er verantwortet das Massaker von Rathlin Island 1575, war dabei Dienstherr sowohl Drakes als auch Doughtys. Er stand in einer Fehde mit Robert Dudley, dem Earl of Leicester, der nach Essex' frühem Tod an der Ruhr dessen Witwe heiratete.

Buckland Abbey

William Parker [ˈwɪl jəm ˈpɑːk ə], Verwalter des Guts Buckland Abbey in Diensten der Grenvilles. (Fiktiv)

Eleanor Parker [ˈel ən ə ˈpɑːk ə], Hauswirtschafterin auf Buckland Abbey und Ehefrau von William Parker. (Fiktiv)

Edward und George [ˈed wəd; dʒɔːdʒ], die Söhne von Eleanor und William Parker. (Fiktiv)

Jane [dʒeɪn], Tochter von Eleanor und William Parker. (Fiktiv)

Annie Babbage [ˈæn i ˈbæb ɪdʒ], Köchin auf Buckland Abbey. (Fiktiv)

John Babbage [dʒɒn ˈbæb ɪdʒ], Gärtner auf Buckland Abbey und Ehemann von Annie Babbage. (Fiktiv)

Tom Babbage [tɒm ˈbæb ɪdʒ], Stallbursche auf Buckland Abbey und Sohn von John und Annie Babbage. (Fiktiv)

Molly Babbage [ˈmɒl |i ˈbæb ɪdʒ], Dienstmagd auf Buckland Abbey und Tochter von John und Annie Babbage. (Fiktiv)

Glossar

A

Achtern (achter-, achterlich): Hinten (hinter-, hinten gelegen, von hinten kommend).

Achterplicht: Bereich im Heck eines Bootes mit Sitzbank für Bootssteurer und Passagiere.

Almirante: Spanische Bezeichnung für das Vizeflaggschiff eines Verbandes (→Capitana).

Anpreien: Ein (anderes) Schiff anrufen.

Arkebuse: Im späten 16. Jh. ein leichtes Luntenschloss-Gewehr.

Aufentern: Auf einem Schiff steigen oder hinaufklettern. Im Gegensatz dazu: Abentern.

Auslucht: Sonderform des Erkers, die ebenerdig beginnt und meist über die gesamte Gebäudehöhe reicht.

B

Back: 1) Deck des erhöhten Vorschiffs. 2) Tisch. →Backschaft

Backbord: In Fahrtrichtung gesehen linke Seite des Schiffes.

Backbordbug: Der ideale Wind für einen Rahsegler kommt von schräg achtern (raumschots; →raumer Wind). Weht er von steuerbord achtern, neigt sich das Schiff auf seine Backbordseite, es segelt dann über Backbordbug.

Backschaft: Tischgesellschaft

Bankett: Schützenauftritt auf dem (Festungs-)Wall.

Bastion: Meist an den Ecken einer Wallanlage vorspringender keilförmiger Teil der Anlage, von dem aus der Fuss der Mauer, der sonst im toten Winkel lag, bestrichen werden konnte.

Besan: Der dritte Mast von vorn (bei Dreimastern also der hinterste) resp. sein Segel.

Besteck nehmen: Ermitteln des Schiffstandorts (geografische Breite) durch Beobachten des Winkels zwischen Horizont und Gestirn zu einer festgelegten Zeit (z.B. der Sonne um 12 Uhr mittags). Die geografische Länge konnte erst mit Erfindung des Chronometers im 18. Jhdt. exakt bestimmt werden.

Blinde: Segel des →Bugspriets.
Block: Hölzernes Gehäuse mit einer bis vier drehbaren Scheiben nebeneinander als Umlenktrollen einer →Talje.
Bojer: Ein aus Holland stammendes, rund gebautes, flach gehendes, kleines Watt- und Küsten-Segelschiff. Hauptaufgabe war das Legen von Bojen und der Frachttransport. Anfänglich einmastig, nur mit Mast- und Sprietsegel versehen, wurde es zum „Anderthalbmaster" mit Spriet- und Lateinsegel weiterentwickelt und war im 16. Und 17. Jhdt. in nordeuropäischen Gewässern weit verbreitet.
Bonaventurmast: Bei Viermastern der hinterste Mast, der wie der Besanmast vor ihm →Lateinersegel fährt.
Bootssteurer: Mann, der in einem Boot die Ruderpinne bedient, das Boot also steuert. Er führt das Kommando und erteilt den Bootsgasten an den Riemen die entsprechenden Befehle.
Bram-: Zur zweiten Verlängerung eines Mastes gehörend (Bramstenge, Bramsaling, Bramsegel etc.)
Brassen: Die Brassen sind jeweils Backbord und Steuerbord an der →Rahnock der jeweiligen Rah angeschlagen und dienen dazu, die Rah horizontal um den Mast zu schwenken, damit das an der Rah angeschlagene Segel entsprechend dem relativen Wind gestellt werden kann, um den maximalen Vortrieb zu erzeugen. Diesen Vorgang nennt man dementsprechend *Brassen*; geschieht der Vorgang, um höher am Wind zu fahren, wird er als *Anbrassen* bezeichnet. Brasse leitet sich vom französischen Wort für Arm ab.
Bugspriet: Schräg nach vorn aus dem Bug ragender Mast.

C

Capitana: Spanische Bezeichnung für das Flaggschiff eines Verbandes (→Almirante).
Culverine: Bronzegeschütz mit einem Geschossgewicht um 17 Pfund.

D

Dünung: Wasserwellen, die bereits aus ihrem Entstehungsgebiet herausgelaufen sind; somit ist Dünung der Gegenbegriff zur Windsee. Die Gesamtheit aller Wellen aus Dünung und Windsee bezeichnet man als Seegang.
Durchsetzen: Strammziehen eines Taus.

E

Entern: Ein Schiff (in feindlicher Absicht) besteigen.
Eselshaupt: Holzstück mit zwei Löchern, das eine Stenge (Verlängerung) mit dem Mast oder der Stenge darunter verbindet.

F

Fall: Schweres Tau zum Heben und Senken einer →Rah.
Fieren: Das kontrollierte Losegeben oder Nachlassen einer Leine unter Zug; Last an einer Leine langsam herunterlassen.
Flaggentopp: Oberste Stenge eines Mastes, an der kein Segel mehr, sondern nur noch die Flagge gefahren wird.
Flögel: Wimpel, der den scheinbaren Wind anzeigt.
Fock (auch Breitfock): Auf Rahseglern das unterste Segel des vordersten Mastes (Fockmast).
Fockmast: Vorderster Mast.

G

Galeone: Schneller, wendiger Schiffstyp des 16. und 17. Jhdts. mit drei bis vier Masten. Merkmal ist der Vorbau am Bug, das Galion, das die Bedienung der →Blinde erleichterte und bald von anderen Schiffstypen wie Fleute, →Vlieboot oder Pinassschiff übernommen wurde.
Gast (pl.: Gasten): Spezieller Aufgabe zugeteilter Seemann, wie Bootsgast oder →Toppgast.
Gei, geien: Segel zur →Rah einholen.
Geitau: Tau zum Segelbergen; damit werden die unteren Ecken (Schothörner) zu einem Punkt an der Rah nahe des Mastes gezogen.
Gien: →Taljereep eines →Falls.
Gissen: Im Gegensatz zur astronomisch berechneten Position ungefähre Positionsbestimmung aufgrund geloggter Geschwindigkeit, Kompasskurs und Zeit.
Glas (pl.: Glasen): Zeiteinheit von ½ Stunde an Bord eines Schiffes. Gemessen wurde die Zeit mittels Sanduhr (Stundenglas) dessen Inhalt so geeicht war, dass der Sand eine halbe Stunde brauchte, um durchzurieseln. Jedes Wenden der Sanduhr wurde von Glockenschlägen begleitet: 1. Halbestunde = ein Schlag = ein Glas; 2. Halbestunde = ein Doppelschlag = zwei Glasen; 3. Halbestunde = ein Doppelschlag + ein Schlag = drei

Glasen; 4. Halbestunde = zwei Doppelschläge = vier Glasen usw. Nach acht Glasen (der Ablauf einer Wache) begann die Zählung von vorn.
Gräting: Begehbarer hölzerner Gitterrost zur Abdeckung von Luken, um Luft und Licht in das darunterliegende Deck zu lassen.

H

Hals (pl.: Halsen): Bei Rahseglern starke Taue an den unteren Ecken (Schothörnern) eines Untersegels. Die Halsen laufen im Gegensatz zu den → Schoten nach vorn und dienen dem →Durchsetzen des Luv-Seitenlieks (→Liek).
Handlog: Vorrichtung zum Messen der Geschwindigkeit. Das Logscheit wurde an einer Leine achtern ins Wasser gelassen, die in regelmässigen Abständen mit Knoten versehene Logleine wurde abgespult und die abgelaufenen Knoten nach einem Glas (½ Stunde) gezählt. 1 Knoten entspricht 1 Seemeile/h.
Hundewache: Einerseits die unbeliebte Wache von Mitternacht bis vier Uhr früh. Andererseits wurden auch die verkürzten Wachen von 16 bis 18 Uhr und von 18 bis 20 Uhr im englischen Sprachraum als *dog watch* bezeichnet (Verballhornung von docked watch = Verkürzte Wache). →Wache

J

Jungfernzurring: Vorrichtung zum Spannen von →Wanten und →Pardunen, bestehend aus zwei runden oder annähernd dreieckigen Scheiben (Jungfern) mit drei Löchern, von denen die eine am unteren Ende des Wants und die andere an der →Rüste befestigt ist und die mit einem →Taljereep verbunden sind.

K

Kabellänge: Früher uneinheitliches Längenmass, das ursprünglich auf der Länge einer Ankertrosse beruhte und irgendwo zwischen 169 und 215,5 Metern liegen konnte. Heute: 1/10 Seemeile = 185,2 Meter.
Kalme: Windstille.
Karavelle: Zwei- bis viermastiger Schiffstyp des 13. - 17. Jh., vornehmlich mit Lateinerbesegelung, schnell und mit guten Am-Wind-Eigenschaften.
Kardeel: Einzelner Strang, der zu dritt oder viert zu einer Leine oder Trosse geschlagen wird.

Katze: Erhöhte Geschützstellung in einer Wallanlage.
Kimm: Die auf offenem Meer sichtbare Grenzlinie zwischen Wasser und Himmel.
Klampe: 1) Vorrichtung zum Belegen von Tauen. 2) Bock, auf dem ein Boot liegt, wenn es an Deck verstaut wird; das Boot liegt dabei auf zwei Klampen, deren Form der Aussenform des Bootes im Querschnitt entspricht.
Klüse: Verstärkte Öffnung in der Bordwand zum Durchlass starker Taue (Ankerklüse).
Knoten: Einheit der Geschwindigkeit eines Schiffes: Seemeile/Stunde. 1 kn = 1,852 km/h. →Handlog
Koldergatt: Rechteckiger Ausschnitt im Deck, durch den der →Kolderstock ragt.
Kolderstock: Am vorderen Ende der Ruderpinne angebrachter senkrechter Hebel, über den der Rudergänger das Ruder bediente. Auf grösseren Schiffen in Gebrauch bis zur Einführung des allseits bekannten Ruderrades in der 1. Hälfte des 18. Jahrhunderts.
Kreuzholz: Grosse Klampe an der Innenseite des Schanzkleids zum Belegen starker Taue wie Schoten und Halsen.
Kuhl: Offener Teil des Hauptdecks zwischen Vor- und Achterschiff, der tiefst gelegene Bereich aller Oberdecks.

L

Lateinersegel: Dreieckiges Segel, das an der sog. Rute (oder Lateiner-Rah) in Längsrichtung zum Schiff stand. Zweimastige →Karavellen wurden ausschliesslich mit Lateinern gefahren, bei dreimastigen →Galeonen führte man eines am →Besanmast, bei Viermastern ein weiteres am →Bonaventurmast.
Laufendes Gut: Alles Tauwerk, das dem Bewegen von Segeln und Spieren dient.
Lee: Dem Wind abgewandte Seite (Windschatten).
Leeküste (Legerwall): Küste auf der Leeseite eines Schiffes, zu der der Wind weht. Auf Legerwall liegen (vom Wind so weit in Küstennähe getrieben werden, dass die Gefahr einer Strandung besteht).
Liek: Die mit einem Tau verstärkte Kante eines Segels; bei einem Rahsegel Oberliek, Fussliek und Seitenliek.

Luk: (s) oder Luke (w); Rechteckige Öffnung im Deck, oft mit einer →Gräting abgedeckt,
Luv: Dem Wind zugewandte Seite; woher der Wind weht.

M

Marlspieker: Werkzeug zum Spleissen (→Spleiss), ein Dorn aus Hartholz, Bein oder Metall, mit dem die →Kardeele eines Taus auseinandergedrückt werden, um andere Kardeele einzuspleissen.
Mars: Planken, die auf der – in der Regel – untersten →Saling eines Mastes liegen und so eine Plattform bilden. Zu Drakes Zeiten waren diese rund und von einem Holzgeländer oder einer segeltuchumspannten Brüstung umgeben (Landrattenbezeichnung: Mastkorb). Die Marse dienten auch als Gefechtsstände für Scharfschützen mit Muskete oder Bogen, später auch für leichte Geschütze.
Marssegel: Das zweite Segel eines Masts von unten.
Master: (engl. für Meister); Schiffsführer und Nautiker, dessen Aufgabe darin bestand, ein Schiff zu seinem Bestimmungsort zu führen; er befehligte de facto das Schiff, da der Kapitän oft kein Seemann war.
Mastknecht: Meist paarweise und mit einer Nagelbank verbundene Pfosten vor dem Mast. Sie weisen einen oder mehrere Schlitze mit Umlenkrollen darin auf, die sog. Scheibgatts. Durch sie werden schwerer belastete Leinen wie →Fallen zum Fieren oder Hieven geholt und am – gelegentlich kunstvoll geschnitzten – Kopf des Mastknechts belegt.
Messe: Aufenthalts- und Speiseraum für die Offiziere an Bord eines Schiffes.
Morion: Offener Helm des 16. Und 17. Jhdt. ohne Visier, mit vorn und hinten spitz zulaufender Krempe und oft mit einem Kamm, wie er heute noch zur Paradeuniform der Schweizer Gardisten des Vatikans getragen wird.
Muring: Verankerung eines Schiffes über Bug- und Heckanker. Verhindert ein →Schwojen durch Wind und Strömung um den Buganker.
Muskete: Im 16. Jhdt. noch recht unhandliches Gewehr mit Luntenschloss, das zum Feuern aufgestützt werden musste, z.B. auf einer Brustwehr oder einer speziellen Stützgabel.

N

Nao: Ein der Kogge und der Karavelle ähnlicher Schiffstyp, jedoch schwerer und grösser, mit gelegentlich zwei, meist jedoch drei Masten. Seit den Kreuzzügen vor allem von Portugal und Spanien stets weiterentwickelt. Berühmte Naos waren etwa Kolumbus' *Stanta Maria* oder Magellans *Victoria*.

P

Pardunen: Taue des →stehenden Gutes welche die →Stengen gegen seitliche und achterliche Kräfte stabilisieren und mit ihrem unteren Ende auf Deckhöhe nahe der Bordwand befestigt sind. Sie unterscheiden sich damit von den →Wanten, die weiter vorn befestigt sind und vor allem seitliche Kräfte aufnehmen.
Persenning: geteerte wasserdichte Segeltuch-Plane.
Pinasse: Hier grosses seetüchtiges Boot mit einem oder zwei Pfahlmasten, an denen Lugger- oder →Lateinersegel gefahren wurden.
Poop: Auch Kampanje. Das Poopdeck ist das oberste achtere Schiffsdeck (Achterdeck) eines Segelschiffs. Das Wort Poop leitet sich vom lateinischen Wort *puppis* ab, das frei übersetzt *Hinterschiff* bedeutet. Die Poop ist streng genommen das Flachdach der obersten Hütte auf dem Achterdeck.
Prise: Erbeutetes Schiff.

Q

Quarterdeck: Auch Halbdeck oder Achterdeck. Erstes nicht durchgehendes Deck über dem Hauptdeck hinter dem Grossmast.

R

Rah: Rundholz quer am Mast, an dem die obere Kante eines Segels festgebunden ist.
Rahnock: Das Endstück zu beiden Seiten einer Rah, meist ein paar Fuss lang und etwas dünner als der Rahkörper und von diesem abgesetzt. Die Rahnock diente als Fixpunkte für diverse Blöcke und Leinen, z. B. Brassen, Toppnanten etc.
Rapier: Hieb- und Stichwaffe mit langer, zweischneidiger Klinge und sehr spitzem Ort (Klingenspitze) sowie neben Knauf und Parierstange einem Gefäss aus mehreren Bügeln zum Schutz von Faust und Fingern.

Raumer Wind: Für Rahsegler idealer Wind mit leichtem Winkel von schräg achtern.
Rigg: Gesamtheit des Tauwerks eines Schiffes, unterteilt in →Stehendes Gut zum Stabilisieren der Masten und →Laufendes Gut zum Bedienen der Segel.
Rüsteisen: Eisenbügel, dessen unteres Ende am Rupf verankert ist und der an seinem oberen Ende an der Aussenkante der Rüste die untere Jungfer (→Jungfernzurring) eines Wants oder einer Pardune hält.
Rüsten: Starke, waagrechte Planken aussen am Rumpf zum Abspreizen von →Wanten und →Pardunen.

S

Saling: Hölzernes Doppelkreuz, das eine →Stenge mit dem sich darunter befindlichen Mast verbindet.
Sappe: Laufgraben.
Schanzkleid: Verlängerung der Bordwand über das Oberdeck, sodass sie eine Brüstung bildet.
Schmacke: Kleines, anderthalb-mastiges Schiff.
Schot (pl.: Schoten): Leinen an den unteren Ecken (Schothörnern) eines Segels. Halten Untersegel vor dem Wind und spannen Marssegel zur darunterliegenden →Rah.
Schwojen: Drehen des Schiffes in Wind und/oder Strömung um den Anker.
Seemannschaft: Die Summe aller Fertigkeiten, die ein Seemann zur praktischen Handhabung eines Wasserfahrzeuges beherrschen muss.
Serpentine: Hahn von Luntenschloss-Waffen, in den die Lunte eingeklemmt oder gesteckt wird. Betätigt man den Abzug, senkt der Mechanismus die Serpentine und drückt das glimmende Luntenende auf die Pulverpfanne.
Spake: Als Hebel dienende Holzstange.
Spiere: Rundholz; Mast, Stenge, Rah etc.
Spill: Seilwinde zum Einholen starker Trossen oder zum Heben schwerer Lasten, wie Anker. Gangspill: Winde mit senkrechter Welle. Bratspill: Winde mit horizontaler Welle.
Spleiss: Verbindung von zwei Tauenden, in der die einzelnen Stränge (→Kardeele) der Taue miteinander verflochten werden.

Stehendes Gut: Alle Taue, die dem Abstützen und Fixieren der Masten dienen.
Stenge: Verlängerung des Untermastes. Von unten nach oben: Marsstenge, Bramstenge, Royalstenge.
Steuerbord: In Fahrtrichtung gesehen die rechte Seite des Schiffes (→Backbord).
Steuerbordhalsen: Der ideale Wind für einen Rahsegler kommt von schräg achtern (raumschots; graumer Wind). Weht er von steuerbord achtern, werden die Halsen an den Untersegeln dichtgeholt, um das Luvliek (→Luv; →Liek) durchzusetzen und den Wind besser einzufangen. Das Schiff segelt dann mit Steuerbordhalsen.
Stropp: bezeichnet seemännisch ein kurzes Stück Tauwerk mit Augen oder Haken an meist beiden Enden. Auch Endlosschlingen, bei denen die Enden miteinander verbunden sind, werden als Rundstropp bezeichnet.
Süll: Schwelle, erhöhte Umrandung.
Sund: Meerenge.

T

Takel: Schwere Talje mit zwei mehrscheibigen Blöcken (Flaschenzug).
Talje: Flaschenzug.
Taljereep: Leine von dünnerer Stärke, die in einer Talje, einem Takel oder einer →Jungfernzurring benutzt wird.
Tampen: Ende einer Leine.
Toppgast: Einem Mast zugeteilter Seemann, der zum Reffen oder Segelbergen etc. aufentert.
Trimmung: das Ausrichten von Körpern in eine gewünschte Lage. Die Trimmkräfte sollen dabei die Kräfte ausgleichen, die die Lage des Körpers verändern würden. Bei Wasserfahrzeugen wird durch das Trimmen der Schwerpunkt durch Verschieben beweglicher Gewichte wie Ladung oder Ballast in Schiffslängsrichtung verschoben.

U

Über Stag gehen: Mit dem Bug durch den Wind wenden; beim Am-Wind-Segeln den Kurs soweit ändern, dass der Wind von der anderen Schiffseite einfällt.

V

Verholen: Wechseln des Liegeplatzes eines Schiffes über relativ kurze Distanz, u. U. auch ohne eigenen Antrieb durch Boote, Verholtaue oder Warpanker (→Warpen).

Vermuren: Ein Schiff mittels Bug- und Heckanker sichern. Verhindert ein →Schwojen durch Wind und Strömung um den Buganker.

Vlieboot: Ein der Fleute ähnlicher, dreimastiger, urspr. niederländischer Schiffstyp mit rundem Heck und flachem Boden.

Vollzeug, unter: Sämtliche Segel sind gesetzt.

W

Wache: Der Teil der Mannschaft, der den laufenden Schiffsbetrieb während einer bestimmten Zeit sicherstellt, wie auch dieser Zeitabschnitt selbst (in der Regel 4 Stunden). Die gängigste Einteilung der Wachdienste: 00:00-04:00; 04:00-08:00; 08:00-12:00; 12:00-16:00; die halben Wachen (um für alle eine Verschiebung der Schichten zu erreichen) 16:00-18:00 und 18:00-20:00; 20:00-24:00. →Glasen.

Wanten: Taue des stehenden Gutes, die die Masten seitlich abstützen. Meist sind dünnere Taue (Webeleinen) quer dazu übereinander eingeknüpft, die so als Strickleiter dienen.

Warpen: Ein Schiff durch wiederholtes Ausbringen eines Warpankers und sich anschliessend daran Heranziehen von der Stelle bewegen (→Verholen).

Werbel: In der Mitte des →Koldergatts längsschiffs angebrachte dicke Achse mit einem Loch, durch das der →Kolderstock führt und letzterem als Widerlager und Führung dient.

Y

Yard: Heute 3 Fuss = 0.9144 Meter.

Anmerkungen

1. Heute etwa £ 243'300'000 oder € 280 Mio.

2. Als Sea Dogs wurden englische Seefahrer bezeichnet, die in eigener Initiative auf Entdeckungs- oder Kaperfahrten gingen, dies meist mit Duldung und gelegentlich auch im Auftrag Elisabeths I. Ihre Unternehmungen waren privat finanziert, in der Regel durch eigens gegründete Konsortien. Obwohl die Sea Dogs keinen direkten Bezug zur Royal Navy hatten, stellten sie durch ihre seemännische Erfahrung und Kampferprobung einen wichtigen Teil von Englands Kampfkraft zur See dar.

3. 1573 erwarb Königin Elisabeth Barn Elms vom Erzbischof von Canterbury, um es Walsingham als Dank für geleistete Dienste zu überlassen. Spätere Besitzer erweiterten den Bau Mitte des 18. Jahrhunderts um zwei Flügel, wie es noch auf Fotografien aus der Zeit zu sehen ist, in der Barn Elms dem Ranelagh Club als Clubhaus diente (1883 - 1939). 1954 wurde Barn Elms durch ein Feuer zerstört.

4. Richard Hakluyt (1553 - 1616), englischer Autor, Geograph und Herausgeber von Reiseberichten, war ein Verfechter der Kolonisierung Nordamerikas durch England und arbeitete auf dieses Ziel hin mit Raleigh zusammen, der den praktischen Teil übernehmen sollte; das Roanoke-Projekt, die Besiedelung Virginias, scheiterte dann jedoch. Unter den von Hakluyt gesammelten und veröffentlichten Reiseberichten finden sich auch mehrere Berichte über Drakes Weltumsegelung.

5. James FitzMaurice FitzGerald († 18 August 1579) war Mitglied der im 16. Jh. in der irischen Provinz Munster herrschenden Geraldine-Dynastie. Er führte 1569 den 1. Desmond-Aufstand gegen die englische Eroberung an, floh nach dessen Niederschlagung ins Exil auf den Europäischen Kontinent, kehrte aber 1579

mit Invasionstruppen bestehend aus ausländischen katholischen Söldnern zurück, starb jedoch kurz nach der Landung.

6. Den Oberbefehl hatte Lord Deputy Grey; das Tagesgeschäft, der „Kleinkram", oblag jeden Tag einem anderen Hauptmann, vergleichbar mit dem wachhabenden Offizier auf einem Schiff. Dies vermutlich, um die Hierarchie flach zu halten und niemanden zu bevorzugen und somit den Zusammenhalt zu fördern. Die vor Dún an Óir namentlich bekannten Offiziere waren die Captains Achin, Denny, Machworth, Raleigh, Wingfield und Zouch.

7. Thomas „Black Tom" Butler, 10. Earl of Ormonde (1531 - 1614), Sohn von James Butler (einem Cousin von Elisabeths Mutter Anne Boleyn) und Lady Joan FitzGerald (Tochter und Generalerbin von James FitzGerald, 10. Earl of Desmond). Die Butlers kamen im Zuge der normannischen Invasion im 12. Jh. nach Irland und blieben der englischen Krone verbunden. Als Protestant und verwickelt in die Familienfehde mit den Desmonds, hatte Thomas Butler gleich zwei Gründe, sich an der Niederschlagung des Aufstands zu beteiligen.

8. Nicholas Sanders (um 1530 - 1581), englischer katholischer Priester und Polemiker. Nach Ausbildung und Lehrtätigkeit in Oxford, setzte er sich nach dem Tod Marias I. und der Rückkehr Englands zum Anglikanismus auf den Europäischen Kontinent ab und trieb sich dort u. a. in Rom, Deutschland und Spanien herum auf der Suche nach Verbündeten im Kampf gegen die englische Häresie (in Spanien versuchte er 1577, König Philip II. zum Krieg gegen England zu bewegen). 1579 begleitete er J. FitzMaurice FitzGerald als päpstlicher Gesandter bei dessen Invasion in Irland. Nach einem halben Jahr auf der Flucht, starb er im Frühling 1581 im Südwesten Irlands an Kälte und Hunger.

9. Sämtliche schriftlichen Originalquellen verwenden diese Schreibweise, ausser Edward Bright, der in seiner Aussage irrtümlich von der *Insel Man* spricht. Die beiden Inseln gehören zu den seit 1975

eigenständigen Kapverdischen Inseln, ihre offizielle Bezeichnung lautet heute Boa Vista und Maio.

10. Wie die verschiedenen Berichte genau entstanden sind, fortlaufend verfasst oder im Nachhinein aufgrund von Notizen oder Tagebucheinträgen, ist nicht bekannt. Für den Teil der Reise, zu dem man mehrere Aufzeichnungen miteinander vergleichen kann, bieten sich vier Autoren an: Fletcher, Cliffe, Cooke und da Silva. Was die Daten betrifft, sind sie sich nicht immer einig; auf 21 Übereinstimmungen kommen 38 Abweichungen, zum Teil um mehrere Tage. (Siehe: Nuttall, Z. New Light on Drake, S. 272 ff.)

11. Die Flotte erreichte die brasilianische Küste je nach Quelle am 5. (Fletcher, Cliffe und da Silva) oder 6. April (Cooke) 1578. Die Überfahrt hatte etwa 54 Tage gedauert.

12. Nur einer der insgesamt drei Rädelsführer wurde gehängt. Zur Meuterei kam es am 1. April 1520 wegen der schlechten Versorgungslage. Angeführt wurde die Meuterei von den Kapitänen Gaspar de Quesada, Juan de Cartagena und Luis de Mendoza. Nachdem die Meuterer drei der fünf Schiffe in ihre Gewalt gebracht hatten, gelang es Magellan, die *Victoria* zu entern, so das Kräfteverhältnis zu seinen Gunsten zu ändern und den Aufstand niederzuschlagen. Im Kampf um die *Victoria* wurde Luis de Mendoza getötet. Der Kapitän der *Concepción,* Gaspar de Quesada, wurde hingerichtet, der Kapitän der *San Antonio,* Juan de Cartagena, und der Priester Sanchez de la Reina (nach anderen Quellen war sein Name Bernard Calmette) wurden später an der Küste ausgesetzt, als sich das Geschwader wieder auf den Weg machte. Man hörte nie wieder von ihnen.

13. Heute etwa £ 309'530.- oder € 341'560.-. Doughty galt aus wohlhabend und verlieh auch grosszügig grössere Summen an Bekannte und Freunde.

14. Lat.: Über Tote rede man nur gut.

15. Die Tudor-Rose symbolisiert die Vereinigung der Häuser York und Lancaster in der Dynastie der Tudors als Resultat der Rosenkriege. Durch den Tod Richards III. Plantagenet in der Schlacht von Bosworth Field 1485 ging die Krone von England an Heinrich Tudor. Als Heinrich der VII. heiratete er Elizabeth of York, die Nichte Richards, und beendete damit die Rosenkriege. Die weisse Rose war das Symbol des Hauses York, die rote Rose das des Hauses Lancaster, beides Nebenlinien des Geschlechts der Plantagenets. In der Tudorrose vereinigten sich beide zu einer auf weissem Grund grün bespitzten roten Rose mit silberner (weißer) Füllung; der Butzen in der Mitte ist golden. Die Initialen E.R., die während der Regentschaft Elisabeths I. mit der Tudor-Rose auf Livreen, Bannern und Flaggen u.a. abgebildet waren, bedeuten: Elisabeth Regina (Königin Elisabeth).

16. Captain Mackworth war für seine sadistische Grausamkeit berüchtigt. Sein Ende war in letzter Konsequenz nicht weniger grausam als er selbst: Er geriet in die Fänge des O'Connor-Clans von Offaly, die ihm die Geschlechtsteile abschnitten und ihn bei lebendigem Leib häuteten. Man fand was von ihm übrig war, an einen Baum gebunden.

17. Leider ist nicht klar, worum es sich dabei genau handelt, oder ob es nicht gar eine blosse Erfindung Cookes ist. Denn tatsächlich ist er der Einzige, der dieses Vorkommnis beschreibt und auch der Einzige, der das Wort „Cobbey“ dafür benutzt.

18. Der Choral mit dem Text des Bekenntnisses von Nicäa war 1550 von John Merbecke (ca. 1510 - ca. 1585) komponiert worden. Merbecke entging unter der Herrschaft Maria Tudors knapp dem Feuertod auf dem Scheiterhaufen und leistete wesentliche Arbeit in der Ausformung einer einheitlichen Anglikanischen Liturgie.

19. Klingt nach wenig, entspricht heute aber immerhin £ 992.- oder etwas mehr als € 1000.-.

20. Beide hatten ihre Testamente am gleichen Tag verfasst, am sechsten September 1577, keine drei Monate, bevor es an Bord der Schiffe ging. Dass Vicary nicht im Gegenzug Doughtys Testament per Unterschrift bezeugt hatte, lag möglicherweise daran, dass Vicary in seinem eigenen Testament verfügte, im Fall seines Todes seine Schuld von neunundzwanzig Pfund und fünfzehn Schillingen an Doughty zurückzuzahlen, während seinerseits Doughty in seinem letzten Willen festhielt, dass Vicarys Schulden bei ihm in der Höhe von neunundvierzig Pfund, fünfzehn Schilling erlassen werden sollten (womit er noch zwanzig Pfund obendrauf legte), und er nicht wollte, dass Vicary vor seinem Tod davon erfuhr. Doch wenn es so war, dann wusste ausser Vicary auch sonst niemand davon.

21. Damon und Pythias (oder Phintias) sind sagenhafte Helden der Antike und Sinnbild unverbrüchlicher Freundschaft.

22. Tatsächlich waren es fast fünfzig Pfund (Siehe Anmerkung 20).

23. Seit jeher ist es das Privileg britischer Seeoffiziere, beim Toast auf die Krone sitzen zu bleiben. Seit wann genau dieses Privileg besteht, ist unklar; zahlreiche Anekdoten verweisen auf dessen Ursprung, wobei die älteste auf König Charles II. im Jahre 1660 fällt, als er sich auf der Heimfahrt aus dem Exil an Bord der *Naseby* den Kopf an einem Decksbalken stiess. Vermutlich aber wurde das Sitzenbleiben schon viel früher praktiziert, da zu keiner Zeit die Offiziersmessen so geräumig und die Decks so hoch waren, dass ein auch nur halbwegs würdevolles Aufrechtstehen möglich gewesen wäre.

24. Dieses Treffen muss zwischen Ende 1575 und September 1576 stattgefunden haben, als Essex zwischenzeitlich in England weilte.

25. Im Zuge der Entdeckungen und kolonialen Inbesitznahme entstanden zunächst zwei spanische Vizekönigreiche. Das Vizekönigreich Neuspanien umfasste im 16. Jhdt. die Gebiete von

Mexico, Guatemala, El Salvador, Honduras, Nicaragua, Costa Rica, Venezuela sowie die karibischen Inseln und die Philippinen. Erster eigentlicher Vizekönig war Christoph Kolumbus, offiziell wurde das Vizekönigreich allerdings erst 1535 gegründet. Das Vizekönigreich Peru erhielt diesen Status offiziell 1542 nach dem Bürgerkrieg zwischen den Eroberern Pizarro und Almagro und dem Tod der beiden. Es umfasste nominell den gesamten südamerikanischen Kontinent mit Ausnahme von Brasilien, das Portugal gehörte, und dem zum Vizekönigreich Neuspanien gehörenden Venezuela. Effektiv unter Kontrolle waren jedoch nur mehr oder weniger schmale Gebiete an der Pazifikküste.

26. Potosí war die Boomtown des 16. Jahrhunderts. 1545 auf rund 4'000 Meter über Meer im unwirtlichen Hochland des heutigen Bolivien gegründet, lebten dort bereits fünfzig Jahre später über 200'000 Menschen, damit war Potosí eine der grössten Städte der Welt. Ihre Popularität verdankte sie dem Reichen Berg, Cerro Rico, dessen Minen in der zweiten Hälfte des 16. Jahrhunderts nach Schätzungen etwa 60% des weltweit gewonnenen Silbers erbrachten und Spanien zur reichsten Nation der Welt machten. Heute leben dort noch 175'000 Menschen.

27. Der von Drake persönlich lektorierte Bericht seines Überfalls auf Panama sagt dazu: „Um die Ursache der Krankheit besser erkennen und den anderen besser helfen zu können, befahl unser Kapitän dem Schiffsarzt, eine Leichenöffnung vorzunehmen. Der Arzt stellte fest, dass die Leber des Toten geschwollen und dessen Herz wie gesotten war, die übrigen Eingeweide waren völlig normal. Dies war das erste und einzige anatomische Experiment, das unser Kapitän auf dieser Reise durchführen liess. Der Arzt, der Joseph Drakes Leichenöffnung vorgenommen hatte, überlebte ihn nur um vier Tage. Er wurde jedoch nicht von dieser Krankheit hinweggerafft, von der er einen Monat zuvor genesen war, sondern er starb an einem tollkühnen Versuch, den er an sich selbst vornahm; er schluckte ein überstarkes Abführmittel eigener Herstellung. Nach dessen Einnahme hatte er sein letztes Wort

gesprochen, und auch sein Bursche, der von dem Mittel gekostet hatte, wurde erst wieder gesund, als er nach England zurückkam."

28. Zu diesen scheint auch ausgerechnet John Wynter gehört zu haben, wenn man seinem Bericht glauben will. Offenbar war er davon ausgegangen, es handle sich um eine reine Handelsfahrt. Inwieweit Wynter in das wahre Wesen des Unternehmens eingeweiht war, bevor Drakes Flotte England verliess, ist nicht bekannt.

29. Gemäss Nuño da Silva war San Juan de Anton in der Biskaya geboren und in England aufgewachsen und sprach Englisch. Wenn das stimmt, dann deutet sein Name möglicherweise eine Verbindung zu Southampton an, das in zeitgenössischen spanischen Dokumenten als Anton oder Antona auftaucht. Zudem entspricht der für Spanien ungewöhnliche Name San Juan dem englischen St. John, der wiederum in einem Dokument von 1558 mit Southampton in Verbindung steht, in welchem ein John Lord St. John erwähnt wird, der zu der Zeit dort gelebt hat. Siehe Nuttall, Z. New Light on Drake.

30. Aufgrund der Berichte zweier englischer Zeugen gilt es heute als allgemein akzeptiert, dass die *Nuestra Señora de la Concepcion* den Spitznamen *Çacafuego* (Feuerspucker) trug. Diese Annahme ist sehr wahrscheinlich falsch. Z. Nuttal argumentiert in New Light on Drake, 1914, sehr plausibel, dass das Schatzschiff unbewaffnet war und ein solcher Spitzname keinerlei Sinn ergibt und auch in keinem spanischen Dokument erwähnt wird. Viel eher träfe diese Bezeichnung auf die *Golden Hinde* zu, deren Geschütz- und Musketenfeuer in der hereinbrechenden Nacht auf die Besatzung der *Nuestra Señora* sehr eindrucksvoll gewirkt haben muss. Dazu merkt sie an: „Was klar hervorgeht aus dem Wirrwarr, den da Silva und die Engländer durch ihre Unkenntnis von spanischer Orthografie und Aussprache schufen, ist, dass der Name Cacafuego (augesprochen: Sakafuego) passenderweise nur der *Golden Hind* verliehen worden sein kann, das

gekaperte Schatzschiff in schlagfertigem Gegenzug *Der Silberspucker* genannt wurde."

31. John Oxenham und seine letzten Getreuen wurden in Lima am 30. September 1580 hingerichtet, vier Tage nachdem Drake mit der *Golden Hinde* den Heimathafen Plymouth erreichte.

32. Der Grosse Komet von 1577 (C/1577 V1) wurde weltweit beobachtet und nimmt insofern eine Sonderstellung unter den Kometen ein, als zum ersten Mal für einen Kometen bewiesen wurde, dass er sich ausserhalb der Erdatmosphäre befand.

33. Als *italianate* wurden im elisabethanischen England jene effeminierten Gecken bezeichnet, die mit affektiertem Getue ihre modischen Extravaganzen inklusive Spitzenkragen, Sammetmäntelchen und Perle am Ohrläppchen spazieren führten. Dies mag rein äusserlich auch auf Raleigh zugetroffen haben – abgesehen vom weibischen Aspekt, natürlich.

34. Durch die Jahrhunderte wurde Homosexualität verfolgt. Heinrich VIII. erliess 1533 den sogenannten „Buggery Act", der unzüchtige Handlungen unter Strafe stellte. Doch ging es Heinrich in erster Linie darum, die bereits bestehende Gesetzgebung der kirchlichen Gerichtsbarkeit zu entziehen. Heinrichs Tochter, die katholische Maria, hob den Akt wieder auf, damit Unzucht wieder der kirchlichen Gerichtsbarkeit (und damit der Inquisition) unterstand. Zehn Jahre später machte Elisabeth den Schritt ihrer Halbschwester wieder rückgängig. Gemäss dem Buggery Act zogen sodomitische Handlungen (Homosexualität und Zoophilie waren einander gleichgesetzt) die Todesstrafe nach sich. Allerdings scheinen solche Vergehen sehr nachlässig verfolgt worden zu sein: Bis 1660 sind weniger als ein Dutzend entsprechende Verfolgungen aktenkundig. Zwar wurde im Juli 1540 Walter Hungerford, 1. Baron Hungerford of Heytesbury, nebst anderer Vergehen auch wegen Sodomie zum Tod verurteilt und hingerichtet. Doch bereits ein Jahr später zeigt der Fall von Nicholas Undall, wie lax die Praxis

gehandhabt wurde. Undall, ein Dramatiker und Rektor des Eton College, wurde wegen sexuellen Missbrauchs seiner Schüler angeklagt, das Urteil aber in Gefängnishaft umgewandelt, aus der er kein Jahr später wieder freikam und Direktor der Westminster School wurde.

35. Drake erwarb Buckland Abbey sowie 202 Hektar dazugehörendes Land für die horrende Summe von £ 3'400 über seine Mittelsmänner John Hele aus Plymouth und Christopher Harris aus Plymstock. Es ist nicht klar, ob Grenville wusste, wem er das Anwesen verkaufte. Gemäss den Verträgen „liehen" die Mittelsmänner dem in Geldnot steckenden Grenville das Geld, worauf Buckland Abbey vorerst als Pfand in Drakes Besitz überging. Nach Ablauf von drei Jahren konnten Hele und Harris (und damit Drake) entscheiden, ob sie das Geld zurückerhalten oder Buckland Abbey behalten wollten. Drake zog wahrscheinlich im August 1581 ein, als er die Miete eines Hauses in Plymouth aufgab. Das Anwesen blieb bis 1946 in Familienbesitz und gehört heute dem National Trust und ist grösstenteils der Öffentlichkeit zugänglich.

36. *The Twa Corbies* ist eine zynische Version des Schlafliedes *The Three Ravens* (welches Tom auf dem Weg durchs Dartmoor singt). Wie alt *The Twa Corbies* ist, weiss man nicht, aber der Sprache nach ist es wohl in Schottland entstanden. Das Lied verkehrt das romantische Pathos von *The Three Ravens* in sein Gegenteil: Hund und Falke gehen anderen Obliegenheiten nach, als den Leichnam ihres Herrn vor den Krähen zu schützen; seine Geliebte küsst weder seine Wunden, noch trägt sie ihn an den Ort, wo sie ihn begräbt, sondern hat schon lang einen anderen, während der gefallene Ritter in Vergessenheit gerät.

37. Pro hac vice: lat.: Für dieses (eine) Mal, ausnahmsweise.

38. Walsingham sollte Recht behalten, auch wenn es noch sieben Jahre bis dahin dauerte. Doch 1588 hatte König Philipp II. die Faxen dicke und schickte eine Armada, die mit rund 130 Schiffen

bis anhin grösste Flotte, zur Invasion Englands. In den mehrtägigen Kampfhandlungen im Kanal, im Hafen von Calais und vor Gravelines vermochten die Engländer unter dem Oberbefehl von Lord Howard of Effingham nur wenig auszurichten. Die grössten Erfolge verbuchte Lord Howards Vizeadmiral Francis Drake, unter anderem mit der Eroberung der *Nuestra Señora del Rosario*, dessen Kommandant Don Pedro de Valdés später äusserte, er sehe nichts Ehrenrühriges darin, sich dem grössten Seemann der Welt zu ergeben. Kurz gefasst, leisteten die Geschützbedienungen der englischen Schiffe die Vorarbeit, den Rest erledigte das schlechte Wetter. Die meisten spanischen Schiffe gingen im Sturm verloren, während sich die Armada um Schottland und Irland herum nachhause kämpfte.

39. Nach heutigem Wert rund 3 Mio. Euro.

40. Das Schriftstück samt Vermerk auf der Rückseite ist erhalten geblieben.

Die Quellen

Schreibt man einen Roman, der sich möglichst nah an den historischen Fakten bewegen soll, ist das Quellenstudium das A und O. Für die Doughty-Affäre stehen zahlreiche Quellen zur Verfügung, auf die hier näher eingegangen werden soll. Im Wesentlichen handelt es sich um die Reiseberichte von Fletcher, Cliffe und Cooke, aber auch von anderen, wie dem portugiesischen Lotsen Nuño da Silva. Ausserdem sind etliche, wenn nicht alle, der schriftlichen Zeugenaussagen gegen Doughty erhalten geblieben. Bei diesen Berichten und Aussagen handelt es sich ausnahmslos um Zeugnisse von Menschen, die dabei gewesen sind. Primärer geht es nicht.

Francis Fletcher

Sein Bericht bildet das Kernstück aller Primärquellen, soweit es den ersten Teil der Weltumsegelung bis und mit Magellanstrasse betrifft. Das sah auch Drakes Neffe und Namensvetter so und bastelte fünfzig Jahre nach der Weltumsegelung seines Onkels daraus (nebst anderen Quellen) das Standardwerk schlechthin: „The World Encompassed". Diese Adaption sollte der Verherrlichung Drakes dienen, weshalb zahlreiche Passagen geschönt wurden, in denen Fletcher Drakes Handeln eher kritisch beurteilt. Es ist der Hakluyt Society hoch anzurechnen, dass sie das Original in den abweichenden Stellen der veröffentlichten Fassung Drakes zur Seite stellt. Was Fletcher in Teil II des Romans aussagt, basiert im Wesentlichen, zum Teil wörtlich, auf diesen Aufzeichnungen sowie auf den schriftlichen Aussagen, die von Fletcher (mit)unterschrieben sind.

Edward Cliffe

Ein Seemann von echtem Schrot und Korn. Seine Ortsangaben sind extrem zuverlässig. So lassen sich Orte nach den von ihm angegebenen Koordinaten leicht identifizieren. Zwar liegt sein Hauptaugenmerk auf den nautischen Belangen der Reise, aber er macht auch aus seiner Bewunderung für Drake keinen Hehl. Auch wenn er zum Fall Doughty eher wenig zu sagen hat (er erwähnt Doughtys Prozess und Hinrichtung mit einem einzigen lapidaren Satz), ist sein Bericht sehr glaubwürdig. Teil

III gibt seine Haltung und seine Beobachtungen so genau wie möglich wieder. Wer sich wundert, dass ein einfacher Matrose schreiben konnte und sich für Nautik interessiert, dem sei gesagt, dass unter der Herrschaft der Tudors die Volksbildung so hoch war wie vorher und nachher nicht. Viele Kinder auch der unteren Schichten gingen zur Schule, was auch erklärt, wie der Sohn eines Handschuhmachers zum grössten Dramatiker aller Zeiten aufsteigen konnte.

Francis Pretty

Es gibt keinen Hinweis darauf, dass ein Mann dieses Namens an der Weltumsegelung beteiligt war. Ein ihm zugeschriebener Bericht ist zwar recht ausführlich, aber tatsächlich anonym. Es ist der vollständigste Bericht über den zweiten Teil der Weltumsegelung von der Magellanstrasse über die Südsee bis nach Hause. Zweifellos wurde dieser Bericht von jemandem verfasst, der auf der *Golden Hinde* dabei war. Dieser Anonymus hat als Francis Pretty, Gentleman-at-arms, einen entscheidenden Vorteil: Er dient als Protagonist für alle anonym verfassten Berichte und Zeugenaussagen, sozusagen als Platzhalter. In Teil IV wird seine Haltung Drake gegenüber so wiedergegeben, wie sie in dem anonymen Bericht zum Ausdruck kommt.

John Cooke

Er ist der Kronzeuge aller Anti-Drake-Apologeten. Cooke war einer der Gentlemen, die mit Drake als Oberkommandierendem nicht klarkamen. Sein Bericht ist mit Abstand der farbigste von allen, nicht zuletzt, da er häufig die direkte Rede verwendet und einen erstaunlichen Detailreichtum aufweist. Tatsächlich aber werden zahlreiche seiner Gehässigkeiten gegenüber Drake von anderen Zeugen klar widerlegt, etwa Drake habe Eingeborene geschlagen. Dennoch erweist sich Cooke als intelligenter, gebildeter Autor mit galligem Humor. In Teil V sind seine Aussagen zu einem grossen Teil wörtlich wiedergegeben.

Francis Drake

hat leider nichts ausser ein paar Zeugenaussagen zum Fall Doughty hinterlassen. Die in diesen Aussagen erwähnten Vorkommnisse sind zeitlich kaum zu bestimmen. Ich habe versucht, mit Logik und gesundem

Menschenverstand eine vernünftige Zuordnung zu schaffen. In Teil VI ist daher vieles reine Spekulation. Hingegen hat er einen Bericht über seinen Überfall auf Panama hinterlassen, der ebenfalls Eingang in den vorliegenden Roman fand. Während bei allen anderen Quellen ihre Urheber Einblick in ihre jeweilige Persönlichkeit geben, konnte ich mich Drake über das nähern, was andere über ihn geschrieben und gesagt haben. Hierzu gehören auch Sekundärquellen des 19. Und 20. Jahrhunderts. Sie zeigen in ihrer Gesamtheit, wie sich das Bild Drakes im Laufe der Zeit verändert. Ähnlich wie zu seiner Zeit ist von glühender Heldenverehrung bis hin zur Verdammung Drakes als skrupelloser Pirat alles vertreten. Eine sehr ausgewogene und ausführliche Biografie liefert J. Sugdens „Sir Francis Drake“ von 1990; überarbeitete Fassung Pimlico, London, 2006.

Daneben gibt es zahlreiche Primärquellen aus spanischer Hand, vor allem von Leuten, die Opfer von Drakes Plünderungen wurden. Es ist Z. Nuttal zu verdanken, dass zahlreiche solcher Dokumente in englischer Sprache vorliegen, gesammelt in ihrer Veröffentlichung „New Light on Drake“ (1914) und versehen mit z. T. bemerkenswerten Anmerkungen; neu aufgelegt von Forgotten Books 2012.

Zu John Doughtys Anklage und versandeten Gerichtsverfahren siehe W. Senior in seinem Artikel „Drake at the suit of John Doughty“, erschienen 1921 in Mariner’s Mirror, Vol. 7.

Im Folgenden eine Auswahl an verwendeten Quellen, die sich nicht direkt auf den Fall Doughty beziehen:

Zu den Ereignissen in Smerwick habe ich mich neben Primärquellen vor allem auf Richard Berleths akkurate Darstellung in „The Twilight Lords – Elizabeth I. and the plunder of Ireland“ gestützt; 1974, neu aufgelegt bei Roberts Rinehart, Lanham, 2002.

Wertvolle Details zu Raleigh in Irland, wie etwa die Besoldung seiner Männer und anderes, lieferte „Sir Walter Raleigh in Ireland“ von J. P. Hennessy, Kegan Paul, Trench & Co, London, 1883.

Über die desaströse Seeschlacht bei San Juan de Ulua gibt es Sir John Hawkins Bericht aus eigener Hand „A True Declaration of the Troublesome Voyage of John Hawkins“ (1569), die Berichte der englischen

Seeleute Job Hortop und Miles Philips sowie die zahlreichen Berichte spanischer Beteiligter, die allesamt für sich allein schon lesenswert sind. Aus diesen Primärquellen erzählt R. Unwin die Ereignisse detailgetreu, aber mit einem deutlichen Hang zu Theatralik und Pathos nach in „The Defeat of John Hawkins", George Allen & Unwin Ltd, London 1960.

Auch wenn man Wikipedia nicht alles unbesehen glauben darf, habe ich es gern benutzt, um mich über die Lebensdaten einiger Persönlichkeiten der Tudorzeit oder so speziellen Einzelfragen wie der anglikanischen Liturgie kundig zu machen.

Im Übrigen würde es hier zu weit führen, all die Bücher, Broschüren, Artikel, Internetforen, Websites etc. aufzuführen, denen ich wertvolle Informationen über die Epoche Elisabeths I. im Allgemeinen sowie zu zahlreichen Detailfragen entnommen habe.

1. Insel Mayo (28. - 30.1.1578). Doughty, Wynter und 70 Mann gehen an Land.
2. Die *St. Maria* wird gekapert und in *Mary* umbenannt. Doughty als Prisenkapitän eingesetzt. (31.1.)
3. Insel Fogo. Die portugiesische Besatzung wird in einer Pinasse zurück nach Santiago entlassen. Doughty als Prisenkapitän abgesetzt und auf die *Pelican* beordert (1.2.)
4. Insel Brava. Entweder hier oder auf Fogo werden die Wasserfässer gefüllt. Danach verlässt die Flotte die Kapverden (2.2.1578)

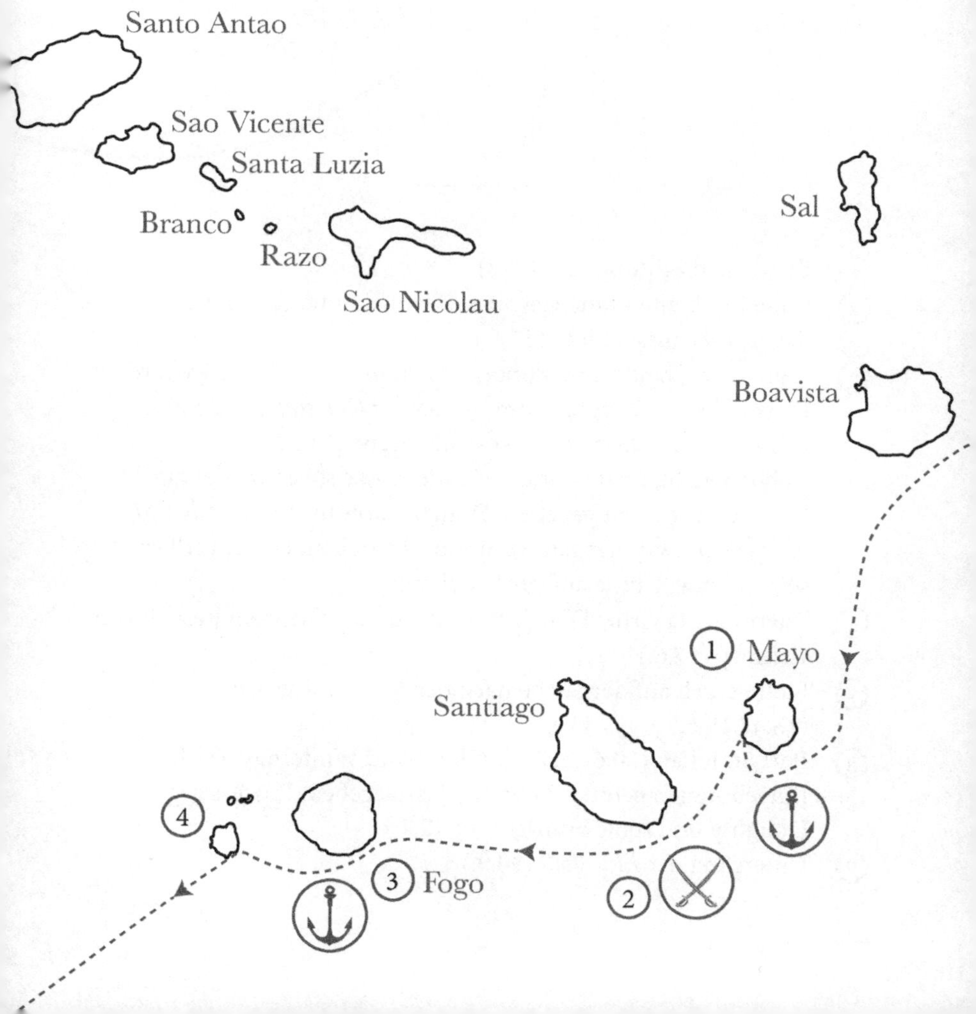

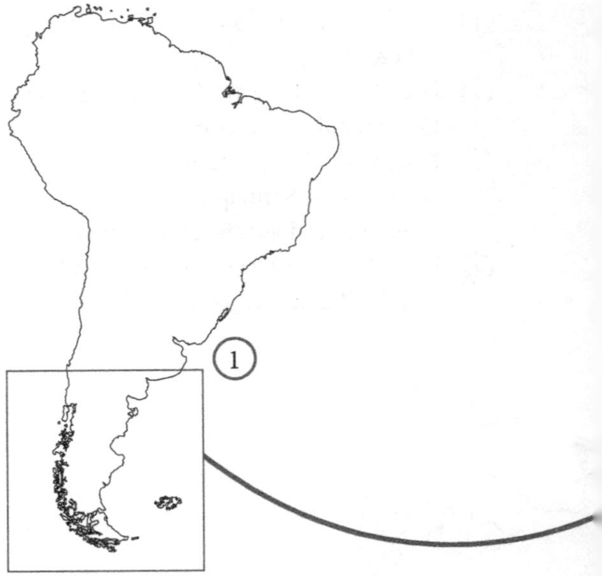

1. Erste Landsichtung (5.4.1578)
2. Cape Joy, heute Punta Carretas. Sammelpunkt der Flotte
3. *Swan* gerät ausser Sicht (27.4.)
4. Cape Hope, heute Tres Puntas. Sturm und Nebel. *Marigold* rettet Drake (13.5.). Doughty kommt von der *Christopher* auf die *Elizabeth*, die *Christopher* wird aufgegeben (12.6.).
5. Robbenbucht, heute Porto Deseado. *Swan* stösst wieder zur Flotte und wird aufgegeben. Doughty kommt auf die *Christopher* (19.5.). Wynter tanzt mit Eingebrorenen, Drake verliert seine Kappe. Cuttle auf der Sandbank.
6. Puerto Santa Cruz. Doughty erhält auf der *Elizabeth* Besuch von Gregory (17.6.).
7. Flotte segelt auf der Suche nach der *Mary* nordwärts. (18. u. 19.6.)
8. Port St. Julian (20.6. - 17.8.). Oliver und Winterhay werden von Eingeborenen getötet. *Mary* wird aufgegeben. Prozess gegen Doughty und seine Hinrichtung (2.7.)
9. Untergang der *Marigold* (30.9.)

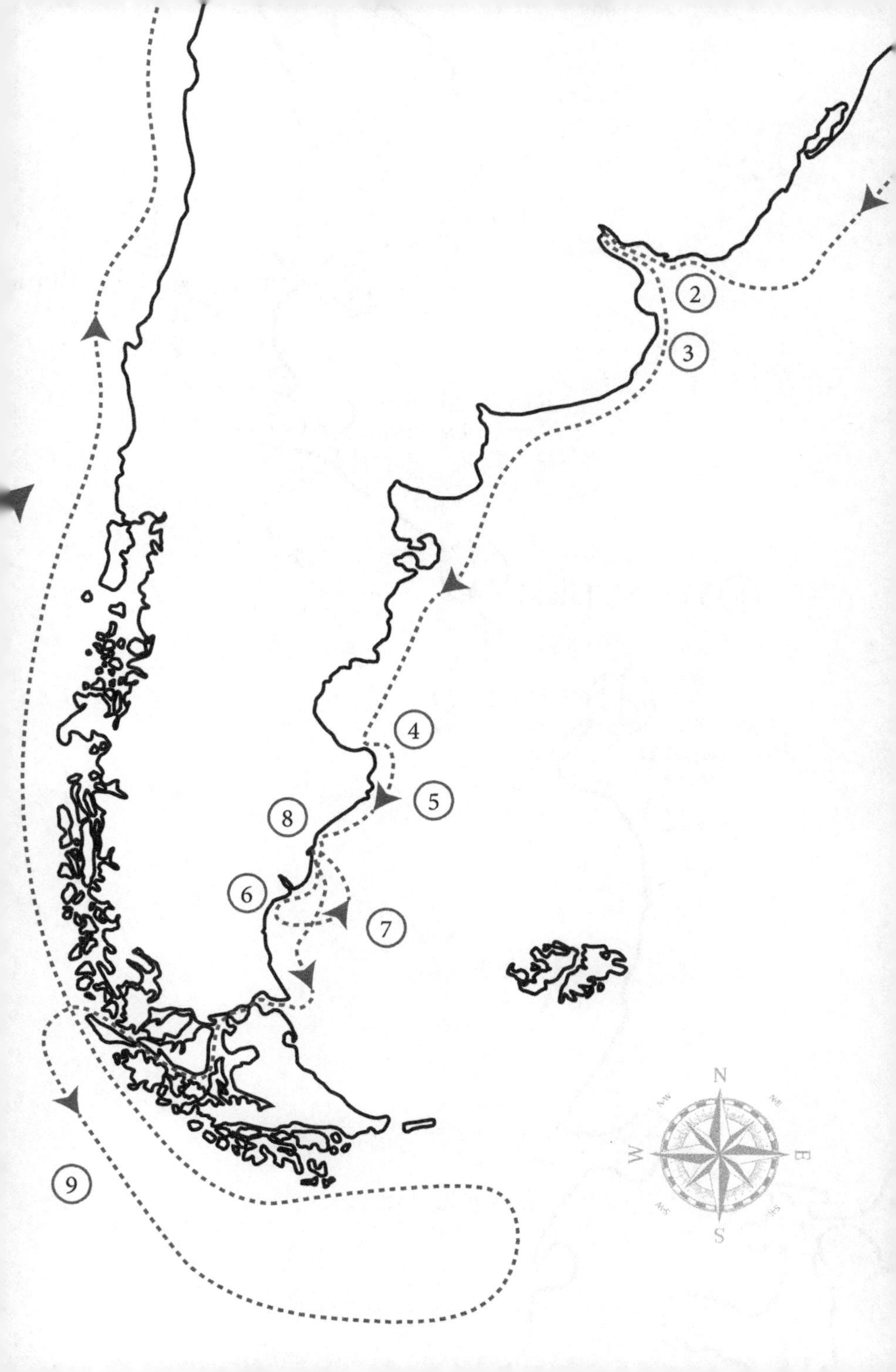
2
3
4
5
8
6
7
9
N
NE
E
SE
S
SW
W
NW

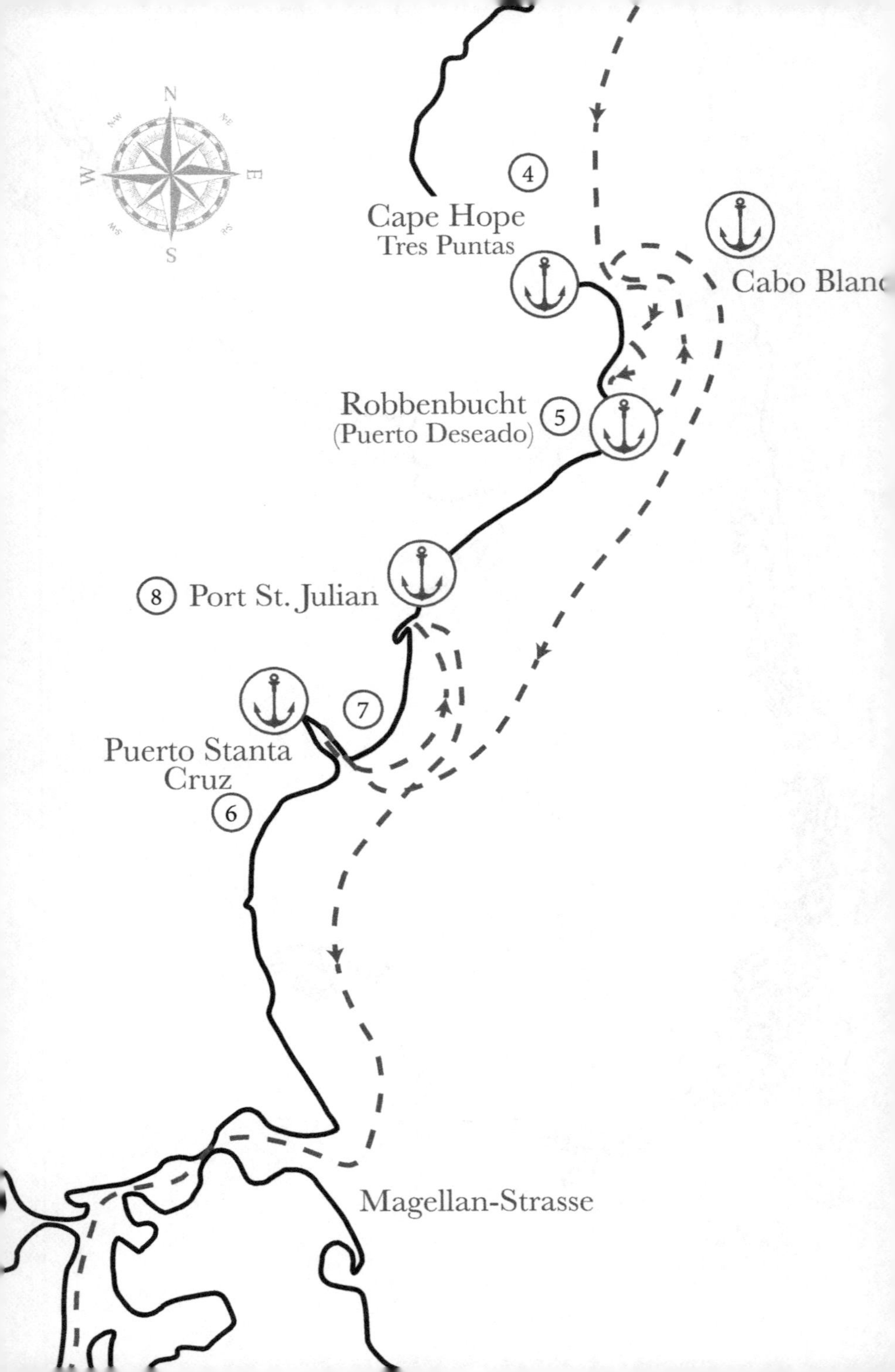

N
E
S
W
4
Cape Hope
Tres Puntas
Cabo Blanc
Robbenbucht
(Puerto Deseado)
5
8
Port St. Julian
7
Puerto Stanta
Cruz
6
Magellan-Strasse